EUROPAVERLAG

ULI T. SWIDLER

ROH

THRILLER

EUROPAVERLAG

Dieser Roman ist ein fiktionales Werk, auch wenn er reale Gegebenheiten aufgreift. Die Personen und die Handlung sind frei erfunden, sodass etwaige Ähnlichkeiten mit lebenden oder verstorbenen Personen zufällig wären. Das gilt auch, wenn die Namen der fiktiven Personen und Institutionen den Namen realer Personen und Institutionen ähnlich sein oder mit diesen übereinstimmen sollten.

MIX
Papier aus verantwortungsvollen Quellen
FSC® C014889
FSC
www.fsc.org

Umschlaggestaltung und Motiv:
Hauptmann & Kompanie Werbeagentur, Zürich
Lektorat: Antje Steinhäuser
Layout & Satz: BuchHaus Robert Gigler, München
Druck und Bindung: Pustet, Regensburg
ISBN 978-3-95890-179-7

www.europa-verlag.com

Eine gute Verschwörung
ist unmöglich zu beweisen –
sie kann höchstens auffliegen.

FLETCHER'S VISIONEN

Dieser Roman ist allen unschuldigen Opfern von fanatischem Fundamentalismus gewidmet.

Mein Name ist Carl. Ich bin ein Mörder. Mein Verteidiger hält mich für schuldig, und ich könnte leicht fünfzig Menschen aufzählen, die derselben Ansicht sind. Ehemalige Kollegen bei der Polizei, fast alle Türken in der Zeusstraße in Köln, die Journalisten, die über meinen Fall geschrieben haben, und meine Frau Johanna. Exfrau. Nur meine siebenjährige Tochter Anna hält uneingeschränkt zu mir. Gäbe es nicht das richterliche Kontaktverbot, würde ich sie so oft wie möglich in die Arme nehmen und ihr sagen: Papi hat dich sehr lieb. Wenn sie alt genug ist, werde ich ihr die wahre Geschichte erzählen. Sie wird mir glauben, dass ich kein Mörder bin.

1.

Carl machte sich nicht die Mühe, den Sitz seiner Schirmmütze im Spiegel zu korrigieren. Nach zehn Dienstjahren hatte sich rund um seinen Kopf eine sanfte Kerbe gebildet, die die Mütze wie von alleine fand. Im Vorbeigehen warf er einen Blick in das Zimmer seiner Tochter, die noch im Hort war. Wieder ein Tag, an dem er sie nur schlafend erleben würde. Gestern Nacht, als er vom Spätdienst zurückgekehrt war, hatte er sie auf die Stirn geküsst. Sie war kurz aufgewacht, hatte ihn angelächelt und sich mit einer schnellen Handbewegung übers Gesicht gewischt, so als müsste sie eine Fliege verjagen.

»Hallo, Gülla.« Carl warf sich auf den Fahrersitz des Streifenwagens, seine neue Kollegin Lena Gülec war schon auf den Beifahrersitz gewechselt. Zu Beginn einer Schicht wollte Carl fahren. Immer. Das hatte er gleich bei seiner ersten gemeinsamen Tour vor drei Tagen klargemacht.

»Lass den Gülla-Scheiß, okay?« Lena reichte ihm einen Becher Kaffee – zwei Becher ineinandergeschoben, weil einer zu heiß gewesen wäre.

»Du musst mir nicht jedes Mal Kaffee bringen.«

Lena zuckte mit den Schultern. »Nimm ihn oder lass es.«

Carl nahm den Pappbecher und griff zum Mikrofon des Funkgeräts. »Arnold 14 an Zentrale, bitte kommen.«

»Hier Zentrale an Arnold 14. Du bist zu spät, Carl. Hast du keinen Wecker?« Kollege Georg Amhorst von der Einsatzleitung.

»Gülla sollte mich wecken. Hat sie aber nicht.«

»Ich kenn keine Gülla.«

Lena lächelte. Ihr Vater war Türke, ihre Mutter Deutsche. Als sie vor einem Monat nach dem Ende ihrer Ausbildung im Schutzbereich 4 Köln-Mülheim zum regulären Dienst angetreten war, hatten ihre neuen Kollegen sie alle Gülla genannt. Mittlerweile war Carl der Letzte, der diesen Spitznamen witzig fand.

»Wo geht's hin, Arnold 14?«

»Clevischer Ring und Stegerwaldsiedlung. Ende.«

Carl schob das Mikro zurück in die Halterung, nahm einen Schluck Kaffee und gab Gas. Lena lächelte entspannt, wie meistens. Manche Kollegen hatten Probleme damit und vermuteten dahinter Überheblichkeit und Arroganz. Carl nicht. Er hatte ein ganz anderes Problem mit ihr. Nicht, dass sie eine Frau war, Polizistinnen waren schon lange nichts Besonderes mehr. Ihn störte, dass sie auch in Brennpunkt-Gegenden eingesetzt wurden, da, wo eine Uniform nichts galt, wo es darauf ankam, mit unmissverständlicher Dominanz aufzutreten, und unmissverständlich waren nun mal nur Muskeln und Größe. Natürlich taten alle Vorgesetzten bis hinauf zum Innenminister so, als wäre das die völlig veraltete Sicht von unverbesserlichen Chauvis. Interessanterweise allerdings wurden Streifenwagen nie ausschließlich mit Polizistinnen besetzt, da musste immer ein männlicher Kollege dabei sein.

Der Funkspruch kam um 16 Uhr 53.

»Zentrale an alle. Bewaffneter Raubüberfall in der Zeusstraße. Wer ist in der Nähe?«

»Wir, Arnold 14«, antwortete Lena, im fahrenden Streifenwagen war der Sprechfunk Sache des Beifahrers.

»Saladim Markt heißt der Laden. Der Täter ist etwa vierzehn bis sechzehn Jahre alt, schwarze Haare, weiß-gelb kariertes Hemd, dunkelgrüne Daunenjacke, schwarze Jeans. Er ist bewaffnet, eine Schusswaffe. Keine Verletzten bisher.«

»Verstanden.«

»Ihr unternehmt nichts alleine. Wartet vor Ort auf Verstärkung.«

»Verstanden. Wer hat angerufen?«

Ein Lachen. »Anonym. Was sonst? Ende.«

»Warum hat der gelacht?«, fragte Lena, neugierig, nicht beleidigt.

Carl verzog sein Gesicht. »Warum wohl?« Er schaltete das Blaulicht und die Sirene ein und gab Gas.

»Weil Türken zu blöd sind, die Polizei zu rufen, oder was?« Lena klang jetzt nicht mehr ganz so freundlich.

»Du weißt genau, was ich meine«, erwiderte Carl.

»Nein, weiß ich nicht.«

»In der Zeusstraße riskiert keiner, die Polizei zu rufen. Weil er dann Ärger mit eurem Obermufti Meti Arslan bekommt.«

Lena stöhnte auf. »Er ist nicht mein Obermufti. Ich habe mit Meti genauso wenig zu tun wie du.«

Eine rote Ampel. Carl verringerte das Tempo und überquerte die Kreuzung vorsichtig. »Ihr könnt nicht gleichzeitig Demokraten und Muslime sein. Was glaubst du, wer das gesagt hat?«

Lena stöhnte demonstrativ auf. »Auch damit habe ich nichts zu tun.«

»Ein kleiner Ausschnitt aus einer typischen Meti-Predigt.«

»Und das weißt du, weil du regelmäßig in die Moschee gehst.«

»Würde ich, wenn die mich reinließen.«

Im Rückspiegel sah Carl die Scheinwerfer eines Autos, das die Gelegenheit nutzte und ebenfalls bei Rot die Kreuzung überquerte. Ein schwarzer Opel.

»Die Zeusstraße ist Metis Regierungsviertel. Der Regierungssitz seiner Parallelgesellschaft.«

»Lass mich raten: Weil da die meisten Bewohner Muslime sind?«

»Weil da nicht unser Gesetz gilt, sondern die Scharia.«

»Ach, komm schon, Carl, das ist nur Gerede.«

»Gerede? Sieh dich um. Überall abgeschottete Parallelwelten. Da findest du Türken, Araber, Afrikaner, die kein Wort Deutsch sprechen. Auch wenn sie schon zig Jahre hier sind.«

»Mein Deutsch hat noch keiner bemängelt.«

»Die tanzen uns auf der Nase herum. Und wir? Wir reagieren mit Political Correctness. Mit …«, Carl zeichnete Anführungszeichen in die Luft, »… ›Toleranz‹. Alles Blödsinn. In Wahrheit ist es Gleichgültigkeit. Und Angst, für die eigenen Werte zu kämpfen. Man könnte ja irgendwem auf die Füße treten.«

»Das«, Lena lächelte übertrieben, »würde ich dir nie unterstellen.«

»Sehr witzig.« Carl schaltete die Automatik herunter auf Stufe 3. Das tat er immer, wenn er sich einem Einsatzort näherte, um, wenn nötig, schneller durchstarten zu können.

»Seit die Welt sich dreht, hat sie sich noch nie im Gleichgewicht befunden. Und ausgerechnet jetzt soll das Abendland vom Untergang bedroht sein?«

»Gülla, Gülla, wenn's drauf ankommt, guckst du lieber weg, hm?«

»Ach, Quatsch!« Auf Lenas Stirn hatten sich zwei steile Falten gebildet. »Ich seh nur was anderes als du.«

»Noch nie was von No-go-Areas gehört?«

»Doch, hab ich gelesen. In der *Bild*-Zeitung.«

»Was meinst du, warum wir auf Verstärkung warten sollen?«

Lena antwortete nicht.

»Deine Glaubensbrüder in der Zeusstraße wollen keine Polizei. Die wollen die Dinge selbst regeln.«

»Und warum hat dann irgendwer die Polizei gerufen?«

»Der Anruf war anonym. Schon vergessen?«

Lena verdrehte die Augen. »Wen würden Sie wählen, wenn nächsten Sonntag Bundestagswahl wäre? AfD? Oder lieber gleich die NPD?«

»Was ich wähle, geht dich einen Scheißdreck an.«

Lena lachte, als hätte Carl einen guten Witz gemacht. »Ich habe zuletzt grün gewählt. Wie findest du das? Eine grüne Muslima. Da ist die Welt doch in Ordnung, oder?«

»Neun Prozent der Bevölkerung in Deutschland haben einen

Migrationshintergrund, aber ihr Anteil an verurteilten Straftätern beträgt über vierzig Prozent. Das ist Statistik, liebe Lena. Das ist objektiv so.«

Lena lehnte sich in ihren Sitz zurück und sah demonstrativ hinaus in den Dunkelheit. »Echt, Carl, du bist so was von old school.«

Klar bin ich old school, dachte Carl. Weil ich euren weichgespülten Political-Correctness-Scheiß nicht mitmache. Weil ich sage, was Sache ist.

Noch zweihundert Meter bis zur Zeusstraße. Carl schaltete die Sirene aus und bog vorsichtig gegen die Fahrtrichtung in die Einbahnstraße ein. Aus dem Augenwinkel sah er den Opel am Straßenrand halten. Wahrscheinlich ein Reporter vom *Express,* der den Polizeifunk abgehört hatte und eine Story witterte.

Carl sah sich erstaunt um. »Ist jetzt Gebetszeit?«

»Noch nicht. Wieso?«

»Kein Mensch auf der Straße.« Normalerweise ging es hier sehr lebhaft zu. Irgendetwas war faul. Intuition. Die hat man, wenn man den Job schon so viele Jahre macht wie Carl. Aber Intuition sagt nur: Pass auf! Sie sagt einem nicht, was passieren wird.

Carl schaltete jetzt auch das Blaulicht aus und rollte weiter. Einen Häuserblock vor dem Saladim Markt hielt er an. Er zeigte auf die Toreinfahrt neben dem Laden.

»Geh hinten herum und versuch, in den Laden reinzukommen. Ich warte eine Minute. Dann geh ich vorne rein.«

»Moment mal, wir sollen auf Verstärkung warten.«

»Na, klar.« Carl zog seine Waffe. »Los jetzt.«

Lena zögerte. »Der Täter soll erst vierzehn sein.«

Das ist genau das, was ich meine, dachte Carl. Leo, sein letzter Partner, würde einfach seine Waffe ziehen und losmarschieren.

»Der Täter ist bewaffnet. Das zählt. Sonst nichts«, erwiderte er.

Widerstrebend zog Lena ihre Walther PPS, ihr Gesicht sagte: Was für eine Macho-Scheiße. Sie sprang raus und verschwand im Dunkel der Hofeinfahrt.

Carl stieg aus. Mit ein paar Schritten war er an der Hauswand und lehnte sich mit dem Rücken dagegen. Noch vierzig Sekunden. Seine Pistole hielt er mit beiden Händen gegen den Boden gerichtet. Dreimal, dachte er. Nur dreimal hatte er in seinen zehn Dienstjahren schießen müssen. Einen Warnschuss in die Luft, zweimal auf einen Menschen. Gut gezielte Schüsse. Einen in die Schulter eines wild um sich schießenden Verrückten, der seine Frau mit dem Schwanz eines anderen in ihrem Arsch erwischt hatte. Einen in den Unterarm eines Geiselnehmers, der seine Pistole gegen die Schläfe einer jungen Frau gedrückt und so unkontrolliert gezittert hatte, dass es nur noch eine Frage von Sekunden war, bis sich ein Schuss lösen würde. Als die Sanitäter die Frau zum Krankenwagen bringen wollten, sie war unverletzt, riss sie sich los, um sich bei ihm zu bedanken. Er hatte ihr das Leben gerettet, das wusste sie genau. Die internen Ermittler sahen das allerdings anders und pflanzten einen Vermerk in seine Personalakte, weil er ein »deutlich zu hohes Risiko eingegangen war, auch wenn die Geiselnahme glücklich endete«.

Noch zehn Sekunden. Carl konzentrierte sich. Nicht nervös werden. Sobald er den hell erleuchteten Laden betrat, würde er eine perfekte Zielscheibe abgeben.

In dem Moment sprang die Ladentür auf. Carl reißt die Pistole hoch. Ein Junge stürzt heraus. Schwarze Haare, weiß-gelb kariertes Hemd, dunkelgrüne Jacke, schwarze Jeans. Seine Hände sind leer, keine Waffe. Als er Carl sieht, rennt er los.

»Stehen bleiben! Polizei!«

Der Junge dreht sich um, lacht, macht Faxen. Carl sprintet hinterher. Der Junge stolpert. So wie der stolpert, stolpert niemand, außer er tut so, als ob. Was soll das Spielchen? Carl sieht sich um. Hat der Kerl einen Komplizen? Niemand zu sehen. Auch Lena nicht.

Ein paar Meter weiter biegt der Junge in eine Hausdurchfahrt ab, die zu einem Hinterhof führt. Dort brennt nur eine armselige Lampe. Immerhin hell genug, um zu sehen: Hier gibt es keinen anderen Weg hinaus. Der Junge steckt in der Falle. Kennt der sich hier nicht aus?

Carl bleibt stehen und tastet nach seiner MagLite. Nichts übereilen. Vielleicht hat der Junge die Waffe im Gürtel unter seiner Jacke stecken.

Plötzlich ist ein Schatten neben Carl. Etwas Schweres trifft seinen Kopf. Ein Telefonbuch: Absurd, er erkennt die Werbung einer Kölner Rohrreinigungsfirma auf dem Buchdeckel. Noch ein Schlag. Carl will sich an der Hauswand abstützen. Ein zweiter Schatten taucht auf, packt ihn, zerrt ihn in den Hof hinein. Zwei Männer, nicht sehr groß, aber kräftig, die Kapuzen ihrer Hoodies haben sie tief ins Gesicht gezogen. Wieder ein Schlag mit dem Telefonbuch. Carl geht zu Boden. Ein reißender, dumpfer Schmerz in der rechten Schulter. Er versucht hochzukommen, aber seine Beine machen nicht, was er will.

Der Junge steht ein paar Meter vor ihm und lacht. Angst hat er keine, im Gegenteil. Das war inszeniert, denkt Carl, und du bist wie ein Blöder in die Falle getappt.

Die beiden Männer hocken sich rechts und links neben ihn. Eine Hand greift nach Carls Rechten, in der er seine Pistole hält. Eine Stimme ruft dem Jungen etwas zu, auf Türkisch. Der dreht sich um und wendet ihnen den Rücken zu.

Die sagen dem Jungen, er soll weggucken, damit er nicht zusehen muss, wie sie mich mit meiner eigenen Waffe erschießen. Verdammte Intuition, warum konntest du nicht etwas präziser sein?

Carl sieht, wie seine Hand hochwandert. Er wehrt sich. Todesangst, ein Scheißgefühl. Er bäumt sich auf, versucht, sich loszureißen. Der zweite Mann rammt ihm sein Knie in den Rücken, er kriegt keine Luft mehr, kippt nach vorne. Wieder wandert seine Hand hoch, er hat keine Kraft mehr, das zu verhindern. Der Lauf der Pistole richtet sich – nicht auf ihn, sondern zeigt auf den Jungen. Carl spürt, wie der Druck auf seinen Zeigefinger größer wird. Und dann – der Schuss geht los. Der Junge sackt in sich zusammen, wie in diesen Filmausschnitten von Exekutionen am Rande eines Massengrabs. Von einer Sekunde zur nächsten verschwindet die Stabilität aus seinem Körper, als hätten sich alle Knochen in Luft aufgelöst. Carl dreht seinen Kopf, so weit es geht. Jetzt sieht er die Gesichter der beiden. Unbekannte Gesichter. Sie grinsen. Warum geben die sich keine Mühe, unerkannt zu bleiben?

Alles Show, der Junge ist nicht tot. Eine Scheinexekution, wie in Guantánamo.

Einer packt Carls Kopf. »Jetzt bist du dran«, sagt er.

Carl weiß, was jetzt kommen muss. Sie können ihn nicht am Leben lassen.

»Carl! Alles in Ordnung bei dir?« Lenas Stimme.

»Ich bin hier!«

Die beiden Männer fluchen. Sie versuchen, die Pistole gegen ihn zu drehen, Carls letzte Kräfte sind größer als ihre. Einer tritt ihm gegen die Schläfe.

Als er wieder zu sich kommt, sieht er jemanden neben sich knien. Es dauert einige Sekunden, bis er Lena erkennt.

»Gülla, wo warst du so lange?« Er hat das Gefühl, ewig für die paar Worte zu brauchen.

»Du hast den Jungen erschossen.«

»Nein …« Carl spürt das Gewicht seiner Pistole in der Hand, sie zeigt immer noch auf den Jungen.

»In den Rücken. Er ist tot.«

»Zwei Männer.« Carl weiß nicht, ob die Worte so klingen, wie er sie zu sagen glaubt. »Die haben ihn erschossen.«

»Hier ist niemand. Nur du, deine Dienstwaffe und der tote Junge. Und der ist unbewaffnet.«

2.

»Warum wurden Sie nicht verurteilt?« Die Fernsehproducerin sah Carl mit diesem Blick an, den er zu Genüge kannte, eine Mischung aus Abscheu und Faszination.

Carl nahm einen Schluck Bier. In den letzten sechs Monaten hatte er zwölf Kilo abgenommen, und die Lachfältchen in seinen Augenwinkeln wirkten inzwischen wie Fremdkörper in seinem Gesicht.

»Es war Ihre Waffe, mit Ihren Fingerabdrücken, mit Schmauchspuren an Ihrer Hand, es gab keine Tatzeugen.«

Was sollte er sagen? Sie hatte ja recht. Gegen ihn hatten sehr viele Indizien gesprochen. Für ihn nur wenige. Das Telefonbuch, es lag noch am Tatort. Kann man sich selbst damit eine Gehirnerschütterung zufügen? Nein, sagte der medizinische Gutachter. Und die Verletzung an der Schläfe? Eindeutig von einem stumpfen, runden Gegenstand. Eine Schuhspitze? Möglich. Oder ein großer Stein. Aber da lag weit und breit keiner. Zwei Indizien, dass er tatsächlich von jemandem angegriffen worden war. Von dem fünfzehnjährigen, schmächtigen Jugendlichen? Wohl kaum, aber nicht mit Sicherheit auszuschließen. Die Öffentlichkeit, ein Teil der Medien und vor allem die türkische Gemeinde in Köln wollten seine Verurteilung. Der Richter allerdings wertete die Indizien als möglicherweise nicht zwingend genug für eine Verurteilung wegen Mordes, auch wenn er deutlich zu verstehen gab, dass er Carl für schuldig hielt. So kam es zu einem Deal, zumindest glaubte Carl das, zwischen dem Richter, dem Staatsanwalt und dem Innenminister: Freispruch, wenn im Gegenzug die Abteilung für Innere Angelegenheiten dafür sorgte, dass Carl aus dem Polizeidienst entlassen wurde. In der Tat fuhr die Innere daraufhin schwere Geschütze auf: Missachtung eines Einsatzbefehls, erhebliche Gefährdung der dienstjüngeren Kollegin, grobe Missachtung der Dienstpflicht. Am schwersten wog Carls Ruf, ein harter, fremdenfeindlicher Hund zu sein, in der Vergangenheit hatte es wiederholt Beschwerden von Türken und Nordafrikanern gegen ihn gegeben, auch wenn keines der daraufhin eingeleiteten Disziplinarverfahren ergeben hatte, dass er das Recht tatsächlich gebrochen hätte. Und auch die Aussagen einiger seiner Kollegen hatten »das Bild eines Menschen gezeichnet, dessen Weltbild«, so stand es in dem Abschlussbericht, »nicht mit der von Polizisten einzufordernden Objektivität in Einklang steht«.

Die Producerin ärgerte sich über sein Schweigen. »Für die Öffentlichkeit sah die Sache damals verdammt nach Rechtsbeugung aus. Eine Krähe hackt der anderen kein Auge aus.«

»Das habe ich zu spüren bekommen.«

»Warum sind Sie nicht weggegangen? Haben woanders ein neues Leben angefangen? Ich an Ihrer Stelle hätte das getan.«

»Das wäre klug gewesen, ja.«

Die Producerin wollte mehr von ihm wissen, das war klar. Er spürte ihren scharfen Blick. Sie räusperte sich und tippte die Spitzen ihrer Finger gegeneinander, schnell und mit immer kürzer werdenden Abständen. Ihre Augen wanderten über die schmuddelige Theke, als würde sie erst jetzt realisieren, an was für einem abgewarzten Ort er sich mit ihr verabredet hatte. Ihr Blick streifte ihre Armbanduhr. Kurz nach 19 Uhr. Unvermittelt und als hätte sie es plötzlich eilig, griff sie in ihre lederne Umhängetasche – dickes, duftendes Leder, wertvoll, dachte Carl –, die vor ihr auf der Theke lag, zog einige zusammengeheftete Papiere heraus und schob sie ihm hinüber.

»Kommen wir zu unserem Deal.«

»Muss ich das durchlesen?«, fragte er.

»In dem Vertrag steht alles genauso drin, wie Sie es mit uns besprochen haben.«

Carl blätterte zur letzten Seite, auf der der Geschäftsführer der Firma *concept films* schon unterschrieben hatte.

»Nur eine kleine Veränderung: Sie arbeiten unter einem Pseudonym für uns, nicht unter Ihrem eigenen Namen. Der Sender besteht darauf.«

Er nickte. Seit dem 3. Januar hatte sein Namen einen Untertitel: der Kindermörder, der von einer bullenfreundlichen Justiz freigesprochen wurde.

»Und wie heiße ich?«

»Hans Müller, Hauptwachtmeister a.D.«

Warum nicht Hans Schmitz? In Köln gab es mehr Schmitz als Müller. Er unterschrieb.

»Willkommen an Bord.« Die Producerin zog einen dicken Umschlag aus ihrer Tasche. »Das sind die Drehbücher der ersten zehn Folgen. Die dürfen Sie niemandem zu lesen geben, okay?«

Was für ein Getue. *Concept films* produzierte eine neue Polizeiserie für einen privaten Fernsehsender, eine Bullen-Soap, wie sie es nannten, pro Sendung zwei Fälle aus dem Polizeialltag. Carls Aufgabe war es, die Drehbücher auf Fehler zu durchleuchten, damit alles zumindest halbwegs authentisch wirkte. Für achthundert Euro plus 19 Prozent Umsatzsteuer im Monat.

»Wann kommt das erste Geld?« Carl hoffte, dass die Frage beiläufig klang. Sein Konto leuchtete tiefrot, und bei seinem letzten Versuch, Geld aus einem Automaten abzuheben, hatte dieser nicht nur die Auszahlung verweigert, sondern auch seine Girokarte eingezogen.

»Wenn Sie Ihre Anmerkungen abgegeben haben, dauert es in der Regel noch vier Wochen.«

Carl tastete mit der Zunge seine Mundhöhle ab, als gäbe es da etwas zu suchen. Kann ich einen Vorschuss haben? Warum brachte er es nicht fertig, diese einfache Frage zu stellen? Er war schon dermaßen tief gesunken. Wahrscheinlich genau deshalb. Je tiefer man sinkt, umso wichtiger ist jeder Zentimeter, den man sich noch oben halten kann.

»Ich geh dann mal.« Die Producerin zog ihre Tasche über die Schulter. Zögerte.

Was denn jetzt noch?

»Die beiden Türken, die den Jungen … wissen Sie, wer die sind?«

Carl nickte.

»Sie kennen die Mörder?«

»Ja.«

Sie sah ihn sprachlos an.

»Es war nicht besonders schwer, ihre Identität zu ermitteln.«

»Und wieso wurden sie nicht …«

»Sie hatten sich perfekte Alibis verschafft.« Sechs Männer hatten bezeugt, dass sie den ganzen Nachmittag bis spät in die Nacht hinein beim Okey, einem türkischen Legespiel, zusammengesessen hätten.

»Aber warum sollen die …« Die Producerin nagte an ihrer Oberlippe. »Warum haben die den Jungen getötet?«

Carls Augen folgten dem Barkeeper, der ans Ende der Theke schlenderte, um einen neuen Gast nach seinen Wünschen zu fragen.

»Wenn das alles, wie Sie sagen, inszeniert war«, bohrte sie weiter. »Warum das Ganze? Der Junge musste sterben, nur um Sie zum Sündenbock zu machen?«

»Ich weiß es nicht.«

Das stimmte nicht, zumindest nicht ganz. Der Mord an dem Jungen war klug inszeniert gewesen, eindeutig mit dem Ziel, ihn Carl anzuhängen. Da war sich Carl sicher. Die beiden Täter, das hatte er später herausgefunden, waren Handlanger von dem türkischen Imam Meti Arslan, Kalif von Mülheim, wie er sich selbst nannte. Meti hatte vor drei Jahren in seiner Moschee entgegen dem deutschen Recht ein minderjähriges Mädchen gegen deren Willen mit einem dreimal so alten Mann verheiratet. Carl hatte einen Hinweis bekommen und sich der Sache angenommen, er hatte Zeugen aufgetrieben und sie überzeugen können, gegen Meti auszusagen. Der wurde daraufhin zu einem halben Jahr Haft auf Bewährung verurteilt mit der Androhung, ausgewiesen zu werden, falls er sich in den nächsten zwei Jahren etwas zuschulden kommen ließ. Die zwei Jahre waren längst vorbei, und einer wie Meti vergisst nicht. Alles passte zusammen, Meti hatte ihm Rache geschworen. Er hatte sich Zeit damit gelassen, Meti war ein schlauer Mann, ein Hassprediger, dem Carl jede noch so grausame Schandtat zutraute, solange sie sich gegen Nichtmuslime richtete. Aber genau der Punkt passte einfach nicht ins Bild: Der Junge war das Kind muslimischer Eltern. Kein Kurde, kein Schiit, sondern Sunnit, wie Meti Arslan und die meisten Türken. Ein junges, muslimisches Leben weggeworfen für einen kleinen Schachzug? Nur, um Rache an ihm zu nehmen? Natürlich hatte niemand Carl geglaubt.

»Dann werden die Mörder also niemals vor Gericht gestellt.«

Carl zuckte mit den Schultern, nein, werden sie nicht. Die Producerin verschränkte ihre Arme, fast als friere sie.

»Ohne Zeugen kein Ankläger und kein Richter, richtig?«

»So sieht es aus.«

Carl sah ihr hinterher, wie sie die Theke entlangging, dem Wirt zuwinkte und die Kneipe verließ. Vielleicht war es nicht ihre Absicht gewesen, doch sie hatte diese Wunde wieder aufgerissen. Seit Wochen bemühte er sich, die Wut und das elende Gefühl von Ohnmacht loszuwerden. Und das Bild von dem Jungen, wie der vor ihm hergerannt war, mit schlaksigen Sprüngen, auf eine Art ausgelassen, fröhlich, arglos wie ein kleines Kind. Jemand musste ihm gesagt haben: Hey, das alles ist nur ein Spiel, das wird lustig, dir passiert nichts. Und dann die Schüsse in seinen Rücken, kalt und berechnend. Wo war das kleine Mosaiksteinchen, mit dem das Gesamtbild erst einen Sinn ergab?

Die Producerin hatte recht, das Beste für ihn wäre es, wegzugehen und woanders neu anzufangen, schlechter als in Köln konnte es kaum noch werden. Aber er brauchte eine Antwort. Wie konnte er die beiden Mörder und Meti Arslan, ihren Auftraggeber, zur Rechenschaft ziehen?

3.

Das Kloster St. Gregor lag am Ende eines schmalen Tals in den deutschen Alpen an der österreichischen Grenze, 932 Meter über dem Meeresspiegel, umringt von schroffen Bergen, keiner unter dreitausend Metern, die die Sonne viel früher vom Himmel verschwinden ließen als in dem weiter unten am Taleingang gelegenen Dorf Klein Aichbach. Nachts konnte es hier selbst im Sommer ungemütlich kalt werden. So wie heute. Am späten Nachmittag hatte es noch geregnet, ein warmer Sommerregen, aber seit die Sonne untergegangen war, kühlte die Luft stetig ab. Vor einer halben Stunde hatte dünner Nebel begonnen, aus den Wiesen ringsherum aufzusteigen. Aus dem Fenster seiner Klause im ersten Stock beobachtete Sebastian, wie Nebelschwaden die mit Granitplatten gepflasterte Zufahrt erreichten, durch das schmiedeeiserne Tor in den Klosterhof hineinwaberten, um sich kurz darauf an der Klostermauer emporzuschieben.

Die Mönchsklause war ein quadratischer Raum, die Wände waren fast vollständig mit Buchen- und Kirschholz vertäfelt, der Boden bestand aus Tannenbohlen mit breiten Spalten dazwischen. In der Mitte gab es einen runden, einfachen, gusseisernen Ofen, das Ofenrohr führte gerade nach oben, machte unter der Zimmerdecke einen Knick und führte durch die Wand nach außen. Eine Seite des Zimmers wurde vollkommen von einer Sitzbank eingenommen, ihr gegenüber stand eine Gebetsbank, die vor Jahrhunderten Teil einer

Kirchenausstattung gewesen sein musste. Neben dem Fenster stand ein schwerer Holztisch, den Sebastian selbst geschreinert hatte, darauf eine Kerze und ein aufgeschlagenes Buch. Dahinter sein Bett, aus Eisen, mit grauem Bettzeug, am Fußende lag eine akkurat zusammengelegte schwere Wolldecke.

Sebastian zog frierend die Schultern hoch und verschränkte die Arme vor der Brust. Trotz der Kälte von draußen wartete er noch eine ganze Weile, bis er das Fenster schloss und sich eine Wolljacke aus seinem Schrank holte. Ohne in die Ärmel zu schlüpfen, warf er sie sich über die Schultern. Unentschlossen stand er da und lauschte. Kaum wahrnehmbar drang Gesang aus den Tiefen des Klosters, ein gregorianischer Choral. Unwillig schüttelte er den Kopf. Eigentlich sollte er mit den Mönchen gemeinsam singen. Alles sollte er mit ihnen gemeinsam machen, ora et labora, beten, arbeiten, essen, früh zu Bett gehen, früh aufstehen. Am Anfang war ihm das leichtgefallen. Er war froh gewesen, einen sicheren Ort gefunden zu haben. Die Mönche waren alt, sie bekamen nicht mehr allzu viel mit, sie zu täuschen war nicht schwer.

Er begann seinerseits zu singen, eine andere, kraftvollere Melodie, ein Popsong, den er vor einer Ewigkeit öfter im Radio gehört hatte. Sein Oberkörper wiegte vor und zurück, er schloss die Augen und überließ sich dem Rhythmus der Bewegung. Die Langeweile war kaum noch auszuhalten. Kein Fernsehen, kein Internet, keine Musik, nicht einmal ein eigenes Handy, nichts. Und mit den beiden anderen etwa Gleichaltrigen, Petros und Bertrand, konnte er kaum mehr als mit den uralten Mönchen anfangen. Die beiden gingen im Gegensatz zu ihm völlig im geistlichen Klosterleben auf und hielten alle Regeln peinlich genau ein. Ganz zu schweigen von Vinzent, dem Jüngsten, der vom Singen und Beten gar nicht genug kriegen konnte.

Das Gute war, dass die Kamaldulensermönche einen Großteil der Gebete nicht gemeinsam, sondern jeder für sich in seinem Kämmerlein absolvierten. In dieser Zeit konnte Sebastian sich mit anderen Dingen beschäftigen.

Zweifel hatten sich in der letzten Zeit immer häufiger gemeldet. Sich in diesem Kloster zu verstecken war klug. Andererseits bekam er nichts von der Welt draußen mit. Nichts vom Stand der polizeilichen Ermittlungen. Hatten sie ihn überhaupt in Verdacht? Natürlich waren solche Überlegungen Unsinn. Selbst wenn er alle Zeitungen las und jede Nachrichtensendung guckte, würde er nicht wissen, wen die Polizei verdächtigte. Aber selbst wenn er zum Kreis der Verdächtigen gehörte: In diesem Kloster würden sie ihn niemals finden, niemand außer Abt Albertus kannte seine Identität, und die einzige Spur hierher führte über den Priester, dem er seine Tat gebeichtet hatte. Beichtgeheimnis, der würde nicht die Polizei informieren.

Wie jedes Mal, wenn er an diesen Punkt seiner Überlegungen kam, spürte er ein unangenehmes Kribbeln: Der Priester *hatte* das Beichtgeheimnis gebrochen, er *hatte* Abt Albertus informiert. Das ist etwas anderes, hatte der zwar geantwortet, als er ihn darauf angesprochen hatte. Wenn zwei Seelsorger sich austauschen, bleibt das Beichtgeheimnis gewahrt. Aber konnte er sich wirklich darauf verlassen?

Sebastian ließ sich auf den Boden sinken. Zuerst einhändige Liegestütze, fünf rechts, fünf links, dann so viele beidhändige, wie er schaffte, zuletzt waren es achtundzwanzig gewesen.

Plötzlich hielt er inne. War da ein Geräusch gewesen? An der Tür?

Doch mehr als der Gesang der Mönche war nicht zu vernehmen. Sie hatten inzwischen einen anderen Choral angestimmt, der sich allerdings so gut wie gar nicht von dem vorigen unterschied: dieselbe Melancholie, dieselbe Innerlichkeit, fast so etwas wie Todessehnsucht. Diese Glückseligkeit in ihren Gesichtern, wenn sie singen … Er konnte nicht hinsehen und schloss die Augen, wenn sich seine Teilnahme nicht irgendwie verhindern ließ. Und wenn er sie wieder öffnete, trafen ihn warme, anerkennende Blicke, die ihm Ergriffenheit und spirituelle Sensibilität unterstellten. Lächerlich.

Nach der dreiundzwanzigsten Liegestütze erhob er sich, mehr war heute nicht drin, ging zum Schreibtisch und kramte seine Uhr aus der Schublade hervor, auch ein im Kloster unerwünschtes Utensil. 21 Uhr 32, ungefähr eine Stunde musste er sich noch gedulden. Er nahm eine Schachtel Streichhölzer und entzündete die Kerze. Der Docht fing nur schwer Feuer, und kaum brannte er, begann die Flamme zu flackern und zu rußen. Sebastian pustete das Streichholz aus und schob die Streichholzschachtel in die Tasche seiner Kutte. Mit einer Schere schnitt er den oberen Teil des Dochtes ab. Für einen Moment sackte die Flamme in sich zusammen und drohte zu erlöschen. Dann erholte sie sich und brannte kraftvoll auf, ohne zu rußen. Mit einem Papiertaschentuch reinigte Sebastian die Schere, legte sie neben die Kerze, faltete seine Hände und konzentrierte sich auf die Flamme. In seinem früheren Leben wäre er nie auf die Idee gekommen zu meditieren, hier im Kloster jedoch …

Da, ein Kratzen. Er zuckte zusammen und starrte die Tür an. Eine Stimme flüsterte einige Worte, zu leise, um sie zu verstehen. Eine Frauenstimme. Ein erstauntes Lächeln zog über sein Gesicht. Jetzt schon? Er sprang auf, ließ die Wolljacke zu Boden gleiten und öffnete die Tür. Niemand zu sehen. Im Gang flackerte das Licht der Kerzen, die in schmiedeeisernen Halterungen steckten, eine alle fünf Meter. Weiter hinten, dort, wo die Treppe hinunter ins Kellergewölbe abzweigte, zeichnete sich für einen Moment ein Schatten ab – und verschwand.

Sebastian schloss die Tür hinter sich und folgte dem Schatten. Schnelle, vorsichtige Schritte waren zu hören. Der Mönch nahm jeweils zwei Stufen auf einmal. Die Treppe war lang und führte tief hinunter in die Kellergewölbe des Klosters. Mit jedem Meter wurde die Luft kühler, und der Geruch moderiger Feuchtigkeit nahm zu. Hier brannten an den Wänden keine Kerzen, sondern nackte Energiesparlampen, gerade hell genug, um die Stufen zu erkennen. Am Ende der Treppe zweigte ein Gang ab. Hier war es noch dunkler. Rechts und links reihten sich mit Eisen beschlagene Eichentüren aneinander, und der geringe Abstand zwischen ihnen ließ erahnen, wie eng die Kammern dahinter waren. Die letzte Tür, deutlich größer als die anderen, war nur angelehnt. Er schob sie auf.

»Warum hast du kein Licht gemacht, Sara?« Er tastete nach dem Schalter, aber das Licht funktionierte nicht. »Dann eben mit Kerzenlicht. Ist auch schöner.«

Er wollte nach den Streichhölzern in der Tasche seiner Kutte greifen. Ein Geräusch von der Seite und ein Stoß. Er stolperte und stürzte. Hastige Schritte. Die Tür wurde von außen zugezogen. Jemand versuchte, den Riegel zuzuschieben. Sebastian sprang auf. Wenn ihr das gelang, war das sein Todesurteil, niemand kam je hier herunter, und schreien konnte er, so laut er wollte, niemand würde ihn hören. Zu Zeiten der Inquisition war dies die Folterkammer gewesen, in der Menschen so lange gequält wurden, bis sie starben oder jedes gewünschte »Geständnis« ablegten, und es war nicht erwünscht gewesen, die Mönche oben im Kloster durch fortwährendes Geschrei von ihren christlichen Pflichten abzulenken.

Sebastian zog an der Tür, der Widerstand war nicht sehr groß. Sie hatte es also nicht geschafft, den rostigen Riegel zu bewegen …

Er lachte. »Dafür wirst du büßen, das weißt du.«

Draußen stand Sara, die Augen vor Entsetzen geweitet und unfähig zu fliehen. Er packte sie am Kleid und zerrte sie in die Folterkammer. Mit einer Hand tastete er nach der Wandlampe. Die Glühbirne war gelockert, und schon nach einer Umdrehung leuchtete sie wieder. Er stieß Sara in den Raum hinein.

»Das wird ein großes Vergnügen, mein Kätzchen. Geh da rüber.«

Er deutete auf zwei Ketten, die von der Decke herunterhingen, an deren Enden rostige Handschellen befestigt waren und die man über eine Umlenkrolle hochziehen konnte.

»Die Hände auf den Rücken.«

Sara wehrte sich. Er schubste sie roh nach vorne. Zwischen den Ketten und einer Eisernen Jungfrau lehnte eine Holzkeule an der Wand, damit hatten die Folterknechte früher ihren Opfern die Gliedmaßen zerschmettert. Sebastian folgte ihrem Blick.

»Versuch's doch.«

Er lachte, als Sara die Keule mit beiden Händen packte. Sie starrte ihn an.

»Oh, was ist das denn! Richtige Wut in deinen Augen. Und ich dachte immer, die hat man euch Mädels gründlich ausgetrieben.«

Er ging auf Sara zu, sicher, dass sie keine Gefahr darstellte. Doch sie tat das einzig Richtige. Statt abzuwarten, warf sie sich ihm entgegen und schlug zu. Sebastian riss seinen Arm hoch, zu spät, die Keule traf ihn am Hals, er ging zu Boden. Sara sprang zur Tür hinaus. Dieses Mal versuchte sie gar nicht erst, sie zu verriegeln. Sie rannte den Gang entlang, zwanzig Meter weiter bog er rechtwinkelig ab. Hier brannte keine Lampe mehr. Sie hastete weiter, rutschte auf den feuchten Granitsteinplatten aus.

Sebastian folgte ihr, er humpelte, mit jedem Schritt fuhr ein stechender Schmerz in sein linkes Bein. Ein paar Meter weiter verschwand Sara durch eine Öffnung in der Wand. Sebastian hinkte hinterher. Hier war es stockfinster. Er blieb stehen und lauschte. Nichts zu hören, keine Schritte, kein Rascheln. War sie stehen geblieben? Wartete sie auf ihn? Um ihn tatsächlich erneut anzugreifen, anstatt zu fliehen?

Er tastete nach der Streichholzschachtel, langsam, öffnete sie, ohne ein Geräusch zu machen, und zog ein Streichholz heraus. Vorsichtig drückte er den Schwefelkopf gegen die Reibefläche. Sobald das Holz brannte, würde er sich auf sie werfen. Und dieses Mal würde er besser aufpassen.

Er riss es an. Das plötzliche Licht blendet ihn. Er starrt in den Gang. Vor ihm ist sie nicht. Er dreht sich um, zu schnell, die Flamme erlischt. Er springt zur Seite. Wenn sie hinter ihm steht, kennt sie jetzt seine Position. Hektisch zerrt er ein neues Streichholz hervor. Es ist gleich ein ganzes Bündel, vier oder fünf.

Die Flamme ist viel größer. Der schwefelige Qualm brennt in seinen Augen. Er kämpft gegen Tränen an, fährt sich mit dem Ärmel seiner Kutte über die Augen.

Saras Gesicht, plötzlich ganz nah vor ihm. Aus dem Augenwinkel sieht er eine Bewegung. Er versucht auszuweichen. Zu spät. Ein titanischer Schlag trifft seine Stirn. Er tastet, warmes Blut schießt aus einer Platzwunde. Du verdammtes Miststück, will er sagen, aber nur ein Gurgeln kommt aus seinem Mund. Er sackt zu Boden.

Sara wartet ab. Lauscht. Ist er tot? Sie will weglaufen. Aber die Geheimtür steht noch offen … vielleicht findet dann irgendjemand diesen Herrn Sebastian, bevor sie weit genug fort ist von hier. Und dann ist ihre Flucht zu Ende und dann … Sie *muss* die Tür schließen.

Sie geht zurück, ihr Körper zittert, immer wieder lauscht sie in die Dunkelheit des Ganges. Sie schiebt die Tür zu, ein eiserner Rahmen, in den die Wandsteine eingepasst sind und der auf bronzenen Rädern auf einer mondsichelrunden Schiene bewegt wird. Das Rumpeln der Räder ist so furchtbar laut. Endlich verhallt es. Jetzt herrscht absolute Dunkelheit. Sie ertastet die Wand und bewegt sich so leise wie möglich in den Gang hinein. Sie muss an dem Herrn Sebastian vorbei, um hinaus in die Freiheit zu gelangen.

4.

Die lange Tafel im Refektorium war leer geräumt. Nur ein leichter Duft von frisch gebackenem Brot erinnerte an das Abendessen, das die Mönche drei Stunden zuvor hier eingenommen hatten. Der Saal wirkte trotz der dunklen, fast schwarzen Eichenholzvertäfelung freundlich, was an den zwischen Ocker und Terrakotta changierenden Bodenfliesen und den vielen Fenstern lag, die an drei Seiten des Raumes eingelassen waren. Da sie nach Osten, Süden und Westen ausgerichtet waren, ließen sie zu jeder Tageszeit Sonnenlicht ein. Jetzt, in der Dunkelheit, lockerten sie die ansonsten kahlen Wände mit ihren ornamentalen Fensterbänken und den bleigefassten Butzenscheiben auf. Ein gewaltiger gusseiserner Ofen, hinter dessen verglaster Klappe ein Feuer aus dicken Buchenscheiten träge loderte, sorgte für angenehme Wärme. In der Etage oberhalb des Refektoriums befand sich der Schreib- und Lesesaal, und damit es dort warm genug war, musste auch hier unten und selbst im Sommer gut geheizt werden.

Die wohlige Wärme war auch der Grund, warum das Nachtgebet, das Komplet, hier und nicht wie die anderen Stundengebete in der Kapelle abgehalten wurde. Die alteingesessenen Mönche waren betagt, keiner unter siebzig, die meisten weit darüber, und das Leben in den feuchten Gemäuern des Klosters hatte sie ausnahmslos mit heftigem Rheuma und Gicht geschlagen. Tagsüber ging es noch mit den Schmerzen, doch abends wurde es schlimm, da half nur Wärme.

Abt Albertus saß am Kopfende der Tafel, in Gedanken vertieft, nur hin und wieder ging sein Blick zu den beiden leeren Plätzen. Die versammelten Mönche schwiegen, eine gewisse Unruhe war ihnen anzumerken. Pünktlichkeit gehörte zu den wichtigsten Klosterregeln, und vor allem, wenn es um das letzte Gebet des Tages ging, dem sich die ersehnte Nachtruhe anschloss, wurde sie von allen eingehalten.

Die Tür öffnete sich, ein Mönch trat ein und verbeugte sich in Richtung des Abts.

»Und, Bruder Petros?«, fragte der Abt.

»Ich konnte Bruder Sebastian nicht finden. In seiner Klause brennt eine Kerze, als wäre er nur kurz hinausgegangen.«

Abt Albertus zögerte einen Moment, dann erhob er sich.

»Ihr führt das Nachtgebet ohne mich aus. Bruder Domenikus, du nimmst meine Stelle ein.« Er klatschte in die Hände. »Bruder Vinzent und Bruder Bertrand, ihr sucht Bruder Sebastian.«

Albertus verließ das Refektorium und eilte durch den langen, von Arkadenfenstern gesäumten Gang zu einer Tür an dessen Ende. Aus seiner Kutte zog er eine Magnetkarte und hielt sie gegen das Lesegerät, das derart unauffällig im Türrahmen eingelassen war, dass man es auf den ersten Blick leicht übersah. Eine LED leuchtete auf, zuerst rot, dann grün, ein metallisches Geräusch signalisierte das Entriegeln der Tür, und sie sprang auf. Albertus betrat den dahinterliegenden Raum, die Tür schloss sich automatisch hinter ihm.

Auf einem Holztisch stand ein großer Monitor, sein Display war in acht Zonen aufgeteilt, die Bilder von Überwachungskameras zeigten: die Zufahrt zum Kloster und das Tor, den Klosterinnenhof, den äußeren und den inneren Eingangsbereich des Klosters und die drei Hauptgänge, die das Kloster in seiner gesamten Länge durchzogen. Im ersten und zweiten Stock gingen von ihnen die Stuben der Mönche und der Lesesaal ab und im Erdgeschoss die Küche, das Refektorium und die Waschräume. Albertus zog die

Tatstatur und die Maus zu sich heran. Er isolierte eines der acht Bilder und brachte es großformatig aufs Display. Es zeigte den Klosterhof. Im Schnelllauf spulte er die Videoaufnahme zurück. Jedes Mal, wenn jemand dort auftauchte, der im Begriff war, das Kloster zu verlassen, verlangsamte er das Tempo und zoomte auf dessen Kopf. Sebastian war nicht dabei.

Danach nahm er sich die Aufzeichnung des Klostergangs vor, von dem Sebastians Klause abging. Wieder spulte er im Schnelllauf zurück, sah, wie zwei Menschen überdreht und ruckelig durch den Gang huschten, stoppte den Rücklauf und ließ die Aufzeichnung im normalen Tempo vorwärtslaufen. Jemand in einem weiten Umhang und mit über den Kopf gezogener Kapuze tauchte aus dem Gang auf, der hinunter zu den Kellergewölben führte, und schlich zu Sebastians Tür.

Abt Albertus zoomte auf das Gesicht heran, das trotz des geringen Lichts gut zu erkennen war.

»Sara? Wie ist die hier hereingekommen?«

Er ließ die Aufzeichnung weiterlaufen, bis Sara und kurz darauf Sebastian in dem Gang nach unten verschwanden. Der Abt sprang auf und wollte den Raum schon verlassen, doch dann kehrte er ans Pult zurück. Um sicherzugehen, ob die beiden wieder auftauchten, musste er die Aufzeichnung bis zur Realzeit weiterlaufen lassen.

5.

Saras Knie schmerzten. Wie oft war sie in dem lichtlosen Stollen gestürzt? Auf dem Hinweg nicht ein einziges Mal, doch auf dem Rückweg war sie viel zu schnell durch die Dunkelheit gerannt. Jede Sekunde meinte sie den Atem des Herrn Sebastian in ihrem Nacken zu spüren.

Die Wut, die sich viele Jahre in ihr aufgestaut hatte, und der Hass, der erst wenige Monate alt war, beides hatte sich wie in einer Explosion entladen. Jetzt fühlte sie sich leer. War er tot, der Herr Sebastian? Sie und die anderen Mädchen waren gedrillt, das Alte Testament als einzige Wahrheit anzusehen, und stand da nicht geschrieben: Auge um Auge, Zahn um Zahn? Das war ein Irrtum, sie spürte es ganz genau. Sein Tod würde ihr keine Erlösung bringen, sondern nur einen weiteren Schatten auf ihre Seele legen. Sie wollte nicht seinen Tod, sondern nur ihn nie wiedersehen müssen.

Endlich kündigte ein grauer Schimmer das Ende des Stollens an. Sie trat hinaus. Dort lag ihr Felleisen.

»Rucksack!«, korrigierte sie sich und erschrak über die Lautheit ihrer Stimme. Es ist ein Rucksack. Sie musste das Wort mehrmals wiederholen, diesmal leise geflüstert, um das andere aus ihrem Kopf zu vertreiben. Wer statt Felleisen Rucksack sagte, bekam zehn Schläge. Wer nachfragte, warum man Rucksack nicht sagen durfte, bekam fünfzehn weitere. Nachfragen war eine Versündigung, Nachfragen bedeutete Infragestellen, Infragestellen bedeutete, den Glauben in Zweifel zu ziehen. Wenn man nicht aufpasste, hatte man schnell eine der größten aller Sünden begangen: Zweifel statt Demut und Unterwerfung.

»Rucksack. Rucksack.«

Untereinander hatten sie das Wort wie ein geheimes Zeichen benutzt. Genauso wie Essen statt Mahl oder Kleid statt Gewand. Natürlich nur Esther, Hanna und sie selbst. Die anderen Mädchen hätten sie sofort verraten. Die meisten waren im Alter von fünf und sechs Jahren ins Schwesternhaus gekommen, und ihre kleinen Seelen hatten nie gespürt, wie es sich anfühlt, einen eigenen Willen zu haben. Sara selbst war zehn Jahre alt gewesen, Hanna und Esther sogar dreizehn, als sie von ihren Eltern bei den Schwestern abgegeben wurden.

Hanna, oh, Hanna! Ihr Tod hatte sie unvorbereitet getroffen. Ein Unfalltod, sagten die Schwestern. Aber sie und Esther glaubten ihnen nicht. Schon als der Mönch, Bruder Sebastian, mit Hanna zum Holzmachen losgezogen war, hatte sie dieses Gefühl gehabt, ein Schwindel im Bauch, ein Taumeln. Er hatte Hanna sehr böse behandelt, der Herr Sebastian, ohne dass zu verstehen war, warum. Fast vom ersten Tag an, als er vor elf Monaten ins Kloster eingezogen war. Und dann war sie tot. Ein fallender Baum hat ihr den Schädel eingeschlagen, hatte der Mönch behauptet. Aber wie sollte ein dicker Baum eine solch schmale Wunde verursachen? Sie hatte sie gesehen, als sie die Leiche mit drei anderen Mädchen holen mussten. Und wieso lag Hanna neben und nicht unter dem Baum? Fragen, die sie nicht stellen durften. Nachfragen bedeutete Infragestellen, und Infragestellen bedeutete, den Glauben in Zweifel zu ziehen.

Gleich nach Hannas Tod hatte der Mönch begonnen, seinen Dienst an Esther zu verrichten, auch an ihr, aber nicht so häufig. Die Freundschaft zwischen Esther und ihr wurde tiefer, viel tiefer, als sie es je mit Hanna gewesen war. Sie hatten ja nur sich. Die Schwestern, der Bruder Sebastian, die anderen Mädchen – das waren die, vor denen man sich hüten musste. Gefahr. Oft schliefen sie schlecht, aus

Angst, im Schlaf zu reden und Dinge auszusprechen, die unweigerlich furchtbare Strafen nach sich ziehen würden. Manchmal, wenn die Angst besonders groß war, wachten sie abwechselnd über den Schlaf der anderen, Esther und sie.

Vorsichtig tastete Sara sich durch das Brombeergestrüpp weiter vor. Die dornigen Äste wurden rechts und links von einer Plastikschnur zusammengehalten. Der Mönch hatte die Schnur so angebracht, dass man nur an einem Ende ziehen musste, um einen Durchgang zu schaffen. Wie stolz war er auf diese einfache Konstruktion gewesen, und was hatte er damit geprahlt, dass Schlauheit sich vor allem in Einfachheit äußerte! Einmal hatte sie gekichert. Als Antwort hatte er sie gleich hier von hinten genommen und sie mit jedem Stoß seiner Lenden tiefer in die Brombeeren gedrückt. Später, zurück im Schwesternhaus, musste sie eine Nacht in die Bußkammer, wegen der Risse in ihrem Kleid und der vielen Blutflecken.

Kammer … was für ein großzügiges Wort für diesen winzigen Wandschrank, in dem man kaum Luft bekam, in dem man sich fühlte, als wäre man bei lebendigem Leib begraben. Alle Mädchen, fünfzehn an der Zahl, waren sich einig darin, jede Prügelstrafe der Bußkammer vorzuziehen. Der Schmerz der Prügel verging schnell, und wenn man sich konzentrierte, fühlte man ihn sogar kaum. Die Bußkammer hielt einen fest im Griff, und man spürte jede Sekunde, weil man hoffte, dass es endlich die letzte sein würde.

Die Erinnerung nahm ihr für einen Moment die Kraft, und mit der Schwäche kam die Angst zurück. Sie warf einen Blick hinter sich und war sich sicher, dass der Mönch sich in der nächsten Sekunde aus dem Dunkeln auf sie stürzen würde, mit diesem Gesichtsausdruck, den Esther und sie zu fürchten gelernt hatten und der besagte, dass ihn nichts aufhalten konnte. Die Holzkeule, hatte sie sie noch …? Nein, die hatte sie im Stollen fallen gelassen.

Sie zerrte sich das Fellei– den Rucksack vom Rücken, zog das Wechselkleid und ihre Puppe heraus ... Puppen waren nicht erlaubt. Sie hatte sie aus Stoffresten genäht. Dass sie nie von den Erzieherinnen gefunden worden war, war ein kleines Wunder … Ganz unten fand sie die Taschenlampe, eine, für die man keine Batterien brauchte, Dynamotaschenlampe hatte auf der Verpackung gestanden. Vor ein paar Wochen hatte sie sie unter dem Tisch der Leiterin gefunden, als sie das Refektorium im Schwesternhaus schrubbte. Ein Geschenk Gottes, hatte sie gedacht und die Lampe mitgenommen. Ein Zeichen, dass sie endlich die Flucht wagen sollte. Und ein weiteres Zeichen war, dass die Leiterin die Lampe nie vermisst hatte.

Hektisch drehte sie die Handkurbel. Das schrille Geräusch schnitt durch die Stille. Lieber Gott, jetzt weiß er, wo ich bin … Er braucht nur Anlauf zu nehmen, seinen Körper in meinen zu rammen, und ich stürze in die Tiefe …

Endlich flammte das Licht auf. Besonders hell war es nicht, es reichte gerade, um den Boden vor ihr zu beleuchten. Fünfzehn Sekunden kurbeln, zwei Minuten leuchten. Sie lauschte. Nichts, da war gar nichts. Oder doch? Ein Stöhnen?

Plötzlich überwältigte sie das Gefühl, dass ihr die Flucht nicht gelingen würde. Die Kräfte, die sie in den letzten Monaten zusammengescharrt und gehortet hatte, immer in der Angst, dass man ihr ihre Absicht zu fliehen ansah, dass ein unkontrollierter Blick sie verriet, waren verpufft.

Nicht einschlafen, nicht einschlafen …

Wie lange hatte es gedauert, bis sie es endlich gewagt hat! Jedes Mal, wenn der Herr Sebastian seinen Dienst an ihr verrichten wollte, bekam sie einen Schlüssel, um sich heimlich aus dem Schwesternhaus hinauszuschleichen. Ohne Licht musste sie den Weg bis in die Folterkammer finden. Dort wartete er nach dem letzten Nachtgebet, dem Komplet, auf sie; manchmal hatte er sie sogar mit in seine Klause genommen, was ihn auf für sie unverständliche Weise noch mehr erregte. Nach dem Dienst an ihr brachte er sie ins Schwesternhaus zurück und nahm ihr den Schlüssel wieder ab. Heute hatte sie sich früher als von ihm angeordnet auf den Weg gemacht, um mehr Zeit für ihre Flucht zu haben.

Entschlossen stopfte sie das Kleid und die Puppe zurück in den

Rucksack. Wenn sie es heute nicht schaffte, würde es für sie keine zweite Gelegenheit mehr geben. Sie machte sich an den Abstieg. Im Licht der Taschenlampe kam sie viel schneller voran. Die Felswand unterhalb der Klostermauer fiel senkrecht ab. Von Weitem wirkte sie wie eine glatte Wand. Erst wenn man unmittelbar davorstand, konnte man den schmalen Steig erkennen, den die Mönche im Mittelalter angelegt hatten. Der geheime Zugang zum Kloster sollte es ihnen ermöglichen, im Falle einer Belagerung durch Räuber oder brandschatzende Soldaten unbemerkt Wasser und Lebensmittel von draußen herbeizuschaffen. »Es wird hiermit vermerkt und verfügt, dies sei kein Weg, um davonzufliehen aus dem Kloster«, besagte eine Zeile im Klosterbuch, die ein gewisser Abt Hubertus im Jahr 1372 dort hineingeschrieben hatte. Sebastian, der Mönch, hatte diesen Satz ihr gegenüber unendlich oft rezitiert. Warum er das tat, dieselben Sätze immer wieder zu sagen, hatte Sara nie verstanden. Er hatte ohnehin ständig geredet, wenn er sie im Schwesternhaus für Arbeiten abholte: über die Welt draußen, über Menschen, die man nicht am Leben lassen durfte, über sein ferngesteuertes Fluggerät, er nannte es Quadrocopter, mit dem er jeden Tag übte. Nur wenn er seinen Dienst an ihr verrichtete, redete er nicht, da grunzte er und stöhnte.

Als Sara endlich auf dem weichen Waldboden stand, suchte sie den Himmel ab. Da, der Große Wagen. Wenn man den Abstand der beiden hinteren Sterne ums Vierfache verlängert, stieß man auf den Polarstern. Norden. Das wusste sie noch aus der Zeit, als sie in eine normale Schule gehen musste, die Polizei hatte sie anfangs zu Hause abgeholt und dorthin gebracht, weil ihr Vater dagegen gewesen war, eine furchtbare Zeit, sie war das Gespött aller anderen Kinder gewesen. Und ihr Vater …

Lass die Erinnerungen sein, beschwor sie sich, »lass sie sein, kümmer dich nur um das, was jetzt wichtig ist, Sara!« Oh, Gott, hatte sie tatsächlich angefangen, mit sich selbst zu reden, wie die alten Schwestern im Schwesternhaus, die, die zum Erziehen zu alt waren und nur noch auf den Tod warteten?

Der Große Wagen. Der Polarstern. Sie hatte keine Ahnung, welche Wege und Straßen aus dem Tal hinausführten, sie wusste nur, dass das Tal im Süden an einem Gletscher endete und im Osten und Westen von schroffen Dreitausendern begrenzt wurde, die man allenfalls im Tageslicht und auf keinen Fall mit Sandalen überwinden konnte. Wenn sie doch nur ihre robusten Wanderschuhe hätte! Aber die wurden nur ausgegeben, um draußen zu arbeiten, und wenn man zurückkehrte, musste man sie wieder abgeben. Nach Norden, das war ihr Fluchtweg, und sie musste so schnell laufen, wie sie konnte. In spätestens sieben Stunden würde ihr Verschwinden entdeckt werden, und falls man auch noch den Herrn Sebastian fand …

Lieber barmherziger Herr im Himmel, lass ihn tot sein!

Oh, Gott, was hatte sie für schlechte Gedanken …

Nein, er soll tot sein, für das, was er ihrer Esther angetan hat!

Sieben Stunden. Bis dahin müsste sie den Ort Klein Aichbach erreicht haben, dort gab es einen Bahnhof, das wusste sie aus Gesprächen der Schwestern. Und dann würde das größte Wagnis beginnen. Sie hatte weder Geld, noch war sie je mit einem Zug gefahren, sie wusste nicht, wie man Sachen einkaufte, wie man mit Menschen redete, die man nicht kannte, sie wusste nicht, wie es in der Welt da draußen zuging. Im Wald, da könnte sie sich durchschlagen, doch dort würde man am intensivsten nach ihr suchen, Tag und Nacht, die Schwestern hatten zwei Hunde. Alle Mädchen, die es in der Vergangenheit geschafft hatten, aus dem Schwesternhaus zu fliehen, hatten sich aus Angst vor der großen, unbekannten Welt im Wald versteckt. Alle waren sie sehr schnell gefunden worden. Und alle wurden sie danach von der Gnade der Strafe derart gezeichnet, dass man es ihnen bis an ihr Lebensende ansehen würde. Als Abschreckung für die anderen.

6.

Abt Albertus eilte mit Bruder Petros die Treppen hinunter zu den Gewölben. Im kalten Licht der Energiesparlampen traten die wulstigen Narben in Petros' Gesicht deutlich hervor. Schergen des Islamischen Staats hatten ihn vor ein paar Jahren in seinem syrischen Heimatdorf Sednaya im Norden von Damaskus zusammen mit anderen christlichen Männern gefangen genommen. Tod durch Kopfabschneiden lautete das Urteil. Sie boten ihnen an, sie zu verschonen, wenn sie ihren christlichen Glauben aufgaben und sich zum Islam bekannten. Keiner von ihnen wollte sterben, alle hatten sie ihre Familien, also sprachen sie die konvertierenden Worte: »*Ich bezeuge: Es gibt keinen Gott außer Allah, und ich bezeuge, dass Muhammad der Gesandte Allahs ist.*« Auch Petros hatte diesen Satz gesagt in der Überzeugung, dass sein Gott größer war als Allah und dass er seine Notlage verstehen würde.

Die IS-Schergen hatten gelacht und gesagt: Jetzt wird alles gut, aber bevor wir euch von euren Fesseln erlösen, zeigen wir euch noch einen Film. Sie bauten eine Leinwand und einen Beamer auf. Es dauerte fast eine Stunde, bis ein IS-Kämpfer mit einer Videokamera herbeieilte, die SD-Card entnahm und in den Beamer schob. Petros und die anderen erwarteten so etwas wie eine Gebrauchsanweisung für die ihnen fremde Religion. Doch dann zeigte das Video, wie die IS-Schlächter ihre Familien massakrierten, wie sie lachend und jubelnd ihre Frauen erschossen und erstachen, und zum Schluss Babys so lange gegen Wände warfen, bis auch sie tot waren. Es war so unendlich grauenhaft, und doch konnte keiner der Männer seine Augen schließen, als hofften sie, dass es sich nur um ein perfides Videospiel handelte.

Als das Video zu Ende war, marschierten junge Islamisten vor den gefangenen Männern auf, fast die Hälfte waren weißhäutige Europäer, die kaum Arabisch sprachen, junge Männer, einige vielleicht gerade erst achtzehn Jahre alt, jeder mit einer Sammlung von Messern versehen. Ein Gefangener nach dem anderen starb. Ihre Henker schnitten ihnen nicht einfach die Kehle durch, sondern probierten zuerst in ihren Gesichtern aus, welches das jeweils stumpfeste Messer war, um genau dieses dann für die Hinrichtung zu benutzen. Petros war das letzte Opfer. Das Entsetzen hatte ihn stumm werden lassen, weder konnte er schreien, noch spürte er die Schnitte durch sein Gesicht. Seine Augen blickten in den Himmel, wo sich während der gesamten grausamen Prozedur ein Gewitter zusammenbraute und der Sonne das Licht wegnahm. Als sein Henker, ein Junge mit Milchgesicht und dünnem Bärtchen, endlich das stumpfeste Messer gefunden hatte und es an seinen Hals setzte, brach das Gewitter mit biblischer Urgewalt los. Gleich der erste Blitz fuhr in einen Panzer. Granaten explodierten und setzten Treibstofftanks in Brand. In dem Chaos gelang Petros die Flucht. In seinem Überleben sah er keinen Zufall, sondern eine Fügung Gottes, verbunden mit dem Auftrag, sein Leben fortan dem Kampf gegen den IS und gegen den Islam, der solche Bestien hervorbrachte, zu widmen.

Mit ihren Taschenlampen leuchteten der Abt und Petros in jede der Bußkammern, winzige, leere Räume mit kahlen Wänden und Böden aus gestampftem Lehm. Die letzte Kammer war deutlich größer, hier war der Boden mit Steinplatten ausgelegt. An den Wänden hingen etliche mittelalterliche Folterinstrumente, Zangen, Daumenschrauben und verschiedene Werkzeuge, deren Funktion sich nicht ohne Weiteres erschloss, Überbleibsel aus der Zeit der Inquisition. Eine halb geöffnete, von Rost zerfressene Eiserne Jungfrau lehnte an der Wand. In der Mitte des Raums stand ein Streckbrett, das in einem erstaunlich guten Zustand war. Auf der hölzernen Liegefläche waren mehrere Lagen weicher Decken übereinandergelegt ausgebreitet, daneben lagen einige Streifen Kondome, die teilweise geöffnet worden waren. Petros sah irritiert zum Abt hinüber. Der zeigte keine Reaktion, fast als wollte er die Existenz dieses in einem Klosterbetrieb vollkommen überflüssigen Utensils durch Ignorieren zum Verschwinden bringen.

Albertus schickte Bruder Petros zurück ins Refektorium und wartete, bis dessen Schritte verklungen waren. Dann folgte er dem Gang, bog zwanzig Meter weiter in den nächsten Gang ab, der kurz darauf endete. Er tastete die Wand ab, bis er den Mechanismus fand, der die geheime Tür öffnete. Er leuchtete in den Tunnel hinein. Das Licht verlor sich in der Ferne.

Einige Meter vor ihm auf dem Boden lag ein sackartiges Bündel. Vorsichtig trat er näher heran. Sebastian, das Gesicht voller Blut.

7.

Der Wirt schob die Tür hinter Carl zu und drehte die Schlüssel im Schloss. Kurz nach Mitternacht. Seit einer halben Stunde schon hatte sich kein neuer Gast mehr in der Kalker Stube blicken lassen, und Carls sparsame Art, stundenlang vor einem einzigen Bier zu sitzen, hatte ihn sauer gemacht.

Draußen wurde Carl vom malzigen Geruch der nahen Brauerei empfangen, schwer, süßlich, eklig, er versuchte, so flach wie möglich zu atmen. Er zog die Schultern hoch, als wäre es kalt. Was es nicht war, im Gegenteil. Seit Tagen schon bewegte sich in der Stadt kein Lüftchen, und es wurde immer schwüler. Typisches Kölner Sommerwetter. Seine rechte Schulter schmerzte immer noch. Oder schon wieder. Der Muskelbündelriss war längst verheilt, trotzdem schwoll sein Oberarm in schöner Regelmäßigkeit an. Die Faszien und das Lymphsystem vergessen eine solche Verletzung nicht so schnell, hatte sein Physiotherapeut gesagt. Schrubben Sie den Arm jeden Tag mit einer Wurzelbürste, sorgen Sie für Durchblutung, dann wird es besser. Natürlich tat er das nicht, und nichts wurde besser. Weil er die Erinnerung aufrechterhalten wollte? Als Ermahnung, nicht aufzugeben?

Als ob das nötig wäre …

Carl ging die Kalker Hauptstraße entlang, und seine Schritte wurden immer langsamer, je näher er seinem Wohnhaus kam, das letzte, bevor das Schienennetz des Güterbahnhofs begann. Der Lärm rangierender Loks, das Rumpeln und Quietschen der Waggons wurde immer lauter, ein Lärm ohne regelmäßige Muster, nichts, woran man sich gewöhnen könnte. Kein Wunder, dass die Wohnungen hier so billig waren. Seine war besonders billig. Das Haus stammte aus den 1950er-Jahren und hatte schon lange keinen Handwerker mehr gesehen. Der graue Rauputz der Fassade löste sich in großen Stücken, das Holz der Fenster wurde an manchen Stellen nur noch von den Lackresten zusammengehalten, überall zeigten sich Spuren schimmeliger Feuchtigkeit. Der Besitzer schien entschlossen zu sein, die Mieten bis zum letzten Tag, bevor das Haus in sich zusammenfiel, einzustreichen. Die ganze Gegend war eine einzige Sackgasse, bevölkert von einer Hartz-IV-Schattenarmee, von ein paar Studenten und von Rentnern, denen mit ihren Altmietverträgen nicht so leicht gekündigt werden konnte.

Vor der Eingangstür verharrte er. Starrte auf sein Messingschild: »Private Ermittlungen – Carl Gruber«. Als er es hatte machen lassen, war er sich noch sicher gewesen, die zweihundert Euro dafür leicht verschmerzen zu können, weil sein Geschäft sehr bald Fahrt aufnehmen würde. Ein fundamentaler Irrtum, wie sich herausstellte.

Rechts und links neben der Tür war die Wand von zahllosen Dübellöchern übersät. Immerhin ließen sie vermuten, dass hier früher einmal andere Schilder montiert gewesen waren, von Steuerberatern, Heilpraktikern oder vielleicht sogar einer Arztpraxis; oder auch nur von einem Nagelstudio und einem Massagesalon.

Trotzdem musste Carl froh sein, die Wohnung überhaupt bekommen zu haben. Zuvor hatte er nichts als Absagen erhalten, weniger weil er ein arbeitsloser Ex-Polizist war, nein, aber es war wie verhext gewesen, jeder Vermieter schien ihn zu kennen, ihn, den Bullen, der einen Jungen hinterrücks erschossen hatte, und so einen wollte keiner in seinem Haus haben. Das Allerschlimmste jedoch war, dass er diese verdammte Wohnung letztlich genau deshalb bekommen hatte. Der Vermieter hatte seinen Fall mit großer Begeisterung verfolgt und gratulierte ihm überschwänglich: Ein Scheiß-Moslem weniger, Herr Gruber, super! Wenn nur alle Polizisten so wären wie Sie. Weg mit denen, die müsste man alle an die Wand stellen, von wegen »der Islam gehört zu Deutschland« … Am liebsten hätte Carl sofort wieder das Weite gesucht, doch er hatte keine Wahl. Er wohnte zu der Zeit noch in einer Pension, billig zwar, aber immer noch viel teurer als die Miete für diese Wohnung.

Carl zog seine Wohnungsschlüssel aus der Hosentasche. Was erwartete ihn, wenn er jetzt hinaufging? Zehn Drehbücher einer Bullen-Soap, die er auf Fehler in der Darstellung der Polizeiarbeit durchleuchten sollte … Absurd. Seine Kollegen und die Mordkommission hatten Fehler gemacht, sie hatten sich von den Alibis der beiden Mörder blenden lassen, sie hatten sie laufen lassen und ihn um seinen Job gebracht! Und da war niemand gewesen, der die Polizeiarbeit durchleuchtet hatte.

Das erste Geld würde in vier, fünf Wochen kommen. Und dann würde es doch nicht reichen, um davon zu leben. Warum sollte er sich das antun? Eine weitere Stufe auf einer Treppe nach unten … Plötzlich war da dieser glasklare Gedanke: Es war lächerlich, sich mit irgendwelchen dämlichen Jobs einzurichten, er hatte hier keine Zukunft mehr. Es galt, eine einzige Aufgabe zu erledigen. Und danach? Weg von hier.

Er steckte den Schlüssel wieder ein. Der Umschlag mit den Drehbüchern klemmte noch unter seinem Arm. Langsam ließ er ihn hinunterrutschen, bis er ihn in der Hand hielt. Schwer war er nicht, etwa wie ein Sportdiskus. Auf der Polizeischule hatte er mit großem Vergnügen Leichtathletik gemacht, im Diskuswerfen war er einer der Besten gewesen.

Er nahm Schwung, drehte sich zweimal um seine Achse und schleuderte den Umschlag hinüber zu den Bahngleisen. Ein perfekter Wurf mit Spin. Auf den ersten Metern gewann der Umschlag an Höhe, bevor er in einem weiten Bogen in die Tiefe segelte, auf die Schienen knallte, zerplatzte und seinen Inhalt über den Schotter verteilte.

Er steckte fest, Stillstand. Seine Frau würde nicht zu ihm zurückkehren, das Gericht würde das Kontaktverbot zu seiner Tochter nicht aufheben, in Köln würde er immer der Kindsmörder bleiben, freigesprochen von einer bullenfreundlichen Justiz. Trotzdem konnte er nicht weggehen. Weil da immer noch die Hoffnung war, diesen letzten Mosaikstein zu finden. Plötzlich pulste Wut in ihm hoch. Er *musste* etwas tun, jetzt.

Sein Motorroller stand auf dem Bürgersteig neben einem Laternenpfahl, gesichert mit einer schweren Kette. Carl öffnete das Schloss. Der Sturzhelm steckte in dem Hohlraum unter dem Sitz. Der Motor sprang sofort an. Zehn Minuten später bog er in die Zeusstraße ein. Sein altes Revier, die Hochburg islamistischer Hassprediger, die No-go-Area für deutsche Polizisten. Alle wissen es – außer Lena Gülec, dachte er –, aber laut sagen durfte man es nicht, das war nicht political correct, und es brachte einem den Ruf ein, ein Rassist zu sein.

Trotz der späten Stunde herrschte noch reges Treiben. Eine Mischung aus Klein-Istanbul und arabischem Bazar. Bunte Schaufenster voller Insignien orientalischen Lebens, Händler diskutierten mit ihren Kunden. Obst- und Gemüsegeschäfte hatten ihre Auslagen noch nicht wieder abgeräumt, vor den zahlreichen Restaurants und Kneipen saßen Männer bei Tee und Wasserpfeife und schwatzten, verschiedene Musiken tönten aus offenen Fenstern. Niemand störte sich daran. Gäbe es nicht die andere Seite, die, mit der Carl als Polizist hauptsächlich zu tun gehabt hatte, Gewalt gegen Frauen, gewalttätige Auseinandersetzungen zwischen verschiedenen Clans, Drogenhandel, dann würde er sich hier wohlfühlen, ihm gefiel das lebendige Beisammensein, die Leichtigkeit im Umgang miteinander.

Carl hielt vor dem türkischen Teehaus »gelecek«, zu Deutsch »Zukunft«, der Name war mit verschnörkelter, goldener Schrift über die halbe Breite der Fassade gepinselt. Er stellte den Roller auf dem Bürgersteig ab und zog den Sturzhelm herunter. Aus dem Augenwinkel sah er, dass einige ihn erkannten, ihre Gespräche verstummten. Wachsame, wütende oder einfach nur erstaunt-neugierige Blicke folgten ihm. Er betrat das Teehaus, in dem es sehr lautstark zuging, und auch dort herrschte innerhalb von Sekunden Totenstille. Ganz am Ende des mit Leuchtstoffröhren grell ausgeleuchteten Raums saß Meti Arslan und telefonierte.

Als er Carl erkennt, gibt er zwei Männern ein Zeichen, die sofort bei Carl sind und ihn festhalten. Meti beendet sein Gespräch, legt das Handy vor sich auf den Tisch und beobachtet lächelnd, wie die Männer Carl nach Waffen abtasten.

»Hast du Angst, Meti, dass ich mit einem Sprengstoffgürtel um den Bauch hier auftauche?«

»Nein, dazu habt ihr Ungläubigen nicht den Mut.«

»Mut?« Carl lachte auf. »Wir sind nur nicht blöd genug, auf diese Geschichte mit den zweiundsiebzig Jungfrauen im Paradies reinzufallen.«

Metis Gesicht zeigte keine Regung.

»Hiçbir şey bulunamadı«, meldete einer der Männer, nichts zu finden.

»Lasst ihn los.« Meti faltete die Hände vor seinem Bauch. »Einer, der hinterrücks Kinder erschießt, ist hier nicht willkommen.«

»Wissen deine Leute nicht, dass Kemal Simcek und Fati Demir den Jungen erschossen haben?«

Stille. Alle Blicke wanderten zu dem selbst ernannten Kalifen von Köln-Mülheim.

Meti erhob sich drohend. »Du kommst hierher, um zwei meiner Freunde zu beleidigen? Du spuckst den Eltern dieses heimtückisch ermordeten Jungen ins Gesicht und verhöhnst ihren Schmerz?« Meti gab den Männern ein Zeichen. Diesmal griffen sie härter zu. Er kam nah an Carl heran und sprach sehr leise. »Du bist nicht sehr klug.«

»Ich werde dich drankriegen, Meti. Das versprech ich dir. Dann stehst du vor dem Richter.«

»Du machst hier nicht die Spielregeln, du nicht und keiner von euch. Ihr Ungläubigen seid dumm wie die Schafe. Eure Scheiß-Demokratie ist zu schwach für uns. Für mich gibt es nur einen Richter, und das ist Allah.« Er rammte Carl sein Knie zwischen die Beine. »Und Allah ist auf meiner Seite.«

Carl japste nach Luft und wäre zu Boden gegangen, wenn die beiden Männer ihn nicht festgehalten hätten.

»Oh, ich bitte um Entschuldigung, ich bin ausgerutscht.« Meti sah sich nach Zustimmung heischend um, alle im Saal lachten.

»Allah ist auf deiner Seite? Weiß er denn …«

Meti rammte ihm erneut das Knie in den Unterleib. »Nimm den Namen Allahs noch ein einziges Mal in deinen Mund und ich lass dich in Stücke schneiden.«

Carl rang nach Luft. Das Schlimmste an dem Schmerz war, dass er sich langsam aufbaute, und der Höhepunkt war noch nicht erreicht. »Was hat der Junge dir getan?« Carl sprach, so laut er konnte. »Warum hast du den Auftrag gegeben, ihn zu töten?«

In Metis Gesicht blitzte ein winziger Anflug von Unsicherheit auf. »Raus mit ihm.« Meti drehte sich um und ging zu seinem Tisch zurück.

Die beiden Männer zerrten Carl zum Ausgang. Zwei Gäste sprangen auf und spuckten ihn an, einer boxte ihn gegen die Nase, Blut schoss hervor. Draußen stießen die Männer ihn zu Boden, einer trat ihm in die Seite, bevor sie sich wortlos wieder zurückzogen. Ringsherum herrschte gespenstige Stille. Carl hatte Mühe, wieder auf die Beine zu kommen. Jemand hilft ihm, Carl sieht in das Gesicht von Kemal. Der grinst und klopft ihm demonstrativ Straßendreck vom Hemd.

»Du machst einen wackeligen Eindruck. Als wir uns das letzte Mal gesehen haben, bist du auch immer umgefallen.«

Carl reißt sich los, geht die zwei Schritte zu seinem Roller und wirft den Motor an.

»Was bist du für eine traurige Gestalt«, höhnt Kemal. »Vor dir müsste noch nicht mal meine kleine Schwester Angst haben.«

Carl gibt Gas und fährt direkt auf Kemal zu, der in letzter Sekunde zur Seite springt. Im Vorbeifahren stößt er ihn gegen die Brust, der Türke stürzt nach hinten und schlägt unsanft auf den Boden auf.

Carl schlängelt sich einige Meter auf dem Bürgersteig zwischen den Menschen hindurch. Arme greifen nach ihm und versuchen, ihn umzureißen, erwischen ihn aber nicht. Auf der Straße beschleunigt er und lässt Kemals wütendes Gebrüll hinter sich.

Der Fahrtwind blies den Schweiß aus seinem Hemd, auf seinem Gesicht spürte er das Blut, das schnell verkrustete. Er musste durch den Mund atmen, seine Nase war geschwollen, sie tat höllisch weh, vielleicht war sie gebrochen. Trotz allem fühlte er sich erleichtert. Als er sich auf den Weg hierher gemacht hatte, hatte er keinen Schimmer gehabt, was er mit dieser im Grunde unsinnigen Aktion bezweckte. Und doch war da dieses Gefühl gewesen, dass sie für irgendetwas gut sein würde, dass er vielleicht etwas herausfand, einen Hinweis, der ihn weiterbrachte. Intuition? Egal. Er hatte etwas gefunden, da war er sich sicher. Untersuchungsrichter und Staatsanwalt hatten nicht einmal in Erwägung gezogen, dass der Tod des Jungen Teil eines Racheplans von Meti war. Niemand lässt ein Kind umbringen, Herr Gruber, nur um Ihnen einen Mord anzuhängen, das wäre barbarisch und ist nicht mehr als eine abstruse Schutzbehauptung von Ihnen!

Aber dieser winzige Anflug von Unsicherheit in Metis Gesicht bedeutete für Carl, dass es noch einen Grund gab, warum der Junge sterben musste, und dieser Grund hatte nichts mit ihm zu tun. Wenn er diesen Grund herausfand, konnte er seinen Fall wieder aufrollen. Vielleicht bekam er sogar seinen Job wieder zurück. Vor allem jedoch würden Kemal, Fati und Meti nicht ungestraft davonkommen.

Im Flur seiner Zweizimmerwohnung schleuderte Carl seine Schuhe in die Ecke. In der Küche holte er sich ein Bier aus dem Kühlschrank. Wie meistens musste er lange suchen, bis er den Flaschenöffner fand, dieses Mal lag er auf der Fensterbank. Während er den Kronkorken abhebelte, warf er einen Blick hinaus in die Dunkelheit. Um Strom zu sparen, hatte die Stadt Köln kürzlich erst jede dritte Straßenlampe deaktiviert. Ein Auto näherte sich langsam, der Fahrer versuchte erkennbar unsicher, eine gerade Spur zu fahren. 1,5 Promille Alkohol im Blut, tippte Carl, wenn nicht sogar mehr. Im schwachen seitlichen Streulicht des Autoscheinwerfers sah er im Hauseingang gegenüber die Gestalt eines Mannes, dessen Gesicht für einen kurzen Moment das dürftige Licht reflektierte, bevor er sich weiter in die Dunkelheit zurückzog. Beobachtete ihn der Mann und wollte unentdeckt bleiben? Stand er zufällig da? Oder war es reine Paranoia, dass er überhaupt darüber nachdachte?

Carl nahm einen tiefen Schluck, ohne den Hauseingang aus den Augen zu lassen. Nach ein paar Minuten war er sich nicht einmal mehr sicher, ob da wirklich jemand gewesen war. Er trat ein paar Schritte zurück, löschte das Licht und sprang zurück zum Fenster. Langsam gewöhnten sich seine Augen an die Dunkelheit. Der Mann war noch da, lehnte mit verschränkten Armen an der Tür und sah zu ihm herüber. Eindeutig.

Carl zog einen Stuhl heran, drehte ihn und setzte sich rittlings, die Arme auf die Lehne gestützt. Irgendwann würde der Mann seine Deckung verlassen. In dem Moment flammte das Hausflurlicht auf. Die Silhouette des Mannes ließ auf einen durchtrainierten Körper schließen, mindestens einen Meter achtzig groß. Als wüsste er, dass Carl ihn beobachtete, lächelte der Fremde zu ihm herauf, zog sich die Kapuze seines Hoodies über den Kopf, trat hinaus auf den Bürgersteig und schlenderte davon. Carl war sich sicher, ihn schon mal gesehen zu haben, aber was hieß das schon? Vielleicht wohnte er hier in der Straße. Oder war es einer von Metis Leuten? Nein, das ergab keinen Sinn. Warum sollte Meti ihn beobachten lassen?

Carl holte sich noch ein Bier aus dem Kühlschrank. Mach dich nicht verrückt, ermahnte er sich. Wo war nur dieser verdammte Öffner? Er ging ins Schlafzimmer, seinen privaten Lebensbereich. Das eigentliche Wohnzimmer hatte er mit gebrauchten Möbeln zu einem einigermaßen professionell aussehenden Büro gemacht. Die meisten waren noch mit Inventarplaketten vom Deutschlandfunk versehen, wo sie einige Jahrzehnte lang genutzt worden waren, klobige, extrem solide Teile, die so schwer waren, dass er sie kaum heraufgeschafft bekommen hatte. Gemütlich war das Schlafzimmer nicht. Ein Bett, ein Schrank, ein Fernseher und ein Fernsehsessel, ein Überbleibsel vom Vormieter und viel zu groß für den winzigen Raum, aber sehr bequem. Er warf sich hinein und ließ die Lehne nach hinten klappen. Heute Nacht würde es ihm schwerfallen, Schlaf zu finden, das spürte er, warum sollte er sich da die Mühe machen, ins Bett zu gehen?

8.

Turner Manor, in der Nähe von Waynesville in North Carolina, USA, 19 Uhr 12.

Newt Andersen starrte auf den Hauptmonitor der Überwachungsanlage. »Ich kann nichts erkennen.«

Geoff Benson, der Leiter des Sicherheitsteams, griff zu dem Joystick, der vor ihm inmitten von Tasten, Schaltern und Reglern aus der Konsole ragte. Das Bild gewann an Kontur, ein Busch, Bäume, es wurde detailreicher und heller, aus den dunklen Umrissen der Bäume und Sträucher zeichneten sich Blätter und Äste ab. Ein Viereck aus blinkenden Balken erschien auf dem Monitor. »Gleich hab ich's.«

»Wenn da etwas ist, Geoff«, sagte Newt ärgerlich, »dann zeigen Sie es mir, und zwar ohne jeden Showeffekt.«

»Selbstverständlich.« Bensons Finger flitzten über das Pult. Jetzt war undeutlich das Gesicht eines Mannes zu erkennen.

»Wie ist der reingekommen?« Die Frage war sachlich formuliert, aber die Kälte in Newts Stimme klang wie ein schrilles Warnsignal.

»Ich weiß es nicht«, erwiderte Benson. »Aber ich werde die Lücke finden, das verspreche ich Ihnen.«

»Ihr Job ist es nicht, Lücken zu finden. Ihr Job ist, keine Lücke entstehen zu lassen.«

»Ich weiß, Sir.« Benson wagte es nicht, Newt anzusehen. Das Gesicht des Unbekannten war wieder vom Monitor verschwunden, offenbar hatte er sich hinter einen Baumstamm zurückgezogen.

Newts Blicke überflogen die anderen Monitore, die den weitläufigen Park und den Eingangsbereich von Turner Manor, einer majestätischen Südstaatenvilla, zeigten. Das herrschaftliche Anwesen war 1856 von Bancroft Turner gebaut worden, einem Onkel von Thomas J. »Stonewall« Jack, einem der beiden erfolgreichsten Generäle der Konföderierten im amerikanischen Sezessionskrieg. Turner war ein rigoroser Befürworter der Sklaverei gewesen, und als Abraham Lincoln 1861 zum Präsidenten gewählt wurde, ließ Turner sein Anwesen wie eine Festung ausbauen, in der Annahme, dass es hier im Süden früher oder später zu einem bewaffneten Konflikt mit den Yankees wegen der Sklaven-Frage kommen würde. Doch dann war der Bürgerkrieg nie bis in diese hügelige, waldreiche Gegend im Westen von North Carolina vorgedrungen, und der prachtvolle Landsitz, inmitten der akribisch gepflegten Parkanlage und umgeben von einer gewaltigen, vier Meter hohen Mauer war unversehrt geblieben. Jetzt war Turner Manor der Sitz der Caring Christians, einer Vereinigung, zu der sich die radikalsten und gleichzeitig anhängerstärksten evangelikalen Gruppierungen der USA zusammengeschlossen hatten.

Der Sicherheitsmann hatte inzwischen eine Nachtsichtkamera auf die letzte Position des Eindringlings fokussiert. Das grünliche Bild ließ nur vage den Baum und das Gebüsch darum herum erkennen. Auf dem Monitor daneben sah man ein Lincoln Town Car mit verdunkelten Scheiben die Wachposten passieren und auf dem breiten, von riesigen, mehrere Hundert Jahre alten Eichen gesäumten Weg in Richtung des Hauses rollen.

Als wäre das Motorgeräusch ein lang erwartetes Signal, tauchte der Eindringling wieder hinter dem Baum auf. Benson manipulierte das Bild mit verschiedenen Filtern, um sein Gesicht besser erkennen zu können, doch dann wurde es von irgendetwas Dunklem verdeckt. Ein winziges Licht leuchtete auf.

»Was ist das?«, fragte Newt.

Benson zoomte so nah heran, wie es gerade noch ging, ohne dass das Bild in ein indifferentes digitales Rauschen überging. Das Licht reflektierte auf einem kaum erkennbaren Schriftzug.

»Panasonic? Lese ich da Panasonic?«

»Ich fürchte, er hat eine Videokamera, Sir.« Benson schwitzte.

Newt griff nach einem der herumliegenden Walkie-Talkies.

»Pendergast, hören Sie mich?«

»Laut und deutlich, Sir.«

»Unser Gast darf auf keinen Fall sein Auto verlassen.«

»Verstanden«, knisterte es aus dem Gerät.

Newt unterbrach die Verbindung und starrte auf den Monitor.

Das Town Car hielt vor der Villa, und während ein Mann, offenbar jener Pendergast, wild gestikulierend aus dem Eingang herausstürzte, öffnete sich die hintere Wagentür, und ein nachlässig gekleideter Mann, bullig, volles Haar, um die sechzig Jahre alt, stieg aus. Für einen Moment wandte er sich zum Auto hin, um nach seiner Tasche auf dem Rücksitz zu greifen. Selbst im Halbdunkeln war das Gesicht von Ronald Delaney zu erkennen, früher Wortführer der ultrakonservativen Bewegung Alt Right und jetzt persönlicher Berater des Präsidenten.

»Scheiße!«, entfuhr es Benson. Auf dem Hauptmonitor sah man, wie sich der Unbekannte aus seiner Deckung erhob. Jetzt war die kleine Videokamera ganz deutlich zu erkennen.

Es dauerte einige Sekunden, bis Delaney begriff, was Pendergast von ihm wollte. Er schien zu überlegen, ob er sich wieder in das Auto setzen sollte, doch stattdessen eilte er die Treppe hinauf und verschwand in der Villa.

»Der mit der Kamera, das ist Jason Whitney, Sir«, sagte Benson.

»Interessant.« Newts kalter Sarkasmus ließ Geoff Benson noch intensiver schwitzen. »Sie meinen den Reporter bei WXVT in Raleigh?«

Benson nickte. Jason Whitney hatte vor einem Jahr viel Aufmerksamkeit erregt, weil er zwei Polizisten bei der Festnahme eines Schwarzen gefilmt hatte, einer Festnahme, die, so hieß es in der

FBI-Akte, »möglicherweise nicht regelkonform« gewesen war. Das Video war landesweit ausgestrahlt worden und hatte einige Wellen geschlagen.

Newt ging zur Tür. Bevor er die Überwachungszentrale verließ, drehte er sich noch einmal um.

»Ich erwarte von Ihnen eine Lösung für das Problem.«

»Selbstverständlich, Sir. Ich werde Sie nicht enttäuschen.«

»Das sollten Sie auch nicht. Wenn so etwas noch einmal vorkommt, werden Sie das Problem sein, das dann andere zu lösen haben.«

Benson griff nach dem Walkie-Talkie und räusperte sich.

»Achtung, an alle. Sofort das gesamte Gelände abriegeln. Wir haben einen Eindringling mit einer Videokamera im Quadranten D/9. Den Mann mit allen Mitteln festsetzen. Nehmt ihm alles weg, was er bei sich trägt. Ihr müsst ihn nicht mit Samthandschuhen anpacken.«

Newt eilte durch die langen Gänge des Westflügels, in dem sich die Sicherheitsabteilung befand. Dass sich ausgerechnet heute ein Journalist hier eingeschlichen hatte, war sicherlich kein Zufall. Für die Caring Christians bedeutete Ronald Delaneys Besuch gerade jetzt eine immense Aufwertung. Der neue Präsident der Vereinigten Staaten hatte ihn vor Kurzem erst zu seinem persönlichen Berater ernannt, und seitdem wägte Delaney sehr genau ab, wem er seine Gunst und seine Zeit schenkte. Es musste eine undichte Stelle geben, irgendjemand musste den Journalisten über seinen Besuch informiert haben.

Durch eine schwere Tür, der man nicht ansah, dass sie im Kern aus einer fünf Zentimeter dicken Stahlplatte bestand und die nur mithilfe von Servomotoren zu bewegen war, betrat Newt die große Halle, die das Zentrum der Villa darstellte; auch heute noch war Turner Manor wehrhaft wie eine Festung. An prächtig eingedeckten Tischen saßen zehn Männer. Die letzten Spuren des Desserts waren beseitigt, das gesamte Personal hatte sich zurückgezogen, Sicherheitsleute hatten die Türen verschlossen, die Männer waren unter sich. Nicht alle hatten sich dem offensichtlich vornehmen Anlass gemäß ebenso gekleidet. Was auf den ersten Blick wie ein Stilbruch und auch wie eine Respektlosigkeit erschien, relativierte sich, als Ronald Delaney die Halle betrat. Er legte fast schon manisch Wert darauf, sich auch äußerlich als Gegner des feinen Establishments zu zeigen. Seine Hose war ausgebeult und zerknautscht, und sein Jackett sah aus, als hätte er es nicht nur fälschlicherweise in der Waschmaschine, sondern danach auch noch in den Trockner gesteckt. Delaney beschrieb sich selbst als einerseits zutiefst katholischen Christen und andererseits als Revolutionär, als Repräsentanten des einfachen Volkes, des kleinen Mannes, als einen, der sich nur einmal in seinem Leben, nämlich zu seiner eigenen Hochzeit, in einen Anzug gequetscht hatte und der ansonsten ausschließlich nach dem bewertet werden wollte, was er sagte und was er tat.

Die Anwesenden hatten ihn noch nicht entdeckt. Delaney nutzte die Gelegenheit und zog Newt hinter eine der Marmorsäulen.

»Was war da los?«, fragte er. Seine Stimme klang viel heller, als seine bullige Gestalt vermuten ließ.

Newt versuchte gar nicht erst, die Brisanz der Information abzuschwächen. »Ein Reporter mit einer Videokamera hat sich Zugang zum Park verschafft.«

»Verdammt, Newt!«, zischte Delaney. »Wofür habt ihr eine Sicherheitsabteilung, wenn sie nicht funktioniert?«

»Es ist das erste Mal, dass sie versagt hat, Ron«, erwiderte Newt.

»Einmal zu viel. Ich hab's ja immer gesagt, ihr Jungs von der CIA habt einen viel zu guten Ruf.«

»Ich bin schon lange nicht mehr bei der CIA.«

»So was darf verdammt noch mal nicht passieren. Ich will nicht mit euch in Verbindung gebracht werden, nicht jetzt, wo ich dem Präsidenten praktisch auf dem Schoß sitze.«

»Oder er Ihnen«, erwiderte Newt. Er kannte Delaneys Eitelkeit. Der lächelte, bevor er merkte, wie klug Newt ihm den Wind aus den Segeln genommen hatte.

»Haben Sie das Problem gelöst?«

»Ich habe alles in die Wege geleitet.«

Für einen Moment sah Delaney ihn wortlos an. Wäre dieses Treffen weniger wichtig, da war sich Newt sicher, würde er noch eine Weile auf ihm herumhacken, Delaney liebte es, seine Macht zu demonstrieren, vor allem wenn keine Kameras und Mikrofone in der Nähe waren und er sich keine Gedanken über seine Wortwahl machen musste.

Newt hielt dem Blick stand. Es hatte eine Zeit gegeben, als er ihn bewundert hatte, 2009, als Delaney sich zum Sprachrohr der rechtspopulistischen Tea Party Bewegung gemacht hatte. Doch in den darauffolgenden Jahren war er ihm eher wie ein Papiertiger erschienen, ein wortgewaltiger, charismatischer Redner, der keine einzige durchschlagende Aktion zuwege gebracht hatte. Und als Delaney vor drei Jahren das rechtsextreme Alt Right Network übernahm, finanziert von einem Milliardär aus der IT-Branche und erklärtermaßen mit dem alleinigen Auftrag versehen, rechtspopulistische Propaganda in allen Medien zu platzieren, vor allem Twitter, Facebook und YouTube, war Newts Bewunderung für Delaney endgültig zu spöttischem Mitleid geworden. Worte, Worte, nichts als Worte. Dann jedoch gelang es Delaney, sich zum Berater des Präsidenten ernennen zu lassen, ein beeindruckender Coup. Näher kann man nicht an die Macht herankommen, ohne ein offizielles Amt zu bekleiden. Und was es noch wertvoller machte: Als Berater musste sich Delaney vor keiner Öffentlichkeit erklären, er musste keine Verantwortung für das übernehmen, was aufgrund seiner Einflussnahme umgesetzt wurde, er konnte die wunderbare Rolle einer grauen Eminenz spielen.

Jack Vanderbilt, der Großmeister der Caring Christians, hatte sie beide entdeckt und winkte Delaney zu. Delaney grüßte lässig zurück und schob sich gemessenen Schrittes zwischen den Tischen hindurch. Beifall brandete auf. Delaney genoss die Ovationen und ließ sich Zeit, bis er das Podium erklomm, wo Vanderbilt bereits wartete.

»Das ist dein Beifall, Ron«, rief Vanderbilt ins Mikrofon. »Gentlemen, hier ist Ronald Delaney, der persönliche Berater des Präsidenten der Vereinigten Staaten von Amerika!«

Delaney hob beide Hände und tat bescheiden. Vanderbilt wartete eine Weile ab, bevor er erneut das Wort ergriff.

»Weil die Zeit schon so weit fortgeschritten ist, schlage ich vor, wir beginnen sofort.«

Stille kehrte ein, die Männer erhoben sich, sie falteten ihre Hände und schlossen die Augen.

»Herr, wir preisen Dich und bitten um Deine Unterstützung auf dem schweren Weg der …«

Newt hörte nicht weiter zu und ließ seine Blicke umherstreifen. Auf einer Liste der reichsten Amerikaner – nicht einer wie der Forbes-Liste, die letztlich auf Spekulation beruhte, was man alleine schon der Tatsache entnehmen konnte, dass Donald Trump dort regelmäßig in hoher Position genannt wurde, obwohl niemand wusste, ob seine Schulden nicht noch höher waren als der Wert seiner Immobilien – würden fast alle dieser zehn Männer unter den ersten fünfzig aufgeführt werden. Und das schon seit sehr langer Zeit, für sie war Reichtum nichts Neues. So unterschiedlich sie waren, hatten sie jedoch alle irgendwann in der Vergangenheit diesen speziellen Scheitelpunkt überschritten, den nur Ultra-Reiche kannten: Wenn der Gedanke, noch mehr Geld anzuhäufen, einfach nicht mehr genügt, um sich wichtig und potent zu fühlen, wenn die bewundernden Blicke der weniger Reichen zur allgegenwärtigen Realität geworden waren, genauso wie der Neid und die Wut der Besitzlosen oder die Geringschätzung derer, die behaupteten, dass Geld nicht wichtig sei – kurzum, wenn nichts mehr besonders aufregend war und auf die Frage: was nun? keine wirklich befriedigende Antwort mehr gefunden werden konnte. Ein schwieriger Punkt, der manche zynisch werden und am Leben verzweifeln, manche das Tempo dessen bis ins Absurde erhöhen lässt, was man als neu erleben kann; und andere, nicht wenige, werden zu Wohltätern, die die Welt retten wollen, wie Bill Gates und Warren Buffett mit ihrer »The

Giving Pledge«-Initiative, der sich schon über hundert Milliardäre weltweit angeschlossen haben.

Diese zehn jedoch, die so inbrünstig in ihr Gebet vertieft waren, verfolgten gänzlich andere Pläne mit ihrem Geld. Ohne ihre finanzielle Unterstützung würden die Caring Christians nur ein Schattendasein führen und nicht der schlagkräftige Arm aller in ihr zusammengeschlossenen klerikalen Gruppen sein.

»Amen.« Vanderbilt breitete seine Arme aus. »Meine Freunde, gestattet mir einige einleitende Worte.«

Newt stöhnte auf. Vanderbilt liebte es, sich selbst reden zu hören. Allerdings, das musste Newt eingestehen, liebten es die Geldgeber, ihm zuzuhören, sie genossen seine blumigen Wortkaskaden und wären sehr enttäuscht, wenn er sich mit sachlichen Worten kurz fassen würde.

»Die Caring Christians sind in den letzten fünfundzwanzig Jahren zu einem nationalen Machtfaktor geworden. Wir haben nicht erst seit 9/11 viel bewegt. Die Zahl der Amerikaner, die sich zu christlichen Werten nicht nur öffentlich bekennen, sondern sie auch mit beispielhafter Entschiedenheit leben, ist gewaltig gestiegen. Wir haben Kirchen gegründet, in denen sich unzählige Amerikaner für unsere Sache engagieren. Unserem Einfluss und unserem Wirken ist es zu verdanken, dass überall in den Vereinigten Staaten unzählige konservative Richter implantiert wurden, vom Obersten Gerichtshof bis hinunter in die Amtsgerichte. Amerika ist endlich auf dem richtigen Weg. Und man kann ohne Einschränkung sagen: Die Ziele der Mehrheit aller Amerikaner und die der Caring Christians sind absolut deckungsgleich. Amerika ist Gottes eigenes Land, Amerika ist die stärkste und großartigste Nation dieser Erde, wir sind die Auserwählten. Traditionelle Werte – das ist es, was die Menschen wieder haben wollen, so, wie es früher einmal war. Das ist es, was uns stark macht. *America first.* Es geht um den Umbau der Vereinigten Staaten von Amerika. Und es geht ebenso um den Umbau der gesamten westlichen, der gesamten christlichen Welt. Mag Letzteres manchem wie eine Utopie erschienen sein – jetzt ist es möglich.«

Jack Vanderbilt deutete mit pathetischer Geste auf Delaney.

»Und mit Ronald Delaney haben wir einen direkten Zugriff auf den Präsidenten der Vereinigten Staaten von Amerika.«

Der Angesprochene nickte knapp in den Beifall, und während Vanderbilt Luft holte, um seine Rede fortzusetzen, schob Delaney ihn einfach zur Seite, sanft, aber bestimmt, und übernahm das Mikrofon.

»Danke, Jack.« Delaney machte eine rhetorische Pause, die so lang geriet, dass sich einige der Anwesenden fragende Blicke zuwarfen. »Ja, man kann sagen, die Alternative Rechte hat jetzt einen Sitz im Weißen Haus. Das ist gut. Man kann sagen: Alt Right ist im Weißen Haus angekommen, um Einfluss auf die Politik zu nehmen. Das ist sogar sehr gut. Vor allem aber, und das ist ein historischer Wendepunkt, man kann endlich sagen: Alt Right ist im Weißen Haus, um die Richtung zu *bestimmen*. Denn jetzt machen wir die amerikanische Politik der Zukunft.«

Beifall und euphorische Zurufe brandeten auf.

»Das geht einher mit einer Verpflichtung: Alle, die mit uns denselben Weg beschreiten, müssen jetzt beweisen, dass sie den Willen haben, die USA wieder zu dem zu machen, was sie einmal waren. Dieses Land fußt auf einem Fundament, wie es einmalig ist in der Welt. Gelegt haben dieses Fundament die Pioniere, deren Kraft aus zwei Quellen gespeist wurde: der Zuversicht in die Stärke des Einzelnen und dem Glauben an Gott. Wir sind eine zutiefst christliche Nation. Solange wir uns von dieser Basis nicht entfernt haben, ging es uns gut. Doch welchen Verfall haben wir erleben müssen, als die sogenannten Liberalen nach 1968 begonnen haben, ihre Luftschlösser auf dem guten alten Fundament zu bauen, eines verrückter und gotteslästerlicher als das andere! Unsere große starke Nation wurde seitdem auf eine Art zerrieben, dass es einen nur noch schmerzte und schmerzte. Sonderrechte für Schwuchteln und Lesben, völlig überzogene Frauenemanzipation, Sozialhilfe selbst für illegale Immigranten. Und dann Obamacare, Atomabkommen mit dem Iran, ewige Rücksicht auf das naiv-liberale Europa – ich könnte eine

Stunde aufzählen, was uns schwach gemacht hat. Stattdessen aber sage ich, was uns wieder stark macht: Wir müssen all das, was auf diesem guten alten Fundament fälschlich gebaut wurde, wieder zerstören, wir müssen es zerschmettern, wir müssen die Trümmer wegschaffen und zu dem eigentlichen Kern unserer Nation zurückkehren. Schluss mit dem liberalen, multilateralen Gewäsch, Schluss mit dem ängstlichen Taktieren, um ja niemandem auf den Schlips zu treten. Schluss mit der Rücksichtnahme auf die UNO, auf Europa, auf Israel, auf Russland, auf China. Die Vereinigten Staaten von Amerika müssen wieder ein unangreifbares, allen überlegenes Imperium werden.«

Der Beifall schien gar nicht mehr enden zu wollen. Delaney nahm sich die Zeit, jeden einzelnen der zehn Männer direkt anzusehen. Er tat dies weder verbindlich lächelnd noch um Zustimmung heischend, sondern mit der tiefen Überzeugung, unbestreitbar das einzig Richtige zu sagen. In keinem der Gesichter spiegelten sich Zweifel oder gar Widerspruch.

»Was es jetzt braucht, sind Entschiedenheit, Anstrengung, Mut. Amerika hat zwei Feinde. Da ist der innere Feind: Verweichlichung, Werterelativismus, Gier, Säkularismus, Atheismus – junge Leute unter dreißig glauben an nichts mehr, wir sind dabei, die Generation der Zukunft zu verlieren. Die westliche Welt steckt in einer Krise. Eine Krise unserer Kirche und des Glaubens. Daran werden wir zugrunde gehen, wenn wir das Ruder nicht herumreißen.

Und dann ist da der äußere Feind Amerikas, ja, der gesamten christlichen Welt. Uns gegenüber steht der Islam wie ein großer monolithischer Block, der genau weiß, was er will: nämlich die ganze Welt in einem muslimischen Gottesstaat zu unterjochen. Das ist unser gefährlichster Gegner. Der islamistische Faschismus hat uns den Krieg erklärt. Und das Schlimme, das Entsetzliche, das Unselige ist: Wir sind dabei, diesen Krieg zu verlieren. Weil wir ihn nicht ernst nehmen. Todernst.

Das Gute ist: Die Stimmung in der Öffentlichkeit hat sich extrem gewandelt. Auch im scheiß-liberalen Europa. Auch die Menschen dort sehen: Die Integration von Migranten ist grandios auf weiter Front gescheitert, die freien Gesellschaften holen sich die Täter in ihr eigenes Land. Überall bildet der Islamische Staat Schläferzellen, die auf ihre Aktivierung warten, und jede Aktivierung bedeutet: ein weiterer Anschlag. Das nächste große Ziel der Islamisten ist, eine schmutzige Bombe in einer unserer Großstädte zu zünden. Die Geheimdienste melden schon seit Längerem, dass sie überall auf der Welt radioaktives Material einkaufen. Eine schmutzige Bombe bedeutet: Tausende und Abertausende Tote durch radioaktive Verstrahlung.«

Einen Moment lang herrschte vollkommene Stille, fast als hätte Delaney eine Schweigeminute eingefordert.

»Und der größte Irrtum, den wir uns bisher erlaubt haben, ist, dass es neben der Minderheit der radikal-fundamentalistischen Islamisten auf der anderen Seite die große Mehrheit der friedlichen, weltoffenen, wohlgesinnten Muslime gibt. Ein gefährlicher Irrtum, denn beide gedeihen auf demselben Nährboden: dem Koran und der Scharia.«

Wieder sah Delaney jedem einzelnen der Anwesenden in die Augen.

»Es kommt jetzt darauf an, schneller als die zu sein, die unseren Untergang herbeiführen wollen. Wir müssen uns endlich dem Kampf stellen. Und nicht nur das, wir müssen ihn gewinnen. Die westliche, die christliche Welt muss siegen, und wir, die Vereinigten Staaten von Amerika, müssen ihr Anführer sein. Ich frage euch: Wem folgen die Wölfe in einem Rudel? Dem Stärksten. Und was ist die Aufgabe des Stärksten? Der Stärkste zu sein. Das ist alles. Was den Islam betriff, gibt es keinen Mittelweg. Wir müssen bereit sein, dafür Krieg zu führen. Der Kampf wird hart, böse und schmutzig. Aber er ist unvermeidbar, wenn wir nicht untergehen wollen.«

Bei einigen war für einen Moment Irritation zu spüren, die jedoch schnell in der Begeisterung der anderen Zuhörer unterging.

»Was hat der iranische Außenminister auf der Sicherheitskonferenz in München zuletzt gesagt? ›Es ist an der Zeit, eine neue

Ordnung nach der Ära der westlichen Dominanz zu errichten.‹ Das sagt alles. Die Ära der westlichen Dominanz ist vorbei, wenn der Islam uns besiegt hat! Darum geht es, und all die ach so liberalen, toleranten Träumer erkennen den Gegner nicht. Der Islam ist keine friedliche Religion, er ist durch und durch politisch mit einem einzigen Ziel: die ganze Welt unter das Joch der Scharia zu zwingen.«

Delaney wartete, bis wieder Stille eingekehrt war.

»Die Wahrheit ist: Der Islam ist zu einer Hydra auf Wachstumshormonen geworden, die sich schneller regeneriert als alles, was die Welt bisher gesehen hat. Und solange man lediglich auf die zahlreichen Köpfe der Hydra einschlägt, verhilft man ihr nur zu noch größerer Verbreitung. Jeder abgeschlagene Kopf gebärt zwei neue, aus zwei werden vier, aus vier werden acht – irgendwann wird ihre Zahl die aller verfügbaren Drohnen übersteigen, die wir mit Bomben bestücken und losschicken können. Nein, die Hydra ist nur zu besiegen, wenn man sie als Ganzes zerschmettert, wenn man sie mit einem Tsunami der Rechtschaffenen, der moralisch Überlegenen, der Freiheitlichen, der Christen ertränkt.«

Newt bemerkte erst jetzt, wie sehr er schwitzte. Seine Hände hatte er in den Hosentaschen unwillkürlich zu Fäusten geballt, sie schmerzten, sein ganzer Körper hatte sich verkrampft. In den letzten Jahren hatte er Delaneys Reden verfolgt, die öffentlichen und die, die er nur in einem kleinen Kreis gehalten hatte. Sein grundsätzliches Thema war immer dasselbe: eine neue Weltordnung zu schaffen, allerdings nicht durch Evolution und kompromissbelasteten Wandel, sondern durch einen radikalen Schnitt. Der Appell an seine Zuhörer war, sich zwischen Licht und Dunkel zu entscheiden, zwischen Wahrheit und Lüge, aufrechtem und gebücktem Gang, dem Glauben an Gott und dem Abfall von Gott. Heute Abend jedoch hatten seine Worte eine völlig andere Wirkung. Denn es waren nicht mehr die Worte eines Mannes, der seinen Standpunkt in verschiedenen sozialen Medien, in Filmen und in Interviews ausbreitete, um seine Gefolgschaft möglichst groß zu machen, nein, hier sprach ein Mann, dessen Worte beim Präsidenten der Vereinigten Staaten höchstes Gewicht hatten.

»… ist für diese Mission Ihre Arbeit, die Arbeit der Caring Christians, von großer Bedeutung.« Delaney hob die Arme. »Ich bedanke mich für Ihre Aufmerksamkeit. Gott sei mit Ihnen.«

Im Raucherzimmer ließ Vanderbilt sich zufrieden in seinen Sessel sinken, den Turner vor hundertfünfzig Jahren hatte anfertigen lassen. Delaneys belustigten Blick wegen dieses monströsen Möbelstücks deutete er als Bewunderung. »Ein Nachbau des Thronsessels von Louis XIV., dem französischen Sonnenkönig.«

»Ist er bequem?«, fragte Delaney.

»Sehr.«

»Sieht aus, als könnte man darin sogar schlafen.«

Vanderbilt verstand die Ironie in den Worten nicht und lächelte breit. »Das war eine große Rede, Ron. Und sehr motivierend für unsere wichtigsten Geldgeber.«

»Es geht mir nicht um eure Geldgeber, Jack. Dieselbe Rede halte ich auch vor dem Präsidenten.«

Vanderbilt lachte. »Das macht das Vergnügen umso größer!«

Delaney wandte sich an Newt. »Was ist mit dem Journalisten, der mich gefilmt hat?«

»Wir haben ihm den Film weggenommen und dafür gesorgt, dass er in der Öffentlichkeit kein Wort über dieses Treffen verlauten lassen wird.«

»Sicher?«, fragte Delaney.

»Absolut«, antwortete Newt. Er sah Delaney an, dass der zu gerne gewusst hätte, wie sie den Mann zum Schweigen gebracht hatten, zugleich jedoch wollte er nicht Mitwisser von etwas sein, was womöglich kompromittierend war. Und das war es: Geoff Benson würde den Journalisten zwingen, vor laufender Kamera zu onanieren, und sie würden ihn wieder laufen lassen mit dem freundlichen Hinweis, dieses kleine, schmutzige Filmchen seinem Arbeitgeber zuzuspielen und in den sozialen Medien zu veröffentlichen, wenn er nicht über alles schwieg, was er in Turner Manor gesehen hatte.

»Also, mir ist nicht klar, Ron«, begann Vanderbilt. »Was ist daran so schlimm, wenn die Öffentlichkeit von deinem Besuch erfährt?«

»Ich will es nicht, okay?« Er wandte sich an Newt. »Woher wusste er überhaupt, dass ich komme?«

»Das ist mir ein Rätsel«, erwiderte Newt, obwohl er sich sicher war, dass Vanderbilt den Reporter informiert hatte. Den zweitwichtigsten Mann im Staat zu Gast zu haben war ein zu verlockender Publicity-Coup für die Caring Christians.

»Na ja, eine Katastrophe ist es jedenfalls nicht«, warf Vanderbilt in beleidigtem Unterton ein.

Newt lächelte im Stillen. Delaneys Prioritäten hatten sich deutlich gewandelt. Waren die Caring Christians für ihn bis vor Kurzem noch medienwirksame Mitstreiter gewesen, so sah er sich jetzt nach seinem Sprung ins Zentrum der Macht dazu aufgerufen, der kompromisslose, ja, revolutionäre Anführer aller konservativen Gruppierungen zu sein, die man unter Alternative Rechte zusammenfassen konnte, und in dieser Gruppe waren ihm die die wichtigsten, die wirklich zu einem Kreuzzug bereit waren. Unter diesem Aspekt hatten die Caring Christians für ihn inzwischen wohl eher die Bedeutung eines wohlmeinenden Debattierclubs. Außerdem war er eitel, er wollte vor dem Präsidenten nicht als Lobbyist für irgendwelche Organisationen stehen, sondern als intelligenter, scharfsinniger, kreativer Master Mind, als unabhängiger Ideologe, der klüger war als all die Einflüsterer, die sich sonst noch im Global Office tummelten.

»Nun, ja«, Vanderbilt tat so, als wäre ihm das Thema nicht wichtig. »Danke jedenfalls, dass du gekommen bist. Ich weiß, du hast zurzeit bedeutende Aufgaben vor dir.«

»Ist okay. Also, was ist mit den Aktionen, über die ihr mit mir reden wollt?«

»Es geht darum, wie wir unsere großartige Sache mit größerem

Tempo vorantreiben können. Unser Einfluss ist in der letzten Zeit gewaltig gewachsen. Nicht nur hier in den USA, sondern vor allem auch in Europa. Jetzt müssen wir die Schlagzahl erhöhen. Wir müssen …«

»Jack«, unterbrach Delaney ihn. »Keine Predigt, okay?«

Vanderbilt sah ihn irritiert an. Newt konnte sich ein Grinsen nicht mehr verkneifen. Vanderbilt war es nicht gewohnt, bei seinen selbstbeweihräuchernden Monologen unterbrochen zu werden.

»Die Zeit, ich weiß, die Zeit drängt. Newt? Die Vorschläge.« Vanderbilt tat gewichtig. »Und fass dich kurz.«

Newt hatte einen Stapel von Mappen vor sich liegen, die Beschreibungen der einzelnen Aktionen enthielten, möglichst kurz und griffig zusammengefasst, auch im Hinblick darauf, vielleicht auf dem Schreibtisch des Präsidenten zu landen, und der bevorzugte alles, was nicht wesentlich über Twitterlänge hinausging. Newt faltete die Hände und legte sie auf die Mappen, als wollte er verhindern, dass jemand zu früh danach griff.

»Ich habe Sie doch richtig verstanden, Ron, was wir brauchen, ist ein Kreuzzug der christlichen westlichen Welt gegen den Islam?«

»Das kann man so sagen, ja.« Delaney sah gelangweilt, fast mitleidig von einem zum anderen. Newt war sich sicher, dass er nach seiner Rede viel lieber gleich in sein Auto gestiegen wäre, im fünfunddreißig Meilen entfernten Asheville Regional Airport wartete ein Learjet, der ihn in weniger als drei Stunden zurück nach Washington bringen würde.

»Die Vorschläge, Newt!« Vanderbilt klang verärgert und nervös. Ahnte er, was jetzt kommen würde?

Niemals, dachte Newt und genoss diesen Moment. Er griff nach den Mappen, wiegte sie in der Hand – und ließ sie mit einer verächtlichen Geste auf den Boden fallen.

Der Vorschlag, den er erarbeitet hatte, war simpel und garantiert nicht länger als ein Tweet.

9.

Die groben Socken hatten die Haut unter den Lederriemen ihrer Sandalen wund gerieben. Eine Weile war Sara barfuß weitergelaufen, mit noch unangenehmeren Folgen; spitze Steine, Tannennadeln und Dornen hatten sich in ihre Fußsohlen gebohrt. Hin und wieder war sie in irgendetwas Feuchtes, Weiches getreten, das war noch schlimmer. Die Taschenlampe benutzte sie schon lange nicht mehr. Sie wusste nicht, wie weit deren Lichtschein zu sehen war, und mit jeder Minute war die Gefahr gestiegen, dass ihre Flucht entdeckt wurde. Die Schwestern hatten Ferngläser, um die Mädchen bei der Arbeit draußen in den Gärten und im Wald zu beobachten, es war verboten, sich dabei zu unterhalten. Sara lächelte trotz ihrer Schmerzen. Hanna, Esther und sie hatten gelernt zu sprechen, ohne die Lippen zu bewegen, und manchmal hatten sie das so lustig gefunden, dass sie sich durch ihr Lachen verrieten.

Anfangs hatte Sara den Fahrweg benutzt, der sich zwischen den dicht stehenden Bäumen hindurchschlängelte, doch als das Tal sich öffnete und die Bäume zuerst niedrigem Gebüsch und dann offenen Almwiesen Platz machten, verließ sie den Weg und schlug sich längs des Bachufers durch die dichte Vegetation.

Vor vielleicht einer halben Stunde, sie besaß keine Uhr, hatte der Morgen zu dämmern begonnen. Also war es etwa fünf Uhr. Weckzeit im Schwesternhaus, alle mussten jetzt vor ihre Betten treten.

Durchzählzeit, so wie jeden Abend, nach jeder Mahlzeit und nach jedem Aufenthalt draußen, eins, zwei … sieben … dreizehn, vierzehn … wo ist die Nummer fünfzehn? Sie würden den Schlafraum auf den Kopf stellen, und wenn die Suche erfolglos blieb, würden sie die Türen abschließen und die Suche auf das gesamte Haus und die Gärten und Ställe ausdehnen. Und dann würden sie Abt Albertus Bescheid geben: Eins unserer Mädchen ist verschwunden …

Die anderen Mädchen würden sie ohne Essen einsperren und nur stundenweise schlafen lassen. Bis zu vier Tage lang. Wenn ein Mädchen weglief, waren die anderen mitschuldig. Weil sie nicht aufgepasst hatten. Wenn ein entflohenes Mädchen wieder eingefangen wurde, waren die anderen sehr wütend auf sie.

Das Himmelsgrau verwandelte sich in ein pastellfarbenes Blau, ein geriffeltes Band zarter Wolken tauschte sein Grau gegen ein wundervolles rötlich-orangenes Leuchten. Das schönste Licht eines Tages. Jetzt konnte Sara schneller ausschreiten. Wieder und wieder sah sie zur Schotterstraße hinüber, immer in der bangen Erwartung, eines der Autos des Klosters heranbrausen zu sehen.

Immer dieses Pochen. Immer dieses *POCHEN*. Ihr Herz schien in ihrem Kopf zu schlagen. Wie wenn die Gnade der Strafe bevorstand, wie wenn eine der Schwestern wütend wurde, wie wenn der Herr Sebastian sie abholte, um den Dienst an ihr zu verrichten und, und, und … Bei den anderen Mädchen war es nicht so, das wusste sie. Warum bei ihr? Und bei Esther. Nein, Esther lebte nicht mehr.

Nicht daran denken, nicht daran denken … Und doch musste sie es, genauso wie in all den Monaten zuvor. Esther war ihre Freundin gewesen, ihre geliebte Freundin, das erste und das größte Glück, das sie je gefunden hatte. Ihre Freundschaft hätte ewig gewährt, hätte der Herr Sebastian ihr nicht den Tod gebracht.

Würden die Mönche im Geheimgang nachsehen? Wussten sie überhaupt von dessen Existenz? Sebastian, ihr Herr, hatte behauptet, nur er wüsste davon.

Wenn sie doch nur eine Ahnung hätte, wie weit es noch bis Klein Aichbach war! Vielleicht sieben Stunden waren vergangen. Vierundzwanzig Kilometer betrug die Entfernung zum Bahnhof, eine Schwester hatte es einmal gesagt. Das müsste doch in sieben Stunden zu schaffen sein. Oder nicht?

Das *POCHEN* hörte nicht auf, du bist außer Atem, du bist außer Atem … Sie blieb stehen, stützte beide Hände auf die Knie. Plötzlich ein ihr unbekanntes Geräusch, hell, lang gestreckt, metallisch, es wurde lauter, mischte sich mit einem hellen Quietschen. War das der Klang der Eisenbahn?

Sie rannte los, ihre letzten Kräfte, sie spürte es genau. Wie lange blieb so ein Zug stehen? Und falls sie ihn verpasste, wann kam der nächste?

Der Weg wurde steiler, sie verringerte ihr Tempo nicht, riskierte zu stürzen, missachtete das Brennen ihrer wunden Füße. Und dann, hinter einer Felsnase, öffnete sich der Blick über ein Meer von Dächern, viele mit Holzschindeln gedeckt, schmerzhaft weiß strahlende Fassaden, Balkone mit blühenden Geranien, schmale, asphaltierte Straßen – und Schienen. Auf den Schienen sechs, nein sieben schmutzig-rote Wagen mit vielen Fenstern. Vorne ein kürzerer Wagen mit nur wenigen Fenstern, oben puffte schwarzer Rauch aus einem stummeligen, wie breit geschlagenen Rohr, ein Motor grummelte.

»Warte, bitte, warte«, flehte Sara und rannte. Vorbei an den idyllischen Häuschen. Erstaunte Blicke folgten ihr, sie spürte es, sah es aus dem Augenwinkel, Blicke bedeuteten Prüfung, Prüfung bedeutete: bloß keine Fehler machen! Nein, sie wollte nicht hinsehen. Nicht diese Blicke, die sich darüber lustig machten, wie sie aussah in ihrem sackartigen Kleid, mit den Sandalen, ihren Wollsocken, ihren Zöpfen, ihrem verschwitzten Gesicht, dem Dreck an ihren Händen. Zweimal in den letzten Jahren hatte sie in die Stadt zu einem Arzt gemusst. Der Gang durch die Straßen dorthin war furchtbar gewesen.

Hatte ihr Kleid etwa Blutspritzer abbekommen? Der Gedanke ließ sie für einen Moment taumeln. Ja, da war Blut. Wieso hatte sie ihr Kleid nicht gewechselt?

Weil sie keine Sekunde hatte verlieren wollen, deshalb. Weil diese furchtbare Meute hinter ihr her war, deshalb. Weil die Gnade der Strafe auch sie entstellen würde. Und was würden sie ihr erst antun, wenn sie herausbekamen, dass sie den Herrn Sebastian …?

Sie packte ihren Rucksack fester. Rucksack, sie hatte Rucksack gedacht, nicht das andere Wort. Sie lachte. Absurd, in diesem Moment. Und doch, plötzlich war da ein vages, ein weit entferntes und doch verlockend schönes Gefühl, wie sich Freiheit anfühlte. Es verflog wie eine Wolke im Sturm, als die Eisenbahn einen schrillen Pfiff ausstieß, der Motor wütend aufbrummte und der Rauch aus dem stummeligen Rohr zu einem schwarzen Strom anschwoll. Sara stolperte, ihre Beine wollten nicht mehr, ihre Füße spürte sie gar nicht mehr. Hart schlug sie mit ihrem Brustkorb auf, als hätte sie keine Arme, um sich abzustützen, Staub drang in ihre Augen. Es schmerzte, sie konnte nicht einmal die Hand heben, um ihn herauszureiben. Durch die Tränen hindurch sah sie die Wagen mit ihren Fenstern vorbeiziehen. Zu spät. Die Mönche würden sie wieder einfangen. Sie spürte es genau.

10.

»Kann ich helfen?«

Sara erschrak heftig. Warum? Die Stimme klang freundlich. Sie sah auf. Eine Frau mit grauen, widerborstigen Haaren, jedes einzelne schien in eine andere Richtung zu wachsen. Sie streckte ihre Hand aus. Sara zuckte zurück.

»Ich will dir nur hochhelfen.« Jetzt klang die Stimme ein wenig beleidigt.

Sara kam auf die Beine und warf sich den Rucksack über. Die Schulter vorgebeugt, den Kopf gesenkt, wollte sie sich an der Frau vorbeischieben.

»Warte, deine Füße sind ja ganz blutig.« Die Frau fasste sie am Arm. Sara erstarrte.

»Mein Gott, ich tu dir doch nichts.« Die Frau deutete auf eine Bank vor dem Bahnhofseingang. »Setz dich, ich schaue mal nach den Füßen.« Sie legte ihre Hand auf Saras Arm. »Ich bin die Vroni. Und du?«

»Sara.« Sie erkannte ihre eigene Stimme nicht wieder, rau und zittrig war sie. Nur die Angst darin war ihr vertraut, die kannte sie gut. Warum hatte sie überhaupt geantwortet? Warum hatte sie ihren Namen genannt?

»Setz dich, Sara. Wo kommst denn du her?«

Wer war diese Frau? Sara setzte sich, sie wusste nicht, was sie sonst hätte tun können. Weglaufen? Nein, sie wollte ja auf den nächsten Zug warten.

»Willst mit dem Zug weiter?« Die Blicke der Frau überflogen flüchtig ihre Kleidung. Sara nickte. »Wohin denn?«

Wohin? Nur weg. Plötzlich erschien es Sara absurd, dass sie die vertraute Welt des Schwesternhauses verlassen hatte. Sie hätte sich einfach wieder in ihr Bett legen sollen, den Kopf einziehen, schweigen. Sie hatte keine Ahnung von der Welt, sie kannte niemanden.

»Der nächste kommt erst in zwei Stunden. Willst du mit zu mir? Da kannst du dich erst mal ausruhen. Ich wohne nicht weit von hier.«

»Nein!« Sara sprang auf und fasste ihren Rucksack fester.

»Hast du schon einen Fahrschein gekauft?«

Fahrschein? »Gott zum Gruß«, stieß sie hervor und sprang zur Straße hinüber. Aus dem Augenwinkel sah sie, wie die Frau etwas aus ihrer Tasche hervorzog, an ihr Ohr hielt und zu sprechen begann. Hätte sie ihr vertrauen sollen … Nein, auf keinen Fall. Wie lange hatte es gedauert, bis sie damals Vertrauen zu Hanna und Esther gefasst hatte. Viele Monate, bis sie es gewagt hatte, mit ihnen über anderes als nur die erlaubten Dinge zu sprechen. Und was war geschehen, als sie mit einem der anderen Mädchen versucht hatte zu reden? Die hatten sie sofort an die Schwestern verraten.

Plötzlich war da dasselbe Geräusch wie vorhin, hell und metallisch. Es kam aus der Richtung, in die der Zug vorhin verschwunden war. Kehrte er wieder zurück?

Sara durchquerte die kleine Bahnhofshalle und trat auf den Bahnsteig hinaus. Der Zug fuhr ein, ein lautes Ungetüm, länger als der andere. Die Waggons auch rot, auch dreckig. Hatte diese Frau nicht gesagt, dass der nächste Zug erst in zwei Stunden kommt? Sara sah sich um, die Frau war ihr nicht gefolgt. Mit furchterregendem Quietschen kamen die Waggons zum Stehen. »Garmisch-Partenkirchen« las Sara auf einem Schild im Fenster des Wagens gleich vor ihr. Wie kam man hinein in diesen Wagen? Alles war so hoch. Da, eine Tür mit einem dicken Griff, der merkwürdigerweise nicht waagerecht war, sondern schräg nach oben zeigt. Sie zerrte ihn nach unten, doch die Tür wollte nicht aufschwingen. Würde der Zug jetzt wieder losfahren?

»Bitte, bitte, geh auf.« Sie zog und zerrte. Nichts passierte, aber in dem Moment, als sie aufgab, schwang die Tür auf.

»Nichts in den Armen oder wie?« Ein Mädchen sah auf sie hinunter. Sara erschrak über ihre Augen, die sie wie aus schwarzen Höhlen ansahen. War dieses Mädchen krank? Was war das für eine Krankheit, die die Haut um die Augen herum derart schwarz werden ließ? Ein Pfeifen. Wie vorhin, als der Zug kurz darauf losgefahren war.

»Was ist? Willst du da stehen bleiben?« Das Mädchen beugte sich vor, packte sie am Kleid und zog sie mit einer Kraft herauf, die Sara ihr nicht zugetraut hätte. Sie stolperte die drei Stufen hoch, hinter ihr fiel die Tür ins Schloss und nur wenige Sekunden später setzte sich der Zug in Bewegung. Das Mädchen musterte sie spöttisch. »Bist du Ziggy Stardust?«

»Ich verstehe nicht, bitte.« Anders als bei dieser Frau vor dem Bahnhof, ihren Namen hatte sie schon vergessen, fasste sie zu diesem Mädchen gleich Vertrauen, ein wenig zumindest.

»Ziggy Stardust ist aus dem Weltraum auf die Erde gestürzt und hat keine Ahnung, was hier wie abgeht. Von David Bowie, letztes Jahrtausend.«

Sara wollte nicht, dass dieses Mädchen sich über sie lustig machte, und wandte sich ab. Durch das kleine, ovale Fenster in der Tür sah sie, wie die Mauer des Bahnhofsgebäudes vorbeizog und den Blick auf das Dorf freigab. Da, ein dunkles Auto, die Türen weit offen, zwei Mönche, Bruder Bertrand und Bruder Vinzent. Sie sprechen mit der Frau. Vroni, das war ihr Name gewesen. Sara zuckte zurück. Oh, Gott, jetzt wussten sie, wo sie war. Sara spürte die Wärme des Mädchens neben sich, die jetzt auch zum Fenster hinaussah.

»Wollen die Vatikan-Frettchen was von dir?« Sie sah Sara an. Diese Nähe, Sara hatte Mühe, sie auszuhalten, aber sie konnte nicht ausweichen, neben ihr war die Wand, und auf keinen Fall wollte sie von dem Fenster zurücktreten. »Hey, du zitterst.«

Sara sah die Gesichter der beiden Mönche, böse Gesichter. Sie warfen sich ins Auto, fuhren los, beschleunigten. Spielend konnten sie mit dem Zug mithalten. Sara wurde schwindelig, dieses Gefühl, dass es für sie keinen festen Boden unter ihren Füßen gab.

»Das tut weh!«

Sara sah das Mädchen verständnislos an.

»Mein Busen, verdammt!«

Erst jetzt bemerkte sie, dass sie sich vorne in das Hemd des Mädchens gekrallt hatte. Beschämt senkte sie ihren Kopf.

»Vergebung, bitte.«

Das Mädchen lachte. »Wo hast du denn Deutsch gelernt? Bei den Zwölf Stämmen?«

Was meinte sie damit?

Das Mädchen beachtete sie nicht weiter, schob eine gläserne Tür auf, hinter der ein großer Raum mit vielen Sitzbänken war, und ließ sich gleich auf die erste fallen. Sara blieb unentschlossen stehen.

Draußen hatte sich das Tal geöffnet, die Straße verlief einige Hundert Meter von den Schienen entfernt. So viele schwarze Autos! Woran sollte sie erkennen, ob das der Mönche darunter war? Ihre Lunge brannte, erst jetzt merkte sie, dass sie ihren Atem anhielt. Sie rang nach Luft. Was sollte sie tun, wenn die Mönche schneller waren als der Zug? Wenn der Zug irgendwann wieder hielt und sie ebenfalls einstiegen?

Lichtblitze. Vereinzelt strahlte die Sonne zwischen den Gebirgsgipfeln hindurch und blendete Sara schmerzhaft. Jetzt nicht daran denken, was man mit ihr machen würde, wenn man sie erwischte. Wie gerne würde sie jetzt mit jemandem reden … Sie warf einen Blick in den großen Raum. Das Mädchen war nicht mehr da. Auf der anderen Seite, auch da gab es diese Glastüren, hatte ein uniformierter Mann den Wagen betreten. Die Fahrgäste hielten ihm Zettel und andere Dinge entgegen. Wo war das Mädchen? Sara drehte sich erneut um und sah sie in der entgegengesetzten Richtung im nächsten Waggon verschwinden. Ohne nachzudenken, griff sie nach ihrem Rucksack und eilte hinterher.

»Darf ich eine Frage an dich richten?« Das Mädchen reagierte nicht. Sara nahm ihren Mut zusammen. »Darf ich eine Frage an dich richten!«

Das Mädchen fuhr herum. »Fuck off, okay?«

Sara sah auf den Boden, sie spürte, wie ihre Wangen rot anliefen.

Das Mädchen stöhnte auf. »Jesus, bist du verklemmt.«

»Man braucht doch einen Fahrschein, oder?«, stieß Sara hervor.

Das Mädchen lachte auf. »Heißt das, du hast keinen?«

Sara schüttelte den Kopf.

»Hammer. Hätte ich nicht gedacht. Du siehst aus, als hättest du vorsichtshalber gleich zwei gekauft.«

»Was … was kann man jetzt tun, bitte schön?«

»Kauf einen, wenn der Bahn-Fuzzi dich anspricht.«

Das Mädchen wollte weitergehen, Sara hielt sie am Ärmel fest. »Ich habe kein Geld.«

Das Mädchen wollte ihre Hand abschütteln. »Dein Problem.«

»Bitte.« Sara ließ nicht los.

Über das Gesicht des Mädchens huschte ein Ausdruck, den Sara nicht richtig einordnen konnte, Mitleid vielleicht?

»Okay. Das war's dann aber, verstanden?«

Sara nickte und lächelte scheu. Das Mädchen zog verächtlich eine Augenbraue hoch.

»Wir brauchen ein leeres Abteil, nicht so einen Großraumscheiß.« Das Mädchen ging los, ohne sich um Sara zu kümmern. Ihre Art zu gehen. Sara hätte keine Worte gefunden, sie zu beschreiben. Alles an diesem Mädchen war anders. Mit jedem Schritt stieß sie ihre Füße auf den Boden, als wollte sie Äste für Anmachholz zerbrechen. Und sie drückte ihre Knie durch, ganz gerade waren ihre Beine. Genauso wie ihr Oberkörper. Sie war wütend, das war es. Wütend auf sie?

Erst das vorletzte Abteil war leer. Das Mädchen schob die Tür auf, warf sich auf den Boden und schob sich unter eine der beiden Sitzbänke. Sara tat es ihr nach.

»Dein Rock. Zieh ihn rein. Er hängt halb raus.«

Sara raffte schnell ihr Kleid zusammen.

»Wie heißt du?«

»Sara.«

Das Mädchen nickte. Sara nahm ihren ganzen Mut zusammen. »Und wie, bitte schön, ist dein Name?«

»Marissa. Halt die Klappe und rühr dich nicht.«

Etwas presste ihre Brust zusammen. Wieder hatte sie die Luft angehalten, ohne dass es ihr bewusst war. Als könnte ihr Atmen sie verraten. Sie lauschte dem Rattern der Räder auf den Schienen. Vorhin hatte sie deren Lärm noch als feindlich empfunden, jetzt war sie froh darüber. Sie sah zu Marissa hinüber. Die verdrehte die Augen und zog ihre Stirn in senkrechte Falten. »Zornesfalten«, wie Schwester Bennert, eine der Erzieherinnen im Schwesternhaus, so etwas nannte. »Wenn ihr mir Zornesfalten auf die Stirn treibt, ist eine Bestrafung unumgänglich, und ihr habt sie euch selbst zuzuschreiben. Nehmt sie als Gnade und sorgt dafür, dass ich nicht gezwungen bin, sie zu wiederholen.« Für kleine Strafen benutzte Schwester Bennert einen langen Bambusstock aus Holz.

Bevor ich jemals in das Schwesternhaus zurückkehre, beende ich mein Leben. Plötzlich war der Gedanke da, und Sara spürte, dass er richtig war.

»Und die Fahrscheine, bitte!« Die Stimme kam vom Abteil nebenan. Sara presste sich noch fester gegen die Wand. Das Geräusch der Abteiltür, die wieder zugeschoben wurde. Schritte. Saras Blick klebte an Marissa. Die sah sie mit einer Mischung aus Verachtung und irgendetwas anderem an. Schritte, wahrscheinlich zum nächsten Abteil, das letzte. Stille, wieder Schritte, in die andere Richtung.

Marissa rollte unter der Bank hervor und warf sich auf den Sitz. »Wenn wir Glück haben, taucht der bis Garmisch nicht mehr auf.«

Sara setzte sich ihr gegenüber. Marissa machte den Eindruck, als hätte sie vor gar nichts Angst. Mit einem Fuß stützte sie sich auf einem silbernen Kasten ab, der mitten unter dem Fenster angebracht war, während ihre Hände locker auf dem Polster ruhten. Sara hingegen saß vorgebeugt auf der vorderen Kante des Sitzes.

»Was bist du für eine, Sara?«

»Wie … wie meinst du das?«

»Was wollen diese Mönche von dir?«

Mich einfangen und zurückbringen, dachte Sara und schwieg.

»Okay. Ein katholisches Internat? Du bist weggelaufen?«

Sara wurde rot und sah auf den Boden. Wie gerne würde sie reden, aber was, wenn Marissa genauso wie die anderen …

»War es wegen einem Kerl?«

Sara zuckte zusammen. Marissa lächelte breit. »Ist er es wert, dass du dir Stress machst?«

Oh, Gott, warum hörte sie nicht auf nachzufragen?

»Also Liebeskummer und Trauer.«

Sara schüttelte den Kopf, nein. Für einen Moment spürte sie wieder diesen Hass auf den Mönch, der Esther auf dem Gewissen hatte.

»Hey, was ist das?« Marissa sah sie erstaunt an, ein intensiver Blick, ein Blick voller Anerkennung. »Das sah ja wie echte Wut aus.«

Sara wagte es nicht, Marissa anzusehen.

»Was ist das?«

»Was denn?«

Marissa deutete auf Saras Kleid. »Blut?«

Oh, Gott, warum hörte dieses Mädchen nicht auf, Fragen zu stellen? Sara sah zum Fenster hinaus. Der Zug rollte nur noch im Schritttempo. Ein Bahnsteig schob sich in ihren Blick, Holzbänke, die wie Wellen geformt waren, bunt gekleidete Menschen mit Rucksäcken, Kinder, Hunde. Eine Überdachung, die das warme Sonnenlicht in ein kaltes Grau verwandelte. Einer der beiden Mönche, Bruder Bertrand. Sie zuckte zurück. Hatte er sie gesehen?

»Okay.« Marissa beugte sich vor. »Die beiden Vatikan-Frettchen von vorhin, die suchen dich. Und du bist abgehauen, weil – was jetzt?«

Sara schluckte und rang nach Luft.

»Auf jeden Fall sind die sauer. Und verdammt scharf darauf, dich wieder einzufangen.« In Marissas Blick lag nichts Bedrohliches, nichts, wovor Sara Angst hatte, im Gegenteil, eher etwas wie – Sehnsucht? Aber wieso?

»Du hast einem von denen die Eier gekrault und bist aufgeflogen?«

Was meinte sie damit?

Marissa lachte. »Wie süß. Du weißt gar nicht, wovon ich rede, hm?«

Sara sah beschämt zu Boden. Marissa legte ihr eine Hand auf den Arm.

»Es war was Ernstes, stimmt's?«

Sara nickte.

»Du und einer von den Frettchen – ihr habt euch unsterblich ineinander verliebt.«

Sara sah auf. Warum machte dieses Mädchen sich über sie lustig? »Er war ein böser Mensch.«

Marissa sah sie eine Weile schweigend an. »Was hat er dir getan?« Ihre Stimme war jetzt ganz leise.

Saras Lippen zitterten und zuckten, selbst wenn sie wollte, könnte sie es nicht aussprechen.

Marissa legte ihr eine Hand auf den Arm, sehr zart und fest zugleich. »Okay, ich helfe dir.«

»Was?« Hatte sie sich verhört?

»Ich bin auch abgehauen. Aus einem Internat in Innsbruck.« Marissa lächelte. »Und ich habe eine breite Spur der Verwüstung hinter mir gelassen, das kannst du mir glauben. Wir sind sisters in mind.«

Sara lächelte vorsichtig zurück. Sie versteht mich, dachte sie.

»Was werden die machen, wenn sie dich kriegen?«

»Meine beiden Freundinnen sind tot.«

Marissas Blick wurde weich. »Ich will alles wissen. Aber jetzt kümmern wir uns erst mal um die Kutten da draußen. Pass auf, das wird so laufen: Einer wird einsteigen und den Zug durchkämmen, während der andere mit dem Auto weiter zur nächsten Station fährt.«

»Woher willst du das …«

Marissa winkte unwillig ab. »Lebenserfahrung, glaub mir. Hier ist mein Plan: Du bist der Lockvogel, ich erledige den Rest. Ist der nicht super?« Marissa lachte. »Gute Pläne sind immer ganz einfach.« Sie streckte Sara die rechte Faust entgegen.

Sara sah sie fragend an.

»Drück dagegen.«

Sara drückte dagegen.

»Nicht mit der flachen Hand. Du musst auch eine Faust machen.«

Sara verstand nicht.

»Okay, das üben wir noch.« Marissa sprang auf. »Ich heiße übrigens Julia.«

11.

Sara hielt sich mit beiden Händen an der Haltestange unter dem Fenster fest und sah hinaus. Weiter vorne sah sie Bruder Vinzent auf dem Bahnsteig stehen, aufmerksam hielt er die Waggons im Blick. Würde sie jetzt hinausspringen, würde er sie unweigerlich entdecken. Hoffentlich ging Julias Plan auf …

Neue Fahrgäste stiegen zu und schoben sich hinter ihr den Gang entlang. Sie hatte gesehen, wie Bruder Bertrand zum Ende des Zuges gelaufen war. Falls Julia recht hatte, würde er jetzt von dort aus jedes Abteil nach ihr absuchen. Sara beugte sich etwas zurück und warf einen Blick in den Gang. Noch war er nicht zu sehen.

Ein kurzer Pfiff und wie von Geisterhand schloss sich die Waggontür. Mit einem Ruck fuhr der Zug an. Draußen sah sie, wie Bruder Vinzent zum Ausgang rannte. Julia *hatte* recht, Bruder Vinzent würde mit dem Auto zum nächsten Bahnhof fahren, während Bruder Bertrand jetzt genügend Zeit hatte, im Zug nach ihr zu suchen.

Abwechselnd löste sie eine Hand von der Stange und wischte sie an ihrem Kleid ab, ihr Schweiß war kalt, und ihre Finger waren steif. Erneut beugte sie sich zurück. Da war er, für einen Moment sah sie seinen Kopf zwischen den nach einem freien Sitzplatz suchenden Fahrgästen im Gang, dann verschwand er in einem Abteil.

Saras Körper begann zu zittern, sie konnte nichts dagegen tun. Sie kämpfte gegen den Impuls an, loszurennen, nach vorne, weg von

Bruder Bertrand. Sie musste vertrauen, Julia war sich so sicher gewesen.

Erneut warf sie einen Blick in den Gang. Bruder Bertrand schloss die Tür des Abteils, mit einem freundlichen Lächeln winkte er noch einmal hinein und wandte sich dem nächsten Abteil zu. Sein Lächeln blieb, als er sie entdeckte. Sie starrte ihn an, für einen Moment unfähig, sich zu rühren. Er beschleunigte seinen Schritt, schob sich höflich an den wenigen Fahrgästen vorbei, die noch zwischen ihm und ihr standen.

Diese Kälte in ihr … Sie stieß sich von der Haltestange ab, Bruder Bertrand beschleunigte seinen Schritt. Julia hatte ihr genau erklärt, was sie tun musste. In dieser Sekunde erinnerte sie sich nicht mehr. Sie tat zwei Schritte nach rechts, irgendetwas stimmte damit nicht. Was hatte Julia gesagt? Da, das Zeichen, WC, und ein Pfeil, der nach hinten deutete. Das war es, sie sprang zurück, Bruder Bertrand entgegen, er sah zu ihr herüber. Die Toilettentür, sie schob sie auf, stürzte hinein, abschließen … nein, nicht abschließen! Sie ging zum Fenster, milchiges Glas, von draußen nur diffuses Licht. Die Tür sprang auf, Bruder Bertrand, sein Lächeln verlor jede Freundlichkeit und verwandelte sich in diesen Gesichtsausdruck, den sie so oft in ihrem Leben hatte sehen müssen, bei den Mönchen, bei den Erzieherinnen: Du gehörst mir, sagte das Gesicht, schrei, jammere, weine, mach, was du willst, alles ist gut, und je mehr du dich wehrst, umso besser wird es, nicht für dich, du kleine Knospe, oh, nein! Ich werde mir Zeit lassen, je länger es dauert, desto besser, und erst wenn deine Angst zu völliger Reglosigkeit und Unterwerfung geworden ist, werde ich von dir ablassen.

Bruder Bertrand warf die Tür hinter sich ins Schloss und tastete nach dem Schließer. Zu spät registrierte er aus dem Augenwinkel eine schnelle Bewegung. Die Glasflasche, die Julia aus einem Abfallcontainer gefischt und mit Wasser gefüllt hatte, traf sein Nasenbein. Mit einem hässlichen Geräusch brach es, Blut schoss hervor, der Mönch stolperte und ging in die Knie. Julia stellte sich über ihn und schlug ihm die Flasche mit aller Kraft in die Rippen.

»Bleib schön unten, du Frettchen, sonst geht der nächste Schlag auf deinen dämlichen Schwachkopf.«

Der Mönch rang nach Luft und stieß ein paar unverständliche Worte hervor. Julia gab Sara ein Zeichen. Die schüttelte mit vor Angst weit aufgerissenen Augen den Kopf.

»Mach seine Taschen leer.«

Erneut schüttelte Sara den Kopf. Mit einem Stöhnen packte Julia die Kutte des Mönchs. »Dann hilf mir wenigstens.«

Zögernd packte Sara zu. Gemeinsam zogen sie die Kutte so weit über Bruder Bertrands Kopf, dass er seine Arme nicht mehr bewegen konnte. Julia durchwühlte seine Taschen. Ein Portemonnaie und ein Handy. Sie steckte beides ein.

»Und was … jetzt … was …?«, wisperte Sara.

»Wir ziehen ihm die Hose aus.«

»Warum machen wir das?« Saras Stimme überschlug sich.

»Wenn wir einem erklären müssen, was hier passiert ist, sagen wir, er hat versucht, dich zu vergewaltigen, und ich bin gerade noch rechtzeitig aufgetaucht, um das zu verhindern.« Sie trat Bruder Bertrand in die Seite. »Los, zieh ihm die Hose runter.«

Sara erstarrte. Nein, das konnte sie nicht, niemals.

Julia verdrehte die Augen, ging in die Hocke und begann an der Gürtelschnalle zu nesteln. Plötzlich warf sich der Mönch gegen sie, sie fiel zur Seite, der Mönch schaffte es, seine Arme frei zu bekommen. Er packte ihre Beine, zog sie zu sich und wollte sich auf sie werfen. Sie schlug mit der Glasflasche zu und erwischte ihn am Hinterkopf. Bewusstlos sank er zu Boden. Julia zog ihre Beine unter seinem Körper hervor und sprang auf.

»Ganz schön kämpferisch, dieser Mönch.« Sie schob die Flasche in ihren Rucksack. »Komm.«

Sara bewegte sich keinen Millimeter.

»Willst du warten, bis er wieder wach wird?«

Hektisch schüttelte Sara den Kopf und schob sich an dem Mönch vorbei.

»Der Zug wird langsamer«, sagte Julia. »Wir steigen aus und verstecken uns, bis die Luft rein ist. Dann nehmen wir den nächsten Zug.«

»Können wir nicht weiterfahren? Bitte, nicht aussteigen.«

Julia sah sie mitleidig an. »Sara-Mäuschen, der Kuttenträger hier wird irgendwann Krach schlagen. Die Bahn-Fuzzis holen die Polizei. Und wir sind im Zug. Was dann?«

Sara nickte beschämt. Natürlich hatte ihre neue Freundin Julia recht … war sie ihre Freundin? Sie hatte ihr geholfen. Warum tat sie das?

Plötzlich drehte sich alles um sie herum, der Boden verlor seine Festigkeit, und die Wände kamen ihr erdrückend nah. Sara schloss die Augen. Selbst wenn sie ihren Häschern entkam – wohin sollte sie gehen?

Sie kennt niemanden außerhalb des Klosters und sie kann sich an niemanden aus ihrer Kindheit erinnern, aus der Zeit, bevor ihr Vater sie ins Schwesternhaus gebracht hat. Alle Erinnerung? Weg, bis auf kleine Reste, der Große Wagen, der Polarstern … Ihre Mutter ist tot, es tut so weh zu erleben, wie ihr Bild mehr und mehr verblasst. Und ihr Vater? Alles, nur das nicht …

»Hey!«

Sara öffnete die Augen. Julia lächelte sie an, als könnte sie ihre Gedanken lesen.

»Mach dir keine Sorgen. Wir fahren nach Köln. Meine Oma …« Julias Stimme zitterte. Sie gab sich einen Ruck. »Da können wir erst mal unterkommen.«

»Was, wenn der andere Mönch schon am Bahnhof auf uns wartet?«

»Wahrscheinlich ist der Zug schneller als das Auto.«

»Und wenn nicht?«

Julia öffnete die Tür und spähte hinaus. »Dann lass ich mir was einfallen.«

12.

Carl trat den Kickstarter, und der kleine Motor drehte temperamentvoll hoch. Für dreißig Euro hatte er den uralten Roller, eine Rex UTS, vor einigen Monaten gekauft, im Grunde war er nicht mehr als ein Haufen rostiger Schrott auf zwei platten Reifen gewesen. Heute sah der Roller immer noch so aus, aber alle wesentliche Teile hatte Carl in mühevoller Kleinarbeit repariert oder erneuert, und den Motor hatte er frisiert, statt der erlaubten vierzig Stundenkilometer waren jetzt ohne Probleme sechzig und mehr drin.

Carl gab Gas und fädelte sich in den Verkehr ein. Immer wieder scannte er die Umgebung nach dem Fremden von gestern Abend. Vergeblich. Entweder verstand er es, sich gut zu verbergen, oder da war eben überhaupt niemand, der ihn beobachtete.

Sehr erfolgversprechend war es nicht, was Carl nun schon seit mehreren Wochen täglich tat, aber irgendetwas musste er tun, und seine Karriere als Privatdetektiv schien ja ohnehin nicht in die Gänge zu kommen. Zumindest solange er seinem Grundsatz treu blieb: keine Jobs für Vertreter der Unterwelt. Die hatten sehr schnell mit dubiosen Aufträgen und, das musste er zugeben, verlockenden Honorarangeboten bei ihm auf der Matte gestanden. Sie abzuwimmeln war kein Problem gewesen. Weit unangenehmer war die andere Klientel, die bei ihm auftauchte, die glaubte, in ihm einen Gleichgesinnten gefunden zu haben. Rechte Spinner, Reichsbürger, Neonazis, die ihn als kompromisslosen Kämpfer gegen das »Gesocks« betrachteten, das Deutschland überflutete, Flüchtlinge, Asylanten, Moslems, Afrikaner, Ostblockler. Carl lehnte regelmäßig ab, mit oft unangenehmen Folgen, eine Art Shitstorm, aber nicht in der digitalen Welt sozialer Medien, sondern ganz real im wirklichen Leben: Sie malträtierten ihn wochenlang mit nächtlichen Telefonanrufen, warfen Müll und Dreck in seinen Briefkasten, einige Male lauerten sie ihm auf der Straße auf und pöbelten hinter ihm her.

Einmal wollte ihn ein AfD-Politiker engagieren, »kompromittierendes Material« gegen zwei andere Parteimitglieder zu sammeln, offenbar um sich damit selbst Vorteile in der Parteihierarchie zu verschaffen. Carl mochte diese Partei nicht besonders, hätte jedoch alleine deswegen einen Auftrag nicht abgelehnt. Auf die Frage, wie der Mann ausgerechnet auf ihn kam, antwortete er, Carl habe mit dem Mord an dem muslimischen Jungen seine aufrechte Gesinnung dokumentiert. Carl warf ihn hinaus.

Dann war eine Zeit lang Ruhe, und zwar vollkommene Ruhe, es kamen gar keine Anfragen, keine Aufträge und eben auch kein Geld. Bis vor fünf Wochen ein Mann und eine Frau auftauchten, zwei unauffällige Menschen um die dreißig, die alles zwischen Steuerberater und Schuhverkäufer, Beamte oder Geschäftsführer eines Supermarktes sein konnten. Sie verhielten sich sehr zuvorkommend und respektvoll. Zuerst erteilten sie ihm kleinere, gut bezahlte Aufträge, Beschattungen von »Nicht-Deutschen«, wie sie sie nannten, die sie verdächtigten, mit Drogen zu handeln und die sie anzeigen wollten, sollte sich der Verdacht erhärten. Im Interesse unserer Kinder, sagten sie, die in demselben Park spielen, wo diese Typen dealen.

Sehr schnell jedoch wurde klar, dass diese Aufträge nur ein Vorwand waren, um ihn für brisantere Aufträge zu ködern. Die beiden saßen gerne lange in seinem Büro – bei den großzügigen Honoraren, die sie zahlten, konnte er es ihnen nicht verwehren –, erzählten ihm anrührende Geschichten von alteingesessenen Deutschen, die von Ausländern aus ihren Lebensräumen verdrängt wurden, von rücksichtslosen Politikern, die sich allen möglichen Kulturen verpflichtet fühlten, nur nicht der deutschen, von Tätern mit Migrationshintergrund, denen man weder mit der Polizei noch mit Gerichten beikommen konnte, die oft finstere, wenn nicht sogar terroristische Pläne verfolgten, die zu entlarven weder die deutschen Sicherheitsbehörden noch die deutsche Politik in der Lage waren, weil sie sich mit ihrem moralischen Konstrukt der Political Correctness und ihrem dauerhaft implantierten historischen Schuldgefühl selbst blockierten.

Ja, sehe ich teilweise auch so, pflichtete Carl bei, das waren die Erfahrungen, die er als Polizist oft gemacht hatte und die beim Namen zu nennen überhaupt nicht gerne gesehen wurde. Bis die ersten merkwürdigen Fragen kamen: Haben Sie eigentlich eine Pistole, Carl?

»Selbst wenn ich eine hätte, offiziell darf ich keine Waffe mehr führen.« Nach seinem Ausscheiden bei der Polizei war sein Recht erloschen, eine Waffe zu tragen, und sein Antrag auf einen Waffenschein hatte die zuständige Behörde ohne Angabe von Gründen abgelehnt.

»Aber Sie haben eine?«

Er schwieg, was einem Ja gleichkam.

»Was halten Sie von der Todesstrafe?«

»Nichts.«

»Nichts? Nehmen wir folgenden Fall. Ein Sexualtäter vergewaltigt und tötet ein Mädchen. Er wird verurteilt, beginnt im Knast eine Psychotherapie, nach acht Jahren bescheinigt ihm der Gefängnispsychologe, dass von ihm keine Gefahr mehr ausgeht. Er kommt in den offenen Vollzug, und gleich bei seinem ersten Freigang vergewaltigt und tötet er wieder ein kleines Mädchen. Dieses Mädchen ist Ihre Tochter. Was halten Sie jetzt von der Todesstrafe?«

Ich würde das Schwein eigenhändig töten, denkt Carl. »Ich bin dagegen. Irgendjemand muss sie vollstrecken und wird damit selbst zum Mörder.«

»Dieser Kerl hat zwei unschuldige kleine Mädchen nicht nur

ihrer Menschenwürde, sondern auch ihrer Zukunft beraubt. Wäre es nicht sogar zwingend, ihn ein für alle Mal aus dem Verkehr zu ziehen? Was ist mit den Opfern? Den nächsten Opfern, die er sich suchen wird? Wie wollen Sie einem Vater, einer Mutter erklären, dass das schäbige Leben eines Vergewaltigers und Mörders von der Gesellschaft höher bewertet wird als das unschuldige Leben ihrer getöteten Tochter?«

»Lebenslang hinter Gittern, ja«, sagte Carl. »Aber keine Todesstrafe.«

»Und dann kommt irgendwann der nächste Psychologe und attestiert dem Kerl, geheilt zu sein, und schon ist er wieder draußen.«

Carl schwieg. Er wusste, was als Nächstes kommen würde.

»Und dann muss wieder ein kleines Mädchen dran glauben. Und dann das nächste …«

»Wer soll den Mörder auf den elektrischen Stuhl schnallen, wenn er sich wie ein Tier wehrt und um sein Leben winselt? Wer soll den Strom anschalten? Wer soll die Giftspritze geben? Wer soll ihm in den Kopf schießen?«

»Die Eltern der ermordeten Mädchen würden es tun.«

»Nein, würden sie nicht. Nur wenn sie damit das Leben ihrer Tochter zurückbekämen.«

»Oder weil sie andere Eltern vor dem Schmerz bewahren wollen, den sie selbst erleiden mussten.«

»Jemanden im Affekt zu töten ist eine Sache. Aber jemanden zu ermorden, von Angesicht zu Angesicht? Dafür muss man ein Mörder sein, und Mörder sind Verbrecher.«

»Was ist mit der Todesstrafe im Iran, in den USA, in China? Der Staat tötet im Interesse der Allgemeinheit.«

»Was ist, wenn der Staat irrt? Wie bei den Nazis? Dann sind die Vollstrecker plötzlich Mörder. Mord ist Mord.«

»Dann müssten Soldaten, die im Auftrag ihres Staates töten, auch Mörder sein.«

Carl winkte ab, er hatte die Nase voll von dieser Diskussion. Und sie war ihm nicht neu. Nicht wenige seiner früheren Kollegen bei der Polizei waren für die Todesstrafe. Vor allem ältere Polizisten hatten schon zu oft das Leid und die verzweifelte Hilflosigkeit der Opfer oder der Opferangehörigen erleben müssen. Die sich später, vor Gericht, oft genug fortsetzte. Da wurde dann stunden- und tagelang die schlimme Vergangenheit der Täter durchleuchtet, um »die Tat zu verstehen«, und wenn da genug Herzergreifendes zu finden war, führte das fast immer zu mildernden Umständen. Der Schmerz der Opfer allerdings spielte keine große Rolle, auch in den Medien nicht. Täter sind sexy und gruselig-spannend, weinende, geschockte, kraftlose, vom Entsetzen paralysierte Opfer nicht.

»Was wollen Sie wirklich von mir?«

Längeres Schweigen.

»Wir sind besorgte deutsche Bürger. Wir fragen uns, was wir tun können, wenn überall Parallelgesellschaften entstehen, wenn unsere Kinder vor Bomben Angst haben müssen, sobald sie einen Bahnhof betreten oder ein Popkonzert besuchen. Wir fragen uns, was der deutsche Staat alles *nicht* unternimmt, um uns zu schützen. Wir fragen uns, ob es nicht die erste Bürgerpflicht ist, da aktiv zu werden, wo der Staat versagt.«

»Und das wäre?«

Schweigen. Ein Lächeln. »Darf ich?« Der Mann nahm einen Filzstift und ein Papier, malte einen Kreis und darin einen Haken, wie ein auf den Kopf gestelltes »V«.

Vierzig Prozent Neigung, dachte Carl, wie das Satteldach einer Blockhaushütte. In der Zeit vor dem Tod des Jungen hatten seine Frau Johanna und er davon geträumt, sich irgendwo in der Eifel oder im Bergischen Land ein Grundstück zu kaufen und ein einfaches Häuschen darauf zu setzen, sie hatten Prospekte gewälzt und Preise verglichen. Wochenendglück mit Kind und Hund. »Wollen Sie mir einen Bausparvertrag andrehen?«

Das Lächeln des Mannes gefror für einen Moment.

Carl hätte nicht sagen können, was ihn an den beiden störte. Vielleicht, dass sie wie ein eingespieltes Team im Wechsel argumentierten? Wie die Zeugen Jehovas, die früher, als er klein war, manchmal an der Wohnungstür klingelten; wie die Salafisten in den Fußgängerzonen, die einem den Koran aufdrängen wollten; oder die Anhänger von Scientology mit ihrer seifigen, unnachgiebigen Freundlichkeit. Seine Intuition allerdings war eindeutig, und die sagte: Lass es, Carl, diese Typen bringen Ärger.

»Wir bleiben in Kontakt«, erwiderte der Mann freundlich, als Carl ihm erklärte, keine weiteren Aufträge mehr anzunehmen.

»Nein, danke«, sagte Carl und hielt die Angelegenheit damit für beendet. Ein großer Irrtum, wie sich herausstellen sollte.

13.

Die Luft war angenehm warm und noch nicht mit Abgasen und Feinstaub aufgeladen. Der Fahrtwind fuhr ihm unters Hemd und ließ es flattern. Carl achtete darauf, die erlaubte Geschwindigkeit nicht zu überschreiten, und trug einen Sturzhelm – nichts sollte seine Ex-Kollegen dazu verleiten, ihn anzuhalten und zu kontrollieren. Carl lachte bitter auf. Schon merkwürdig, sein Leben als Polizist war so weit weg wie der Mond.

An der nächsten Kreuzung bog er links in die Teutonenstraße ein. Auch heute und vollkommen gleichgültig, womit er sich beschäftigte und wie sehr er sich versuchte abzulenken, durchfuhr ihn an dieser Stelle immer dasselbe Gefühl, immer derselbe Gedanke: Nur dreihundert Meter in die entgegengesetzte Richtung ging seine Tochter Anna in die Schule. Eine Montessorischule, ein Kompromiss zwischen ihm und seiner Frau, die Anna eigentlich auf eine Waldorfschule hatte schicken wollen. Aber schon nach dem ersten Kennenlernabend hatte Carl gewusst, dass er mit der Waldorfwelt nicht klarkommen würde. Alle waren sehr nett, die Lehrer, die anderen Eltern – so nett, dass er sich permanent wie auf einer Anklagebank fühlte, er, der Polizist, der einen ganz anderen Blick auf die Wirklichkeit hatte und der Idealismus für einen schlau verbrämten Versuch hielt, sich der unbequemen Realität zu entziehen.

Hundert Meter weiter rechts begann die unsichtbare Grenze, die das Gericht gezogen hatte: Weniger als zweihundert Meter durfte er sich seiner Tochter nicht nähern, seine Frau hatte ein absolutes Kontaktverbot durchgesetzt. Anfangs hatte er sich nicht daran gehalten, hatte sich an den Zaun des Schulgartens geschlichen und nach Anna gerufen, als sie auf dem Pausenhof mit ihren Freundinnen spielte. Jedes Mal hatte sie furchtbar geweint, als er sie durch den Zaun streichelte, und er auch. Ihr Geruch, ihre Stimme, ihre zarte Haut, ihre kleinen Hände, die, seit sie auf der Welt war, bei jeder Gelegenheit nach ihm griffen. Beim ersten Mal, nur wenige Minuten nach ihrer Geburt, waren sie noch so winzig gewesen und konnten gerade mal seinen kleinen Finger umklammern. Sag nicht, dass dein Papa hier war, hatte er ihr jedes Mal zum Abschied gesagt, aber es hatte nicht lange gedauert, bis die Lehrerin herausbekommen hatte, warum Anna so aufgelöst und verzweifelt aus der Pause in den Klassenraum zurückkehrte. Die Geldstrafe, die das Gericht ihm daraufhin auferlegte, tat weh, aber er hätte trotzdem immer wieder riskiert, sie zu treffen, wenn der Richter ihm nicht unmissverständlich klargemacht hätte, dass er beim nächsten Mal in den Knast wandern würde, für ein Jahr, das höchstmögliche Strafmaß. Carl machte sich keine Illusionen, was ihn dort erwartete, einen Kindermörder, einen Ex-Bullen würden die anderen Häftlinge zur Zielscheibe all ihrer aufgestauten Aggressionen machen und sich sogar noch in dem Gefühl suhlen, etwas zu vollstrecken, wozu die korrupte, bullenfreundliche Justiz nicht in der Lage gewesen war.

Zehn Minuten später überquerte Carl die Holweider Straße und bog in die Zeusstraße ein. Hier in diesem Viertel, das fast ausschließlich von Türken bewohnt war, zu ermitteln war für Carl nicht möglich, und zugleich war es der einzige Ort, an dem es Sinn machte, Nachforschungen anzustellen. Auch die Eltern des getöteten Jungen wohnten hier. Wenn er nur die Gelegenheit hätte, mit ihnen zu reden! Er würde ihnen schildern, was wirklich passiert war, vielleicht glaubten sie ihm und würden ihm einen verwertbaren

Hinweis geben. Doch bisher hatte er sie nie außerhalb des Viertels und Metis Einfluss angetroffen.

Auch Kemal und Fati lebten hier, auch ihr Leben spielte sich hauptsächlich rund um die Zeusstraße ab. Das Einzige, was Carl tun konnte, war, sie von einem sicheren Versteck aus zu beobachten und zu hoffen, auf irgendetwas zu stoßen, was es ihm ermöglichte, die beiden dranzukriegen. Auch wenn das auf lächerliche Art unwahrscheinlich war.

Er hatte hochgerechnet. Falls für ihn in der nächsten Zeit kein Auftrag als Privatdetektiv reinkam, reichte sein Geld noch maximal für drei Wochen, bevor er anfangen musste, Dinge zu verkaufen, Verstärker, CDs, Mountainbike, Laptop, Zeug in der Art. Drei Wochen. Das war nicht viel.

Unter seinem Sturzhelm würde ihn niemand erkennen, trotzdem beschleunigte sich sein Puls. Unmittelbar nach seinem Freispruch hatten in der ganzen Gegend Kopien eines Fotos von ihm kursiert, und es hatte wenig Fantasie gebraucht, den in Türkisch, Arabisch und Deutsch verfassten Text darunter als Mordaufruf zu verstehen; mit ein wenig mehr Fantasie sogar das Versprechen einer Belohnung. Er hatte damals Anzeige gegen unbekannt erstattet, und tatsächlich wurde die Stadtreinigung beauftragt, die an Wände, Laternenmasten und Straßenschilder geklebten Zettel zu entfernen. Straßenkehrer rückten an – und unverrichteter Dinge wieder ab, verjagt von einer aufgebrachten Menschenmenge. Am nächsten Tag kamen sie wieder, dieses Mal unter Polizeischutz, doch schon einen Tag später tauchten die Zettel noch zahlreicher wieder auf. Nach nur drei Tagen gaben Straßenreinigung und Polizei auf, was zu einem Aufschrei in rechtsgerichteten Medien führte, der jedoch schnell wieder verklungen war. Sinnlos waren die Säuberungsarbeiten ohnehin, da sein Konterfei zusätzlich über Instagram, Facebook und andere soziale Medien verbreitet wurde, und dagegen gab es kein Mittel.

Carl bog in die Wallstraße ab. Hier begann das Gelände der verlassenen ehemaligen Drahtfabrik, umgeben von einer hohen Mauer.

Davor wucherten Holunderbüsche und Brennnesseln, überall lag Müll herum, der aus aufgeplatztzten Plastiktüten quoll, wahrscheinlich aus vorbeifahrenden Autos herausgeworfen. Er schob den Motorroller ins Gebüsch und sicherte ihn mit der schweren Stahlkette. An der Stelle, wo die Mauer in die Außenwand des Fabrikgebäudes überging, sah er sich um, und als er sicher war, dass niemand ihn beobachtete, packte er das Regenrohr, kletterte die vier Meter bis zum ersten Fenster hinauf und hievte sich ins Gebäude hinein. Der Boden war mit Scherben und Steinen übersät. Seit die Fabrik vor über zehn Jahren aufgegeben worden war, übten sich Jugendliche darin, die Glasscheiben der riesigen Industriefenster bis auf den letzten Rest zu zertrümmern. Mit jeder Etage wurden die Scherben weniger, nur ganz oben im sechsten Stock waren alle Fenster noch intakt. Von dort führte eine letzte schmale Treppe hinaus auf das geteerte Flachdach.

Die letzten Meter bis zur Dachkante robbte Carl auf dem Bauch. Vor hier aus konnte er die Zeusstraße gut überblicken. Gleich gegenüber befand sich das Wohnhaus von Kemal und Fati. Er zog das Fernglas aus seiner Umhängetasche und richtete es auf die Penthouse-Wohnung. Kemals Wohnung.

Kurz nach 13 Uhr. Noch mehr als eine halbe Stunde bis zum Dhuhr, dem Mittagsgebet. Dass er eines Tages zum Spezialisten für islamische Gebetszeiten werden würde, hätte er sich früher nicht vorstellen können. Fajr, Shuruk, Dhuhr, Asr, Maghrib und Isha, sechsmal am Tag musste ein Moslem das Gebetsprogramm abspulen, und weil die Zeiten vom Sonnenauf- und -untergang abhingen, verschoben sie sich jeden Tag ein wenig. Kemal nahm seine Gebete sehr ernst, was Carl gerade bei ihm nicht vermutet hätte. Kemal war ein expressiver Typ, einer, der auf großem Fuß lebte und es jeden wissen ließ. Vor der Tür ein neuer BMW, teure Kleidung und ebendiese Penthouse-Wohnung. Im Grunde handelte es sich schlicht um eine rundherumgehende Glasfront, die zur Hälfte aus riesigen Schiebetüren bestand. Lediglich das Badezimmer und die Toilette wurden durch Mauern vor Einblicken geschützt. Die Einrichtung stand im größtmöglichen Kontrast zu der kühlen Architektur. Kemal liebte es schwülstig-orientalisch und kitschig. Vergoldete Schnörkel wohin man sah. Womit er sein Geld verdiente, hatte Carl bisher nicht herausbekommen. Offiziell war er Teilhaber eines Döner-Imbisses und hatte einen kleinen Autoverleih.

13 Uhr 40. Kemal rollte seinen Gebetsteppich aus und nahm seine Grundposition ein. Ein islamisches Gebet bestand aus siebzehn Teilen, die ersten vier werden im Stehen ausgeführt. Kemal brauchte dafür etwa eine Minute.

Carl schwenkte sein Fernglas hinunter, eine Etage tiefer. Die Wohnung von Fati, dem Mann, der ihn festgehalten hatte, damit Kemal seine Hand mit der Dienstpistole auf den Jungen richten konnte. Fati nahm es mit den Gebetszeiten nicht so genau. Musste ein Moslem auch nicht. Das Dhuhr durfte er bis zum Asr, dem Nachmittagsgebet, hinauszögern, und das war heute erst gegen 18 Uhr dran.

Wesentlich konsequenter lebte Fati ein anderes Muster. Jeden Tag nach dem Mittagessen gegen 13 Uhr 45 nahm er sich seine Frau vor, ein Akt, bei dem Carl nur die ersten Male neugierig zugesehen hatte. Er war selbst sicherlich kein besonders sensibler Liebhaber, aber was Fati da trieb, hatte eher etwas von Sex mit einer Prostituierten. Seine Frau legte sich auf den Rücken, zog ihren Rock hoch, machte die Beine breit, drehte ihr Gesicht zur Seite und blieb in dieser Position, bis Fati fertig war. Wenn er gekommen war, erstarrte er jedes Mal für mindestens zehn Sekunden mit hochgerecktem Kopf. Als würde er ein kurzes Abschlussgebet sprechen.

Perfekte zehn Sekunden für einen gezielten Schuss. Der Gedanke war plötzlich in Carls Kopf. Er wollte den Gedanken wegschieben, aber er blieb.

Na gut, spiel ihn durch. Was sollte er tun, wenn er nichts fand, womit er die beiden und Meti überführen konnte? Wenn alles Beobachten nichts brachte? Was, wenn es dabei blieb und kein Staatsanwalt Anklage erheben und kein Richter ein Urteil fällen würde, wenn zwei Mörder und deren Auftraggeber für ihr Verbrechen nicht büßen mussten – war es da nicht gerechtfertigt, die Mörder selbst in die Hölle zu schicken?

Schwierig wäre es nicht. Zuerst Kemal, er war um die Zeit immer alleine und betete bei offener Tür. Wenn Carl einen Schalldämpfer benutzte und gut traf, würde Kemal lautlos sterben. Danach konnte er in Ruhe abwarten, bis Fati sich in der besten Schussposition befand.

Carl erschauerte, Schweißperlen bildeten sich auf seiner Haut und fühlten sich wie kleine Eiskristalle an. Nein, wenn er das tat, ging es nicht mehr um Gerechtigkeit, sondern um Rache, und das widersprach allem, was er bisher gelebt hatte.

Rache? Wenn er Meti töten würde, das wäre Rache. Aber Kemal und Fati?

Die passende Waffe hatte er, eine Glock 17 mit Schalldämpfer, eine bei Kriminellen beliebte Pistole, sie war sehr leicht, zuverlässig und hatte einen Polygonlauf, der auf den verschossenen Projektilen keine forensisch verwertbaren Spuren hinterließ. Er hatte sie während einer Razzia unbemerkt eingesteckt. Ohne besonderen Grund. Viele seiner Kollegen hatten über die Jahre einiges mit nach Hause genommen, was sie eigentlich hätten sicherstellen und in der Asservatenkammer abgeben müssen. Totschläger, Schlagringe, Springmesser, Pistolen, einer sogar eine scharfe Handgranate. Das war nichts Besonderes. Das wurde es erst, wenn man eine dieser Waffen benutzte.

Carl sieht wieder hinüber zu dem Haus. Dort ist alles ruhig. Er nimmt sein Fernglas. Fati zieht seine Hose hoch. Seine Frau streift ihren Rock hinunter und bedeckt ihre Beine, ohne ihren Blick zu heben. Sie wartet, bis Fati das Zimmer verlassen hat. Angespannt lauscht sie, offenbar bis sie sich sicher sein kann, dass er wirklich die Wohnung verlassen hat. Ihre Hand wandert unter das Kopfkissen, sie holt ein Handy hervor und wählt. Als sie zu sprechen beginnt, ändert sich ihr Gesichtsausdruck. Die unterwürfige Teilnahmslosigkeit weicht einem Blick voller Liebe und Wärme, als würde sie ihr frisch geborenes Baby liebkosen.

Carl lässt seinen Kopf sinken, bis seine Stirn den geteerten Boden berührt. Es ist sehr heiß, er hat Durst, Kopfschmerzen hämmern im Takt seines Herzschlags.

Teergeruch weckte ihn. Hatte er tatsächlich geschlafen? Wie lange? Obwohl sich die Sonne nicht völlig gegen den Dunstschleier aus Luftfeuchtigkeit und Abgasen durchsetzen konnte, brannte sie heftig. Der Teer sog ihre Strahlen förmlich auf und reflektierte ihre Hitze. Vorsichtig hob er seinen Kopf. Kemal schien seine Wohnung verlassen zu haben. Auch in Fatis Wohnung war niemand zu sehen. Unten auf der Zeusstraße herrschte reges Treiben. Lachen, freundliche Zurufe, Schulterklopfen, das Murmeln von Unterhaltungen, von Männern vor Teestuben und von Frauen, die einkauften oder in Gruppen vor Schaufenstern entlangflanierten. Fatis Frau? Carl nahm sein Fernglas. Sie trug ein Kopftuch, doch er erkannte sie an ihrem Lächeln. Sie unterhielt sich mit zwei Begleiterinnen, die ebenfalls ihre Haare mit Kopftüchern bedeckt hatten. Carls Blick streifte die beiden nur kurz, er wollte aufbrechen, morgen würde er sich besser ausrüsten, mit Wasser und einer Kappe gegen die Sonne. Kannte er eine der beiden Frauen?

Er schwenkte das Fernglas zurück. Die eine hatte er bisher noch nie gesehen, da war er sich sicher. Die zweite konnte er nur von hinten sehen. Sie trug sehr enge Kleidung, die außer ihren Händen kein Fleckchen Haut unbedeckt ließ und gleichzeitig ihre weiblichen Reize auffallend betonte. Ihre Art, sich zu bewegen, die ihm vertraut vorkam. Als sie sich umdrehte, erkannte er sie: Lena Gülec, seine Ex-Kollegin.

Hatte sie nicht gesagt, mit Metis Welt nichts zu tun zu haben? Und was hatte sie dann ausgerechnet mit Fatis Frau zu schaffen?

Lena verhielt sich sehr vertraut mit den beiden, lachte und berührte sie viel und plapperte und schnatterte aufgedreht wie ein Teenager. Dabei kreisten ihre Blicke wie ein Radar, als suchte sie fortwährend Bestätigung. Wenn ein Mann ihren Blick erwiderte, schlug sie sofort die Augen nieder.

Eine Frau auf Männersuche, dachte Carl. Der Gedanke ärgerte

ihn. Weil ihm die selbstbewusste Polizistin sympathischer war? In den nur vier gemeinsamen Tagen als Einsatzteam im Streifenwagen hatte er sie als betont entspannt und lässig erlebt, wie eine Frau, die die Ruhe weg hat, eine, die geerdet durchs Leben geht, emanzipiert und keine Sekunde bereit, sich einer vermeintlichen männlichen Dominanz unterzuordnen. Jetzt verhielt sie sich ganz anders.

Erinnerungen, wie er den Jungen verfolgte, wie dieser erschossen zu Boden sank, wie die Mörder entkamen. Und Lena tauchte erst auf, als alles vorbei war. Zu spät, um ihm zu helfen, aber früh genug, um auszusagen, dass niemand dort war und nur Carl den tödlichen Schuss hatte abgeben können. Diese verdammte Schlange …

Carl robbte von der Dachkante weg und sprang auf. Er zitterte am ganzen Körper. Die Wut, von Meti und den beiden Mördern hereingelegt worden zu sein, brannte ohnehin schon heftig in ihm. Doch das war nichts gegen das Gefühl, das in diesem Moment in ihm aufwallte. Meti und die beiden Mörder gehörten für ihn zu der Welt der fundamentalistischen Fanatiker, ob es die rechtsradikalen Mörder der NSU, die ultra-orthodoxen, militanten Siedler im Westjordanland oder die brutalen Schlächter des IS waren, sie alle gehörten zu der Welt der unbekehrbaren Verbrecher, bei denen jeder Versuch der Resozialisierung Zeitverschwendung war. Doch seine Kollegen, Ex-Kollegen, bei der Polizei, so unterschiedlich sie sein mochten und was immer sie womöglich an kleinen Sünden auf sich geladen hatten, die waren für ihn letztlich Garanten und Symbol für Gerechtigkeit gewesen. Natürlich gab es auch Dirty Harrys und Charles Bronsons unter ihnen, er war nicht naiv. Polizisten waren Arschlöcher, Gutmenschen, Karrieristen, Drückeberger, Draufgänger, Schleimer, Aggressivlinge – alles, was die Gesellschaft an Facetten zu bieten hatte. Doch im Kern und all dem zum Trotz waren Polizisten die Guten, das war der Pakt, den man schloss, wenn man diesen Job annahm. Manche, sehr wenige hielten sich nicht daran. So wie offenbar Lena Gülec.

Carl zog sein Handy hervor und googelte ihren Namen. Weder ihre Telefonnummer noch ihre Adresse waren öffentlich zugänglich. Das war nichts Besonderes, nur wenige seiner Kollegen waren im Telefonbuch aufgeführt, es gab eine Menge Wutbürger da draußen, die sich auf Telefonterror verlegten, wenn sie sich von einem Polizisten ungerecht behandelt fühlten.

Aber warum überhaupt warten, warum ihr hinterherspionieren? Sie war da unten, jetzt. Er rannte die Treppen hinunter, drei Stufen auf einmal, rutschte das Regenrohr hinunter, warf sich auf seinen Roller und gab Gas. Nur wenige Meter bevor er in die Zeusstraße einbog, bremste er scharf. Er hatte vergessen, seinen Helm aufzuziehen, jeder würde ihn sofort erkennen.

Der Sturzhelm ist dein Niqab, dachte er. Er war immer dafür gewesen, den Gesichtsschleier zu verbieten. In diesem Moment fand er den Gedanken merkwürdig.

Zweimal fuhr er die Straße entlang. Ein drittes Mal wäre zu auffällig. Vielleicht fand er ihr Auto, irgendwann würde sie nach Hause fahren, sie wohnte in Köln-Ehrenfeld, in der Nähe der Ditib-Moschee, das hatte sie ihm erzählt. Sie fuhr einen roten Toyota Auris Hybrid. Eine Muslima, die grün wählte. Eine grüne Muslima, die mit zwei Mördern und einem Hassprediger sympathisierte.

Der Wagen stand in der Gernotstraße vor einer Plakatwand, die mit selbst gedruckten Konzertankündigungen irgendwelcher Kölner Bands zugekleistert war. Hinter einer Robinie bockte Carl seinen Roller auf und wartete.

14.

Vanderbilt starrte Newt an. »Was ist das für ein absurder Schwachsinn?«

Delaney grinste. »Wusstest du nichts von dieser charmanten Idee?«

»Nein, verdammt!« Vanderbilt breitete die Arme aus. »So etwas würde ich niemals unterstützen.« Er deutete auf die Mappen, die Newt auf den Boden hatte fallen lassen. »Her damit.«

Newt hob sie auf und warf sie ihm zu. Vanderbilt öffnete sie, sie waren leer. »Was soll das? Wo sind die Aktionen, die wir erarbeitet haben?«

Newt bedachte Vanderbilt mit einem langen Blick, aus dem alles Mögliche zu lesen war, nur keine Sympathie und vor allem kein Respekt. Aber er musste sich nicht mehr verstellen, das war mit dem heutigen Abend vorbei. Würde er Delaney nicht für seinen Plan gewinnen, war er seinen Job bei den Caring Christians ohnehin los.

»Soll er bei dem Anschlag getötet werden?«, fragte Delaney.

»Natürlich nicht!«, erregte sich Vanderbilt. »Weil es solch einen Anschlag nie geben wird. Das ist ein Hirngespinst von Newt, sonst nichts.«

»Nein, Jack, Moment mal. Die Idee ist genial.« Delaneys Begeisterung ließ seine Stimme noch heller klingen. »Ein Anschlag von

Islamisten auf den Papst. Das wäre die ultimative Kriegserklärung gegen die gesamte westliche Welt. Die könnte niemand ignorieren.«

»Herrgott, Ron. Das würde einen Flächenbrand auslösen, den keiner stoppen kann.«

»Genau darum geht es. Ein Flächenbrand, ein Kreuzzug. Ein solcher Anschlag würde alle vereinen, die sich im weitesten Sinne der christlichen, der westlichen Welt zurechnen: Protestanten, Orientalisch-Orthodoxe, Anglikaner, Juden, Kopten und Kopeken.« Delaney lachte über seinen kleinen Kalauer. Newt war sich sicher, Vanderbilt hatte keine Ahnung, dass eine Kopeke eine russische Kleingeldmünze war. »Sogar ganz Südamerika wäre mit einem Schlag aktiviert. Das ist schlicht und einfach genial. »

Vanderbilt atmete schwer. »Ron, bitte.«

»Ich wiederhole meine Frage«, sagte Delaney, ohne Vanderbilt zu beachten. »Soll der Papst bei dem Anschlag getötet werden?«

Newt antwortete nicht.

»Heilige Scheiße, Newt, das hätte ich Ihnen gar nicht zugetraut. Respekt.« Delaney sprach mit diesem freundlichen Klang in seiner Stimme, der sein unverwechselbares Markenzeichen war und hinter dem sich meist purer Zynismus verbarg.

»Ich bin Evangelikaler, und der Papst geht mir am Arsch vorbei«, sagte Vanderbilt. Seine Wut verwandelte sich langsam in Vorsicht. »Aber den Papst töten …?«

»Komm schon, Jack. Während des gesamten Mittelalters, über tausend Jahre lang, haben Päpste sich gegenseitig umgebracht. Das ist eine alte Tradition, die kann man doch wieder aufleben lassen.«

»Ron, die Sache kann vollkommen außer Kontrolle geraten.«

»Glaube ich nicht.« Delaney sprang auf und begann, auf und ab zu schreiten. »Gehen wir es durch. Nach 9/11 standen die gesamte westliche Welt und sogar ein paar Moslems hinter uns. Das hat allerdings nicht sehr lange vorgehalten. Warum? Weil nur wir Amerikaner direkt betroffen waren. Es waren unsere Türme, es waren unsere Toten, es war unser Stolz, der ins Mark getroffen wurde. Aber ein Attentat auf den Papst … Weltweit gibt es 1,6 Milliarden

Moslems, aber es gibt 2,3 Milliarden Christen. Wenn das keine Mehrheit ist! Die würden alle geschlossen zusammenstehen.«

»Es geht hier doch nicht um Football! Was Newt vorschlägt, kann zu einer Katastrophe für die Menschheit werden.«

»Unsinn. Die Pest im Mittelalter, *das* war eine Katastrophe für die Menschheit. Das hier ist was anderes. Das hier ist Katharsis. Es sortiert, was längst und dringend sortiert werden muss, und bringt es auf den Punkt: Hier sind die Guten, da die Bösen, und jeder kann das sofort erkennen, man muss nichts mehr erklären.«

Vanderbilt wollte etwas erwidern, aber Delaney unterbrach ihn. »Jetzt komm mal runter, Jack. Ich kenne dich, du bist sauer, dass Newt diese Idee hatte und nicht du. Du bist in deiner Eitelkeit gekränkt. Das ist alles. Und das ist kleinkariert. Hier geht es um etwas ganz Großes.«

Delaney wandte sich wieder Newt zu, sein Blick war anerkennend und eiskalt zugleich. »Wie soll es ablaufen, Newt? Oder haben Sie darüber noch nicht nachgedacht?«

Newt gestattete sich ein Lächeln. »Doch, das habe ich.« Dass längst alle Vorbereitungen abgeschlossen waren und alle Beteiligten in den Startlöchern standen, würde er vorerst für sich behalten.

Delaney zupfte sich einen Fussel vom Hemd, schnippte ihn in die Luft und beobachtete, wie er zu Boden schwebte.

»Wenn herauskommt, wer dahintersteckt, sitzen wir verdammt tief in der Scheiße. Dann erreichen wir das genaue Gegenteil.«

»Davor wollte ich warnen«, fügte Vanderbilt leise hinzu. Er wirkte abwesend, Delaneys Worte hatten ihn getroffen. Newt musste sich zwingen, keine Schadenfreude zu zeigen. Vanderbilt reagierte auf Kritik allergisch, und seine Standardreaktion war, den Kritisierenden niederzubrüllen. Was dazu führte, dass es mittlerweile bei den Caring Christians niemand mehr wagte, irgendetwas zu sagen, was Vanderbilt als Kritik deuten könnte. Delaney gegenüber konnte er sich ein derartiges Verhalten natürlich nicht erlauben.

»Wie soll das Attentat den Islamisten zugeordnet werden?«, fragte Delaney.

»Durch ein gefälschtes Bekennerschreiben des Islamischen Staats, das wir zeitgleich an Fox News, CNN, Al Jazeera und den *Guardian* schicken. Wir benutzen Sprengstoff, den der IS in Syrien und im Irak verwendet hat. Und, mal ehrlich, selbst wenn der IS danach behauptet: Wir waren es nicht! – Wer wird denen glauben?«

Delaney sah Newt schweigend an. Newt spürte seine Zweifel. »Sagt Ihnen ›Operation Bojinka‹ etwas?«, fragte er.

Delaney reagierte nicht.

»Bojinka ist ein arabischer Slangausdruck und bedeutet so viel wie ›Große Explosion‹.«

»Na, toll. Müssen wir jetzt Arabisch lernen, um so einem irren Plan zuzustimmen?«, knurrte Vanderbilt, der offenbar Delaneys Schweigen als beginnenden Widerstand interpretierte.

»Hinter der Operation Bojinka steckte im Wesentlichen der Islamist Ramzi Yousef«, fuhr Newt unbeirrt fort. »Yousef war die treibende Kraft hinter dem Bombenanschlag auf das World Trade Center am 26. Februar 1993. Er hatte den Sprengstoff beschafft und in der Tiefgarage unter dem Hochhaus platziert. Er entkam nach Pakistan.«

»Kann es sein, dass Sie ein wenig abschweifen, Newt?« Der Tonfall in Delaneys Stimme machte mehr als deutlich, dass er nicht mit belehrendem Kleinkram belästigt werden wollte.

Newt hob beschwichtigend die Hand und signalisierte: Ich bin gleich fertig.

»Als sich der Schaden des Attentats als vergleichsweise gering erwies, begann Yousef mit den Vorbereitungen der Operation Bojinka. Die hatte zwei Ziele. Zum einen mehrere amerikanische Flugzeuge auf ihrem Weg von Asien in die USA in die Luft zu sprengen. Das zweite Ziel war, Papst Johannes Paul II. während seines Besuchs des Weltjugendtags in Manila am 12. Januar 1995 mit einer Bombe zu töten, ausgelöst durch einen als Priester verkleideten Selbstmordattentäter.«

»Sind das Fakten, Newt? Oder irgendwelche Verschwörungstheorien?«

»Bojinka scheiterte, sechs Tage bevor der Papst in Manila ankam. Reiner Zufall, einer von Yousefs Männern verursachte beim Zusammenmischen des Sprengstoffs ein Feuer, die Attentäter mussten fliehen. Zurück ließen sie hoch belastendes Material, unter anderem Straßenkarten mit den Routen der Autokolonne des Papstes, mehrere Ausgaben der Bibel, Kruzifixe, Priesterkleidung und genaue Aufzeichnungen, wie sie vorgehen wollten.«

Delaney sah ihn immer noch zweifelnd an.

»Yousef wurde von einem amerikanischen Geschworenengericht am 12. November 1997 zu zweihundertvierzig Jahren Haft verurteilt. Wenn Sie wollen, Ron, können Sie ihn jederzeit im ADX Florence in Florence, Colorado, besuchen, dem bestgesicherten Gefängnis der USA. Für Sie dürfte es kein Problem sein, eine Besuchsgenehmigung zu bekommen.«

»Verdammt noch mal, Newt!« Delaney schlug mit der Faust auf den Tisch und strahlte übers ganze Gesicht. »Lassen Sie mich raten: Das Bekennerschreiben, das Sie an Fox News, CNN, Al Jazeera, den *Guardian* und sonst wen schicken wollen – das wird den Titel ›Operation Bojinka II‹ tragen, habe ich recht?«

Newt bemühte sich, jeden Anflug von Eitelkeit zu vermeiden. »Genau das ist der Plan, Ron.«

Delaney zog mit der flachen Hand einen Bogen durch die Luft, als habe er die Beschriftung eines Plakates vor Augen. »Operation Bojinka die zweite. Genial, einfach genial. Natürlich würden es alle glauben.« Er setzte sich wieder, erkennbar bemüht, seine Begeisterung zu zügeln. »Wie viele Menschen würden an dem Anschlag beteiligt sein?«

»Unmittelbar: zwei.«

»Mehr nicht, nur zwei? Kommen Sie, Newt, erzählen Sie mir nichts! Wer hat die Männer ausgewählt? Wer leitet die Aktion? Wer besorgt alles, was dafür nötig ist?«

»Ich.«

»Sie sind hier, in den USA. Wie soll das alles von hier aus gehen?«

»Ausgeführt wird die Aktion von einem ehemaligen Kamaldulenserkloster in den deutschen Alpen. Ich arbeite eng mit dem dortigen Abt zusammen, Abt Albertus.«

»Ein *Mönch?*« Delaney wirkte plötzlich vorsichtig.

»Im Vatikan«, fuhr Newt fort, »gibt es einen Kreis konservativer Kardinäle, die von der Toleranz und den Barmherzigkeitsbotschaften des Papstes in Richtung Islam die Nase gestrichen voll haben. Die eine harte Gangart fordern. Abt Albertus ist in dieser Runde ein gern gesehener Gast.« Newt lächelte Delaney an. »Sie kennen ihn?«

Delaney fixierte ihn mit scharfem Blick, er schien sich immer noch nicht sicher zu sein, wie weit er ihm vertrauen konnte. Dann gab er sich einen Ruck. »Ich stehe mit dieser Runde im ständigen Austausch. Ja, ich kenne Abt Albertus. Ein harter Hund. Zutiefst von Rom enttäuscht. Aber ein Soldat, ein Krieger?«

»Das muss er nicht sein. Seine Aufgabe war es, die richtigen Leute für den Job zu finden.«

»Ein Job für Profis. Nicht für irgendwelche Mönche.«

Newt ließ sich Zeit für eine Antwort. »Eins haben die Islamisten uns in den letzten Jahren gelehrt, und wir erleben es fast täglich bei all den Terroranschlägen: Jeder kann Anschläge verüben, wenn er nur entschieden genug ist. Und wenn man die Sache einfach hält.«

»Und die beiden Männer hat er ausgerechnet unter den Mönchen in seinem Kloster gefunden?«, fragte Delaney.

»Es sind keine Mönche. Sie gehören zu insgesamt vier jungen Männern, die ich und Abt Albertus ins Kloster eingeschleust haben.«

»Ich weiß nicht, Newt. Das klingt für mich reichlich, wie soll ich sagen, unsolide. Was ist mit den echten Mönchen im Kloster?«

»Das ist es, was ich meine«, ging Vanderbilt dazwischen. »Bei näherer Betrachtung haben wir es hier mit einem gewaltigen Hirngespinst zu tun, einem absurden Szenario, einem radikalen Schwachsinn, genauso konfus wie unser Präsident in seinen schlechtesten Momenten, und wir wissen alle, was das …«

»Jack«, unterbrach Delaney ihn, »beruhig dich mal. Ich will erst alles hören. Und dann kommt die Bewertung.« Er nickte Newt auffordernd zu.

»Abt Albertus«, fuhr dieser fort, »war in den letzten Jahren mit immer radikaleren Äußerungen über den Islam aufgefallen. Der Papst höchstpersönlich hat ihm daraufhin irgendwann Redeverbot erteilt und ihn nach St. Gregor strafversetzen lassen. Keiner der fünf Mönche dort war unter siebzig Jahre alt, und da kein Nachwuchs in Sicht war, bekam Abt Albertus die Aufgabe, den Klosterbetrieb innerhalb der nächsten Jahre abzuwickeln. Ich habe ihm den Vorschlag gemacht, diese vier Männer als Nachwuchsmönche getarnt ins Kloster aufzunehmen und beim Vatikan zu erwirken, den Klosterbetrieb aufrechterhalten zu dürfen. Was man nur zu gerne erlaubte. Ein Kloster mangels Nachwuchs schließen zu müssen ist für die Kirche höchst peinlich. Es wurden keine Fragen gestellt, und Abt Albertus bekam ein Okay. Seitdem haben wir einen perfekt getarnten Stützpunkt in Deutschland. Ziel ist es, mehr und mehr christliche Streiter zu rekrutieren. Den alten Mönchen gegenüber verhalten sie sich wie Glaubensbrüder, sie nehmen am Klosterleben teil und verrichten die üblichen Arbeiten.«

Delaney sah Newt eine Weile schweigend an. Vanderbilts Blicke wanderten hektisch zwischen den beiden hin und her, er wagte es jedoch nicht, das Wort zu ergreifen.

»Wer ist ›wir‹, Newt?« Delaney klang wie ein freundlicher Kellner, der eine Bestellung aufnimmt.

»Nicht die Caring Christians«, knurrte Vanderbilt. »Das wüsste ich.«

»Ich habe einige wenige, gleichwohl sehr entschlossene Menschen zusammengebracht. Die Islamisten zeigen uns, wie winzige Minderheiten den Lauf der Welt beeinflussen können. Es wird Zeit, dass wir ihr Erfolgsmodell übernehmen. Nur werden wir jetzt die Welt in unserem Sinn verändern. Und wir werden wirklich erfolgreich sein.«

Für eine Weile herrschte Schweigen. Nur der Atem der drei Männer war zu hören, Newts kontrolliert und ruhig, Delaneys schnell und erwartungsvoll, Vanderbilts gepresst und voller unterdrückter Wut.

»Da sind also vier junge Männer tagein, tagaus mit alten Knittermönchen zusammen«, nahm Delaney den Faden wieder auf. »Sie müssen früh aufstehen und früh ins Bett, müssen arbeiten und beten, dürfen aber nicht über das reden, was ihre eigentliche Aufgabe ist. Es gibt keine Frauen, keinen Alkohol, keine Bar, kein Kino, keinen Sport, wahrscheinlich auch kein Netflix und Amazon TV – wie soll das gehen?«

»Sie haben sehr starke, ja, zwingende persönliche Motive.«

»Stark genug, um so ein Undercover-Leben auf Dauer auszuhalten?«

»Der Abt und ich, wir haben sie sorgfältig ausgewählt. Und wenn Sie deren persönlichen Geschichten kennen, werden auch Sie keine Zweifel mehr haben, Ron.«

»Und wer garantiert, dass die ihren mit Sicherheit vorhandenen Mitteilungsdrang nicht auf Facebook und Twitter ausleben?«

»Das werden sie nicht. Im Kloster gibt es keine Handys, und wenn es welche gäbe: Es gibt kein Netz und keinen Empfang. Der einzige Computer mit Internetzugang befindet sich in einem abgeschlossenen Raum, zu dem niemand außer Abt Albertus Zugang hat. Zudem werden die beiden, die den Anschlag durchführen sollen, jeweils nur über die nächsten Schritte, nie über die ganze Aktion informiert. Und wenn es vorbei ist …«, Newt ließ seinen Blick zwischen Vanderbilt und Delaney hin und her wandern. Delaney lächelte freudig, als wüsste er schon, was jetzt kam, während der Großmeister der Caring Christians wütend die Augenbrauen zusammenkniff. »Sobald der Anschlag ausgeführt ist, egal ob erfolgreich oder nicht, werden die beiden liquidiert, von einem Profi, den ich beauftragen werde.«

Vanderbilt starrte Newt an, als suchte er nach einem Zeichen, nach einem winzigen Hinweis darauf, dass das alles nicht mehr war als ein überdrehtes Gedankenspiel.

Delaney schüttelte belustigt den Kopf. »Am Ende werden Jack Vanderbilt, Newt Andersen, Abt Albertus und ich die Einzigen sein, die wissen, was da passiert ist.«

Newt nickte. »Das ist richtig.«

»Oder wollen Sie uns auch liquidieren lassen?« Delaney lächelte Newt an, als hätte er nur nach der Uhrzeit gefragt.

Newt lächelte zurück. »Ich denke, das wird nicht nötig sein.«

Mit einer winzigen Verzögerung lachten alle, sogar Vanderbilt. Newt genoss den Moment. Da war sie wieder, diese geheimdienstliche Logik, mit der er so viele Jahre seines Berufslebens hatte umgehen müssen. Wem vertraut man bis zu welchem Punkt, und ab wann ist ein Mensch ein so großer Unsicherheitsfaktor, dass Logik und Risikoabwägung nichts anderes mehr zulassen, als ihn zu töten? Und jedes Mal, wenn eine Tötung als unumgänglich beschlossen wurde, folgte unweigerlich der Hinweis auf die staatserhaltende Notwendigkeit. Kam sie nicht von den Vorgesetzten, sagte man es sich selbst. Und doch, heute konnte er sich das eingestehen, hatte dieser Moment vor allem etwas Berauschendes: Herr über das Leben eines anderen Menschen zu sein machte einen selbst gottgleich. Ein unvergleichlicher Kick. Wie eine Droge ohne Nebenwirkungen. Den schmutzigen Job mussten dann andere erledigen.

Stille. Newt spürte die fragenden Blicke der beiden und sah auf.

»Tut mir leid, ich war gerade …«

Vanderbilt schüttelte gespielt fassungslos den Kopf, Delaney grinste. »Also, noch einmal: Wie soll es ablaufen?«

»Einer der beiden Männer ist Syrer. Wir haben ihn direkt aus der Kriegshölle ins Kloster bringen lassen, die deutschen Behörden wissen nichts von seiner Existenz. Er verfügt über gefälschte Papiere, die ihn als deutschen Staatsbürger ausweisen. Er hat vor einigen Monaten bereits eine Wohnung in unmittelbarer Nähe des Vatikans angemietet und in der Zwischenzeit einige Male wochenweise dort gewohnt. Er verhält sich unauffällig und freundlich und hat sich als Doktor der Orientalistik ausgegeben, der für ein Jahr ein Forschungsprojekt an der Universität in Rom durchführt. Zeugen werden später aussagen, dass er optisch der arabisch-muslimischen Welt zuzuordnen ist. In der Wohnung wird die Polizei die Fernsteuerung für einen Quadrocopter, also eine Drohne genau des Typs finden, mit dem der Anschlag durchgeführt wird. Außerdem werden dort noch Reste von APEX-Sprengstoff, auch bekannt unter dem Kürzel TATP, zu finden sein, wie er hauptsächlich von islamistischen Terroristen benutzt wird. Bei der Drohne handelt es sich um ein professionelles Gerät, sehr schnell, sehr exakt zu steuern und stark genug, um zwei Kilo Sprengstoff zu transportieren. Ins Ziel gelenkt wird die Drohne von dem zweiten Mann, einem Deutschen. Er wird sie von einem Hügel unweit des Vatikans starten, sie sehr flach über die Häuser hinweg zum Palazzo Apostolico steuern, das zweite Fenster von rechts im dritten Stock, von wo aus der Papst sonntags um zwölf Uhr das Angelus für die Menschen auf dem Petersplatz betet.«

Delaneys Augen glühten vor Begeisterung, und sein »Wow!« war voller Bewunderung. »Wo kommt die Drohne her? Und der Sprengstoff?«

»Genau genommen haben wir zwei absolut baugleiche Drohnen, eine befindet sich im Kloster und dient als Trainingsgerät. Sie wurde vor einem Jahr aus dem Büro einer Filmproduktionsfirma in Prag gestohlen, die Prager Staatsanwaltschaft hat das Verfahren längst eingestellt, die Versicherung hat der Firma den Verlust ersetzt, niemand sucht sie mehr. Seriennummer und jegliche sonstige Hinweise wurden entfernt. Die zweite Drohne befindet sich schon in der Wohnung in Rom, mit ihr wird der Anschlag durchgeführt. Sie wurde bei einer Drohnenservicefirma in Los Angeles entwendet, im Diplomatengepäck nach Deutschland und von dem Syrer vor einigen Wochen in die römische Wohnung gebracht. Die Bestandteile des Sprengstoffs, also Aceton, Wasserstoffperoxid und Schwefelsäure, sind im Verlauf dieses Jahres in jeweils sehr kleinen Mengen aus verschiedenen Quellen zusammengetragen worden. Der Syrer hat sie nach und nach in die Wohnung transportiert und dort verarbeitet.«

»Ein Jahr schon? So lange bist du an der Sache schon dran?« Vanderbilt hatte Mühe, seinen Zorn einigermaßen im Zaum zu halten.

Eine Klingel schrillte. Delaney sah Vanderbilt mit gekrauster

Stirn an. »Hast du nicht angeordnet, dass wir keine Störung wollen?«

»Natürlich habe ich das. Newt?«

Der war schon auf dem Weg zur Tür. »Mein Fehler, Jack. Ich habe deiner Sekretärin gesagt, sie soll mich informieren, wenn ein Anruf auf meinem privaten Handy kommt.«

»Was zum Teufel kann denn so wichtig sein? Du bist nicht verheiratet, hast keine Kinder. Hat sich dein Hund verschluckt oder was?«, giftete Vanderbilt, der froh war, ein wenig Dampf in Richtung Newt ablassen zu können.

»Tut mir wirklich leid, ich kläre das gleich.« Newt öffnete die Tür und nahm das Handy entgegen, das ihm die Sekretärin reichte und ging ein paar Schritte außer Hörweite. »Hallo, hier Newt.«

»Albertus hier. Guten Abend.«

»Oh, guten Abend.« Newt wechselte ins Deutsche mit erstaunlich geringem Akzent. »Was gibt's?«

»Einer unserer Freunde ist erkrankt. Sebastian.«

»Ist es besorgniserregend?«

»Ich fürchte, ja.«

»Unternehmen Sie nichts. Ich mache mich sofort auf den Weg.« Er gab das Handy an die Sekretärin zurück und wartete, bis sie die Tür wieder geschlossen hatte. Er bemühte sich, seine Besorgnis in den Griff zu bekommen. Was konnte dort im Kloster so kurz vor dem entscheidenden Tag passiert sein? Abt Albertus war dazu angehalten, nur in absoluten Ausnahmefällen Kontakt zu ihm aufzunehmen.

»Und, war das jetzt die Unterbrechung wert?«, fragte Vanderbilt, als Newt wieder zurückkehrte.

»Meine Mutter ist erkrankt. Ich werde wohl hinfliegen müssen.«

»Das tut mir leid. Wo müssen Sie hin?«, fragte Delaney.

»Shoshoni, Wyoming.«

»Jesus, wie kommt man denn da hin?«

»Der Flug von hier aus dauert zwanzig Stunden. Wegen zwei Zwischenlandungen. Und dann noch eine Stunde mit dem Auto.«

Delaney sah ihn nachdenklich an. Er glaubte ihm nicht, das spürte Newt genau.

»Okay«, sagte Delaney gedehnt. »Kommen wir auf den Punkt, Freunde. Bevor ich heute Abend hier rausgehe, will ich jedes Detail wissen, den exakten Plan, was genau für Typen diese Mönche sind, welche Motive sie haben, bei so einer Sache mitzumachen.«

»Das heißt also, Ron«, fragte Vanderbilt, »du wärst grundsätzlich bereit, diesem«, er meinte »irren«, sagte aber »riskanten Plan zuzustimmen?«

»Unbedingt.« Delaney fixierte Newt mit einem freundlichen Blick, der nur auf jemanden, der ihn nicht kannte, angenehm und harmlos wirkte. »Es ist, als hätte Gott mein Gebet erhört. Und mein Gebet ist doch dasselbe wie deins, oder, Jack?«

»Selbstverständlich, Ron, da bin ich ganz bei dir. Aber was, wenn es schiefgeht?«

»Man probiert etwas aus, und wenn es nicht funktioniert, macht man etwas anderes«, erwiderte Delaney mit kühler Nonchalance, als ging es hier um irgendeine unbedeutende Kleinigkeit. »Die letzte Entscheidung, Newt, die muss sehr bald fallen. Pläne, von denen mehr als einer weiß, werden schnell mal geleakt.« Delaney lächelte Vanderbilt freundlich an. »Weil einer der Beteiligten kalte Füße bekommt.«

»Was willst du damit sagen?« Vanderbilts Lider flatterten. Newt wusste genau, was in ihm vorging. Ein Teil in ihm wollte die Unterstellung, die aus Delaneys Worten klang, niederbrüllen und wüste Drohungen ausstoßen. Der andere Teil jedoch spürte, dass hier etwas Großes Form annahm, an dem er teilhaben würde, etwas, was sogar POTUS, the President of the United States, nur eine Nebenrolle zuwies, und das nährte seine Eitelkeit.

»Eigentlich nur das, was ich gesagt habe.« Delaney wandte sich an Newt. »Eine kleine, unbedeutende Sache interessiert mich allerdings noch: Sie haben die ganze Sache offensichtlich bestens vorbereitet und können Sie ohne Probleme durchziehen. Warum tun Sie's nicht einfach, ohne mit uns zu reden?«

Newt wunderte sich, dass diese Frage erst jetzt kam. »Es wird von entscheidender Bedeutung sein, wie die USA auf den Anschlag reagieren. Nicht Tage später, sondern unmittelbar danach. Vor dem Anschlag muss entschieden werden, ob POTUS über die Sache im Vorfeld informiert wird oder nicht. Für beides ist es wichtig, dass der Mann, der dem Präsidenten am nächsten ist, Bescheid weiß und die richtigen Antworten vorbereiten kann.«

Delaney nickte selbstgefällig. »Das sehen Sie richtig, Newt. Dieser President of the United States interessiert sich nicht für Details. Und er kann Geheimnisse schlecht für sich behalten. Seine Twitter-Hand ist bemerkenswert schneller als sein Hirn. Schneller als der Colt von John Wayne. Aber er ist sehr empfänglich für Einflüsterungen, denen Verschwörungstheorien zugrunde liegen.«

»Danke, Ron.« Newt nahm die Anerkennung entgegen, ohne auch nur einen Hauch von Ironie darüber durchklingen zu lassen, dass Delaney sich selbst offensichtlich für den allerwichtigsten Menschen im Oval Office hielt.

Delaney hob gönnerhaft die Hand und lächelte sein süffisantestes Lächeln. »Und wenn ich Nein zu Ihrem Plan sage, Newt? Was dann?«

»Dann beende ich die Operation noch heute Abend.« Newt sah Delaney mit großer Ruhe an. Er hatte alle Karten auf den Tisch gelegt, Delaney konnte in das Spiel einsteigen oder nicht. Newts Kalkül war simpel: Zog Delaney mit, hatte Newt einen hochkarätigen Verbündeten im finalen Kreuzzug gegen den Islam, einen Verbündeten, der ihm den Weg in den inneren Kreis um den Präsidenten ebnen würde. Zog er nicht mit, würde Newt mit anderen Gleichgesinnten weiter an anderen Plänen arbeiten, die im Kern jedoch dasselbe wollten.

»Sie stehen ziemlich nackt da, mit allem, was wir und andere über Ihre Aktivitäten und Gedankenspiele wissen.«

»Wissen Sie, Ron, ich habe mir einen alten Grundsatz von dem FBI-Gründer J. Edgar Hoover zu Herzen genommen: Bring so viel wie möglich über deine Freunde in Erfahrung, damit du etwas gegen sie in der Hand hast, wenn sie nicht mehr deine Freunde sind.«

Delaney lachte, als würde das nicht auch ihn betreffen.

»Was meinst du, Jack? Mit Newt Andersen sollte man es sich nicht verscherzen.« Er ließ seine Blicke zwischen Vanderbilt, der vor Wut fast platzte, und Newt hin und her wandern. »Eins ist sicher, Newt, ich kenne Jack. Ihren Job hier sind Sie los.«

Newt ließ sich Zeit mit seiner Antwort. »Ich denke, wenn Sie einsteigen, Ron, wird sich meine Position hier eher verbessern.«

Vanderbilt warf ihm einen bösen Blick zu.

Delaneys Stimme wurde kalt. »Sie gehen ein hohes Risiko ein. Wenn ich zu der Ansicht kommen sollte, dass Sie eine Gefahr für die Vereinigten Staaten sind, und da ist mir egal, was Sie über mich zusammengetragen haben, dann klopft heute noch das FBI an Ihre Tür und fliegt Sie zu einem Stützpunkt außerhalb der USA, wo amerikanisches Recht nicht gilt. Da werden Sie viel Spaß haben. Das dürfte Ihnen als ehemaligem CIA-Mitarbeiter klar sein.«

»Es geht hier nicht um mich«, erwiderte Newt. »Deshalb habe ich den Plan direkt Ihnen gegenüber und nicht zuerst hier im Haus präsentiert. Die Sache muss den Interessen der USA dienen, nicht den Caring Christians oder gar mir persönlich.«

Delaney lächelte Vanderbilt an. »Da hat er recht, Jack. Und Eigeninitiative ist ja keine schlechte Eigenschaft. Aber das Geld für die Durchführungen, das müsste von euch kommen.«

»Wie viel?« Vanderbilts Stimme überschlug sich fast.

»Eine Million.« Im Grunde brauchte Newt das Geld nicht, er hatte längst alles Nötige zuvor aus dem Etat der Caring Christians abgezweigt. Die Million hatte nur symbolische Bedeutung und würde in seinem persönlichen Safe landen.

Delaney verschränkte seine Hände hinter dem Kopf und pendelte grinsend auf seinem Drehstuhl hin und her. »Wenn man bedenkt, wie teuer der Irakkrieg war und wie wenig er letztlich gebracht hat, dann muss man Newts Angebot schon alleine aus Kostengründen annehmen. Ein echtes Schnäppchen. Was meinst du, Jack?«

»Es wird nicht bei diesen Kosten bleiben«, erwiderte Vanderbilt düster.

»Das ist richtig. Aber dieses Mal wird sich die halbe Welt daran beteiligen.«

15.

Noch bevor der Zug zum Stillstand gekommen war, öffnete Julia die Waggontür und beugte sich hinaus. Zehn, fünfzehn Fahrgäste warteten auf dem Bahnsteig, die meisten waren Pendler auf dem Weg zur Arbeit. Keine Spur von dem Mönch Vinzent.

»Geh da rüber, Sara«, Julia sprach, ohne sich umzudrehen, vielleicht stürzte Vinzent ja genau in dieser Sekunde um die Ecke.

»Hock dich zwischen die Fahrräder. Ich besorg die Fahrscheine.«

Sie sprang hinaus, Sara klebte fast an ihr.

»Es wäre ganz hilfreich, wenn du dich normal benimmst, okay?«

Sara nickte mit weit aufgerissenen Augen, bewegte sich aber keinen Millimeter von ihr weg. Julia winkte resigniert ab.

»Dann halt wenigstens ein bisschen Abstand. Hier in Bayern sind lesbische Liebespaare immer noch etwas Ungewöhnliches.«

Sara sah sie fragend an. Julia winkte erneut ab, keine Zeit für Erklärungen. Sie schob die messingschwere Tür zur Schalterhalle auf. In der Hand hielt sie das Portemonnaie, das sie dem Mönch Bertrand abgenommen hatten. Zehn nagelneue Fünfzigeuroscheine waren darin, kein Kleingeld.

Fünf Minuten später hatten sie zwei Tickets nach Köln über Innsbruck. Der Mann am Fahrkartenschalter hatte sie noch davon zu überzeugen versucht, direkt über München zu fahren und nicht den Umweg über Innsbruck zu nehmen, das wäre auch billiger. Julia war ihm ziemlich schnell über den Mund gefahren, er solle ihre Tickets ausstellen und sich ansonsten raushalten. Sara schämte sich für diese Unhöflichkeit, ihr Puls schoss in die Höhe, gehetzt sah sie sich um, als müsste augenblicklich eine harte Strafe für diese ungeheuerliche Ungebührlichkeit folgen. Zu ihrem Erstaunen zuckte der Beamte nur mit den Schultern und tippte gelassen auf seiner Tastatur herum.

»In exakt siebenundsechzig Minuten kennats losfoahrn. Bahnsteig eins«, erklärte der Mann in breitem Bayerisch. »Pfüa Gott.«

Sie durchquerten die Schalterhalle und traten hinaus auf den Bahnhofsvorplatz, eine hässliche Pflastersteinwüste. Immerhin standen weiter hinten noch ein paar Eichen auf einer von einer Buchsbaumhecke teilweise umrandeten und vorbildlich gemähten Grasfläche. Bislang war Julia vorangegangen und hatte Sara hinter sich hergezogen, als nun aber das kleine grüne Fleckchen auftauchte, drängte Sara voran und lief wie ferngesteuert darauf zu. Im ersten Moment lächelte Julia, es sah aus, als wollte sie irgendetwas Ironisches sagen, doch dann schwieg sie. Sie schien zu spüren, wie verzweifelt Sara von all dem Fremdartigen war, das sie in den letzten Stunden erlebt und gesehen hatte, und wie sehr das einzig Vertraute für sie die Natur war, selbst wenn sie so mickrig wie dieses Stück Rasen daherkam. Hinter der hüfthohen Hecke ließ Sara sich ins Gras fallen, zum ersten Mal verschwand die Anspannung aus ihrem Gesicht, und sie lächelte glücklich.

Julia setzte sich neben sie und zog das Handy des Mönchs hervor. »Wie heißt der andere Kerl? Der mit dem Auto weitergefahren ist?«

»Herr Vinzent.«

»Heißt der mit Vornamen ›Herr‹?« Julia lächelte belustigt.

»Nein.« Saras Anspannung kehrte zurück, sie spürte, wie sie rot im Gesicht wurde. Wieder einmal.

Julia legte ihre Hand auf ihren Unterarm. »Tut mir leid, ich muss mich erst daran gewöhnen, dass du …« Sie sprach nicht weiter, und Sara sah sie fragend an.

Julia winkte ab und widmete sich dem Handy. Sie scrollte durch das Adressbuch, fand den Eintrag »Vinzent« und wählte »Nachricht schreiben«. Mit, wie Sara fand, atemberaubender Geschwindigkeit tippte sie auf dem Gerät herum und hielt es Sara vor die Augen. »Habe sie, wir steigen in Garmisch aus«, las Sara.

»Damit er gar nicht erst hierherkommt.« Julia drückte auf »Senden«, warf das Handy achtlos auf den Boden und ließ sich mit hinter dem Kopf verschränkten Armen auf die Wiese sinken. Eine unangenehme Pause entstand, in der sie Sara nur ansah, mit einem Blick, den diese nicht deuten konnte.

War es gut, etwas zu sagen? Oder war es besser zu schweigen? Vielleicht wurde es Julia erst jetzt bewusst, wie anders sie war, mit ihrem sackartigen Kleid, mit ihren gerade auf Schulterhöhe geschnittenen Haaren, mit ihrer weißen Haut, die nur selten von der Sonne berührt wurde, weil alle Mädchen im Schwesternhaus selbst in größter Sommerhitze hochgeschlossene Kleidung, Tücher und Hüte tragen mussten.

»Hast du noch was anderes zum Anziehen?«

Sara nickte. »Ein Kleid.«

»Vermutlich sieht es genauso aus.« Julia deutete auf die Blutflecken. »Nur ohne Blut.«

»Alle Mädchen tragen die gleichen Kleider«, flüsterte Sara.

»Dann zieh es an.«

»Hier?«

»Siehst du irgendeinen, der dir zuguckt?«

Sara schwieg. Was der Herr Sebastian mit ihr angestellt hatte, war schlimm gewesen, ekelhaft und schmerzhaft, aber noch furchtbarer war es gewesen, dass sie sich jedes Mal vollkommen entkleiden musste und er ihren nackten Körper endlos lange betrachtet und betastet hatte.

»Wer bist du, Sara?« Julias Stimme klang sanft und vertrieb Saras Erinnerung. Was meinte Julia wohl mit ihrer Frage?

»Was haben sie dir bloß angetan?«

Was sollte sie sagen? Das mit Herrn Sebastian? Niemals.

Julia stupste sie aufmunternd an. »Komm schon. Fangen wir mit einer einfachen Frage an.« Sie deutete auf Saras Kleid. »Woher kommt das Blut?«

Wie gerne würde Sara reden, und doch brachte sie kein Wort heraus. Über den Rand der Hecke konnte sie gerade noch die Bahnhofsuhr sehen. Ihr Blick folgte dem Sekundenzeiger, seltsam, wie er von der 12 abwärts drängte und an Tempo zulegte, und dann, wieder aufwärts, immer langsamer wurde. Auf der 12 verharrte er kurz, bevor er weiterruckelte, freudig, dachte Sara, weil es abwärts leichter wurde. Und dann begann sie zu erzählen. Zuerst vorsichtig, ihre Augen fixierten den Rasen zu ihren Füßen, doch nach und nach wagte sie es, ihren Blick zu heben, und als sie sah, wie dieses leicht spöttische Lächeln aus Julias Gesicht sich verflüchtigte, wurde sie mutiger. Hannas Tod, Esthers Tod, ihre Einsamkeit, das Gefühl, irgendwann nicht mehr atmen zu wollen, weil jeder Atemzug ihre Pein verlängerte, die Aussicht, zum Zeitpunkt der »rechten Reife«, wie es die Erzieherinnen nannten, mit einem Mann verheiratet zu werden, den sie nicht selbst aussuchen durften.

»Das klingt für mich wie diese Moslem-Scheiße von Zwangsheirat und Steinzeit-Patriarchat.«

Nein, ihr Vater war Christ, einer, für den nur das Alte Testament zählte, einer, der sich selbst als irdischer Vertreter des strafenden Gottes ansah, der bedingungslosen Gehorsam einforderte.

»Und deine Mutter?«

»Meine Mutter war nicht so. Aber sie konnte nichts tun.«

»Man kann immer etwas tun!«, stieß Julia hervor. »Wenn was schwierig wird, reden sich immer alle raus.«

Sara sah sie erschrocken an. Julia beugte sich vor. »Du bist abgehauen, weil du die Schnauze voll hattest. Verstehst du? Da bleiben – abhauen. Du hast dich entschieden. Du hast was *getan!*«

Sara spürte, dass diese Wut nichts mit ihr, sondern mit Julias eigener Geschichte zu tun hatte. »Mein Vater ist sehr streng«, fuhr sie fort. »Meine Mutter durfte keine Freundinnen haben. Er war immer wütend auf sie. Er hat sie beschimpft, weil sie nach mir keine Kinder mehr kriegen konnte. Sie wurde immer stiller. Sie war – krank.« Sara kämpfte mit den Tränen.

»Das tut mir leid.«

Beide schwiegen für einen Moment, bis Julia kurz auflachte.

»Meine Eltern können sich nicht leiden, um es mal freundlich auszudrücken. Trotzdem bleiben sie zusammen. Wegen der Steuer.« Sara wollte darauf eingehen und sie nach ihrem Leben fragen, doch Julia schien genau das nicht zu wollen. »Und wie bist du dann bei diesen Mönchen gelandet?«

»Ich sollte nicht in eine Schule gehen, mein Vater wollte mich zu Hause unterrichten. Daraus erwuchsen Schwierigkeiten. Und dann kam jeden Tag ein Polizeiauto, und ich wurde zur Schule gefahren.« Ihre Stimme stockte. »Ich wurde ausgelacht. Weil ich nicht so war wie die anderen.«

»Wo war das? Wo hast du gelebt?«

»Wir sind ein paarmal umgezogen. An die Namen der Orte kann ich mich nicht mehr erinnern. Und jedes Mal ging alles wieder von vorne los. Die Polizei …« Sara zuckte mit den Schultern. »Mein Vater hat nicht nachgegeben.« Für einen Moment wurde ihr Blick leer. »In Österreich muss man nicht in die Schule gehen. Das hat ihm einer erzählt. Man muss nur beweisen, dass ein Kind die Dinge lernt, die andere in der Schule lernen. Das Schwesternhaus, in das er mich gebracht hat, steht in Österreich, genau an der Grenze. Das Kloster mit den Mönchen steht in Deutschland.«

»Und wie alt warst du da?«

»Zehn.«

»Also bist du vier Jahre in eine normale, öffentliche Grundschule gegangen?«

»Zwei. Wegen der Umzüge.«

»Okay, dann zwei. Da musst du doch was mitbekommen haben, Filme, Musik, Smartphones, Computer, Blinkschuhe, Doktorspiele …«

»Das war verboten.«

»Und du hast dich dran gehalten?«

Sara sah beschämt zu Boden. Wie sollte sie das erklären? Diese bebende Angst vor der Wut des Vaters, vor den Schlägen mit seinem Ledergürtel, vor den Kindern in der Schule, die so anders waren, da war niemand gewesen, der mit ihr befreundet sein wollte. Und die Sorge um ihre Mutter, die immer schwächer wurde, die manchmal quälende Minuten lang ins Leere starrte und weder auf Worte noch auf Berührung reagierte.

»Und seitdem hast du in dem Schwesternhaus gelebt?«

Sara nickte. »Acht Jahre.«

»Wahnsinn.« Julia warf einen Blick auf ihre Uhr. Sara fand sie viel zu groß für ihr schmales Handgelenk. Eigenartig, als Julia sie in den Waggon gezogen hatte, da hatte sie noch keine Uhr getragen. War es etwa die von dem Mönch Bertrand?

Julia bemerkte ihren fassungslosen Blick. Sie grinste.

»Komm schon, Sara, wir haben dem Kerl auch das Geld abgenommen. Wo ist der Unterschied?«

Es gab einen Unterschied, aber Sara hätte nicht sagen können, worin er bestand.

»Hattest du schon Geburtstag, ich meine, bist du schon achtzehn geworden?«

»Ja, vor zwei Monaten.«

»Super. Dann kann dir ja keiner mehr sagen, was du zu tun oder zu lassen hast.«

»Wieso?«

»Du bist volljährig. Erwachsen. Du darfst wählen. Ein Bankkonto eröffnen. Wodka kaufen.«

Sara antwortete nicht, sie wusste nicht, wovon Julia da sprach.

»Wir müssen.« Julia erhob sich und signalisierte Sara, noch unten zu bleiben, bis sie sich umgesehen hatte. »Warum holst du nicht deine Mutter, und ihr fangt beide an, richtig zu leben?« Sie signalisierte: Komm, die Luft ist rein.

»Meine Mutter ist tot.«

»Oh. Seit wann?«

Sara durchfuhr ein Schauer, dasselbe Gefühl wie vor zwei Monaten, als Schwester Bennert sie zur Seite genommen hatte: Du weißt bestimmt nicht, warum deine Mutter gestorben ist und warum sie verbrannt und nicht beerdigt wurde? Sie hat sich gegen Gott versündigt, weil sie deinem Vater keine gute Frau war. Plötzlich war Sara wütend gewesen, nicht auf Schwester Bennert, sondern auf ihre Mutter, auf deren Wehrlosigkeit und wie sie mit unendlich vielen kleinen Schritten die Welt verlassen hatte. Und im nächsten Moment war ihr klar geworden, dass sie selbst nichts anderes tat, jeden Tag dieselben kleinen Schritte, nicht aus eigenem Antrieb, sondern geschoben, gejagt und gehetzt von anderen, die sich ihrer bedienten oder in der Zukunft bedienen wollten. Und sie würde wie ihre Mutter enden, es würde Jahrzehnte dauern und sie würde Tausende Male nur davon träumen, dass es da draußen ein anderes Leben geben musste, eins für sie und nicht gegen sie!

»Hallo! Was ist jetzt?« Die Ungeduld in Julias Stimme riss Sara aus ihrer Erinnerung. »Der Zug kommt gleich.«

Sara lächelte. »Ich bin gleich so weit.«

Sie erhob sich, packte den Saum ihres Kleides, zog es über ihren Kopf und ließ es zu Boden fallen. Sie schloss die Augen, spürte den leichten Wind, die Kühle des Vormittags, das Versprechen der halbhoch am Himmel stehenden Sonne auf einen warmen Sommertag voller Leben. Und sie spürte Julias Blicke, die neugierig ihren nackten Körper abtasteten, ihre weiße Haut, ihre mädchenhafte Figur, die Brustwarzen, die so hart wurden, dass sie schmerzten.

»Cool«, sagte Julia und lächelte breit.

Sara lachte und drehte sich einmal im Kreis. Ja, es gab ein anderes Leben für sie. Ein besseres.

16.

Carl schleuderte Lena gegen ihren roten Toyota. Sie stöhnte auf, als der Seitenspiegel sich in ihren Bauch drückte. Carl setzte nach und wollte ihre Handgelenke packen, doch sie tauchte unter ihm weg und platzierte einen Faustschlag in seine Niere. Er trat gegen ihr Schienenbein, sie knickte weg. Im Fallen rammte sie ihre Schulter in seinen Bauch. Er japste nach Luft, und noch bevor seine Faust sie treffen konnte, rollte sie seitwärts weg und war wieder auf den Beinen.

»Was soll das, Carl, bist du bescheuert?«

Carl nahm die Fäuste hoch. Er hatte nicht mit einer solch entschlossenen Gegenwehr gerechnet.

»Hör auf und ich vergiss die Sache, okay? Noch ist nichts passiert.«

»Verdammte Schlange.«

»Letzte Warnung. Sonst muss ich dich festnehmen.«

Carl lachte auf. Er war einen Kopf größer und wahrscheinlich fünfzehn Kilo schwerer. »Wenn ich mit dir fertig bin, kannst du niemanden mehr festnehmen.«

»Ach, ja? Weil ich dann tot bin? Soll ich mich umdrehen, damit es dir leichter fällt?«

Carls Wut explodierte, er sprang vor. Seine Faust zielte auf ihre Nase. Sie zuckte zur Seite. Er erwischte sie am Ohr. Wo war ihr Kopftuch?

Lena schrie auf, mehr aus Wut als vor Schmerz. Carl versuchte nachzusetzen. Sie machte eine schnelle Drehung, riss ein Bein hoch, wie ein Kickboxer, verfehlte ihn jedoch, weil ihre enge Kleidung sie behinderte. Sie sprang zurück, zerrte ihren knielangen Rock über ihre Hüfte hoch und hob ihrerseits ihre Fäuste.

»Kannst du dich noch an den Selbstverteidigungskurs erinnern, Carl? Den wir alle machen müssen?«

»Der ist nicht viel wert, das weiß jeder.«

»Ja, wenn man sich nicht weiterbildet. Regel Nummer eins: in Bewegung bleiben, kein festes Ziel abgeben.« Lena tänzelte mit kleinen Ausfallschritten.

Wie Muhammed Ali, dachte Carl und fand den Kontrast zwischen ihrer sportlichen Körperlichkeit und ihren korsettartigen Anmachklamotten grotesk.

»Was ist mit Regel Nummer sieben? Wenn dein Gegner dir deutlich überlegen ist, zieh deine Waffe und gib einen Warnschuss ab.«

»Du bist mir nicht überlegen, Carl.«

Noch während sie sprach, griff Carl erneut an, planlos, nur von seiner Wut getrieben. Alles ging sehr schnell. Mit einer Drehung lenkte sie die kinetische Energie, mit der er sich auf sie warf, seitwärts ab, er rotierte einmal um seine Achse und stürzte zu Boden, viel zu schnell, um sich mit den Armen abzustützen. Straßenstaub presste sich in seinen Mund, und bevor er sich hochdrücken konnte, spürte er Lenas Knie in seinem Rücken. Sie riss seinen rechten Arm hoch und verdrehte ihn auf seinem Rücken.

»Was willst du von mir, Carl?«

Wie hatte diese Frau, die er in den vier Tagen, die sie gemeinsam Dienst gehabt hatten, als viel zu weich und nachgiebig empfunden hatte, ihn derart aufs Kreuz legen können? Das passte zu seinem Gefühl, dass sie zwei Gesichter hatte, dass sie ihn getäuscht hatte, so wie wahrscheinlich alle Kollegen bei der Polizei.

»Ich lass dich los, wenn du mir versprichst, keinen Scheiß zu machen.«

»Nein, das versprech ich dir nicht.«

»Dann wirst du noch eine Weile in dieser Position verharren müssen.«

Er versuchte, sich loszureißen, vergeblich, sie drückte seinen Arm nur wenig höher, der reißende Schmerz ließ ihn erstarren.

»Du kennst den Griff, Carl. Ein klassischer 08/15-Polizeigriff, da kommst du nicht raus.«

Carl spürte, wie sie ihr Gewicht ein wenig verlagerte.

»Ich hole jetzt mein Handy raus. Was glaubst du, wie lange meine Kollegen brauchen, bis sie hier sind? Zehn Minuten? Meinst du, du schaffst es, dich in zehn Minuten zu befreien?«

Sie erhöhte noch einmal den Druck, Carl stöhnte auf. Langsam kehrte seine Vernunft wieder zurück. Die Schwierigkeiten, die auf ihn warteten, wenn Lena Ernst machte, waren gewaltig. Die Anklage: Carl Gruber hat seiner früheren Kollegin aufgelauert und sie heimtückisch angegriffen. Der Staatsanwalt würde mit großer Freude seine Vorgeschichte ans Licht zerren und jeder Richter ihn in den Knast schicken.

»Okay, okay, ich verspreche, keinen Scheiß zu machen.«

»Das hätte ich gerne etwas genauer: Wenn ich dich loslasse, greifst du mich nicht noch mal an?«

»Ja, verdammt!«

Sie zögerte einen Moment, dann gab sie ihn frei. Carl sprang auf. Der Dreck in seinem Mund schmeckte eklig, er spuckte und spuckte, ohne den Geschmack loszuwerden. Lena lehnte an ihrem Auto und beobachtete ihn aufmerksam.

»Was willst du von mir, Carl?«

»Wie ist es, mit der Frau eines Mörders befreundet zu sein?«

»Wie bitte?«

»Was willst du von Fati Demirs Frau?«

Lena sah ihn erstaunt an.

»Sag nicht, dass du sie nicht kennst. Ich hab euch gesehen, vorhin, in der Zeusstraße. Und das sah nicht so aus, als würdet ihr euch das erste Mal sehen.«

»Du warst da?«

Carl lachte auf. »Nein. Deine Freunde würden mir wahrscheinlich mit einem stumpfen Messer den Kopf abschneiden.«

»Das sind nicht meine Freunde.«

Carl winkte ab. »Das hatten wir ja schon mal.«

»Machst du eine Observierung? Als Privatvergnügen?«

Carl ärgerte sich über sich selbst. Warum hatte er nicht die Klappe gehalten? »Ist das wichtig?«

Lena sah ihn lange prüfend an. »Sie heißt Dilara.«

»Ja, und?«

»Ich habe sie vor zwei Monaten kennengelernt.«

»So ein Zufall. Ausgerechnet die Frau von Fati Demir, der zusammen mit Kemal Simcek den Jungen erschossen hat.« Carl klopfte sich den Staub von seinem Hemd. »Oh, ich vergaß, ich habe ja den Jungen erschossen.«

Lena sah ihn mit einer Mischung aus Widerwillen und Wut an. »Es war kein Zufall.«

»Nein? Lass mich raten: Sie ist zu dir gekommen, weil sie es nicht ertragen kann, dass ihr Mann ein Mörder ist.«

»Du bist ein Arschloch, Carl. Für dich gibt es nur ein paar wenige Gute, und die müssen genauso sein wie du mit deinen selbstgefällig rausgekotzten«, sie zeichnete Anführungsstriche in die Luft, »absoluten Wahrheiten. Alle anderen sind die Schlechten, die Bösen, die Hinterhältigen.«

»Habe ich nie gesagt.«

»Du denkst es, das ist entscheidend.«

»Und du weißt natürlich genau, was ich denke.«

»Man braucht nur vier Tage mit dir Streife zu fahren, dann ist man voll im Bilde.«

Carl verzog sein Gesicht und wandte sich zum Gehen.

»Ich bin mir nicht sicher, ob du den Jungen tatsächlich erschossen hast.«

Carl drehte sich wieder um und sah sie wütend an. »Und warum hast du das damals nicht dem Staatsanwalt gesagt? Oder der Internen Ermittlung?«

»Ich habe gesagt, was ich gesehen habe: dich am Boden liegend, den toten Jungen und deine Pistole noch auf ihn gerichtet.«

»Du hast mich als ein fremdenfeindliches, rechtsradikales Arschloch, als Moslemhasser dargestellt, Subtext: Dem ist alles zuzutrauen.«

»Nein, habe ich nicht. Ich habe deine Sprüche zitiert, die du während unserer Dienstzeit abgelassen hast. Und zwar so originalgetreu wie möglich. Interessanterweise haben eine Reihe der Kollegen, die dich schon länger kennen, dasselbe gesagt.«

Carl verzog sein Gesicht. »Vergiss es.« Die Frage, woher ihre Zweifel kamen, was den Jungen betraf, lag ihm auf der Zunge, aber er brachte sie nicht heraus. Lena schien allerdings genau darauf zu warten. Er sah ihr in die Augen, und sie erwiderte seinen Blick mit großer Ruhe.

Sie hatte sich verändert. Oder er hatte ihre Freundlichkeit damals falsch interpretiert. Die Frau, die jetzt vor ihm stand, war jedenfalls tough und selbstsicher, und ihre Körpersprache ließ keinen Zweifel daran, dass sie sich Respekt verschaffen konnte. Und noch viel weniger hatte sie mit der Frau zu tun, die er vorhin in der Zeusstraße beobachtet und die auf exaltiertes Mäuschen gemacht hatte.

Lena öffnete die Tür ihres Autos, langte hinein, holte eine Bike-Trinkflasche hervor und hielt sie ihm hin.

»Pfefferminztee.«

Erst jetzt wurde Carl bewusst, dass seine Kiefer die ganze Zeit auf dem Straßendreck herummalmten und sein Hals knochentrocken war. Er nahm die Flasche und trank. Er verzog sein Gesicht, der Tee war extrem süß.

Lena lächelte. »Schon vergessen? Ich bin zur Hälfte Türkin. Wir lieben süßen Tee.«

Er hielt ihr die Flasche wieder hin. Sie schüttelte den Kopf.

»Mach sie leer. Du siehst aus, als wärst du zu Fuß durch die Wüste gelaufen.«

Carl war verunsichert. Seine Wut hatte sich verflüchtigt, geblieben war nur sein Misstrauen.

»Du hast ein großes Problem, Carl. Das ist mir erst richtig klar geworden, nachdem du schon weg warst. Du sagst geradeheraus, was du denkst, ohne darüber nachzudenken, wie das bei anderen ankommt.«

»Ich versuche, mir und meinen Ansichten treu zu bleiben. Das ist alles.«

»Und das klingt manchmal kein bisschen anders als das Gerede von der AfD.«

»Wenn alles falsch wäre, was die sagen, würden nicht so viele die wählen.«

Lena verdrehte die Augen. »Oh, Mann!«

»Ja, das ist unbequem, wenn manche Dinge nicht pc sind und trotzdem stimmen.«

»Was denn? Dass die Flüchtlinge aus Nordafrika die deutsche Kultur untergraben?«

»In manchen Gegenden gibt es gar keine deutsche Kultur mehr.«

Lena winkte genervt ab. Ziemlich matt, wie Carl fand. Er lachte. »Hast du inzwischen ein paar interessante Geschichten gehört? Von Kollegen? Vielleicht aus Duisburg-Marxloh? Da würdest du mit deinem Türkisch auch nicht weit kommen, da haben die Libanesen-Clans das Sagen, und die sprechen Arabisch. Da geht kein Polizist mehr hin, außer mit zehn Mann Begleitung.«

»Und was sollen wir tun? Alle rausschmeißen aus Deutschland?«

»Nein, aber Kante zeigen. Für die ist unsere Toleranz ein Zeichen von Schwäche. Die haben keinen Respekt vor uns. Wir haben eine Menge zu geben in Deutschland, aber es gibt auch Dinge, die müssen wir bewahren.«

Lena zog schweigend ihren Rock wieder herunter und zupfte ihn zurecht.

»Falls es dich beruhigt: Wählen würde ich die AfD nie«, sagte Carl. »Weil das meiste andere, was die von sich geben, radikaler Schwachsinn ist.«

Lena sah ihn ernst an. »Einerseits finde ich deine Offenheit gut.

Und andererseits dämlich. Du handelst dir damit unnötigen Ärger ein.«

»Mag sein, aber das ist mir lieber als das Rumgeschleime mancher Mitmenschen.« Er musste daran denken, wie er sie vorhin wahrgenommen hatte, sie zusammen mit den beiden Frauen, und wie sie um die Aufmerksamkeit der Männer gebuhlt hatte.

»Können wir uns ins Auto setzen? Es ist besser, wenn man uns nicht zusammen sieht.«

»Hast du Angst, dass es deine Freunde«, er deutete in Richtung Zeusstraße, »mitkriegen?«

»Das sind nicht meine Freunde«, antwortete sie sanft. Carl schämte sich fast ein bisschen, sich den Spruch dieses Mal nicht verkniffen zu haben. Sie setzte sich in den Toyota und wartete, bis er auf dem Beifahrersitz saß und die Tür zugezogen hatte.

»Ein Junge«, fuhr Lena fort, »wird von zwei Männern ermordet, um dich aus dem Verkehr zu ziehen. Das klingt einfach absurd. Wer würde so etwas Unmenschliches machen?«

Carl sah sie schweigend an.

»Niemand«, sagte Lena. »Das ist der erste Gedanke. Wirklich niemand? Was ist mit ’Ndrangheta, Cosa Nostra, Camorra, den chinesischen Triaden, der japanischen Yakuza? Oder dem Islamischen Staat? Denen würde man selbst das zutrauen.«

»Die kommen ja wohl alle kaum infrage.«

Lena winkte ungeduldig ab. »Was ich damit sagen will: Es gibt unglaublich viele Menschen auf der Welt, überall, denen bedeutet ein Menschenleben gar nichts. Ich habe mich gefragt: Ist da irgendetwas, was den Mord an dem Jungen erklären könnte, hier in der Zeusstraße, in einem fast ausschließlich von Türken, von Moslems bewohnten Viertel?«

»Und?«

»Mir ist nichts eingefallen. Weil ich das alles mit meinem Blick betrachte. Ich bin in Deutschland aufgewachsen, für mich sind Religion und Gesetz zwei Welten, die nichts miteinander zu tun haben.«

Carl zuckte mit den Schultern. »So weit war ich schon vor einem halben Jahr.«

Lena verschränkte die Hände, legte sie auf ihren Kopf und sah hinaus.

Carl spürte, dass es jetzt besser war zu schweigen.

»Wenn du recht hast, gibt es zwei Menschen, die die Hintergründe kennen: Kemal Simcek und Fati Demir.«

»Die beiden wurden verhört. Hast du das schon vergessen? Und sie hatten perfekte Alibis.«

»Ich weiß. Egal, ob sie getürkt sind«, sie lachte lustlos auf. »Ich glaube, das ist das erste Mal, dass ich diesen Ausdruck benutze. Die halten jedenfalls dicht, an die kommt man nicht ran. Aber an Fatis Frau, und das habe ich versucht.«

»Die ist eine perfekte muslimische Ehefrau. Wenn Fati sagt: Leg dich hin, Zeit fürs tägliche Vögeln, dann macht sie das. Selbst wenn die irgendwas wüsste, würde die niemals riskieren zu reden.«

Lena reagierte, wie von einer Tarantel gestochen. »Kannst du mal für einen Moment deine Vorurteile vergessen?«

»Vorurteil? Sagt nicht die Scharia, dass ein Ehemann seine Frau züchtigen darf, wenn sie nicht gehorcht?«

»Nicht alle Moslems leben nach der Scharia. Das ist wie bei euch mit dem Alten Testament.«

Carl stöhnte auf. »Wenn hier eine Frau nach dem Alten Testament von ihrem Ehemann geschlagen wird und sie zeigt ihn an, dann wird er nach dem Strafgesetzbuch dafür bestraft. Da kann der Kerl sich zehnmal aufs Alte Testament berufen.«

»Und wie viele Frauen werden nicht gehört, und keiner hilft ihnen?«

»Verdammt viele, und das weiß ich besser als du. Ich habe den Job über zehn Jahre gemacht, ich kann es gar nicht mehr zählen, wie oft ich wegen häuslicher Gewalt gerufen worden bin. Aber wenn's darum ging, den schlagenden Kerl anzuzeigen? Dann haben die meisten Frauen gekniffen.«

»Aus Angst. Weil der Staat sie oft genug nicht schützen kann.«

»Ja, und das ist zum Kotzen. Nur, wenn sie es wagen, dann haben sie eine große Chance. Weil das Gesetz auf ihrer Seite ist.«

»Theoretisch mag das stimmen …«

»Tatsache ist doch«, unterbrach Carl sie, »bei uns ist Schlagen nicht erlaubt, und die Scharia betrachtet Schlagen als Teil des Erziehungsauftrags der Männer gegenüber ihren Ehefrauen und Kindern. Oder ist das falsch?«

Lena sah ihn lange an. »Das ist Auslegungssache. In Saudi-Arabien ja, im Iran schon viel weniger. In meiner Familie und bei meinen Verwandten, auch denen in der Türkei, gar nicht.«

»Und hier? In der Parallelgesellschaft in der Zeusstraße, wie ist es da?«

»Ich weiß es nicht.«

»Du weißt es. Du willst es nur nicht sagen.«

Sie antwortete nicht.

»Und eins weiß ich ganz genau: Das Sagen dort hat Meti Arslan, und der ist Fundamentalist, der steht für die knallharte Linie.«

»Nicht alle stehen hinter ihm.«

»Mag sein. Aber alle haben Angst vor ihm und seinen Leuten. Und wir«, Carl machte eine ironische Geste, »ich meine: *ihr* von der Polizei, ihr traut euch da nicht rein. Schon vergessen? No-go-Area?«

»Du und ich, wir sind drin gewesen.«

Carl winkte resigniert ab. »Heute bereue ich das. Ich hätte auf Verstärkung warten sollen.«

Lena sah eine Weile schweigend hinaus. Als sie sich wieder Carl zuwandte, fixierte sie ihn mit festem Blick. »Meti ist ein gefährlicher Mann. Das ist mir klar. Möglicherweise ist er ein Krimineller. Ich bin Polizistin geworden, um Kriminellen etwas entgegenzusetzen. Und mir ist völlig egal, ob die sonntags in die Kirche gehen, in die Moschee, zum Fußball oder in die Kneipe.«

»Alle Menschen sind vor dem Gesetz gleich?«

»Genau das.«

»Das hat nur einen kleinen Schönheitsfehler: Umgekehrt gilt das nicht. Meti akzeptiert unsere Gesetze nicht.«

»Na und? Hast du ihn nicht selbst mal vor Gericht gebracht und er ist verurteilt worden?«

»Weil ich ein paar anständige Menschen überzeugen konnte, vor Gericht gegen ihn auszusagen.«

»Na, also.«

»Danach mussten die wegziehen. Meti hat ihnen das Leben hier zur Hölle gemacht.«

Lena zuckte mit den Schultern. »Dann ist er eben ein Krimineller. Da gibt es noch mehr in Köln, und die meisten von denen sind katholisch.«

»Mit einem kleinen Unterschied: Ein Krimineller weiß, dass er das Gesetz bricht. Meti hingegen glaubt, über dem Gesetz zu stehen. Kemal und Fati sind Befehlsempfänger«, brachte Carl es auf den Punkt. »Die Frage, warum sie den Jungen getötet haben, kann nur Meti Arslan beantworten. Mach dich an seine Frau ran, nicht an Fatis.«

Lena wischte ein paar Staubkörner vom Armaturenbrett. Erst jetzt fiel Carl auf, wie sauber und aufgeräumt der Wagen war.

»Das ist zwecklos. Die würde sich niemals gegen Meti stellen.«

»Ich habe ein paarmal versucht, mit den Eltern von dem Jungen in Kontakt zu kommen«, sagte Carl. »Ich wollte ihnen erzählen, was da genau passiert ist. Aber keine Chance, sie hatten zu große Angst.«

Lena schwieg eine Weile. Auch Carl schwieg, er meinte zu spüren, wie schwer es für sie war, Dinge zu denken und Schlussfolgerungen zu ziehen, die ihr zuwider waren, und dazu gehörte mit Sicherheit, dass ein muslimischer Geistlicher möglicherweise die Ermordung eines muslimischen Jungen befohlen haben könnte.

»Ich bleibe an der Sache dran, aber ich will, dass du niemandem davon erzählst. Versprich es mir. Schwör es mir. Und ich schwöre dir, wenn du das Versprechen brichst, mach ich dir dein verdammtes Leben hier in Köln-Kalk zur Hölle.«

Carl lachte bitter auf. »Mehr als es jetzt schon die Hölle ist?«

»Das ist kein Scherz.«

»Okay, ich verspreche es.«

Lena legte beide Hände aufs Lenkrad und drückte sich gegen die Sitzlehne, als müsste sie sich mehr Platz verschaffen.

»Auch ich habe bei unserem Einsatz an dem Abend in der Zeusstraße einen Fehler gemacht.«

Carl sah sie erstaunt an.

»Wir sollten auf Verstärkung warten, aber du wolltest sofort in den Kampf ziehen. Das fand ich falsch. Für mich war das eine beschissene Macho-Show. Der alte Bulle zeigt dem naiven Türken-Mädchen mal, wo es langgeht, wenn ein deutscher Bulle seinen Job macht. Aber als du losgezogen bist, da hätte ich dich als Kollegin ohne Wenn und Aber unterstützen müssen. Ich hätte schneller handeln müssen. Vielleicht würde der Junge jetzt noch leben.«

»Ich habe es nie so gesehen.« Carl wunderte sich, dass ihm der Gedanke tatsächlich nie gekommen war.

»Aber ich sehe es so.« Sie sah Carl an, und er hatte Mühe, ihrem Blick standzuhalten. Daraus sprach großer Stolz, vor allem jedoch die Entschiedenheit und die Kraft eines Menschen, der eine schwerwiegende Entscheidung getroffen hat. Aus unerfindlichem Grund fand er das bedrohlich.

»Das Ganze ist ein halbes Jahr her. Wieso hast du so lange für diese Erkenntnis gebraucht?«

Lena winkte ab. »Welche Rolle spielt das? Der Junge ist tot. Aber es gibt einen Mörder. Und der ist bisher noch nicht zur Rechenschaft gezogen worden.«

»Das ist genau das, was ich auch will. Ich will mein altes Leben zurück. Ich will, dass meine Tochter weiß, dass ich kein Mörder bin.«

»Und wenn nicht?«

Carl vermied es, sie anzusehen. »Die beiden müssen für ihre Tat bezahlen. So oder so.«

»Was soll das heißen? Willst du Richter spielen?«

»Such's dir aus.«

Lenas Blick sagte ihm nichts. Freundlich war er nicht.

»Danke jedenfalls, dass du mir hilfst«, sagte er. »Das rechne ich dir hoch an.«

Lena sah ihn kühl an. »Wenn du reingelegt wurdest, will ich den Grund für den Mord herausbekommen. Im Moment allerdings bist du für mich immer noch der, der den Jungen erschossen hat.«

17.

Julia schlief in ihrem Sitz, die Beine weit von sich gestreckt, die Arme verschränkt und den Kopf zur Seite gedreht. Ihre zusammengeknüllte Jacke benutzte sie als Kopfkissen. Sara saß am Fenster, weit vorgebeugt, auf der Kante des Sitzes. Ihre Augen brannten vor Müdigkeit, ihr Körper wollte, dass sie sich wie Julia endlich zurücklehnte und schlief. Doch ihre Augen wollten alles sehen, was draußen vorüberzog. Nur wenn der Zug durch einen Tunnel fuhr, schloss sie sie. Kaum schoss er wieder hinaus ins Tageslicht, riss sie sie wieder auf. Wälder, Häuser, riesige Hallen, Städte, breite Straßen, manchmal mit vier Spuren nebeneinander, auf denen unzählige Autos und Lastwagen das Rennen gegen den Zug verloren. Dessen Geschwindigkeit bereitete ihr immer wieder Übelkeit. Auf einer dunklen Fläche über der Glastür, die ihren Waggon vom nächsten trennte, wechselten sich rote Schriften ab, das meiste, was dort stand, verstand sie nicht. Nur die Buchstaben »km/h« waren ihr vertraut, sie hatten auf einer runden Uhr gestanden, in den Polizeiautos, die sie zur Schule gebracht hatten. Für sie als kleines Mädchen war es sehr geheimnisvoll gewesen zu sehen, wie eine Art Uhrzeiger zu klettern begann, wenn das Auto beschleunigte und die Geschwindigkeit zunahm, und wie der Zeiger zur »0« zurückkehrte, wenn der Polizeiwagen anhielt. Über die »70«, die auf der Uhr etwa an der Stelle zu finden war, an der auf einer normalen Uhr die »11«

stand, war er nie geklettert. Die Zahl auf der Anzeige hier im Zug über der Tür ging manchmal hinauf bis »250«.

Und wie viele Menschen sich in den Bahnhöfen tummelten! In München, wo sie in einen anderen Zug umsteigen mussten, fand sie sich, kaum dass sie ausgestiegen war, inmitten eines Strudels von Menschen, die meisten zogen Koffer mit langen Griffen auf Rollen hinter sich her und hasteten in einem Tempo an ihr vorbei, als würden sie wie sie selbst von irgendjemandem verfolgt. Gleichzeitig strömten von vorne Menschen auf sie zu, mit demselben Tempo und derselben Entschlossenheit, sich durch nichts aufhalten zu lassen. Ihr wurde schwindelig, sie versuchte ihnen auszuweichen, was es noch schlimmer machte, denn je mehr sie auswich, desto drängender wurden die, denen sie dann in die Quere kam. Der Abstand zwischen Julia und ihr wurde größer und größer, aber sie traute sich nicht zu rufen, so viele Blicke trafen sie, wütende, belustigte, geringschätzige, böse, abweisende, und jeder Blick fuhr ihr unter die Haut. Sie senkte den Kopf, ging einfach geradeaus und versuchte, die Bemerkungen nicht zu hören, die ihr von manchen entgegengeschleudert wurden.

Als sie den Kopf wieder hob, war Julia verschwunden. Noch mehr Menschen brandeten um sie herum, hier, wo die Schienen aufhörten, kamen sie auch noch von rechts und links. Saras Ohren versagten ihren Dienst, aus den scharfen Geräuschen, dem Hall und den Echos war ein dumpfes Murmeln geworden. Sie blieb stehen und schloss die Augen. Sie spürte die Luftbewegungen vorbeieilender Menschen, ja, die spürte sie deutlich, manche rempelten sie an.

Hatte Julia sie in Stich gelassen? Hatte sie die ganze Zeit geplant, sie loszuwerden? Sie kannte die Welt und wusste ganz sicher, wie es hier zuging. Und bevor sie den Waggon verlassen hatten, hatte sie ihr noch den Fahrschein in die Hand gedrückt. Auf Saras fragenden Blick hatte sie nicht reagiert. Sie hatte die Tür aufgestoßen, war hinausgesprungen und hatte sich, ohne sich umzudrehen, in den Menschenstrom eingereiht. Sie passt hierher, hatte Sara gedacht, auf irgendeine Art ist sie wie die anderen, und ich passe gar nicht.

Die Bewegungen um sie herum hatten aufgehört. Sie spürte den Boden unter ihren Füßen, ein leichtes Vibrieren, das langsam verebbte. Etwas Warmes berührte sie. Sie öffnete die Augen, bereit, all die Blicke der Menschen zu ertragen, die sie wieder treffen würden. Vor ihr stand Julia und sah sie besorgt an, ihr Mund bewegte sich. Julias Hand griff nach Saras Kinn und schüttelte es sanft. Und dann kehrten die Geräusche zurück. Es waren dieselben wie zuvor, und sie kamen weiterhin aus allen Richtungen gleichzeitig, aber plötzlich erschreckten sie sie nicht mehr.

»Ich hatte Angst, du hättest mich alleine gelassen«, hörte Sara sich sagen.

»Spinnst du?« Julia stupste sie gegen die Brust. »Komm schon. Der Zug nach Köln geht in drei Minuten. Gleis 22.« Sie nahm Saras Hand und zog sie hinter sich her wie ein kleines Mädchen.

»Mama, ist die krank?«, hörte Sara einen Jungen seine Mutter fragen. Er deutete auf sie und beäugte sie kritisch.

Nein, ich bin nicht krank, dachte Sara, ich bin nur anders, so wie du für mich anders bist.

»Ich fahre nach Köln«, sagte sie und reckte ihren Körper. Der Junge blickte verständnislos zurück. Sara beschleunigte ihren Schritt, um neben Julia zu gehen.

Julia sah sie lachend an. »Keine Sorge, wir kriegen den Zug.«

»Ich weiß«, antwortete Sara, legte noch einen Schritt zu und zog Julia hinter sich her. Ein Glücksgefühl perlte über ihre Haut. Sie drehte sich um, ergriff auch Julias zweite Hand und zog sie im Rückwärtsgehen weiter. »Danke, Julia. Ohne dich hätte ich es nicht geschafft.«

Julia wollte etwas antworten, vielleicht so etwas wie: Ach was, das hättest du auch alleine hingekriegt. Stattdessen sagte sie ernst: »Ja, das stimmt, du hättest es nicht geschafft. Aber das wird sich ändern.«

18.

19 Uhr 55.

»Nur vierzig Minuten Verspätung, wow.« Julia lachte.

Sara warf ihr einen verständnislosen Blick zu.

»Die Bahn ist nie pünktlich. Manchmal lassen die einfach einen ganzen Zug ausfallen. Echt das Letzte.«

»Ausfallen?«

Julia winkte ab. »Vergiss es. Wir sind am Ziel. Das ist die Hauptsache.«

Während der Zugfahrt war Julia in grüblerisches Schweigen versunken. Sara wusste nicht, was sie beschäftigte, nahm aber an, dass es mit ihrer Oma zu tun hatte. Außerdem war ihr selbst nicht nach Reden zumute gewesen, und dann war sie eingeschlafen, ein tiefer Schlaf mit Träumen, an die sie sich, schon wenige Sekunden nachdem Julia sie geweckt hatte, nicht mehr erinnern konnte.

Sie stiegen aus, und Sara riss die Augen auf. Das Erste, was sie sah, war eine riesige Kuppel mit gläsernen Seitenwänden. Lanxess-Arena las sie. Wofür brauchte man solche großen Hallen? Alles, was sie sah, war groß. Ein breiter Fluss mit dunklem, dreckigem Wasser, die weißen Schiffe, die dort verankert lagen, eine unvorstellbar riesige Kirche mit zwei weit in den Himmel ragenden, spitzen Türmen, noch eine Kuppel auf der anderen Seite des Flusses aus blauem Plastik. Dankbar folgte sie Julia, als die eine Treppe nach unten nahm. Sara wollte all das nicht mehr sehen und sehnte sich nach den schroffen Bergen, den Wäldern und den Bächen, nach dem klaren, kühlen Wasser, nach der wunderbaren Luft. Hier stank es regelrecht, fast wie aus der Sickergrube hinter dem Schwesternhaus, die alle Mädchen einmal im Jahr mit Eimern leeren mussten.

»Wir nehmen ein Taxi«, sagte Julia. Sara folgte wortlos. So viele Fragen, die sie stellen müsste. Sie tat es nicht, weil sie sich so unendlich dumm vorkam. Alles, was sie wusste, war, wie man Flecken entfernt, wie man kocht, wie man angebrannte Töpfe reinigt, wie man einen Nutzgarten anlegt – nichts von dem spielte hier eine Rolle. Stattdessen nahm man ein Taxi – was war ein Taxi?

Sie bestiegen ein sandfarbenes Auto, Julia nannte einen Straßennamen, der Fahrer guckte böse. »Das sind ja nur neunhundert Meter«, sagte er beleidigt.

»Neunhundert Meter, die Sie uns fahren müssen. Und wenn Sie sich noch mal beschweren, gibt's nicht mal ein Trinkgeld«, erwiderte Julia. Der Fahrer verdrehte die Augen und fuhr los.

Nachdem sie ausgestiegen waren, brauste der Mann hupend davon. Julia machte eine Faust, aus der nur der Mittelfinger herausragte. Der Fahrer bremste scharf, mit quietschenden Reifen, er sprang heraus, brüllte wütend und rannte auf sie zu.

»Wir hauen ab!«, rief Julia und lachte ausgelassen, als wäre das alles ein großer Spaß. Sie liefen los. Hinter ihnen begannen Autos zu hupen, weil das Taxi die Straße blockierte. Nach ein paar Metern blieb Julia stehen. Der Fahrer war wieder umgedreht. Fluchend bestieg er sein Auto und raste mit durchdrehenden Reifen davon.

»Arschloch«, sagte Julia.

»Warum hast du ihn so wütend gemacht?« Sara hatte nicht den Eindruck gehabt, dass der Taxifahrer ein schlechter Mensch war, eher einer, der aus irgendeinem Grund unter großem Druck stand. Sie hatte Mitleid mit ihm gehabt. Seine ungewaschenen Haare, die zittrigen Finger, die geröteten Augen mit den dicken Tränensäcken darunter, sein saures Aufstoßen, die fettig glänzende Haut – es ging ihm nicht gut, das war unübersehbar.

Julia atmete genervt durch. »Vergiss es, Sara. Ich kann dir die Welt nicht erklären. Die Welt ist voller Idioten. Wahrscheinlich bin ich auch einer.« Sie ging weiter, Sara folgte ihr. Angst packte sie. Wie sollte es weitergehen? Sie konnte sich nicht ewig an Julias Rockzipfel festhalten …

Die Häuser im Katharinenhof hatten drei Stockwerke, die Fenster waren klein, hier war es ruhiger als auf der Severinstraße, wo sie das Taxi verlassen hatten. Julia ging zur Haustür Nummer vier und drückte alle sechs Klingelknöpfe gleichzeitig. Ein Summer ertönte, sie drückte die Tür auf. »Danke! Ich hatte den Haustürschlüssel vergessen!«, rief Julia ins Treppenhaus und wartete ab. Dann signalisierte sie Sara, ihr zu folgen. Im dritten Stock öffnete sie ein Türchen in der Wand.

»Der Stromkasten. Hier hat meine Oma einen Haustürschlüssel versteckt.« Sie entfernte eine kleine Plastikblende und zog einen Schlüssel dahinter hervor.

»Schläft deine Oma schon?«, fragte Sara, bekam aber keine Antwort. Julia schloss die Tür auf und prallte zurück. Gleich im Flur stapelten sich große Pappkartons, »Wohnungsauflösungen und Entrümpelung« war darauf zu lesen. Sie stürmte ins Wohnzimmer. Auch dort nur Kisten und bis auf einen riesigen Eichenschrank und einem klobigen Esstisch, ebenfalls aus Eiche, keine weiteren Möbel.

»Ein Glück«, flüsterte Julia. Sara verstand gar nichts. Julia machte sich im Inneren des Schranks zu schaffen, entfernte eine kleine Holzplatte und zog ein Plastikbündel hervor. Sie schob es in ihre Gesäßtasche und sah sich um.

»Wohnt deine Oma nicht mehr hier?«

»Sie ist tot. Deswegen bin ich aus dem Internat abgehauen.«

Sara sah sie fragend an.

»Verdammt Sara, jetzt guck mich doch nicht wie ein dämliches Lamm an!«

Sara zuckte zurück und schlug die Augen nieder. »Ich wollte dich nicht wütend machen. Es ist meine Schuld. Ich bitte um Vergebung.«

»Und dann immer dieses unterwürfige, religiöse Geschwätz! Scheiße!«

Sara sackte noch tiefer in sich zusammen. »Ich bitte …«

»Halt die Klappe!«, fuhr Julia sie an.

Sara bemühte sich, nicht die geringste Bewegung zu machen. Die Wut der Erzieherinnen brauste noch wilder auf, wenn man sich bewegte. Hochmut, schrien sie dann, das ist Hochmut.

Stille. Sara schloss die Augen. Es roch muffig, nach abgestandener Luft. Ein wenig wie ranzige Butter. Und Staub.

Eine Berührung. Eine Hand streichelte ihr über den Kopf.

»Es tut mir leid.« Julias Stimme zitterte. Sie umarmte Sara. »Sorry, Sari.«

Sari, das klingt schön, dachte Sara, so freundlich. Erleichtert erwiderte sie die Umarmung. Eine Weile standen sie schweigend da, bis Julia sie wieder von sich schob.

»Sie haben mir nicht erlaubt, zu ihrer Beerdigung zu fahren. Deswegen bin ich aus dem Internat abgehauen. In zwei Tagen wird sie begraben. Ich dachte, wir können für ein paar Tage hier wohnen. Aber«, sie deutete auf die Kisten, »die können es gar nicht erwarten, alles wegzuschmeißen.«

Sara sah sie erneut fragend an.

Julia stöhnte auf. »Das ist eine viel zu lange Geschichte.« Sie hielt inne, dann gab sie sich einen Ruck. »Okay, die Kurzform: Meine Oma war eine einfache Frau, kleine Verhältnisse, wie man sagt. Meine Mutter schämt sich dafür. Sie hat reich geheiratet und heute … Meine Mutter lebt ein Luxusleben, Golfklub, Segeljacht, High Society, der ganze Scheiß. Aber meine Oma hat etwas, was meine Mutter nicht hat, nämlich ein Riesenherz, und das findet meine Mutter bedrohlich. Meine Mutter will, dass ich so werde wie sie selbst. Deshalb hat sie mich ins Internat gesteckt.«

»Dein Vater, was ist mit dem?«

»Investmentbanker«, erwiderte Julia verächtlich. »Der genießt sein Leben, und ich störe da nur.«

Sara spürte den Schmerz hinter Julias Wut und legte ihre Hand auf ihren Arm. »Ich verstehe dich gut.«

Fast wäre Julia zurückgezuckt. Sie lächelt zaghaft.

»Wenigstens ist das Geld noch da. Du wirst es irgendwann brauchen, hat Omi immer gesagt.«

»Bar«, antwortete Julia auf die Frage des Rezeptionisten im Hyatt Hotel, wie sie zu zahlen gedenke.

»Dann muss ich Sie leider bitten, sich auszuweisen.«

»Das würden wir gerne, aber wie gesagt: Unser Gepäck ist noch nicht da. Wahrscheinlich ist es gerade auf dem Weg in die Türkei. Die Airline hat's beim Durchchecken versemmelt.«

Der Rezeptionist glaubte ihr nicht, auch wenn er freundlich lächelte. »Darf ich dann um die Boardingcard mit den Gepäckabschnitten bitten? Es tut mir leid, aber ich darf Ihnen kein Zimmer geben, wenn ich gar keinen Hinweis auf Ihre Identität habe.«

Julia sah ihn wortlos an. Sara spürte, wie es in ihr arbeitete und rumorte.

»Arschloch!« Julia fegte den schweren Kugelschreiberhalter von der Rezeption

»Ihnen auch eine gute Nacht«, erwiderte der Rezeptionist, zog einen Kugelschreiber aus seiner Jackentasche, legte ihn auf die Theke und widmete sich mit unbeeindruckter Freundlichkeit dem nächsten Gast.

»Warum machst du das?«, flüsterte Sara aufgeregt. »Der arme Mann, der war doch sehr nett zu uns.«

Julia pflügte mit weit ausholenden Schritten durch die Lobby des Luxushotels. Draußen warf sie sich in ein Taxi, Sara zwängte sich neben sie auf den Sitz.

»Wir suchen ein Hotel, in dem man keine Papiere braucht und bar bezahlen kann.«

Der Fahrer drehte sich um und musterte die beiden.

»Wir haben keinen ermordet. Wir suchen einfach nur einen Platz zum Schlafen.«

»Is ja eijentlich nich erlaubt, ohne Papiere.«

Julia zog einen Zwanzigeuroschein hervor. »Wir wollen nicht in irgendeinem Park schlafen.«

Der Mann nahm den Schein und fuhr los. Zehn Minuten später hielt er vor einem hässlichen, verklinkerten Haus in der Nassaustraße. »Pension Paradies« war mit abblätternder Farbe auf die Fassade gepinselt.

»'ne Fernfahrer-Absteige. Die Jungs do sin verdamp ausjehungert. Wenn die Frischfleisch riechen, können die schoma rabiat werden.«

Sara sah Julia flehend an: bitte, nicht da rein, bitte. Julia bezahlte und stieg aus. »Der will sich nur wichtigmachen. Keine Angst, Sara. Das packen wir schon.«

19.

Carl nahm das Gas weg. Warum beeilte er sich? Wo wollte er so schnell hin? Der frisierte Motor seiner Rex UTS verschluckte sich und knallte ein paar Fehlzündungen aus dem Auspuff. Carl war unruhig und aufgewühlt, und das hatte verdammt noch mal mit Lena zu tun. Wenn er ehrlich war, ärgerte es ihn, dass sie ihn nicht bedingungslos für unschuldig hielt. Und wenn er noch ehrlicher war, verletzte es ihn sogar. Als müsste sie spüren und fühlen, dass er nicht der war, für den ihn offensichtlich alle Welt hielt.

Im Schritttempo, ohne Fahrtwind, war die Luft stickig und schwer, augenblicklich fing er an zu schwitzen. Er gab wieder Gas. Zur Eckkneipe, immerhin gab es dort eine Klimaanlage, ein kleines Gerät nur, ein viel zu kleines, aber wenn man sich richtig platzierte, reichte sie aus, um den Schweiß zu trocknen. Nur zehn Minuten, dann würde er vor einem Bier am Tresen der Kalker Stube sitzen, zwischen Alfred, Jacky, Nobby und den anderen Hartz-IV-Rittern. Er würde versuchen, nicht hinzuhören, was sie redeten. Weil es immer um dasselbe ging: wie viel besser ihr Leben wäre, wenn es diese Flüchtlinge nicht gäbe, die ihnen Arbeitsplätze und Wohnungen wegnähmen und um die sich der Staat viel intensiver kümmerte als um Deutsche und die so viele Kinder kriegten, dass sie irgendwann, nein, schon praktisch übermorgen, in der Überzahl wären und die Deutschen endgültig verdrängten. Er würde mit jeder Faser seines

Körpers ausdrücken, in Ruhe gelassen werden zu wollen, trotzdem würden sie ihn anquatschen, ihn, den Fachmann für eine einfache Lösung dieses Problems, ein muslimischer Junge weniger, warum nicht so weitermachen?

Vielleicht sollte er schwimmen gehen, ein bisschen in der Claudius Therme abhängen, so wie früher, vielleicht sogar ein paar Schlucke von dem übel riechenden, extrem schwefelhaltigen Mineralwasser trinken, das kurbelte die Verdauung an. Im Grunde war das die beste Idee, die er im Moment haben konnte. Er bog in die Graf-Adolf-Straße ab, weit war es nicht bis zum Rheinpark. Ein Handtuch konnte er sich dort gegen Gebühr leihen, er würde behaupten, beim letzten Besuch seine Badehose vergessen zu haben, eine schwarze, irgendjemand hatte immer seine schwarze Badehose liegen lassen, sie würden ihm ihre Sammlung herrenloser Hässlichkeiten zeigen, und er würde sich die herauspicken, die am ehesten passte.

Dieses Vibrieren und Flattern in seinem Bauch musste aufhören, er brauchte Ruhe, um klarzukommen. Seit Monaten fokussierte er sich auf das, was er sich vorgenommen hatte, und dazu gehörte, sich keine Zweifel zu erlauben. Anfangs war es so verdammt schmerzhaft gewesen: die Familie zerrissen, der Job weg, seine Freunde mieden ihn, es war wie ein Kartenhaus, das in gnadenloser Zeitlupe unaufhaltsam in sich zusammenfällt, nimmt man nur eine tragende Karte heraus. Wahrscheinlich war genau das der Grund, warum er erstaunlich schnell gelernt hatte, seine Gefühle zu unterdrücken. Weil da nichts mehr war, woran er sich klammern konnte. Gefährlich waren nur die Momente, wenn er an seine Tochter dachte, dann brach der Panzer auf wie ein überlasteter Staudamm; so gesehen, war das richterliche Kontaktverbot ein Segen.

Es geht darum, durchzuhalten, das sagte er sich immer und immer wieder. Er würde herausbekommen, was hinter dem Mord steckte. Er würde rehabilitiert werden. Er würde sein altes Leben zurückbekommen. Wenigstens Teile davon, das, was ihm wichtig war. Nicht seine Frau. So schnell wie die sich von ihm abgewendet hatte, war da zuvor schon lange keine Liebe mehr gewesen. Du verlierst sie, hatten ihn Freunde schon viel früher gewarnt. Wieso? Er ging seiner Arbeit nach, er versorgte sie und ihre gemeinsame Tochter, sie schmiedeten diesen Plan, ein Grundstück zu kaufen, irgendwo im Bergischen Land, und ein Haus darauf zu bauen – warum sollte er sie verlieren? Carl, darum geht es nicht, hatten sie geantwortet. Es geht um etwas anderes. Ihr seid wie ein eingespieltes Team, aber genügt das? Er hatte keine Lust gehabt, darüber nachzudenken. Sie hatten zwei-, dreimal die Woche Sex, sie stritten nur selten, er hatte keine Affären, sie auch nicht, zumindest deutete nichts darauf hin. Dann waren sie eben ein gut eingespieltes Team, na und? Er hatte sich keine Sorgen gemacht. Wenn sie sich mit Kollegen in der Kneipe oder mit Nachbarn zum Grillen trafen, war Johanna immer gut gelaunt und zu allen nett, und sie sah besser aus als die meisten anderen Ehefrauen.

Und dann war er sie schneller los gewesen als seinen Job. Als die Ermittlungen gegen ihn losgingen, musste ihr irgendjemand eingeredet haben, dass er ohne Zweifel der Mörder war und allenfalls mittels juristischer Tricksereien einer Anklage entgehen würde. Von einem Tag auf den anderen wollte Johanna, dass er sofort auszog. Als er sich weigerte, standen noch am selben Tag zwei seiner Kollegen vor der Tür und brachten ihn in Untersuchungshaft. Weil er Dritten gegenüber eindeutige Andeutungen gemacht hätte, untertauchen zu wollen. Sie sagten nicht, von wem diese Aussage kam, aber er wusste es auch so. Besucht hatte Johanna ihn in der U-Haft nicht ein einziges Mal, und als er wieder rauskam, waren alle seine persönlichen Dinge, alle Möbel, die ihm gehörten, in einem Depot eingelagert und die Türschlösser der vormals gemeinsamen Wohnung ausgetauscht worden.

Eine unsichtbare Wand der Ablehnung hatte sich aufgebaut. Es war wie ein Albtraum, den er nicht stoppen konnte, der schlimmer wurde, je mehr er es versuchte. Manchmal hatte er das Gefühl gehabt, nur Zuschauer bei einem Film zu sein, der zu albern war, um ihn auch nur für eine Sekunde ernst zu nehmen. Weil sich alle Akteure genauso verhielten, wie es niemand mit einem einigermaßen gesunden Menschenverstand je täte. Ein Film, in dem alle rückwärtsgehen und mit sturer Blödheit das Falsche tun. Aber es war kein Film, es war sein Leben, das da vor seinen Augen zerriss, und er konnte dagegen genauso wenig tun, wie ein Kinozuschauer den Verlauf der Geschichte auf der Leinwand ändern kann. Der kann nur abhauen, das Kino verlassen, vielleicht unter lautem Protest, aber was würde das ändern? Carl tat genau das, er zog sich zurück, still und in der Gewissheit, sein Ziel am schnellsten zu erreichen, wenn er sich bedeckt hielt. Keine Aufmerksamkeit erregen, Mimikry betreiben, untertauchen in der scheuen Hartz-IV-Armee endgültig Gestrandeter.

Deswegen war das doch keine gute Idee, die Claudius Therme. Früher war es unterhaltsam gewesen, neben den sonnenbankgebräunten Helden der Kölner Unterwelt zu schwimmen, die Therme war so etwas wie ein neutraler Treffpunkt, da ruhten die Streitigkeiten, die auf dem Hohenzollernring, im Eigelstein-Viertel, mit den Boxern im Mülheimer Hafen oder den Zuhältern aus der Hornstraße im endlosen Hin und Her ausgetragen wurden. Neutraler Boden, eben auch für Bullen. Wenn er jetzt dort auftauchte, würde sich das sofort ändern.

Ohne die Geschwindigkeit zu verringern, machte Carl eine scharfe Hundertachtzig-Grad-Wende, der Ständer unter dem Roller schabte über den Asphalt und sprühte Funken. Dann eben doch die Eckkneipe. Vielleicht war ja Rosie da, eine ziemlich durchgeknallte frühere WDR-Radiomoderatorin, zehn Jahre älter als er, die schon lange den Anschluss an die Medienwelt verloren hatte und in die Dauerarbeitslosigkeit abgerutscht war. Rosie war unberechenbar, kam und ging ohne erkennbaren Rhythmus, war sie jedoch da, verbreitete sie unwiderstehliche rheinische Lebensfreude.

Ein Motorradfahrer, der vielleicht fünfzig Meter hinter ihm gewesen war, machte eine Vollbremsung, ohne dass Carl einen Grund dafür erkennen konnte. Der Motorradmotor soff ab, hektisch versuchte der Mann, ihn wieder zu starten. Intuition: Der Kerl war seinetwegen hier, er verfolgte ihn, Carls unvermittelte Kehrtwende hatte ihn kalt erwischt. Carl gab Gas und fuhr direkt auf ihn zu. War es einer von Metis Leuten? War er ihm schon von der Zeusstraße aus gefolgt?

Als der Mann merkte, dass er seine Maschine nicht schnell genug zum Laufen bringen würde, kickte er den Ständer raus, ließ sich entspannt auf den Sitz sinken und zog seinen Helm ab. Das Gesicht kam Carl nicht bekannt vor, der muskulöse Körper schon. Carl hielt neben ihm und machte den Motor aus.

»Warum verfolgst du mich?«

»Verfolgen?«

»Du stehst gerne im Hauseingang bei mir gegenüber.«

Der Mann grinste. »Bist du dir sicher, dass ich das bin?«

Carl schob seinen Roller ein Stück weiter, um das Nummernschild des Motorrads zu sehen. »Geklaut?«

Der Mann lachte. »Das Motorrad nicht.«

Das Nummernschild schon. Ein merkwürdiges Gefühl. Carl, der Bulle, wüsste, was jetzt zu tun war. Carl, der Ex-Polizist, nicht. Ein geklautes Nummernschild ging ihn nichts an. Dass der Mann ihn verfolgte, schon.

»Was willst du von mir?«

Der Mann reckte sich und ließ seine Muskeln spielen.

»Vielleicht pass ich auf, dass dir nichts zustößt?«

Carl bemühte sich, seine aufkommende Wut im Griff zu halten. Der Mann war ihm körperlich überlegen, das war offensichtlich. Seine geschmeidige, kraftvolle Art, sich zu bewegen, zeugte von täglichem Training.

»Ich kann für mich selbst sorgen, ich brauche keinen Aufpasser.«

»Einen Aufpasser nicht, aber vielleicht einen Unterstützer.«

»Wofür?«

Der Mann lächelte ihn breit an. »Es gibt Dinge, die sind nötig zu tun, aber man tut sie nicht.«

Er zog seinen Helm auf und betätigte den Anlasser. Beim zweiten Versuch jaulte der Motor auf. Er tippte seine Hand zu einem lässigen militärischen Gruß gegen den Helm, legte den ersten Gang ein und jagte davon.

Carl zog sein Handy hervor und wählte Lenas Nummer, vielleicht hatte sie noch dieselbe wie vor einem halben Jahr.

»Carl?«, drang ihre Stimme aus seinem Handy, offenbar war auch er noch in ihrem Adressbuch gespeichert.

»Ich werde von einem Motorradfahrer verfolgt, der ein geklautes Nummernschild benutzt. Wenn ihr euch beeilt, kriegt ihr ihn vielleicht.«

Er gab das Nummernschild, die Motorradmarke und seinen Standort durch.

»Ich kümmere mich darum«, sagte sie und legte auf.

Carl startete den Roller und fuhr los.

Was wollte der Kerl von ihm? Er spionierte ihm hinterher. Aber warum und für wen? Kripo? Verfassungsschutz? Nein, das passte nicht. Ein Privatdetektiv? Schon eher, aber in wessen Auftrag? Wer hatte Interesse daran zu wissen, was Carl den ganzen Tag lang trieb? Johanna, seine Ex, um sicherzugehen, dass er sich nicht ihrer Tochter näherte?

Einen Aufpasser nicht, aber vielleicht einen Unterstützer – war das ernst gemeint oder hatte der Mann nur irgendetwas Kryptisches dahergeredet, weil er es witzig fand? Unterstützer bei was? Wenn er ihn tatsächlich jeden Tag beobachtete, dann wusste er von seinen Klettertouren auf das Dach der ehemaligen Drahtfabrik. Steckte womöglich Meti Arslan, der Kalif von Köln-Mülheim, dahinter? Für Meti war Carl ein Risikofaktor, den er nicht aus den Augen lassen durfte.

Carl sah das so: Meti will den Tod des Jungen, aus welchem Grund auch immer. Fati und Kemal locken Carl in eine Falle, er soll als Mörder dastehen. Am Ende sollen sie ihn mit seiner eigenen Waffe töten, eine mehr oder weniger runde Geschichte, Carl, der rassistische Bulle, erschießt einen Jungen hinterrücks und begeht danach Selbstmord. Allerdings hat der letzte Teil nicht geklappt. Und jetzt? Lassen sie ihn in Ruhe, weil er als entlassener Bulle, dem sowieso niemand glaubt, keine Gefahr mehr darstellt? Oder warten sie mit orientalischer Geduld einen geeigneten Zeitpunkt ab, um ihn doch noch zu beseitigen, und bis dahin beobachten sie ihn nur?

Seine eigenen Observationen kamen ihm plötzlich ziemlich lächerlich vor. Möglicherweise wussten Kemal und Fati sogar, dass er sie beobachtete, und sie zogen für ihn eine Riesenshow ab. Er nahm sich vor, am nächsten Tag zum letzten Mal in die Zeusstraße zu fahren, und das auch nur, um herauszufinden, ob der Mann ihn auch dorthin verfolgte.

Carls Unruhe war jetzt noch größer geworden. Wenn er nicht irgendetwas fand, um sich abzureagieren, würde er diese Nacht keinen Schlaf finden. Er stoppte wieder und wählte die Nummer von Dieter Dallmayer, Musiker und in Carls altem Leben einer seiner Nachbarn.

»Yep.« Im Hintergrund waren Kneipengeräusche zu hören.

»Dieter, hier ist Carl. Carl Gruber.«

»Der Kindermörder?« Dieter lachte herzhaft. »Was gibt's?«

»Ich hab kein Kind ermordet.«

»Weiß ich. Aber alle glauben es.«

»Du nicht?«

»Nö.«

Wollte er ihn womöglich auf den Arm nehmen? »Wieso nicht?«

»Du hast was von 'ner Diva. Spuckst große Töne und freust dich, wenn die Leute sich aufregen. Aber du bist harmlos.«

»In der Regel meine ich, was ich sage.«

»Das ist wie in der Musik, Carl: Du kannst dieselben Töne so oder so spielen. Traurig oder aggressiv. Der Sound macht den Unterschied.«

War das nicht im Kern dasselbe, was Lena ihm vorgeworfen hatte?

»Es gibt Musik, die muss aggressiv klingen, sonst hört sie keiner«, sagte Carl.

»Da hast du auch wieder recht. Also, was gibt's? Willst du mich über deine Frau aushorchen? Was die so treibt?«

Für einen Moment verspürte Carl tatsächlich das Verlangen, den Faden aufzugreifen, doch in der nächsten Sekunde war das wieder vorbei. Es interessierte ihn nicht wirklich. »Ich frage mich, wo ich Rosie erreichen kann.«

»Rosie? Wir haben gerade Stammtisch, im Päffgen in der Friesenstraße. Sie kommt später dazu.«

»Stammtisch?«

»Ein paar Musiker. Radio- und Fernsehmenschen von früher. Alles Rentner.« Dieter lachte. »Bis auf die Musiker natürlich, die müssen noch weiter arbeiten.«

Oh, Gott, was sollte er da? »Kann ich vorbeikommen?«

»Kannst du. Aber mach dich auf Gegenwind gefasst. Nicht alle denken wie ich.«

»Okay, mal sehen. Also, bis dann.« Carl legte auf. Nein, er würde da nicht hingehen. Genauso wenig wie in die Eckkneipe. Er würde nirgendwo anders hingehen als nach Hause, in seine elende Wohnung. Er musste einfach akzeptieren, dass sein Leben im Moment nur noch auf Sparflamme lief.

20.

Sara hatte nicht eine Sekunde geschlafen. Keines der Geräusche, die von draußen durch die geschlossenen Fenster drangen, war ihr vertraut, keines gab ihr das Gefühl, sich in Sicherheit zu befinden. Die Zimmertür war abgeschlossen, der Schlüssel steckte von innen, Julia hatte sogar noch einen Stuhl mit der Lehne gegen die Türklinke verkantet, und doch rechnete Sara jede Sekunde damit, dass sich jemand gewaltsam Zugang verschaffte.

Auf dem Weg von der Rezeption nach oben waren ihnen zwei Männer begegnet, stämmige, übel riechende Kerle in kurzen Hosen und Sandalen, in denen breite Füße in verwaschenen, ehemals schwarzen Socken steckten, die sie in einer fremden Sprache ansprachen, herausgebellte, fordernde Worte, dabei hatte der eine nach Sara gegriffen. »Finger weg!«, hatte Julia ihn angebrüllt, ihm ihre gerade gekaufte Wasserflasche auf die Hand geschlagen und Sara weitergezogen.

»Wir kommen euch später besuchen«, hatte der Mann ihnen in gebrochenem Deutsch hinterhergerufen. Julia schien das gleich wieder vergessen zu haben, Sara jedoch war sich sicher, dass er es ernst meinte, und sie hatte nicht aufgehört, sich auszumalen, was er wohl mit ihnen anstellen würde. Die Bilder vermischten sich mit den Erinnerungen an Herrn Sebastian, und sie raubten ihr selbst das kleine bisschen Sicherheit, das sie empfand, wenn sie in der

Nähe von Julia war, Julia, die die Welt verstand und auf alle Fragen eine Antwort wusste.

Wie sollte es weitergehen? Julia, wie sie da lag auf dem fleckigen Bettlaken, wegen der schwülen Hitze nackt bis auf ihren Slip, würde sich so eine Frage wahrscheinlich gar nicht stellen, und wenn, dann nur, wenn sie die Antwort schon wusste. Die Beerdigung ihrer Oma fand übermorgen statt, und danach würde sie wieder nach Innsbruck zurückkehren. Im Grunde war Julias Reise nach Köln nur ein weiteres Abenteuer in ihrem Leben. Meine Eltern streichen mir die Erbschaft, wenn ich nicht ins Internat zurückgehe, hatte sie irgendwann beiläufig gesagt, aber Sara hatte die Worte nicht vergessen.

Was würde dann aus ihr, ohne Julia, vollkommen auf sich allein gestellt? Saras Magen rebellierte, fast musste sie sich übergeben. Es gab nichts und niemanden auf dieser Welt, an den sie sich wenden konnte, nichts außer dem Schwesternhaus und ihrem Vater, und bei dieser Auswahl schien das Schwesternhaus sogar noch die bessere Wahl zu sein. Doch die Strafen, die sie dort erwarteten, würden grausam sein, und der Herr Sebastian, da war sie sich sicher, würde sie nicht am Leben lassen, und seine Rache für den Schlag mit der Keule würde furchtbar sein. Nein, es gab für sie keine andere Möglichkeit, als sich fortan alleine durchzuschlagen, ohne Geld, ohne Heim, ohne Hilfe.

Wieder rebellierte ihr Magen. Dieses Mal konnte sie nichts dagegen tun. Sie erbrach sich in ihre Hände und erreichte die Toilette nur knapp, ehe der nächste Schwall aus ihr herausschoss. Julia stand plötzlich hinter ihr in der Tür.

»Hast du Angst, Sara?«, waren ihre ersten Worte, und am liebsten hätte Sara sie umarmt vor Glück. Jeder andere Mensch, zumindest jeder, den sie kannte, hätte sie mit bösen Worten, Vorwürfen, Häme und Wut bedacht. Julia jedoch verstand sie und fühlte mit ihr, wie jemand, der es gut mit ihr meinte. Oder nicht?

Julia raffte Saras Haare zu einem Zopf zusammen und hielt ihn fest, während Sara sich wieder und wieder übergeben musste. Wie sehr sie sich schämte! Sie versuchte, endlich mit dem Würgen und

Erbrechen aufzuhören. Tränen schossen ihr in die Augen, und sie hörte sich selbst mit furchtbar ängstlicher Stimme stöhnen.

»Alles gut, Sara, alles gut«, flüsterte Julia, legte einen Arm um ihre Schultern und zog sie hoch. »Beruhig dich, wir finden eine Lösung, okay?«

Oh, wie sehr wollte Sara ihr glauben!

»Atme durch. Konzentrier dich auf was Schönes. Was gibt es Schönes, hm? Erinnerst du dich, wie du gelacht hast, als du dein Kleid ausgezogen hast, auf der Wiese vor dem Bahnhof in Mittenwald?«

Ja, sie erinnerte sich, an dieses Gefühl, dass ein neues, ein wundervolles Leben für sie begann.

»Du hast gelacht, du warst glücklich. Konzentrier dich darauf.«

Sara nickte, ihr Atem ging schnell und flach, und eine Hitzewelle durchflutete ihren Körper. Julias Umarmung tat so gut. Sie schloss die Augen und überließ sich der Kraft, die von ihrer Freundin ausging. Ich will nicht zurück, wollte sie sagen, heraus kamen jedoch nur Geräusche, die sie selbst nicht verstand. Julia streichelte ihr über den Kopf.

»Wir finden eine Lösung«, sagte sie. »Irgendwas geht immer.«

21.

Die trockene Luft im Flugzeug machte ihm wie immer zu schaffen. Die hyaluronsäurehaltigen Augentropfen konnten nach inzwischen elf Stunden nicht mehr viel ausrichten, und seine Kopfhaut hatte zu jucken begonnen. Vom Hauttyp her war er einer, der zu Neurodermitis neigte. Im Winter plagte ihn die vom Heizen, im Sommer die von Klimaanlagen dehydrierte Luft. In unregelmäßigen Abständen wurde er dann von Juckattacken heimgesucht, auf seiner Haut bildeten sich kleine Bläschen, die, wenn er sie aufkratzte, nur noch schlimmer juckten. Hätte er nicht immer seine starke Kortisonsalbe dabei, würde er sich permanent blutig kratzen.

Bevor er den Douglas International Airport in Charlotte, North Carolina, betreten hatte, hatte er sich noch einmal die Positionen der Gesichtserkennungsscanner eingeprägt, eines der ganz wenigen gemeinsamen Projekte der NSA, der Homeland Security und der CIA. Die Scanner funktionierten nur hinreichend effektiv, wenn sie ein gerades Frontbild eines Gesichtes bekamen. Kannte man ihre Positionen, konnte man durch eine entsprechende Haltung des Kopfes die Trefferquote deutlich senken, mehr noch, wenn man eine Brille mit buntem, metallisch reflektierendem Gestell trug.

»Guten Flug, Mr. Barker«, hatte ihm der Sicherheitsbeamte gewünscht, der seinen gefälschten Reisepass gescannt hatte.

Für die bevorstehende Reise würde er nicht mehr Newt Andersen, sondern Jonathan Barker aus Saint Paul, Minnesota, sein, geboren am 7.5.1955 in Duluth. Der Vater war Minenarbeiter im Eisenerzbergbau bei der Oliver Iron Mining Company, die Mutter Kellnerin im Fast-Food-Restaurant John Schwables' Salty Dog, das schon vor zwanzig Jahren Konkurs gemacht hatte, seine Vorfahren stammten aus Deutschland und Großbritannien. Diese falsche Identität hatte er sich vor sechs Jahren zugelegt, noch kurz bevor er die CIA verlassen hatte. Entgegen dem, was die meisten Menschen dachten, war es selbst für die CIA nicht mehr ganz so leicht, eine sichere, belastbare falsche Identität zu konstruieren. Dazu gehörte eben nicht nur eine gültige Social Security Number, sondern vor allem eine nachvollziehbare Biografie, die einer eingehenden Prüfung standhielt.

Die beeindruckende Sammlung falscher Pässe in den Hollywoodfilmen um den zur Killermaschine umerzogenen Jason Bourne brachte ihn jedes Mal zum Schmunzeln. So einfach war es vor Jahrzehnten gewesen, heute jedoch gestaltete es sich wesentlich komplizierter, selbst in den USA, in denen es keine allgemeine Melde- und Ausweispflicht gab. Newt liebte die extrem schnell geschnittenen Jason-Bourne-Filme, und es war ihm ein kleines, persönliches Vergnügen gewesen, sich einen Tarnnamen mit denselben Initialen zuzulegen: JB.

»Eine kleine Erfrischung, Sir?«

Die Flugbegleiterin hielt ihm ein Tablett mit diversen Getränken hin, ihr schneller Blick streifte den Schweiß auf seiner Stirn. Das Glas mit dem fein perlenden Champagner lockte ihn sehr.

»Gerne, ein Bier, bitte«, erwiderte er. Bier war die bessere Wahl, Bier machte ihn müde, vielleicht konnte er die restliche Flugzeit einfach verschlafen. Die bequemen Sitze der First Class würden es ihm leicht machen, zumal der Platz auf der anderen Seite des Ganges frei geblieben war, er musste mit niemandem Konversation betreiben und konnte sich ganz auf sich selbst konzentrieren. Wenn er es schaffte, den Mahlstrom seiner Gedanken zur Ruhe zu bringen.

»Ein kanadisches Molson, ein Coors, ein bayerisches Weißbier?«, zählte sie die Marken auf, die schon auf dem Tablett bereitstanden. »Oder lieber ein anderes? Das ganze Angebot können Sie gerne der Getränkekarte entnehmen.«

»Ein Molson, bitte.« Eigentlich wäre ihm das bayerische Bier viel lieber gewesen. Was Bier betraf, waren die Deutschen sehr eigen, sie brauten immer noch nach dem Reinheitsgebot aus dem 16. Jahrhundert. Was für ein sympathischer Anachronismus in Zeiten alles gleichmachender Globalisierung. Aber ein Weißbier schäumte, es einzuschenken dauerte, und Newt wollte so schnell wie möglich seine Ruhe haben und nicht endlos lang mit der Flugbegleiterin small talken.

Er schloss seine Augen und tastete nach einem Gedanken, der angenehm war, der im guttat. Der letzte Urlaub, der Segeltörn auf Hawaii, seine ersten Versuche auf dem Golfgrün im Country Club of the Crystal Coast in Pine Knoll Shores, North Carolina, wo er sich kürzlich erst ein Haus gekauft hatte, Forrest Dunes Drive, direkt oberhalb des Strandes; oder seine Affäre mit der Frau eines früheren Kollegen bei der CIA, den er nie gemocht hatte und dessen Frau zu vögeln ihm noch einen zusätzlichen Kick verschafft hatte. Und schon war sein Ausflug in entspannte Welten vorbei. Die Agency, er wurde sie nicht los, wahrscheinlich würden seine Gedanken noch auf dem Totenbett dorthin zurückkehren.

Ronald Delaneys rüde Worte über die CIA ärgerten ihn immer noch. Weil sie den Nukleus seiner Wut und seiner Enttäuschung getroffen hatten. Die CIA an sich war gut, aber die Befehle und Vorgaben der Politik waren schlecht. Und das Allerschlimmste war: Es wäre ein Leichtes, all die Verleumdungen und ungerechtfertigten Anklagen zu entkräften, die aus Washington, von Journalisten und von allen sonstigen Besserwissern kamen. Doch dafür müssten geheimdienstliche Hintergründe enthüllt werden, und genau das war eben nicht möglich.

Einen großen Teil seines Lebens war für ihn die Agency das Wichtigste überhaupt gewesen, sie bedeutete ihm alles, er liebte den

Job, nicht zuletzt, weil der Dienst ihm in der schwersten Zeit seines Lebens rettenden Halt gegeben hatte. Nach seiner Zeit bei der Armee, damals gab es noch die allgemeine Wehrpflicht für alle jungen Männer, hatte er sich an der University of Michigan in Ann Arbor für Politikwissenschaft und Near Eastern Studies eingeschrieben, Letzteres nur weil er sich unsterblich in eine junge Orientalistikstudentin verliebt hatte, Vivienne Mansour war ihr Name, und er ihr so nah wie möglich sein wollte. Ihr Vater stammte aus dem Libanon, ihre Mutter aus Frankreich, und beide Einflüsse machten sie für einen einfachen Jungen aus der bodenständigen Bergarbeiterwelt Minnesotas zu etwas Aufregendem und Exotischem. Was hatte er nicht alles unternommen, um ihre Gunst zu erwerben! Sie schien auch keineswegs abgeneigt, nahm die eine oder andere Einladung an, zum Essen, zum Schlittschuhlaufen, ins Kino, manchmal saßen sie stundenlang am Ufer des Huron Rivers und unterhielten sich oder hingen einfach nur schweigend ab. Es waren die Siebzigerjahre, Ölkrise, Stagnation, Zweifel, ob die Welt sich je wieder genauso beschwingt drehen würde wie zu Flowerpower-Zeiten. Er hörte Hardrock von Led Zeppelin, sie Softsoul von Marvin Gaye, aber irgendwie passte es zusammen. Doch nach einem Jahr des Sehnens und Werbens beendete der Tourmanager ausgerechnet von Led Zeppelin seine Hoffnung jählings. Die Band spielte in Chicago, er hatte eine üble Erkältung und seine Eintrittskarte ihr überlassen. Große Lust hatte sie nicht gehabt auf das Konzert, fuhr aber trotzdem dorthin – und kehrte nicht mehr zurück. Sie hatte eine heiße Nacht mit dem Tourmanager verbracht, Liebe auf den ersten Blick sagte sie später, und begleitete ihn auf der Tour durch weitere dreiundzwanzig amerikanische Großstädte. Am Ende heirateten die beiden in Las Vegas, und sie folgte ihm nach London. Newt erfuhr davon nur durch Zufall, als er im Wartezimmer eines Arztes durch den *Rolling Stone* blätterte, in dem er eine Reportage über das Leben der Led Zeppelin Road- und Backstage-Crew fand. Der Artikel endete mit dem Foto des glücklichen Brautpaares.

Die Zeit danach war für Newt wie ein Drogenentzug, nichts

wollte ihm mehr gelingen, sein Leben geriet total aus den Fugen. Er spielte sogar mit dem Gedanken, Mönch in einem entlegenen Kloster zu werden, Tibet, Griechenland, Albanien, Jemen, vollkommen egal, Hauptsache einsam. Irgendwann war auch dieses Tief durchlebt, und zurück blieb nur das Gefühl, für die »normale Welt« nicht geschaffen zu sein, die, in der sich seine Kommilitonen tummelten, in der Sportler und Cheerleader aufeinandertrafen, in der Karrierepläne geschmiedet wurden, um sich früher oder später endlich ein Haus in Suburbia mit Doppelgarage und Swimmingpool zu leisten und dort mit BBQ-Abenden, Super-Bowl-TV und wachsender Fettschicht auf Bauch und Hüfte zuerst auf die Rente und dann auf den Tod zuzugleiten.

Es war irgendein Zufall, an den er sich nicht mehr genau erinnerte, irgendwann hielt er ein Papier von der CIA in den Händen, Abteilung Clandestine Service, Geheimer Dienst, kurz darauf wurde sie ins harmloser klingende Directorate of Operations umbenannt. »Alle Agenten, die zu unserem Eliteteam gehören wollen«, las er darin, »müssen bereit sein, undercover zu leben und zu arbeiten. Nur du kannst entscheiden, ob du zu dem Bekenntnis bereit bist, deine Arbeit vor allen anderen Menschen zu verheimlichen, Familienmitglieder eingeschlossen.« Warum das genau einen Nerv bei ihm traf, konnte er bis heute nicht sagen, vielleicht war es die weltliche Entsprechung für Ins-Kloster-Gehen. Noch am gleichen Tag organisierte er einen Termin bei der Personalabteilung der CIA und nahm einen Greyhound Bus nach Washington.

Ohne abgeschlossenes Studium geht bei uns nichts, hieß es dort. »Doch wenn Sie Ihre beiden begonnenen Studiengänge zu Ende bringen, vor allem den der Orientalistik, dann sind Sie bei uns richtig, in dem Bereich sind wir deutlich unterbesetzt.«

Es war dieses Gefühl, eine Mission zu haben, für ein höheres Ziel zu leben und zu arbeiten, was wie ein Turbo wirkte. Konzentriert und schneller als jeder andere zog er sein Studium durch, brachte es mit Bestnote zu Ende und saß wieder im Bewerbungsbüro der CIA, noch bevor der Stempel auf seinem Abschlusszeugnis trocken war.

Das Training und die Ausbildung waren hart. Körperlich entsprach es dem, was Newt in seiner militärischen Grundausbildung hatte lernen müssen, mental war es regelrecht brutal. Widerliche Bilder und Filme von Hinrichtungen, Morden, Vergewaltigungen gehörten genauso zum Programm wie ein Grundverständnis davon, was Folter notwendig machte und welche Methoden am effektivsten waren. Am Ende der Ausbildung galt es, sich zu entscheiden, ob man im Dauereinsatz im Ausland oder deutlich bequemer in der Heimatbasis in Washington, D.C., arbeiten wollte. Er musste keine Sekunde darüber nachdenken. Ein Bürojob kam für ihn nicht infrage. Er wollte vor Ort arbeiten, im Nahen Osten, wo amerikanische Politik immer schon große Schwierigkeiten hatte. Die Mentalität der Menschen dort war für Amerikaner nur schwer nachvollziehbar, und im direkten Kontakt sorgte das selbstbewusste Auftreten der US-Boys oft für große Probleme, die eine Operation unnötig erschweren konnten.

Sein erster Auftrag führte ihn damals nach Pakistan an die Grenze zu Afghanistan. Operation Cyclone, die längste und teuerste Aktion in der CIA-Geschichte, wie sich später herausstellen sollte. Eine Operation, die vom ersten Schachzug Mitte 1979 bis zu ihrem bitteren Ende zehn Jahre später alles enthielt, was die Arbeit für die Agency so frustrierend machen konnte. Er war als Analyst Teil des CIA-Teams, das den demokratischen Abgeordneten Charlie Wilson auf einer bizarren Mission unterstützen sollte. Gestartet wurde sie schon ein halbes Jahr zuvor, wieder einmal das beliebte CIA-Spiel: Sturz einer unliebsamen Regierung. In Afghanistan hatten Kämpfer der kommunistischen afghanischen Volkspartei in einem Staatsstreich, der sogenannten Saur-Revolution, die Regierung der Republik Afghanistan gestürzt und die prosowjetische Demokratische Republik Afghanistan installiert. Es war die Zeit des Kalten Krieges, und die USA wollten um jeden Preis verhindern, dass die Sowjetunion ihren Einflussradius vergrößerte. Das Foreign Office kam mit einer für amerikanische Politiker typischen Idee: In Afghanistan hatten sich islamistische Widerstandskämpfer zusammengeschlossen, die Mudschaheddin. Ihr Anführer war Gulbuddin Hekmatyar, ein übler Bursche, dem Töten Spaß zu machen schien, und einer ihrer entschiedensten Kämpfer war ein gewisser Osama Bin Laden. Warum also nicht diese antisowjetische Truppe direkt mit Waffen und Geld unterstützen?

Typisch an dieser Idee war die Fehleinschätzung, dass jemand, der gegen den Kommunismus kämpft, damit gleichzeitig für Demokratie nach westlichem Muster kämpft. Präsident Jimmy Carter startete, angefeuert durch den damaligen Sicherheitsberater Brzezinski, die geheime militärische Unterstützung der Mudschaheddin. Als dann ein halbes Jahr später die Russen als Antwort auf die gewaltig gewachsene Kraft der Widerständler in Afghanistan einmarschierten, hielt Carter es für nötig, die Mudschaheddin mit noch mehr Waffen zu beliefern. Eindringliche Warnungen von Newt wurden in den Wind geschlagen. Man schätzte zwar seine Arbeit, hielt ihn aber für zu jung und unerfahren. Für Newt jedoch war klar, dass die fundamental-islamischen Widerständler nach einem Sieg über die Russen, den er für höchstwahrscheinlich hielt, diese Waffen für ihre eigenen Zwecke einsetzen würden, und die hatten nichts mit Demokratie zu tun. Sie wollten einen islamischen Gottesstaat schaffen, der stark genug war, um sowohl den Sowjets als auch allen westlichen Einflussnahmen zu widerstehen.

Newt hatte die Geschichte des Islam und dessen Machtkämpfe im Lauf der Jahrhunderte aufmerksam studiert. Für ihn bestand kein Zweifel, dass sich das US-Engagement niemals auszahlen und letztendlich zur Errichtung eines radikal-islamischen Staates führen würde.

Was hatten sie im Sicherheitsrat über seine Analysen gelästert! Immerhin hatte sein Führungsoffizier sie dort als eines von mehreren Szenarien vorgetragen. Brzezinski kanzelte sie jedoch sofort ab. »Was ist für die Weltgeschichte wichtiger?«, fragte er. »Die Taliban oder der Zusammenbruch des Sowjetimperiums? Ein paar aufgeputschte Moslems oder die Befreiung Mitteleuropas und das Ende des Kalten Krieges?« Eine Diskussion fand nicht statt, alle fanden

den Gedanken, dass ein paar Sandalen tragende Kaftanträger irgendwann eine Gefahr für die USA darstellen könnten, geradezu lächerlich. Mangelhafte Analyse, hinsetzen! Newt war geschockt, er fand seine Argumente stichhaltig und …

Eine Berührung an seinem Oberarm. Kühle, trockene Luft, Triebwerksgeräusche, eine Stimme an seinem Ohr, er musste husten, seine Kehle war knochentrocken. Als er die Augen aufschlug, sah er in das alarmierte Gesicht der Flugbegleiterin.

»Sir? Geht es Ihnen gut?«

Erst jetzt bemerkte er den kalten Schweiß auf seiner Stirn und wie er über sein Gesicht hinunterperlte. Er antwortete nicht sofort, räusperte sich. »Ich hatte einen Albtraum.«

Ihr Gesicht zeigte großen Zweifel. Wahrscheinlich nahm sie an, dass er von irgendeiner ansteckenden Krankheit infiziert war.

»Ich, äh«, Newt versuchte glaubhaft zu stammeln, »meine Frau ist gerade erst gestorben, verstehen Sie?«

Ihre Gesichtszüge wurden weich. »Oh, das tut mir sehr leid. Kann ich etwas für Sie tun? Möchten Sie noch etwas trinken?«

Newt nickte. »Einen Tomatensaft?« Er lächelte sie an. »Den Klassiker auf Langstreckenflügen.«

Sie lächelte zurück. »Gerne. Ich bin gleich wieder bei Ihnen.«

Die Zurückweisung im Zusammenhang mit Operation Cyclone, das Abschmettern all seiner Analysen und Warnungen hätte er längst vergessen, immerhin lag das alles weit über dreißig Jahre zurück, wenn er nicht wieder und wieder ähnliche Erfahrungen hätte machen müssen. Wie oft hatte er Dossiers geschrieben, die auf die islamistische Gefahr aufmerksam machten – keines davon hatte wirklich etwas bewegt. Politik ist so, hieß es immer bei der Agency, wir von der CIA sind nur eine von mehreren Stimmen, die sich in Washington Gehör verschaffen wollen.

Schon in den beginnenden 1990er-Jahren verdichteten sich für Newt die Hinweise, dass islamistische Terroristen einen Bombenanschlag im Herzen von New York City planten. Es gab sehr viele, teils filigrane Informationen, die allerdings nur schwer in einer Analyse zu bündeln waren. Sein Abteilungsleiter, Gerrit Bell, wollte sich damit nicht an den Sicherheitsausschuss wenden.

Cry wolf, war sein Standardsatz, eine Anspielung auf das Märchen »Der Schäfer und der Wolf«, wenn wir zu viele Warnungen rausgeben, werden die wesentlichen möglicherweise nicht mehr geglaubt.

Das genaue Ziel und den Zeitpunkt der Attacke konnte Newt nicht verifizieren. Bis er von einem Ägypter namens Emad Salem erfuhr, der vom FBI als Spitzel bezahlt wurde. Fast genau ein Jahr bevor die Bomben in der Tiefgarage des World Trade Centers explodierten, lieferte Salem dem FBI die wesentlichen Einzelheiten des Anschlags, sogar den Namen des Drahtziehers dahinter, Sheikh Abd ar-Rahmān. Diese Information zusammen mit seinem eigenen Material war für Newt eine zwingende Aufforderung, sofort zu handeln. Unter Umgehung seines Vorgesetzten Gerrit Bell informierte er das FBI, um an einer gemeinsamen Strategie zu arbeiten. Und was tat das FBI? Es erklärte Emad Salem aufgrund von, im Nachhinein betrachtet, fadenscheinigen Hinweisen des ägyptischen Geheimdienstes zum Doppelagenten und bewertete alle seine Informationen als gezielte, wertlose Desinformation. Newts über Jahre gesammelte Erkenntnisse wischten sie vom Tisch, »da hört einer vom CIA wieder mal das Gras wachsen«. Newt bekam einen Vermerk in der Personalakte: eigenmächtiges Handeln, sollte sich Ähnliches wiederholen, würde er sofort aus der CIA unehrenhaft entlassen.

Und dann, mittags, am 26. Februar 1993, explodierte die Siebenhundert-Kilo-Bombe in der Tiefgarage unter dem World Trade Center, sechs Menschen starben, über tausend wurden verletzt. Die Täter waren islamistische Fundamentalisten einer Gruppe, deren geistiger Führer ebenjener Sheikh Abd ar-Rahmān war, und unterstützt wurden sie von der Terrorgruppe Al Qaida, die sich aus eben jenen Mudschaheddin herausgebildet hatte, die die USA mit ihrer Operation Cyclone überhaupt erst stark gemacht hatte. Ihr Anführer: Osama Bin Laden.

Nach diesem Anschlag war sich Newt sicher, dass die Politiker in Washington auf ihn hören würden. Und sie taten es, er wurde hofiert und befördert, genauer gesagt bekam er die Stelle von Gerrit Bell, der Eintrag aus seiner Personalakte wurde entfernt, und er erhielt weitreichende Befugnisse und Gelder, um noch effektiver Informationen sammeln zu können.

Was er tat. Für ihn war absolut sicher, dieser Anschlag war erst der Anfang eines Krieges, in dem Schiffe, Panzer und Raketen nicht viel wert waren. Die Mudschaheddin hatten mit ihren Nadelstichattacken und ihrer Beharrlichkeit die hochgerüstete sowjetische Armee terrorisiert und demoralisiert, sie hatten Afghanistan mit ihren Kalaschnikows, mit Sprengstoff und mit Märtyrereinsätzen von den sowjetischen Besatzern befreit. Sie hingen nicht am Leben, der Tod war für sie die Abkürzung ins Paradies. Und dieser neue Mann an der Spitze von Al Qaida, dieser intelligente, sanft wirkende Islamist namens Osama Bin Laden, war ein Stratege, er war anders als die meisten islamistischen Anführer. Unmittelbare Gewalt bereitete ihm keine Genugtuung. Er war wie ein Langstreckenläufer und agierte wie ein guter Schachspieler, der still, klug und mit Geduld darauf hinarbeitete, nach einem undurchschaubaren, wechselvollen Spiel als Letzter »Schachmatt!« zu sagen.

Newt hatte ein Gefühl für ihn entwickelt, für seine Weitsicht und seine glaubensbasierte Kraft. Und Bin Laden enttäuschte ihn nicht. Umtriebig suchte der Terrorist Gleichgesinnte, im Libanon, in Ägypten, in Somalia, in Kenia, getrieben von dem Gedanken, dass die USA einen antiislamischen Kreuzzug begonnen hatten, den zu bekämpfen heilige Pflicht aller Moslems sei: Dschihad als Selbstverteidigung des Islam gegen die westliche Welt. Doch obwohl in der Folge Hunderte Anschläge weltweit auf das Konto von Al Qaida gingen, sah die amerikanische Politik und Öffentlichkeit darin nur etwas, was »da draußen« stattfand, in einer Welt, über die die meisten Amerikaner sehr wenig wussten und die sie kaum interessierte.

Newt war sich sicher, dass das für Bin Laden eine große Kränkung bedeutete, er hielt ihn für eitel und geltungssüchtig und getrieben von dem Wunsch, den großen, unbesiegbaren USA eine ähnlich empfindliche Niederlage zuzufügen wie seinerzeit der Sowjetunion in Afghanistan und seinen Erzfeind ins Mark zu treffen, dort, wo es wirklich wehtat, und auf eine Weise, die seinen Namen und seinen Dschihad ins geradezu Monströse aufblähte.

Eine Zeit lang sah es so aus, als wollte Bin Laden sein Ziel mit einer sogenannten schmutzigen Bombe erreichen, einem konventionellen Sprengsatz, dem hochgiftiges, hochradioaktives Plutonium beigemischt wird und der in einem möglichst dicht besiedelten Gebiet gezündet wurde. Doch die Versuche, an genügend Plutonium zu kommen, schienen nicht sehr erfolgreich zu sein, möglicherweise bekamen seine Leute auch den schwierigen Umgang mit der gefährlichen Substanz nicht in den Griff, jedenfalls gab es nach einer gewissen Zeit keine Erkenntnisse mehr über weitere Beschaffungsversuche.

Und dann mehrten sich die Hinweise, dass eine große Anschlagserie islamistischer Selbstmordattentäter in Vorbereitung war. Newt schrieb auf Basis der Informationen, die von CIA-Agenten zusammengetragen wurden, Dossiers und Analysen, vieles war noch unklar und diffus, aber die Richtung war eindeutig, für ihn zumindest: Al Qaida war dabei, den alten Plan von Ramzi Yousef aufzugreifen, entführte Flugzeuge in empfindliche Ziele auf amerikanischen Boden zu lenken. Doch trotz aller Vorkommnisse der Vergangenheit, trotz des dokumentierten Versagens der Geheimdienste und des FBI, unterschätzten die Politiker in Washington erneut die Brisanz der Situation und der Analysen. Die amerikanische Krankheit nannte Newt es immer, dieses überhebliche Gefühl, unantastbar und unbesiegbar zu sein. Der Fisch stinkt vom Kopf her, der damalige Präsident George W. Bush und seine engsten Mitarbeiter waren an selbstgefälliger Arroganz kaum zu überbieten, und diese Haltung zog sich durch alle sicherheitsrelevanten Institutionen. Newt tat, was er konnte. Als Abteilungsleiter hatte er keinen direkten Zugang zum Präsidenten, umso wichtiger waren die Tageskurzberichte, die jeder Präsident täglich als Zusammenfassung der aktuellen Erkenntnisse aller Geheimdienste bekam. In klaren, unmissverständlichen Worten beschrieb Newt das Szenario der drohenden Anschläge. Vergeblich.

Als die beiden Flugzeuge das World Trade Center am 11. September 2001 durchbohrten und kurz darauf die beiden majestätischen Türme in sich zusammensackten, begann Newts innere Emigration. Agent bei der CIA zu sein war für ihn fortan nicht mehr das Richtige, um seinem Land zu dienen. Sein Land unterschätzte die Ausdauer und Kreativität der Islamisten. Und es sah nicht die Gefahr, die vom Islam als Religion ausging. Allen Blöcken dieser Welt, den Russen, den Chinesen, auch den so friedfertig auftretenden Europäern ging es darum, Macht zu haben, Einfluss zu gewinnen, die Welt in ihrem Sinne zu gestalten. Letztlich jedoch wollten sie alle ein funktionierendes System unter den Großmächten, in dem sie selbst die Stärksten waren. Für Islamisten hingegen war die Welt nur ein Sprungbrett ins Paradies, für die zählten keine Verabredungen, keine Verträge, kein Nebeneinander, für die gab es nur den Sieg des Islam oder den Tod. Aus Newts Sicht waren Islamisten die Speerspitze des immer schon nach der Weltherrschaft strebenden Islam, sie waren das selbst ernannte mobile Einsatzkommando aller Moslems. Und irgendwann würden sie von einer Minderheit zu einer Mehrheit werden.

Newt fühlte sich unwohl, ein flatterndes Gefühl hatte sich in seinem Magen ausgebreitet, seine Atemfrequenz hatte sich beschleunigt, seine Stirn fühlte sich wie versteinert an, als wären die Falten darauf auf ewig eingegraben. Er versuchte seine Augen zu öffnen, die Augenlider waren verklebt, er riss sie auf, presste sich die Finger gegen die Schläfen, um ein wenig von dem inneren Druck abzuleiten. Vor ihm stand der Tomatensaft und leuchtete rot, zuerst hielt er ihn für eine optische Täuschung. Kühl war er nicht mehr. Wie viel Zeit war vergangen, seit die Flugbegleiterin ihn dort hingestellt hatte? Der Monitor in der Rücklehne des Sitzes vor ihm zeigte die Position des Flugzeugs. *Lufthansa LH429, Charlotte NC – Munich, Germany, Arriving in 22 Minutes, local time 9:11.*

Wenn er alles zusammenrechnete, Gepäck und Mietauto abholen und die Fahrt vom Flughafen zum Kloster St. Gregor, dann würde er in vielleicht fünf oder sechs Stunden dort sein. Unterwegs würde er deutsches Radio hören, um sich wieder an die Sprache zu gewöhnen. Über sein Vorgehen vor Ort musste er sich keine Gedanken machen. Er würde alles tun, um herauszufinden, was geschehen und wie es zu bewerten war. Fakten sammeln und analysieren, rational und mit mathematischer Präzision, und falls am Ende der leiseste Zweifel bestand, würde er die Aktion abbrechen und alle Mitwisser beseitigen. Im Grunde gehörte dazu auch Jack Vanderbilt. So wie er auf den Plan reagiert hatte, bestand große Gefahr, dass er nicht dichthalten würde, sowohl wenn er erfolgreich ausgeführt wurde, als auch wenn er scheiterte. Über Ronald Delaney hingegen machte er sich keine Sorgen. Im Gegenteil. Delaney hatte ihn gestern in Turner Manor gebeten, ihn bis zu seinem Auto zu begleiten, sehr zum Missfallen von Vanderbilt, und hatte ihm ein Handy mit den Worten zugesteckt: »Es ist abhörsicher, falls Sie auf Ihrer Reise zu Ihrer Mutter noch wichtige Dinge mit mir besprechen wollen. Ich besorg mir heute noch ein neues, die Nummer bekommen Sie als Text Message.« Und bevor er losfuhr, ließ er die Scheibe herunter. »Die Verschlüsselung ist nicht zu knacken, auch für euch CIA-Jungs nicht. Den Standort kann man allerdings orten.« Er legte sein freundlich-süffisantes Grinsen auf. »Im Ausland würde ich zum Beispiel nur über ein sicheres WLAN telefonieren.«

Newt sah ihm hinterher. Diesen alten Haudegen durfte er ums Verrecken nicht unterschätzen. Delaney wusste genau, dass der Anruf vorhin nicht von Newts Mutter gekommen war. Mit Sicherheit hatte er sich zusammengereimt, dass Newt während einer derart wichtigen Unterredung nur gestört werden wollte, wenn sich etwas äußerst Dringendes ereignete, was mit ebendieser Unterredung zu tun hatte. Und Newts umständliche Begründung, wie beschwerlich und langwierig der Weg nach Shoshoni, Wyoming, war, hatte Delaney ebenfalls richtig gedeutet, und mit seinem Hinweis aufs Telefonieren im Ausland hatte er klargemacht, dass er von Newt nicht für dumm verkauft werden wollte. Er war ein Verbündeter, wenn auch nur auf Zeit, das war Newt absolut klar. Delaney war keiner, den man dauerhaft vor seinen Karren spannen konnte. Das war auch nicht nötig. Unterstützte er diese Operation, dann hatte Newt sein Ziel erreicht. Danach würden ohnehin die Politiker und vor allem die Generäle übernehmen. Und in dieser Welt war Delaney zu Hause, dort würde er dafür sorgen, dass die Dinge ihren richtigen Lauf nahmen.

Newt fand es außerdem noch bemerkenswert, dass Delaney ihn nicht vor Vanderbilt bloßgestellt hatte. Der Grund lag auf der Hand: Delaney wusste genau, dass auf den Kopf der Caring Christians kein hundertprozentiger Verlass war. Wenn sich irgendwo eine kleine Lücke zeigte, würde Vanderbilt alles daransetzen, diese Lücke zu vergrößern, um die Aktion doch noch zu vereiteln, und sei es nur aus verletzter Eitelkeit, weil Newt so lange eigenmächtig gehandelt hatte. Aber Newt hatte vorgesorgt, falls Vanderbilt Schwierigkeiten machte. Er kannte dessen Routinen und Gewohnheiten sehr genau, ein Auftragsmörder würde leichtes Spiel haben, ihn, zuverlässig und ohne Spuren zu hinterlassen, ins Jenseits zu befördern.

22.

Die UTS schnurrte sanft, Carl ließ sich Zeit, fuhr nicht schneller als dreißig Stundenkilometer. Zu viele Gedanken. Lena. Konnte er ihr vertrauen? Er konnte das Bild nicht vergessen, wie sie sich mit den beiden Frauen verhalten hatte: sehr vertraut und freundschaftlich, verschwörerisch und nicht wie jemand, der ermittelte. Wieso war er so misstrauisch? Wieso hielt er sie eher für gerissen und hinterhältig als für eine gute Polizistin, eine, die einfach nur versuchte, die Wahrheit herauszufinden? Warum? Weil sie Türkin war? Wenn er ehrlich war, war das der Grund. Plötzlich kam er sich engstirnig und, ja, verbittert vor. Und sofort meldete sich die andere Stimme. Es gab sie ja, die muslimischen Schläfer, die sich mit strategischer Weitsicht unauffällig verhielten, die ihre Radikalität gut verbargen und sich in aller Stille auf ihr eigentliches Ziel vorbereiteten. War sie zur Polizei gegangen, um in aller Ruhe – ja, was? Lächerlich, was sollte das sein?

Dellbrücker Hauptstraße. Schon fast am Ziel. Irgendetwas war anders, er bekam es nicht zu fassen. Erst als er in die Zeusstraße abbog, wurde es ihm bewusst: Das erste Mal, seit er die Observation begonnen hatte, hatte er die Kreuzung Kalker Hauptstraße und Teutonenstraße passiert, ohne an seine Tochter zu denken, ohne sie zu vermissen. Fast erschien es ihm wie ein Verrat, so als hätte er sie aufgegeben. Anna, er konnte jederzeit Bilder von ihr abrufen, allerdings waren das Bilder aus der Vergangenheit. Inzwischen waren mehrere Monate vergangen, seit er sie das letzte Mal gesehen hatte, Kinder verändern sich rasend schnell.

Lass es, Carl, nicht weiter nachdenken. Kümmer dich nur um dein Ziel, fokussier dich, wenn alles gut geht, wirst du Anna wieder in deine Arme schließen dürfen.

Er warf einen Blick in den Rückspiegel, zum hundertsten Mal. Keine Spur von seinem geheimnisvollen Verfolger. Heute kamen ihm seine Observationen auf dem sonnendurchglühten Dach noch lächerlicher vor als gestern. Die letzten sechs Monate waren wie ein Albtraum gewesen, und seine einzige Antwort darauf war dieses irrsinnige Spiel: rauf aufs Dach, beobachten, auf irgendetwas hoffen, am Nachmittag wieder runter, nach Hause fahren mit dem Gefühl, etwas unternommen zu haben. Eine Beschäftigungstherapie, weil ihm nichts Besseres einfiel. Er war kein Kriminalbeamter, nur ein einfacher Streifenpolizist, was wusste er schon darüber, wie man effektiv ermittelte.

Er passierte das Teehaus »gelecek« und warf einen Blick hinein. Sehen konnte er Meti nicht, und doch bildete er sich ein, ihn zu spüren, wie er hinten im Halbdunklen saß, alles im Blick und alleine, seine Handlanger weit genug von sich entfernt, dass sie nicht mitbekamen, was er in sein Telefon flüsterte. Heute hatte Carl das erste Mal das Gefühl, dass ihn sein Sturzhelm nicht davor schützte, erkannt zu werden. Blicke verfolgten ihn, und auch wenn sie ihn wieder losließen, meinte er, darin ein Erkennen zu sehen.

Du wirst verrückt, Carl, lass es, hör auf, dich abzulenken.

Er bog in die Wallstraße ein und schob seinen Roller ins Gebüsch. Regungslos hockte er da, wartete und beobachtete länger als sonst die Umgegend. Keine Spur von dem muskulösen Mann. Nichts tat sich. Außer ein paar Jungs, die auf ihren Bikes vorbeifuhren, zeigte sich keine Menschenseele. Am Himmel hatten sich grellweiße Wolken gebildet, möglicherweise Vorboten eines Gewitters. Dazu passte auch die unerträgliche Schwüle. Wenigstens würde er auf dem ungeschützten Dach nicht ununterbrochen von praller Sonne gegrillt.

Zwanzig Minuten später hangelte Carl sich die Regenrinne hinauf. Immerhin hatte er dieses Mal eine große Flasche Wasser dabei, und eine Baseballkappe und eine Sonnenbrille schützten ihn vor der Sonne.

Same procedure as every day, das »Dinner for One« auf Türkisch, Kemal, der betete, Fati, der betete und vögelte. Angeekelt schloss Carl die Augen, er wollte das alles nicht mehr sehen. Was er hier tat, war Schwachsinn und diente allein dem Zweck, nicht durchzudrehen.

Scheiß drauf, es *ist* Zeit, durchzudrehen! Du gehörst nicht mehr dazu, es gibt die Welt da draußen und es gibt dich, Arschloch! Niemand will dich, also hör auf, dich darum zu bemühen, wieder dazuzugehören! Vergiss Kemal und Fati, schnapp dir diesen Wichser Meti Arslan einfach und prügel aus ihm heraus, warum der Junge sterben musste.

Es war kein Luftzug, kein Geräusch, keine Berührung. Und doch spürt Carl jemanden hinter sich, und noch bevor er sich umsehen kann, ist ein Mann neben ihm. Auf seinen Ellbogen robbt er sich nach vorne zum Rand des Daches. Enges T-Shirt, Jeans, sein Gesicht wird vollständig von einer Sturmhaube verdeckt, wie sie SEK-Polizisten tragen. In seinen Händen ein langes Scharfschützengewehr, sandfarben, mit Schalldämpfer und Zielfernrohr. Er wendet Carl den Kopf zu und tippt sich grüßend an die Schläfe. Die Augen kommen Carl nicht bekannt vor, aber den Körper erkennt er wieder, athletisch und durchtrainiert. Der Mann aus dem Hauseingang. Ohne sich um Carl zu kümmern, legt er an, zielt auf das gegenüberliegende Haus und schießt. Ein dünnes Ploppen, ein leichtes Fauchen, mehr nicht. Der Mann hebt die leere Patronenhülse auf und robbt rückwärts. Carl ist zu überrascht, um zu reagieren.

Plötzlich der Schrei einer Frau, ein Schrei voller Entsetzen und Angst. Carl reißt sein Fernglas hoch. Fati liegt reglos auf seiner Frau. Aus seinem Kopf strömt Blut, das sich über sie ergießt und auf dem Kopfkissen ausbreitet. Sie schreit und windet sich hin und her, um den Körper ihres Mannes abzuschütteln.

Carl dreht sich um. Der Mann hat das Gewehr zerlegt und schiebt die einzelnen Teile in seinen Rucksack. »Der zweite Kerl gehört dir«, sagt er und sprintet davon. Seine Bewegungen wirken leicht und entspannt, fast ballettartig.

Carl dreht sich wieder zurück. Fatis Frau gelingt es, sich zu befreien. Sie rennt zum Fenster, schreit hinaus. Menschen unten auf der Straße starren zu ihr hinauf. Sie ist blutüberströmt, ein grotesker Anblick, unwirklich. Kemal stürzt hinaus auf die Terrasse, beugt sich über die Brüstung, brüllt die Frau an. Türkisch, Carl versteht kein Wort, ist sich aber sicher, er fordert sie auf, mit dem Geschrei aufzuhören und zu sagen, was passiert ist. Tatsächlich beruhigt sich die Frau etwas, Worte fliegen hin und her. Kemal blickt herüber. Durch sein Fernglas sieht Carl, wie Kemals Augen sich direkt auf ihn richten. Erst jetzt bemerkt er, dass er seine Deckung aufgegeben hat. Kemal brüllt hinunter auf die Straße, die Männer dort unten starren zu Carl herauf, sind unschlüssig, was sie tun sollen. Kemal rennt in seine Wohnung. Carl robbt zurück und springt auf. Hat Kemal ihn erkannt? Hinter der Sonnenbrille, unter der Baseballkappe, die er sich tief in die Stirn gezogen hat? Mit seinem grauen, flatterigen Poloshirt, seiner bulky Jeans? Nein, unmöglich.

Carl rennt die Treppen hinunter, vier, fünf Stufen auf einmal, hangelt sich auf den Fenstersims hinaus und rutscht das Regenrohr hinunter. Er sieht, wie die ersten Männer vorsichtig um die Mauerecke peilen. Sie sehen, dass er keine Waffe in der Hand hält, und rennen los. Jetzt sind sie nicht mehr ängstlich, sondern wütend.

Das Kettenschloss. Es klemmt, es hat noch nie geklemmt, warum jetzt? Endlich drehte sich der Schlüssel. Carl lässt es fallen, nur weg. Nein, sie werden es finden, mit seinen Fingerabdrücken. Werden die Türken überhaupt die Polizei rufen? Sie werden, ein Mord, der so viel Aufmerksamkeit erregt hat, lässt sich nicht verheimlichen, selbst von Meti in seinem Viertel nicht. Carl springt ab, packt das Schloss, schließt es, legt es sich um den Hals, startet den Roller. Der Motor heult auf. Carl wirft sich auf den Sitz, gibt Gas, ohne sich umzudrehen. So wenig wie möglich von seinem Gesicht zeigen. Eine Hand packt ihn am Hemd. Er krallt sich am Lenker fest, wirft seinen Körper nach vorne. Der Roller schlingert, die Hand lässt nicht los, versucht, ihn hinunterzureißen. Der Roller gewinnt an Fahrt, der Mann läuft mit. Carl hört, wie er stolpert, und dann lässt er los, stürzt zu Boden. Ein Stein trifft Carl am Rücken, der Schmerz nimmt ihm für einen Moment den Atem. Dann ist er zu weit weg für weitere Steinwürfe. Er passiert ein parkendes Auto. Aus dem Augenwinkel sieht er, wie dessen Seitenscheibe neben ihm zerplatzt. Er hört den Schuss. Kemal? Er zwingt den Roller in eine Schlangenlinie, kämpft um sein Gleichgewicht. Weitere Schüsse krachen in sehr kurzen Abständen.

Sechs, sieben, acht. Eine Kugel trifft den Windschutz, der Roller schlingert, rutscht zur Seite weg. Carl springt ab, schafft es, nicht zu stürzen. Der Motor säuft ab. Er zerrt den Roller wieder hoch, sieht, wie Kemal lossprintet und im Lauf das Magazin wechselt. Er tritt den Anlasser, zweimal, dreimal. Mehrere Schüsse, er wird nicht getroffen, Kemal hat sie im Laufen abgegeben. Auf die UTS ist Verlass, Gott sei Dank. Der Motor springt an, Carl wirft sich auf den Sitz und gibt Vollgas, den Oberkörper tief nach vorn gebeugt. Vor ihm ein parkender Lkw. Er schwenkt vor ihm ein, nutzt ihn als Deckung. Der frisierte Motor kommt jetzt richtig auf Touren, fünfzig, sechzig Stundenkilometer. Carl fährt nur noch geradeaus. Für eine Pistole ist die Distanz inzwischen zu groß, nur ein unglaublicher Zufall könnte jetzt noch eine in eine ballistische Bahn geschossene Kugel ihr Ziel finden lassen. Carl sieht sich um. Der Türke steht breitbeinig da, die Arme gestreckt, die Waffe mit beiden Händen haltend. Carl sieht das Mündungsfeuer, er hört den Schuss deutlich später, mehr als eine Sekunde, mindestens vierhundert Meter liegen zwischen ihnen. Er ist außer Gefahr.

Links unbebautes Gelände und nach ein paar Hundert Metern eine kleine Stichstraße, die über die Schienen zur Grafstraße führt. Die Schranken sind unten, aber sie sperren nur eine Hälfte der Straße ab. Carl kurvt auf die andere Seite und biegt nach links ab. Er will sich zur Ruhe zwingen, es geht nicht. Seine Hände zittern, ihm ist kalt. Es ist ein Fluch. Es *muss* ein Fluch sein. Der zweite Mensch, der vor seinen Augen erschossen wird. Aus dem Nichts. Ohne Grund. Nein, das stimmte nicht. Es musste einen Grund geben, einen, der etwas mit ihm zu tun hatte – nur hatte er nicht den Hauch einer Ahnung, welcher.

Er fuhr zu schnell, viel zu schnell. Tempo drosseln, an die Verkehrsregeln halten, nicht auffallen.

Kemal wird ihn verfolgen, er wird alle Männer in der Zeusstraße mobilisieren. Wonach werden sie suchen? Nach einem Mann in Jeans und grauem Hemd mit einer New-York-Yankee-Baseballkappe. Bei nächster Gelegenheit warf er die Kappe auf die Ladefläche eines Lasters und stoppte, um seinen Sturzhelm überzuziehen. Was ihn am ehesten verraten konnte, war der Roller. Eine Rex UTS sah zwar unspektakulär aus, war aber nur selten auf den Straßen zu sehen. Es war besser, sie sofort loszuwerden.

Am Wiener Platz bog Carl in den Bergischen Ring ein, die nächsten zwei Kilometer ging es nur geradeaus. Der Himmel sah jetzt noch bedrohlicher aus. Am Horizont hatten sich schwarze Wolken aufgetürmt, in denen es wetterleuchtete. Wenn er Glück hatte, entlud sich das Gewitter weiter entfernt und erreichte die Stadt nicht. Jetzt erst kam bei Carl die Reaktion, die er schon die ganze Zeit erwartet hatte: Er zitterte am ganzen Körper, Schweißausbrüche und Kältewellen zogen abwechselnd über seine Haut, er hatte Mühe, den Lenker festzuhalten. Fati war ein Mörder, er hatte es verdient, verdammt noch mal! Trotzdem. Fatis Frau ging ihm nicht aus dem Kopf. Welches Gefühl würde bei ihr zurückbleiben, nach dem Entsetzen, nach der Angst? Wusste sie, was für ein mieser Kerl ihr Mann gewesen war? War er ihr verhasst? War er ihr gleichgültig? Hatte sie ihn geliebt? Spielte das eine Rolle?

Carl schlug mit der Hand auf den Lenker, was machte er sich hier für bescheuerte Gedanken? Jetzt ging es um sein Leben, alles andere war unwichtig. Selbst wenn Kemal ihn nicht erkannt hatte, würde er ihn sehr schnell als wahrscheinlichen Täter in die engere

Wahl ziehen, er würde ihm irgendwo auflauern oder bei ihm zu Hause auftauchen und ihn mit allen Mitteln unter Druck setzen.

Warum, zur Hölle, hatte dieser Unbekannte Fati erschossen? Hatte er es unabhängig von Carl auf den Türken abgesehen? Aber wieso hatte der Unbekannte Carl beobachtet, vielleicht schon sehr lange, ohne dass es Carl aufgefallen war? Und was hatte er gestern Abend bei ihrem kurzen Aufeinandertreffen gesagt?

Vielleicht pass ich auf, dass dir nichts zustößt? – Ich kann für mich selbst sorgen, ich brauche keinen Aufpasser. – Einen Aufpasser nicht, aber vielleicht einen Unterstützer.

Unterstützen wofür, wobei, warum? Der Mord an Fati war eine geplante Aktion. Carls Gedanken überschlugen sich, wurden immer absurder. »Sphere – Die Gedanken des Bösen«, ein Hollywoodfilm, den er vor Jahren einmal gesehen hatte. Wissenschaftler in einer Tiefseestation werden von riesigen Wesen angegriffen, die sie durch ihre eigenen Gedanken, durch ihr Unterbewusstsein überhaupt erst erschaffen haben. Wie oft hatte er selbst in den letzten Monaten darüber fantasiert, Kemal und Fati für ihren eiskalten Mord zur Rechenschaft zu ziehen?

Hör auf damit, beschwor er sich, hör sofort auf damit. Logik, das war das Einzige, was ihm weiterhelfen würde. Und logisch war jetzt zuerst einmal, den verdammten Roller verschwinden zu lassen.

Er erreichte den Deutzer Rheinhafen, überquerte die kleine Drehbrücke, bog rechts ab auf die Poller Wiesen, folgte dem Fußweg auf der spitzen Landzunge, die genau unter der Severinsbrücke endete. Hier war niemand weit und breit, es war dunkel, und über ihm lärmte der Autoverkehr. Carl bugsierte den Roller ans Ufer, stieg ab, warf das Kettenschloss und den Sturzhelm ins Wasser. Das kleine Nummernschild hinten am Roller wurde nur noch von einer Schraube gehalten und ließ sich ohne Probleme abhebeln. Wie einen Frisbee schleuderte er es weg, es kreiselte durch die Luft und stürzte mit einem zischenden Geräusch zwanzig Meter vom Ufer entfernt ins Wasser. Carl stellte sich neben den Roller, gab Gas und ließ die Bremse los. Die UTS machte einen Satz nach vorn und klatschte ins Wasser. Wie er erwartet hatte, hielten die zahlreichen Hohlräume der Karosserie und die Luft in den Reifen sie noch eine Weile über Wasser. Von der Strömung gepackt, dümpelte der Roller davon und versank langsam im schmutzig braunen Rheinwasser.

Carl nahm ein Taxi, obwohl er sich das eigentlich nicht leisten konnte. Schon der Gedanke, im Bus zwischen fremden, unbekannten Menschen eingepfercht zu sein, verursachte bei ihm Panik. Er wollte so schnell wie möglich nach Hause, da war seine Pistole, da konnte er die Tür abschließen, da fühlte er sich einigermaßen in Sicherheit.

Wieder tauchten die verdammten Bilder vor seinem inneren Auge auf. Der Unbekannte hatte eine unglaubliche Akribie an den Tag gelegt. Jeder Griff saß, jede Bewegung war perfekt einstudiert. War er Polizist? SEK? Gut möglich. Nur das Gewehr, das er benutzt hatte, passte nicht. Ein langläufiges Präzisionsgewehr mit aufwendiger Zieloptik, Schalldämpfer und V-Stütze, senffarben, metallischroh, aufs Wesentliche reduziert, wie eine futuristische Waffe aus einem Science-Fiction-Film. Er zog sein Smartphone hervor und scrollte durch die Bilder, die Google ihm nach der Eingabe »Präzisionsgewehr« auflistete. Die Vielfalt der gezeigten Waffen war erdrückend, viele der Firmennamen waren ihm unbekannt, erstaunlich oft waren es deutsche Namen. Und dann fand er das Gewehr, ein TPG-3 von Unique Alpine. Hinter dem französischen Namen verbarg sich eine bayerische Firma aus Erding in der Nähe von München. Er ging zu deren Webseite. Das TPG-3 war vor einigen Jahren aufgrund einer Ausschreibung des United States Special Operations Command entwickelt worden, Ziel war es gewesen, ein extrem leichtes, multikaliberfähiges Scharfschützengewehr vor allem für hochmobile Einsatzkräfte zu entwickeln, die ohne logistische Unterstützung und in kleinen Gruppen in feindlichem Gebiet operieren. Carl checkte verschiedene Onlineverkaufsportale. Auch in Deutschland wurde das Gewehr angeboten, allerdings nur an Inhaber eines Waffenscheins und bei zweifelsfreier persönlicher Identifizierung. Carl war sich sicher, dass der Mann es sich nicht auf diesem leicht zurückverfolgbaren Weg besorgt hatte. Konnte man eine solche Waffe auf dem Schwarzmarkt besorgen? Carl kannte die Hotspots im und rund um den Kölner Hauptbahnhof, wo sich viele Waffendealer tummelten, aber dass die eine Kriegswaffe wie diese dort vertickten, konnte er sich nicht vorstellen.

Lena. Ein spontaner Gedanke. Noch bevor er Zweifel bekam und er sich fragen konnte, wie ausgerechnet sie eine Hilfe sein konnte, hatte er schon ihre Nummer angewählt.

»Carl.«

Das klang wie: Nein, nicht du schon wieder …

»Bist du im Dienst?«

»Noch nicht«, antwortete sie.

»In brauche eine Info. Ist sehr wichtig.«

Schweigen.

Carl hielt eine Hand vor den Mund und redete leise, damit der Taxifahrer nicht zuhören konnte. »Es geht um ein Scharfschützengewehr, das TPG-3 von der deutschen Firma Unique Alpine. Ich muss wissen, wer diese Gewehre benutzt. SEK, GSG9, KSK? Irgendein anderes Spezialkommando? Oder die Bundeswehr?«

Ein sarkastisches Lachen war die Antwort. »Du weißt, mit wem du redest. Ich bin eine junge Streifenpolizistin, die erst seit einem guten halben Jahr im Dienst ist.«

»Es gibt da einen Kollegen, Klaus Pätz, bei der Autobahnpolizei. Der kennt sich aus. Der war ein paar Jahre beim SEK, musste aber wegen Knieproblemen ausscheiden.«

»Warum fragst du ihn nicht selbst?«

»Es dürfte ziemlich verdächtig sein, wenn sich ein Mörder, der Kinder von hinten erschießt, nach solch einer Waffe erkundigt.«

»Das denke ich auch«, bestätigte Lena kühl.

Carl schluckte und holte tief Luft. Fast hätte er das Gespräch augenblicklich beendet. Was hatte er erwartet?

»Wieso willst du das wissen?«, fragte sie, das Misstrauen in ihrer Stimme tönte laut wie ein Gong.

»Ich kann es dir nicht sagen. Im Moment nicht. Aber es ist sehr wichtig.«

Er musste lange auf eine Antwort warten. »Ich will genau wissen, wofür du die Information brauchst.«

»Das ist nichts fürs Telefon.«

»Okay, dann treffen wir uns morgen Vormittag.«

Sie klang plötzlich verändert. Carl konnte nicht sagen, was es war. Irgendein Unterton, den er nicht einordnen konnte. Unsicherheit? Oder gar Scham?

»Einverstanden«, erwiderte er. »Aber die Information brauche ich jetzt.«

Wieder dauerte es, bis Lena antwortete. »Ich melde mich gleich wieder.«

»Danke«, sagte Carl ins Leere, sie hatte die Verbindung schon unterbrochen.

Pätz war ein Waffennarr und der beste Schütze, den das SEK in Nordrhein-Westfalen je gehabt hatte, sowohl mit Pistole als auch Maschinenpistole. Nach seinem Ausscheiden dort war sein Interesse an Schusswaffen zu einer regelrechten Besessenheit geworden. Pätz hatte große Schwierigkeiten, in die Rolle eines normalen Polizisten zurückzufinden, und Carl hatte immer den Eindruck gehabt, dass ihm das ständige Fachsimpeln über die neuesten Waffen und deren technische Daten das Gefühl gab, irgendwie doch noch Teil des SEK zu sein.

Eine Viertelstunde später bog das Taxi in die Kalker Hauptstraße ein, zehn Minuten waren in einem Stau auf dem Deutzer Ring versickert. Carls Handy klingelte. Lena.

»Das Gewehr wurde für das Special Operations Command in den USA entwickelt, um …«

»Ich weiß«, unterbrach Carl sie.

»Alle von Unique Alpine produzierten Gewehre sind in die USA ausgeliefert worden. Allerdings hat sich das Special Operations Command in letzter Minute für ein amerikanisches Präzisionsgewehr von der Knight's Armament Company entschieden, obwohl, das war Pätz ungeheuer wichtig zu betonen, das amerikanische Gewehr eindeutig schlechter war. Alle nach Amerika gelieferten TPG-3 wurden daraufhin auf dem amerikanischen Markt öffentlich zum Verkauf angeboten. Ein paar wurden nach Deutschland reimportiert, das Gewehr darf jedoch nur an extrem genau überprüfte Personen verkauft werden, weil es sich um eine Kriegswaffe handelt. Es gibt kein deutsches Sonderkommando, von dem das TPG-3 benutzt wird. Wenn eins hier in Deutschland auftaucht, ohne dass der Besitzer eindeutig identifizierbar ist, dann handelt es sich um einen illegalen Import aus den USA.«

»Interessant«, murmelte Carl, im Moment konnte er mit dieser Information noch nicht viel anfangen. »Danke, Lena.«

»Hör zu, Carl. Ich habe meine Meinung geändert. Ich will heute noch wissen, worum es da geht.«

»Wo und wann?«

»22 Uhr 30 bei dir.«

Nein, auf keinen Fall, nicht in meiner seelenlosen Wohnung.

»Geht es auch woanders?«

»Schlag was vor.«

»Die Eckkneipe bei mir, die heißt Kalker Stube. Du kannst sie nicht verfehlen.«

»Okay. Bis dann.«

Warum klang ihre Stimme plötzlich so – zart? Carl lauschte eine Weile dem Tuten aus seinem Handy, sie hatte längst aufgelegt, als wäre darin eine Antwort versteckt. Sein Blick wanderte hinaus, die Straße entlang. Er erstarrte, sein Puls jagte hoch.

Hundert Meter weiter, auf der seiner Wohnung gegenüberliegenden Straßenseite, lehnte ein Mann mit verschränkten Armen an der Polizeinotrufsäule, einem Relikt aus den Sechzigerjahren. Um seinen Kopf herum hatte er ein Schweißtuch gebunden, er trug schwarze, eng anliegende Joggingkleidung, die seinen durchtrainierten Körper betonte, und er strahlte die Selbstsicherheit eines Menschen aus, der die Kraft und die Fähigkeiten hatte, mit jeder noch so schwierigen Situation fertigzuwerden.

23.

Ohne eine Valiumtablette hätte Newt im Flugzeug keinen Schlaf gefunden. Erholt war er trotzdem nicht. Unglücklicherweise war der bestellte Wagen mit Automatik schon verliehen, er brauchte eine Weile, bis er sich an die Handschaltung des Ford Mondeo gewöhnt hatte. Doch vor ihm lagen zweihundert Kilometer Fahrt und genug Zeit, das ungewohnte Wechselspiel zwischen Kupplungspedal und Schaltknüppel zu üben, und ebenso Zeit, Radio zu hören und sich wieder mit der deutschen Sprache vertrauter zu machen.

Er war nicht nervös, auch wenn er nicht wusste, was auf ihn zukam. Die kurze Nachricht von Abt Albertus am Telefon besagte nicht mehr, als dass es Probleme mit Sebastian gab, dem für das Attentat wichtigsten Mann. Die Vereinbarung war, nicht das kleinste Risiko einzugehen, jeden noch so kleinen Vorfall zu melden und jede Risikobewertung Newt zu überlassen. Es konnte sich also durchaus herausstellen, dass der Abt wegen einer Nichtigkeit Alarm geschlagen hatte.

Die Voralpenlandschaft zog an Newt vorbei und machte ihn ein wenig melancholisch. Als Kind war er mit seinen Eltern jedes zweite Jahr in Deutschland und in Dänemark gewesen, um die Familien seiner Eltern zu besuchen. Die dänische Ursprungsfamilie seines Vaters bewohnte einen Bauernhof, der seit Jahrhunderten in Familienbesitz war. Um den Familienbesitz nicht aufteilen und damit immer kleiner werden zu lassen, hatten mit jeder Generation die jeweils Jüngeren gehen müssen, um anderswo ihr Glück zu versuchen. Je nach wirtschaftlicher Lage bekamen die, die gingen, eine vorgezogene Erbschaft. Newts Großvater, Sören Andersen, war in der langen Familientradition der Erste gewesen, der mit diesem Geld keine neue Existenz in Dänemark gründete, sondern in die USA auswanderte, nach Michigan, wo er seine spätere Ehefrau traf, Magdalena Jessen, eine sehr resolute junge Dänin, die nach dem Tod ihrer Eltern ebenfalls in die USA ausgewandert war. Sie heirateten, kauften eine kleine Farm und züchteten Pferde, robuste, kräftige Tiere, wie sie im Eisenerzbergbau als Zugtiere benötigt wurden. Alles lief gut und ließ auf noch bessere Zeiten hoffen, als der Börsencrash im Oktober 1929 und die darauf folgende Große Depression alles zunichtemachten. Die Andersens konnten ihre Kredite nicht mehr zurückzahlen und verloren die Farm an die Detroit Savings Bank. Newts Großeltern kamen danach nie wieder richtig auf die Füße. Trotzdem reisten sie hin und wieder nach Dänemark, das Geld dafür sparten sie eisern zusammen, und niemand dort erfuhr je, wie es ihnen wirklich ging. Newts Vater, William Andersen, schaffte es trotz mehrerer Anläufe nicht mehr, eine eigene Farm aufzubauen, und sah keinen anderen Ausweg, als zur Army zu gehen, um seine Familie durchzubringen. Newt und seinen Geschwistern wurde unter Androhung empfindlichster Strafen verboten, über ihre wahren Lebensumstände zu reden. Manchmal dachte Newt, dass diese Geheimniskrämerei der tiefere Grund war, warum ihm die CIA so verlockend erschienen war.

Newts Mutter Maria, geborene Hielscher und Tochter deutscher Einwanderer, hatte alle Versuche und Fehlschläge klaglos mitgetragen. Sie war der verlässliche Stützpfeiler in der Familie, sie sorgte für Stabilität, damit die häufigen Umzüge, wenn Newts Vater wieder in eine andere Stadt versetzt wurde, ihren Kindern nicht allzu sehr zu schaffen machten. Eine Konstante in ihrem bewegten Leben war die deutsche Sprache. War sie mit ihren Kindern alleine, wurde nie Englisch gesprochen.

Newt setzte den Blinker, nahm die Ausfahrt zu der Raststätte Höhenrain und parkte, verließ aber den Wagen nicht. Er beobachtete die Fahrzeuge, die nach ihm ebenfalls die Autobahn verlassen hatten, wartete, bis sie weitergefahren waren. Erst eine Viertelstunde später setzte er seine Reise fort und achtete auf den nächsten Kilometern darauf, ob womöglich wieder eines von ihnen vor ihm auftauchte. Mehrmals wiederholte er das Spiel, nahm Ausfahrten, fuhr wieder zurück auf die Autobahn, und erst als es schon eine ganze Weile dunkel war, konnte er sich sicher sein, keine Verfolger zu haben. Auf den letzten zwanzig Kilometern in der Einsamkeit der Hochalpen war sein Wagen der einzige weit und breit.

24.

Carl ließ den Unbekannten nicht aus den Augen, während er das Taxi bezahlte. Hatte er eine Waffe? Noch konnte er dem Fahrer sagen: Starte durch, wir verschwinden. Der Unbekannte hob grinsend die Arme halbhoch und drehte sich einmal im Kreis: Sieh her, nichts. In der Tat war seine Joggingkleidung wie eine zweite Haut, zu eng anliegend, um darunter etwas zu verstecken. Selbst ein Messer würde sich deutlich abzeichnen.

Das Nächstliegende war, die Polizei zu verständigen und den Mann festzuhalten, bis eine Streife eintraf. Aber was dann? Der einzige Zeuge des Mordes an Fati war Carl selbst, und wer würde ihm schon glauben? Umgekehrt konnte der Mann behaupten, er hätte gesehen, wie Carl den Türken getötet hat. Bei seiner Vorgeschichte würde jeder Richter Carl mit Freude für den Rest seines Lebens in den Knast schicken. Außerdem, vielleicht war es eine Falle, wie bei dem türkischen Jungen. Vielleicht hatte sich der Mann Zugang zu seiner Wohnung verschafft und dort das Präzisionsgewehr versteckt, während er den Motorroller versenkte. Aber was war, wenn er die Polizei nicht rief und damit einen Mörder deckte?

Der Unbekannte öffnete die Wagentür. »Hallo. Ich habe dich eigentlich früher erwartet.«

Carl stieg aus und sah schweigend dem Taxi hinterher, das in Richtung Güterbahnhof davonfuhr.

»Wir sollten von der Straße weg«, sagte der Mann.

»Ich wüsste nicht, warum ich mit Ihnen irgendwo hingehen sollte.« Anders als bei ihrer ersten Begegnung hatte Carl das Bedürfnis, ihn zu siezen.

»Wegen Kemal Simcek?«, erwiderte der Mann mit spöttischem Lächeln. »Vielleicht kommt er mit ein wenig Nachdenken zu dem Schluss, dass du seinen Kumpel Fati erschossen hast.« Der Unbekannte zuckte mit den Schultern. » Ich kann dir nicht helfen. Ich bin unbewaffnet.« Er deutete auf seine Joggingschuhe. »Und sobald der Türke hier in die Straße einbiegt, bin ich schneller weg, als er sein Auto anhalten kann. Übrigens ein nagelneuer 7er BMW. Ein sehr teures Auto für jemanden, der offiziell nur einen Döner-Imbiss betreibt.«

»Ich kenne keinen Kemal Simcek.«

Der Mann lachte und sah Carl an, als wollte er sagen: Hältst du mich für so blöd?

Wer war der Kerl? Der Satz, den er gestern gesagt hatte, kam Carl wieder in den Sinn: »Es gibt Dinge, die sind nötig zu tun, aber man tut sie nicht.«

»Lass uns das Versteckspiel beenden, Carl, okay? Andernfalls könnte man den Eindruck gewinnen, das alles sei nur ein lustiger Zeitvertreib.«

»Was ist daran lustig, kaltblütig einen Mann zu erschießen?«

»Wir haben deinen Fall verfolgt. Wir …«

»Wer ist wir?«, unterbrach ihn Carl.

Der Mann sah sich um, bevor er weitersprach, offenbar akzeptierte er, dass Carl ihn nicht mit in seine Wohnung nehmen würde. »Sagt dir der Name ›Identitäre Bewegung‹ etwas?«

Das tat er. Carl hatte in seiner Zeit als Polizist mehrere Male deren Aufzüge und Aktionen gegen linke Gegendemonstranten zusammen mit Einheiten der Bereitschaftspolizei schützen müssen. In seinen Augen waren die Identitären harmlose rechte Spinner, vor allem Abiturienten, Studenten und sonstige intellektuelle Schlaumeier, die international gut vernetzt waren und nichts zustande brachten, außer markige Parolen in die Welt hinauszuposaunen.

»Zwei von der Identitären Bewegung haben dir vor ein paar Monaten einige Aufträge gegeben, kleinere Sachen, Beschattung von Nichtdeutschen, du erinnerst dich?« Der Mann lachte. »Bis du sie rausgeworfen hast, nachdem ihr euch über die Frage: Todesstrafe – ja oder nein?, nicht einigen konntet.«

Jetzt fiel es Carl wie Schuppen von den Augen. Das Symbol, ein λ, also das griechische Lambda in einem Kreis, das Zeichen der Identitären. Er hatte es damals nicht einordnen können.

»Die Identitäre Bewegung nennt sich gerne ›das neue patriotische Greenpeace‹«, fuhr der Mann mit deutlicher Ironie fort, »weil sie auf gewaltfreien, intelligenten Protest setzen. Die sind eher, wie soll ich sagen, die unterhaltsame, medienaffine, sichtbare Spitze des Eisbergs. Wenn ich jedoch ›wir‹ sage, meine ich nicht die Identitäre Bewegung. Wir, das ist eine Gruppe, die der Meinung ist, dass man deutlich entschiedener und umfassend gegen die Feinde unserer westlichen Kultur vorgehen muss. Nenn uns, wenn du willst, ›Identitäre Aktion‹, das klingt in meinen Ohren viel besser.«

»Nennen Sie sich, wie Sie wollen. Sie sind ein Mörder, und ich bin über zehn Jahre Polizist gewesen. Was glauben Sie, was ich als Nächstes tun werde?«

»Nun, ich rate von voreiligen Schritten ab. Meiner Erinnerung nach giltst du als heimtückischer Kindsmörder, den eine bullenfreundliche Justiz vom Haken gelassen hat. Einer, der grundsätzlich etwas gegen Ausländer und Menschen mit Migrationshintergrund hat.«

Carl hatte Mühe, seine aufkommende Wut zu beherrschen. Nicht nur, dass er einen weiteren Mord nicht hatte verhindern können – wieder stand vor ihm ein triumphierender Täter, der sicher war, dass ihn niemand für seine Tat zur Rechenschaft ziehen würde.

»Kennst du den Roman *Unterwerfung* von dem französischen Schriftsteller Michel Houellebecq?«, fragte der Mann.

»Was soll das werden? Eine kleine Literatur-Diskussionsrunde?«

»Das Buch war ein weltweiter Bestseller. Es geht darin um einen muslimischen Präsidentschaftskandidaten, der dabei ist, die demokratischen Wahlen in Frankreich zu gewinnen. Unterstützt wird er von den Konservativen und den Sozialdemokraten, weil der Islam ja zu uns gehört, wie ein dämlicher deutscher Bundespräsident einmal gesagt hat. Dieser muslimische Präsidentschaftskandidat kommt sehr gemäßigt daher, kultiviert und tolerant, nicht so wie zum Beispiel dieser türkische Schreihals Erdogan. Und siehe da, keiner regt sich auf. Nicht darüber, dass es in Zukunft, wenn man Karriere machen will, nötig sein wird, zum Islam zu konvertieren, und auch nicht, dass nach der Wahl die Scharia in das bestehende Rechtssystem integriert werden soll, so etwas wie eine Scharia light. Wird schon nicht so schlimm werden, beruhigen sich alle. *Unterwerfung* ist die Geschichte über eine gewaltige Herde von Schafen, die mit freundlicher Toleranz zusehen, wie vor ihren Augen ihre eigene Schlachtbank aufgebaut wird, und die es für Freiheit halten, ihren Schlächter selbst zu wählen.«

Er lächelte Carl an, dem einmal mehr bewusst wurde, es hier mit einem sehr intelligenten Mann zu tun zu haben, der außerdem auf beklemmend skrupellose Weise fähig war, Gewalt anzuwenden.

»Dabei handelt es sich nicht etwa um die Dummen und Doofen, lieber Carl, nein, es sind vor allem die Intellektuellen, es ist die sogenannte Elite, die dafür sorgt, dass der Kulturwechsel von demokratisch-christlich zu theokratisch-muslimisch vollzogen wird. In dem Roman wird am Ende Frankreich zu einem muslimischen Gottesstaat, der erste in Europa, und die anderen werden folgen.«

»Es gibt auch Romane über Aliens und Zombies. Trotzdem habe ich noch keinen gesehen.«

Unterwerfung war so erfolgreich«, fuhr der Unbekannte fort, ohne sich von Carls Einwand irritieren zu lassen, »weil das Buch die Befürchtungen sehr, sehr vieler Menschen aufgegriffen hat. Aber der interessanteste Aspekt in der Geschichte ist folgender: Die Einzigen, die sich gegen die schleichende Islamisierung und den Untergang der christlich-westlichen Kultur stemmen, sind die Identitären und der Front National.«

»Und jetzt meinen Sie, auch in der wirklichen Welt müssen die Identitären und die, ja, was: die NPD und die AfD die westliche Welt vor dem Untergang bewahren.«

»AfD, NPD«, sagte der Unbekannte abfällig. »Wir haben mit Faschisten und ewig gestrigen Versagern nichts zu schaffen. Die gehören ins Museum. Nein, wir stehen für die Zukunft, wir meinen es ernst mit der Demokratie und Europa. Aber eben ohne Moschee und Scharia, ohne Islam und Kopftuch, ohne Roma und bulgarische Familienclans.«

Carl war unwohl. Die Kampfmaschine da vor ihm war ihm unsympathisch, nicht jedoch alles, was er sagte. Mit der Beschreibung einer schleichenden Islamisierung konnte er viel anfangen. Die selbstherrliche Arroganz, mit der Meti Arslan das deutsche Gesetz aushebelte, empfand auch er als ein eindeutiges Zeichen, genauso, was seine früheren Polizeikollegen zum Beispiel aus Dortmund-Nordstadt berichteten, dort gaben Tausende Roma-Familien den Ton an; oder aus Duisburg-Marxloh, wo libanesische Clans das Sagen hatten und wo Polizisten als Vertreter des Staates keinerlei Respekt entgegengebracht und sie oft sofort attackiert wurden, sobald sie nur in Erscheinung traten. Und wenn man es wagte, darauf hinzuweisen, wurde man von Politikern und von der Öffentlichkeit umgehend als Rassist oder rechtslastiger Law-and-Order-Mann gebrandmarkt. Keiner wollte sich in die Nähe von Rechtsradikalen gestellt sehen, dann lieber die Realität ein wenig zurechtbiegen, damit es passte. Die Dinge beim Namen zu nennen war nicht erwünscht.

»Deutschland muss wieder den Deutschen gehören«, fuhr der Unbekannte fort.

Carl musste an Lena denken. »Es gibt Muslime, die die deutsche Staatsbürgerschaft angenommen haben, es gibt viele Kinder von muslimischen Eltern, die hier geboren wurden, die Deutsche sind. Was ist mit denen?«

»Tja, da haben wir ein Problem, oder? Ich sage es mal so: Wir sind eben nicht der Meinung, dass der Islam zu Deutschland gehört.«

Der Blick, den der Unbekannte Carl zuwarf, war schwer zu deuten. Carl versuchte, darin zu lesen. Zuerst sah er nur gleichgültige Kälte, doch dann spürte er, was sich hinter dieser Kälte verbarg und was sie überdecken sollte: glühende, fanatische Besessenheit und die feste Überzeugung, eine heilige Mission zu erfüllen.

»Warum haben Sie Fati Demir getötet?«

»Weil du es nicht hingekriegt hast, Carl. Wir haben dich beobachtet. Wir haben gesehen, wie du jeden Tag auf dem Dach gelegen und zu dem Haus auf der anderen Straßenseite gestarrt hast. Fati ist ein übler Kerl. Er hat in diesem Land nichts verloren.«

Carl lief ein Schauer über den Körper. Er ahnte, was der Unbekannte gemeint hatte, als er sagte, man müsse entschiedener und umfassend gegen die Feinde unserer westlichen Kultur vorgehen: Vor ihm stand der Vertreter einer internationalen Schattenarmee, einer radikalen Untergrundstreitmacht, wie seinerzeit die NSU, nur wesentlich schlagkräftiger und intelligenter. Während auf der einen Seite die Identitäre Bewegung daran arbeitete, die öffentliche Meinung mit gewaltlosen Operationen zu beeinflussen, führte die Identitäre Aktion nadelstichartige Attacken durch, die unter Muslimen Angst und Schrecken verbreiteten und die das allgemeine Klima auf eine Weise verändern sollten, dass Muslime das Gefühl bekamen, in Deutschland und in Europa nicht nur nicht willkommen, sondern auch an Leib und Leben bedroht zu sein.

»Wir tun, was getan werden muss. Jetzt bist du dran.«

Carl atmete tief durch, den Schwindel wurde er jedoch nicht los. Der Abgrund, der sich da vor ihm auftat, war zu tief und zu finster.

Der Unbekannte musterte ihn eine Weile schweigend.

»Wir dachten, du wärst schon einen Schritt weiter, Carl. Aber gut. Denk nach, wo du stehst. Lass dir nur nicht zu viel Zeit.«

»Sonst?«

Der Mann ging darauf nicht ein. »Und denk dran: Wenn du Unterstützung brauchst, du kannst auf uns zählen. In jeder Hinsicht. Auch finanziell übrigens, wir haben sehr betuchte Unterstützer, die im Moment allerdings noch nicht öffentlich genannt werden wollten.« Er lächelte jovial. »Ich denke, Kemal und dieser Hassprediger Meti Arslan werden bald von sich hören lassen.« Er malte ein »λ« in die Luft und zog einen Kreis darum herum. »Du hast sicherlich noch die Kontaktadresse zu den beiden Identitären. Wende dich an sie. Sie kennen mich unter dem Namen Robert Sellmann.«

»Und wie ist Ihr richtiger Name?«

»Was ist schon richtig oder falsch? Nenn mich Robert und ich weiß, dass ich gemeint bin.«

Wie schon bei ihrer ersten Begegnung tippte Sellmann mit seiner Rechten zu einem militärischen Gruß gegen seine Schläfe, eine entspannte Bewegung, die zusammen mit seinem Lächeln spielerisch und keineswegs martialisch wirkte.

»Wir sehen uns, Carl.« Dann sprintete er los, wie von einer Feder nach vorn katapultiert, wechselte in einen leichten, schnellen Trab und verschwand hinter der nächsten Häuserecke.

Carl hatte das Gefühl, in einem abartigen Traum gefangen zu sein. Verschwörungstheorien waren nicht seine Sache, und vieles, was Sellmann von sich gegeben hatte, klang verdammt danach. Doch sein Bauch, seine Intuition, sagte etwas anderes. Sellmann war kein Spinner.

Erst jetzt bemerkte Carl, wie extrem sich der Himmel verdunkelt hatte, und als hätte er nur darauf gewartet, endlich loszuschlagen, zuckte der erste Blitz mit titanischer Kraft aus den dunklen Wolken zur Erde, schlug irgendwo in der Nähe ein, und nur eine Millisekunde später krachte und grollte der Donner los. Ein wolkenbruchartiger Platzregen setzte ein und durchnässte Carl in Sekundenschnelle bis auf die Haut.

25.

Das Kloster zu finden war der leichteste Teil seiner Reise. Spätestens ab Mittenwald erinnerte er sich sehr gut an den Weg. Vom Flughafen bis dorthin war es wesentlich schwieriger gewesen. Das Navigationsgerät im Auto durfte er nicht benutzen, Navis speichern die angewählten Adressen. Das Smartphone auch nicht, zwar hatte er einige unverdächtige SIM-Karten, aber die gedachte er nur einzusetzen, wenn es absolut unumgänglich war. Also hatte er sich die Reiseroute an einem Computer in der öffentlichen Bibliothek von Asheville ausgedruckt und danach mit einem kleinen Spezialprogramm alle Suchroutinen des ganzen Tages gelöscht. Jede Spur, und mochte sie noch so unverdächtig und anonym sein, war eine Spur.

Die kleine Schotterstraße schlängelte sich sehr eng und steil durch einen Krüppelkiefer- und Tannenwald. Im Mondlicht sah Newt, wie steil es neben dem Weg in die Tiefe ging. Obwohl er eine schwierige Aufgabe vor sich hatte, konnte er nicht anders, als anzuhalten, den Motor auszumachen und für eine Weile die Stimmung in sich aufzunehmen, das laute Rauschen des Gebirgsbaches, dessen stürmisch-quirliges Wasser mit atemberaubendem Tempo talwärts schoss, und die pechschwarze Dunkelheit des Waldes.

Das ist deine deutsche Seele, Newt, dachte er und fand sich selbst pathetisch und lächerlich. Aber ein wenig war es auch wie eine kleine Rückbesinnung an seine Mutter.

Abt Albertus kniete in der Kapelle und betete mit geschlossenen Augen. Newt wartete einige Minuten und spürte der Atmosphäre nach, die von diesem Ort ausging. Ruhe und Schwere, wie sie in keiner einzigen Kirche in den USA zu spüren war, seit Jahrhunderten lagen die Steine hier aufeinander, seit Jahrhunderten füllte der Ruß ungezählter Kerzen die Luft, Abertausende Knie hatten das Holz der Gebetsbänke zu blanken Mulden abgenutzt, die hypnotischen Gesänge all der Mönche, die je hier gesungen hatten, schienen noch nachzuklingen. Zeit spielte an diesem Ort keine Rolle, im Gegenteil, dieser Raum scherte sich einen Dreck um die Welt draußen, ob dort Ritter in Rüstungen gegeneinander kämpften oder auf YouTube ein neuer Propagandafilm des IS hochgeladen wurde. Hier herrschte die ewige Gleichförmigkeit christlicher Meditation, hier endete jede Unruhe, wurde eingesogen von den Insignien eines Glaubens, der zwei Jahrtausende überdauert und geprägt hatte. Und der ausgerechnet in dieser Zeit die Grenzen seiner Existenz aufgezeigt bekam, schlimmer und umfassender als je zuvor. Wie oft war in der Vergangenheit schon der Untergang des Abendlandes beschworen worden, der ewige Kampf gegen die Osmanen, die Mongolen, die Sarazenen, die Barbaren, wer auch immer. Aus heutiger Sicht waren das regionale Konflikte gewesen, die nie das Machtgefüge der Welt vollkommen aus den Fugen hätten heben können. Zum ersten Mal war das nach Newts Überzeugung anders. Das erste Mal stand die christliche Welt wirklich vor dem Untergang.

Der Abt musste seine Anwesenheit gespürt haben. Er wurde unruhig, beendete sein Gebet und wandte sich um.

»Ich habe Sie früher erwartet, Herr Andersen.«

Der Abt war der Einzige, der seine wahre Identität kannte, für alle anderen im Kloster war Newt Jonathan Barker.

Der Abt deutete zur Tür. »Ich berichte Ihnen, was der Grund für meinen Anruf war.«

»Tun Sie das. Aber bitte hier.«

Der Abt zögerte, dann nickte er. »Sie haben recht, hier ist wohl der beste Ort.«

Eine halbe Stunde später war Newt im Bilde. »Bringen Sie mich in die Folterkammer. Ist Sebastian in der Lage, selbstständig dorthin zu kommen?«

»Nur mit Mühe. Er hat einen heftigen Schlag auf den Kopf abbekommen.«

»Die Mühe muss er sich machen.«

Newt betrachtete interessiert die mittelalterlichen Folterinstrumente. Mochten sie nicht mehr in die Zeit passen, ihre Funktion war damals wie heute dieselbe: Wie fügte man einem Menschen ein Maximum an Schmerz zu, ohne dass er sein Leben aushauchte und er damit als Informationsquelle wertlos war.

Die Tür wurde aufgeschoben, Sebastian trat ein. »Ich soll mich bei Ihnen melden«, sagte er und schob trotzig seine Lippe vor.

»Setzen Sie sich.« Newt hatte Sebastian bisher noch nie persönlich getroffen. Sebastian hatte einen bestimmten Auftrag auszuführen, und alles, was er dafür wissen musste, hatte er von Abt Albertus erfahren.

Sebastian sah sich um. »Ich bleibe stehen.«

Newt sah ihn nicht an. »Setzen Sie sich«, wiederholte er, und dieses Mal klangen seine Worte nicht mehr wie eine Einladung.

Sebastian setzte sich auf die Folterbank und sah Newt mit einer Mischung aus Neugierde und Arroganz an.

»Mein Name ist Jonathan Barker.«

»Das sagte man mir schon. Muss ich Sie kennen?«

»Sie haben«, fuhr Newt unbeirrt fort, »Ihren jüngeren Bruder Thomas bei dem islamistischen Londoner Busattentat am 7. Juli 2005 verloren. Um ihren Hass auf die Islamisten zu kanalisieren, haben Sie neben Ihrer bürgerlichen Existenz als Tontechniker viel Zeit damit verbracht, unter verschiedenen Identitäten im Internet islam- und fremdenfeindliche Posts zu platzieren. Später haben Sie Webseiten des Islamischen Staates und von IS-Sympathisanten zu hacken versucht, teilweise mit Erfolg und ohne dass man ihre Spur verfolgen konnte. Sie haben zunehmend an PTBS, einer posttraumatischen Belastungsstörung, gelitten und wurden mit Sertralin behandelt. Als elf Jahre nach dem gewaltsamen Tod Ihres Bruders Ihr Jugendfreund Martin Heimstetter bei dem Anschlag auf den Weihnachtsmarkt an der Berliner Gedächtniskirche am 19. Dezember 2016 durch den tunesischen Islamisten Anis Amri getötet wurde, haben Sie sich über das Darknet eine Pistole besorgt und den Berliner Hassprediger Abu Wahab erschossen. Daraufhin sind Sie untergetaucht, haben an verschiedenen Orten gelebt, immer in der Furcht, von der Polizei entlarvt zu werden. Auf Ihr Konto gehen Morde an drei weiteren Imamen in Deutschland und in Belgien. Sie haben Kontakt zur Identitären Bewegung gesucht, aber die war Ihnen nicht radikal genug. Da Sie im Untergrund lebten, konnten Sie die Behandlung mit Sertralin nicht fortsetzen, als die Symptome zurückkehrten. Sie sind nicht religiös. Trotzdem haben Sie sich vor gut einem Jahr am Jahrestag des Todes Ihres Bruders in eine Kirche begeben, Sie waren entschieden, Ihrem Leben ein Ende zu setzen. Sie haben sich in einer Beichte einem Priester anvertraut. Dieser hat Abt Albertus von Ihnen berichtet, der Sie dann hier ins Kloster geholt hat, wo Sie seitdem vor polizeilicher Verfolgung sicher sind.«

Sebastian starrte ihn an, fassungslos und geschockt: *Woher wusste dieser Mann das alles?*

»Die Symptome Ihrer PTBS haben Sie mittlerweile weitgehend in Griff?«

Sebastian nickte mechanisch. »Wer sind Sie?«

»Sie sind Teil einer Operation, die dem Islamismus den empfindlichsten Schlag zufügen wird, der je ausgeteilt wurde.«

»Wenn Sie es sagen.« Sebastian bemühte sich, lässig zu klingen.

Newt sah ihn mit kühler Ruhe an. »Ist Ihnen das unbekannt?«

Sebastian schien zu merken, dass Newt ein anderes Kaliber war als Albertus und die Mönche. »Nein, ist es nicht.«

»Die Einzelheiten der Aktion kennt niemand außer mir. Sie werden sie, erst kurz bevor Sie abreisen, erfahren.«

»Da bin ich jetzt aber sehr neugierig.«

»Der perfekte Umgang mit einer Drohne ist essenzieller Teil dieser Operation. Ist Ihnen das bekannt?«

»Natürlich.«

»Es gilt bis zur letzten Sekunde, nicht das winzigste Risiko einzugehen.«

Sebastian hob beide Arme. »Hier ist das Ende der Welt. Das einzige Risiko ist, vom Blitz erschlagen zu werden.«

»Sie haben zwei Mädchen aus dem angegliederten Schwesternhaus ermordet.«

Sebastian zuckte zusammen, überrumpelt von Newts Direktheit.

»Die Leitung des Schwesternhauses und Abt Albertus konnten beide Morde als Unfälle darstellen.«

»Es waren Unfälle.«

»Sie sollten nicht versuchen, mit mir Spielchen zu spielen.«

»Warum soll ich harmlose Mädchen …« Seine Stimme zitterte.

»Die Mädchen interessieren mich nicht.«

Sebastian schwieg verunsichert.

»Sara, das dritte Mädchen, das Sie für Ihre sexuellen Abenteuer benutzt haben, ist geflohen. Nur das interessiert mich.«

»Hören Sie, das war eine ganz vertrackte Sache. Sie hat …«

»Sie haben den Geheimgang entdeckt, den hier im Kloster nur Abt Albertus kennt.«

»Mir war langweilig. Ich habe in alten Aufzeichnungen gestöbert und eine Zeichnung gefunden. Das ist reiner Zufall gewesen.«

»Welche Geheimnisse haben Sie dem Mädchen sonst noch verraten?«

»Ich wusste nicht, dass der Gang …«

»Haben Sie ihr erzählt, dass hier im Kloster Vorbereitungen für einen Schlag gegen Islamisten getroffen werden?«

Entgegen Newts Befürchtung reagierte Sebastian nicht wie jemand, der eine Lüge durch übertriebene Gegenwehr überspielen wollte, im Gegenteil.

»Die Mädchen haben nichts mit meiner Aufgabe zu tun«, entgegnete er ernst. »Die sind Zeitvertreib, mehr nicht.«

»Kann Sara etwas mitbekommen haben, ohne dass Sie die Absicht hatten, es ihr zu verraten?«

»Nein.«

»Wie sicher sind Sie sich?«

»Absolut.«

»Haben Sie ihr von Ihrem Training mit der Drohne erzählt?«

Sebastians Lider flatterten für einen winzigen Moment. »Ich …«

»Haben Sie ihr gesagt«, unterbrach ihn Newt, »dass das Fluggerät für eine geheime Aktion eingesetzt werden soll?«

»Das nicht. Auf keinen Fall.«

Newt sah ihn schweigend an und wartete.

»Das mit dem Quadrocopter, also, ich habe davon geredet. Aber nichts Genaues, nur dass ich damit übe.«

»Haben Sie den Begriff Quadrocopter, Drohne, ferngesteuertes Fluggerät oder Ähnliches verwandt?«

Sebastian wand sich und hätte am liebsten eine Antwort vermieden. »Das kann ich so direkt nicht ausschließen. Möglicherweise, ja.«

»Warum?«

Sebastian zuckte mit den Schultern. »Na, ja, also …«

»Warum haben Sie mit einem völlig unbedarften Mädchen, das Sie lediglich für Ihre sexuellen Gelüste benutzt haben, davon erzählt?«

»Spielt das eine Rolle?«

»Was wissen Sie über die Aktion, für die Sie trainieren?«

»Nur das, was mir gesagt wurde.«

Newt schwieg und wartete.

»Dass dem Islamismus ein vernichtender Schlag zugefügt werden soll.« Sebastians Großspurigkeit hatte sich inzwischen vollkommen in Luft aufgelöst.

»Halten Sie das für ein unbedeutendes Geplänkel, für einen netten Zeitvertreib, über den man nebenbei ein wenig Small Talk hält?«

»Hören Sie, ich habe nichts verraten, was wirklich wichtig ist.«

»Sie haben dem Mädchen von Ihrem Training mit der Drohne erzählt.«

»Sie weiß nicht einmal, was das ist.«

»Wird sie, wenn später in den Medien im Zusammenhang mit einer die Welt erschütternden Aktion die Rede sein wird, bei der eine Drohne, ein ferngesteuertes Fluggerät, eine entscheidende Rolle spielte, sich womöglich daran erinnern, was Sie ihr erzählt haben?«

Sebastian rutschte unruhig auf der Folterbank hin und her und vermied jeden Blickkontakt.

»Ich möchte eine Antwort.«

»Kann sein, ja.«

Newts Blick ruhte auf ihm, was ihn noch unruhiger, ja sogar ängstlich werden ließ. Sebastians Augen wanderten in der Folterkammer umher, als realisierte er jetzt erst, wo er sich befand, und als müsste er damit rechnen, dass Newt möglicherweise eines dieser Geräte gegen ihn verwenden würde. Trotz der Kühle im Keller bildeten sich feine Schweißperlen auf seiner Stirn.

»Sie können gehen.«

Sebastian starrte Newt ungläubig an. »Sie meinen, ich …«

»Sie können gehen. Setzen Sie Ihr Training fort.« Newt sah ihm für eine unangenehme Zeit lang in die Augen. »Bewahren Sie absolutes Schweigen über jedes noch so kleine Detail, das in einem Zusammenhang mit Ihrem Auftrag stehen könnte.«

»Danke, ich … nein, ich werde kein Sterbenswörtchen mehr erzählen.« Sebastian sprang auf und verließ die Folterkammer, als befürchtete er, Newt könnte in letzter Sekunde seine Meinung ändern.

»Was wissen wir über die Flucht des Mädchens?«

»Eine junge Frau hat ihr geholfen«, antwortete Abt Albertus. Sie saßen in der Kammer mit den Überwachungsmonitoren. »Beide haben Bruder Vinzent im Zug überwältigt, sein Geld gestohlen und im Bahnhof Mittenwald Fahrkarten nach Köln gekauft.«

»Diese junge Frau, ist sie auch aus dem Schwesternhaus weggelaufen?«

Der Abt schüttelte den Kopf. »Sara muss sie zufällig im Zug kennengelernt haben, die Mädchen aus dem Schwesternhaus haben keinerlei Außenkontakte. Vinzent beschrieb sie als höchstens zwanzig Jahre alt.«

Newt war sich sicher, es mit zwei Mädchen zu tun zu haben, die zu naiv waren, um ihre Spuren zu verwischen, für die die Flucht in dem Moment gelungen war, als sie den Zug nach Köln bestiegen hatten. Wenn er Glück hatte, waren sie noch in Köln. Er rief die Website der Österreichischen Bundesbahn auf und überprüfte die Zugverbindungen. Den Zeitangaben nach, die ihm der Abt gegeben hatte, waren die beiden gestern Abend oder erst in der Nacht in Köln angekommen. Falls sie nicht weitergefahren waren und ihnen keine private Unterkunft zur Verfügung stand, mussten sie in einem Hotel abgestiegen sein. In seinem Bauch breitete sich ein unangenehmes Kitzeln aus. Der Analyst in ihm hatte längst eine Wahrscheinlichkeitsrechnung aufgemacht. Die Chancen, Sara einzufangen, waren sehr gering, zu viele Unsicherheitsfaktoren spielten darin eine Rolle. Er zog das Telefon zu sich heran.

»Würden Sie mich bitte alleine lassen, Abt Albertus?«

Die Gesichtszüge des Abts versteinerten.

»Es ist nicht, dass ich Ihnen misstraue«, sagte Newt.

Natürlich war es genau das, es gehörte zu den grundsätzlichen geheimdienstlichen Regeln, in jeder Situation Mitwisser zu vermeiden. Niemand kann vorausahnen, wann jemand von wem und nach welchen Methoden befragt wird. Oft genug hatte er erleben müssen, wie scheinbar unbedeutende Kleinigkeiten später und in einem anderen Zusammenhang von entscheidender Bedeutung waren. Manchmal war es nur eine bestimmte Wortwahl, die einen Menschen später verriet.

Der Abt nickte missmutig.

»Und ich benötige den aktuellen WLAN-Zugangsschlüssel.«

»Den finden Sie an der Pinnwand.«

Newt war versucht anzumerken, dass ein Zugangscode nicht an eine Pinnwand gehörte, unterließ es aber. Immerhin war der Abt der Einzige, der Zugang zu diesem Raum hatte.

Newt wartete, bis der Abt den Raum verlassen hatte, und wählte eine Nummer. Auswendig, er war stolz auf sein Gedächtnis, auch wenn er in der letzten Zeit häufiger hatte feststellen müssen, dass er Erinnerungen nicht mehr ganz so geschmeidig abrufen konnte wie früher. Eine Stimme meldete sich.

»Zoran hier, guten Abend«, sagte Newt. »Ich habe ein kleines Problem. Meine Nichte ist durchgebrannt. Eine Familienangelegenheit, sehr ärgerlich. Ich brauche in Köln sofort einen zuverlässigen privaten Ermittler. Können Sie mir da helfen?« Er wartete und hörte zu. »Das klingt gut. Simsen Sie mir bitte die Adresse. Danke, auf Wiederhören.«

Er beendete das Gespräch, aktivierte sein Handy, loggte es ins WLAN ein, schloss die Augen und wartete. Er konzentrierte sich auf seinen Atem. Auch heute noch fand er manchmal die Vorstellung absurd, dass die klassischen Meditationstechniken, die von hochspirituellen Menschen entwickelt und zur Reife gebracht worden waren, im Kern dieselben waren, wie sie die CIA in ihrem Agententraining nutzte. In ihm breitete sich schnell eine wohltuende Ruhe aus.

Zu Beginn und in den ersten Jahren seiner Karriere als Analyst war er mit Agenten nicht in Berührung gekommen. Analysten waren Brainees, die zwar auch vor Ort an den Hotspots geheimdienstlicher Arbeit Dienst taten, sich jedoch praktisch immer in geschützten Hochsicherheitszonen aufhielten. Wie eine Bienenkönigin, die in aller Ruhe und im Inneren eines Bienenkorbs bestens geschützt ihrer Aufgabe nachging, während die Arbeitsbienen draußen sich allem Unbill der Welt stellen mussten. Die meisten Analysten liebten genau das, er jedoch hatte sich nach einer Zeit zu langweilen begonnen und Kontakt zu den Männern gesucht, die »draußen« agierten, die das Material beschafften, mit dem er arbeitete, und die das umsetzten, was vom Directory of Operations vorgegeben wurde.

Es war generell nicht leicht, innerhalb der CIA das Department zu wechseln, die Anforderungen an Agenten im Außendienst waren völlig andere als die an die Brainees. Aber er ließ nicht locker, unterzog sich anstrengender Trainings und schaffte es, seine Vorgesetzten davon zu überzeugen, dass einer wie er, der fließend Arabisch sprach – neben dem Deutsch, was aber damals kaum eine Rolle spielte – und der die feinnervigen Empfindlichkeiten arabischer Mentalität genau einzuschätzen wusste, auch im aktiven Dienst vor Ort hervorragende Arbeit leisten konnte.

Anfangs bestand seine Aufgabe darin, bei Verhören hinter der verspiegelten Glasscheibe die Reaktionen der Verdächtigen zu bewerten, wann sie logen, wann sie die Wahrheit sagten, und zu erspüren, in welche Richtung das Verhör gehen musste, um an die gewünschten Informationen zu gelangen. Später führte er selbst Verhöre, sehr erfolgreich, wie seine Vorgesetzten fanden, was in der Logik der CIA bedeutete, dass man ihn vorrangig in der Mutter aller Verhöre, der Folter von Verdächtigen, einsetzte. Als Vergnügen empfand er das nicht, anders als nicht wenige seiner Kollegen, so mancher schien nur deshalb Agent geworden zu sein. Aber Folter war ein notwendiger Bestandteil der Aufklärung, die schließlich die hoheitliche Aufgabe der CIA war, und da es im Bewusstsein aller Agenten immer und jederzeit um alles oder nichts ging, um Untergang oder Sieg – welche Wahl war da wohl die richtige? Wer hatte da das Recht, mit Moral oder Anstand zu kommen, mit Menschenrechten oder Relativierungen?

Newt hatte gelernt, sein Tun genauso zu objektivieren wie die Qual der Gefolterten. Die hatte nichts mit ihm zu tun, nichts mit dem Menschen Newt Andersen. Der blieb zu Hause, wenn der Agent sich auf den Weg zum Militärflughafen machte, um viele Stunden später im Libanon, in Libyen oder im Irak seiner Arbeit nachzugehen.

Das Vibrieren des stumm geschalteten Handys riss Newt aus seinen Gedanken. Das Display leuchtete auf. »CARL GRUBER«, las er, dazu dessen Adresse und Telefonnummer und den Vermerk: »Genaue Daten in ein paar Stunden«.

In der kleinen Kapelle fand er den erneut tief ins Gebet versunkenen Abt. Er ließ einige Minuten verstreichen, bevor er ihn sanft an der Schulter berührte. Der Abt schreckte hoch.

»Ich werde jetzt das Kloster verlassen. Erwarten Sie mich nicht in den nächsten Tagen zurück. Achten Sie auf jede Unregelmäßigkeit bei Sebastian, Vinzent und Bertrand.« Petros ließ er außen vor, wenn es jemanden gab, auf den er sich hundertprozentig verlassen konnte, dann war es Petros.

Der Abt verbeugte sich kurz, schlug ein Kreuz und erhob sich. »Ich werde beten und fürbitten, dass unsere Mission nicht in Gefahr geraten ist.«

26.

»Können wir uns dazusetzen?«, fragte der Mann. Sara zuckte zusammen. Erschrocken starrte sie ihn an, er hatte ein freundliches Gesicht, und auch das seiner Begleiterin wirkte nett und zugewandt. Zwei Stühle an ihrem Tisch waren noch frei, doch Sara wusste, sie würde kein Wort mehr mit Julia weitersprechen können, wenn plötzlich zwei Fremde neben ihnen saßen. Nur, wie konnte man zwei Menschen, die so freundlich eine Bitte aussprachen, diese abschlagen?

»Geht nicht, sorry«, antwortete Julia knapp und nur mit der Andeutung eines Lächelns.

»Oh, schade.« Der Mann wandte sich zum Gehen, sichtlich enttäuscht und ein wenig peinlich berührt.

»Hätten wir nicht doch …«, begann Sara, wurde aber von Julia unterbrochen.

»Es gibt etwas, was du unbedingt lernen musst, Sara. Du musst deine eigenen Bedürfnisse wichtiger nehmen als die von irgendwelchen Nasen. Verstehst du? Das muss sozusagen ein Erstreflex werden. Es ist okay, nett zu sein, aber nicht, wenn es einem nicht guttut.«

Sara schlug beschämt ihre Augen nieder. »Ich dachte nur …«

Julia winkte ab, nahm einen Schluck von ihrem Bier und schloss die Augen. Sara fragte sich, ob sie selbst jemals in ihrem Leben derart entspannt in der Öffentlichkeit sein würde wie Julia. Das Café, vor dem sie saßen, war voller Menschen, ein ständiges Kommen und Gehen. Tausende Blicke trafen und streiften einen, und in jedem lag eine Bewertung, eine Einschätzung, in jedem spiegelten sich Ablehnung, Neugier, Gleichgültigkeit, irgendetwas. Es gab kein Entrinnen. Selbst wenn sie die Augen schloss, meinte sie, jeden einzelnen Blick zu spüren. Und an einem warmen Tag wie diesem schienen sich überall draußen unendlich viele gut gelaunte Menschen zu tummeln, die gewillt waren, Kontakt zu anderen aufzunehmen. Und dann dieser Lärm ... Gegenüber in dem kleinen Park wummerte Musik aus einem Gerät, wie Sara es noch nie zuvor gesehen hatte, ein schwarz-silberner Block, an dessen Vorderseite einige Lämpchen im Gleichklang mit dem Rhythmus aufglühten. Jugendliche fuhren laut rumpelnd mit Brettern hin und her, unter denen kleine Rollen befestigt waren. Sara fühlte sich hoffnungslos falsch an diesem Ort – wie an jedem Ort, den sie auf ihrer Flucht kennengelernt hatte. Das Einzige, was ihr Halt gab, war Julias Anwesenheit, nur wenn sie sich auf sie konzentrierte und ihr so nah wie möglich war, fühlte sie sich gut aufgehoben. Gleichzeitig jedoch lauerte in ihr dieses andere Gefühl, die Gewissheit und die Angst, irgendwann, nein, sogar sehr bald, nämlich nach der Beerdigung von Julias Oma, vollkommen auf sich alleine gestellt zu sein. Bestimmt war das der Grund, warum es ihr seit heute Morgen nicht gelungen war, auch nur das kleinste bisschen Essen bei sich zu behalten. Es genügte der Gedanke an die Frage, wie ihre Zukunft aussehen sollte ohne Julia, um alles wieder hervorzuwürgen. Jetzt im Café hatte Julia für sie einen Pfefferminztee und ein Mozzarellasandwich bestellt, beides hatte Sara bisher allerdings nicht angerührt, aus Angst, sich vor allen Menschen übergeben zu müssen.

Julia öffnete ihre Augen wieder und sah sie an, ein Blick voller Ruhe. Und diese Kraft darin! Sara fühlte sich klein wie eine Feldmaus, die im Unterholz verzweifelt nach etwas suchte, was man von erhöhter Warte aus sofort sah.

Julia lächelte sie sanft an. »Ich könnte dir jetzt von meinen Eltern erzählen, das sind die größten Arschlöcher unter der Sonne. Aber die Geschichte kennst du ja schon.« Sie knuffte Sara in die Seite. »Komm, erzähl mir mehr von dir, Sari.«

Sara mochte es, wenn Julia sie Sari nannte. Sie kam sich dann wie ein anderer Mensch vor, wie jemand, dessen Leben keine Vergangenheit kannte und nur aus der Gegenwart bestand.

»Ich erinnere mich nicht gut.« Dieses Zittern. Julia knuffte sie noch einmal, dieses Mal viel sanfter.

»Ab und zu muss man über seine Eltern ablästern. Danach geht's dir besser, das schwör ich dir. Bei mir ist mein Vater das kleinere Arschloch von beiden. Also, deiner war streng. Und du hast Angst vor ihm, stimmt's?«

»Er wollte nicht, dass ich mit anderen Kindern spiele. Mutter durfte auch keine Freunde haben.«

»Hast du Geschwister?«

Sara schüttelte den Kopf. »Deswegen war Vater oft wütend. Er nannte Mutter ›trockenes Weib‹.«

»Weil sie frigide war?«

Sara sah sie verunsichert an.

»Frigide ist, wenn eine Frau keine Lust mehr auf Sex hat.«

Sara spürte, wie sie rot wurde. »Nein, also … Sie war im Krankenhaus, weil sie Krebs hatte. Danach konnte sie keine Kinder mehr kriegen.«

»Und darüber war dein Vater wütend?«, fragte Julia fassungslos.

»Er sagte, Gott hat den Krebs als Strafe geschickt, weil sie nicht fest genug an Gott glaubt.«

Julia blies ihre Wangen auf und schüttelte den Kopf. »Bei dir ist eindeutig dein Vater das große Arschloch, würde ich sagen.«

Sara senkte beschämt ihre Augen, sie hoffte, Julia dachte jetzt nicht schlecht von ihr.

»Okay. Dein Vater hat dich zu Hause unterrichtet. Bis die Polizei kam. Ihr seid dann immer wieder umgezogen. Und warum bist du irgendwann doch auf eine normale Schule gegangen?«

»Es war kein Geld da, um wieder umzuziehen.«

»Wie lange warst du in der Schule?«

»Zwei Jahre.«

Julia sah sie forschend an. »Und die anderen Kinder waren nicht sehr nett zu dir, oder?«

»Sie haben mich ausgelacht und gehänselt.«

Julia nickte. Sara hatte das Gefühl, dass Julia ein schlechtes Gewissen hatte. Warum?

»Mutter wurde immer trauriger. Das machte Vater noch wütender. Ich hatte Angst, dass sie stirbt, wenn er so wütend war.« Sara zuckte mit den Schultern. »Sie sprach oft vom Tod. Manchmal, wenn sie böse auf mich war, hat sie gesagt: Willst du, dass ich sterbe, Kind?«

»Wie ist sie denn gestorben?« Julia sprach sehr leise, sie hatte Tränen in den Augen.

»Sie wurde einfach nicht mehr wach. Es war ein Sonntag. Vater deckte sie zu und nahm mich mit zum Gottesdienst, der war immer bei einer anderen Familie in einem ausgebauten Stall. Da war ein anderer Mann, der sagte zu Vater: Der Herrgott hat dir ein Zeichen gesetzt. Es steht dir nicht an, es zu verleugnen. Überlasse deine Tochter nicht dem Teufel. Sorge dafür, dass sie so lebt, wie es die Bestimmung für ein Weib ist. In den Bergen, in Österreich, gleich an der Grenze zu Deutschland, da gibt es eine Schwesternschule, sie gehört zu einem Kloster. Wir gehören zu keiner Kirche, hat Vater gesagt, wie soll das gehen? Es geht, hat der Mann gesagt, weil dort das Alte Testament gilt, da wird erzogen, wie Gott es gewollt hat.«

»Wart ihr eine Sekte? Die Zwölf Stämme oder so was?«

Sara wusste nicht, was Julia damit meinte. »Alle anderen Mädchen im Schwesternhaus waren mit fünf oder sechs Jahren dorthin gebracht worden. Ich war schon zehn.«

Sara war froh, Julia das alles erzählt zu haben, und zugleich fürchtete sie sich vor der Frage, was der Herr Sebastian mit ihr getan hatte.

Julia atmete schwer, sie beugte sich vor und umarmte Sara lange.

Ein wohliges Glücksgefühl durchströmte Sara, nein, Julia würde nicht fragen.

»Hör zu, Sari, ich habe eine Idee. Das Problem ist: Du hast keine Papiere, keinen Ausweis, keine Geburtsurkunde, gar nichts. Um die zu bekommen, musst du zur Polizei gehen. Aber dann wollen die wissen, wo du geboren bist, wo deine Verwandten sind, wo du die letzten Jahre verbracht hast und was weiß ich nicht alles. Und so wie du aussiehst, nimm das bitte nicht persönlich, so unverbraucht, so«, sie ruderte mit Händen, »mädchenhaft und unbeleckt, glauben die dir nicht mal, dass du schon achtzehn bist, und stecken dich erst mal in ein Heim. Nicht gut.«

Saras Magen vibrierte, ein Glück, dass sie weder den Tee noch das Sandwich angerührt hatte.

»Du weißt«, fuhr Julia fort, »ich muss zurück ins Internat nach Innsbruck, da ist nichts zu machen, ich hab mein Abitur erst nächstes Jahr im Sack und ohne kann ich nicht studieren.«

Sara schossen Tränen in die Augen. Jetzt war es so weit, jetzt würde Julia sie wegschicken.

»Hey.« Julia nahm sanft ihre Hände. Sara konnte nicht aufhören zu weinen. Natürlich verstand sie, dass Julia wieder in ihr eigenes Leben zurückmusste.

»Hier ist meine Idee: Du musst untertauchen.«

Sara sah erschrocken auf, was meinte sie mit untertauchen?

»Das bedeutet nur: nicht auffallen, nichts tun, wofür du Papiere brauchst und so. Ich kann dir da helfen, ich kenne ein Paar, die bewirtschaften eine Hütte in den Bergen nicht weit von Innsbruck. Da kannst du arbeiten und wohnen und verdienst auch noch ein paar Euro.«

Sara konnte ihr Schluchzen nicht unterdrücken.

Julia winkte ab. »Bedienen, Kartoffelschälen, Saubermachen, nichts Besonderes. Die beiden sind in Ordnung. Da kannst du Kraft sammeln. Und du wirst merken: Du kommst klar. Das ist wichtig! Die Wichser aus dem Schwesternhaus und dem Kloster, die haben noch viel zu viel Macht über dich und über deine Gefühle und über deinen Willen. Wenn du jetzt mit denen den Kampf aufnimmst, hast du keine Chance. Die drehen dir die Worte im Mund um und am Ende glaubst du denen mehr als dir selber.«

»Aber ich will doch gar nicht mit denen kämpfen, ich will nur …«

»Du musst mit denen kämpfen«, unterbrach Julia sie. »Du musst zur Polizei gehen, du musst erzählen, wo du die letzten Jahre gelebt hast und was da passiert ist. Dass sie dich und die anderen Mädchen eingesperrt und vergewaltigt haben und dass dieser Herr Sebastian deine Freundinnen umgebracht hat.«

Sara versuchte sich auszumalen, was Julias Worte bedeuteten. Der Gedanke, in den Bergen auf einer Hütte zu leben, gefiel ihr, zugleich konnte sie sich nicht vorstellen, monatelang mit der Angst zu leben, entdeckt zu werden.

»Was ist, wenn mich einer von denen auf der Hütte wiedererkennt. Dann holen die mich ab und …«

Julia sah sie verzweifelt an, das schien genau der Gedanke zu sein, den sie nicht hatte denken wollen. Sie nickte resigniert.

»Das stimmt natürlich. Innsbruck ist viel zu nah. So gesehen müsstest du hier bleiben. Oder noch weiter weggehen.« Auch Julia hatte plötzlich Tränen in den Augen.

Sara atmete schwer, sie merkte gar nicht, wie ihr Oberkörper vor und zurück wiegte, und auch die befremdeten Blicke der Gäste an den Nachbartischen nahm sie nicht wahr.

Julia fasste sie mit einer Hand am Nacken und zog sie zu sich heran, sodass sich ihre Stirnen berührten. »Ich würde dir so gerne helfen, Sari.«

Sara versuchte, ihre Gedanken zu ordnen, es musste doch eine Lösung geben …

»Julia«, sagte sie, »ich muss doch sowieso irgendwann zur Polizei. Dann möchte ich lieber sofort. Ich meine, was soll das für ein neues Leben sein, wenn es mit Angst und Verstecken beginnt?« Sara spürte, wie ihr der Gedanke Mut gab, der so frisch war und ihr erst in dem Moment gekommen zu sein schien, als sie ihn aussprach. »Ich will das nicht.«

Julia atmete schwer. »Ja, aber …«

»Nimm mich mit zurück nach Innsbruck und geh mit mir zur Polizei, bitte.«

Julia sah sie erstaunt an. Sie wischte zuerst ihre eigenen Tränen, dann die von Sara weg. »Ist das dein Ernst?«

Sara nickte. »Ja. Ich weiß nicht, warum, aber es ist richtig. Und wenn du nicht mitgehen willst, dann verstehe ich das.« Sie lächelte ebenfalls, ein vorsichtiges, hoffnungsvolles Lächeln. »Vielleicht kannst du wenigstens bis zur Tür der Polizei …«, sie suchte nach dem richtigen Wort.

»Der Polizeiwache.«

»Das wäre wunderschön, Julia. Alles andere werde ich alleine schaffen.«

Julia sah sie mit sehr ruhigen, großen Augen an. »Ich tu alles, was ich für dich tun kann, Sari, du kannst dich darauf verlassen.«

»Danke.« Sara spürte, wie richtig ihr Entschluss war. Nein, sie würde sich nicht mehr ducken und nicht mehr weglaufen. Ihr Blick fiel auf das Mozzarellasandwich. Sie griff danach und biss hinein.

»Alles wird gut, Sari. Du bist ein ganz toller Mensch.«

»Möchtest du ein Stück?«, fragte Sara und hielt Julia das Sandwich hin. Erst in dem Moment merkte sie, dass sie mit vollem Mund gesprochen hatte, im Schwesternhaus eines der großen Vergehen bei Tisch, das mit sofortigem Essensentzug und zwanzig Stockschlägen bestraft wurde. Sie erschrak – und brach in ein befreites Lachen aus.

Julia verstand zwar nicht, warum sie lachte, stimmte aber ein und biss ein großes Stück ab. »Nach der Beerdigung hauen wir ab«, nuschelte sie ebenfalls mit vollem Mund. »Übermorgen. Zusammen.«

Sara verstand ihre Worte nicht. Aber das war nicht wichtig, sie wusste, dass alles, was Julia zu ihr sagte, gut war.

27.

Klar, sie weiß von dem Mord an Fati, dachte Carl, als Lena die Kneipentür aufriss und sich mit finsterem Gesicht umsah. Mit starrem Blick schlängelte sie sich zwischen den vor der Theke stehenden Männern durch. Viele Augen verfolgten sie, die pechschwarzen Haare, ihre dunklere Haut waren für einige Beweis genug, dass sie nicht hierher gehörte. Carl wunderte sich, dass er nicht daran gedacht und einen anderen Treffpunkt vorgeschlagen hatte, die Kalker Stube war deutschnationales Hoheitsgebiet, würde die Bundestagswahl hier entschieden, würde die AfD den Bundeskanzler stellen. Andererseits, was machte er sich darüber Gedanken, für Lena dürfte eine Situation wie diese nichts Besonderes sein. Seit Donald Trump mit niederträchtigen Hasskampagnen den Weg ins Weiße Haus geschafft hatte, seit die AfD mit schrillen, fremdenfeindlichen Parolen in verschiedene Landtage und in den Bundestag eingezogen war und seit die sozialen Medien überquollen von rüdesten Beschimpfungen gegen Menschen mit Migrationshintergrund, ohne dass die Urheber eine Strafe befürchten mussten, hatte sich das allgemeine Klima in Deutschland verändert. Scham und Anstand waren auf dem Rückzug, verschwanden langsam, aber sicher am Horizont und machten primitiver Dreistigkeit und ungefiltertem Hass Platz. Plötzlich bedauerte er, jemals Scherze wegen Lenas türkischen Wurzeln gemacht zu haben, im Grunde waren solche vermeintlich harmlosen Scherze die Vorstufe für die sich zügellos ausbreitenden Feindseligkeiten.

»Hallo, Lena.« Er tippte auf den Barhocker neben sich, den er für sie frei gehalten hatte.

»Hast du deine Drohung wahr gemacht? Mit einem TPG-3?«, presste sie mit mühsam unterdrückter Wut hervor.

»Ich erzähl dir alles, was ich weiß, Lena. Setz dich. Ich will nicht, dass alle mithören. Willst du was trinken?«

»Das bestell ich mir selbst.«

Carl deutete auf den Wirt. »Der wird dich, solange es geht, ignorieren.«

»Dann hast du ja hier den perfekten Ort ausgewählt, um dich mit mir zu treffen.«

»Ich hab nicht dran gedacht, tut mir leid. Ehrlich.«

»Tut mir leid, tut mir leid«, äffte sie ihn nach. »Willst du dich als Nächstes dafür entschuldigen, dass du Fati getötet hast?«

Carl atmete durch, er wollte nicht wütend werden, die Situation war schwierig, ohne Zweifel, andererseits hatte er keine Lust, sich von Lena anpflaumen zu lassen. Lena winkte dem Wirt zu, der ignorierte sie demonstrativ.

»He, Fred, komm mal rüber!«

Köpfe zuckten herum, Carl hatte sehr laut gerufen. Der Wirt ließ sich Zeit, bis er kam.

»Einen Kaffee, bitte«, bestellte Lena.

»Kaffee?!«, bellte der Wirt zurück, als hätte er das Wort noch nie gehört.

»Für mich klang das wie Kaffee«, sagte Carl.

»Hab ich gehört.«

»Warum fragst du dann?«

»Weil …«

»Weil du sie nicht bedienen willst?«

»Das geht dich einen Scheißdreck an!«

»Das geht mich verdammt viel an. Sie ist genauso ein Gast wie alle anderen hier.«

»Ich entscheide, wen ich bediene.«

»Okay, und was spricht gegen sie?«

»Meine Kneipe ist keine Kneipe für Kanaken. Und dass du dich mit so was abgibst, wundert mich am meisten. Oder willst du mal orientalisch ...?« Der Wirt machte ein Zeichen für »bumsen«.

»Du verdammtes Arschloch!«

Carl warf sich auf die Theke, aber der Wirt lehnte sich lässig weit genug zurück, dass er ihn nicht erreichen konnte. Carl verlor fast das Gleichgewicht. Der Wirt nutzte die Gelegenheit und schlug ihm einen Weinkühler gegen die Stirn. Carl sackte benommen auf seinen Hocker zurück, konnte sich jedoch nicht halten und stürzte zu Boden. Die Gespräche in der Kneipe verstummten schlagartig.

»Und was jetzt, Carl Arsch?« Der Wirt wandte sich an die Thekensteher neben Carl. »Kleine demokratische Umfrage: Wollt ihr zusammen mit Kanaken euer Bier trinken oder nicht?«

Sofort blökten und bellten alle durcheinander Worte heraus, von denen Kanake noch das freundlichste war. Einer schubste Lena gegen Carl, der gerade vergeblich versuchte, sich wieder auf die Beine zu ziehen.

Der Wirt beugte sich mit leuchtenden Augen über die Theke. »Das sieht jetzt nicht so gut für dich aus, Carl. Und für deine Migranten-Fotze schon gar nicht.«

Bevor Carl etwas entgegnen konnte, sah er, wie Lena etwas mit der Linken in die Höhe hielt, ihrer Rechte steckte in ihrer Umhängetasche. »Das ist ein Dienstausweis von der Polizei!«, brüllte sie so laut, wie er ihr es nie zugetraut hätte. »In meiner Tasche hier ist meine Dienstwaffe. Die darf ich außerhalb des Dienstes nicht benutzen. Außer, um unmittelbare Gefahr abzuwenden, und nur, nachdem ich mich als Polizei klar zu erkennen ergeben habe. Was hiermit geschehen ist.«

Sie zog die Waffe. Sofort machte sich Unsicherheit breit. Der Wirt wurde nervös. »Moment mal, das ist doch alles nicht … ich mein, das ist doch nur Gerede.«

»Einem einen Weinkühler über den Kopf zu schlagen ist Gerede?«

Der Wirt sah sich hilfesuchend um, aber seine Gäste waren plötzlich nicht mehr so mutig wie vor ein paar Sekunden.

Lena zog ihr Handy aus der Gesäßtasche.

»Nein, nicht«, sagte Carl.

Lena sah ihn prüfend an, irgendetwas in seiner Stimme brachte sie dazu, nicht ihre Kollegen zu rufen.

»Okay, wir gehen.« Sie steckte die Pistole wieder ein und schob Carl, der noch ein wenig benommen war, zum Ausgang. Bevor sie die Tür öffnete, wandte sie sich noch einmal zum Wirt um.

»Migranten-Fotze ist eine strafbare Beleidigung.«

Der zuckte grinsend mit den Schultern. »Hier hat keiner so was Dreckiges in den Mund genommen. Oder?« Er warf einen Blick in die Runde. Allgemeines Kopfschütteln und hämisches Grinsen. »Da müssen Sie sich verhört haben.«

Draußen lehnte sich Carl gegen die Wand, langsam ließ der Schwindel nach. Von drinnen ertönte triumphierendes Grölen und Lachen.

»Der Rassist Carl Gruber hat sich für die Ehre einer Türkin in die Schlacht geworfen. Wer hätte gedacht, dass ich das noch erleben darf.«

»Sehr witzig.«

»Kein Humor mehr?«

Carl schwieg und betastete die kräftig angeschwollene Beule auf seiner Stirn.

»Fati. Ich will die ganze Geschichte hören.« Sie sah sich um. »Da hinten ist doch der Biergarten von der Sünner Brauerei?«

Sie brachten die Strecke schweigend hinter sich. Carl versuchte, sich darauf zu konzentrieren, wie er den Mord an Fati schildern sollte und was er besser für sich behielt, merkte jedoch sehr schnell, wie nutzlos das war. In seinem Hirn ging es drunter und drüber, quer schießende Gedankenfetzen zertrümmerten jeden Versuch, eine logische Struktur in seine Überlegungen zu bringen, und schnell wechselnde, wie durch ein Blitzlicht eingefrorene Bilder lenkten ihn mit nervöser Leichtigkeit immer wieder von seinem eigentlichen Thema ab.

Der Biergarten war noch gut besucht, es war Sommer, es war warm. Lena steuerte auf den entlegensten Tisch zu. Schweigend saßen sie da, bis die Bedienung kam. Carl wurde aus ihrem Verhalten nicht schlau. Ihre Wut vorhin, als sie gefragt hatte, ob er Fati erschossen hatte. Und jetzt diese, ja, fast so etwas wie stille Scham. Warum?

»Ein Lager Bio für mich«, bestellte Lena.

»Zwei«, ergänzte Carl. Er wartete, bis die Kellnerin wieder fort war: »Ich denke, du bist Muslima?«

»Na, und?«

»Na ja, Alkohol …«

Sie verdrehte die Augen. »Meinst du, es ist ein Privileg von Christen, sich nicht an alle Vorschriften zu halten? Der Islam ist uralt, da ist einiges renovierungsbedürftig.«

»Meine Rede, schon seit Ewigkeit.«

»Ja, aber es ist ein Riesenunterschied, ob du das sagst mit diesem Unterton: Die sind zu blöd und rückständig, oder ob ich das als Muslima sage. Die Renovierung des Islam ist unsere Sache.«

»Nur, wenn ihr es wirklich macht.«

»Unsere Sache. Nicht eure.«

»Da können wir noch lange warten. Kannst du dich noch erinnern? Die Mohammed-Karikaturen von dieser dänischen Zeitung? Was haben sich die Moslems weltweit aufgeregt wegen ein paar Bildchen, die religiöse Gefühle verletzt haben. Überall große Kundgebungen und Demos, über hundert Menschen von wütenden Moslems getötet, über achthundert verletzt. Aber wenn der Islamische Staat im Namen des Islam Tag für Tag Menschen mit Bomben zerreißt, Menschen niedermetzelt und Tausende Frauen vergewaltigt, und die meisten Opfer sind ebenfalls Moslems, was dann? Wo ist der weltweite Aufschrei? Gibt es nicht. Und die muslimischen Verbände überall? Hör sie dir an, die regen sich über die Frage auf, warum sie nicht reagieren. ›Was haben wir mit den Untaten des IS zu tun?‹, heißt es dann. Wo findet denn eure Renovierung statt, wenn ich mal fragen darf?«

Lena atmete demonstrativ genervt durch. »Das ist der Scheiß an Demokratie: Alle dürfen mitreden.«

»Ich liebe es, mitzureden.«

»Ich weiß, Carl. Das musst du nicht noch betonen.«

»Und weißt du, was das Tolle ist? Mir wird dafür weder der Kopf abgeschnitten, noch werde ich ins Gefängnis geworfen.«

»Du hasst alle Moslems, stimmt's?«

»Ich hasse niemanden. Aber manches ist mir zuwider. Zum Beispiel Fanatismus. Gotteskrieger. Vollverschleierung. Fundamentalismus.«

»Du bist selbst ein Fundamentalist.«

»Ich bin kein Fundamentalist. Ich habe eine klare Haltung, mit der ich nicht hinterm Berg halte. Das ist was anderes. Ich tu niemandem etwas, weil er nicht meiner Meinung ist.«

Sie sah ihn an, die dunklen Augen halb geschlossen. Regungslos, undurchsichtig, unzugänglich. Anders, als er sie vor einem Jahr kennengelernt hatte.

»Vielleicht macht es mir zu viel Spaß, zu provozieren«, fuhr er fort. »Aber hassen? Nein.«

Sie reagierte immer noch nicht.

Carl hob beide Hände. »Lassen wir das, Lena. Es hat keinen Sinn, dass wir uns streiten. Hör zu. Ich erzähle dir die ganze Geschichte, ohne was wegzulassen und ohne was hinzuzudichten. Weil ich längst nicht mehr abschätzen kann, was für mich gut oder schlecht ist. Nur eins weiß ich: So wenig wie ich den Jungen erschossen habe, genauso wenig habe ich Fati erledigt.«

Carl erzählte alles, wie hilflos und wütend er sich gefühlt hatte, die Mörder des Jungen zu kennen, aber nichts dafür tun zu können, dass sie zur Rechenschaft gezogen wurden. Wie er angefangen hatte, Kemal und Fati zu observieren in der letztlich naiven Hoffnung, irgendetwas zu finden, was es möglich machte, sie zur Verantwortung zu ziehen. Er erzählte von dem Mann, der sich Robert Sellmann nannte, der ihn seinerseits observierte. Von der Identitären Bewegung, die versucht hatte, ihn auf ihre Seite zu ziehen, von der Identitären Aktion, zu der Sellmann sich zählte, und von dem Mord an Fati.

Als er fertig war, sah Lena ihn lange schweigend an, als wäre das eine andere Art von Lügendetektortest, und er erwiderte ihren Blick mit der Ruhe von jemandem, der sich vor einem solchen Test nicht fürchtete, weil er die Wahrheit sagte.

»Wenn das stimmt, Carl, musst du Anzeige erstatten.«

Carl lachte bitter auf. »Es gibt keine Beweise. Nur meine Aussage. Das hatten wir schon mal. Du erinnerst dich? Am Ende werde ich dann beschuldigt. Sellmann muss mir nur irgendwie das Gewehr unterjubeln, dann bin ich erledigt.«

»Okay, dann geh ich zur Kripo.«

»Mach«, erwiderte Carl. »Aber ich werde nicht aussagen.«

Lena warf ihm einen wilden Blick zu. »Vielleicht warst du es ja doch, verdammt!«

»Und warum erzähl ich das dann alles?«

Ihre Augen fixierten ihn so intensiv, als wollte sie ihn hypnotisieren. »Ich bin Polizistin, ich muss das anzeigen.«

»Man wird dich als Erstes fragen, woher du deine Informationen über den Mord hast.«

Sie knallte beide Fäuste auf den Tisch, und für einen Moment dachte Carl, sie würde aufspringen und wegrennen.

»Fati hat den Tod verdient«, fuhr er fort. »Und selbst wenn Robert Sellmann geschnappt wird, rehabilitiert mich das nicht. Er wird behaupten, dass ich Fati erschossen habe. Wem werden sie wohl glauben?«

Lena schlug die Augen nieder, auf eine Art unangenehm berührt, ja, sogar verzweifelt. Warum? Wieder hatte Carl das Gefühl, als schäme sie sich für irgendetwas.

»Ich sehne mich jedenfalls nicht danach, für zwanzig Jahre in den Knast zu gehen.«

»Vielleicht finden sich DNA-Spuren auf dem Dach, die diesen Kerl verraten. Und das TGP-3 ist auch eine Spur.«

Carl schüttelte energisch den Kopf. »Der Typ ist ein Profi. Ein sehr intelligenter Profi. Der war komplett und dicht verpackt. Overall, Sturmhaube, Handschuhe. Der hat keine Haarschuppe zurückgelassen, und die Klamotten hat er entsorgt, da bin ich absolut sicher. DNA-Spuren? Nach dem Gewitter heute Nachmittag? Es hat wie aus Eimern gegossen.«

Lena schwieg. Irgendetwas arbeitete heftig in ihr.

»Robert Sellmann«, fuhr Carl fort, »hat Fati erschossen, weil er und seine Leute dachten, dass ich das tun wollte und mich nur noch nicht dazu durchringen konnte. Die denken, die haben mir einen Gefallen getan.«

»Weil sie dich für ihren Verein rekrutieren wollen.«

»Identitäre Aktion. Hast du von denen schon mal was gehört?«

»Nur von der Identitären Bewegung. Die sind für uns Türken eine richtige Plage geworden.«

»Bist du jetzt Türkin oder Deutsche?«

Lena holte wütend Luft, winkte dann aber ab. »Das ist genau das Problem, Carl, und das verstehst du nicht.«

»Was ist daran so schwer zu verstehen? Du bist hier geboren, du hast einen deutschen Pass, du arbeitest bei der Deutschen Polizei – du bist Deutsche. Punkt.«

»Mein Vater ist Türke. Schon vergessen?«

»Na und?«

»So einfach ist das nicht.«

»Doch. Du musst dich nur entscheiden.«

Sie griff in ihre Haare und hielt sie ihm entgegen. »Siehst du das? Schwarz. Und meine dunklen Augen? Meine dunkle Haut? Die Typen eben in deiner Kneipe haben sofort gesehen, dass ich nicht deutsch bin. Soll ich mir auf die Stirn tätowieren: Glaubt mir bitte, ich bin Deutsche?«

Wütend schlug sie auf den Tisch, griff nach ihrem Glas und leerte es in einem Zug. Die Kellnerin war zufällig am Nebentisch und sah sie fragend an. Lena nickte, ja, noch ein Lager Bio. Sie atmete schwer, ihre Finger klopften nervös auf der Tischplatte herum.

»Bist du sicher?«, fragte Carl.

»Was?«

»Das mit dem zweiten Bier«, erwiderte Carl schmunzelnd, für einen Moment fühlte er sich um ein halbes Jahr zurückversetzt, Lena und er im Streifenwagen, er hatte es auf eine Art sehr genossen, sie zu provozieren; auch wie sie meistens mit lässigem Humor gekontert hatte.

Sie sah ihn mit großen, ernsten Augen an. »Lass es, Carl«, sagte sie.

Er spürte, wie ihm das Blut ins Gesicht schoss. Sie war kein Kind mehr und er ganz sicher nicht der große, reife Erwachsene, als der er sich gerade aufzuspielen versuchte.

»Tut mir leid«, murmelte er.

Sie schwieg, bis das bestellte Bier vor ihr stand.

»Jetzt bin ich dran.« Sie sprach so leise, dass Carl sie kaum verstehen konnte. »Was war der Grund dafür, dass Kemal und Fati damals den Jungen getötet haben? Sein Name ist übrigens Ayaz.«

Carl verdrehte sie Augen. »Ich habe es tausend Mal gesagt. Das Ganze war eine Falle. Meti hatte eine offene Rechnung mit mir.«

Ein letztes Zögern, bevor Lena weitersprach. »Du hast wahrscheinlich recht«, sagte sie.

Carl starrte sie an, hatte er sich verhört?

»Ich halte es auch für denkbar, dass er sich an dir rächen wollte. Aber es gibt noch einen anderen Grund, warum Ayaz sterben musste. Einen, für den ich mich als Muslima zutiefst schäme.«

Carl holte tief Luft. Was hatte sie da gesagt?

Sie legte ihre Hand auf seinen Arm. »Kannst du ein paar Minuten zuhören, nichts sagen, einfach nur zuhören?«

»Ich versuch's«, antwortete Carl und hatte zugleich das Gefühl zu explodieren.

»In der Scharia, dem islamischen Recht, gibt es den Begriff der ›Hadd-Strafen‹, Körperstrafen. Sie werden zum Schutz des Eigentums, der öffentlichen Sicherheit und der öffentlichen Moral verhängt und gelten als ›Rechtsansprüche Gottes‹, die nicht im Interesse einer Privatperson, sondern im Interesse der Allgemeinheit vollzogen werden. Hadd-Strafen werden nach bestimmten kapitalen Vergehen angewandt: Alkoholkonsum, Diebstahl, Straßenraub, Ehebruch und außerehelichem Geschlechtsverkehr. Zusätzlich zum Koran gibt es die sogenannten Überlieferungen, das sind Koranauslegungen maßgeblicher Theologen und Juristen aus frühislamischer Zeit. Die Überlieferungen zählen auch Homosexualität, Abfall vom Islam und Vergewaltigung zu den kapitalen Vergehen. Das Strafmaß für Hadd-Vergehen wird unter muslimischen Theologen kontrovers diskutiert. Hundert Peitschenhiebe sind das Mindeste, nicht wenige fordern für Ehebruch und außerehelichen Geschlechtsverkehr sogar die Todesstrafe, einige auch für Vergewaltigung. Kannst du mir noch folgen?«

»Das Mittelalter lässt grüßen«, sagte Carl.

Lena presste ihre Lippen zusammen, es kostete sie sichtbar einige Mühe, nicht zu reagieren. »Die Todesstrafe in solchen Fällen ist Ermessenssache des Schariarichters, der ist in der Regel ein Geistlicher. So wie Meti Arslan einer ist.«

Lena hielt inne, nahm einen Schluck Bier und betrachtete das Glas. »Dafür könnte ich mit hundert Peitschenhieben bestraft werden.«

»Nicht in Deutschland«, sagte Carl

»Kannst du bitte zuhören?«, fragte Lena gereizt.

Carl hob beide Hände: okay, okay.

»Schariagerichte sind öffentlich. Nehmen wir an, eine Frau beschuldigt einen Mann, sie vergewaltigt zu haben. Wenn sie vier männliche Augenzeugen hat, wird der Vergewaltiger bestraft, mit hundert Peitschenhieben oder mit dem Tod, je nach Auslegung. Ohne diese Zeugen oder wenn der Täter nicht geständig ist, wird umgekehrt die Frau wegen Verleumdung mit achtzig Peitschenhieben bestraft.«

Carl stöhnte auf. »Es fällt mir sehr schwer, einfach nur zuzuhören.«

»Mir fällt es schwer, das zu erzählen, und mein einziger Trost ist, dass diese brutale Auslegung des Korans nicht von allen Muslimen gutgeheißen wird.«

»In Köln oder in Berlin, ja. Aber wie ist es in der restlichen Welt?«

»Eine vergewaltigte Frau«, fuhr Lena fort, ohne auf Carls Einwand einzugehen, »hatte logischerweise sexuellen Kontakt. Ohne Zeugen oder Geständnis des Täters hat sie sich dieser Logik nach nicht nur der Verleumdung, sondern auch der Unzucht schuldig gemacht. Ist sie ledig, darf sie nur noch einen Ungläubigen oder einen ebenfalls wegen Unzucht verurteilten Muslim heiraten.«

»Und wenn sie verheiratet ist?«

Lena fuhr sich mit gespreizten Fingern durch die Haare und über die Kopfhaut, als wollte sie damit einen bohrenden Kopfschmerz vertreiben. »Dann fällt die Strafe härter aus.«

Das Thema quälte sie, das war nicht zu übersehen, deshalb verkniff Carl sich die Frage, welche diese härtere Strafe sein würde. Er lächelte sie an. Lena reagierte mit einem warmen Blick voller Dankbarkeit, der Carl für einen Moment irritierte. Zum ersten Mal empfand er sehr deutlich, wie schwer es sein musste, mit zwei derart gegensätzlichen Kulturen aufgewachsen zu sein wie die türkisch-muslimische und die deutsche christlich-demokratische. Im Grunde passten beide nur zusammen, wenn der muslimische Teil sich von der Scharia verabschiedete.

»Meti Arslan hat drei Töchter«, fuhr sie fort. »Die jüngste, Senem, ist fünfzehn Jahre alt und noch unverheiratet. Sie gilt als seine Lieblingstochter. Senem hat sich mit Ayaz ein paarmal heimlich getroffen. Sie wurde von ihm schwanger. Meti schickte sie daraufhin sofort in die Türkei in die Obhut seines Bruders. Da ist sie heute noch.«

Lena sah Carl an. In ihrem Gesicht las er Zweifel, fast, als bereute sie es, ihm all das erzählt zu haben.

»Nach dem, was du mir erzählt hast«, sagte er, »war für Ayaz nach der Scharia die Todesstrafe fällig.«

»Wie gesagt, je nach Auslegung. Aber in jedem Fall wäre eine

Strafe fällig gewesen. Das Merkwürdige ist: Ayaz blieb bis zu seinem Tod unbehelligt, keine Bestrafung, nichts.«

»Nach deutschem Recht ist da auch nichts zu bestrafen«, sagte Carl.

»Für Meti existiert das deutsche Recht nicht.«

Carl lachte auf. »Weißt du noch, wie du reagiert hast, als ich genau das damals zu dir gesagt habe? ›Ach, komm schon, Carl, das ist nur Gerede.‹«

»Du bist ein schwieriger Mensch. Und du hast 'ne Menge Vorurteile. Ich hielt das eben für genau das: ein Vorurteil.«

»Was ja wiederum auch ein Vorurteil war.«

Sie sah ihn fragend an.

»Du hättest mich fragen können, woher mein Urteil kommt. Ich hätte es dir erklärt.«

Lena winkte müde ab. »Das Ganze ist ein verdammtes Minenfeld.«

»Das stimmt.« Carl musste an die Situation vorhin in der Kalker Stube denken.

»Ist das jetzt wieder dein Zynismus? Du stimmst mir zu, aber in Wahrheit denkst du: Die Türken und ihr beschissener Islam gehören einfach nicht hierher?«

»Nein, das denke ich nicht.« Carl hatte keine Lust, dieses Thema noch weiter zu vertiefen. Sie war eine deutsche Polizistin, sie stand für das deutsche Rechtssystem ein, und zugleich war da ihr türkischer, muslimischer Anteil, der Loyalität zu den mitunter völlig gegensätzlichen Regeln dieser Kultur und Religion einforderte.

Lena umklammerte ihr Kölschglas, als böte es ihr Halt. Sie sah Carl an, ein hilfloser Blick, der Carl sehr rührte. »Aus Metis Perspektive ist da seine Lieblingstochter Senem, beschmutzt und entehrt, und da ist der, der ihr die Ehre geraubt hat. Nach Metis Verständnis müsste die Scharia zur Anwendung kommen. Aber wie soll das gehen in Deutschland?«

Lena schloss für einen Moment ihre Augen.

»Ein Jahr später ist Ayaz tot, erschossen von Carl Gruber. Der allerdings behauptet, in eine Falle gelockt worden zu sein und dass Kemal Simcek und Fati Demir den Jungen erschossen haben, zwei Männer, die zu Metis engsten Vertrauten gehören. Ich bin ehrlich, Carl. Ich wollte glauben, dass du der Täter bist, alles andere wäre zu ungeheuerlich gewesen. Aber jetzt erscheint es mir nicht mehr so ungeheuerlich.«

»Heißt das, du glaubst mir jetzt?«

»Das heißt, ich will die Wahrheit herausbekommen.«

Lena schloss die Augen. Sie sah müde aus, viel müder als der Dienst einen machen konnte. Carl studierte ihr Gesicht. Das Weiche, Unterfütterte, das Mädchenhafte von damals war verschwunden. Ihre Wangenknochen traten jetzt deutlicher hervor, die Lachfältchen um die Augen hatten feine, schärfere Ränder bekommen, ihre Lippen waren immer noch voll, wirkten aber entschiedener. Und sie machte vielleicht keinen deutlich älteren, aber einen reiferen und fraulicheren Eindruck.

»Woher weißt du das alles über Ayaz und Senem?« Carl klang misstrauischer, als er hatte klingen wollen.

Sie öffnete langsam ihre Augen, der Blick, den sie ihm zuwarf, war kühl. »Das kann ich dir nicht sagen.«

»Warum nicht?«

Lena schwieg.

»Ist Fatis Frau deine Informantin? Hat sie dir das erzählt über Meti?«

»Ich kann dir nicht mehr sagen. Und ich möchte nicht, dass du irgendjemandem gegenüber etwas in der Art behauptest.«

»Was ist, wenn die Mordkommission oder der Staatsanwalt dich fragen?«

»Ich werde meinen Informanten nicht preisgeben.«

»Na, toll.« Carl fühlte sich wie von einer Welle getroffen und zurückgeschleudert. »Es bleibt also dabei: Der Junge musste sterben, weil irgendein Fundamentalisten-Arsch mit seinem mittelalterlichen Ehrbegriff nicht klarkommt, und die, die für seinen Tod verantwortlich sind, bleiben ungeschoren.«

Lena sah ihn trotzig an. »Es gibt keine Beweise«, wiederholte sie.«

»Warum hast du mir dann das alles erzählt?«

»Schon vergessen? Ich will die Wahrheit herausfinden.«

»Na, super. Und dafür verschweigst du die Hälfte der Geschichte.«

Sie warf sich in ihren Stuhl zurück und verschränkte wütend die Arme. »War wohl ein Fehler, mit dir zu reden.«

»Fehler? Vielleicht war es ja Berechnung.«

»Ach, ja? Und was berechne ich da?«

»Du hältst mich immer noch für Fatis Mörder und hoffst, dass ich jetzt auch noch Kemal und Meti umlege?«

»Was sollte ich davon haben?«

»Ich weiß es nicht. Aber was ich ganz sicher weiß, ist: Du bist Polizistin. Du musst das alles dem Staatsanwalt sagen. Es geht hier um Mord, nicht um falsch parken.«

Carl zog einen Zehneuroschein aus seiner Geldbörse und ließ ihn auf den Tisch fallen. »Danke für deine Hilfe, Lena.«

Er stieß seinen Stuhl zurück, der polternd zu Boden fiel, und pflügte durch die Stuhlreihen, ohne auf die Proteste der Gäste zu achten, die er dabei anrempelte.

Lena sah ihm hinterher. Als er in der Dunkelheit verschwand, verschränkte sie die Arme hinter ihrem Kopf und schloss die Augen. Außer Müdigkeit war in ihrem Gesicht nichts zu lesen.

28.

Carl warf die Wohnungstür hinter sich ins Schloss. Zu heftig, sie sprang wieder auf, Putz rieselte unter dem Türrahmen hervor. Nichts entwickelte sich so, wie er es brauchte. Ohne eine Aussage von Lenas Informantin – er war sich sicher, dass es sich um eine Frau handelte, möglicherweise Fatis Frau –, hatte er keine Chance, in einem wiederaufgenommenen Verfahren seine Unschuld zu beweisen. Wütend trat er auf die Tür ein, sein Schuhabsatz zeichnete sich im Furnier ab. Wieso packte er nicht einfach seine Sachen und haute ab? Sollte der bekackte Muskel-Adonis doch umlegen, wen er wollte, Kemal, Meti und sonst wen – was ging ihn das an? Sie hatten alle Dreck am Stecken, es traf keine Unschuldigen.

Er sah sich in seiner Wohnung um. Wohnung! Das Wohnzimmer war zu einem lächerlichen Büro geworden. Diese Möbel würde sich nicht einmal ein Obdachloser zumuten, wenn er endlich eine Bleibe gefunden hatte. Hier stimmte nichts. Alles war falsch. Er hatte versucht, sich in dem Leben einer Kellerassel, einer Amöbe, einer Kröte einzurichten. Das hatte nichts mit ihm zu tun. Das musste aufhören.

Er ging zum Fenster. Robert Sellmann, war er da, stand er wieder im Hauseingang gegenüber? Nein, stand er nicht. Und wenn? Würde er dann zu ihm hinübergehen und sagen: Besorg mir auch so ein TPG-3, ich bin dabei? Tat Sellmann im Grunde das einzig Richtige?

Der hatte sich für eine Seite entschieden, ohne Wenn und Aber, kein Zaudern, kein Lamentieren, keine Bedenkenträgerei, stattdessen Klarheit.

Aus dem Augenwinkel sah Carl den Anrufbeantworter blinken. Wie viele Wochen war es her, dass er auf der Festnetzleitung einen Anruf erhalten hatte? Der letzte war von der Fernsehproducerin gewesen. Die Drehbücher, für einen Moment bereute er, sie weggeworfen zu haben. Die Arbeit daran hätte ihn jetzt ein wenig ablenken können, und plötzlich erschienen ihm sogar die achthundert Euro sehr lukrativ. Er drückte auf Play.

»Guten Abend, Herr Gruber.« Eine ihm unbekannte Stimme, ein Hauch von Fremdartigkeit, im Hintergrund gleichmäßige Fahrgeräusche, der Anruf kam aus einem Auto. »Mein Name ist Jonathan Barker. Es ist sehr spät, dafür bitte ich um Entschuldigung. Ich hatte Ihnen schon eine SMS geschickt, aber leider keine Antwort erhalten. Der Grund meines Anrufs ist ein sehr dringendes Anliegen, und ich hoffe sehr, dass Sie sich Zeit dafür nehmen können. Ich werde mich gleich morgen früh erneut bei Ihnen melden. 8 Uhr 30, wenn es für Sie in Ordnung ist. Bitte halten Sie es nicht für unseriös, wenn ich Ihnen jetzt schon ein ungewöhnlich hohes Honorar zusichere. Ich brauche sofort Hilfe. Auf Wiederhören.«

Jonathan Barker? Der Name sagte ihm nichts. Carl zog sein Handy hervor, tatsächlich war da eine Textnachricht, der Wortlaut war ähnlich. Dreimal hatte sie dieser Jonathan Barker hintereinander geschickt, jeweils im Abstand von einer halben Stunde. Carl rief die Handyeinstellungen auf und erhöhte die Signallautstärke für eingehende SMS. Viel versprach er sich nicht von Jonathan Barker und seinem Auftrag. So wie er hatten sich schon andere potenzielle Auftraggeber angehört, solide, verbindlich, auch verlockend, und am Ende hatte es sich jedes Mal um Aufträge gehandelt, die für ihn nicht infrage gekommen waren.

Im Herzen bist du immer noch ein Bulle, dachte er. Zugleich spürte er, wie diese stabile Barriere, die ihn bisher alle halbseidenen Angebote hatte ablehnen lassen, dabei war zu zerbröckeln. Wenn er tatsächlich dem Leben hier den Rücken kehren wollte, brauchte er Geld, je mehr und je früher, desto besser. Noch einmal zog er sein Handy hervor und aktivierte die Weckfunktion für sieben Uhr. Er würde eine Menge Kaffee und Zeit in der Dusche brauchen, bevor sein Verstand für einen neuen Auftrag geschärft genug war.

Ein kleiner Absacker wäre jetzt nicht schlecht, um genug Müdigkeit anzusammeln und einigermaßen gut zu schlafen. Aber wo? Die Kalker Stube war seit heute verbranntes Territorium. Im Grunde war das gut so. Ohnehin hatte er sich nie zwischen den deutschtümelnden Idioten wohlgefühlt. Die nächste Kneipe, Tulpe hieß sie, war nur ein paar Hundert Meter entfernt. Er nahm seinen Schlüsselbund. Dort verkehrten vorwiegend Studenten und junge Menschen, die nach ihrem Studium in die bunte Welt ewiger unbezahlter Berufspraktika eingestiegen waren. Er zögerte, nein, die waren schon zu seiner Zeit als Bulle nicht sein bevorzugter Umgang gewesen. Wenn man wie er nach seinem Abitur nicht studierte, sondern zur Polizei ging, hatte man sich für eine andere Welt entschieden, da gab es keine Schnittmengen.

Plötzlich war Lena wieder in seinem Kopf, ihr Gesicht, ihre dunklen Augen, das füllige Haar, das sie kaum unter der Polizeischirmmütze gebändigt bekam. Die Art, wie sie ihn im Zweikampf vorgeführt hatte, einerseits beschämend für ihn, andererseits faszinierend. Ihre selbstsichere, ernste Art, die nichts Verspieltes mehr hatte. Wie konnte ein Mensch sich innerhalb von einem halben Jahr derart verändern? Oder hatte er sie damals einfach nur vollkommen falsch eingeschätzt?

Warum hatte sie ihm vorhin all das erzählt? Im Grunde gab es nur einen Grund: Sie wollte ihm helfen. Und er hatte sich wie ein Arschloch benommen.

Wie viel Zeit war vergangen, seit er aus dem Biergarten abgehauen war? Eine Viertelstunde?

Er verließ seine Wohnung und sprang die Treppe hinunter, immer zwei Stufen auf einmal. Draußen empfing ihn die Art von elektrisierter Schwüle, die ein Gewitter ankündigte, und tatsächlich zuckten am Horizont schon erste Blitze, deren Donner allerdings lange auf sich warten ließen und sehr verhalten grummelten.

Als er die Mauer entlangging und sich dem Eingang zum Biergarten näherte, erhöhte sich sein Puls. Er ertappte sich dabei, wie er immer langsamer wurde, fast kehrte er wieder um. Über den hohen Mauerrand sah er, dass die großen Sonnenschirme schon geschlossen und sturmsicher eingerollt worden waren. Halogenfluter beleuchteten den Biergarten, um den Kellnern das Zusammenräumen und einpacken zu erleichtern. Er bog um die Mauerecke. Lena saß noch an derselben Stelle, in Gedanken versunken, die Augen geschlossen. Die Kellnerin, von der sie vorhin bedient worden waren, warf Lena während ihrer Aufräumarbeit hin und wieder Blicke zu, keine unfreundlichen oder genervten, bis sie vorsichtig an sie herantrat. Sie zögerte, man sah ihr an, dass sie die offenbar tief in Gedanken versunkene Frau nicht stören wollte, andererseits wollte sie Feierabend machen. Lena öffnete ihre Augen und lächelte sie an. Die Kellnerin sagte ein paar Worte, Lena nickte und griff nach ihrer Tasche. Dann sah sie Carl. Ihr Lächeln verschwand und machte einem ruhigen, fragenden, fast sinnlichen Blick Platz. Das helle Licht der Fluter erlosch, nur das Glimmen einer Lichterkette blieb.

Carl rührte sich nicht von der Stelle. Seine Blicke folgten ihren Bewegungen, als sähe er sie zum ersten Mal. Sie ließ sich Zeit, zeigte keine Unsicherheit, als sie auf ihn zuging, ohne ihre Augen von ihm zu nehmen. Carl wartete, längst hatte sich jeder Gedanke verflüchtigt. Als sie vor ihm stehen blieb, fühlte es sich selbstverständlich an, seine Hand nach ihr auszustrecken, sie streckte ihm ihre entgegen, und die Berührung hatte etwas so Intensives, dass er zu keiner anderen Bewegung fähig war. Sie zog ihre Hand wieder zurück.

»In einem anderen Leben, Carl. Vielleicht.«

Sie wandte sich ab und überquerte die Straße. Carl sah ihr hinterher. Selbst als sie schon in der nächsten Seitenstraße verschwunden war, rührte er sich nicht von der Stelle.

Ja, es war Zeit, Köln ein für alle Mal zu verlassen. Der Entschluss stand fest, glasklar, aus dem Nichts, er brauchte nicht mehr darüber nachzudenken. Er würde den Auftrag von diesem Jonathan Barker annehmen, so viel Geld wie möglich herausschlagen und gehen. Hier war nur Vergangenheit.

Seine Tochter, Anna … es tat so unendlich weh.

Aber wenn er blieb, änderte das nichts daran, dass er sie ohnehin nicht sehen durfte.

Fantasien bestürmten ihn, wie er Kemal und Meti ins Jenseits beförderte, als Abschiedsgeschenk, das er sich selbst machte, und zugleich wusste er, er würde niemals dazu in der Lage sein. Sollte Robert Sellmann das erledigen.

Carl lief an der Mauer entlang. Inzwischen waren die Blitze greller geworden, und die Donner folgten schneller und grollender. Im Licht der Blitze zeigte sich ein marmorierter Himmel voller schwerer schwarzer und grauer Wolken, lange würde der Regen nicht mehr auf sich warten lassen. Ein Auto näherte sich von hinten, der Motor rasselte, die Ventile, die Steuerkette, in jedem Fall ein altes Auto. Intuition. Auch dieses Mal sagte sie nicht, was passieren würde. Nur: Pass auf, Carl. Er drehte seinen Kopf. Ein Fiat Punto, ein Blitz erhellte das vor zwanzig Jahren noch gebräuchliche typische Frontemblem mit fünf schrägen silbernen Streifen. Die Scheibe auf der Beifahrerseite ist heruntergekurbelt, der Kopf des Fahrers im Dunkeln, aber die Silhouette zeigt, dass er sein Gesicht Carl zuwendet. Der rechte Arm richtet sich auf ihn. Neben Carl, zwischen zwei Bänken, ein Abfalleimer. Er springt hinauf, packt den Rand der mannshohen Mauer und zieht sich hoch. Mehrere Schüsse, nicht sehr laut, eine Pistole mit Schalldämpfer. Ziegelsplitter reißen Schrammen in die Haut seiner Arme, Querschläger jaulen. Auf der Innenseite am Mauerrand zwei Linien Stacheldraht. Er flankt darüber hinweg, landet auf der anderen Seite unsanft auf gegen die Mauer gelehnte Brauereiklappstühlen. Wieder stürzt er auf die Schulter, der Schmerz ist für einen Moment unerträglich. Jenseits der Mauer wird eine Autotür geöffnet. Carl springt auf und rennt. Neben dem Gasthaus steht ein mobiler Toiletten-Container, dahinter Gebüsch. Er weiß nicht, wie schnell der Schütze auf die Mauer hinaufkommt, aber von dort hat er freies Schussfeld. Carl passiert den Container. Neben ihm reißt ein Projektil die Farbe vom Metall und surrt mit einem hornissenartigen Summen als Querschläger davon. Carl erreicht das Ende des Containers, wirft sich dahinter und dringt ins Gebüsch ein. Stockdunkel. Er stoppt, macht einen Schritt zur Seite, riskiert einen Blick zurück. Kemal. Er stützt die Arme auf den Mauerrand, fasst seine Pistole mit beiden Händen. Mündungsfeuer. Mehrere Schüsse. Carl zuckt zurück in Deckung und rennt weiter, die Arme vorgereckt. Irgendwann muss ein Zaun kommen oder wieder eine Mauer. Ein Maschendrahtzaun, mehr als zwei Meter hoch. Carl greift hinein und zieht sich hoch. Der Draht schneidet schmerzhaft in die Hände. Auf der anderen Seite öffnet sich ein parkähnlicher Garten, an den weitere Gärten grenzen. Er klettert über mehrere Zäune und versteckt sich in einem Oleandergebüsch. Stille. Kemal schleicht über die Wiese und nähert sich. Weiß er, wo Carl steckt? Kemal bleibt stehen und sieht sich um. Es ist zu still, als dass Carl auch nur einen einzigen Schritt auf dem Boden voller trockener Äste riskieren könnte.

Plötzlich verspürt er so etwas wie Erleichterung. Gut, dann ist das eben das Ende, und auf eine Art ist es perfekt: Es ist an der Zeit, endlich deine Lektion zu lernen, Carl, dein Leben ist in eine nicht mehr korrigierbare Schieflage geraten, das Gift, das Meti mit seinem perfiden Racheplan und dem Mord an dem Jungen in die Welt gesetzt hat, ist nicht mehr zu neutralisieren, es wirkt weiter, entfaltet mehr und mehr zerstörerische Energie, die wiederum andere mitreißt und infiziert. Nach seinem Tod werden Robert Sellmann und seine Identitäre Aktion eine noch größere Berechtigung verspüren, tödliche Schüsse aus dem Hinterhalt abzufeuern, Meti wird weiter frohlocken, dass die deutschen Gesetze für ihn keine Geltung haben, und er wird in Zukunft noch rücksichtsloser und selbstherrlicher handeln. Und Lena?

Ein paar Tropfen, dick und schwer, unterbrachen seine Gedanken. Und dann barst der Himmel, ein Wolkenbruch, gewaltige Wassermassen stürzten herab.

29.

Seit er das Kloster verlassen hatte, war Newt bis auf eine Pause durchgefahren. Die Autobahnen waren zwar auch nachts erstaunlich belebt, vor allem der endlose Strom schwerer Lastwagen störte, die sich gerne gegenseitig überholten, selbst wenn sie in fast derselben Geschwindigkeit fuhren. Aber er war gut vorangekommen und hatte Köln um kurz vor sechs Uhr morgens erreicht.

Unterwegs hatte er das für seine Pläne passende Hotel gesucht und schnell gefunden. Das Stadtpalais neben der Lanxess Arena war ein großer, anonymer, außen unscheinbarer, innen auf modern getrimmter Kasten, von dem aus er mit der U-Bahn innerhalb weniger Minuten in unmittelbare Nähe von Carls Büro gelangen konnte. Aufwendiger war es, verschiedene Parkhäuser zu recherchieren, in denen er abwechselnd sein Auto unterstellen konnte und von denen aus das Hotel schnell zu erreichen war. Der Mietwagen stellte eine zurückverfolgbare Spur dar, das waren die Kleinigkeiten, die in einem großen Plan leicht zu einem großen Problem werden konnten, auch wenn er ihn unter seiner Deckidentität Jonathan Barker gemietet hatte.

Im Hotel duschte er lange und im Wechsel kalt und warm. Biorhythmisch war sein Körper noch in North Carolina und sechs Stunden zurück, er würde also bis 8 Uhr 30, wenn er sich bei Carl meldete, nicht allzu müde sein. Schlafen konnte er danach ein wenig – vorausgesetzt, Carl nahm den Auftrag an, das entflohene Mädchen Sara ausfindig zu machen.

Während er sein tägliches Fitnesstraining absolvierte, Sit-ups, Liegestütze und einige Yogaübungen, ließ er den Fernseher laufen. Zuerst fand er nur Programme, die genauso schreiend bunt wie die amerikanischen waren, aber dann blieb er bei einem Sender hängen, der so war, wie er sich deutsches Fernsehen vorstellte: dezent, weitgehend unaufdringlich und ohne lärmende Werbung. Ihm gefiel das. Wahrscheinlich ist es genetisch bedingt, dachte er belustigt, seine deutsche Ader von der Hielscher-Familie.

Um 7 Uhr 30 setzte er in ein noch ungenutztes Handy eine neue SIM-Karte, tippte eine Nummer ein und schickte eine SMS, in der nicht mehr stand als »bin da«.

Im Frühstücksraum setzte er sich in eine Ecke mit dem Rücken zur Wand. Gerade hatte er seinen ersten Kaffee eingegossen, als eine Mail mit einem Downloadlink von fromSmash einging. Er lud das Material herunter, im Wesentlichen handelte es sich um Zeitungsausschnitte und eine knapp gehaltene Beschreibung von Carl Gruber, in der er als möglicher und vielversprechender Neuzugang zu den Caring Christians beschrieben wurde. Newt studierte alles sehr genau, während er ein Müsli mit Joghurt löffelte. Eine Stunde später, exakt um 8 Uhr 30, trat er hinaus auf die Straße und wählte Carls Büronummer.

»Guten Morgen, mein Name ist Jonathan Barker.« Er sprach den Namen deutsch aus. »Haben Sie meine Nachrichten gestern noch erhalten?«

Newt hörte konzentriert zu. Die Stimme und die Art zu sprechen sagt sehr viel über einen Menschen aus.

»Freut mich sehr, dass Sie sich Zeit nehmen, Herr Gruber. Passt es für Sie, wenn ich sofort zu Ihnen komme? Dann können wir alles Weitere besprechen.«

Carl Grubers Stimme hatte etwas Bemühtes. Entweder weil es noch früh am Morgen war und er es nicht gewohnt war, so früh aufzustehen, oder weil er versuchte, etwas zu verbergen. Auf jeden

Fall hörte Newt deutliches Misstrauen heraus, was ihn allerdings nicht wunderte bei dem, was Carl im letzten halben Jahr widerfahren war.

»Gut, ich mache mich gleich auf den Weg. Auf Wiedersehen.«

Als er aus der U-Bahn-Station auf die Straße trat, sah er die Einschätzung seines Kontaktmanns bestätigt, der ihm das Material über Carl zugesandt hatte. Wer in solch einer Gegend wohnte, musste auf der sozialen Leiter sehr weit abwärtsgerutscht sein und stand finanziell nicht gut da.

Newt nahm für die letzten paar Hundert Meter nicht den Bus. Er hasste Busse und vermied sie, wo er nur konnte. Überall im Nahen Osten waren bevölkerte Busse ein beliebtes Ziel für terroristische Anschläge gewesen, das hatte sich bei ihm als ein unbedingt zu vermeidendes Risiko eingebrannt.

Nachdem er die Klingel betätigt hatte, öffnete sich über ihm ein Fenster. Er sah nicht hinauf, er war sich sicher, dass es Carl war. »Sehr vorsichtig und argwöhnisch«, hatte es in dem Bericht geheißen. Argwöhnisch, das Wort war ihm nicht mehr geläufig gewesen, und er hatte es erst einmal googeln müssen. Vor der Eingangstür verdunkelte sich das Guckloch für einige Sekunden, bevor Carl Gruber öffnete. Eine Hand hielt er hinter sich am Hosenbund. Wahrscheinlich steckte dort eine Waffe.

30.

In der Nacht zuvor hatte Carl kaum Schlaf gefunden, wenn, dann jeweils nur für wenige Minuten. Entweder war es ein Albtraum, der ihn aus dem Schlaf riss – Kemal, der ihn doch noch stellte und dem er wehrlos ausgeliefert war –, oder es war Lenas Gesicht in Übergröße und der Blick, den sie ihm zugeworfen hatte, ein verführerischer Blick, der sich in ein hämisches Grinsen verwandelte, als sie ihn Kemal übergab, der seine Pistole hob, zielte und schoss. Und dann, kaum dass er hochgeschreckt war, verschwitzt und panisch, ging das Gedankenkarussell los.

Zur Polizei gehen und Kemal anzeigen? »Warum will dieser Kemal Simcek Sie töten, Herr Gruber?« – »Weil er denkt, ich hätte seinen Kumpel Fati Demir erschossen.« – »Warum soll er das denken?« – »Weil ich weiß, dass er und Fati den Jungen Ayaz erschossen haben.« – »Sind nicht Sie es, der den Jungen erschossen hat und der nur durch einen anrüchigen Deal mit dem Staatsanwalt freigekommen ist? Und der höchstwahrscheinlich auch der Mörder von Fati Demir ist?«

Nein, zur Polizei gehen war keine Option.

Robert Sellmann informieren? Damit er Kemal genauso ins Jenseits befördert wie Fati? Ja, sagte ein Teil von ihm, verdient hat er es allemal! Absurd, sagte ein anderer. Sellmann war ein eiskalter Killer, mit dem er sich nicht gemeinmachen durfte. Außerdem hatte Sellmann deutlich gemacht, was er von ihm erwartete: Der zweite Kerl gehört dir. Wir tun, was getan werden muss. Jetzt bist du dran.

Es gab nur eine Option.

Er griff nach seinem Handy und wählte Lenas Telefonnummer. Sie *muss* ihre Informantin dazu bringen auszusagen. Der legale Weg. Kemal und Meti würden verhört werden, Carl würde seine Aussage von damals wiederholen, und sie würde wesentlich glaubwürdiger klingen, denn jetzt konnte man Meti ein Motiv für den Mord unterstellen. 4 Uhr 22 morgens.

Endloses Klingeln, keine Mailbox. Er wählte wieder und wieder. Keine Antwort.

Carl ging zum Fenster. Wartete Kemal draußen schon auf ihn?

Nichts zu sehen, kein Fiat Punto, kein 7er BMW. Das bedeutete nichts, Kemal konnte sich hinter jeder Ecke verstecken und abwarten. Und wer sagte denn, dass er es selbst sein würde, der auf ihn wartete? Meti hatte bestimmt noch andere Handlanger, Männer, die Carl nicht kannte. Er saß in der Falle.

Kaffee, schwarz, sehr stark. Nachdenken.

Und wenn Lena trotzdem bei ihrem Nein blieb, weil sie ihm einfach nicht glaubte?

Der Anruf von Jonathan Barker. Ein Geschenk des Himmels. »Bitte halten Sie es nicht für unseriös, wenn ich Ihnen jetzt schon ein ungewöhnlich hohes Honorar zusichere.«

Das war der richtige Weg: den Auftrag annehmen und so viel Geld wie möglich herausschlagen. Höllisch aufpassen, dass Kemal oder andere von Metis Schergen ihn nicht erwischten.

Es war fünf Uhr morgens. Viel zu früh zum Telefonieren. Trotzdem. Lena machte Schichtdienst, so wie er damals, da gelten andere Uhrzeiten. Vielleicht hatte sie seinen Anruf nicht entgegengenommen, weil sie seine Nummer auf ihrem Display gesehen hatte und nicht mit ihm sprechen wollte?

Er griff nach seinem Handy, → Einstellungen → eigene Rufnummer anzeigen → Nein. Warum war er nicht schon vorher darauf gekommen? Nach dem dritten Klingeln hob sie tatsächlich ab.

»Hallo? Wer ist da?«

Sie klang müde, kurz angebunden, verschlossen.

»Carl hier, ich muss unbedingt mit dir …«

Besetztzeichen, sie hatte aufgelegt. Er versuchte es wieder, ließ es endlos klingeln, dann kam die Mailboxansage. Er erzählte, was passiert war. Wird sie sie sofort abhören? Wird sie zurückrufen? Oder seine Nachricht ungehört löschen?

»Guten Morgen, Herr Gruber. Ich bin Jonathan Barker. Danke, dass Sie sich Zeit für mich nehmen.«

»Ihr Anliegen klang sehr dringend.«

Carl warf einen schnellen Blick ins Treppenhaus, bevor er den Weg frei gab. Er schloss die Tür und verriegelte das Sicherheitsschloss, ohne Barker den Rücken zuzukehren und seine Hand von der Pistole zu nehmen, die er sich hinten in den Hosenbund geschoben hatte.

Barker betrat das Büro. Er machte auf Carl einen fahrigen, nervösen Eindruck, harmlos und zugleich auf eine Art fremd. Carl deutete auf die Sitzgruppe, die ihm angesichts des ersten Klienten seit Wochen noch zerschlissener vorkam.

»Einen Kaffee?«

»Danke, nein.« Newt setzte sich, seine Hände waren in ständiger, knetender Bewegung. »Darf ich gleich zu meinem Anliegen kommen?«

»Bitte sehr.« Da war ein leicht fremdartiger Klang in Barkers Stimme. Was genau es war, konnte Carl nicht benennen.

»Ich hatte meine Nichte zu Besuch, Sara heißt sie, Sara Baumert. Meine Schwester ist sehr ängstlich. Obwohl sie schon achtzehn ist, also meine Nichte, ist sie sehr furchtsam, also meine Schwester, dass Sara etwas zustößt. Meine Schwester ist wohl das, was man überprotektiv nennt.«

Barker grinste schief. Ein ängstlicher, heillos überforderter Mann, der dringend Hilfe brauchte und an nichts anderes denken konnte, als diese so schnell wie möglich zu bekommen.

»Ich verstehe.«

»Ich weiß nicht, was in das Kind gefahren ist.« Barker machte eine kurze Pause, um seine zitternde Stimme in den Griff zu bekommen. »Vorgestern … sie ist weggelaufen, mit einem anderen Mädchen, sie haben den Intercity von München nach Köln genommen und sind abends am Deutzer Bahnhof angekommen. Das hat sie einer Freundin gesimst. Seitdem ist kein Lebenszeichen mehr gekommen. Sara hat keinen Ausweis und kein Geld. Wo kann sie denn hin?«

Barker sah ihn hilflos an. Eigentlich müsste Carl erst einmal genauere Informationen erfragen, Jonathan Barkers Adresse, seinen Ausweis überprüfen, detaillierte persönliche Daten von seiner Nichte Sara, Belege ihrer Identität, Papiere, Dokumente abfragen. Nur, wozu?

»Haben Sie ein Foto von den beiden?«

»Nur von Sara.« Das Bild zeigte ein Mädchen, blass und unbedarft, das Carl auf höchstens sechzehn Jahre schätzte, in einer sackartigen, altmodisch gemusterten Bluse aus grobem Stoff und mit einem knappen, vorne mit einer Schleife geschlossenen Stehkragen. Ein Landei, ganz sicher nicht großstadterfahren.

»Hat sie Freunde oder Bekannte hier in Köln?«

»Nein, ganz sicher nicht.«

»Wieso sind Sie sich da so sicher?«

»Sie hat ihr Heimatdorf praktisch nie verlassen. Sie und ihre Mutter leben ein sehr abgeschiedenes Leben. Um ganz ehrlich zu sein: Sara ist ein sehr schwieriges Kind, sie fantasiert gerne, sie lügt, um es genau zu sagen. Meine Schwester ist mit ihren Kräften am Ende, sie ist alleinerziehend, wissen Sie? Deswegen sollte Sara ein paar Wochen zu mir, damit meine Schwester sich erholen kann.«

»Facebook, Instagram und andere sozialen Medien – da findet man schnell Freunde überall auf der Welt.«

»Glauben Sie mir, das kommt nicht infrage. Meine Schwester hält sie von allem fern. Sara hat nicht einmal ein Handy. Ich finde das nicht richtig, aber, na ja.«

»Falls Saras Begleiterin Freunde in Köln hat, dürfte es nicht leicht sein, sie zu finden.«

Newt nickte hektisch. »Deswegen dürfen wir keine Zeit verlieren. Spuren verlieren sich so leicht, habe ich recht?«

Carl schwieg. Die Chance, Sara mit derart wenigen Anhaltspunkten zu finden, war sehr gering. Ein Grund mehr, nur den Vorschuss einzukassieren und die Angelegenheit dann zu vergessen.

»Wie kommen Sie ausgerechnet auf mich, Herr Barker?«

»Weil Sie früher Polizist waren. Ich hätte Angst, an irgendeinen Betrüger zu geraten.«

Merkwürdige Begründung. Na und? Du brauchst das Geld, Carl.

»Hören Sie«, Newt zog umständlich einen Umschlag aus seinem Sakko, »ich bin bereit, gut zu bezahlen, wenn Sie sofort mit der Suche beginnen.«

»Das ist es, was ich gerade ansprechen wollte. Ich bin mitten in einer komplizierten Ermittlung. Wenn ich die unterbreche, wird mein Klient nicht glücklich darüber sein und mir möglicherweise Schwierigkeiten machen.«

»Das verstehe ich, das verstehe ich.« Newt zog ein Bündel Hunderteuroscheine hervor. »Ich kann das nur mit der Höhe des Honorars wettmachen.« Er legte das Geld vor Carl auf den Tisch. »Das sind fünftausend. Und Sie bekommen weitere fünftausend, wenn Sie sie schnell finden. Wissen Sie, meine Schwester bringt mich um, wenn sie hört, dass Sara weggelaufen ist.« Seine Stimme kippte ins Hysterische. »Ich kann es zwei, drei Tage hinauszögern, aber dann?«

Carl bemühte sich, keine allzu heftige Reaktion zu zeigen. Fünftausend, das war absurd viel. Zehntausend insgesamt. Aber wer bereit war, so viel zu bezahlen, der war vielleicht bereit, noch mehr zu zahlen.

»Ich werde eventuell Informanten bezahlen müssen.«

Barker nickte eifrig. »Ich kenne die Zahlen, wissen Sie, ich habe ja schon den einen oder anderen amerikanischen Krimi gesehen. Sagen Sie einfach, was Sie brauchen.«

»Siebentausendfünfhundert jetzt. Siebentausendfünfhundert, wenn ich sie finde.«

»Das ist völlig in Ordnung.« Barker zog sein Portemonnaie hervor und zählte fünfundzwanzig weitere Scheine ab. »Dann starten Sie aber sofort mit Ihren Ermittlungen?«

Carl steckte das Geld ein. »Sofort. Wo kann ich Sie erreichen?«

»In meinem Hotel.« Newt nannte ihm die Telefonnummer. »Jonathan Barker, Zimmer 412. Falls ich nicht da bin, hinterlassen Sie bitte eine Nachricht.«

»Haben Sie kein Handy?«

Newt schüttelte den Kopf. »Ich habe es zu Hause liegen lassen. In meiner Verzweiflung.«

Hatte er Carl nicht aus einem fahrenden Auto angerufen? Carl verdrängte den Gedanken. Unwichtig. Er brauchte das Geld, alles andere war unerheblich.

Newt sprang auf. »Ich lasse Sie jetzt alleine.« An der Tür wandte er sich noch einmal um. »Wenn Sie meine Nichte finden, sagen Sie mir Bescheid, wo sie ist, damit ich sie abholen kann. Nehmen Sie auf keinen Fall Kontakt mit ihr auf, sonst läuft sie womöglich wieder weg, bevor ich sie abholen kann.«

»Ich verstehe.« Carl geleitete ihn zur Tür. »Ich halte Sie auf dem Laufenden.«

Carl schloss die Tür und nahm wieder seinen Posten am Fenster ein, auch wenn das sinnlos war. Kemal würde nicht so blöd sein, sich offen zu zeigen, und schon gar nicht am helllichten Tag. Mit Sicherheit observierte er ihn tagsüber aus sicherer Distanz, um dann im Schutz der Dunkelheit erneut zuzuschlagen.

Carl sah, wie Jonathan Barker mit linkischen, kleinen Schritten die Straße überquerte, seine Blicke flogen hin und her, als hoffte er, seine Nichte gleich hier zu entdecken. Er ging schnell, ein unsicherer Mensch.

Siebentausendfünfhundert Euro! Sein maximaler Tagessatz war fünfhundert Euro. Für diese Art der Ermittlung würden höchstens zwei Tage ausreichen, dann hatte er entweder eine Spur oder würde auch nach zehn Tagen keine mehr finden. Und wenn er eine fand, kamen noch siebentausendfünfhundert Erfolgshonorar dazu. Dann konnte er sich ein billiges Auto kaufen. Er kannte die Straßen in Köln wie seine Westentasche, kein Problem, Kemal auszutricksen und dann mit Vollgas auf die Autobahn, so weit wie möglich weg, Richtung Freiburg, München, Konstanz, irgendwohin, wo es Berge gab. Er liebte die Berge. Dann ergäbe das alles hier sogar noch einen Sinn, seine Frau hatte im Urlaub immer nur ans Meer gewollt, und er hatte fast immer nachgegeben.

31.

Zurück zum Hotel nahm Newt nicht die U-Bahn. Ein bisschen Bewegung würde ihm guttun. Es hatte ihn einige Anstrengung gekostet, den hilflosen Naivling zu spielen. Wichtig war, dass Carl Gruber sofort mit seinen Nachforschungen begann.

Newt hatte sich noch nicht entschieden, wie er vorgehen sollte, wenn Sara nicht gefunden wurde. Das Attentat abzublasen wäre die sicherste Variante, allerdings müsste er dann wieder bei null anfangen und einen vollkommen neuen, vollkommen anderen Plan entwickeln. Schon allein der Gedanke bescherte ihm ein nervöses Zittern im Magen, alle Vorbereitungen waren so weit gediehen und hatten so viel Mühe gemacht.

Oder er setzte die Aktion für längere Zeit aus, ein halbes Jahr oder mehr. Das allerdings barg ein womöglich noch größeres Risiko: je länger die Vorbereitung, umso größer die Gefahr, dass irgendein Detail publik wurde oder dass einer der Beteiligten ausscherte und das Kartenhaus zum Einsturz brachte. Er musste an Vanderbilt denken. Wie lange würde der stillhalten? War der Anschlag erst einmal ausgeführt, würde er wahrscheinlich Ruhe geben. Vorher jedoch konnte es gut sein, dass er dazwischengrätschte.

Am sinnvollsten erschien es ihm, das genaue Gegenteil zu machen, nämlich keine Zeit zu verlieren, die Aktion so schnell wie möglich durchzuführen und danach so gründlich wie möglich alle Spuren zu beseitigen.

Der Rezeptionist im Stadtpalais warf ihm einen kurzen Blick zu, als er zum Aufzug ging. Die nächsten Stunden hatte Newt Zeit, er konnte sich um die in Köln aktiven Kontakte kümmern. Sehr viele waren es noch nicht, für sein Netzwerk hatte er sich viel zu lange nur auf die USA konzentriert. Doch als er mit der Planung des Anschlags begonnen hatte, war sehr schnell klar geworden, wie wichtig es war, gerade in Europa zuverlässige Leute zu rekrutieren. Zu seinem Erstaunen gab es sie schon, vor allem hoch motivierte junge Männer und erstaunlich viele Frauen. Die wachsende Wut und das Gefühl vieler, im eigenen Land die Spielregeln nicht mehr bestimmen zu dürfen, hatte sich offenbar als guter Nährboden erwiesen. Selbst von den fernen USA aus hatte Newt den Stimmungswandel in der deutschen Öffentlichkeit wahrgenommen, auch weil dieser mitunter extreme Züge annahm. Viele Deutsche glaubten, dass man sich die Krebsgeschwüre von morgen und die Terroristen von heute selbst ins Land holte. In der Tat hatten die Rückschläge im Irak und in Syrien zu einer geänderten Taktik beim Islamischen Staat geführt, vorrangiges Ziel war es geworden, den Terror unmittelbar in die Zentren der westlichen Welt zu tragen, nach Frankreich, Deutschland, Großbritannien, Belgien, in die Türkei, ausgeführt von als Flüchtlinge getarnten, eingeschleusten Dschihadisten oder zum Islam übergetretenen Konvertiten, die sich innerhalb der demokratischen Gesellschaften radikalisiert hatten und den Vorteil nutzen konnten, sich dort frei zu bewegen. Für Newt waren das gute Nachrichten gewesen. Endlich war die freie, westliche Welt reif zu begreifen, wer die wahren Feinde waren und dass es jetzt darauf ankam, schneller und entschiedener als die zu sein, die ihren Untergang herbeiführen wollten.

Newt telefonierte kurz und verließ das Hotel, nachdem er routinemäßig auf allen Gegenständen und Flächen, die er berührt hatte, seine Fingerabdrücke weggewischt hatte. Ein Taxi brachte ihn ins Friesenviertel zu St. Gereon, eine der vielen romanischen Kirchen in

Köln. Europäische Kirchen hatten etwas, was es in den USA nicht gab und auch nie geben würde, ganz gleich wie sehr deren Erbauer bemüht waren, die meist mittelalterlichen Vorbilder Stein für Stein nachzubauen: die zwingende Erhabenheit ihres Alters, die spirituelle Kraft, die so allgegenwärtig war, und vor allem die Entschiedenheit, Monumente wie diese zu errichten, obwohl die Mühen, die dafür nötig waren, unermesslich gewesen waren in Zeiten, in denen allein schon das Überleben den Menschen sehr viel mehr abverlangte, als man sich das heute vorstellen konnte.

Newt betrat die Kirche durch das Hauptportal an der Westseite, durchquerte die Vorhalle, warf nur einen kurzen Blick in die Pietakapelle und schritt in den zentralen Kirchenraum, das Dekagon. Die Kraft, die von diesem monumentalen ovalen Raum ausging, bündelte sich in dessen Zentrum, das durch ein kleines Bodenmosaik markiert war. Mit geschlossenen Augen stand er da und atmete die spirituelle Energie, die ihm zuzuflüstern schien, wie wichtig seine Mission war: das Fundament der christlich-westlichen Kultur gegen die zu verteidigen, die es zerstören und durch etwas zutiefst Barbarisches ersetzen wollten.

»Newt?« Der Mann flüsterte nur, und doch erschrak Newt heftig. Widerwillig öffnete er die Augen und zwang sich zu einem freundlichen Lächeln.

»Hallo, Markus.«

»Tut mir leid, dass ich dich stören muss.«

»Gehen wir«, erwiderte Newt.

Markus Blumenberg gehörte zu den einflussreichsten Unterstützern der Caring Christians in Deutschland, nicht nur weil er als Vorstandsmitglied einer der größten Versicherungen Zugriff auf höchste Ebenen in der Politik hatte, sondern auch weil er viele Jahre in der evangelikalen Bewegung »Wort des Lebens« aktiv gewesen war und von dort wertvolle Kontakte mitgebracht hatte.

Draußen setzten sie sich auf eine Bank in dem Park gegenüber.

»Warum bist du in Deutschland? Irgendwas Wichtiges?«, fragte Blumenberg.

Newt schüttelte den Kopf. »Eine Routinesache.« Außer Abt Albertus kannte niemand den wahren Grund seiner Reise. »Gibt es interessante Neuigkeiten hier?«

»Die Leute von der Identitären Bewegung werden immer zutraulicher.« Blumenberg lächelte zufrieden. Die Identitären sahen sich selbst als die junge Speerspitze im Kampf gegen die Islamisierung und hatten große Berührungsängste mit den Caring Christians, die sie vor allem als rückwärtsgerichtete religiöse Vereinigung ansahen. Menschen wie Blumenberg, die auf Instagram, Twitter und Facebook aktiv waren und einen eigenen YouTube-Kanal hatten, waren Gold wert, um diesem Image entgegenzuwirken. »Wir konzentrieren uns vor allem darauf, sie mit anderen Gruppierungen zu vernetzen. Und ihnen Schwachsinnsaktionen auszureden, die nach hinten losgehen.«

»Meinst du das mit dem gecharterten Schiff, mit dem sie Mittelmeerflüchtlinge davon abhalten wollten, europäisches Festland zu erreichen?«

»So was in der Art, ja. Zumal es dermaßen schlecht organisiert war, dass sie sich noch zusätzlich lächerlich gemacht haben.«

»In den USA war das kaum einer Nachricht wert.«

»Hier schon. Vor allem dadurch, dass es voll in die Hosen gegangen ist.«

»Klingt gut. Ich habe übrigens diesen Carl Gruber kontaktiert«, sagte er möglichst beiläufig.

»Kann er dir helfen?«

»Ich hoffe, ja. Und ihr habt ihn in der engeren Wahl?«

»Er hat im Einsatz einen muslimischen Jungen erschossen. Einige seiner Kollegen sind bei uns aktiv. Sie beschreiben ihn als jemanden, der bereit ist.«

»Wie nützlich ist er?«

Blumenberg zuckte mit den Schultern. »Besser wäre es natürlich, wenn er noch Polizist wäre.« Er zog ein Päckchen Kaugummi aus der Brusttasche seines Hemds. »Willst du?«

Newt winkte ab. »Habt ihr ihn schon ein bisschen angewärmt?«

»Ja, Leute von uns waren da, aber er ist noch sehr misstrauisch. Man muss sehen.«

Newt nickte. In einer Beziehung hatte er nach dem kurzen Kontakt mit Carl heute Morgen das sichere Gefühl, dass er sehr wohl wertvoll werden könnte: Gruber war seiner normalen bürgerlichen Existenz beraubt worden und strahlte mit jeder Faser die Verbitterung eines Menschen aus, der sich zutiefst ungerecht behandelt sah. Der kurz davorstand zu sagen: Wenn ihr mich nicht wollt, dann will ich euch auch nicht. So wie Sebastian vor einem Jahr, bevor er zu den Caring Christians gestoßen war.

Newt signalisierte, bald gehen zu wollen. »Ihr macht das schon richtig. Tut mir leid, dass ich dieses Mal nicht viel Zeit habe. Wie geht's denn der Familie?«

»Alles gut. Mein Ältester geht übrigens für ein Jahr zu euch, zu Jimmy Scott-Radcliff.«

»Das ist gut. Jimmy ist einer der treuesten Unterstützer.« Newt grinste. »Und einer der reichsten. Wenn es Breitbart News nicht schon gäbe, würde er für so was sofort hundert Millionen Dollar bereitstellen. Ein guter Mann.« Newt erhob sich, Blumenberg ebenfalls.

»Es gibt noch ein paar Kleinigkeiten, die wir besprechen müssten. Hast du noch mal Zeit die nächsten Tage?«

»Eventuell nicht. Können wir es jetzt gleich besprechen? Ich begleite dich bis zu deinem Büro.«

»Okay.« Blumenberg deutete auf St. Gereon. »Ein Wahnsinnsbau, oder?«

»Vor lauter Liberalität«, Newt zeichnete ironische Anführungsstriche in die Luft, »wagen wir es heute nicht mehr, so ein mächtiges Zeichen zu setzen.«

»Das werden wir ändern.«

»Das«, bekräftigte Newt, »werden wir ganz sicher ändern.«

32.

Carl hatte sein Mountainbike aus dem Keller geholt. Seit er aus der gemeinsamen Wohnung mit Johanna ausgezogen war, hatte er es nicht mehr benutzt. Es war noch gut in Schuss, nur die Reifen brauchten etwas Luft. Er pumpte, bis sie knallhart waren, das verringerte den Rollwiderstand und erhöhte die mögliche Geschwindigkeit. Sorge bereitete ihm seine fehlende Kondition. Was früher zu seinem Leben gehört hatte, Joggen, Mountainbiken, Schwimmen, hatte vor einem halben Jahr schlagartig aufgehört.

Er schnallte seine Hüfttasche um, in der seine Pistole, Ersatzmunition und das Geld steckten. Ein letzter Blick aus dem Fenster. Kein Fiat Punto, kein BMW, wenige Fußgänger und – Carl zuckte zurück. Am Haus gegenüber stand Robert Sellmann. Lässig lehnte er an der Wand, blätterte in einer Tageszeitung, ab und zu warf er einen Blick zu ihm hinauf. Carls Blutdruck stürzte ab, so musste sich eine Schildkröte fühlen, jede Bewegung verlangsamte sich bis zur Zeitlupe.

Vielleicht pass ich auf, dass dir nichts zustößt, hatte Sellmann bei ihrer ersten Begegnung gesagt. Ich kann für mich selbst sorgen, ich brauche keinen Aufpasser, hatte Carl geantwortet. Einen Aufpasser nicht, aber vielleicht einen Unterstützer, hatte Sellmann erwidert.

Verdammt noch mal, ja, er brauchte Unterstützung! Geh rüber, Carl, sag: Ich bin dabei, Kemal muss von diesem Erdball verschwinden, er hat genug Schaden angerichtet, wir erledigen ihn.

Und dann? Hieß das nächste Ziel Meti? Und danach, wer war dann dran? Wo würden die aufhören, welche Grenze gab es dann noch?

Nein, er musste seinen Hals retten, das Geld einsacken und weg. Sollte sich die Kölner Polizei mit Sellmann und seiner Identitären Aktion herumschlagen, das war nicht sein Problem. Sobald er selbst in Sicherheit war, konnte er einen anonymen Hinweis geben, auch wenn er damit nichts anderes erreichen würde, als sein Gewissen zu beruhigen.

Carl öffnete die Tür und schwang sich auf den Sattel. Er beschleunigte quer über den Bürgersteig, zwischen zwei parkenden Autos auf die andere Straßenseite. Sellmann ließ seine Zeitung zu Boden sinken und warf ihm einen erstaunten Blick zu.

Carls Tacho zeigte schon nach kurzer Beschleunigung dreißig Stundenkilometer. Aus der Wippermannstraße kurz vor der Unterführung hörte er, wie ein Motor gestartet wurde und aufheulte. Quietschende Reifen. Carl dreht sich um. Ein Auto brettert mit qualmenden Vorderreifen los. Autos vor ihm. Er wechselt auf den Bürgersteig und steigt in die Pedale. Helles Neonlicht in der Unterführung. Noch ein Blick zurück. Kemal sitzt am Steuer, er holt rasend schnell auf, ist fast auf seiner Höhe, muss aber bremsen, um nicht in das vor ihm fahrende Auto zu krachen. Zwei entgegenkommende Autos zwingen ihn, in der Spur zu bleiben. Giftiges Hupen, schrill und von den Betonwänden verstärkt. Wieder Tageslicht, die Straße steigt an, Carl verliert an Tempo. Im Tunnel heult ein Motor auf. Carl biegt in die schmale Straße ein, die an den Gärten vorbeiführt. Auf Google Earth hat Carl sich das Gelände genau angesehen, kleine, mit Toren verschlossene Stichstraßen führen zu einzelnen Grundstücken, die zweite endet direkt an den Gleisen. Schon auf Höhe der ersten hört er hinter sich Reifen quietschen. Er springt vom Bike, wirft es über das Tor, klettert hinterher. Achtzig Meter vor ihm ein weiteres Tor, dahinter ein kleiner Parkplatz, der an die Schienen grenzt. Seine Lunge brennt. Achtzig Meter, mehr nicht. Heftiges Bremsen, eine Autotür. Wird Kemal es wagen zu schießen?

Das zweite Tor steht halb offen. Während Carl sich durchschlängelt, ein Blick zurück. Kemal rennt auf ihn zu, die Pistole verdeckt an der Seite, es ist Sommer, die Schrebergärten sind bevölkert. Wo ist Sellmann? Vor den Gleisen eine Hecke. Carl springt vom Bike, drückt sich ins Gebüsch. Lianenartige Schlingpflanzen, die alles zugewuchert haben. Mit dem Bike ist es fast unmöglich durchzukommen.

Endlich ist er durch. Vor ihm freies Gelände, zehn, fünfzehn Schienenstränge. Er reißt das Bike hoch, nimmt es auf die Schulter. Schotter, Schienen, Schotter, er darf nicht stürzen. Nach dem sechsten Gleis beginnt ein sandiger Streifen parallel zu den Gleisen. Wieder ein Blick zurück, während er sich auf sein Bike wirft. Kemal steht da, breitbeinig, dasselbe Bild wie gestern, er zielt. Carl stellt sich in die Pedale. Das Mountainbike fühlt sich auf dem unbefestigten Boden gut an. Er schlängelt hin und her. Seine Nerven zerreißen fast, wie fühlt es sich an, wenn eine Kugel in den Körper eindringt? Wie wenn man im vollen Lauf gegen eine Mauer rennt, hat einer seiner Ex-Kollegen mal gesagt. Der Schmerz beginnt harmlos und wird immer stärker, mehr als man glaubt aushalten zu können.

Der Pfad endet, zwei Schienenstränge vereinigen sich an einer Weiche zu einem. Carl springt ab, schultert das Bike und rennt quer über die Schienen. Der Kapellenpark. Nur ein oberschenkelhoher Zaun. Er wirft das Bike hinüber und hechtet hinterher. Weiche Wiese. Kemal ist nicht mehr zu sehen.

Carl jagt durch den Park. Die Kettenschaltung hat etwas abbekommen, die nächsthöheren Gänge rasten nicht mehr ein. Er strampelt im viel zu kleinen Gang wie ein Irrer. Der Park grenzt an die Kapellenstraße. Links oder rechts? Rechts, gleich wieder links zum Kalker Stadtgarten, da gibt es einen Taxistand. Neben dem vorderen Taxi lässt er das Bike achtlos zu Boden fallen und signalisiert dem Fahrer: Frei? Der nickt. Carl wirft sich auf den Rücksitz. Die Klimaanlage läuft.

»Kann es sein, dass Sie es eilig haben?« Der Taxifahrer wirkte eher belustigt als erschrocken.

»Zur Holweider Straße. Ziemlich am Anfang. Ein Gebrauchtwagenhändler.«

»Glandis? Der Grieche?«

»Genau der.«

Der Taxifahrer verzog sein Gesicht, als hätte Carl als Adresse »in die Kläranlage« gesagt. Er schob den Automatikhebel auf »D« und deutete auf das Mountainbike. »Das dauert keine fünf Minuten, dann ist es weg.«

»Gehört meinem Sohn, der holt es gleich ab.«

Der Fahrer zuckte mit den Schultern und fuhr los.

»Kemal hat ein zweites Mal versucht, mich zu erschießen«, textet Carl in sein Handy. »Ich kann nicht mehr nach Hause.« Senden. Lena *muss* reagieren.

Carl betrachtete das Gesicht des Taxifahrers in dessen Rückspiegel. Ein Türke? Oder ein Tunesier, Marokkaner, Ägypter, was auch immer. Oder ein Deutscher mit arabischem Migrationshintergrund? Sein Deutsch war korrekt, hatte aber einen anderen Klang. Doch türkisch. Ein Deutscher, dessen Sprechen einen türkischen Migrationshintergrund hatte? Wie ermüdend Political Correctness sein konnte. Wie wäre es eigentlich, wenn ein Deutscher die italienische Staatsbürgerschaft annimmt und Italienisch mit deutschem Akzent spricht? Die Italiener würden sagen: ein Deutscher. Und, wäre das schlimm? Nein, wäre es nicht.

Carl ließ seinen Blick durch das Innere des Wagens streifen. Keine religiösen Symbole, einfach nur ein Taxi, Mercedes E-Klasse, ausgestattet mit all dem, was zu einem Taxi gehörte.

»Ist das Ihr Taxi?«

»Meins. Wieso?«

»Nur so.«

Unterhalb der Tachoanzeige blinkte ein Warnhinweis: Bremsanlage überprüfen, Bremsbeläge erneuern. Der Mann fuhr sehr vorsichtig und langsam, offenbar, um zu häufiges Bremsen zu vermeiden.

»Ich rede offen mit Ihnen, okay?«

Der Taxifahrer hob nur die Augenbrauen und warf ihm über den Spiegel einen schnellen Blick zu.

»Meine Tochter ist abgehauen. Sie ist sechzehn. Zusammen mit einer Freundin. Die beiden sind gestern Abend gegen acht oder neun Uhr am Deutzer Bahnhof in ein Taxi gestiegen, und ich nehme an, sie sind in ein Hotel gefahren, wo man ohne Papiere einchecken kann.«

»Ich hab vier Kinder. Drei Jungs, ein Mädchen.«

»Was würden Sie machen?«

Der Taxifahrer lenkte eine Weile schweigend vor sich hin.

»Meine Tochter? Suchen, finden und so bestrafen, dass sie das nie wieder tut.«

Carl verkniff sich die Frage, was das denn genau bedeutete, um welche Strafe es sich dabei handelte und ob dasselbe für seine Söhne galt.

»Ich gebe Ihnen dreihundert Euro, wenn Sie mir helfen.«

Der Fahrer sah ihn prüfend an, offenbar wusste er nicht, was er von Carl halten sollte.

»Ich mache keine krummen Sachen«, sagte Carl.

Der Fahrer grinste. »Was ist daran krumm, wenn ein Vater seine sechzehnjährige Tochter sucht?«

»Eben.«

»Was müsste ich tun?«

»Rufen Sie bei Ihrer Zentrale an«, antwortete Carl. »Sagen Sie denen: ›Ich habe hier zwei Mädchen, die sind gestern Abend gegen acht mit einem Taxi vom Deutzer Bahnhof weggefahren. Eine hat ihren Ausweis im Taxi verloren, er muss zwischen die Sitze gerutscht sein. Fragt mal rum, wer die beiden gestern gefahren hat.‹«

Carl zog zwei Hunderter aus seiner Hüfttasche. Sein Handy signalisiert den Eingang einer SMS.

»Zweihundert jetzt. Den Rest später.«

Der Fahrer hielt an und wandte sich ihm zu.

»Nur den einen Anruf? Ist das alles?«

»Sie kennen bestimmt Hotels, Pensionen, Absteigen, wo man ohne Papiere einchecken kann.«

»Kenn ich.«

»Die klappern wir heute und morgen Vormittag alle ab.«

»Alle?«

»Dreihundert Euro ist eine Menge Geld.«

»Für Fünfhundert bin ich dabei.«

»Vierhundert.«

Der Taxifahrer drehte sich weg und machte auf beleidigt.

»Sagen Sie Ja oder ich suche mir jemand anderen.«

Der Fahrer tat, als wäre er einfach zu großmütig und hilfsbereit, um abzulehnen. »Okay.« Er nahm die beiden Scheine. »Gibt's ein Foto?«

Carl hielt ihm das Foto von Sara hin.

Der Fahrer aktivierte das Mikrofon. »Zentrale? Hier Mustafa, Taxi Nummer 4399.«

»Was gibt's«, knarzte es aus dem Lautsprecher.

»Ich hab 'ne Frage, ist wichtig.« Während er sprach, schob der Fahrer den Automatikhebel wieder auf »D«. »Soll ich los?«, fragte er halblaut. Carl nickte und rief die SMS auf. *Bring die Dinge endlich in Ordnung. Robert.*

Wenn Kemal irgendwann vor mir steht, werde ich das tun, dachte Carl, hier geht es nur noch darum, wer von uns beiden übrig bleibt.

Am liebsten hätte Carl den kleinen Opel Corsa genommen, den billigsten Wagen auf Glandis' Hof, neunhundertfünfunddreißig Euro, aber mit sechzig PS würde er nicht besonders schnell von der Stelle kommen. Er entschied sich für einen ziemlich ramponierten Audi A3, hundertfünfzig PS, zweitausendsechshundert Euro inklusive Anmeldung.

»Ist sogar noch eine CD im Player drin«, sagte Glandis und drückte auf Play. Irgendein Technozeug hämmerte los, die Bässe waren im wahrsten Sinne des Wortes atemberaubend. Glandis hob beide Daumen. »Superdicke Lautsprecher. Deswegen ist nicht so viel Platz im Kofferraum.«

»Für mich reicht's.«

Glandis deutete auf Carls Taxi am Straßenrand. »Ein Türke, wetten?«

Carl kramte seinen Personalausweis hervor und hielt ihn dem Autoverkäufer hin. Für die Anmeldung.

»Die haben das Taxigewerbe voll im Griff.«

»Na und? Die wollen auch nur leben«, erwiderte Carl.

»Die wollen sich vor allem vermehren. Und wenn sie erst mal in der EU sind, dann wollen sie das Kommando.« Er nahm den Ausweis. »Die Anmeldung? Geht aufs Haus. Aber die Schilder nicht. Die kosten noch mal fünfundzwanzig extra.«

Carl zog das Geld hervor, es ärgerte ihn, aber er wollte sich nicht streiten. »Morgen Mittag um eins. Ich muss mich darauf verlassen.«

»Is klar, Chef.« Glandis warf einen Blick auf den Personalausweis. »Carl Gruber? Sind Sie nicht der Bulle, der den Türkenjungen letztes Jahr …?« Er machte eine Geste für »schießen«.

»Morgen, ein Uhr«, sagte Carl und winkte zum Abschied.

»Klare Sache.« Glandis machte noch einmal eine Schießbewegung, jetzt mit beiden Händen, und grinste.

»Was gefunden?«, fragte Mustafa, als Carl sich in den Rücksitz warf.

»Ja. Hat sich die Zentrale schon gemeldet?«

»Nein.« Der Taxifahrer deutete auf Glandis. »Der hat keinen guten Ruf. Ein Halsabschneider. Ein Grieche.«

»Die wollen auch nur leben«, wiederholte Carl den Spruch von eben.

»Die wollen vor allem auf Kosten anderer leben. Die haben keine Ehre.«

In seinem früheren Leben hätte er sich jetzt über den überzogenen Ehrbegriff gerade der Türken ausgelassen, über das Beleidigte-Leberwurst-Verhalten ihres großen Sultans Erdogan, über dessen Sprüche, die Carl an seine Kinderzeit im Sandkasten erinnerten, und über sogenannte Ehrenmorde, bei denen es letztlich um nichts anderes als Macht und Hierarchie ging. Aber das Bedürfnis, solche Sachen zu sagen, war geschrumpft. Nicht, dass er seine Meinung geändert hätte, doch mittlerweile hatte er das Gefühl, dass vieles komplizierter war, als er es gerne hätte.

Hotel Garni Maria in Köln-Poll war die siebte Pension. Auch hier nur Kopfschütteln. Sechsmal hatte Carl zwanzig Euro rübergeschoben, dieses Mal waren sogar vierzig nötig gewesen. Das Geld wegzugeben schmerzte. Zu gering war die Chance, mit diesem Gießkannenprinzip erfolgreich zu sein, andererseits wollte er nichts unversucht lassen, um von Jonathan Barker die nächste Rate zu kassieren. Fehlanzeige.

Zurück im Taxi, wurde er von türkischer Popmusik empfangen, eine für Carls Ohren merkwürdige Mischung aus Elementen moderner Popmusik und traditionellen Instrumenten. Zuerst wollte er den Fahrer auffordern, etwas anderes oder noch besser gar nichts zu spielen. Es war dieses Klagende, Melancholische in den Melodien, das ihn störte. Doch dann verschwand sein Widerstand, und er überließ sich diesen Klängen, in denen auch etwas Verzauberndes, Hypnotisches lag.

Draußen zogen die Häuser an ihm vorbei. Die meisten waren sehr einfach, mit kleinen Fenstern. Dicke, nachträglich angebrachte Wärmeisolierungen hatten jegliche ausgewogene Proportion aus dem Gleichgewicht gebracht. In dieser Gegend hatten immer schon die kleinen Leute gewohnt. Nach den verheerenden Bombardierungen im Zweiten Weltkrieg hatten sie ihre Häuschen möglichst schnell und effizient wieder aufgebaut. Schön anzusehen waren sie nie gewesen. Was in Köln allerdings auch für die reicheren Gegenden galt. Nur wenige andere deutsche Großstädte konnten für sich in Anspruch nehmen, über eine vergleichbar hässliche, bunt zusammengewürfelte Architektur zu verfügen. Würde er diese wurschtelige Stadt vermissen? Sehr wahrscheinlich.

Anna. Sein bevorstehender Abschied, besser gesagt seine Flucht aus Köln, kam ihm seiner Tochter gegenüber wie Verrat vor. Was bedeutete es ihr zu wissen, dass ihr Vater zumindest in der Nähe war? Irgendwann würde sie einfordern, ihn sehen zu dürfen. Zumindest war das die Hoffnung, an die er sich die letzten Monate geklammert hatte, auch wenn er sicher war, dass Johanna, seine Ex, alles daransetzte, bei Anna die Erinnerung an ihn auszulöschen.

»Hier Taxi Ruf, Zentrale. Wagen 4399, Mustafa, hörst du mich?«

Der Taxifahrer drückte die Sprechtaste. »Alles klar.«

»Wir haben zwei Rückmeldungen, wegen der Mädchen. Zwei Fahrer können sich an die beiden erinnern. Der erste hat sie zu einer privater Adresse im Katharinenhof gefahren, er sagt, die Mädels haben sich wie Arschlöcher benommen, aber er will mal nicht so sein und trotzdem weiterhelfen.«

»Interessant«, sagte Mustafa. »Und was noch?«

»Der zweite Fahrer hat sie dann von da aus eine Stunde später zum Hyatt Regency gebracht. Die haben ihre Autos durchsucht, aber nichts gefunden.«

»Ich sag Bescheid, aber danke.«

Carls Freude verpuffte. Was immer die beiden im Katharinenhof gemacht hatten, sie hatten dort offensichtlich nicht übernachten können, sonst wären sie wohl kaum weiter zum Hyatt Regency gefahren. Allerdings nutzte ihm das wenig. Hotels wie das Hyatt gaben keine Informationen über ihre Gäste heraus, das brauchte er gar nicht erst zu versuchen. Er konnte nur das Hotel rund um die Uhr observieren in der Hoffnung, dass die Mädchen irgendwann herauskamen. Wahrscheinlicher war allerdings, dass sie nur eine Nacht dort verbracht hatten, die Zimmer waren teuer, und Sara hatte nach Aussage von Jonathan Barker kein Geld. Noch wahrscheinlicher war, dass sie gar kein Zimmer bekommen hatten, zwei knapp volljährige Jugendliche, von denen zumindest eine keine Papiere hatte.

»Rufen Sie noch mal bei der Zentrale an. Sagen Sie denen, Sie hätten mit den beiden Mädchen gesprochen, die sind noch in der Nacht vom Hyatt weggefahren, weil sie dort kein Zimmer bekommen haben.«

Der Fahrer verdrehte die Augen, tat aber trotzdem, was Carl wollte. Der Mann in der Zentrale reagierte dünnhäutig und ließ sich nur sehr schwer davon überzeugen, die Zielprotokolle des gestrigen Abends durchzugehen. Er wollte sich in zehn Minuten zurückmelden, ließ sich jedoch fast eine Stunde Zeit, bis er durchgab, welches Taxi die Mädchen vom Hyatt aus genommen und wohin es die beiden gefahren hatte. Pension Paradies. Treffer, das passte, da waren die Zimmer billig, und man nahm es mit den Papieren nicht allzu genau.

Eine Viertelstunde später stieg Carl vor der Pension aus dem Taxi. Der Empfang, eigentlich nur ein Holzbrett in einem Türrahmen, dahinter ein chaotisch-unordentliches Büro, war unbesetzt. Er nahm die Treppe in den ersten Stock. Der Flur war leer. Im zweiten Stock schob eine Frau einen Rollwagen mit Bettwäsche, Toilettenpapier und Putzmitteln den Gang entlang.

»Hallo, können Sie mir helfen?«

Die Frau erschrak und sah sich ängstlich um.

»Ich suche meine Tochter.« Carl zeigte das Foto. »Sie müsste hier eingecheckt sein.«

»Keine Ahnung«, antwortete die Frau in breitem Kölsch.

Carl hielt ihr einen Zwanzigeuroschein hin. »Es ist wichtig.«

Die Frau sah den Schein an, als wäre er eine Erscheinung. »Könnte sein.«

Carl zog einen zweiten Zwanziger hervor. »Für wie lange hat sie eingecheckt und welche Zimmernummer?«

Die Frau schnappte sich die Scheine, faltete sie klein und schob sie in ihren Ausschnitt. »Zimmer dreiundzwanzig. Morgen reisen die ab.«

»Sind sie jetzt da?«

»Nein. Aber das Gepäck steht noch da.«

»Gut. Sagen Sie niemandem, dass wir miteinander geredet haben.«

»Na, logisch, sonst will der Chef die Scheine.« Sie deutete auf ihren Ausschnitt.

»Unter welchem Namen haben die beiden eingecheckt?«

»Müller.«

Hinunter nahm Carl den Aufzug. Er überlegte, ob er Jonathan Barker jetzt schon Bescheid sagen sollte, entschied sich jedoch dagegen. Erst wenn er sicher war, dass die beiden wieder in ihrem Zimmer waren. Garantiert würde das nicht so bald sein. Warum sollten sich zwei junge Frauen an einem derart ungemütlichen Ort länger als nötig aufhalten? Er warf sich ins Taxi.

»Wir warten.«

»Haben Sie sie gefunden?«, fragte Mustafa.

Carl antwortete nicht und rutschte tiefer in den Sitz. Hoffentlich schlief er nicht ein.

Der Fahrer warf ihm über den Rückspiegel einen Blick zu.

»Wir können uns ja abwechseln, Chef. Sie dösen ein bisschen, und ich pass auf, und dann döse ich ein bisschen, und Sie passen auf.«

Carl schloss die Augen. »Okay.«

Er schreckte hoch, als sein Handy klingelte.

»Nix passiert bisher«, sagte der Fahrer.

Carl sah auf das Display. Lena. Sein Puls schoss in die Höhe.

»Kannst du reden?«, fragte sie.

»Warte«, antwortete Carl und stieg aus. »Jetzt.«

»Ich habe nachgedacht. Ich will mit Ayaz' Eltern reden und ich will, dass du mitkommst.«

»Hast du mitgekriegt, dass Kemal wieder versucht hat, mich umzulegen?«

»Ich habe deine SMS gelesen, ja«, erwiderte sie kühl.

»Aber du glaubst mir nicht.«

»Darum geht es jetzt nicht. Wir müssen mit Ayaz' Eltern reden.«

»Das habe ich schon vor einem halben Jahr versucht.«

Carl bemühte sich, seine Wut und seine Enttäuschung zu unterdrücken. War es ihr egal, ob Kemal ihn erwischte? »Wurden sie damals nicht befragt?«

»Bestimmt.«

»Und warum sollen sie jetzt mehr sagen als damals?«

»Weil wir jetzt mehr wissen als die Kripo damals. Wir wissen, dass Ayaz Senem geschwängert hat. Und du wirst ihnen erzählen, wie ihr Sohn sterben musste.«

Eine halbe Stunde später klingelte Carl bei Lena. Sie wohnte in einem etwas heruntergekommenen Jahrhundertwendehaus in der Simrockstraße in Köln-Ehrenfeld. Im ersten Stock öffnete sich eine Balkontür.

»Warte, ich komme runter.«

Carl hatte Mustafa, den Taxifahrer, vor der Pension Paradies zurückgelassen. Sobald Sara und ihre Freundin auftauchten, würde er sich melden.

Lena trat aus dem Haus heraus. Sie trug ein Kopftuch, das ihre Haare vollkommen verdeckte, einen unscheinbaren grauen Umhang und war vollkommen ungeschminkt.

»Türkische Verkleidung?«, fragte Carl süffisant.

Wut blitzte in ihren Augen auf. »Wir müssen ins Zeusstraßenviertel. Ich will so wenig Aufmerksamkeit wie möglich erregen.«

In der Tat war der Unterschied zu der aufgedonnerten Lena von vor zwei Tagen gewaltig.

»Sorry«, entschuldigte sich Carl.

Sie stiegen in ein bereits wartendes Taxi. Auf der Fahrt sprachen sie kein Wort. Lena sah demonstrativ schweigend zum Fenster hinaus. Carl warf ihr einen längeren Blick zu. Stolz und unnahbar wirkte sie, selbstbewusst, fast arrogant und zugleich auf eine Art unsicher. An ihren Augenbewegungen sah er, dass sie seinen Blick registrierte, doch erwidern mochte sie ihn nicht. Sollte er ihr sagen, dass Robert Sellmann wieder aufgetaucht war? Nein, er hatte das sichere Gefühl, dass sie ihm nicht glauben würde.

Ayaz' Familie wohnte in einem rechteckigen, achtstöckigen Klotz ohne Balkone am Mainzer Ring unweit der Zeusstraße, einer vierspurigen, stark befahrenen Straße. Die Parkplätze vor dem Haus waren alle belegt, teilweise parkten sich Autos gegenseitig zu, auf Zetteln, die hinter den Windschutzscheiben auf den Armaturenbrettern lagen, waren türkische Worte und Handytelefonnummern notiert. Lena ging zielstrebig auf Eingang Nummer 8 zu.

»Du sagst nichts, bis ich dich auffordere, Carl. Und verkneif dir deine Ironie und jeden Sarkasmus und Zynismus, okay?«

»Da bleibt ja nichts mehr übrig.«

»Genau das meine ich. Verkneif es dir einfach. Und auch wenn du glaubst, im Feindesland zu sein: Diese Leute haben in erster Linie Angst, etwas falsch zu machen, die sind in der Hierarchie hier ziemlich weit unten, und Religion ist in ihrem Leben sehr, sehr wichtig.«

Carl nickte, er war nervös. Lena klingelte. Der Türöffner summte. Im ersten Stock erwartete sie Ayaz' Mutter, eine korpulente Frau mit Kopftuch in weiter, schwarzer Kleidung, vielleicht fünfundvierzig Jahre alt. Lena sagte ein paar Sätze auf Türkisch. Die Frau wirkte verunsichert. Nach kurzem Zögern schob sie die Tür hinter sich weit auf. Lena streifte ihre Schuhe ab, Carl tat es ihr nach. Sie wurden ins Wohnzimmer geleitet. Bisher war noch kein deutsches Wort gefallen. Der Vater saß auf einem riesigen Ecksofa, ein kleiner Mann, dessen Gesicht sich nach wenigen, leise gesprochenen Worten seiner Frau verfinsterte.

»İyi akşamlar!«, sagte Lena. Der Vater wiederholte die Worte, dabei sah er Carl misstrauisch an. Lena sagte ein paar türkische Worte, worauf der Vater nickte.

»Herr Celik gestattet uns freundlicherweise, in seinem Haus Deutsch zu sprechen«, sagte sie zu Carl und sah ihn auffordernd an. Wollte sie, dass er sich dafür bedankte? Er unterdrückte seinen aufblitzenden Unwillen.

»Sehr freundlich von Ihnen, Herr Celik«, sagte er. Er sah, wie die Mutter eine fragende Geste machte, ihr Mann signalisierte: Nein. Wenn Carl es richtig sah, beging der Vater gerade nach türkischen Benimmregeln eine grobe Unhöflichkeit, ihnen kein Getränk anzubieten.

»Wir wollen Ihre Gastfreundschaft auf keinen Fall strapazieren«, sagte Lena. »Ich möchte keine alten Wunden aufreißen und bitte um Entschuldigung, wenn das geschieht.«

»Worum geht es?«

»Ich sagte es schon Ihrer Frau, mein Name ist Lena Gülec, ich bin die Polizistin, die damals an dem Einsatz beteiligt war, bei dem Ihr Sohn ums Leben kam.«

»*Öldürüldü!*«, stieß der Vater hervor.

»Ja, Sie haben recht, er wurde ermordet.« Lena machte eine lange Pause. »Die Situation damals war sehr undurchsichtig.«

»Nach dem, was ich weiß, war sie es nicht.«

»Mittlerweile gibt es neue Informationen.«

»Welche Informationen?« Der Vater beherrschte sich nur mühsam.

»Ich bitte Sie, sich alles anzuhören, bevor Sie ein Urteil fällen.«

Der Augen des Vaters wanderten zwischen Lena, Carl und seiner Frau hin und her. Die Frau sagte einige leise Worte. Der Vater bedeutete ihr mit einer herrischen Geste zu schweigen. Carl spürte sehr deutlich, dass der Mann nicht lange zuhören würde. Wenn Lena überhaupt etwas erreichen wollte, musste sie mit wenigen Worten auf den Punkt kommen.

»Ihr Sohn Ayaz und Senem, die Tochter von Imam Meti Arslan, waren ineinander verliebt. Die beiden hätten nicht zusammenkommen dürfen, aber ihre Gefühle waren stärker. Zu ihrem großen Pech wurde Senem schwanger, aber man kann sagen, es war ein Kind der Liebe.«

»Was reden Sie da!«, herrschte sie der Vater an. »Ayaz hat schwere Schuld auf sich geladen!«

»Wie kann Liebe eine Schuld sein?«

»Sind Sie nicht Muslima?«

»Doch, das bin ich.«

»Unzucht! Ein Hadd-Vergehen«, brauste der Vater auf.

»Nicht nach deutschem Recht. Hier gilt nicht die Scharia.«

»Dürfen deutsche Kinder ungestraft vögeln?«

»Sexuelle Handlungen unter Jugendlichen zwischen vierzehn und sechzehn Jahren sind nur strafbar, wenn der Täter sie unter Ausnutzung einer Zwangslage verübt. Das war hier nicht so.«

»Was wollen Sie? Was hat Ayaz' Tod mit diesem Geschwätz zu tun?«

Lena deutete auf Carl. »Carl Gruber war dabei, als Ayaz erschossen wurde. Er hat miterlebt, wie Kemal Simcek und Fati Demir Ihren Sohn ermordet haben. Die beiden sind Männer von Imam Meti Arslan und …«

»Seien Sie still! Kein Wort mehr!« Der Vater sprang auf und zeigte auf Carl. »Jetzt erkenne ich ihn! Ich erkenne ihn! Er ist der Mörder! *Çık dışarı! Şimdi!* Verschwindet! Raus!«

Lena versuchte, den Mann auf Türkisch zu beruhigen, was ihn nur noch wütender machte. Er rannte in den Flur, riss die Eingangstür auf, bückte sich nach Lenas und Carls Schuhen und warf sie hinaus ins Treppenhaus, während er ununterbrochen brüllte.

»Wollen Sie nicht die Hintergründe wissen, warum Ihr Sohn sterben musste?«, fragte Carl im Vorbeigehen. »Hören Sie es sich wenigstens an und bilden Sie sich dann eine Meinung.«

»Das brauche ich nicht! Ich habe schon eine Meinung!«

Der Vater packte ihn, um ihn hinauszuschieben. Carl sah rot. Mit einer schnellen Bewegung drehte er dessen Arm auf den Rücken und drückte ihn gegen die Wand. »Ich habe ihn nicht erschossen, Arschloch! Das waren Kemal und Fati. Ich war dabei und konnte es nicht verhindern.«

»Lass ihn los, Carl. Sofort.« Lena sprach sehr ruhig und bestimmt.

Carl brauchte ein paar Sekunden. Er schubste den Vater von sich weg, trat hinaus in den Hausflur und suchte seine Schuhe zusammen. Lena folgte, begleitet von wilden türkischen Flüchen des Vaters.

»Verdammter Idiot«, knurrte Carl und zückte sein Handy. »Ich ruf uns ein Taxi.«

»Nein.«

»Willst du zu Fuß gehen?«

»Warte.«

Lena sprach erst weiter, als sie auf der Straße waren.

»Ayaz' Mutter will mit uns reden.« Auf Carls fragenden Blick fuhr sie fort. »Sie hat es mir zugeflüstert, während du dich wie ein Verrückter …« Sie winkte ab, unwichtig. »Ihr Mann darf es nicht wissen. Wir sollen da hinten im Park auf sie warten.«

Carl schwieg. Er hatte sich von der ersten bis zur letzten Sekunde in der Wohnung unwohl gefühlt. Es war, als wäre er in eine Welt des Unglücks eingetaucht, ohne allerdings zu wissen, ob die Welt so war oder nur er das so empfand. Ayaz' Vater hatte auf ihn unzufrieden und eingeschüchtert gewirkt, wie jemand, der zu Hause den Herrscher gab und in der Welt draußen einen Nackenschlag nach dem anderen einstecken musste.

»Was macht der beruflich?«

»Arbeiter bei Ford«, antwortete Lena. »Seit fast zwanzig Jahren.«

»Und sie spricht kein Deutsch?«

»Schwer zu sagen.«

»Zwanzig Jahre.« Carl schüttelte den Kopf. »Warum leben die hier? Nur wegen der Arbeit?«

»Ja, nur wegen der Arbeit.«

»Und da heißt es immer, die Deutschen sind materialistisch, kalt, unfähig das Leben zu genießen, ohne wahre Lebensfreude. Was ist denn daran lebensfroh, wenn man nur wegen der Kohle ein Scheißleben lebt?«

Lena war für einen Moment abgelenkt. Sie deutete zurück zu dem Haus. Ayaz' Vater war herausgekommen und eilte in Richtung Zeusstraße. »Ich wette, er geht zu Meti, um ihm alles haarklein zu berichten.« Sie klang besorgt.

Carl verstand sofort, warum. »Weiß Fatis Frau, dass du Polizistin bist?«

»Dilara?« Lena schüttelte den Kopf. »Nein. Niemand in dem Viertel weiß es. Viele Türken leben für den Tag«, nahm sie den Faden wieder auf, »an dem sie mit dem Geld, das sie hier verdient haben, wieder in die Türkei zurückkehren. Dort werden sie wie Helden betrachtet, die sich in die kalte, feindliche Welt hinausgewagt haben und am Ende ein glückliches Leben in ihrer Heimat führen können.«

»Und was ist mit den Kindern? Die gehen hier zur Schule, die leben doch ein ganz anderes Leben. Wie fühlen die sich dann in der Türkei?«

»Das ist das Problem. Viele türkische Eltern versuchen ihre Kinder so zu erziehen, als würden sie in der Türkei leben. Aber das funktioniert nicht, die Kinder sind ganz anderen Einflüssen ausgesetzt, in der Schule, überall draußen. Ayaz ist das beste Beispiel. Dem versuchen die Familien entgegenzuwirken, indem sie sich möglichst eng mit anderen türkischen Familien zusammentun. Das ist dann das, was du Parallelgesellschaft nennst. Da findest du Menschen, die sich damit arrangiert haben, hier zu leben, die aber so viel wie möglich ihrer gefühlt eigenlichen Heimat bewahren wollen. Das ist nicht schwer zu verstehen, oder?«

Carl schüttelte geringschätzig den Kopf. »Das ist ein Leben wie in einer Wagenburg. Draußen warten die bösen Indianer, und drinnen ist die Welt in Ordnung.«

»Ja, mag sein. Aber wie ergeht es vielen Türken, die sich integrieren wollen? Sie erleben, wie sie von Deutschen gönnerhaft und von oben herab behandelt werden. Nach dem Motto: Jetzt beweis mal, wie weit du schon bist, Türke.«

»Das ist nicht die Regel.«

Lena lachte auf. »Wie hast du mich genannt, als wir uns das erste Mal begegnet sind? Gülla. Gülle ist ein deutsches Wort für Kuhscheiße. Natürlich sollte das nur witzig sein. Hahaha. Aber wer lacht über so einen Witz? Ich nicht. Und andere Türken und Türkinnen auch nicht. Das ist ein rassistischer Scherz von jemandem, der sich für überlegen hält. Aber nicht, weil er so toll, schlau, schön und großartig ist, sondern einfach nur weil er Deutscher ist.«

»Warum so empfindlich?«, schmunzelte Carl, merkte aber, wie er rote Ohren bekam.

»Deutschland ist meine Heimat. Ich bin hier geboren. Ich diskutiere nicht über den Stand meiner Integration.«

»Okay, okay. Du sprichst perfekt Deutsch, du bist deutsche Polizistin, du bist ein Teil dieser Kultur. Aber was ist mit einer türkischen Frau wie der Mutter von Ayaz? Ein Leben zwischen Aldi und dem Westentaschen-Pascha zu Hause. Kann die einen Führerschein machen? Kann die mal auf ein Popkonzert gehen? Ohne Ganzkörperkondom in den Fühlinger See springen? Auf einer Demo für

Schwule und Lesben mitlaufen? Mal mit 'ner Freundin die Nacht durchmachen? Ihre Kinder in die Kita schicken, damit sie arbeiten gehen kann? Nein, kann sie nicht. Aber nicht, weil die bösen Deutschen das so wollen. Und warum hält sie diese alles abtötende Nicht-Integration zwanzig Jahre lang durch? Weil es diese Wagenburgen gibt, diese Parallelgesellschaften.«

Lena sah lange in die Ferne. »Du hast recht.«

»Wie, ich habe recht?«

Sie lächelte ihn an. »Du hast recht.«

Er sah sie wütend an. Wollte sie ihn auf den Arm nehmen?

»Beruhig dich, Carl. Manchmal stimmt es eben, was du sagst. Gibt es da nicht ein deutsches Sprichwort? Auch ein blindes Huhn findet mal ein Korn.«

Carl ließ die Luft in einem langen Strom aus den Lungen entweichen. »Ich glaube, ich bewerbe mich gleich morgen um einen türkischen Pass.«

Lena verdrehte die Augen. »Hä?«

»War ein Scherz.«

»Ah, ich verstehe, so eine Art Witz, über den keiner lachen kann. Da kenn ich auch einen.«

»Du kannst Witze erzählen?«

»Kann ich, hör zu: Fliegt ein Kuckuck überm Meer. Taucht ein Hai auf. Sagt der Hai …«, sie brach ab und griff nach seinem Arm. »Da kommt sie.«

Ayaz' Mutter näherte sich, sie zog einen großen Einkaufsroller hinter sich her. Ihre Augen wanderten unruhig hin und her.

»Ich werde ein paar Schritte mit ihr gehen. Warte hier.«

Wahrscheinlich hatte das Gespräch zwischen den beiden nicht lang gedauert, doch Carl kam es vor wie eine Ewigkeit, bis Lena zurückkehrte.

»Und?«

Sie sah ihn lange an. »Meti ist wie ein Elefant. Der vergisst nicht und vergibt nicht.«

33.

Sara hatte das Gefühl, nicht genug Luft zum Atmen zu bekommen. Die Jeans war eng. Sie betrachtete sich im Spiegel. So hatte sie sich noch nie gesehen. Die Konturen ihres Körpers waren beinahe so gut zu erkennen, als wenn sie nackt gewesen wäre. Sie hatte sich ein ebenso enges T-Shirt übergezogen. Ihre Brustwarzen waren steinhart und zeichneten sich überdeutlich unter dem Stoff ab. Vor Scham wagte sie es nicht, Julia anzusehen. Die stand hinter ihr, zupfte das T-Shirt ein wenig zurecht und nickte anerkennend.

»Deine Titten sind super, Sari. Einen BH kannst du dir sparen.« Sie hob ihre Bluse, darunter war sie nackt. »Guck dir meine an, die brauchen schon ein bisschen Unterstützung.«

Saras Gesicht glühte rosarot. »Ich glaube, ich trau mich nicht, so auf die Straße zu gehen.«

»Spinnst du? Du siehst toll aus.«

»Alle werden mich anstarren.«

»Deine Christen-Hirnis werden dich jedenfalls nicht wiedererkennen.« Julia wuschelte durch Saras Haar, das jetzt kurz geschnitten war. »Deine Haare müssen erst noch kapieren, dass sie nicht mehr in glatten Strähnen runterhängen müssen.«

Sara öffnete den Hosenknopf. »Ich trau mich nicht, Julia. Ich kann das nicht.«

Julia griff nach ihrer Hand und hielt sie fest. »Du musst.«

»Nein, wirklich nicht. Bitte.«

»Zu spät. Ich hab dein Kleid der Verkäuferin gegeben und ihr gesagt, sie soll es ganz schnell wegschmeißen.«

Sara riss erschrocken die Augen auf. Julia legte ihren Arm um ihre Schulter. »Sari, denk nicht nach. Mach's einfach. Jeder, der dich sieht, wird denken: Schnuckeliges Mädchen mit 'ner geilen Figur. Keiner wird denken: Sah die nicht früher ganz anders aus? Und die von früher werden dich gar nicht wiedererkennen.«

Sara holte tief Luft, ein Glücksgefühl überschwemmte sie, wieder einmal. Julia hatte recht. Für einen Neuanfang muss man neu anfangen. So einfach war das.

»Die Sachen sind so teuer.«

Julia winkte kategorisch ab. »Meine Oma wäre superhappy, wenn sie sehen würde, was für geile Klamotten wir gekauft haben.«

»Aber die sind ja alle nur für mich.«

»Weil ich keine brauche. Mein Kleiderschrank im Internat quillt über. Ehrlich? Ich weiß nicht mal mehr, was ich alles habe.«

»Danke, Julia.«

Julia küsste sie auf den Mund. Sara zuckte zurück. Julia lachte. »Keine Sorge, ich steh auf Männer!«

Saras Gesicht pulsierte knallrot.

»Tut mir leid, ich mach mich nicht über dich lustig.«

»Ich weiß«, flüsterte Sara.

Julia packte die Tüten mit den Kleidungsstücken, die sie schon in anderen Läden gekauft hatten. »Komm. Wir bezahlen, und dann besorgen wir noch ein bisschen Kosmetik. Lippenstift, Lidschatten, Eyeliner, das volle Programm.«

Sara warf noch einen letzten Blick in den Spiegel, bevor sie Julia folgte. Was sie sah, gefiel ihr jetzt schon viel besser als die Erinnerung daran, wie sie bisher ausgesehen hatte.

Zwei Stunden später stiegen sie vor der Pension Paradies aus dem Taxi. In ihrem Zimmer schütteten sie den Inhalt der Tüten aufs Bett. Kleidungsstücke, Schminksachen, Chips, Süßes, Sushi, ein Sixpack gekühltes Bier. Julia riss zwei Dosen auf und reichte Sara eine.

»Ich zeig dir jetzt, wie das geht mit dem Schminken. Nur die Basics, nicht die schwierigen Sachen mit Make-up und so.« Sie hielt Sara eine Dose entgegen. »Cheers.«

Beide nahmen einen Schluck, Julia einen großen, Sara einen vorsichtigen. Das Bier schmeckte ihr nicht.

»Nur noch eine Nacht, Sari. Morgen nach Omis Beerdigung verschwinden wir von hier.«

Sara nickte mit zusammengekniffenen Lippen.

»Keine Sorge, alles wird gut.«

Julia sprang auf das Bett und hüpfte darauf herum, als wäre es ein Trampolin.

»Girls night!«

Sara sah sie fragend an.

»Mädelsabend!«

34.

Lena stand vor ihm, mit verschränkten Armen und sichtlich betroffen. Es war schwer für sie, einen Anfang zu finden. Fast tat sie Carl ein wenig leid. Gerade als sie ansetzte zu reden, klingelte sein Handy. Er nahm das Gespräch an, ihr Blick spiegelte, wie wenig Verständnis sie dafür hatte.

»Chef? Mustafa hier.« Sein Taxifahrer, der vor der Pension Paradies wartete. »Hier sind zwei Mädchen reingegangen. Die eine könnte die auf dem Foto sein. Vielleicht. Hat 'ne andere Frisur, aber könnte sein. Was soll ich tun?«

»Warten Sie, bis ich da bin. In einer halben Stunde etwa.«

Carl beendete das Gespräch. »Das war sehr wichtig für mich«, entschuldigte er sich.

»Wichtiger als etwas, was dir den Kopf retten könnte?« Lena sah ihn wütend an, wütend und misstrauisch.

»Wichtig. Nicht wichtiger. Du hast gesagt«, fuhr Carl fort, »Meti ist wie ein Elefant, der vergisst nicht und vergibt nicht.«

Lena atmete tief durch, sie wollte keinen Streit. »Ein Jahr bevor Ayaz ermordet wurde«, rekapitulierte sie, »kam heraus, dass Metis Tochter Senem von Ayaz schwanger war. Ayaz' Eltern gegenüber hat Meti behauptet, ihr Sohn hätte Senem vergewaltigt, und er hat ihnen gesagt: ›Darauf steht nach der Scharia die Todesstrafe, aber wir sind in Deutschland, im Land der Kuffar, der Ungläubigen, hier kann die Scharia nicht angewendet werden. Trotzdem muss ihr Genüge getan werden.‹ Er hat den Eltern auferlegt, fünfzigtausend Euro als Sühne zu bezahlen. Damit sei Ayaz' Schuld getilgt und die Ehre seiner Tochter wiederhergestellt. Ayaz' Vater war einverstanden, hat einen Kredit aufgenommen und bezahlt. Die Mutter war aber absolut sicher, dass Ayaz Senem nicht vergewaltigt hat.«

»Was macht das für einen Unterschied?«, wandte Carl ein. »Nach dem, was du mir über Hadd-Strafen erzählt hast, wäre die Strafe für Unzucht genauso hart.«

»Die Mutter hat das nicht aus religiöser Perspektive gesehen. Für sie war Ayaz ein freundlicher, liebevoller Junge und kein Gewalttäter. Sie hat es gewagt, Meti aufzusuchen. Sie hat ihn gebeten abzuwarten, bis Ayaz und Senem volljährig sind, und die beiden dann zu verheiraten. Meti hat sie daraufhin wüst beschimpft und ihr eine empfindliche Strafe angedroht, sollte sie wegen dieser Sache noch ein einziges Mal das Wort an ihn richten. Sie sagte mir, sie glaubt, dass Ayaz noch leben würde, wenn Meti eingewilligt hätte.«

»Wieso?«

Lena zuckte mit den Schultern. »Auf jeden Fall hat Meti gut für seine Tochter gesorgt. Bei Vergewaltigung ist eben nur der Täter zu bestrafen, nicht das Opfer.«

»Aber nur, wenn der Täter geständig ist oder wenn es vier Zeugen gibt«, wandte Carl ein. »War das nicht so?«

Lena kickte einen Stein weg und sah ihm hinterher, wie er über den asphaltierten Weg davonhüpfte. »Hier geht es nicht um die Scharia oder um religiöse Regeln. Meti Arslan hat sich alles so zurechtgelegt, wie er es braucht. Ich glaube, Ayaz' Mutter hat das genau gespürt.«

Carl musste an die endlose Reihe von Verbrechen denken, die im Namen von Religion und Glaube begangen wurden, Kreuzzüge, Inquisition, Ku-Klux-Klan, Exorzismus, sexuell missbrauchte Chorknaben und, und, und. Wahrscheinlich hört es niemals auf.

»Als Ayaz ein Jahr später erschossen wurde«, fuhr Lena fort, »ist Meti zu ihnen gekommen und hat gesagt: ›Allah hat entschieden, dass die Geldstrafe nicht ausreichend war, um Ayaz' Vergehen zu sühnen, deshalb hat er die Hand eines Kuffar benutzt, um Gerechtigkeit herzustellen.‹«

»Eine schöne Begründung für Religions-Freaks.« Carl hob seine Rechte. »Blöderweise wurde die Hand des Ungläubigen aber nicht von Allah, sondern von Kemal und Fati geführt.«

»Unterm Strich«, sagte Lena, »ist Meti nichts als ein Verbrecher, der sich den Glauben für seine persönlichen Zwecke zurechtdrechselt.«

»Wie der Islamische Staat mit seinem Dschihad.«

Lena nickte. »Wie der Islamische Staat mit seinem Dschihad.«

»Meti ist ein elender Scheißkerl. Und schlau. Er hat den Jungen mit dem Tod bestraft, er hat die Ehre seiner Tochter gerettet und er hat darüber hinaus Rache an mir genommen.«

»Nicht nur das. In der Türkei findet er mit fünfzigtausend Euro Mitgift leicht einen Ehemann für Senem, was ansonsten für eine unverheiratete Frau mit Kind praktisch unmöglich wäre.«

»Würde Ayaz' Mutter das alles vor Gericht aussagen? Wenn ich meinen Fall erneut aufrollen lasse?«

»Nein, das würde sie nicht. Dafür hat sie zu viel Angst.«

Carl stöhnte auf. »Und warum hat sie dir dann alles erzählt?«

»Sie glaubt dir, was du gesagt hast. Dass Kemal und Fati ihren Jungen erschossen haben.«

Carl blieb stehen. »Sie glaubt mir, ist aber nicht bereit auszusagen?«

»Sie hat noch zwei Kinder. Und ihr Mann würde sie verstoßen.«

»Würde er?«

»Möglicherweise.«

»Warum hat sie es dir erzählt?«, wiederholte Carl seine Frage. »Wenn sie nicht redet, ändert sich nichts.«

»Für Ayaz' Mutter war es schon viel, damals überhaupt zu Meti zu gehen. Es ist viel, mir das alles zu erzählen. Der nächste Schritt wäre, auf das Rechtssystem hier in Deutschland zu vertrauen. Das ist für viele Türken undenkbar. Sie halten eine Demokratie nur für eine andere Form der Diktatur. Guck dir das Rechtssystem in der Türkei an. Die meisten Türken finden nichts dabei, wenn ihr Ministerpräsident direkten Einfluss auf Gerichtsverfahren nimmt und Menschen verhaften lässt, wie es ihm passt. Sie glauben, dass es hier nicht anders ist, sondern nur anders heißt.«

»Weil sie nur in ihren Parallelgesellschaften mit ihren Verschwörungstheorien leben und weil es so bequem ist, sich immer nur als Opfer zu sehen. Echt zum Kotzen.«

»Das hatten wir schon, Carl, du erinnerst dich?«

Carl verspürte einen merkwürdigen Schwindel, ein Taumeln, ein Gefühl, als würde alles Blut in seine Beine sacken und sie unendlich schwer machen. Das bisschen Zuversicht, das bei ihm aufgekeimt war, war endgültig verflogen.

»Danke, dass du versucht hast, mir zu helfen, Lena. Das weiß ich sehr zu schätzen. Ich muss jetzt los.«

Sie sah ihn an, forschend, aber da war noch etwas anderes in ihren Augen. »Was hast du vor?«

»Eine Lebensversicherung abschließen.«

Er winkte ihr zu und ging. Da war die winzige Hoffnung, dass sie ihn aufhalten würde, dass sie ihn nicht einfach so gehen lassen würde. Aber sie schwieg.

Carl nahm ein Taxi und war fünfundzwanzig Minuten später in der Nassaustraße. Mustafa saß in seinem Taxi, hörte seine türkische Popmusik und machte den Eindruck, als genieße er seinen Job gerade sehr. Er bestätigte Carl, dass die beiden Mädchen das Hotel nicht mehr verlassen hatten.

Bevor Carl Jonathan Barker benachrichtigte, musste er sicherstellen, dass es sich wirklich um dessen Nichte handelte. Am einfachsten würde es sein, hineinzugehen und an ihre Tür zu klopfen, Zimmer 23. Allerdings konnte er sich nicht darauf verlassen, ohne Verdacht zu erregen durch die Pension zu streifen wie heute Vormittag. Warum nicht selbst für eine Nacht einchecken? In seine Wohnung zurückzukehren war unmöglich, und irgendwo musste er ja schlafen. Und wenn es sich doch nicht um Sara handelte? Dann war hier Endstation. Schon allein der Gedanke, weiter nach ihr zu suchen, machte ihn müder, als er sich ohnehin schon fühlte. Dann gab es eben keine zweite Rate, dann musste er mit den viertausendfünfhundert Euro abhauen, die noch übrig waren.

»Okay, das war's«, sagte er und gab Mustafa die restlichen zweihundert Euro.

Mustafa steckte das Geld freudig ein. »Viel Glück dann.« Er grinste. »Ähnlich sieht sie Ihnen nicht, Ihre Tochter.«

Arschloch, dachte Carl und sagte: »Sie kommt ganz nach ihrer Mutter.«

Er stieg aus und überquerte die Straße.

»Ein Einzelzimmer? Zweiunddreißig Euro. Cash vorab.« Der Mann an der Rezeption hatte ihm nur einen flüchtigen Blick zugeworfen, fast als wollte er auf keinen Fall wissen, wer bei ihm ein Zimmer nahm. Was sonst, in einer Absteige wie dieser? Einen Wettbewerb für den dreckigsten Eingangsbereich würde die Pension Paradies mit Leichtigkeit gewinnen.

Das Zimmer lag im Souterrain nach hinten raus, kahl und stickig war es, die Matratze dünn und durchgelegen. Carl war froh, dass er sich in den letzten sechs Monaten schon daran gewöhnt hatte, weit unten auf der Sozialskala angekommen zu sein, sonst wäre er jetzt wieder gegangen und hätte sein Geld für eine etwas luxuriösere Bleibe verpulvert.

Er nahm den Aufzug in den zweiten Stock. Zimmer 23. Er klopfte.

»Luisa? Ich hab dir die Gesichtscreme besorgt!« Ihm fiel nichts Besseres ein. »War auch billiger, als du dachtest. Luisa?«

Von drinnen hörte er Kichern und Schritte. Die Tür wurde einen Spalt geöffnet. Eine junge Frau mit schwarzem Haar grinste ihn an.

»Welche Creme benutzt Luisa denn?« Sie lachte los, eine Bierfahne wehte Carl entgegen. Von drinnen hörte er schüchternes Kichern.

»Oh, äh, ist Luisa auch da?« Er tat so, als wäre ihm nichts peinlicher als diese Situation jetzt.

Die junge Frau öffnete die Tür weit und fragte: »Sari, bist du Luisa? Das hättest du mir aber früher beichten müssen.« Die beiden lachten albern los. Carl warf einen Blick in den Raum hinein. Er hatte sich das Foto von Jonathan Barkers Nichte eingeprägt. Auch wenn das Mädchen, das da auf dem Bett saß, eine andere Frisur hatte, es war eindeutig die Gesuchte.

»Oh, Mann, tut mir leid, ich hab … irgendwie …«, er sah auf die Tür. »Nummer 23. Nein, falsch, ich suche die 32.« Er drehte sich um und ging zum Aufzug, begleitet vom Gelächter der beiden. Noch im Aufzug rief er seinen Auftraggeber an.

»Ich habe Ihre Nichte gefunden«, sagte er ohne Umschweife. »Sie können sie abholen.«

»Ist sie es sicher?«, fragte Barker. Er klang anders, als Carl ihn in Erinnerung hatte.

»Sicher.«

»Haben Sie mit ihr gesprochen?«

»Mit ihrer Freundin, aber ich habe sie gesehen.«

»Wir treffen uns in Ihrem Büro. Für die Geldübergabe. Wie schnell können Sie da sein?«

Die Worte kamen schnell, präzise und bestimmt. Barker sprach nicht mehr wie ein überforderter, hilfloser Hinterwäldler, sondern wie einer, der es gewohnt war, Befehle zu erteilen.

»Geht nicht. Aber Ihre Nichte ist in einer Pension, nicht weit von Ihrem Hotel entfernt. Ich kann davor warten.«

»Auf keinen Fall. Machen Sie einen anderen Vorschlag.«

Sie trafen sich eine halbe Stunde später an der Ostseite des Humboldtparks.

»Was für eine gute Arbeit, Herr Gruber«, schwärmte Barker, und jetzt klang er wieder wie der unbedarfte Mensch vom Land. »Und so schnell, wirklich eine sehr professionelle Leistung.« Mit linkischen Bewegungen zog er ein Kuvert hervor und reichte es Carl. »Hier sind die siebentausendfünfhundert, so wie wir es vereinbart haben.«

Carl nahm den Umschlag und warf einen kurzen Blick hinein. Lauter Hunderter. »Das freut mich.« Er steckte das Geld ein. »Seien

Sie nett zu Ihrer Nichte. Ich glaube, sie hat mit ihrer Freundin einfach nur ein kleines Abenteuer gesucht.«

In Barkers Augen blitzte es kurz auf, dann legte sich wieder ein naives Lächeln über sein Gesicht. »Wahrscheinlich haben Sie recht.«

»Gehen Sie die Hachenburger Straße bis zum Ende, dann rechts und die erste Straße links. Nach hundertfünfzig Metern sehen Sie die Pension. Sie ist in Zimmer Nummer 23.«

Barker reichte ihm die Hand. »Dann bedanke ich mich bei Ihnen und sage auf Wiedersehen.«

Carl sah ihm hinterher. Jonathan Barker schauspielerte, das war sonnenklar. Carl sah, wie er ein Handy hervorholte und zu telefonieren begann. Hatte er nicht gesagt, sein Handy zu Hause vergessen zu haben? Na und? Dann hatte er sich eben ein Prepaid besorgt. Außerdem, was ging es ihn an? Alles war gut. Er hatte das Geld, morgen würde er sein Auto abholen und dann würde er dieser Stadt Auf Nimmerwiedersehen sagen.

Barker verschwand.

Aber warum hatte dieser Mann vor ihm eine Show abgezogen?

Carl verdrehte die Augen. Er sollte sich diese Frage nicht stellen und schon gar nicht nach einer Antwort suchen wollen. Sein Job war erledigt, Punkt.

Und trotzdem folgte er ihm. Intuition. Am Ende der Straße ging Barker in die falsche Richtung. Sollte er ihm hinterherlaufen und ihn darauf hinweisen?

Hundert Meter weiter, an der nächsten Kreuzung blieb er stehen. Carl schob sich in einen Hauseingang. Zehn Minuten später hielt ein Taxi, Barker stieg ein und fuhr davon. In die der Pension entgegengesetzte Richtung. Carl grinste, da hatte ein schlauer Kölner Taxifahrer erkannt, es mit einem unbedarften Landei zu tun zu haben und drehte erst einmal eine kostenintensive Runde, bevor er das eigentliche Ziel ansteuerte. Carl lief die richtige Straße entlang. Warum nicht zusehen, wie Barker seine Nichte einsackt? Würde sie sich wehren und Probleme machen? Nein, die nicht, die war viel zu brav.

Die Freundin, die war ein anderes Kaliber, bei der konnte er sich vorstellen, dass sie Randale machte.

Vor der Pension keine Spur von Barkers Taxi. Warum holte er das Mädchen nicht ab? Carl ging hinter einem Busch in Deckung und wartete. Zehn Minuten, noch mal zehn. So lange würde sich selbst Jonathan Barker nicht von einem Taxifahrer an der Nase herumführen lassen. War er womöglich schon drinnen bei seiner Nichte und hatte das Taxi weggeschickt? Nein, denn das würde bedeuten, dass er für eine Fahrt von nur hundertfünfzig Metern ein Taxi gerufen hätte. Das ergab keinen Sinn.

Der Lieferwagen einer Installationsfirma hielt gegenüber der Pension. Der Fahrer stieg aus, warf sich eine Umhängetasche über und überquerte die Straße. Das Gesicht des Mannes konnte Carl nicht erkennen, er hatte seine Baseballkappe tief in die Stirn gezogen und trug einen Vollbart. Der Installateur verschwand in der Pension. Carl fragte sich, wie lange er hier noch herumstehen sollte. Sein Magen knurrte, wann hatte er das letzte Mal etwas gegessen? Heute noch nichts, nicht einen Bissen. Es war kurz vor 19 Uhr. Viel zu früh, um sich in dem schmuddeligen Zimmer zu verkriechen. Er konnte gemütlich essen gehen, sich zum Abschied etwas ganz Besonderes gönnen, weit weg vom Zeusstraßenviertel. Mit seiner Ex war er gerne im U-Bier-Ding in der Südstadt gewesen, eine kleine kölsche Kneipe mit ungewöhnlicher Speisekarte. Er stellte sich vor, wie es sein würde, heute da alleine zu sitzen, am letzten Abend, bevor er seine Heimatstadt verließ. Traurig würde es sein. Mittlerweile war er es zwar gewohnt, alleine essen zu gehen, nur heute würde es sich nicht gut anfühlen. Vielleicht sollte er Lena anrufen? Wieso landeten seine Gedanken eigentlich ausgerechnet immer wieder bei ihr? Absurd, nach allem, was gewesen war.

Carl streckte sich und trat entschlossen hinaus auf die Straße. Er durfte sich nicht unterkriegen lassen. Köln war ab morgen Vergangenheit, Jonathan Barker war Vergangenheit, genauso wie Robert Sellmann, genauso wie Lena Gülec. Deshalb würde er genau das machen, was ihm eben noch so traurig erschien. Im U-Bier-Ding, mit Kneipenstimmung, Kölner sind unkompliziert, es wird ein schöner letzter Abend. Vorher konnte er sich noch ein wenig aufs Ohr hauen. Er zog sein Handy hervor, stellte den Klingelton ab und überlegte, auf wie viel Uhr er den Wecker stellen sollte, mehr als eine halbe Stunde zu schlafen war nicht gut, dann wollte der Körper einfach nur noch weiterschlafen. Gerade wollte er die Eingangstür öffnen, da wurde sie von innen aufgestoßen. Carl sah in das verängstigte, panische Gesicht von Sara, eine Augenbraue war geschwollen und frisches Blut glänzte in einer kleinen Platzwunde. Hinter ihr der Installateur. Mit einer Hand hielt er ihren nach hinten gedrehten Arm gepackt, Saras Rucksack baumelte an seinem Unterarm, die andere Hand presste er in Saras Seite. Carl sah den Lauf einer Pistole mit Schalldämpfer, die sich in ihre Rippen bohrte.

»Carl, wie geht es dir?«

Die Stimme … Carl erkannte sie sofort.

Robert Sellmann lachte ihn breit an. »Da hat dich der Türke also immer noch nicht erwischt.«

»Was wollen Sie von dem Mädchen?«

»Ich bring sie nach Hause.«

Carl wandte sich an Sara. »Was ist passiert?«

Bevor sie etwas sagen konnte, rammte Sellmann ihr den Pistolenlauf in die Seite. »Sie ist gestolpert. Verträgt kein Bier. Ich war immer schon dafür, Alkohol nicht an Jugendliche zu verkaufen.«

»Ist sie nicht zusammen mit einer Freundin hier?«

»Carl, Carl, Carl, du mischst dich gerade in etwas ein, was dich gar nichts angeht. Dein Auftrag ist erledigt. Geh nach Hause und denk darüber nach, was ich dir gesagt habe. Hm? Kemal wirst du, wie soll ich sagen, auf schöngeistige Weise nicht mehr los. Der hat entschieden, was er mit dir anstellen will. Im Gegensatz zu dir.« Er lachte ihn freundlich an, als führten sie einen Small Talk übers Wetter. »Und jetzt gehst du besser zur Seite, sonst haben wir hier gleich viel aufzuwischen.«

Was war das für eine Verbindung zwischen Barker, Sellmann von der Identitären Aktion und diesem naiven, unschuldigen Mädchen? Carl fehlte die Fantasie, das unter einen Hut zu bringen. Nur eines war klar: Sara hatte Todesangst.

Carl ging ganz nah an Sellmann heran. »Sie kleben sich einen Bart an und spielen den Gangster? Was ist das für ein Scheißfilm.« Während er sprach, zog er sein Handy hervor und schob es in Saras freie Hand. Sie zuckte zurück. Erst beim zweiten Versuch griff sie zu. Er hoffte, sie würde sich nicht verraten.

Sellmanns Gesicht wurde für einen Moment kalt und drohend. »Treib's nicht auf die Spitze, Carl. Du hast keinen Sonderstatus, falls du das annehmen solltest.«

Aus dem Augenwinkel sah Carl, wie Sara das Handy in ihre hintere Jeanstasche schob.

»Ich mach dir einen Vorschlag, Carl. Geh nach Hause, verbarrikadier dich da, ich melde mich die Tage bei dir, und dann suchen wir gemeinsam nach einer Lösung für dein Problem.«

»Was haben Sie mit Jonathan Barker zu tun?«

Sellmann lächelte. »Kenn ich nicht.« Er packte Sara fester, sie zitterte heftig, und ihre Beine drohten einzuknicken. »Sie braucht Ruhe, siehst du das nicht?«

Carl hob beide Hände und trat einen Schritt zurück. Saras angstgelähmter Blick schnürte ihm die Kehle zu. Sollte er einen Versuch riskieren, sie zu befreien? Nicht gegen Robert Sellmann, der war ihm körperlich in jeder Hinsicht überlegen. Und seine Pistole in der Hüfttasche? Aussichtslos. Bevor er sie auch nur gezogen hatte, war Sara tot und er selbst wahrscheinlich ebenfalls.

Sellmann öffnete die Seitentür des Lieferwagens, warf den Rucksack hinein und schob Sara hinterher. Er winkte Carl zu, und den Bewegungen seiner Lippen nach sagte er: »Geh nach Hause. Jetzt.« Dann stieg er ein und fuhr los.

Carl wartete, bis das Auto um die nächste Ecke gebogen war. Er lief an der Rezeption vorbei und nahm die Treppen, die Geduld, auf den altersschwachen Aufzug zu warten, hatte er nicht. Zwei lautstark diskutierende Männer kamen ihm entgegen, stämmige Kerle, die die gesamte Treppenbreite ausfüllten. Carl wollte sich an ihnen vorbeidrängen.

»Geht's noch?« Der Mann sah ihn streitsüchtig an und machte keinen Millimeter Platz.

Carl grinste schief. »Ich muss aufs Klo. Dringend.« Wie oft war er in seiner Zeit als Polizist solchen Typen begegnet? Von sich selbst berauschte Machos mit zu viel Luft im Hirn. Die nichts lieber taten, als andere zu provozieren und deren Faust sehr locker saß.

»Komm, lass ihn durch«, sagte der andere, »sonst scheißt der uns noch auf die Füße.«

Zimmer 23. Die Tür war verschlossen. Carl sah sich um. Im Gang war niemand. Mit einem Schritt Anlauf trat er gegen die Tür. Beim dritten Versuch splitterte das Schloss aus der Zarge.

Saras Freundin war das Erste, was er sah. Sie lag auf dem Bett, auf dem Rücken, in einer Blutlache, ihr Kopf war in einem merkwürdigen Winkel abgeknickt. Carl trat vorsichtig näher, er erkannte das Einschussloch in der linken Schläfe. Einen Schritt weiter sah er die rechte Kopfhälfte oder das, was von ihr übrig geblieben, die austretende Kugel hatte sie weggerissen.

Er würgte, er hatte nichts im Magen, trotzdem kotzte er, bittere Gallenflüssigkeit, er musste sich am Schrank abstützen, um nicht zu Boden zu sinken. Sellmann, dieses verdammte Arschloch, er hätte ihn aufhalten müssen!

Auf dem Boden am Fußende des Bettes stand eine große Plastikflasche mit einer gelblichen Flüssigkeit, auf den Hals war ein kleiner Behälter geflanscht, ebenfalls mit einer Flüssigkeit gefüllt, beide waren nur durch eine dünne Folie voneinander getrennt. Es brauchte nicht viel Fantasie, um zu erkennen, worum es sich da handelte. Die Folie wurde langsam von der oberen Flüssigkeit aufgelöst und sobald die beiden Substanzen sich vermischten, würden sie in Flammen aufgehen. Wie viel Zeit blieb ihm? Draußen im Gang müsste ein Feuerlöscher sein. Damit könnte er den Brandsatz in eine dicke Schaumschicht hüllen, vielleicht reichte das aus.

Er stürzte hinaus. Seine Fingerabdrücke auf der Schranktür. Wie sollte er erklären, warum er überhaupt in dieses Zimmer eingedrungen war? Am Ende würde der Verdacht auf ihn fallen. Wieder einmal. Er kehrte um, wollte den Raum betreten – in dem Moment schlug ihm eine Feuerwalze entgegen. Die Hitze war gigantisch. Er konnte sich gerade noch wegdrehen und zur Seite springen. Der Geruch von verbrannten Haaren, seine Haare.

Eigentlich müsste das Feuer die Sprinkleranlage auslösen. Nichts passierte. Er lief zum Treppenhaus, gab es hier irgendwo einen Feuermelder?

Erst im Erdgeschoss fand er einen neben der winzigen Rezeption. Carl schlug die kleine Scheibe ein und drückte den Alarmknopf. Ohrenbetäubend lärmten Glocken überall im Haus. Ein Mann kam aus dem Büro hinter der Rezeption herausgestürzt.

»Hey, was soll das?«

»Feuer im zweiten Stock! Die Leute müssen raus. Sofort!«

Der Mann starrte ihn an, als hätte er eine fremde Sprache gesprochen.

»Was ist mit der Sprinkleranlage?«

Statt zu antworten, riss der Mann einen großen Schlüssel von der Wand und rannte zum Treppenhaus. Carl sah, dass er in den Keller wollte. Wahrscheinlich war der Haupthahn der Sprinkleranlage zugedreht, weil sie irgendwo undicht war. Das war billiger, als sie reparieren zu lassen.

Carl sah ein Handy auf dem Bürotisch liegen. Er steckte es ein, rannte hinaus auf die Straße und wählte 110. Gerade noch rechtzeitig stoppte er den Wählvorgang, aktivierte in dem Handy die Funktion »Eigene Nummer« unterdrücken und wählte erneut, während er die Nassaustraße in Richtung Gremberger Straße ging.

Carl verstellte seine Stimme, so gut es ging, und hielt sich die Nase zu. Er klang jetzt wie ein Psychopath. »Feuer in der Pension Paradies, in der Nassaustraße … nein, Sie erfahren meinen Namen nicht. Im Zimmer 23 liegt eine Tote, erschossen von einem Mann, der sich Robert Sellmann nennt. Er hat eine Geisel genommen und ist mit ihr in einem weißen Lieferwagen unterwegs ... Hör zu, Arschloch. Ich behalte meinen Namen für mich, und du merkst dir alles, was ich sage, sonst kümmert sich heute noch die Dienstaufsicht um dich. Hier geht es um Mord, Entführung und Brandstiftung, nicht um meine persönlichen Daten.«

Carl gab eine Beschreibung des Lieferwagens und das Kennzeichen durch und beendete das Gespräch. Er ließ sich die Telefonnummer des Handys anzeigen. Dann rief er im Internet die Find-my-mobile Seite auf, gab seinen Geheimcode ein. Damit sein Handy nicht in Saras Tasche klingelte, aktivierte er die Gesprächs- und SMS-Umleitung auf das Handy, das er eben an sich genommen hatte. Und er aktivierte für sein Handy die Funktion »GPS-Ortung starten«. Solange sich Sara nicht in einem Gebäude aufhielt, konnte er ihre Position auf wenige Meter genau erkennen. Zurzeit bewegte sie sich auf dem Autobahnzubringer 559 nach Süden.

Nachdenken, Carl. Wie wichtig musste für Jonathan Barker das Mädchen sein, wenn er einen Killer schickte, der ihre Freundin tötete und ein ganzes Hotel in Brand steckte? Sehr. Aber warum? War es Zufall, dass Sellmann aufgetaucht war, und es hatte nichts mit Barker zu tun? Welches Interesse sollte die Identitäre Aktion an einem unbedarften Mädchen wie Sara haben?

Von allen Seiten waren Polizei- und Feuerwehrsirenen zu hören. In Richtung der Pension sah Carl Rauch in den Himmel steigen. Er hoffte, dass sich alle Menschen rechtzeitig in Sicherheit gebracht hatten. Zumindest in der Hinsicht musste er sich keine Vorwürfe machen, er hatte getan, was er konnte.

Er winkte nach vorbeifahrenden Taxis, erst das dritte hielt an. Zehn Minuten später betrat Carl das Hotel Stadtpalais. Zimmer 412 hatte Barker gesagt. Im vierten Stock verließ er den Aufzug. Seine Rechte steckte in der Hüfttasche und hielt die Glock. Er klopfte mehrmals und wartete. Keine Reaktion. Er rief bei der Rezeption an und erfuhr, dass Barker vor einer Stunde abgereist war. Eine Stunde? Das bedeutete, er war unmittelbar nach ihrem Treffen im Humboldtpark ins Hotel zurückgefahren und hatte ausgecheckt. Und das bedeutete, Barker hatte gar nicht erst versucht, das Mädchen selbst abzuholen. Stattdessen hatte er Sellmann geschickt.

Carl verließ das Hotel. Unschlüssig stand er auf der Straße. Köln schwitzte, die hohe Luftfeuchtigkeit machte den Himmel diesig, es würde ihn nicht wundern, wenn es auch heute wieder zu einem Sommergewitter kam.

Was für ein verdammtes Chaos! Warum nicht alles einfach ignorieren? Kemal war hinter ihm her, er musste seinen eigenen Kopf retten. Fahr auf die andere Rheinseite, such dir ein Hotel weit weg von Mülheim und dem Zeusstraßenviertel. Morgen Mittag konnte er dann bei Glandis sein Auto abholen und endgültig verschwinden.

Aber da war Saras Blick voller Todesangst und Entsetzen. Der ließ ihn nicht los. Auch wenn er keine Ahnung gehabt haben konnte, was hinter Barkers Auftrag steckte – er war es gewesen, der das Mädchen gefunden und ans Messer geliefert hatte.

Und wenn er doch zur Polizei ging? Sellmann war ein Profi, der würde zwar sehr schnell das Auto wechseln, aber mithilfe der Handyortung konnten sie Sara schnell finden.

Wenn du das machst, bist du der größte Idiot auf Erden! Die machen dich zum Täter, wieder mal. Und dann siehst du für den Rest deines Lebens die Sonne nicht mehr.

Du könntest selbst Saras Spur folgen. Morgen, mit deinem neuen Auto. Wenigstens so lange, wie das Handy unentdeckt in ihrer Hosentasche steckt und der Akku Strom liefert. War er nicht mal Polizist geworden, um Recht und Gesetz durchzusetzen? Vor elf Jahren? Ja, aber seit einem halben Jahr galt das nicht mehr.

Ein paar Meter weiter war eine Straßenbahnhaltestelle. Mit der Linie 1 konnte er bis zum Rudolfplatz fahren und zu Fuß die Lindenstraße hinauf bis zum Hotel Chelsea gehen. In der Gegend fand er alles, was er noch brauchte, Drogeriemärkte und diverse Schnellimbisse, falls er keine Lust mehr hatte, alleine ins U-Bier-Ding essen zu gehen. Und im Café Fleur konnte er ungestört ein paar Stunden absitzen, bevor er sich ins Bett fallen ließ.

Das Handy klingelte, zuerst wollte er es ignorieren, es war schließlich nicht seins.

Die Rufumleitung von seinem eigenen Handy … Versuchte das Mädchen, Sara, ihn anzurufen?

Der Gedanke löste eine unangenehme Hitzewelle in seinem Körper aus. Er machte sich auf ein dramatisches Telefonat gefasst und nahm den Anruf entgegen.

»Carl?«

Es war Lena.

»Willst du nicht mit mir reden?« Lena klang nicht wütend, eher als befürchtete sie, dass es so sein könnte.

»Doch, ich …« Bilder von dem zerschossenen Kopf, von dem Blut überall, von Saras Todesangst blitzten vor ihm auf, wie ein Foto-Run-Down in aberwitzigem Tempo. Als Polizist hatte er schon einiges erlebt und gesehen, Verkehrsunfälle mit grausam zugerichteten Körpern, Anblicke, die ihm den Magen umgedreht hatten. Doch die Bilder von Saras Freundin enthielten etwas anderes: die kalte Grausamkeit eines Mörders, der einen Job erledigte, geschäftsmäßig, neutral und effizient. Genauso hatte Sellmann Fati getötet, und so war er in Carls Vorstellung auch mit diesem Mädchen umgegangen.

»Was ist mit dir los, Carl?« Lenas Stimme klang ungewöhnlich sanft. Sie wartete keine Antwort ab. »Hör zu, ich wollte dir nur sagen, du kannst hier bei mir schlafen, wenn du willst. Versteh das nicht falsch: bei mir heißt, auf der Couch im Wohnzimmer.«

Ein Teil von ihm sagte klar und deutlich: Nein! Er wird ihr erzählen, was in der Pension Paradies passiert ist, und sie ist Polizistin, sie wird von ihm verlangen, zur Polizei zu gehen.

Der andere Teil von ihm sagte: Ja. Einfach nur Ja. Mehr nicht.

35.

Saras Herz hämmerte. Ihre Brust war so eng. Sie brachte nicht genug Sauerstoff in ihre Lungen. Es war ihre Schuld, sie brachte den Tod. Menschen, die ihr Freundschaft schenkten, mussten sterben. Gottesstrafen. Sie hatte sich aufgelehnt, und Gott hatte sie bestraft. Ihr Vater hatte recht gehabt, die Schwestern im Schwesternhaus hatten recht gehabt: Es gab nur den Weg, den Gott vorgab. Sie hätte sich nicht wehren dürfen. Der Herr Sebastian war eine Prüfung gewesen, und sie hatte sie nicht bestanden. Statt ihr von Gott gewolltes Schicksal anzunehmen, hatte sie sich gewehrt. Aber bezahlt für ihr Vergehen hatte nicht sie selbst, sondern Hanna, Esther und Julia. Der Mann hätte *sie* erschießen müssen, nicht Julia. Das viele Blut. Sie würgte und japste nach Luft. Hätte sie doch bloß den Mut, einfach nicht mehr zu atmen. Oder ihren Kopf gegen die Scheibe zu schlagen, dass er platzte.

Der Mann warf ihr einen kurzen Blick über den Rückspiegel zu, als könnte er Gedanken lesen. Er wollte, dass sie lebte, sonst hätte er sie doch nicht mitgenommen. Ihre Hände hatte er mit einem Plastikstreifen gefesselt, das sirrende Geräusch, als er die Fessel zuzog, und der Schmerz, als der dünne Streifen in ihr Fleisch schnitt. Kurz darauf hatte der Schmerz Taubheit Platz gemacht. Sie hatte das schon öfter erlebt. Herr Sebastian hatte sie manchmal gefesselt, weil ihm das höheren Genuss brachte, wenn er sie gebrauchte. Beim ersten Mal hatte sie den größten von allen Schmerzen gespürt, als er die Fessel wieder abnahm und das Blut in die Hände zurückkehrte. Es stach wie tausend Nadeln. Sie hatte mit Esther darüber geredet, und die hatte ihr geraten, das nächste Mal die Finger der gefesselten Hände so viel wie möglich zu bewegen, damit das Blut zirkulieren konnte, so hatte sie es genannt.

Vorsichtig begann sie, ihre Finger zu bewegen. Der Mann beachtete sie nicht. Sie sah sein entspanntes Gesicht im Rückspiegel. Er hatte einen Menschen getötet, und nichts war ihm anzumerken! Wie konnte jemand einen anderen Menschen töten und dann so frei von schlechten Gefühlen sein?

Julia, ihr Lachen. Dieser Mann war einfach ins Zimmer gekommen, und Julia hatte gelacht! Was soll denn hier kaputt sein, Klempner-Mann? Die Heizung? Wir haben Sommer, wie wär's mit einer Klimaanlage? Der Mann war lächelnd an Sara vorbeigegangen, vor Julia stehen geblieben und hatte sie sehr genau betrachtet, diese Augen, wie von einem Adler, kalt, ohne Gefühl. Sara hatte die Augen gesehen und sofort gewusst: Es wird etwas passieren, etwas Schreckliches. Das waren die Augen des Herrn Sebastian, der Erzieherinnen im Schwesternhaus, die Augen ihres Vaters. Sie hatte Julia ein Zeichen gemacht, lass uns weglaufen, schnell! Julia hatte wieder gelacht.

Und dann war da dieses kleine, unscheinbare Geräusch gewesen, so ähnlich wie das, als Julia eine Bierdose geöffnet hatte. Und plötzlich fiel Julia nach hinten, furchtbar blutig und wie eine Hülle, die nie gelebt hat. Julia, ihre Freundin, ihre …

Sara hörte sich nach Luft japsen, der Mann sah wieder kurz in seinen Rückspiegel, kein anderer Ausdruck darin als: Was ist das für ein Geräusch? Ihre Tränen perlten auf ihre Hose, die so eng war, noch nie in ihrem Leben hatte sie so etwas getragen. Ihr Wimmern klang fremd, als käme es nicht von ihr selbst, sondern von irgendwo draußen. Die Hand des Mannes tauchte plötzlich vor ihrem Gesicht auf, wurde zur Faust und traf ihren Mund.

»Ruhe.«

Mehr nicht. Er überprüfte nicht einmal, welche Wirkung sein Schlag hatte. Er wusste es, weil er sich damit auskannte. So wie Herr Sebastian. Sara wurde schwindelig, als sie die Luft, solange sie konnte, anhielt. Ruhe, hatte er gesagt, und sie wusste, wenn er weiter einen Grund hatte, sich zu beschweren, würde die Strafe einfach doppelt ausfallen. Sie musste Luft holen, es ging nicht anders. Wieder dieses Wimmern, sie konnte nichts dagegen machen. Wieder die Faust, dieses Mal war der Schmerz so groß, dass er ihr Wimmern bezwang. Sie versuchte, an etwas anderes zu denken als an Julia und das Zimmer. Sie schloss die Augen und konzentrierte sich. So wie sie es im Schwesternhaus wieder und wieder getan hat. Wenn sie eine Strafe empfangen hatte, wenn neben ihr ein anderes Mädchen gezüchtigt wurde, wenn die Angst vor den Erziehern so groß war und der Körper ein zitterndes Eigenleben führte, wenn es kein Entrinnen gab und die Wände von allen Seiten unaufhörlich näher rückten – und das Leben trotzdem nicht aufhören wollte.

Der andere Mann. Der ihr das Handy in die Hand geschoben hatte. Es steckte in ihrer hinteren Hosentasche, sie konnte es spüren, wie eine flache Platte. Würde es zerbrechen? Wie sehr hatte sie gestaunt, als Julia ihr gezeigt hat, was man mit so einem Gerät alles machen konnte.

Julia …

Nein! Bleib bei dem anderen Gedanken, Sara!

Sie hatte gestaunt, Julia hatte es ihr ein paarmal vorgemacht und jetzt? Sie erinnerte sich an nichts mehr. Nicht, wie es angeschaltet wurde, wie man damit einen Anruf tätigte, nichts. Was sollte sie mit dem Gerät anfangen?

Der Mann. Er wollte ihr helfen, das hatte sie in seinen Augen gesehen, und dabei sollte das kleine Telefon eine Rolle spielen. Aber welche? Sie war gefesselt und wusste nicht einmal, wo sie war. Sie konnte nur nach vorne hinaussehen, und da waren eine breite Straße, viele Autos und vorbeiziehende Häuser.

Das Auto wurde langsamer, verließ die breite Straße, nahm einige enge Kurven, die Straße wurde schmaler, ein breiter Fluss mit schmutzig-braunem Wasser tauchte auf, Felder, ein sandiger Weg, der an einer Wiese entlangführte, Büsche. Der Mann hielt an, stieg aus, öffnete die Seitentür und stellte dieselbe Plastikflasche neben Sara, wie die in der Pension, eine Flasche mit einem knubbeligen Aufsatz, in beiden Teilen schwappte eine Flüssigkeit. Die Luft, sie roch nach Wasser, wie Abwaschwasser. Dazu ein schwacher Duft nach Holunder. Und nach Staub, aufgewirbeltem Staub. Sand, feiner Sand, sie spürte ihn im Mund. Der Mann zog einen schwarzen Stoffsack hervor und stülpte ihn ihr über den Kopf. Der Geruch nach Baumwolle, die noch nie gewaschen worden war, verscheuchte alle anderen Gerüche. Sara beugte sich vor, versuchte ihren Körper auf die Schmerzen vorzubereiten, die kommen würden. Am schlimmsten war es, wenn es unvorbereitet den Bauch traf.

Die Hand packte ihren Arm und zerrte sie ins Freie. Der Mann ließ los, sie spürte den Luftzug von Bewegungen, die er um sie herum machte. Wo wird er sie treffen? Ihre Bauchmuskeln schmerzten, sie brachte kaum noch Luft in ihre Lungen. Die Autotür hinter ihr wurde zugeschlagen. Sie schrie auf, sie konnte nicht anders. Ein Stoß in den Rücken trieb sie nach vorne. Nach ein paar Schritten stieß sie gegen etwas Hartes. Eine Hand drückte sie nach vorne.

»Hineinklettern.«

Sie tat, wie ihr geheißen. Sie spürte einen filzartigen Boden. Etwas Metallisches, Kaltes fuhr zwischen ihre Hände. Ein Messer? Hatte der Mann sein Ziel verfehlt? Die Fessel platzte auf, ihre Hände waren frei.

»Augen zu. Wenn du sie öffnest, ist dein Leben in derselben Sekunde vorbei.«

Sie schloss die Augen. Der Stoffsack wurde von ihrem Kopf gezogen. Für einen Moment wurde es hinter ihren Lidern heller, dann wurde eine Tür oder etwas Ähnliches zugeschlagen, und Dunkelheit umfing sie. Sie tastete den kleinen Raum ab. Es roch nach Plastik. Die Stimmen von draußen waren gedämpft, sie konnte die Worte nicht verstehen. Ein Motor wurde angelassen, eine Tür schlug zu, und das Auto, sie war sich jetzt sicher, im hinteren Teil eines Autos zu stecken, fuhr los. Ein sanftes Brummen.

Sie wollte nach dem Handy in ihrer Gesäßtasche tasten. Ihre Hände gehorchten ihr jedoch nicht. Ein vertrautes Gefühl. Die Welt, aus der sie kam, hatte sie eingeholt. Sich zu wehren nutzte nichts. Einen Gedanken fassen und gegen die Lähmung antreten lassen – das half. Gedanken sind stärker als alles.

Das hautenge T-Shirt, zum Glück hatte sie es nicht anbehalten, sondern gegen ein weites, langes getauscht, das das Handy in ihrer Tasche überdeckte. Der Mann hatte das Handy nicht gesehen. Sie zog es hervor. Es war schwer und glatt. An den Seiten hatte es Knöpfe und an der Vorderseite unten einen rechteckigen. Das war der, den Julia auch immer zuerst drückte. Das Handy leuchtete in einem intensiven Blau auf, die Uhrzeit wurde angezeigt und ein Schriftzug: »PIN eingeben.« Sie tippte auf ein paar Zahlen. »Falscher PIN«. Nach einigen weiteren Versuchen erschien der Hinweis: »Noch fünf Versuche, dann wird dieses Gerät gesperrt. Sie benötigen Ihren Super PIN, um es wieder zu entsperren.« Sie starrte auf die Anzeige. Sie erlosch nach einigen Sekunden. Der Schweiß brach ihr aus. Hatte sie etwas kaputt gemacht?

Vorsichtig schob sie das Gerät wieder zurück in ihre Tasche. Würde es Schaden nehmen, wenn sie darauf lag?

Sie drehte sich auf die Seite. Etwas hatte sich geändert. Das Brummen, das zuvor ständig seine Tonhöhe und Lautstärke verändert hatte, blieb jetzt fast unverändert gleich. Hinzugekommen war ein leises Rauschen wie der Wind im Wald. Sara schob einen angewinkelten Arm unter ihren Kopf, das Brummen übertrug sich als ein angenehmes Vibrieren in ihren Körper, und mit dem wohligen Gefühl, endlich Julia folgen zu dürfen, verlor sie das Bewusstsein.

36.

Lena starrte auf das Display, auf dem sich ein blauer Punkt mit gleichbleibender Geschwindigkeit auf der Autobahn 3 in südöstlicher Richtung bewegte. Mit jeder Faser ihres Körpers strahlte sie Wut aus.

»Ein mit Waffengewalt entführtes Mädchen hat dein Handy. Ein Zimmermädchen und ein Mitarbeiter haben dich in der Pension gesehen, in der die Leiche eines ermordeten Mädchens liegt, die durch einen Brandsatz in Flammen aufgegangen ist. Der angebliche Mörder und Entführer hat sich verkleidet, benutzt einen falschen Namen, und niemand außer dir hat ihn gesehen. Der Drahtzieher hinter allem war nie am Tatort, und der Einzige, der eine Verbindung zwischen ihm und dem Mörder und Entführer herstellen kann, bist du. Das klingt nach einer verdammten Scheißlüge, findest du nicht?«

»Ist aber keine.«

»Wer soll das glauben?«

»Klingt absurd, ich weiß. Trotzdem ist es wahr. Ich habe es dir erzählt, damit du etwas unternimmst.« Carl tippte auf den blauen Punkt, der sich Frankfurt näherte. »Sorg dafür, dass der Lieferwagen gestoppt wird, da ist das entführte Mädchen drin. Dann hast du den Mörder und mit etwas Glück sogar noch den Auftraggeber.«

»Und was soll ich den Kollegen erzählen, woher ich mein Wissen habe? Horrorvisionen? Nachrichten aus dem Jenseits?«

»Irgendwas! Scheißegal. Ein anonymer Anruf.«

Lena sah ihn lange an. Sie ging zu einer Kommode, öffnete eine Schublade, und plötzlich hatte sie ihre Dienstwaffe in der Hand.

»Ich muss dich festnehmen, Carl.« Sie warf ihm ein paar Handschellen zu. »Leg sie an.«

Carl rührte sich nicht. »Du musst mich noch über meine Rechte aufklären, sonst ist die Festnahme widerrechtlich.«

Lena deutete mit der Pistole auf die Handschellen.

»Anlegen.«

»Das werde ich nicht. Du wirst mich leider erschießen müssen.«

»Es genügt ein Schuss in den Oberschenkel.«

»Und wie willst du *das* dann deinen Kollegen erklären?«

»Du bist bei mir eingestiegen, um dich zu rächen.«

Carl lachte. »Das glaubt dir kein Mensch.«

»Bist du sicher? Dein Ruf bei der Polizei ist nicht besonders gut.«

»Angenommen, ich lass mich festnehmen. Wie hoch schätzt du die Chance, dass die Kripo aufgrund meiner Aussagen eine Fahndung startet? Nach Robert Sellmann, den nur ich kenne? Nach Jonathan Barker, von dem nur ich behaupte, dass er etwas mit der Sache zu tun hat? In der Zwischenzeit ist das Mädchen in den Händen eines Killers. Was ist, wenn Sellmann mein Handy bei ihr findet? Wie viel Zeit, meinst du, bleibt noch? In einer Stunde können die in Frankreich sein, in drei Stunden in Tschechien oder in der Schweiz, in vier in Österreich. Die haben zwei Stunden Vorsprung.«

»Die Handschellen, Carl.«

Carl richtete sich auf. »Ich werde jetzt gehen.«

»Nein, wirst du nicht.«

Carl nahm seine Hüfttasche und schnallte sie um. Das Gewicht der Glock und der Munition zog sie nach unten.

»Du willst abhauen, das ist alles, worum es dir geht.«

Carl deutete auf sein Smartphone, auf dessen Display der blaue Punkt weiterwanderte. »Ich will da hin.«

»Wieso glaube ich dir das nicht?«

»Ist mir scheißegal.« Er nahm das Handy und steckte es ein. »Wenn du nichts unternimmst, muss ich es tun.«

Sie fasste ihre Pistole mit beiden Händen. »Du kommst nicht an mir vorbei.«

»Ich habe Ayaz sterben sehen. Das Bild werde ich in meinem Leben nicht mehr los. Und jetzt soll noch der letzte Blick von diesem Mädchen dazukommen? Die Todesangst? Das Entsetzen in ihren Augen? Ich habe nichts zu verlieren, Lena.«

Carl ging auf sie zu. Erst als der Lauf der Pistole sich in seine Brust bohrte, blieb er stehen.

»Schieß oder lass mich durch.«

Ihre Blicke verschränkten sich. Ihre dunklen Augen glühten wild. Das war nicht der Blick einer Polizistin, die dem Gesetz Genüge tun wollte, sondern einer Frau, die nicht gesagt bekommen wollte, was sie zu tun oder zu lassen hatte.

»Keine Ahnung, warum Sellmann das Mädchen mitgenommen hat«, sagte Carl. »Aber eins ist sicher: Er wird sie nicht am Leben lassen. Und weiß der Teufel, was er vorher mit ihr macht.«

Er schob ihre Pistole sanft zur Seite und ging zur Tür. Obwohl er ihr den Rücken zuwandte, wusste er, dass sie nichts gegen ihn unternehmen würde. Er trat hinaus in den Hausflur. Einen Leihwagen konnte er sich abschminken, ohne Kreditkarte, nur mit Bargeld würde er keinen bekommen. Er konnte Glandis zu Hause anzurufen und ihm ein Probefahrtnummernschild für seinen Audi abschwatzen, aber der Grieche war schlau, der roch, wenn eine Sache Schwierigkeiten zu machen drohte. Ein Taxi, das war der beste Weg. Mustafa. Er wühlte durch seine Hüfttasche, fand jedoch den Zettel mit dessen Handynummer nicht mehr. Dann musste er es über den zentralen Taxiruf versuchen.

»Carl?«

Lenas Stimme, über ihm, von ihrem Balkon.

»Warte.«

Er sah zu ihr hoch.

»Ich komm mit.« Sie warf ihm ihren Autoschlüssel zu. »Der Wagen steht um die Ecke auf der Venloer. Hol ihn, ich pack noch ein paar Sachen zusammen.«

Er fand den roten Auris Hybrid schnell. Wieder fiel ihm auf, wie sauber es in dem Auto aussah. Er fuhr los, ein ungewohntes Gefühl, der Wagen rollte leise elektrisch getrieben, auf der kurzen Strecke zurück zu Lenas Wohnung sprang der Verbrennungsmotor nicht ein einziges Mal an. Er hielt vor dem Haus. Ein Mann stand an der Eingangstür und studierte die Namen auf den Klingeln. Lenas Wagen hatte er nicht kommen hören, erst als Carl ausstieg und die Tür hinter sich zuschlug, warf er einen Blick zurück. Kemal. Carl zögerte keine Sekunde. Er riss die Glock aus der Hüfttasche und ging auf den Türken zu. Kemal war zu erstaunt, um zu reagieren, und als er Carl erkannte, hob er seine Hände.

»Bist du wieder auf der Jagd, Carl? Türken erschießen?«

Carl rammte ihm die Pistole in den Bauch und drückte ihn gegen die Wand. »Wie hast du mich gefunden?«

Kemal zog die Schultern hoch und grinste süffisant. »Keine Ahnung. Ich habe dich gar nicht gesucht.«

Carl tastete Kemals Körper nach Waffen ab. Er war sauber. Nur ein Handy. Carl zog es hervor und schleuderte es fort.

»Hey, das ist ein iPhone!«

»Was willst du hier?«

»Mann, das kostet einen Tausender.«

»Was willst du hier?«

»Irre ich mich? Du bist doch kein Polizist mehr, oder?«

Carl spürte, wie ihm die Kontrolle zu entgleiten drohte. Zweimal hatte Kemal versucht, ihn zu töten, und jetzt redete er scheinheilig daher wie ein Priester. Kemal sah in seinen Augen, wie nah Carl daran war abzudrücken.

»Schieß doch, Arschloch. Dann ist es vorbei mit deiner Freiheit.«

»Das ist es mir wert, Arschloch.«

»Klar. Fati hast du ja schon weggepustet.«

»Tut mir leid, dir das sagen zu müssen, aber du hast noch andere Feinde auf dieser Welt.« Carl schlug ihm den Lauf seiner Pistole gegen die Stirn, Kemal prallte zurück. »Was willst du hier?«

Kemal starrte ihn hasserfüllt an. »Das geht dich einen Scheiß an, Kinderkiller!«

Carl versetzte ihm einen Schlag in den Magen, Kemal klappte gurgelnd nach vorn. Carl richtete ihn wieder auf und holte erneut aus. Die Haustür öffnete sich. Lena. Sie erfasste die Situation schnell.

»Ist er bewaffnet?«

»Nein«, antwortete Carl.

»Steck die Pistole ein.« In ihrer Stimme lag die Autorität einer Polizisten, die nicht mit sich herumspielen ließ. Carl stieß Kemal weg und senkte die Glock. Kemals Aufmerksamkeit war nicht mehr bei ihm, er sah Lena durchdringend an.

»Lena Gülec?« Kemal lachte auf. »Komisch. Kann es sein, dass Dilara dich unter dem Namen Leyla kennt?«

»Was wollen Sie hier?«

Kemal ließ seine Augen über ihr Gesicht und ihren Körper wandern. »Wenn du bei uns im Viertel bist, siehst du irgendwie anders aus.« Kemal grinste. »Ich verstehe. Du willst diesem Clown hier helfen«, er zeigte mit dem Kopf auf Carl. »Und dafür willst du Dilara einspannen. Fickt er dich?«

Lena zuckte zusammen, Carl sah, wie schwer es ihr fiel, ruhig zu bleiben. »Was wollen Sie hier, Herr Simcek?«

»Das geht dich …« Weiter kam Kemal nicht, Lena packte mit einer schnellen Bewegung seinen Hals und drückte ihn gegen die Hauswand.

»Es ist deutlich besser für Sie, wenn Sie gleich wieder verschwinden.« Lena sprach so leise, dass Carl sie kaum verstehen konnte. »Dilara ist meine Freundin. Sollte ihr irgendetwas zustoßen, werde ich Ihnen die Eier wegschießen. Haben Sie mich verstanden?«

Kemal grinste abschätzig. Lena packte noch fester zu.

»Haben Sie mich verstanden? *Beni anladın mı?*«

Kemal schwieg. Lena zögerte einen Moment. Ließ sie ihn ohne ein Ja gehen, würde sie damit eingestehen, sich nicht durchsetzen zu können. Erzwang sie ein Ja, würde Kemals Hass ins Unermessliche steigen. Lena wählte den zweiten Weg. Sie griff in seinen Schritt und drückte zu. Kemal ging röchelnd in die Knie.

»Beni anladın mı?«

»*Evet*«, stöhnte Kemal.

Lena stieß ihn von sich weg.

»Verschwinden Sie.«

Sie sah ihm hinterher, als er davonhumpelte. Bevor er um die Hausecke bog, drehte er sich noch einmal um und zeigte mit ausgestrecktem Arm und wutverzerrtem Gesicht auf sie.

»War das jetzt mein Todesurteil?«, sagte sie zu Carl und versuchte zu lächeln, was ihr nicht gelang.

»Kemal wird es nicht wagen, dir etwas zu tun«, sagte Carl und klang so glaubwürdig wie ein Autoverkäufer.

Lena holte ihr Handy hervor. »Ich muss Dilara warnen.«

Dilara hob nicht ab. »Ich fahre hin.« Sie streckte die Hand aus, Carl gab ihr den Autoschlüssel.

»Heißt das, wir vergessen meine Angelegenheit?«

»Ich bin in einer Stunde zurück. Du kannst so lange in meiner Wohnung warten.«

»Ich komme mit.«

Lena sah ihn schweigend an. Mit Carl im Zeusstraßenviertel auftauchen war keine gute Idee. Alleine dorthin zu gehen auch nicht. Sie nickte. »Dilara wohnt zurzeit bei Meti und seiner Frau. Nach Fatis Ermordung hat er sie zu sich genommen.«

»Kemal wird eventuell schneller sein«, sagte Carl.

»Er unternimmt nichts, bevor er nicht mit Meti gesprochen hat. Und der ist um die Zeit im Gelecek.« Das Teehaus, in dem Carl Meti aufgesucht und Prügel bezogen hatte. »Wir haben ein paar Minuten Vorsprung.«

»Keine heldenhafte Alleingänge, Carl. Haben wir uns verstanden?«

»*Evet*«, antwortete Carl, und für einen winzigen Moment lächelte Lena.

Auf der kurzen Fahrt erfuhr Carl das Wichtigste über Dilara. Lena hatte zuerst nur den Kontakt zu ihr gesucht, um etwas über die Hintergründe des Mordes an Ayaz zu erfahren. Sie hatte sich als erfolgreiche Immobilienmaklerin ausgegeben, die sich gerade von ihrem Mann getrennt hatte. Dilara und sie hatten sich von Anfang an sehr gut verstanden und waren Freundinnen geworden. Lena hatte zunehmend ein schlechtes Gewissen. Vor allem, nachdem Dilara sie ins Vertrauen gezogen hatte: Sie hatte sich in einen anderen Mann verliebt und lebte in ständiger Angst, dass Fati es herausbekam. Darüber war sie mehr und mehr verzweifelt. Mit Fatis Tod war die Situation noch schlimmer geworden. Meti hatte ihr gesagt, dass sie die Frau eines anderen Kämpfers werden müsse.

»Kämpfer?«, fragte Carl.

Lena nickte. »So hat er es gesagt.«

Sie rollten durch die Zeusstraße, an dem verlassenen Fabrikgebäude vorbei, von dessen Dach aus Carl viele Wochen lang Kemal und Fati beobachtet hatte. Erinnerungen, wie Fati täglich zur gleichen Zeit seine Frau gevögelt hatte, wie teilnahmslos Dilara das über sich hatte ergehen lassen, wie sie beim letzten Mal, kaum dass Fati weggegangen war, telefoniert hatte, wie ihr Gesicht plötzlich voller Liebe und Wärme gewesen war. Jetzt verstand Carl, wieso.

Carl trug eine Baseballkappe, die Lena zum Joggen benutzte. Die Vorstellung gefiel ihm. Lena trug ihre Haare offen, sie hatte sie mit ein paar Handbewegungen zu einer Löwenmähne aufgeplustert, auf den ersten Blick würde niemand in ihr die Immobilienmaklerin Leyla erkennen, die immer ein Kopftuch trug.

Sie parkte den Toyota direkt vor Metis Wohnhaus, ein Sechsfamilienhaus im ruhigen Teil der Zeusstraße.

Lena klingelte.

»*Orada kim var?*«, klang eine leise, vorsichtige Stimme aus der Sprechanlage.

Lena antwortete ebenfalls auf Türkisch, nach einigem Hin und Her ertönte der Summer. Ein Aufzug brachte sie in den dritten Stock.

»Warte, bis ich drin bin«, sagte Lena. »Ihre Wohnung ist die linke.«

Sie verließ den Aufzug, und erst als Carl hörte, wie eine Tür geschlossen wurde, trat er hinaus in den Hausflur. Er legte ein Ohr an die Tür. Ein Wortwechsel war zu hören, der schnell an Intensität zunahm. Dann Schreie, die schlagartig verstummten. Lenas Stimme war jetzt sehr laut zu hören. Etwas Schweres fiel zu Boden, wieder Schreie, ein klatschendes Geräusch, wieder Lenas Stimme, dieses Mal wütend und noch lauter. Plötzlich wurde die Tür aufgerissen. Carl sprang hinein in die Wohnung. Lena hatte eine korpulente Frau im Polizeigriff. Die Frau wehrte sich heftig. Lena schob sie ins Badezimmer und schloss von außen ab. Das Schreien und Poltern von drinnen würde den Hausbewohnern nicht lange verborgen bleiben.

»*Dili, acele edin!*«, rief Lena in Richtung einer geöffneten Tür, hinter der ein sehr spartanisch eingerichtetes Zimmer zu sehen war.

Dilara kam herausgestürzt, über der Schulter hatte sie eine prall gefüllte Tasche. Als sie Carl sah, blieb sie stehen, als wäre sie gegen eine Wand gerannt, und starrte ihn erschrocken an.

»Schnell, Dili, wir müssen weg, bevor Kemal auftaucht.«

»Ich kann nicht mit einem fremden Mann mitgehen.«

»Vertrau mir.« Lena fasste Dilara an den Schultern und sah sie eindringlich an. »Ich bin deine Freundin und werde es auf ewig sein. Das musst du mir glauben.«

Dilara nickte zögernd. »Ich glaube dir.« Sie drückte sich mit möglichst großem Abstand an Carl vorbei, als befürchtete sie, dass er nach ihr greifen könnte.

»Du bist wirklich Polizistin?« Sie sah Lena mit einer merkwürdigen Mischung aus Wut und Bewunderung an.

Lena nickte. »Kemal hat es herausbekommen. Er glaubt, dass du mir etwas über den Mord an Ayaz erzählt hast.«

Dilara zuckte zusammen, und ihre Hände begannen heftig zu zittern.

»Bitte, Dili, komm jetzt.«

»Wo gehen wir hin, Leyla?«

»Erst mal hier raus.«

Im Hausflur wollte Lena den Fahrstuhlknopf drücken. Carl deutete auf die Anzeige, der Fahrstuhl war schon auf dem Weg vom Erdgeschoss herauf.

»Ins Treppenhaus! Schnell!«

Lena nickte, sie hatte offenbar denselben Gedanken wie Carl. Sie rannten zu der Eisentür, über der ein grünes Zeichen leuchtete: Notausgang. Carl ging als Letzter, er schloss die Tür bis auf einen winzigen Spalt und spähte hinaus. Die Aufzugtür öffnete sich. Kemal stürzte heraus, mit ihm einer der Männer, die sich ständig in der Nähe von Meti aufhielten. Carl sprang die Stufen hinunter. Er nahm Dilara die Umhängetasche ab, damit sie schneller laufen konnte. Unten angekommen, warf er einen Blick auf die Fahrstuhlanzeige. Der Fahrstuhl war wieder auf dem Weg nach unten.

»Sie kommen, Lena.«

Carl griff nach seiner Glock, sie signalisierte ihm: Nein!

Carl gab zögernd nach. Sie hatte ja recht, noch war die ganze Aktion für sie als Polizistin irgendwie zu rechtfertigen, doch wenn er in der Öffentlichkeit als Privatperson, die keinen Waffenschein besaß, mit einer zudem noch illegalen Waffe herumfuchtelte, würde es für sie bei einer späteren Untersuchung eng werden.

Lenas Auto war von einem in der zweiten Reihe stehenden BMW zugeparkt.

»Kemals«, sagte Lena.

»Scheiße.« Auch wenn es aussichtslos war, überprüfte Carl, ob der BMW abgeschlossen war. Er könnte die Seitenscheibe einschlagen und versuchen, das Auto wegzuschieben. Wie viel Zeit hatte er, wenn Kemal und der andere schon im Aufzug herunterfuhren? Zwanzig, dreißig Sekunden?

»Steig ein, Carl!« Lena hatte sich durch die Beifahrertür auf den

Fahrersitz ihres Autos hinübergehangelt. Carl warf sich hinein, Lena verriegelte die Türen. Es brauchte mehrere Vor- und Rückwärtsbewegungen, bis es das Auto die Bordsteinkante hinaufschaffte. Der Bürgersteig war schmal, und sie musste ein paarmal hin und her bugsieren. Vorsichtig schob sie sich zwischen auf der Straße parkenden Autos und lautstark protestierenden Fußgängern hindurch, als Kemal aus dem Haus stürzte. Er rannte zu ihrem Auto, zerrte an dem Griff der Tür, hinter der Dilara saß. Er brüllte türkische Worte, Dilara begann zu wimmern. Carl sah, wie sie nach dem inneren Türgriff griff. Er langte nach hinten und hielt ihre Hand fest. Mit der anderen zog er die Glock und richtete sie auf Kemal. Der schlug wütend mit beiden Fäusten auf das Autodach. Dilara schrie auf. Lena fuhr konzentriert weiter, darauf bedacht, niemanden zu verletzen. Kemal trat mehrmals gegen die Karosserie. Endlich, an einer Hofeinfahrt, tat sich eine Lücke in der Reihe der parkenden Autos auf. Lena rollte auf die Straße und gab Gas. Dilara flüsterte türkische Worte und wiegte ihren Oberkörper vor und zurück.

Lena fasste mit einer Hand nach hinten. »Es ist alles gut, Dili, du bist da raus, es ist alles gut.«

Dilara reagierte nicht, sie schien Lena gar nicht wahrzunehmen.

»Was hat Kemal zu ihr gesagt?«

»Komm raus oder ich nehme mir deine Eltern vor.«

»Wohnen die auch hier?«

Lena nickte. »Zwei Straßen weiter.«

Carl schüttelte resigniert den Kopf. »Scheiße.« Er schob die Glock wieder in seine Hüfttasche. »Dann lass mich an der nächsten Ecke raus. Ich besorg mir ein Taxi.«

Lena sah ihn fragend an. »Wieso?«

»Schon vergessen? Ich habe noch was zu erledigen.«

»Wir fahren zusammen, Carl. Dilaras Eltern und Geschwister sind für fünf Wochen in der Türkei. Genug Zeit, um sich was zu überlegen.«

Carl deutete nach hinten. »Was ist mit ihr?«

»Wir nehmen sie mit.«

»Das ist nicht dein Ernst. Können wir sie nicht zu dem Mann bringen, in den sie verliebt ist?«

»Das würde sie nicht machen.«

»Bist du sicher?«

Statt einer Antwort wandte sie sich um und fragte Dilara etwas auf Türkisch. Die Antwort klang entsetzt und panisch.

»Okay, ich habe verstanden«, sagte Carl. »Ein Hotel?«

Lena schüttelte den Kopf. »Das schafft sie nicht. Sie wäre ganz auf sich alleine gestellt. Wir müssen sie mitnehmen.«

Carl schüttelte ungläubig den Kopf.

»Ich habe meine Gründe, Carl. Vertrau mir.«

»Hier im Auto sitzen nur Menschen, die dir vertrauen«, erwiderte Carl. »Musst du eigentlich nicht zur Arbeit?«

»Ich melde mich krank. Im Moment fühle ich mich sogar so.«

Sie lachte ihn an. Er lächelte zurück. Das tat gut. Carl zog die Baseballkappe ab, warf sie auf das Armaturenbrett und massierte seine Kopfhaut. Er schwitzte.

»Aus Kemals und Metis Perspektive sieht es doch so aus: Bis gestern war für sie die Welt in Ordnung. Dann stirbt Fati durch die Kugel aus dem Hinterhalt. Und nach meinem Auftritt in Metis Teehaus vor zwei Tagen sind die absolut sicher: Das war Carl Gruber.«

»Was für ein Auftritt?«

»Ich hatte plötzlich das Gefühl, ich müsste Meti meine Meinung sagen.« Carl machte eine wegwerfende Geste: egal. »Kemal geht jedenfalls davon aus, dass er der Nächste auf meiner Abschussliste ist. Er will mir zuvorkommen, schleicht mir hinterher, greift an, kriegt mich aber nicht. Er weiß genau: Zur Polizei kann Carl Gruber nicht gehen, die glauben ihm kein Wort. Also versucht Kemal am nächsten Tag wieder, mich zu erwischen, kriegt mich nicht. Ein paar Stunden später tauche ich zusammen mit dir bei Ayaz' Eltern auf, und dort beschuldigen wir Kemal und Fati, Ayaz getötet zu haben. Kemal wird sehr nervös. Er stattet dir einen Besuch ab, will dir auf den Zahn fühlen, will herausbekommen, was du weißt, dich irgendwie unter Druck setzen. Und dann, Überraschung! Die Polizistin

Lena Gülec ist dieselbe Frau, die unter dem Namen Leyla seit einigen Monaten um Fatis Frau Dilara herumschwänzelt. Das macht ihn extrem nervös. Er fragt den großen Ober-Mufti Meti, und der schickt ihn sofort zu Dilara. Warum?«

Lena sah schweigend in den Rückspiegel. Dilara starrte mit leerem Blick zum Seitenfenster hinaus. Der Motor lärmte zu laut, als dass sie auf dem Rücksitz ihr Gespräch verfolgen könnte.

»Weil Dilara weiß, dass Fati und Kemal den Jungen erschossen haben«, sagte Carl.

»Sie weiß auch, dass es sie den Kopf kostet, wenn sie redet.«

37.

Die nächste halbe Stunde fuhren sie schweigend. Die vielen Tempobeschränkungen und Radarfallen ließen sie nur langsam vorankommen. Erst hinter Bonn konnte Lena Vollgas geben.

Dilara saß wie betäubt auf dem Rücksitz. Hin und wieder rollten ihr Tränen die Wangen hinunter, die sie mit den Ärmeln ihres Kleides abwischte.

»Hast du Taschentücher?«, fragte Carl. Lena deutete auf das Handschuhfach. Carl holte die Packung hervor und reichte sie Dilara nach hinten. Sie erstarrte förmlich.

»Sie brauchen keine Angst zu haben. Ich gehöre zu den Guten.«

Sie reagierte nicht. Er warf die Taschentücher neben ihr auf den Sitz.

In der nächsten Stunde musste Carl Lena noch einmal haarklein alle Einzelheiten über die Begegnungen mit Robert Sellmann und über Jonathan Barkers Auftrag erzählen. Lena fragte sehr genau nach, fast erschien Carl das halblaut geführte Gespräch zwischen ihnen wie ein Verhör.

»Barker hat dir fünfzehntausend Euro für das bisschen Arbeit gegeben?«

Carl zog das Bündel Hunderteuroscheine aus seiner Hüfttasche hervor. »Willst du nachzählen?«

»Das alleine hätte dir doch schon verdächtig vorkommen müssen.«

»Er hat die Rolle des verzweifelten Onkels, der sich um seine Nichte sorgt, perfekt gespielt.«

Lena warf ihm einen kritischen Blick zu.

»Ich war misstrauisch, aber ich brauche die Kohle«, sagte Carl.

Lena deutete auf die Glock in der Tasche. »Wo ist die her?«

»Es ist besser, du fragst nicht.«

»Ich habe gefragt.«

»Es ist besser, du verzichtest auf eine Antwort.«

»Eine Glock 17. Mit Polygonlauf. Das ist keine Dienstwaffe. So was ist bei der Polizei verboten. Also, wo hast du sie her?«

Carl zögerte. »Okay. Ich habe sie bei einer Razzia mitgehen lassen. Ein Zuhälterring. Die hatten eine ganze Kiste davon. Alle nagelneu.«

Sie schlug wütend auf das Lenkrad. »Du sitzt neben mir mit der Pistole von irgendeinem Kriminellen? Eine Pistole, die du eigentlich in der Asservatenkammer hättest abgeben müssen?«

»Ich bin nicht der einzige Bulle, der was mitgenommen hat.«

Ihre Augen blitzten wütend. »Das ist illegal. Punkt.«

»Ich bin gerade sehr froh, dass ich sie habe.«

Sie sah ihn so lange an, ohne auf die Straße zu achten, dass er fürchtete, sie würde vom Weg abkommen.

»Wenn die Sache hier vorbei ist, gibst du sie ab.«

»Das hängt davon ab, wie die Sache endet.«

Für eine Weile sprach keiner von beiden. Lena stöpselte Ear-Plugs in ihr Handy, um zu telefonieren. Carl schloss die Augen und überließ sich dem Chaos seiner Gedanken. Verstehen konnte er von Lenas Gespräch nichts. So leise der Hybrid in der Stadt unterwegs war, so laut brüllte der kleine Verbrennungsmotor bei Höchstgeschwindigkeit.

Als Lena das Gespräch beendete, war sie sehr nachdenklich.

»Der Lieferwagen wurde gefunden, er war gestohlen«, sagte sie. »Er ist komplett ausgebrannt.«

»Und das Mädchen?«

»Es war niemand drin.«

Carl atmete auf, wenigstens das. Auch wenn damit nicht gesagt war, dass Sara noch lebte.

»Glaubst du mir jetzt?«

Lena sah ihn derart ernst an, dass er sich innerlich schon auf irgendeine Boshaftigkeit einstellte.

»Ich habe dir schon vorher geglaubt, sonst wäre ich nicht hier.« Lena deutete auf Carls Handy, das in einer Halterung auf dem Armaturenbrett steckte. »Wir holen auf.«

Carl musterte sie von der Seite. Um ihren Mund meinte er ein leichtes Lächeln zu erkennen. Er lehnte sich zurück. Der Verkehr verdichtete sich immer mehr, vor allem Lastwagen waren unterwegs. Vor ihm auf dem Display blinkte der blaue Punkt. Der Abstand hatte sich tatsächlich verringert.

38.

Anfangs war Newt nicht sehr schnell gefahren, um kein Aufsehen zu erregen. Auch weil ihn eine Geschwindigkeit jenseits von hundertdreißig Stundenkilometern anstrengte, so ein Tempo war er nicht gewohnt. Je näher er jedoch München kam, und das fing schon weit vor Ingolstadt an, desto schwieriger war es für ihn, im Verkehrsstrom mitzuhalten. Die Fahrer agierten immer aggressiver, und gefühlt zog jedes zweite Auto mit zweihundert Stundenkilometern und mehr an ihm vorbei. Entnervt reihte er sich zwischen zwei Lkw ein und schaltete den Tempomat mit Abstandsautomatik ein.

Was in Köln passiert war, hatte einiges aus dem Ruder laufen lassen. Die in Flammen aufgegangene Pension Paradies, die getötete Freundin von Sara, der gestohlene Lieferwagen und nicht zuletzt der Auftrag an Carl Gruber, all das waren Unsicherheitsfaktoren. Nicht für ihn persönlich, es ließ sich keine direkte Verbindung zu ihm herstellen, seine falsche Identität war sicher genug. Aber er hatte in seiner Zeit bei der Agency zu oft erlebt, wie es manchmal nur eine lächerliche Kleinigkeit war, die eine an sich todsichere Aktion zu Fall brachte. Das Titanic-Syndrom. Oder Murphy's Law: »Alles, was schiefgehen kann, wird schiefgehen.« Ein griffiger, humoriger Satz, gut für Partys und vordergründig intelligenten Small Talk. Tatsächlich hatte der legendäre Air Force Ingenieur Edward A. Murphy jr.

im Detail etwas anderes gesagt: »Wenn es mehrere Möglichkeiten gibt, eine Aufgabe zu erledigen, und eine davon in einer Katastrophe endet oder sonst wie unerwünschte Konsequenzen nach sich zieht, dann wird es jemand genauso machen.« So gesehen, kam es nur darauf an, die volle Kontrolle zu behalten und den Beteiligten keinen Spielraum zu lassen, damit es diesen »Jemand«, der die eine falsche Möglichkeit wählte, nicht gab.

Es war Zeit zu handeln. Die Operation musste so schnell wie möglich durchgeführt werden, je schneller, desto besser und desto weniger Fehler konnten sich einschleichen.

Eine Entscheidung, die er allerdings nicht fällen wollte, ohne mit Ronald Delaney telefoniert zu haben. Dafür musste er sich gedulden, bis er im Kloster war. Das Handy, das Delaney ihm gegeben hatte, war zwar abhörsicher, nicht jedoch vor einer Standortortung gefeit. Die ließ sich nur verhindern, wenn er über eine verschlüsselte WLAN-Verbindung und mit dem Tor-Browser telefonierte.

Ihm fiel auf, dass er noch kein einziges Mal an das Mädchen hinten im Kofferraum gedacht hatte. Das wenige, was er von ihr mitbekommen hatte, war eindeutig gewesen: Sie war ein verschüchtertes, ängstliches Wesen, das keiner Folter standhalten würde, sie würde sehr schnell reden. Allerdings war sie auch ein naives Kind, dem in den Jahren im Schwesternhaus jegliches klares, eigenes Denken aberzogen worden war. Das bedeutete, sie würde instinktiv versuchen, auf eine Frage genau die Antwort zu geben, von der sie glaubte, sie wäre die richtige, um den Fragenden zufriedenzustellen. Er würde also mehrere Durchläufe mit ihr vornehmen müssen, bevor er sich sicher sein konnte, was sie wusste und wem sie davon erzählt hatte. Dann erst würde er sie beseitigen. Oder besser gesagt: beseitigen lassen. In der Beziehung war er schon zu seiner Zeit bei der Agency anders gewesen als viele seiner Kollegen, die nicht über den Umweg als Analyst, sondern direkt in den operativen Dienst eingestiegen waren. Die hatten es so oft trainiert, einen Menschen zu töten, dass sie es am Ende ihrer Ausbildung kaum erwarten konnten, ihr Wissen und ihre Fähigkeit endlich im wirklichen Leben auszuprobieren. Er selbst jedoch schaffte es nur mit großer Mühe, diese Schwelle zu überschreiten. Für ihn war Folter anzuwenden schon jedes Mal mit einiger Überwindung verbunden, doch immerhin lebte der Mensch, den er malträtiert hatte, noch, wenn er ihn nach getaner Arbeit zurückließ. Der Tod kam dann oft genug später, wenn das Opfer in seiner Zelle allein war. Doch damit hatte er nichts zu mehr zu tun. Er musste nichts wegräumen, das taten andere.

Kurz nach sechs Uhr morgens. Das mit schmiedeeisernen Beschlägen verstärkte Klostertor aus jahrhundertealter Eiche war bereits geöffnet. Newt fuhr in den Innenhof hinein und hupte. Es dauerte lange, bis ein sehr alter Mönch herangeschlurft kam und ihn unfreundlich fragte, was er wolle. Bruder Umbertus, wieder einmal erkannte er ihn nicht, er litt unter Alzheimer.

»Ich habe eine wichtige und dringende Verabredung mit Abt Albertus«, sagte Newt. »Mein Name ist Jonathan Barker.«

»Ich werde unseren ehrwürdigen Abt informieren«, antwortete der Mönch. »Ich bitte Sie, nicht noch einmal das Horn Ihres Autos zu betätigen.«

»Es tut mir leid, wenn ich Sie aufgeschreckt habe. Natürlich hätte ich klopfen sollen.«

»Das hätte gar nichts genutzt, denn bis ins Refektorium dringt der Schall nicht. Wir sind gerade in unser Frühstück vertieft.«

»Es tut mir sehr leid, Sie gestört zu haben.«

Der Mönch nickte verdrießlich und verschwand. Manchmal fiel es Newt schwer, sich an die eigene Regel zu halten, die Mönche mit Respekt zu behandeln, vor allem der vergessliche Umbertus ging ihm fürchterlich auf die Nerven. Es würde noch eine Weile dauern, bis sie weggestorben waren und das Kloster vollständig von den Caring Christians übernommen werden konnte.

Newt setzte den Wagen rückwärts vor das Portal der Klosterkirche und wartete. Nach wenigen Minuten erschien Abt Albertus. Sie begrüßten sich. Newt bedeutete ihm, ein wenig Abstand zum Auto zu halten, er wollte nicht, dass Sara sie reden hörte.

»War Ihre Mission erfolgreich, Herr Andersen?«

»Das war sie«, antwortete Newt und deutete auf die Klosterkirche. »Ich brauche einen direkten Zugang zu den Kellergewölben.«

»Ich öffne Ihnen die nötigen Türen.«

»Danach möchte ich in Ihrem Computerraum eine Zeit lang ungestört sein.«

»Selbstverständlich.« Der Abt kramte die Magnetkarte hervor, mit der die Tür entriegelt werden konnte. »Falls Sie mich brauchen: Das Frühstück und das anschließende Gebet werden etwa noch eine halbe Stunde in Anspruch nehmen.«

Newt bedankte sich und wartete, bis der Abt wieder im Klostergebäude verschwunden war. Er öffnete die Kofferraumklappe. Sara blinzelte ins grelle Licht der Morgensonne. Newt packte sie wortlos am Arm und zog sie heraus, ihren Rucksack auch. Mit gesenktem Kopf stand sie vor ihm, wackelig und starr vor Angst. Die Verriegelung des Kirchenportals wurde zurückgezogen. Newt schob Sara vor sich her. Die Klosterkirche war nicht sehr groß und äußerst einfach gehalten. Ihre Wände waren weiß getüncht, die Empore mit der Orgel stand auf unverzierten Eichenbalken, die Gebetsbänke waren ein rohes Gestühl, einzig der Altar hatte etwas von der barocken Pracht, wie sie in bayerischen Kirchen üblich war. Newt nahm die schmale Tür vor der Altarabgrenzung. Der Flur dahinter führte auf den Gang, von dem die Zimmer der Mönche und die Treppe hinunter in die Kellergewölbe abgingen.

Er spürte, wie sich Saras Körper mit jedem Schritt vor Angst und Panik versteifte. Ihr Widerstand nahm zu, sie wollte nicht hinunter, wo sie die größten Schrecken ihres Lebens erlebt hatte. Als Newt die Tür zur Folterkammer aufzog, wehrte sie sich heftig, sie riss ihren Mund auf und stützte sich mit den Händen gegen die Wand ab, auch wenn ihr klar sein musste, dass sie gegen seine Kräfte nicht ankam. Es hatte etwas Gespenstiges, dass sie es nicht wagte, auch nur einen Laut von sich zu geben. Für einen Moment hatte Newt Mitleid mit ihr. Innerhalb von nur vier Tagen war dieses Kind der kleinen Welt des Schwesternhauses und dem immer wiederkehrenden Missbrauch durch Sebastian entkommen, hatte wahrscheinlich Hoffnung auf ein neues Leben geschöpft, hatte eine atemberaubende Reise hinter sich gebracht, hatte den Tod ihrer Freundin miterleben müssen – um dann wieder an den Ausgangspunkt ihrer Flucht zurückzukehren. Vielleicht wusste sie, dass sie nicht mehr lange zu leben hatte. Wobei Menschen erstaunlicherweise, das hatte Newt oft erlebt, selbst in Momenten der absoluten Gewissheit ihres kommenden Todes immer noch irgendwo einen Funken Hoffnung in sich spürten.

Er riss Saras Arme nach hinten, schob sie in die Folterkammer, tastete nach der Glühbirne und brachte sie mit einer Drehung zum Leuchten. Vorerst musste er das Mädchen nur sicher verwahren, er würde sich ihr später widmen. Er warf sie auf das Streckbett, ihren Rucksack ließ er auf den Boden fallen, er musste ihn später verschwinden lassen. Als sie sich verzweifelt dagegen wehrte, festgeschnallt zu werden, verpasste er ihr einen Schlag in die Niere, der sie lange genug lähmte, um ihr die rostigen Hand- und Fußschellen anzulegen.

»Bitte, Herr! Bitte!« Saras panische Blicke verfolgten seine Bewegungen. Er reagierte nicht, und erst als er fertig war, sah er sie an.

»Ich werde zurückkommen und dir ein paar Fragen stellen. Wenn du ehrlich antwortest, ist das alles hier schnell vorbei.«

»Ich werde antworten, ich werde antworten. Bitte, Herr!«

Ihre ängstliche Unterwürfigkeit ekelte ihn an. Er hasste es, wenn Menschen jegliche Würde aufgaben, und hielt sich selbst für jemanden, der niemals so weit sinken würde. Er gab Sara eine Ohrfeige. »Das werden wir dann sehen.«

Sie senkte ihren Kopf auf die Brust und nickte heftig.

Im Hinausgehen fragte er sich, was seinen Zwecken dienlicher war, was würde sie mehr zermürben, wenn er das Licht löschte oder wenn er es brennen ließ? Der Anblick der zahlreichen martialischen Foltergeräte würde die Fantasie des Mädchens beflügeln. Andererseits war ihr der Anblick nicht unbekannt, sie hatte hier oft genug Sebastian zu Willen sein müssen. Dunkelheit, der kalte, modrige Ort und die beklemmende Stille waren wohl wirksamer. Er löschte das Licht und schob hinter sich die schwere Tür zu. Sara würde kooperieren, da war er sich sicher, sie würde nichts zurückhalten. Er konnte spüren, wie der kurze Ausflug in die Weite der wirklichen Welt in ihr ein Feuer entfacht hatte. Sie hatte Freiheit erlebt, und die Hoffnung, diese Freiheit erneut erleben zu können, würde sie ohne jeglichen Widerstand sein lassen.

Im Kontrollraum loggte Newt sich mit dem abhörsicheren Handy ins Tor-Netzwerk ein. Er musste es lange klingeln lassen, bevor Delaney den Anruf entgegennahm.

»Herrgott noch mal, endlich melden Sie sich.«

Auch Newt vermied es, Namen zu nennen. »Gibt es Neues?«

»Gibt es. Wann kehren Sie von Ihrem Familienbesuch zurück?«

Newt hatte sich entschieden, Delaney zu sagen, dass er nicht zum Krankenbesuch in Wyoming bei seiner Mutter war. »Ich bin bereits am Film-Set.«

»Das war mir klar!« Delaney lachte sarkastisch, Newt konnte sich lebhaft den dazugehörigen Gesichtsausdruck vorstellen. »Sie vertrauen nichts und niemandem, hab ich recht? Hier ist einiges passiert. Der große Vorsitzende hat kalte Füße bekommen und wollte das ganze Projekt stoppen.«

Newt brach der Schweiß aus. Meinte Delaney mit dem »großen Vorsitzenden« den Präsidenten?

»Nicht der ganz große«, sagte Delaney, der offensichtlich seinen Gedanken erriet.

Jack Vanderbilt also, der Chef der Caring Christians, der selbst ernannte größte Kämpfer für eine bedingungslos christlich geprägte Welt, hatte nicht die Eier, den dafür nötigen Schritt zu gehen. »Wieso wollte? Will er es jetzt nicht mehr?«

Delaney lachte glucksend. »Ironie des Schicksals. Er wollte, kann aber nicht mehr wollen. Er hatte einen Unfall. Einen tödlichen.«

Hatte Delaney ihn beseitigen und es wie einen Unfall aussehen lassen?

»Hören Sie, ich finde Ihr Drehbuch genial«, fuhr Delaney fort. »Ich habe hier mit ein paar Leuten gesprochen und die Storyline angedeutet. Erstaunlicherweise rechnen einige schon seit Längerem mit etwas in der Art, und man ist vorbereitet. Kurzum: Die Story ist akzeptiert, und ich bin der Meinung, man sollte sofort mit dem Dreh beginnen.«

Newt fragte sich, wen Delaney mit »ein paar Leuten« meinte. Auch POTUS, the President of the United States?

»Vorausgesetzt«, fügte Delaney hinzu, »das Drehbuch ist um alle Fehler und Ungewissheiten bereinigt.«

Die einzige Ungewissheit, die sich eingeschlichen hatte, war Saras Verschwinden und die Frage, ob, wem und was sie möglicherweise erzählt hatte. Die Ereignisse in Köln konnte er vernachlässigen. Aber das musste er Delaney nicht auf die Nase binden.

»Es gibt keine Fehler und keine Ungewissheit«, antwortete Newt.

»Dann kann es ja losgehen.« Das Vergnügen in Delaneys Stimme war nicht zu überhören. Newt hatte ihn alles in allem richtig eingeschätzt, Delaney liebte es zu zündeln; und wie er schon zu Jack Vanderbilt gesagt hatte: Man probiert etwas aus, und wenn es nicht funktioniert, macht man etwas anderes.

39.

Carl starrte auf das Display des Smartphones. Der blaue Punkt hatte aufgehört zu blinken, daneben las er: Verbindung unterbrochen. Letzte Position.

»Scheiße, wir haben sie verloren.«

Lena wandte ihm langsam den Kopf zu. Die letzten hundertfünfzig Kilometer hatte sie schweigend und tief in Gedanken versunken das Auto gelenkt. München hatten sie hinter sich gelassen und rollten auf der A95 in Richtung Garmisch-Partenkirchen. »Geh auf Satellitenbild und guck, ob da ein Gebäude ist.«

Carl wechselte die Ansicht. »Das ist irgendwo mitten in den Alpen am Arsch der Welt.« Er vergrößerte das Bild, das schnell unscharf wurde. »Könnte sein. Schwer zu sagen.«

Lena reichte ihm ihr Handy. »Geh auf Google Earth, meistens ist das Bild da besser.«

»Ja, und wie soll ich …«

»Lass dir die Koordinaten anzeigen und übertrag sie auf Google Earth.«

Carl brauchte eine Weile, bis er den richtigen Menüpunkt gefunden hatte. Das Bild war tatsächlich etwas schärfer. Er vergrößerte es weiter und wechselte auf 3-D. Langsam kreiste die imaginäre Kamera um den durch die Koordinaten vorgegebenen Punkt. »Ein … Kloster?« Er hielt Lena das Handy hin.

»Lenk mal.«

Er übernahm von der Beifahrerseite aus das Lenkrad. Kein Problem, die Autobahn wies allenfalls weite, lang gestreckte Kurven auf.

Lena kopierte die Koordinaten ins Memo Tool, dann tippte sie auf die Zeile »Kloster St. Gregor«, ein Fenster öffnete sich mit einem Wikipedia-Artikel. Sie überflog ihn.

»Das Kamaldulenserkloster ist noch in Betrieb, wenngleich nur noch wenige Mönche dort wohnen. Es gab Bestrebungen im Vatikan, es wegen Personalmangel zu schließen, doch nachdem sich einige junge Mönche gefunden haben, dort zu leben, wurden diese Pläne noch einmal zurückgestellt.«

Sie übernahm wieder das Lenkrad und Carl das Handy, um sich die Umgebung des Klosters genauer anzusehen.

»Vielleicht ist nur mein Handy dorthin gewandert«, sagte er. »Vielleicht haben sie es bei ihr gefunden und herausgefunden, dass es meins ist. Sellmann ist schlau. Vielleicht hat er es irgendeinem Mönch, dem er zufällig begegnet ist, in die Tasche geschmuggelt.« Er schlug gegen die Türverkleidung. »Oder er hat es irgendeinem Scheißvogel ans Bein gebunden.«

»Oder«, sagte Lena, »das Mädchen wurde tatsächlich in dieses Kloster verschleppt, und die Verbindung ist abgebrochen, weil GPS in einem Gebäude nicht funktioniert.«

Wie zur Hölle passten Sellmann, Identitäre Aktion, Jonathan Barker, ein harmloses Mädchen wie Sara und ein uraltes christliches Kloster zusammen?

Carl drehte sich um und beugte sich an seiner Rückenlehne vorbei nach hinten. »Wie geht es Ihnen? Alles so weit okay?«

Dilara erschrak und sah ihn besorgt an.

»Sind Sie eigentlich freiwillig bei Meti eingezogen?«

Dilara schüttelte den Kopf und sah schnell zum Fenster hinaus, sie wollte ihm nicht in die Augen sehen. Carl musste daran denken, wie er sie und ihren Mann Fati vor drei Tagen beobachtet hatte, wie teilnahmslos und stumpf sie dessen tägliche Sexnummer über sich hatte ergehen lassen und wie zärtlich, lebendig und sehnsuchtsvoll ihr Gesichtsausdruck geworden war, als sie kurz darauf telefonierte; wahrscheinlich mit dem Mann, in den sie sich verliebt hatte. Und dann, einen Tag später, wird ihr Ehemann erschossen, liegt auf ihr, schwer und blutend, sie kommt nicht weg, wird halb wahnsinnig vor Entsetzen. Was für eine grauenhafte Situation, ganz gleich ob sie noch Gefühle für Fati gehegt hatte oder nicht.

»Wer wollte, dass Sie zu Meti ziehen?«

»Der Imam selbst«, antwortete sie so leise, dass Carl sich nicht sicher war, sie richtig verstanden zu haben.

»Meti wollte das? Mit welcher Begründung? Sie sind eine erwachsene Frau.«

»Er sagte, er will nicht, dass ich etwas Unüberlegtes mache.«

»Wissen Sie, was er damit gemeint hat?«

Sie schüttelte den Kopf.

»Soll ich Ihnen sagen, was ich glaube? Sie wissen, dass ich den Jungen nicht erschossen habe. Sie wissen, wer es war. Und Meti weiß, dass Sie es wissen.«

Dilara warf Lena einen hilfesuchenden Blick zu, den diese im Rückspiegel registrierte, aber sie reagierte nicht, obwohl Carls Vorstoß alles andere als feinfühlig war.

»Woher weiß Meti das?«

Dilara begann zu weinen. Carl wartete, ohne seinen Blick von ihr abzuwenden.

»Lass sie in Ruhe, Carl«. Lena berührte ihn sanft am Arm.

Carl zögerte, Dilara tat ihm leid. Ihre Welt war innerhalb weniger Tage in sich zusammengestürzt, und nicht nur das, sie musste auch um ihre Familie bangen, ihre Eltern, ihre jüngeren Geschwister. Zugleich war da diese Gewissheit in ihm. Intuition. Dilara war der Schlüssel, sein altes Leben wieder zurückzubekommen. Er drehte sich wieder nach vorne.

»Wie weit ist es noch?«

»Eine gute Stunde.«

Lena warf ihm einen Blick zu, der zugleich ernst und auf eine Art zärtlich war. »Es wird alles gut, Carl.«

40.

Gleich nach dem Telefonat mit Delaney und nachdem er, wie immer, seine Fingerabdrücke weggewischt hatte, ging Newt hinunter ins Refektorium. Ein Mönch räumte gerade die Reste des Frühstücks weg und säuberte Tische und Boden, ein weiterer tat dasselbe in der Küche. Newt fluchte innerlich, als er Bruder Umbertus erkannte, und stellte sich auf eine schwierige Diskussion ein.

»Der ehrwürdige Abt sagte, ich solle hier um ein Frühstück bitten«, sagte Newt.

Umbertus sah ihn kritisch an, dann hellte sich seine Miene auf. »Natürlich, Herr Barker.«

Newt atmete auf. Geht doch, dachte er, setzte sich an den kleinen Tisch gleich neben der Tür und sah dem Mönch zu, wie er Eier in die Pfanne schlug, große Scheiben von einem Brot abschnitt und mit Butter bestrich. Aus dem Kühlschrank holte er einen gewaltigen Laib Käse und stellte ihn vor Newt auf den Tisch, zusammen mit einem uralten Messer, dessen Klinge durch häufiges Schärfen ganz schmal geworden war. Das Essen im Kloster bedeutete für ihn jedes Mal eine Umstellung, wahrscheinlich weil sein amerikanischer Magen nur industriell verarbeitetes Essen kannte. Das meiste hier wurde von Bauern der Umgebung geliefert und war aus den Rohstoffen gemacht, die ihre Höfe hergaben: Milch, Getreide und Gemüse. Nur in den Wintermonaten mussten die Mönche einen großen Teil im

Dorfladen in Klein Aichbach oder im nächsten Supermarkt in Mittenwald besorgen.

Die Eier dufteten herrlich, Umbertus hatte sie mit Frühlingszwiebel in reichlich Butter gebraten, eine Cholesterinsünde ohnegleichen. Zum Essen stellte er ihm eine Kanne mit heißem Wasser hin, dazu einen Krug Milch, auf der eine dicke Rahmschicht schwamm, und ein Glas mit löslichem Kaffee.

Newt ließ sich Zeit. Bevor er Petros und Sebastian aufsuchte, musste er sich noch Sara widmen, um herauszubekommen, mit wem sie was gesprochen hatte. Was ihm, je mehr er darüber nachgedacht hatte, immer unwichtiger erschien. Welche Rolle sollte das spielen? Wen würde interessieren, was ein naives Mädchen irgendwem erzählt hatte? Zumal sie spätestens morgen tot sein würde. Die Aktion war gestartet, und die Spuren, die er gelegt hatte, wenige, aber eindeutige, würden alle auf einen islamistischen Anschlag weisen.

»Vielen Dank für das köstliche Essen, Bruder Umbertus.« Newt verbeugte sich leicht. Umbertus hatte wie eine abgeschaltete Puppe an der Anrichte gelehnt gewartet, bis er fertig war, ohne ihn ein einziges Mal anzusehen. Jetzt nickte er nur kurz ins Leere und begann mit dem Abräumen.

Als Newt die Tür zu der Folterkammer aufzog und das Licht anmachte, starrten ihn zwei weit aufgerissene, ängstliche Augen an. Sara zitterte am ganzen Körper, vor Kälte, wie er feststellte. Sie lag auf dem nackten Holz und ihre hautenge Jeans und das dünne T-Shirt reichten nicht aus, um sie warm zu halten. Newt schätzte die Raumtemperatur auf höchstens 55 Grad Fahrenheit, etwa 13 Grad Celsius. Newt fühlte ihre Stirn.

»Wie geht es dir?«

»Bitte, Herr«, stammelte Sara, »bitte.«

Newt ohrfeigte sie, rechts und links, mit Pausen dazwischen und mit der Ruhe eines Wissenschaftlers, der ein Experiment vornahm. Sie blieb merkwürdig still und ertrug die Schläge wie jemand, der Strafen gewohnt war.

»Was weißt du über Sebastian?«

»Ich verstehe die Frage nicht, Herr.«

»Was hat er dir erzählt, was seine Aufgabe hier ist?«

Sie sah ihn verzweifelt an. Newt ertastete mit den Fingern seiner Rechten den Zwischenraum zwischen ihrem Schlüsselbein und den oberen Schultermuskeln und erhöhte langsam den Druck. Sie stöhnte auf, Tränen traten ihr in die Augen.

»Was hat er dir erzählt, was seine Aufgabe hier ist?«

»Bitte, Herr. Er hat mir verboten, irgendwem zu erzählen, was er mir gesagt hat.«

Newt presste weiter und rammte ihr gleichzeitig den Daumen seiner Linken in den Buchnabel. Sie schrie auf und versuchte, dem Schmerz zu entkommen, indem sie ihren Körper hin und her warf, aber die Fesseln saßen zu straff, sie boten kaum Spielraum. Newt wartete einige Sekunden, bevor er seine Hände zurückzog.

»Du hast die Wahl. Das war nur ein kleiner Vorgeschmack.« Er ging zu der Bank längs der Wand, auf der diverse Folterinstrumente aufgereiht lagen, und griff sich wahllos eines heraus. »Was haben wir denn hier?«

Sara starrte das rostige Metallwerkzeug an. Ihre Lippen zitterten heftig.

»Was kann man damit machen?« Er wusste es selbst nicht. Eine Zange mit mehreren Einbuchtungen, von klein bis immer größer, die so rostig war, dass sie sich nur mit großer Mühe bewegen ließ. »Du hast die Wahl.« Waren die Einbuchtungen für Finger gedacht? Er zwängte ihre Finger hinein. »Sieh an, wie schlau die Folterknechte früher waren. Man drückt langsam zu, und dieses wunderbare Gerät knipst einen Finger nach dem anderen ab.«

Er drückte zu. Der Rost erzeugte zu viel Widerstand, um ihren kleinen Finger abzutrennen, würde er sich mit seinem ganzen Körpergewicht darauflegen müssen. Sara schrie auf. Es schmerzte in seinem Trommelfell, er hatte versäumt, seine Ohrstöpsel mitzunehmen.

»Bitte, Herr!« Ihr Augen klebten an der Eisenzange. »Er hat gesagt, er wird Menschen töten. Moslems, hat er gesagt, ganz viele. Dieses Fluggerät, vielleicht wird er es damit machen. Ich kann es kaum noch erwarten, hat er gesagt. Ich habe schon welche umgebracht, hat er gesagt. Mit einer Pistole. Viele. Er hat gesagt, er wird mich auch erschießen, wenn ich rede.«

»Wem hast du davon erzählt?«

»Niemandem, Herr. Niemandem.«

»Deiner Freundin?«

»Nein, Herr, niemandem. Ich sage die Wahrheit.«

Newt erhöhte den Druck noch einmal, aber er reichte immer noch nicht aus, um ihren Finger abzutrennen. »Deiner Freundin!«

»Nein, Herr, nein!« Sie starrte auf ihren kleinen Finger.

Newt hielt den Druck eine Weile aufrecht. »Anderen Mönchen? Den anderen Mädchen im Schwesternhaus?«

»Nein, Herr! Er hat gesagt …« Sie verschluckte sich an ihrem Speichel und hustete panisch. »Er hat gesagt, er schießt mich tot. Ich habe ihm geglaubt. Er hat meine Freundin Esther getötet. Ich habe ihm geglaubt.«

Newt sah sie ruhig an, sie wagte es nicht, ihm in die Augen zu sehen. Ihr Atem ging hechelnd, sie hyperventilierte, kurz davor, ohnmächtig zu werden.

»Ich werde die Mädchen im Schwesternhaus fragen. Wenn ich etwas anderes höre, wirst du hier in diesem Raum sterben. Und hoffe nicht darauf, dass es schnell geht.«

»Die Wahrheit, Herr, ich sage die Wahrheit, Herr«, stammelte sie immer wieder, »ich sage … die Wahrheit.« Ihre Stimme wurde leiser, ihr Kopf sank ohnmächtig zur Seite. Newt fühlte ihren Puls. Er hatte Mühe, ihn zu finden, er war kaum spürbar. Sollte er sie wieder zurückholen? Als Nächstes würde er ihren kleinen Finger abtrennen, sie würde schreien, er würde es sich anhören müssen, wer weiß wie lange. Es würde bluten. Wofür?

Newt öffnete die Zange. Sie log nicht, er war sich jetzt schon sicher, dazu fehlte ihr die Kraft. Robert Sellmann konnte seine Arbeit tun, sobald er hier eintraf, und damit war das Problem erledigt. Bis dahin würde sie hier unten gefesselt auf dem Streckbett bleiben. Er löschte das Licht und verließ die Kammer.

Auf dem Weg hinauf zu Petros' Zimmer fragte er sich, wem gegenüber Sebastian wohl noch geredet hatte. Solange er das Kloster nie verlassen hatte, und das hatte er nicht, der Abt kontrollierte schließlich jeden Tag die Aufzeichnungen der beiden Überwachungskameras, die den Innenhof und das Eingangstor zeigten, musste Newt sich keine Sorgen machen. Zumal Sebastians Stunde schon bald nach dem Attentat schlagen würde.

Petros erschrak heftig, als er ihn erkannte. In seinem normalerweise sehr verschlossenen Gesicht las Newt Befürchtung und Sorge.

»Wir sind so weit«, sagte Newt, »Sie müssen nicht mehr warten.«

Petros' Gesicht hellte sich auf. »Endlich«, flüsterte er.

Newt ging mit ihm den Ablauf durch. Petros würde heute noch, am Freitag, mit der Bahn um 11 Uhr 49 von Innsbruck nach Rom aufbrechen, Vinzent würde ihn mit dem Auto dorthin bringen. In der Wohnung in Rom würde er die Akkus für die Drohne laden, die Drohne mit Sprengstoff und Fernzünder bestücken und in einem Rucksack verstauen. Am nächsten Tag dann, am Samstag, würde er ein E-Bike bei Bici&Baci leihen. Am Sonntagmorgen gegen acht Uhr würde er auf der belebten Lungotevere dei Sangallo längs des Tiber den Rucksack und das Fahrrad an Sebastian übergeben, danach gleich zum Bahnhof fahren und den nächsten Zug zurück nach Mittenwald nehmen.

Dort wird Robert Sellmann dich erwarten und sich deiner annehmen, dachte Newt, während er Petros, der überglücklich war, dass die Warterei ein Ende hatte, freundlich anlächelte.

Newt klopfte an Sebastians Tür und trat ein. Sebastian setzte sofort ein schuldbewusstes Gesicht auf.

»Ich bin nicht wegen des Mädchens hier«, sagte Newt. »Das Problem ist gelöst, sie ist wieder hier im Kloster.«

Sebastian lachte auf. »Ein Glück, ich hatte mir schon große …«

»Kommen wir zu unserer Mission«, unterbrach ihn Newt. Er

hatte mit sich gerungen, ob es besser wäre, nicht Sellmann, sondern Sebastian den Auftrag zu geben, Sara zu liquidieren, dann wäre das Thema sofort erledigt. Aber er hatte sich dagegen entschieden. Sebastian hatte kein Problem, Menschen muslimischen Glaubens zu töten, das hatte er in der Vergangenheit bewiesen, wahrscheinlich würde sein Hass dafür auf ewig ausreichen. Ein harmloses Mädchen zu töten, mit dem er überdies monatelang Sex gehabt hatte, war jedoch etwas anderes. Anders auch als bei Esther und Hanna, die er wahrscheinlich aus Angst, sie würden ihn und seine sexuellen Eskapaden an den Abt verraten, ermordet hatte. Außerdem: Sebastian war mittlerweile zwar stabil und kam gut ohne sein Sertralin aus, doch posttraumatische Belastungsstörungen waren eine tückische Reaktion der Psyche, und niemand konnte voraussagen, welcher möglicherweise der nächste Auslöser war. Nein, Sebastian musste funktionieren, jetzt vor allem.

»Die Aktion wird morgen früh beginnen, Sie müssen um sieben Uhr abmarschbereit sein, die Details erfahren Sie noch rechtzeitig. Sie haben über ein halbes Jahr mit der Drohne trainiert. Beweisen Sie mir, wie gut Sie sind. Haben Sie ein Blatt Papier und einen Stift?«

Sebastian holte beides aus seinem Stehpult hervor. Newt zeichnete einen zweistöckigen Häuserblock mit jeweils acht Fenstern.

»Das ist das Wohnhaus des Klosters.« Er deutete auf das zweite Fenster von rechts in der oberen Reihe. »Das ist das Ziel.«

Mit schnellen Strichen deutete er den Klosterhof vor und das Gelände hinter dem Wohntrakt an.

»Sie starten die Drohne etwa einen Kilometer entfernt, fliegen tief über die Felsen und Bäume. Ich rede von dem tiefsten Tiefflug, der möglich ist. Sie nehmen keine gerade Linie, sondern passen sich jeder Unregelmäßigkeit an. Sie nähern sich dem Wohnhaus von der rückwärtigen Seite, überfliegen das Dach und bringen die Drohne nach einem Hundertachtzig-Grad-Loop unmittelbar vor dem Fenster der Abtkammer zum Stillstand. Haben Sie das verstanden?«

»Das war jetzt nicht so schwer zu …«

»Ich will keinen Text von Ihnen, sondern eine klare Antwort: Ja oder Nein?«

Für einen winzigen Moment zog ein Schatten über Sebastians Gesicht. »Ja.«

»Wie viel Flugzeit haben Sie zur Verfügung?«

»Vier Akkus, also etwa eine Stunde. Die Ladezeit beträgt dann neunzig Minuten.«

»Gut. Sie werden zweimal je eine Stunde fliegen. Sie werden jedes Mal die Anflugstrecke variieren. Das Wichtigste ist: Sie dürfen keinen einzigen Fehler machen. Das Zweitwichtigste: Sie müssen die jeweilige Strecke unter Ausnutzung der Höchstgeschwindigkeit zurücklegen.«

»Kein Problem. Ich hatte ja genug Zeit zu üben.«

»Ich erkläre Ihnen, wer Ihre Gegner sind.«

Sebastian warf ihm einen irritierten Blick zu.

»Der erste: Jamming mit Richtantenne. Das bedeutet: Auf den Gebäuden rund um Ihr Ziel gibt es Wachposten, die mit einem Störwellen-Emitter den Funkkontakt zwischen Drohne und Fernbedienung unterbrechen. Diese Posten arbeiten auf Sicht und werden zusätzlich von einem speziellen Drohnen-Ortungssystem unterstützt. Beides lässt sich aushebeln, wenn Sie die Drohne so tief und so schnell wie möglich fliegen. Haben Sie das verstanden?«

»Natürlich. So schwer ist das ja nicht«, maulte Sebastian.

»Der zweite Gegner: DroneCatcher. Das sind kleine, tragbare, raketenwerferähnliche Abschussvorrichtungen. Sie verschießen kapselförmige Projektile, die sich wenige Meter vor einer fliegenden Drohne öffnen, ein Netz ausstoßen, das die Drohne einfängt und an einem Fallschirm zu Boden gleiten lässt. Die Reichweite eines DroneCatcher-Projektils ist maximal hundert Meter. Das Ziel, das Sie mit Ihrer Drohne ansteuern werden, befindet sich in einem weitläufigen Areal, das von einer hohen Mauer umgeben ist, auf der die Posten mit DroneCatcher-Equipment bereitstehen. Auch hier gilt: Fliegen Sie extrem schnell und tief, kann das System praktisch nichts ausrichten. Haben Sie das verstanden?«

Sebastians Augen leuchteten, offenbar begeistert von der Vorstellung, mit seinem Können gegen diese beiden Gegner anzutreten.

»Sobald Sie den ersten Steuerbefehl an die Drohne geben, werden Sie angepeilt. Der Ort, an dem Sie aktiv werden, wird ununterbrochen auf verdächtige Funksignale hin überwacht. Aber: Das Ziel Ihrer Drohne ist etwa tausend Meter Luftlinie von dem Startplatz entfernt. Der Flug dauert im Idealfall weniger als zwei Minuten. So schnell kann niemand vor Ort sein. Sobald Sie Ihr Ziel erreicht haben, verschwinden Sie. Ihre Operation wird in einer sehr belebten Großstadt stattfinden. Sie werden kein Problem haben, spurlos zu verschwinden.«

»Wo wird sie stattfinden?«

»Ich sagte schon, Sie werden es rechtzeitig erfahren.« Newt deutete auf den handgezeichneten Plan. »Jetzt möchte ich eine Demonstration Ihrer Fähigkeiten. Ich werde die Flüge oben vom Kirchturm aus beobachten. Wir beginnen sofort.«

Sebastian sprang freudig auf, holte einen klobigen Hartschalenkoffer aus seinem Schrank und wollte das Zimmer verlassen.

»Wollen Sie nicht den Inhalt kontrollieren?«

Missmutig stellte Sebastian den Koffer ab und öffnete ihn. Eine DJI Inspire-2-Drohne steckte fein säuberlich zerlegt in Schaumstofffächern, obenauf lag die Fernbedienung mit Display, eins der vier Akkufächer war leer.

»Ooops. Einer steckt noch im Ladegerät.« Er bückte sich in die schmale Lücke zwischen seinem Bett und der Wand und kam mit dem fehlenden Akku in der Hand zurück.

»Ich sagte: Sie dürfen keinen einzigen Fehler machen.«

»Tut mir leid.« Sebastian kniff die Lippen zusammen und schob den Akku umständlich in den passenden Schacht. »Wären Sie nicht so unerwartet zurückgekehrt, hätte ich alles parat gehabt.«

Newt ließ es dabei bewenden. Er wollte Sebastian nicht nervös machen, wichtiger war jetzt zu sehen, wie gut er die Drohne ins Ziel lenken konnte.

Sie machten sich auf den Weg. Sebastian schleppte den Koffer in den Klosterhof, um dort die Drohne zusammenzusetzen. Newt nahm die Stiegen hinauf in den Glockenstuhl. Sie waren sehr schmal und knarzten bei jedem Tritt. Ihr Holz war voller Riefen und Wellen und knochentrocken. Newt war sich sicher, dass es tatsächlich genauso alt wie das gesamte Kloster war. Kamaldulensermönche hatten es im 14. Jahrhundert erbaut, und alle Gebäude waren seitdem unverändert geblieben, wie die alten Konstruktionsskizzen belegten, die noch im Klosterarchiv zu finden waren. Sechshundert Jahre! Wie hatten es die Menschen nur geschafft, eine trutzige Anlage wie diese an einem derart entlegenen Ort mit bloßen Händen zu erbauen? Was hatten sie schon für Hilfsmittel gehabt: Hämmer, Hacken, äußerst einfache Kräne aus Holz – gab es damals eigentlich schon Flaschenzüge, um große Lasten einfacher hochzuhieven? Doch, natürlich, mit Seilen verspannte Einbaumkräne mit drei Rollen hatte es schon in der Antike bei den Römern gegeben. Vitruv, der römische Architekt, dessen Überlegungen zu den idealen Proportionen des Menschen Leonardo da Vinci zu seiner berühmten Skizze des vitruvianischen Menschen angeregt hatte, hatte sie schon im ersten Jahrhundert vor Christus beschrieben. Und die Theorie eines Flaschenzugs soll von Archimedes schon ein Jahrhundert früher aufgestellt worden sein.

Newt musste über seine Gedankenspiele lächeln, eine Gewohnheit, die noch aus seiner Zeit als CIA-Analyst herrührte. Immer wenn eine Situation sich zuspitzte, wenn eine Aktion kurz vor dem Startschuss war, brauchte er etwas, um seine Nervosität zu kanalisieren. Viele seiner Kollegen, vor allem in den Siebzigerjahren, wurden in solchen Momenten zu Kettenrauchern, andere tranken Kaffee, bis die Leber protestierte, und er beschäftigte sich mit Lexikonwissen, das er sich in den vielen endlosen, langweiligen Stunden in irgendwelchen vom Tageslicht abgeschotteten Kommandozentralen angelesen hatte; die Encyclopedia Britannica gehörte damals in der Zeit vor Wikipedia noch zur Recherchestandardausrüstung. Er liebte die Einträge darin, sie waren wie endlos viele kleine Geschichten, die ihn fesselten, aber nicht so sehr ablenkten wie ein Buch.

Der Ausblick vom Kirchturm war berauschend. Die selbst im Sommer mit Schnee bedeckten Dreitausender, der dichte Wald talwärts, und bergwärts die fürs Hochgebirge typische Vegetation aus Krüppelkiefern, Alpenrose, Lärchen und Strauchbuchen, dazwischen Felsen und Wiesen. Was für eine friedliche Welt. Er sah Sebastian, wie er im Innenhof die Drohne zusammensetzte und mit dem silbern-schwarzen spinnenartigen Gerät durch das Eingangsportal verschwand. Fast hätte er eine Viertelstunde später den Quadrocopter übersehen, der in einem irrwitzigen Tempo hinter einem Felsen auftauchte, über die Wiese flitzte, in zackigen, knappen Bewegungen über Steinbrocken hinwegsetzte, um gleich darauf wieder auf höchstens einen halben Meter Flughöhe hinunterzusinken. Fünfundzwanzig Meter konnte die Drohne in der Sekunde zurücklegen. Im Anflug auf den Apostolischen Palast, von dessen Fenster im dritten Stock aus der Papst sein Angelusgebet abhielt, würde sie jeder, der sie entdeckte, im nächsten Moment wieder aus den Augen verlieren, und niemand würde sie von ihrem Ziel abhalten können.

41.

»Ich brauche einen Kaffee. Was ist mit euch?«, fragte Lena.

Carl nickte benommen, er hatte bis eben noch im Halbschlaf vor sich hin gedöst, und Dilara hauchte ein sehnsüchtiges »Ja, gerne«.

Lena hielt unweit einer Bäckerei. Klein Aichbach war tiefstes Bayern, die meisten Häuser waren alt. Gebirgssonne und winterliche Eiseskälte hatten das Holz ihrer Dachschindeln und an den Fassaden ausgedörrt und schwarz werden lassen. Die neueren Häuser strahlten weiß verputzt um die Wette, und ihre Dächer leuchteten rot. Wo man hinsah, Balkone mit Geranien, und es gab kaum eine Hauswand ohne Lüftlmalereien, die religiöse Motive oder romantische bäuerliche Szenen zeigten.

»Tätowierte Häuser«, lachte Lena. »Und so schön bunt. Im Grunde wie Moscheen.«

»Den Scherz behältst du besser für dich«, sagte Carl.

Während die Bäckersfrau die drei Kaffee abfüllte und diverse Brötchen eintütete, sprach sie nur an Carl gerichtet.

»Können wir bitte eine Extraportion Zucker haben?«, fragte Lena.

»Die nehmen's dann selber«, antwortete die Bäckerin frostig, ohne Lena anzusehen.

»Aha. Und wie mach ich das?«, fragte Lena.

»Do ums Eck.«

»Do was?«, fragte Lena zurück.

»Wenn nix verstehen, dann auch nix herkommen.«

Lena war zu überrascht, um gleich zu reagieren. »Ah, ich verstehe, Sie meinen, wir«, sie deutete auf Dilara und sich selbst, »sind Flüchtlinge und Terroristen.«

Die Bäckersfrau starrte sie böse an.

»Jetzt haben Sie uns echt erwischt. Wir planen tatsächlich seit Längerem, Ihre kleine Bäckerei in die Luft zu jagen. Aus religiösen Gründen, verstehen Sie?«

»Unverschämtheit!« Die Bäckerin sah Carl an.

»Ich finde Sie auch unverschämt«, erwiderte Carl und hielt ihr einen Hunderteuroschein hin.

»Wo soll ich den denn jetzt klein machen?«

»Na, do ums Eck.«

Die Bäckerin kramte wütend in ihrer Kasse, bis sie das Wechselgeld zusammenhatte. Auf Carls und Lenas freundlichen Abschiedsgruß reagierte sie nur mit leisen bayerischen Flüchen.

Lena stieg lachend ins Auto. »Wann sterben diese Saurier eigentlich aus?«

Carl sah sie verwundert an. »Bist du nicht sauer?«

»Weißt du, wie oft ich solche Sprüche zu hören bekomme? Das ist kein Privileg deiner Nazi-Stammkneipe in Köln-Kalk.«

Sie stiegen wieder ein. Lena deutete auf das Handydisplay. Sie waren dem blauen Punkt mittlerweile sehr nah gekommen, hatten allerdings durch nervtötende Staus rund um München und vor Garmisch-Partenkirchen viel Zeit verloren. »Wie sollen wir weiter vorgehen?«

»Ich habe mir die Gegend auf Google Earth noch mal genauer angesehen. Es gibt nur eine Straße zum Kloster. Von hier aus sind das knapp fünfundzwanzig Kilometer, die letzten drei sind leicht zu überblicken. Unbemerkt können wir nicht da hinaufkommen.«

Dilara sah besorgt von einem zum anderen. »Wir gehen alleine da hoch, Dili. Du kannst im Auto bleiben.«

»Gehen?«, fragte Carl.

»Was sonst?«

»Dreh mal um und fahr ein paar Hundert Meter zurück.«

Sie hielten vor einem Fahrradverleih, der Carl aufgefallen war, weil er mit einem großen Schild für E-Mountainbikes warb. Bedauerlicherweise waren die aber alle schon verliehen. Sie mieteten zwei normale Mountainbikes, etwas betagte Modelle mit siebenundzwanzig Gängen und nur vorne gefedert, und schoben sie in den Kofferraum, in den sie nur zur Hälfte hineinpassten. Mit offener Kofferraumklappe nahmen sie die Straße in Richtung Kloster, die zu Beginn noch asphaltiert war, sehr bald jedoch zu einer staubigen Schotterstraße wurde. Carl verglich das Gelände mit dem Bild von Google Earth, und als sie etwa vier Kilometer vom Kloster entfernt waren, nahm Lena eine kleine Abzweigung, die vor einer Wildfutterstelle endete. Von der Straße aus war das Auto nicht zu sehen. Der Wald hier war dicht, schattig und kühl. Von irgendwoher war das Rauschen des Aichbachs zu hören.

Lena wandte sich an Dilara. »Hier lässt es sich ein paar Stunden aushalten, oder?«

Dilara wirkte nicht so, als wäre sie derselben Meinung.

»Sorry, Dili, aber es muss sein. Wir können dich nicht mitnehmen. Das verstehst du, oder?«

Statt einer Antwort umarmte Dilara sie inniglich.

Nach einigen Sekunden schob Lena sie sanft von sich weg. »Ich sage es nicht gerne, aber es ist besser, du ziehst dein Kopftuch aus. Falls einer von diesen Sauriern hier vorbeikommt, okay?«

Dilara nickte und öffnete den Knoten ihres Kopftuchs. Ihr Haar wallte darunter hervor. Carl war erstaunt, wie selbstverständlich sie das tat, und wieder einmal fragte er sich, ob da nicht ein paar Vorurteile zu viel in seinem Kopf herumschwirrten.

Lena kontrollierte ihr Smartphone. »Du hast hier einen super Empfang, Dili. Hier ist ein Ladekabel. Kann sein, dass wir nicht so schnell zurück sind.«

Sie schob ihre Pistole in den Rucksack, den sie zusammen mit zwei Helmen ebenfalls geliehen hatten, Carl schnallte seine Hüfttasche um, und beide schwangen sich auf ihre Bikes.

»Wenn wir ohne das Mädchen zurückkommen, werde ich wegen dieser Aktion eine Menge Schwierigkeiten kriegen«, sagte Lena.

»Die kriegst du so oder so.«

»Danke für die Aufmunterung, Carl.« Lena schüttelte lachend den Kopf und stieg in die Pedale. Carl folgte ihr und merkte gleich, wie viel Mühe er haben würde, mit ihr mitzuhalten. Die Temperatur war zum Glück noch angenehm, eher sogar kühl. Die Sonne schickte gerade die ersten Strahlen über die Gipfel der Dreitausender in das Gebirgstal, und die hatten noch keine Kraft. Allerdings war bereits zu spüren, dass sich das sehr bald ändern würde.

Eine Weile radelten die beiden schweigend nebeneinander. Langsam erinnerte sich Carls Körper wieder, wie es gewesen war, als er noch regelmäßig Sport getrieben hatte, wie wichtig es war, regelmäßig zu atmen und die Gänge so zu wählen, dass der Tretrhythmus in etwa gleich blieb. Vor ihnen lagen zwar nur etwa drei Kilometer, allerdings mit stetig zunehmender Steigung, die bald so groß war, dass die Straße sie nur noch in serpentinenartigen Kurven bewältigen konnte. Während Lena noch mit einiger Leichtigkeit vorankam, hechelte Carl sehr bald an der Grenze seiner Kräfte und Kondition hinter ihr her. Zum ersten Mal seit dem Ende seiner Polizeikarriere ärgerte er sich so richtig, seinen Körper derart vernachlässigt zu haben, und er nahm sich vor, wie auch immer es weiterging, wieder mehr Sport in sein Leben zu holen. Lena merkte, wie er zurückfiel, und war taktvoll genug, auch ihr Tempo zu verlangsamen.

Sie brauchten für die drei Kilometer fast eine Stunde. Das Kloster tauchte immer wieder in ihrem Gesichtsfeld auf. Der Ort war perfekt gewählt, die Sicht der Mönche aufs Tal war hervorragend. Das Kloster selbst wirkte eher wie eine wehrhafte Burg, die Fenster waren hoch über dem Boden, die Mauern waren dick und hoch, und an zwei Seiten ging es steil in die Tiefe. Zum Glück gab es hier noch Buschwerk und Bäume, die Baumgrenze lag ein-, zweihundert Meter höher.

Carl und Lena versteckten die Bikes. Carl checkte noch einmal die Ortungsanzeige auf dem Smartphone und justierte den Bildausschnitt. Das Bild war extrem unscharf, allerdings konnte man den Proportionen der Umrisse entnehmen, dass der letzte Ortungsimpuls aus dem Innenhof gekommen war.

»Und jetzt?«, fragte Carl.

»Keine Ahnung.«

Ohne ihre Deckung aufzugeben, schlichen sie sich so nah, wie es möglich war, von der Seite an das schwere Eichentor heran.

»Siehst du, was ich sehe?« Carl deutete auf eine halbkugelförmige dunkle Glashülle über dem Tor.

»Eine Überwachungskamera? Wofür braucht ein Kloster so was?«

Carl zuckte die Schultern. »Da ist noch eine. Im Innenhof.«

»Scheiße.«

Unbemerkt würden sie also nicht ins Kloster gelangen. Ein feines Sirren war zu hören, und plötzlich schoss eine Drohne über das Dach des Wohnhauses, machte einen Hundertachtzig-Grad-Loop und stoppte unmittelbar vor einem der Fenster in einem Abstand von höchstens fünfzig Zentimetern.

»Das scheinen ja lustige Mönche zu sein«, sagte Carl und fragte sich, von wo aus das Fluggerät gesteuert wurde. Lena schien denselben Gedanken zu haben. Sie deutete auf den Kirchturm.

»Sichtkontakt hat man nur von da oben.«

Erkennen konnten sie auf die Distanz nichts. Lena holte ihr Smartphone hervor, machte ein Foto und vergrößerte das erstaunlich scharfe Bild.

»Da steht einer. Aber der hat keine Fernbedienung in der Hand.«

Carl erkannte den Mann sofort. »Jonathan Barker. Mein Auftraggeber.«

Die Drohne schoss plötzlich in die Höhe, hundert, zweihundert Meter, wurde zu einem kaum noch erkennbaren Punkt und verschwand.

»Sieht nicht aus wie eine von diesen Spielzeugdingern«, sagte Lena.

»Wozu braucht man am Ende der Welt eine professionelle Drohne?«

»Vielleicht drehen die hier einen Film. Wenn man heutzutage Fernsehen guckt, hat man doch das Gefühl, die Hälfte aller Bilder sind Luftaufnahmen.«

»Saras Freundin wird getötet«, sagte Carl, »die Pension wird abgefackelt, ein militanter Identitärer ist im Spiel – was für ein verdammter Mist läuft hier?«

Lena schwieg, mindestens ebenso ratlos wie Carl.

»Wir müssen rein«, sagte Carl. »Die Frage ist: wie?«

»Du nicht. Dich kennt er. Mich aber nicht.«

Sie hörten einen Motor starten, ein Auto schob sich in den Innenhof und rollte vor den Eingang des Klostergebäudes. Kurz darauf trat ein Mann heraus, stieg auf der Beifahrerseite ein, und das Auto fuhr los. Von ihrem Versteck aus sahen sie zwei Männer, einer, von dunkler Hautfarbe und mit dichtem schwarzem Haar, hatte ein durch wulstige Narben entstelltes Gesicht. Der andere wirkte jugendlich und sehr ernst. Keiner von beiden trug eine Mönchskutte.

»Ich geh rein und versuche, mich umzusehen«, sagte Lena und griff nach ihrem Rucksack.

Carl fasste sie am Arm. »Was soll das bringen? Das Kloster ist riesig, du kannst nicht jedes Zimmer durchsuchen.«

»Nach allem, was wir wissen, ist sie da drin. Was willst du sonst machen?«

»Wir müssen beide rein. Irgendwie.«

Lena glühte vor Tatendrang, nur schweren Herzens ließ sie den geschulterten Rucksack wieder zu Boden gleiten. Sie starrte hinüber zu dem Kloster, als erwarte sie, von dort eine Antwort zu bekommen. Während sie in Gedanken versunken war, kam die Drohne wieder angerast, dieses Mal mit einer veränderten Flugroute, ihr Flug endete aber vor demselben Fenster. Carl nahm einen Schluck aus seiner Trinkflasche, die er auch in dem Bikeladen gekauft hatte. Viel war nicht mehr drin. Gedankenverloren nahm Lena sie ihm aus der Hand und trank sie leer. Plötzlich lachte sie auf und strahlte ihn an.

»Ich hab's. Der Kirchturm ist ein Teil der Außenmauern. Da ist doch wahrscheinlich ein Seil, mit dem die Glocken betätigt werden, und das muss bis zum Boden der Kirche reichen.«

»Vielleicht gibt es kein Seil, und sie werden elektrisch betätigt.«

Lena verdrehte die Augen. »Vielleicht, vielleicht nicht. Du hast mir doch selbst vorgelesen, dass es sich um das letzte Kamaldulens-erkloster handelt und dass die Kamaldulenser die Puristen unter den Mönchen sind. Also haben die auch ein Seil. Und jetzt hör zu: Ich tu so, als wäre ich eine Wanderin, der das Wasser ausgegangen ist.« Sie schüttelte lächelnd die Flasche. »Stimmt ja auch. Ich versuche, in den Glockenturm zu kommen, zieh das Seil innen hoch und lasse es an der Außenmauer hinunter. Du schleichst dich auf die Klosterrückseite und kletterst an dem Seil hoch.«

»Das sind locker dreißig Meter.«

Lena sah ihn an, ihr Blick sagte: Ich würde das schaffen. »Okay, schaffst du das?«

»Ja, schaffe ich.« Sicher war sich Carl nicht, aber er fühlte sich dieser durchtrainierten Frau gegenüber eh schon so klein.

»Gut. Kletter zuerst auf das Dach des Wohnhauses, das ist die Hälfte der Strecke. Warte da, bis du dich wieder fit genug fühlst für den Rest. Dann rauf auf den Turm. Du versteckst dich da oben im Glockenstuhl, und ich verlasse das Kloster.«

»Die werden dich fragen, wo du dich so lange aufgehalten hast.«

»Durchfall, ich musste aufs Klo, irgend so was. Wenn es dunkel ist, lässt du das Seil wieder außen herunter, und ich klettere hoch. Dann haben wir die ganze Nacht, um uns umzusehen.«

Carl nickte, so konnte es tatsächlich gehen.

»Wann wird es dunkel?«

»Nicht vor zehn Uhr abends.«

Lena seufzte. »Verdammt lang hin. Aber eine andere Möglichkeit fällt mir nicht ein.«

»Machen wir es so«, sagte Carl. »Sobald Barker von dem Turm runter ist, versuchst du reinzukommen. Wenn es nicht klappt, haben wir noch Zeit, uns was anderes zu überlegen.«

»Ich sage Dilara Bescheid, dass wir frühestens heute Nacht zurückkehren. Sie wird ziemlich viel Angst haben.« Lena zog ihr Handy hervor. »Mist. Kein Empfang.«

Carl holte seins hervor. »Ich auch nicht. Hier ist wirklich der Arsch der Welt.«

Eine halbe Stunde später sahen Carl und Lena, wie die Drohne nicht mehr dahin zurückflog, wo sie hergekommen war, sondern sanft im Innenhof landete. Barker verließ den Glockenstuhl, kurz darauf betrat er den Innenhof und wartete bei dem Quadrocopter. Eine Viertelstunde später tauchte ein Mann aus dem Wald hinter dem Kloster auf, in der Hand hielt er die Fernsteuerung. Während die beiden Männer sich unterhielten, zerlegte er die Drohne und verstaute die einzelnen Teile in einem klobigen Koffer. Dann verschwanden sie im Hauptgebäude.

Erneut warf Lena sich ihren Rucksack über.

»Pass auf dich auf«, sagte Carl.

Sie sah ihn schweigend an, ein intensiver Blick, eine Mischung aus prüfend und wissend.

»Ich mein es ernst, Lena.«

Sie beugte sich vor und küsste ihn auf die Wange. »Ich auch.« Sie winkte und machte sich auf den Weg.

Was meinte sie damit? Dass er auch auf sich aufpassen sollte? Wahrscheinlich.

Er machte sich ebenfalls auf den Weg, zuerst zurück durchs Unterholz, bis er sicher war, die Straße überqueren zu können, ohne von der Überwachungskamera erfasst zu werden. Auf der anderen Seite musste er sich nicht um Deckung bemühen. An diesem Teil der Außenmauer hatte das Kloster keine Fenster, und eine Kamera konnte er ebenfalls nicht entdecken.

Merkwürdigerweise gingen ihm die Gesichter der beiden Männer nicht aus dem Sinn, die im Auto an ihnen vorbeigefahren waren. Von ihnen war etwas ausgegangen, was ihn in seiner Zeit als Polizist veranlasst hätte, sie anzuhalten und ihre Personalien und das Innere des Autos zu kontrollieren. Oft genug hatte ihn sein Instinkt nicht getrogen, auch wenn es selten um wirklich große Dinge gegangen war. Anders als damals fragte er sich jetzt allerdings, ob sein Misstrauen nur daher rührte, dass der Narbige eindeutig ein Mensch mit Migrationshintergrund war. Er musste lächeln, etwas hatte sich verändert, und das hatte mit Lena Gülec zu tun.

Unterhalb des Kirchturms hockte er sich mit dem Rücken gegen die Mauer gelehnt hin und wartete. Der Geruch der vielen verschiedenen Blumen und Kräuter auf der Wiese um ihn herum war wie ein Schock. Bisher war er so gefangen von seinen Gedanken und den Ereignissen der letzten – er musste nachzählen, vom Gefühl her waren es Wochen – fünf Tage, dass seine Sinne die Schönheit der Natur gar nicht wahrgenommen hatten. Die gewaltigen Berge und die wehrhafte Vegetation, die erfolgreich jeder noch so harten Gebirgswitterung getrotzt hatte, erzählten Geschichten, in denen der Mensch nur eine winzige Facette war. Wie schon so oft in seinem Leben empfand er die Vorstellung absurd, in einer Großstadt zu leben, mit all dem Dreck, dem Lärm, der Enge. Für einen Moment stellte er sich vor, wie sich ein Leben hier anfühlen würde. Die Typen unten in dem Bike-Verleih waren sehr entspannte Naturburschen gewesen, die ihr Business mit Computer verwalteten, die Smartphones hatten, im Internet zu Hause waren und trotzdem erkennbar zufrieden und entspannt an einem Ort lebten, den Großstadtmenschen nur abfällig als Arsch der Welt bezeichneten. Carl legte sich flach aufs Gras. Der Boden hatte schon eine gehörige Portion Sonnenwärme aufgenommen, Carl war kurz davor, seine Augen zu schließen und sich seinen Träumen zu überlassen; wahrscheinlich würde er augenblicklich einschlafen. Er hatte den Glockenstuhl des Kirchturms im Blick, zum Glück, deshalb sah er rechtzeitig, wie von oben eine Seilrolle hinausgeworfen wurde und sich im Herunterfallen abrollte. Er sprang auf und tat ein paar Schritte zur Seite, um nicht von dem Seil hart getroffen zu werden. Lenas Kopf tauchte oben auf, sie winkte und lachte breit, ein Lachen, das gut geeignet war, jede schwermütige Stimmung zu verscheuchen. Er winkte zurück. Sie legte sich mit verschränkten Armen auf die Brüstung und sah ihm zu, wie er das Seil packte, seine Füße gegen die Wand stemmte und sich hochzuziehen begann. Nach den ersten fünf Metern hatte er das sichere Gefühl, es nicht zu schaffen. Er schlang das Seil um sein Handgelenk und machte eine kurze Pause. Lena machte eine aufmunternde Geste. Es wäre zu peinlich aufzugeben. Als er sich über die Regenrinne auf das Dach des Wohnhauses zog, vibrierten seine Muskeln. Sein Entschluss stand fest: Sobald die Geschichte hier vorbei war, würde er sich wieder um seinen Körper kümmern, und wenn es in irgendeinem JVA-Gefängnishof war. Lena signalisierte: Mach voran!

»Du kannst mich mal«, knurrte er und griff erneut nach dem Seil.

Oben half sie ihm über die Brüstung in den Glockenstuhl hinein. »Geht doch«, sagte sie und lächelte ihn breit an.

»Heute Nacht bist du dran, mal sehen, ob du über die ersten Meter hinauskommst. Wahrscheinlich muss ich das Mädchen dann alleine suchen.«

Sie lachte noch breiter und zog das Seil hoch.

»Sobald es dunkel ist, stehe ich da unten.«

Carl sah auf seine Uhr. Noch acht Stunden. Das werden lange acht Stunden, dachte er.

Lena ließ das Seil in die Öffnung im Boden gleiten.

»Was machst du so lange?«, fragte er.

»Ich leg mich ins Gras, stell den Handyalarm auf 21 Uhr und versuche etwas Schlaf nachzuholen.« Sie hielt ihm die frisch gefüllte Trinkflasche hin. »Ich kann aus dem Gebirgsbach trinken.«

Er war in der Tat mehr als durstig.

»Wir sehen uns«, sagte Lena und tastete sich die steile Stiege hinunter.

Ein wenig Schlaf nachzuholen war keine schlechte Idee. Allerdings war das auf dem Boden aus gebrannten Ziegeln nicht so einfach.

42.

Und doch war er sehr schnell in einen tiefen Schlaf gefallen, der erst um 19 Uhr 30 jäh endete, als die Glocken zum Komplet, dem Abendgebet, riefen. Carl schoss in die Höhe, vergeblich presste er sich seine Hände auf die Ohren, der Schall durchdrang seinen ganzen Körper und brachte ihn zum Vibrieren. Nach fünf Minuten war der Lärm endlich vorbei, sein Kopf dröhnte lange nach, und die wattige Taubheit seiner Ohren wollte gar nicht mehr verschwinden.

Um sich abzulenken, nahm er den Mechanismus des Geläuts in Augenschein, eine sehr einfache Konstruktion, die zu diesem Kloster passte, das so wenig von katholischem Pomp hatte wie eine mittelalterliche Ritterburg. Er warf einen vorsichtigen Blick hinunter in den Klosterhof. Zwei Mönche, die außerhalb der Klostermauern einer Beschäftigung nachgegangen waren, kehrten zurück und verschwanden im Hauptgebäude. Kurz darauf erschien eine Nonne, hinter ihr zwei Mädchen, die schwere Körbe trugen. Mädchen wie Sara, deren Aufgabe es war, die Mönche zu versorgen, mit Essen, mit Brennholz, die ihre Wäsche wuschen und die Gemüsegärten pflegten. Selbst auf diese Distanz sah Carl ihnen an, wie eingeschüchtert sie waren, ihre geduckte Haltung, ihre auf den Boden gerichteten Blicke, die sie nicht ein einziges Mal zu heben wagten.

Die Sonne musste schon länger hinter den Bergen verschwunden sein, nur noch die Spitzen einiger weniger Dreitausender glühten hell, und weiter oben in der Atmosphäre leuchteten zarte Wolkenschlieren in diffusem, gold-rötlichem Licht. Eine friedliche Stimmung. Die Hitze des Tages war einer angenehmen Wärme gewichen, allerdings war schon zu spüren, dass es dabei nicht bleiben und die Nacht kühl werden würde. Der Geruch von frisch gebackenem Brot wehte in seine Nase und erinnerte ihn daran, dass er zuletzt heute Morgen etwas gegessen hatte.

Die nächsten zweieinhalb Stunden zogen sich elend lange hin. Von Zeit zu Zeit machte Carl ein paar Übungen gegen die zunehmende Steifheit seiner Glieder. Wie es wohl Lena erging? Aus irgendeinem Grund war er sich sicher, dass sie tatsächlich selig vor sich hin schlief und erst durch ihr Handy pünktlich um 21 Uhr geweckt wurde. Sie hatte etwas Entspanntes, in sich Ruhendes, hatte sich sehr verändert, seit er sie vor einem halben Jahr kennengelernt hatte. Oder hatte er sich verändert und sie war von Anfang an so gewesen? Wie eigentlich? Jedenfalls nicht weich und konfliktscheu, wie er sie damals wahrgenommen hatte, im Gegenteil.

Wir haben uns beide verändert, dachte er, damals war sie keine durchtrainierte Polizistin gewesen, die sich in einer körperlichen Auseinandersetzung hätte Respekt verschaffen können. Und seine Überheblichkeit hatte das Leben seitdem gründlich geschliffen und zurechtgestutzt.

Endlich war es dunkel genug. So dunkel, dass er Lena erst entdeckte, als sie genau unter ihm stand und am Turm heraufblickte. Mit ausholenden Bewegungen zog er das Glockenseil hoch und ließ es an der Außenmauer zu ihr hinunter. Sie packte zu, und er traute seinen Augen nicht, als sie behände wie ein Äffchen hochkletterte. Im Gegensatz zu ihm brauchte sie keine Pause auf halber Strecke, und als sie sich oben über die Brüstung schwang, wirkte sie wie jemand, der genug Kraft hatte, das Ganze gleich noch einmal zu schaffen. Sie legte den Zeigefinger auf ihre Lippen, als Carl etwas sagen wollte.

»Das hat nichts mit Mann oder Frau zu tun, Carl. Auch nichts mit jung und alt. Ich trainiere jeden Tag, das ist alles.«

Carl lächelte, holte das Seil ein und ließ es in den Schacht in den Turm hinuntergleiten. »Ich habe mir überlegt, wie wir vorgehen.«

»Ich auch, aber du zuerst.«

»Sara wurde mit großem Aufwand entführt und hierhergebracht. Also wird sie nicht frei herumlaufen. Wir müssen einen Raum nach dem anderen abklappern. Ist er abgeschlossen, versuchen wir herauszufinden, ob sie da drin ist.«

»Und wenn hinter einer abgeschlossenen Tür ein Mönch schlummert?«

»Mönche verschließen ihre Kammern nicht.«

»Woher willst du das wissen?«

»Habe ich irgendwo gehört.«

Sie lachte. »Klingt wie eine gesicherte Information. Aber dann ist die Tür immer noch abgeschlossen.«

»Bis wir sie irgendwie geöffnet haben.«

Lena schwieg.

»Hast du eine bessere Idee?«

»Habe ich nicht«, erwiderte sie. »Dann lass uns los.«

Durch eine winzige Tür unten im Turm gelangten sie in die Kirche und von dort in einen Flur, einen Rundgang, der einen winzigen Innenhof umschloss und von dem einige Türen abgingen. Zur Bibliothek, von der aus eine Treppe hinauf in einen riesigen Lesesaal und eine Schreibstube führte, zu Büroräumen, eine ins Refektorium und davon abgehend in die Küche mit verschiedenen Vorratsräumen.

Die vorletzte Tür, doppelt so breit wie die anderen, führte in einen großen Gebäudekomplex mit Stallungen für Kühe, Schweine, Ziegen und Hasen, alle verwaist und von Spinnweben überzogen. In einem anderen Teil dieses Gebäudes gab es verschiedene Arbeitsbereiche: mit Motorsägen, Äxten, Eisenkeilen und Hämmern, es gab eine uralte Fräse zum Drechseln, eine Schmiede mit Esse, Amboss und verschiedenen Werkzeugen, zudem Geräte und Werkzeuge für andere Handwerksarbeiten. Auf den meisten Geräten lag eine jahrzehntedicke Staubschicht. Bis auf Rasen mähen, Gartenarbeiten und Holz machen schienen die Mönche keiner anderen Arbeit mehr nachzugehen. Carl fand eine Reihe unterschiedlich großer Stemmeisen, schwere eiserne Kuhfüße, den kleinsten nahm er mit.

Zurück im Rundgang, nahmen sie die letzte Tür, die zum Wohntrakt führte.

43.

Sara schreckte hoch. Dunkelheit. Sie riss die Augen auf. Absolute Dunkelheit, nicht ein Glimmen. Bilder, grelle Bilder, nur in ihrem Kopf. Sie blieben, auch wenn sie die Augen ganz fest zukniff.

Es war entsetzlich kalt. Ihr Hals wird enger, Luft, wieso kommt keine Luft?

Ihre Arme und Beine, was ist mit denen?

Sie wirft sich hin und her. Das Rasseln der Ketten. Sie liegt immer noch mit allen vieren von sich gestreckt gefesselt auf dieser Folterbank.

Wenn sie sich doch nur ein einziges Mal auf die Seite drehen könnte!

Das Telefon in ihrer Gesäßtasche drückte.

Der Mann, der es ihr gegeben hatte.

Warum?

Sein Blick hatte so deutlich gesagt: Ich helfe dir.

Aber was konnte er denn tun? Sie war wieder im Kloster, und die Stadt, in die sie mit Julia gefahren war, Köln, die war so weit weg.

Julia.

Die Bilder von ihrem Tod pulsten wieder und wieder in ihrem Kopf hoch. Wie beiläufig dieser Mann ihre Freundin Julia um ihr Leben gebracht hatte!

Atmen, Sara! Ein, aus, nur das denken: EIN, AUS, EIN, AUS.

Die Erzieherinnen im Schwesternhaus und der Herr Sebastian, sie waren immer voller Wut. Wenn sie straften, wenn sie rau und hart und verletzend mit ihr oder den anderen Mädchen umgingen. Immer diese Wut in ihren Gesichtern! Wut, Ekel, Unzufriedenheit und eine Art von Vergnügen, wenn die Mädchen vor Angst zitterten oder vor Schmerzen schrien.

Dieser Mann mit der Pistole … der hatte nichts von alldem gehabt. Als ginge er seiner alltäglichen und gewohnten Arbeit nach.

Arbeit. Julia. Ihr Gesicht, dieses schöne, lachende Gesicht, diese Kraft, dieses Wissen, dass man Dinge verändern kann …

Atmen, Sara. Atmen. Durchhalten. Angst. Wie viel Schmerz soll sie denn noch ertragen … Immer Schmerz …

Nein, nicht immer. Julia. Sie lacht. Sie weiß, was zu tun ist.

Wieso gibt es diese Menschen? Die mit der Wut? Und die anderen, die gar nichts fühlen?

Was wollen sie von mir?

Und wenn die Tür aufgeht, das Licht aufflammt und wieder ein solcher Mensch vor mir steht?

Der, der ihre Finger abtrennen wollte … Auch einer, der seiner gewohnten Arbeit nachging.

Warum gibt es diese Menschen?

Der Teufel, der hat sie geschaffen. Weil Gott nicht aufgepasst hat, einen Moment nur nicht aufgepasst hat.

Es ist meine Schuld, es muss meine Schuld sein. Gott macht nichts falsch.

Ihr Vater. »Gott will, dass die, die dem Herrn näher sind, die bestrafen, die ihm nicht nah genug sind.« Warum war sie Gott nicht so nah wie ihr Vater? Wo sie doch alles versucht hat, alles.

Ein Geräusch. Ein Tier? Eine Ratte? Ratten fressen wehrlose Lebewesen auf. Die Bisse.

Der Riegel wurde zurückgeschoben, die Tür öffnete sich, eine Silhouette vor dem dämmerigen Licht. Herr Sebastian. Das Licht flammt auf. So grell …

»Hier bist du also!« Er trat ein und zog die Tür hinter sich zu.

»Ich habe schon befürchtet, die haben dich rüber ins Schwesternhaus gebracht.« Er trat an sie heran. »Lange nicht gesehen, mein goldiges Schätzchen. Wie war denn dein Ausflug in die große, weite, fremde Welt?«

Er lacht. Was wird er tun? Wird er diesen Knüppel nehmen …?

»Wir sollten mal wieder ein wenig Spaß haben.« Sein Blick wanderte über ihren Körper. »Steht dir gut, diese enge Hose. Aber diese Haare? Kurz finde ich nicht so gut.« Er löste die Fesseln an ihren Füßen. »Komm mir nicht noch mal auf dumme Gedanken, hörst du?« Seine Hände fuhren unter ihr Shirt – und zuckten zurück. »Igitt, bist du kalt.« Er schob seine Hand in ihre Hose. »Da auch. Da kann ich ja gleich eine Leiche ficken.« Er sah sich um. »Wo sind die Decken? Dieser verdammte Albertus-Scheißer!«

Er fixierte sie eine Weile.

»Du kommst mit auf mein Zimmer, da kannst du dich in meinem Bettchen wärmen. Sonst hol ich mir noch Frostbeulen an dir. Und keine Dummheiten, kapiert?«

Sara nickte heftig, Hauptsache, weg von hier.

Er löste die Handfesseln und half ihr auf die Beine. Es dauerte, bis sie den ersten Schritt hinbekam. Auf dem Weg nach oben hielt er einige Male inne und lauschte. Vielleicht war ja doch noch jemand so spät unterwegs. In seinem Zimmer zerrte er ihr die Kleidung vom Körper. Carls Handy fiel aus der Gesäßtasche und zu Boden.

»Sieh mal einer an, da hast du dich ja schnell an die Welt da draußen gewöhnt.« Er aktivierte es. »Wie lautet der PIN?«

Sara sah ihn ängstlich an. »Bitte, Herr, ich verstehe nicht.«

»Der Code zum Aktivieren!«

»Ich weiß es nicht, Herr, ich weiß es nicht.« Sie stotterte, bestimmt wurde er jetzt wütend.

»Auch egal, hier gibt es eh keinen Empfang.« Er schob das Handy in die Schublade seines Stehpults.

Sara wurde von Schwindel gepackt, sie wusste nicht, warum dieser Mann in Köln ihr das Telefon gegeben hatte, aber es war wie ein letzter Hoffnungsschimmer gewesen, wie ein dünner Faden im Labyrinth, der jetzt vor ihren Augen verschwand.

Sebastian schob sie auf sein Bett und deckte sie zu. »Mal sehen, wie schnell du auftaust.« Er ging noch einmal zu der Schublade und holte ein Teppichmesser hervor. »Das ist für dich. Schneidet super. Falls du vorhast, Schwierigkeiten zu machen.«

44.

Carl und Lena kamen nur langsam voran. Bei jeder Tür drückten sie so vorsichtig wie möglich die Klinke herunter und ließen sie ebenso vorsichtig wieder los, wenn sich die Tür als nicht abgeschlossen erwies. Sie hatten fast die Hälfte der Türen geschafft, als sie Schritte hörten. Zuerst war nicht eindeutig festzustellen, woher sie kamen. Als sie sicher waren, dass jemand die Stufen vom oberen Stockwerk herunterkam, war es fast zu spät, sich zu verstecken. Sie warfen sich hinter eine gewaltige Eichentruhe mit dicken Eisenbeschlägen und hofften, dass die Person nicht auf dem Weg ins Hauptgebäude war, dann würden sie unweigerlich entdeckt werden. Carl zog seine Pistole, was ihm einen wütenden Blick von Lena einbrachte.

Die Schritte kamen näher, dann entfernten sie sich wieder. Carl peilte um den Rand der Truhe. Im Halbdunkel der brennenden Fackeln sah er einen Mann zu einer der Zimmertüren gehen. Er klopfte. »Sebastian? Sind Sie noch wach?«

Die Stimme schnitt wie ein Laser in Carls Ohren. Das war unverkennbar die Stimme von Jonathan Barker.

Sara fühlte noch den brennenden Schmerz, als wäre etwas in ihr zerrissen. Sebastian hatte sich einfach auf sie gelegt und war in sie eingedrungen, als hätte er es plötzlich sehr eilig. Sein furchtbarer

Geruch erinnerte sie an die ungezählten Male zuvor. Geschmerzt hatte es immer, jetzt aber war ihr Widerwillen so groß wie nie. Ihr Leben war ein ewiger Kreis gewesen, die Dinge geschahen und vergingen, und es waren immer dieselben Dinge, dieselben Schmerzen, dieselben Erniedrigungen und dieselben kleinen Glücksgefühle, wenn sie mit Hanna oder Esther unbeobachtete Momente erlebt hatte. Doch jetzt war der Kreis aufgebrochen. Julia hatte ihr gezeigt, dass immer neue Dinge passieren konnten, dass man geradeaus gehen konnte und nicht im Kreis verharren musste.

Du bist im Himmel, Julia, du siehst mich, dachte Sara, während Sebastians Bewegungen heftiger wurden. Du willst, dass ich mich wehre, habe ich recht? Er hat ein Teppichmesser – na und? Julia hatte ihr Leben hergegeben, was war denn da schon ein Teppichmesser!

Plötzlich ein lautes Klopfen an der Tür.

»Sebastian? Sind Sie noch wach?«

Diese Stimme … Die Kraft, die sich in ihr angesammelt hatte, verpuffte mit einem Schlag. Es war der Mann, der sie hierher zurückgebracht hatte …

Sebastian erschrak heftig. »Ja, ich bin wach. Einen Moment, ich zieh mir was über.« Er sprang auf und riss Sara hoch. »In den Schrank«, flüsterte er in ihr Ohr. »Und keinen Mucks.«

Er schob sie hinein, raffte ihre Kleidungsstücke zusammen, warf alles hinterher und schloss die Schranktüren.

Newt hörte ein paar hektische Bewegungen, wie lange brauchte dieser Mensch, um sich etwas überzuziehen? Endlich ging die Tür auf, Sebastian stand in seiner Mönchskutte vor ihm.

»Vor mir brauchen Sie nicht vorzutäuschen, ein Mönch zu sein«, sagte Newt ironisch und schob sich an ihm vorbei ins Zimmer. Sebastians hochroter Kopf irritierte ihn. Misstrauisch sah er sich um. Oder hatte Sebastian sich nur einen runtergeholt und er hatte ihn dabei erwischt? Tatsächlich beulte sein Penis die Kutte deutlich aus. Beruhigt zog Newt einen Stuhl heran und deutete auf das Bett. »Setzen Sie sich.«

»Ich war schon im Bett«, sagte Sebastian mit einem schuldbewussten Blick auf das zerwühlte Bettzeug.

Newt machte eine ungeduldige Geste. »Morgen beginnt Ihre Aktion. Sie erfahren jetzt die Einzelheiten von mir.« Es war kurz vor 23 Uhr.

Newt legte einige Zettel aufs Bett. »Sie werden sich alles merken. Es gibt keine Aufzeichnungen. Nur diese Bilder und Skizzen. Die Aktion ist so aufgebaut, dass Sie Montagmorgen unversehrt wieder hier im Kloster sind und dass keinerlei Verdacht auf Sie oder auf uns fällt.«

Ein Grinsen schlich sich auf Sebastians Gesicht.

Newt hob warnend die Hand. »Hier geht es um mehr, als Sie sich vielleicht vorstellen können. Ihr Bruder ist durch einen islamistischen Anschlag ums Leben gekommen. Das, was Sie tun werden, wird den Tod Ihres Bruders hunderttausendfach und auf ewig rächen.«

Sebastian wurde schlagartig sehr ernst, alles Verspielte fiel von ihm ab. »Sie wissen, dass ich bedingungslos alles tun werde, was unserer Sache dient.«

»Es dient unserer Sache mehr als alles, was bisher je unternommen wurde. Sie werden derjenige sein, der den Lauf der Welt verändert. In unserem Sinne.«

Newt fixierte Sebastian eine Weile. Dessen Wandlung, als er seinen Bruder erwähnte, beruhigte ihn. Mochte das Leben hier im Kloster ihn zermürbt haben, jetzt war er wieder auf Spur.

»Vinzent wird Sie morgen früh zum Bahnhof nach Mittenwald fahren. Sie nehmen den Zug um 7 Uhr 26 nach Innsbruck.« Newt reichte ihm ein Bahnticket. »Ihr Ziel ist Rom. Dort werden Sie um 17 Uhr 45 am Hauptbahnhof eintreffen. Verspätungen sind wahrscheinlich, spielen aber keine Rolle. Hier ist ein Pass auf den Namen Matthias Braun. Den werden Sie spätestens brauchen, um ein Hotelzimmer zu nehmen.« Er schob ihm einen Umschlag und einen Google-Maps-Ausdruck hinüber.

»Nehmen Sie sich ein Taxi, sagen Sie dem Fahrer, Sie suchen ein

Hotel in Ponte, dem fünften Rione von Rom«, Newt tippte auf die entsprechende Stelle auf dem Maps-Ausdruck. »Der Fahrer wird Sie übers Ohr hauen und viel zu viel Geld nehmen. Ignorieren Sie das. Hier sind achthundert Euro.« Er tippte auf den Umschlag. »Für Taxi, Hotel und die Zugfahrt zurück. Bis hierhin alles klar?«

»Ja, absolut.«

»Sie werden Vinzent gegenüber kein Sterbenswörtchen über Ihren Auftrag erzählen.«

»Natürlich nicht.«

»Sie haben schon einmal geredet und damit die Aktion gefährdet.« Newt hielt eine GoPro-Kamera hoch. »Dieses Gerät zeichnet morgen auf der Fahrt alle Gespräche zwischen Ihnen und Vinzent auf. Es ist so codiert, dass Sie es nicht stoppen können. Wenn ich darauf nur ein falsches Wort höre oder sehe, dass Sie ihm eine Botschaft aufschreiben, werden Sie liquidiert. Haben Sie mich verstanden?«

»Ja.«

»Alles, was ich bisher gesagt habe, findet morgen statt, am Samstag. Kommen wir zum Sonntag.« Newt deutete erneut auf den Maps-Ausdruck. »Diese Uferstraße längs des Tiber heißt Lungotevere dei Sangallo. Dort werden Sie am Sonntagmorgen um acht Uhr Petros an der Ponte Vittorio Emanuele treffen. Er wird Ihnen ein E-Bike und einen Rucksack übergeben, in dem Sie das exakt baugleiche Modell Ihrer Drohne und die exakt gleiche Fernbedienung finden. Die Drohne ist mit einem Sprengsatz bestückt, der Fernzünder ist Bestandteil der Fernbedienung.«

Newt beobachtete Sebastian genau. Der zuckte mit keiner Wimper.

»Sie fahren dann dorthin: Monte Ciocci. Die Strecke ist dreieinhalb Kilometer lang. Sie haben genug Zeit, dorthin zu gelangen, selbst wenn Sie sich verfahren sollten.«

Er schob zwei weitere Zettel hinüber, Ausdrucke einer Google-Earth-Luftaufnahme, auf denen der Monte Ciocci und die Häuser und Straßen bis zum Vatikan einmal von oben in 2-D und einmal in 3-D und der Blick von dem Berg auf den Vatikan zu sehen waren.

»Der Monte Ciocci ist der finale Einsatzort. Suchen Sie eine geschützte Stelle am südlichen Ende, wo der Eisenbahntunnel beginnt. Da ist nichts los, die Römer meiden den Teil des Monte Ciocci. Dort machen Sie die Drohne startklar. Und das ist Ihr Ziel: das zweite Fenster von rechts im obersten Stockwerk des Apostolischen Palasts.« Er legte ihm einige Ausdrucke vor, die den Palast aus verschiedenen Perspektiven zeigten. »Sie sehen schon, dass die Flugroute dorthin in etwa dem entspricht, was Sie gestern geübt haben. Vom Berg in ostsüdöstlicher Richtung. Als Orientierung sehen Sie die Kuppel des Petersdoms. Der Apostolische Palast befindet sich links davon.«

Newt wartete ab, während Sebastian sich die Seiten genau ansah.

»Kein Problem. Das kriege ich hin.«

»Sie fliegen fünf Minuten nach zwölf Uhr mittags los, in Höchstgeschwindigkeit über die Dächer, über das Dach des Palazzo Apostolico, ein Hundertachtzig-Grad-Loop, Stillstand vor dem Fenster. Dann zünden Sie den Sprengsatz.«

Sebastian sah ihn fragend an.

»Zu der Zeit wird der Papst aus diesem Fenster heraus sein Angelusgebet halten.«

»Der Papst?« Ungläubiges Erstaunen in Sebastians Gesicht, gleich darauf Misstrauen: Spinnt der?

»Der Sprengsatz wird den Papst töten, und wir werden diesen terroristischen Anschlag dem Islamischen Staat in die Schuhe schieben.«

Sebastian brauchte eine Weile, bis ihm klar war, was das bedeutete. Er lachte auf. »Genial.«

Carl und Lena hatten ihr unsicheres Versteck hinter der Truhe verlassen und waren die ersten Stufen der Treppe hinuntergegangen, die in die Kellergewölbe führte. Falls Jonathan Barker nach oben ging, zurück, von wo er gekommen war, würde er sie nicht entdecken; auch nicht, falls er ins Haupthaus ging, wo Carl und Lena hergekommen waren.

Eine halbe Stunde später hörten sie, wie sich die Tür öffnete und wieder schloss, Schritte im Gang und die Treppe hinauf in den darüberliegenden Stock.

»Was jetzt?«, wisperte Lena.

Carl zuckte mit den Schultern. »Abwarten. Der Typ in dem Zimmer ist ja noch wach.«

»Der die Treppe hochgegangen ist, war das der Mann, der dich beauftragt hat, dieses Mädchen zu finden?«

»Ja, das war Jonathan Barker.«

»Wenn alle christlichen Klöster mit solchen Typen bevölkert sind, bin ich froh, Muslima zu sein.«

»Muslima in Deutschland, ja, aber geh mal nach Saudi-Arabien.«

»Ist ja gut, Carl, reg dich jetzt bloß nicht wieder auf.«

»Barker ist kein Mönch. Glaub ich nicht«, sagte Carl. »Die Frage ist: Wieso macht der einen Riesenaufwand, um irgendein Mädchen achthundert Kilometer entfernt einzufangen und hierherzubringen?«

»Es muss jedenfalls sehr wichtig sein, das Honorar, das du …«

Eine Tür wurde geöffnet, sie hörten Schritte auf dem Gang, zwei Personen, in ihre Richtung. Carl signalisierte: nach unten! Sie hasteten die Stufen hinunter, hielten am nächsten Treppenabsatz, lauschten, die Schritte folgten ihnen. Sie eilten weiter, tiefer hinunter. Nirgends ein Versteck, bis sie die lange Reihe der Bußkammern erreichten. Carl öffnete gleich die erste Tür, sie sprangen hinein, er schloss sie bis auf einen winzigen Spalt. Gebannt starrten sie hinaus.

Sara stolperte vorbei, geschoben von einem Mann in Mönchskutte. Carl wollte hinausstürzen. In letzter Sekunde sah er das Teppichmesser an Saras Kehle.

Weiter hinten im Gang wurde eine Tür aufgezogen, kurz darauf hörten sie das Rasseln von Ketten und Worte, zu undeutlich, um sie zu verstehen. Die Tür wurde wieder geschlossen, der Mönch eilte vorbei, und seine Schritte verklangen, als er die Stufen wieder hinauflief.

»War das Sara?«, flüsterte Lena.

»Ja.« Carl sah, dass Lena ebenfalls ihre Waffe gezogen hatte.

Sie warteten, bis sie sicher sein konnten, dass der Mann weit genug weg war, dann traten sie in den Gang hinaus.

»Irgendwo da hinten«, flüsterte Carl und lief los, ohne auf Lena zu achten. Es waren keine Schreie zu hören gewesen – was hatte der Mönch mit Sara gemacht? Carl schob die Tür zu der Folterkammer auf. Totale Dunkelheit. Er holte sein Handy hervor. Neben ihm tat Lena dasselbe. Sie fand die Taschenlampenfunktion schneller. Das Licht flammte auf. Sara starrte ins grelle Licht, in ihren Augen Entsetzen, Todesangst, Wahnsinn. Sie zitterte, die Ketten an ihren Armen und Beinen klirrten.

»Ganz ruhig, Sara, ganz ruhig«, flüsterte Lena. »Du heißt doch Sara?«

Ihr Gesichtsausdruck änderte sich nicht. Als würde sie nichts hören.

»Ich bin Polizistin, Sara«, sagte Lena. »Wir holen dich hier raus. Keine Sorge.«

Saras Kopf zitterte, sie konnte ihn kaum noch aufrecht halten. Tränen schossen aus ihren Augen. Im Licht des Handys näherte sich Carl.

»Ich habe dir mein Handy zugesteckt, erinnerst du dich?«

Sara nickte, ihr Kopf sackte auf die Folterbank. Sie sagte etwas. Zu leise. Carl hielt ein Ohr an ihren Mund.

»Bitte, Herr, bitte.«

Carl wollte ihr beruhigend über die Haare streicheln, sie zuckte zurück, wieder dieses Grauen in ihrem Gesicht. Er hob beide Hände.

»Keine Angst, ich tu dir nichts.«

Ihre Augen verdrehten sich, sie verlor ihr Bewusstsein.

Carl öffnete die Ketten. Saras Körper war eiskalt. Er sah sich in der Kammer um. Hier war nichts, um sie aufzuwärmen.

»Wie kommen wir hier raus, verdammt? Das Haupttor ist mit Sicherheit zugesperrt.«

Lena überlegte kurz. »Auf den Glockenturm und dann abseilen.«

»Okay.« Eine andere Möglichkeit sah Carl ebenfalls nicht.

»Warte, ich kümmere mich um sie.«

Lena holte eine Wasserflasche aus ihrem Rucksack. Carl hörte, wie Saras Atem plötzlich schneller ging, Lena sprach beruhigend auf sie ein. Von Sara waren zunächst nur herausgestoßene Wortfetzen zu hören, dann wurde sie ruhiger und redete zusammenhängender. Lena half ihr von der Streckbank herunter und stützte sie.

»Es gibt einen geheimen Ausgang«, flüsterte Sara. »Da hinten.« Ihre Stimme klang hysterisch.

»Mach dir keine Sorgen, Sara. Wir bringen dich sicher hier raus, hörst du?«

Sie starrte ihn an.

»Ist Sara dein richtiger Name?«

»Ja.«

»Okay, dann los.«

»Mein Rucksack. Bitte.«

Carl schnappte sich den Rucksack, er war leicht, als wäre er leer.

Sara tastete die Mauer ab, fand den Stein, mit dem man den Mechanismus betätigte, und drückte ihn tief hinein in die Wand. Das Poltern der zurückrollenden Mauer wirkte laut wie ein Gewitter. Sie betraten den Geheimgang und schlossen die Mauer wieder. Die Erinnerung an ihre Flucht und den Kampf mit Sebastian an dieser Stelle ließ Sara erneut in sich zusammensacken. Carl fing sie auf und hievte sie sich auf die Schulter.

Draußen, vor dem Stollen, wirkte das Brombeergebüsch wie eine undurchdringbare Wand. Lena entdeckte das Seilende und zog daran. Ein Spalt öffnete sich. Carl schob sich hindurch, trat hinaus auf das Plateau und wäre um ein Haar in die Tiefe gestürzt. Im Licht der Lampe sahen sie den schmalen, in den Felsen gefrästen Steig. Mit Sara auf dem Rücken war er nicht zu schaffen. Er ließ sie zu Boden gleiten.

»Wir müssen sie wach bekommen.«

Lena hockte sich hin und legte Saras Kopf auf ihre Oberschenkel. »Lass ihr Zeit.«

Die Wärme, die von Lenas Körper ausging, schien auf Sara eine Wirkung zu haben. Lena sprach sanfte Worte, und endlich schlug Sara die Augen auf. Carl reichte ihr eine Wasserflasche und kramte einen Müsliriegel hervor. Sara trank und aß gierig.

»Wir müssen den steilen Pfad hier runter, richtig?«

Sara nickte.

»Er ist zu schmal, ich kann dich nicht tragen. Am besten gehst du zwischen uns.«

»Ja, Herr.«

»Nenn mich bitte nicht Herr. Ich bin Carl, das ist Lena.«

Sie nickte.

»Können wir?«

»Ja.« Sie sah sich ängstlich um, jetzt wollte sie so schnell wie möglich weg von diesem Ort.

Eine halbe Stunde später, kurz vor ein Uhr nachts, erreichten sie die Stelle, an der Carl und Lena ihre Fahrräder versteckt hatten. Es war klar, dass Sara es weder zu Fuß bis zum Auto schaffen würde, noch dass sie sich auf einem der Bikes halten konnte. Sie entschieden, dass Lena alleine hinunterfahren und mit dem Auto zurückkehren sollte. Mit dem Hybrid konnte sie die letzten Meter vor dem Kloster ohne Licht und elektrisch fahren, und niemand würde sie hören.

Carl spürte, wie nervös Sara war. Das Kloster war nah, im Mondlicht konnte man gut die Spitze des Kirchturms sehen.

»Keine Sorge, wir müssen nicht lange warten«, sagte er. »Bis zum Auto geht es nur bergab, das schafft Lena mit dem Fahrrad in zehn Minuten. Mit dem Auto hierher zurück dauert es noch mal zehn Minuten. Spätestens in einer halben Stunde ist das Kloster für dich Vergangenheit, Sara.«

Sie nickte heftig, während ihre Blicke unablässig durch die Gegend streiften, ihr Atem ging sehr unregelmäßig, immer wieder hielt sie für längere Zeit die Luft an, und wenn sie wieder Luft holte, hechelte sie wie jemand, der zu ertrinken drohte. Carl hatte Mühe, sich zurückzuhalten, diverse Fragen brannten ihm auf der Zunge. Er malte sich im Geiste schon aus, was Lena und er der Polizei in diesem verschlafenen bayerischen Winkel würden sagen müssen, damit die nicht zuerst sie beide als höchstverdächtige Personen festnahmen. Wahrscheinlich würden die Dorfbullen keinen Finger rühren und warten, bis ein Kriminalbeamter auftauchte, und der wiederum würde ebenso wahrscheinlich erst an das Klosterportal klopfen, wenn er einen richterlichen Durchsuchungsbeschluss in der Tasche hatte. Das alles konnte dauern, und falls inzwischen im Kloster Saras Verschwinden entdeckt und alle Spuren beseitigt worden waren, würden die Ermittlungen der Kriminaler ergebnislos enden. Das wäre dann der Super-GAU für Lena und ihn. Vor allem wenn Dilara und Ayaz' Mutter weiterhin jede Aussage verweigerten.

Eine Stunde später war Lena immer noch nicht aufgetaucht.

»Wir gehen los, Sara«, sagte Carl, in seinem Magen hatte sich ein flaues Gefühl ausgebreitet. Sara sprang auf, hatte Mühe, sich aufrecht zu halten, sie wollte unbedingt weg, aber ihre Beine wollten sie nicht tragen.

»Setz dich aufs Bike, ich schieb dich.«

»Was bitte soll ich machen, Herr?«

»Nenn mich nicht Herr«, sagte Carl so sanft wie möglich. »Ich heiße Carl. Probier es. Carl.«

»Carl«, flüsterte Sara mit gesenktem Kopf.

»Du steigst auf das Fahrrad, du musst nichts machen, außer dich festhalten. Ich schieb dich.«

Sie nickte. Er hielt das Bike fest, und sie stieg auf. Er musste sehr langsam gehen und sehr vorsichtig mit den beiden Handbremsen umgehen, auf dem Schotter rutschten die Räder leicht weg. Sara bemühte sich, möglichst großen körperlichen Abstand zu ihm zu halten, und bog ihren Körper weit zur Seite. Er sagte nichts, obwohl es dadurch noch schwerer war, das Bike im Gleichgewicht zu halten. Was war diesem Mädchen bloß angetan worden?

Er beobachtete sie aus dem Augenwinkel. Sie nagte an ihrer Unterlippe, ihre Augen sprangen hin und her, sie atmete unregelmäßig, und gelegentlich drang ein leises Stöhnen aus ihrer Kehle. Er verstand sie gut, sehr gut. Zu sehen, wie ein Mensch vor den eigenen Augen erschossen wird, war grauenhaft und traumatisierend. Die Straße schlängelte sich in engen, steilen Kurven den Berg hinunter, mal durch dichten Wald, mal frei und ausgesetzt. Nach zwanzig Minuten hörten sie unten aus dem Tal Motorengeräusche.

Carl stupste Sara mit dem Ellbogen an. »Jetzt dauert es nicht mehr lange.« Im Mondlicht sah er sie kurz lächeln. Das Auto näherte sich schnell. Und dann sah er grelle, auf Fernlicht geschaltete Autoscheinwerfer.

»Steig ab, Sara«, sagte er möglichst beiläufig. Das konnte nicht Lena sein, sie würde nicht derart auf sich aufmerksam machen. »Da hin.« Er deutete auf einen Felsen zwischen Alpenrosengebüsch, der groß genug war, um sie beide und das Bike zu verdecken. Sara wurde sofort panisch.

»Nur zur Vorsicht«, versuchte er sie zu beruhigen. »Falls es jemand anderes ist.«

Das Auto kam näher, seine Scheinwerfer warfen grelles Licht auf einen gegenüberliegenden Felsen. Carl lugte vorsichtig zwischen den Zweigen hindurch. Das Gesicht des Fahrers war durch das vom Felsen reflektierte Licht gut zu erkennen. Robert Sellmann.

»Scheiße!« Carl zuckte zurück. Warum tauchte der Identitäre hier auf? »Hör zu, Sara, ich muss wissen …«

Weiter kam er nicht, auch sie hatte Sellmann jetzt gesehen, sie japste nach Luft, immer schneller, und drohte zu kollabieren.

Er packte ihre Hände. »Ich muss wissen, warum du für die im Kloster so wichtig bist. Warum haben die alles getan, um dich zu finden?«

Sie zitterte, und ihr Mund ging auf und zu, ohne dass ein Ton herauskam. »Bitte, Sara. Es muss etwas ungeheuer Wichtiges sein.«

Sara nickte, brachte aber keinen Ton heraus.

Er ließ ihr Zeit. Und dann erzählte sie bebend und stockend, was sie wusste und was sie im Schrank in Sebastians Zimmer gehört hatte.

45.

Carl wollte ihr nicht glauben. Aber konnte ein unbedarftes Mädchen wie Sara sich eine solche Geschichte ausdenken? Nein, konnte es nicht, nicht dieses Mädchen, das vor Angst schlotterte und fast verging. Diese Geschichte musste wahr sein.

Carl holte sein Handy hervor, um die wichtigsten Informationen aufzuzeichnen, er war nicht sicher, ob er sich alles würde merken können. »Monte Tschotschi sagtest du?«

Sara nickte. »So klang es für mich.«

»Und dieser Sebastian fährt morgen früh von Mittenwald ab über Innsbruck nach Rom.«

»Um 7 Uhr 26 geht der Zug.« Sie hatte sich alles gemerkt.

Carl checkte, ob er inzwischen ein Netz hatte. Nein. Es war jetzt kurz vor vier Uhr morgens. In spätestens dreieinhalb Stunden würde Sebastian diese Straße hinunterfahren, es gab nur einen Weg vom Kloster ins Tal. Lena und er konnten ihn also abfangen. Sie *mussten* ihn abfangen.

»Steig auf, Sara, es geht weiter.«

Die engen, steilen Kurven wurden weiter und flacher, und dann zog sich die Straße nur fast geradeaus hin. Der Wald, in dem sie das Auto zurückgelassen hatten, tauchte vor ihnen auf. Carl checkte noch einmal sein Handy, endlich wieder Netzempfang. Während er schob, versuchte er, Lena zu erreichen. Vergeblich, es klingelte endlos, und dann sprang die Mailbox an. Warum antwortete sie nicht? Im Auto hatte sie ein Ladekabel, und dort war der Empfang gut gewesen. Hatte Sellmann sie möglicherweise entdeckt? Carl schüttelte den Gedanken ab. Selbst wenn, Sellmann hatte keinen Grund, ihr etwas anzutun. Dilara … Sellmann war auch auf dem Dach gewesen, er hatte Fati erschossen, er musste auch Dilara gesehen haben. Aber würde er sie tatsächlich wiedererkennen?

Carl war kurz davor, Sara zurückzulassen, um schneller voranzukommen. Aber ein Blick auf sie genügte, um es nicht zu tun. In seinen zehn Jahren als Bulle hatte er einige Menschen durchdrehen sehen, und Sara war kurz davor.

Je näher sie der Wildfutterstelle kamen, neben der sie geparkt hatten, desto mehr schnürte sich Carls Magen zusammen. Intuition. Wieder einmal. Und wieder einmal war unklar, was ihn wohl erwartete. Hundert Meter vor dem Ziel half er Sara vom Bike herunter und zog seine Pistole. Augenblicklich begann das Mädchen wie Espenlaub zu zittern.

»Das ist nur zur Vorsicht, Sara. Bleib hinter mir, okay?«

Sie nickte und krallte sich in seinem Hemd fest. Es war nicht mehr dunkel, längst graute der Morgen. Carl nutzte jede Deckung, die sich bot. Im Auto war es dunkel, er konnte nicht erkennen, ob jemand darin saß. Die letzten Meter ging er zügig, da war keine Deckung mehr. Als er zur Tür griff, sah er aus dem Augenwinkel ein Licht aufblitzen.

»Carl-Arsch, da bist du ja. Weißt du, wie lange ich schon hier stehe und auf dich warte, du Opfer?«

Kemal. Er stand an die Futterkrippe gelehnt, seine Pistole war auf Lena und Dilara gerichtet, die mit einem Abschleppseil gefesselt und geknebelt vor ihm auf dem Boden lagen.

»Wer ist das Kind? Deine Tochter? Macht ihr hier Urlaub?« Kemal lachte. »In der Türkei wäre es billiger.«

»Die Türkei ist schön. Wenn da nicht euer beknackter Sultan regieren würde.«

Kemals Augen verengten sich gefährlich. »Pass auf, was du sagst,

Carl-Arsch.« Er richtete seine Pistole auf Lenas Kopf. »Schmeiß die Knarre weg. Zu mir.«

Was sollte er tun? Einen Schuss riskieren? Es war nicht hell genug, um in Lenas Gesicht zu lesen, sie könnte sich zur Seite werfen und ein kleines Zeitfenster für einen Schuss schaffen. Carl warf die Waffe auf den Boden, etwa auf halber Strecke zwischen sich und Kemal.

»Und jetzt?«

»Jetzt kann ich mich ein bisschen mit euch vergnügen. Was meinst du, warum ich hier so lange auf dich gewartet habe?«

»Du musst doch erst deinen Ober-Mufti Meti befragen, bevor du irgendwas tust«, sagte Carl geringschätzig. »Und Meti tut so, als müsste er Allah und Mohammed befragen.«

»Halt's Maul, Carl-Arsch, sonst puste ich deiner Freundin das Hirn weg!«

»Sie ist Polizistin, das weißt du.«

»Mir scheißegal.«

»Aber Imam Meti vielleicht nicht. Vielleicht hat der eine göttliche Eingebung, die ganz anders ist, als du denkst.«

Kemal starrte ihn wütend an. Schießen würde er nicht, da war sich Carl sicher, dafür hatte er viel zu viel Angst vor Meti. Vielleicht ließ er sich zu etwas Unüberlegtem hinreißen, was Carl die Chance gab, ihn zu überwältigen.

»Komm her. Leg dich daneben.« Kemal deutete auf Sara. »Du auch.«

»Hast du dein Fajr schon gebetet?« Das Morgengebet, das zwischen beginnender Morgendämmerung und Sonnenaufgang gebetet werden musste.

»Ich verbiete dir, dieses Wort in den Mund zu nehmen!«

»Welches? Fajr, Shuruk, Dhuhr, Asr, Magrib, Isha?«

Kemal bebte vor Wut. »Leg dich hin. Dich kann ich sofort erschießen, dafür muss ich mit niemand reden.«

»Drei Zeugen, Kemal. Was machst du mit denen?«

»Hinlegen!«

Carl und Sara legten sich neben die beiden Frauen, und Kemal nahm die Glock an sich.

»Du hast Fati getötet. Dafür bezahlst du.«

»Ich kann mir gut vorstellen, dass du das mit deinem Spatzenhirn tatsächlich glaubst. Aber es war jemand anderer. Einer, der was gegen Moslems hat.«

»Sag ich doch, du warst es.«

»Irrtum, Kemal. Ich habe nur was gegen Moslems, die der Meinung sind, dass ihr Glaube und ihre Religion ihnen das Recht geben, andere Menschen zu massakrieren.«

»So wie die Juden in Israel, die die Palästinenser massakrieren?«

»Keiner hat das Recht, einem anderen etwas anzutun, nur weil der einen anderen Glauben hat. Oder gar keinen. Oder weil er schwul ist oder sonst was.«

Kemal spuckte auf den Boden. »Das ist typisch für euch Ungläubige. Ihr habt keine Ehre. Und jetzt halt's Maul.«

Das Motorengeräusch eines Autos durchschnitt die Morgenstille. Kemal hob warnend seine Waffe und lauschte, ob das Auto sich ihnen womöglich näherte. Carl sah auf seine Uhr. Kurz nach sieben. Sebastian war auf dem Weg zum Bahnhof. Und er selbst lag auf dem Boden, ohne Waffe und einem rachebesessenen Türken ausgeliefert, der keine Sekunde zögern würde abzudrücken, sobald er grünes Licht bekam. Die Chance, den geplanten Anschlag zu verhindern, war vertan.

Kemal studierte immer wieder den Himmel. Es war schnell hell geworden, allerdings war es hier zwischen den hohen Bergen schwer zu sagen, wann die Sonne genau aufging. Erst als er sich absolut sicher war, Meti nicht vor oder während des Fajr zu stören, griff Kemal zu seinem Handy. Zehn Minuten später legte er auf und lehnte sich abwartend gegen die Futterkrippe. Offenbar brauchte Meti Bedenkzeit. Carl sah auf die Uhr. Bald halb neun. Sebastian war längst in Österreich, möglicherweise hatte sein Zug sogar schon die Grenze nach Italien überquert. Die deutschen Behörden zum schnellen Eingreifen zu bewegen, hätte Carl sich und Lena noch zugetraut, vielleicht auch die österreichischen, aber die Italiener? Bis da etwas passierte, würden wahrscheinlich viele Stunden vergehen. Und wie sollten sie Sebastian finden? Er benutzte einen falschen Pass, vielleicht hatte er sein Aussehen verändert. Die einzige sichere Gelegenheit war, ihn oben auf dem Monte Ciocci zu stellen, wenn er die Drohne startklar machte. Aber was, wenn sich die italienische Polizei nicht dazu bewegen ließ zu handeln? Was, wenn sie alles für einen schlechten Scherz hielt? Oder wenn sie sich so blöd anstellte, dass Sebastian Verdacht schöpfte und sich einen anderen Startplatz suchte?

»Eins interessiert mich sehr, Kemal. Wie hast du uns gefunden? Hinter uns hergefahren bist du nicht, das hätte ich gemerkt.«

Über Kemals Gesicht huschte ein Anflug von Stolz. »Du bist einfach zu blöd für mich, Carl-Arsch.«

»Ich weiß nicht. Vielleicht ist es ja Zufall?«

Kemal lachte abschätzig. »Zufall. Zufall ist was für dämliche Kuffar wie dich.«

»Okay, aber wie hast du es gemacht?«

»GPS.«

»GPS? Wie soll das gehen? Dann müssten wir ein Signal aussenden, das du empfängst.«

»Genau.« Kemal grinste. »Unter eurem Auto klebt ein kleines, schlaues Kästchen.«

Natürlich, Kemal betrieb neben dem Döner auch einen Autoverleih, vor allem Vans, die gerne von Türken gemietet wurden, wenn sie Urlaub in ihrer Heimat machten und sehr viel zu transportieren hatten, was die Regel war. Viele Autoverleiher statteten ihre Autos mit solchen Sendern aus, um sie nach einem Diebstahl ausfindig zu machen.

»Du hast es angebracht, als wir Dilara aus Metis Wohnung geholt haben?«

»Genau. Letztes Jahr wurde mir mein schöner BMW geklaut. Und ihr Bullen, ihr seid doch zu blöd, wenn man sich auf euch verlässt, kann man sein Auto gleich vergessen. Ich hab ihn wiedergefunden.«

»Und der Dieb? Lebt er noch?«

»Er lebt, aber er sieht etwas anders aus als vorher.«

Die Zeit lief davon. Was immer Meti sich überlegte, auf keinen Fall würde etwas Gutes dabei herauskommen.

»Ich muss mich erleichtern, bitte«, sagte Sara.

»Was musst du?«, fuhr Kemal sie an.

»Ich muss Wasser lassen.«

»Was soll das heißen?«

»Sie muss pissen, Kemal«, sagte Carl.

Kemal überlegte, dann machte er eine gönnerhafte Geste.

»Bleib in Sichtweite. Sonst …« Er zielte mit der Pistole auf sie.

Carl nahm sich vor, sobald Sara zurückkam, die Gelegenheit für einen Angriff zu nutzen.

Sara kämpfte mit so vielen furchtbaren Bildern, die alle in ihren Kopf drängten, und verscheuchte sie eines, tauchte sofort das nächste auf.

Ihr Vater, die Erzieherinnen im Schwesternhaus, der Herr Sebastian, der furchtbare Mörder von Julia, der Mann, der ihr die Finger hatte abschneiden wollen, und nun dieser Mann, der sie alle mit seiner Pistole bedrohte.

Julia hat mir geholfen und es mit ihrem Leben bezahlt.

Der Herr Carl hat mir geholfen, und jetzt soll auch er sterben?

Und vielleicht ebenso die Frau Lena?

Wird das denn nie enden?

Wäre sie doch nur im Schwesternhaus geblieben, hätte sie sich doch nur nicht gegen den Herr Sebastian gewehrt, irgendwann wäre auch das vorbei gewesen, irgendwann hätte er sich ein anderes Mädchen gesucht und von ihr abgelassen. Es fühlte sich so furchtbar an. Wo sie hinsah, überall Mauern, errichtet von bösen Menschen, die stärker waren.

Der Herr Sebastian.

Sie hatte ihn einmal besiegt, für einen Moment war sie stärker gewesen, sie hatte sich Freiheit erkämpft. Es war vergeblich gewesen. Und es würde auf ewig vergeblich bleiben, wenn dieser Mann mit der Pistole, Kemal, seine Drohungen wahr machte.

»Bleib in Sichtweite.«

»Jawohl, Herr.«

»Herr?« Kemal lachte belustigt auf. »Die weiß, was sich gehört.«

Sara stolperte über die von Felsen durchsetzte Almwiese und hockte sich hinter einen kniehohen Busch. Kemal beachtete sie nicht weiter, seine Aufmerksamkeit galt Carl, der auf dem Bauch vor ihm lag, Arme und Beine von sich gestreckt.

Sara ertastete einen Stein. Zu klein. Ein anderer. Zu schwer. Und dann einer, so groß wie der Kopf eines jungen Schafs. Sie nahm ihn in beide Hände, hielt ihn vor ihren Bauch und kam vornübergebeugt hinter dem Busch hervor.

»Was ist los«, fragte Kemal.

»Mir ist schlecht, Herr.«

»Leg dich hier wieder hin und halt die Klappe«, sagte Kemal, ohne seinen Blick von Carl zu nehmen. »Und wenn du kotzen musst, tu es nicht in meine Richtung.«

»Jawohl, Herr.«

Sara ging langsam weiter, die Lider halb geschlossen und Kemal im Blick. Dessen Augen wanderten zwischen ihr und Carl hin und her. Carl bewegte seine Hände.

»Hör auf damit!«, fuhr Kemal ihn an.

Sara war kurz hinter ihm. Er achtet nicht auf sie. Sie hebt den Stein mit beiden Händen und schlägt zu. Gegen seinen Kopf. Er taumelt zur Seite und reißt die Hand mit der Pistole herum. Sara holt erneut aus, trifft seinen Unterarm. Er schreit auf, ein Schuss löst sich, so furchtbar laut, nicht wie damals. Julia. Wieder das grauenhafte Bild, ihre Freundin sackt vor ihren Augen in sich zusammen … Noch einmal holt sie aus, trifft Kemals Kinn, ein dunkles Knacken, ein gurgelnder Schrei. Und wieder, gegen seinen Hals, er schwankt, sie wirft sich gegen ihn, der Stein trifft seine Schläfe. Starr wie ein Stück Holz fällt er zur Seite, sie beugt sich über ihn, holt weit aus.

Es muss endlich enden …

In seinen Augen Entsetzen, Todesangst. Ihre Hand mit dem Stein beschleunigt, saust nach unten. Etwas stoppt sie. Sara drückt mit aller Kraft dagegen.

»Ist gut, Sara, ist gut.«

Carl hält ihre Hand umklammert, während er Kemal die Pistole entreißt.

»Alles gut.«

Er nimmt ihr den Stein aus der Hand, zieht sie hoch, legt einen Arm um sie und drückt sie an sich.

»Es ist gut, es ist vorbei.«

Sie spürt seine Wärme, seine Kraft. Vorbei …

46.

Das Blut aus seiner Wunde an der Schläfe war getrocknet. Lena hatte Handschellen aus ihrem Auto geholt und Kemal an den Holzpfosten der Futterstelle gefesselt. Dilara hatte schon lange keinen Ton mehr von sich gegeben, sie beobachtete verängstigt jede von Lenas Bewegungen. Lena nahm sie beiseite und sprach im Flüsterton mit ihr. Dilaras Gesicht hellte sich auf, sie nickte und griff zu ihrem Handy. Nach kurzem Klingeln hob jemand ab, sie begann, wie ein Wasserfall zu reden, weinte, stöhnte, flüsterte, lachte.

»Der Mann, in den sie sich verliebt hat«, sagte Lena zu Carl.

Carl war damit nicht einverstanden. »Weißt du, wie vertrauenswürdig er ist?«

»Ich nehme es auf meine Kappe. Ich habe ihr gesagt, sie darf keine Namen nennen und nicht sagen, wo sie ist.« Sie sah Carl in die Augen. »Wir müssen aufräumen, Carl.«

Er wusste, was sie damit meinte. Sie mussten die Polizei einschalten, und die Wahrscheinlichkeit war hoch, dass man sie beide in Untersuchungshaft nahm: zu viele Tote, zu viele offene Fragen und eine Geschichte, die nur sehr schwer zu glauben war.

»Ich hol Sandberg ans Telefon, er wird mir glauben. Er kann der Sache Gewicht geben.« Ralf Sandberg war Lenas Vorgesetzter, früher war er auch Carls gewesen. »Um den Attentäter zu stoppen, müssen Interpol und BND eingeschaltet werden.«

»Was ist, wenn er dir nicht glaubt?«

»Er muss. Wir können ja schlecht den Papst anrufen und sagen: ›Geh nicht ans Fenster‹.«

»Warte«, sagte Carl und zog sein Handy hervor und rief den Stadtplan von Rom auf Google Maps auf. Den Vatikan fand er schnell, der Petersdom mit seinem gewaltigen Vorplatz war leicht zu identifizieren. Sebastian würde die Drohne nicht allzu weit entfernt in die Luft bringen. Monte Tschotschi, hatte Sara gesagt.

Lena deutete auf das Handy. »Was suchst du?«

Monte Ciocci las Carl. Tschotschi – Ciocci. Das musste er sein. Er wechselte auf das Satellitenbild und zoomte nah heran. Der nördliche Teil, der Parco Lineare, hatte eine Aussichtsplattform, einen Spielplatz, und ein rot geteerter Fahrradweg führte dort hinauf. Ein touristischer Ort. Der südliche Teil wirkte verwildert und vermüllt, besonders da, wo die Bahnlinie in einen Tunnel eintrat, der durch den gesamten Berg führte.

»Der Monte Ciocci. Sara hat gehört, dass Sebastian die Drohne am südlichen Ende beim Eisenbahntunnel starten soll.« Er deutete auf das Display. »Das ist die Stelle.«

Er wechselte auf die 3-D-Ansicht und kippte das Bild. Die Kuppel des Petersdoms hob sich deutlich hinter den Häusern ab. Carl hielt Lena das Display vor die Augen.

»Mehr als tausend Meter dürfte sie nicht entfernt sein. Ein perfekter Ort.«

Lena nickte. »Gut, das ist so weit klar. Was ist mit Jonathan Barker? Er scheint der Kopf hinter der ganzen Sache zu sein. Was ist, wenn er herausbekommt, dass Sara verschwunden ist?«

»Wir wissen, wie man unbemerkt ins Kloster kommt«, sagte Carl. »Das ist ein Vorteil.«

»Dafür braucht es ein SEK, Carl. Nicht zwei normale Streifenpolizisten.«

Merkwürdigerweise freute es Carl, dass sie ihn auch als Polizisten bezeichnete.

»Was ist hier die nächste größere Stadt?«, fragte er.

»Innsbruck in Österreich. Aber das nützt uns nichts, die schicken kein Einsatzkommando, das Kloster liegt noch in Deutschland.«

»Also München. Von da bis hier sind es ungefähr zweihundert Kilometer.«

»Wie lange brauchen die, bis die hier sind? Drei Stunden?«

»Bis dahin kann Barker längst über alle Berge sein.«

»Er muss hier durch«, erwiderte Lena. »Es gibt nur diese Straße.«

Carl schüttelte den Kopf. »Barker hat einen hochkomplexen Anschlag vorbereitet. Der ist einer, der garantiert immer mehrere Optionen bereithält.«

Lena dachte nach und traf eine Entscheidung. »Nein, es geht nicht. Wir können Sara und Dilara nicht mit Kemal alleine lassen. Und wenn erst mal die örtliche Polizei hier auftaucht, kommen wir hier nicht mehr weg.«

Carl nickte. »Okay, ich geh alleine.«

»Das habe ich damit nicht gemeint.«

»Ich sehe keine andere Möglichkeit. Was ist, wenn Barker entkommt?«

»Du hast es nicht nur mit Barker zu tun.«

Robert Sellmann. Der war auch Carls größere Sorge.

»Keiner rechnet mit mir. Aus deren Sicht ist nichts anderes passiert, als dass Sara verschwunden ist. Sie werden innerhalb des Klosters nach demjenigen suchen, der dafür verantwortlich ist.«

Lena legte ihm eine Hand auf den Arm. »Bleib hier, Carl. Bitte.«

Er nahm ihre Hand und drückte sie sanft weg. »Sorg für ein SEK. Bis dahin versuche ich, sie aufzuhalten.« Er lächelte. »Ich sperre sie einfach in die Folterkammer.«

Sie sah ihn an. »Pass auf dich auf.« Sie küsste ihn auf den Mund. Sie roch immer noch gut, trotz all der Anstrengungen.

»Meine größte Sorge ist meine Kondition.« Er deutete auf das Mountainbike.

47.

Newt hatte ein gutes Gefühl. Sebastian hatte heute Morgen sehr konzentriert und entschieden gewirkt. Offenbar hatte ihn die Tragweite der Aktion nicht nervös gemacht, im Gegenteil.

Seit Vinzent und Sebastian losgefahren waren, war eine gute Stunde vergangen. Newt hatte ausgiebig gefrühstückt, nicht mit den Mönchen, die gingen längst schon wieder ihren Pflichten nach, als er im Refektorium Platz genommen hatte. Der Abt hatte dafür gesorgt, dass alles bereitstand, nur den Kaffee hatte er selbst machen müssen. Nach dem Essen suchte er Sellmann auf, der es sich in einer Klause bequem gemacht hatte; bis morgen Abend, bis Petros und einige Stunden später Sebastian aus Rom zurückkehrten, würde er nicht viel zu tun haben. Das Grab für Petros und Sebastian war schon ausgehoben, die Mädchen aus dem Schwesternhaus hatten das in den letzten Wochen erledigt, einen vier Meter langen, über einen Meter tiefen Schacht im Wald. Dass Sara da noch hinzukommen würde, machte keinen Unterschied. Dort würden die drei Leichen auch in hundert Jahren nicht gefunden werden.

Sellmann nahm den Auftrag entgegen, ohne mit der Wimper zu zucken. Newt erklärte ihm, wo er Sara fand, und hakte die Angelegenheit innerlich ab, Sellmann war ausgesprochen zuverlässig.

Newts Job war weitgehend erledigt. Jetzt galt es zu warten. Die Zeit bis Sonntagmittag würde nur langsam vergehen, vor allem hier im Kloster. In diesem Moment empfand Newt Verständnis für Sebastians Eskapaden. Bevor Abt Albertus ihn ins Kloster geholt hatte, war sein Leben von extremen Einflüssen und Gefühlsschwankungen geprägt gewesen, er war ein Gejagter gewesen, einer, der sich immer neuen Anforderungen hatte stellen müssen. Und dann dieser Wechsel hierher ins genaue Gegenteil. Es hatte ihm ohne Zweifel gutgetan, zugleich musste er sich unterfordert gefühlt und gelangweilt haben. Er hatte viel Geduld beweisen müssen, für ihn hieß es seit fast einem Jahr täglich: Warte ab, deine Zeit wird kommen, sei geduldig.

Ganz anders sah es mit den drei anderen Kämpfern aus. Petros hatte alles verloren, seine gesamte Familie, seine Heimat, seinen Besitz. Für ihn bedeutete das reduzierte Mönchsleben eine existenzielle Stütze, um nicht vor Schmerz und Wut wahnsinnig zu werden. Vinzent und Bertrand waren in ihrem früheren Leben als Sonderlinge verspottet und gehänselt worden, für sie bedeutete es eine Aufwertung, Teil eines Systems zu sein, das ihnen Schutz und Heimat gab. Sie hinterfragten es nicht und taten alles, um als gehorsam und verlässlich zu gelten.

Newt überlegte, ob er ein Bad nehmen sollte. Nicht in dem Zuber, den die Mönche einmal die Woche nutzten, der stand in einem ungemütlichen Winkel des allgemeinen Waschraums, sondern im mit Mosaiken und Fresken verzierten römischen Bad, das in den früheren Jahrhunderten den Äbten vorbehalten gewesen war. Die aus Marmor gemauerte Wanne war riesig, und das Wasser dafür musste in einem uralten Boiler über einem Holzfeuer erhitzt werden.

Warum nicht? Er hatte Zeit, der Tag hatte gerade erst begonnen, und das Feuer zu entzünden und zu füttern hatte etwas Meditatives. Er holte aus seinem Zimmer ein Handtuch und eine Badeessenz, die er aus dem Hotel Stadtpalais in Köln mitgenommen hatte. Das Bad befand sich ganz am Ende des Ganges im Erdgeschoss, dort war man vollkommen ungestört. Newt vermutete, dass die Äbte dort früher gerne durch und durch unchristlichen Aktivitäten nachgegangen waren. Auf dem Gang kam ihm Sellmann entgegen.

»Tut mir leid, aber in der Folterkammer ist niemand.«

»Soll das ein Scherz sein?«

»Nein, das soll kein Scherz sein.«

»Haben Sie die anderen Räume durchsucht?«

Sellmanns Augen verengten sich ärgerlich. »Ich sagte, da unten ist niemand.«

Newt rannte hinunter in die Kellergewölbe. Nirgends auch nur der winzigste Hinweis auf Saras Verbleib.

»Suchen Sie Abt Albertus«, wandte er sich an Sellmann. »Sagen Sie ihm, ich erwarte ihn vor dem Überwachungsraum. Nehmen Sie sich Vinzent und Bertrand und stellen Sie das Kloster auf den Kopf. Von ganz unten bis in die Kirchturmspitze.«

Lange musste Newt nicht warten, bis der Abt herbeigeeilt kam. Er öffnete die Tür mit seiner Magnetkarte, und sie traten ein.

»Rufen Sie im Schwesternhaus an, ob das Mädchen dort ist.«

»Wieso sollte sie …«

»Rufen Sie an!«, fuhr Newt den Abt an und setzte sich vor den Computer. Er rief die Aufzeichnung der Kamera auf, die den Gang zeigte, von dem sowohl Sebastians Zimmertür als auch die Treppe in die Kellergewölbe abging.

Wann war er zuletzt bei Sara gewesen? Gestern Morgen, gegen neun Uhr. Er klickte auf den Zeitstrang und scrollte durch die Aufzeichnung mit erhöhter Geschwindigkeit. Er sah sich selbst, wie er in das Gewölbe hinunter zu Sara ging und wie er wieder zurückkam. Über die nächsten Stunden tauchten verschiedene Menschen auf dem Überwachungsbild auf, Newt überprüfte sie alle, nur bekannte Gesichter, kein Verdächtiger, und keiner nahm die Treppe hinunter in die Kellerräume. Nach 20 Uhr 30 entzündete einer der Mönche die Fackeln an den Wänden im Gang, danach war niemand mehr zu sehen.

Bis 22 Uhr 26. Newt sah, wie Sebastian in den Gang hinaustrat, sich umsah, lauschte, zur Treppe eilte und nach unten verschwand. Zehn Minuten später tauchte er wieder auf, er schob Sara vor sich her und ging in sein Zimmer.

Dieses verdammte Arschloch! Was hatte sich der Kerl dabei gedacht? Bedeutete das, dass Sara noch in seinem Zimmer war?

Newt ließ die Aufzeichnung beschleunigt weiterlaufen. Bei der eingeblendeten Uhrzeit 22:41 schlichen zwei Gestalten ins Bild. Sie hielten an jeder Zimmertür, was sie dort jeweils taten, konnte Newt nicht erkennen. Ein Mann und eine Frau. Fremde. Die Frau hielt eine Pistole in der Hand. Newt bekam eine Gänsehaut, ihm wurde eiskalt. Er fror das Bild ein und vergrößerte es. Das Bildrauschen nahm zu, trotzdem waren die Gesichtszüge beider Personen zu erkennen. Die Frau kannte er nicht. Der Mann war – Carl Gruber. Newt brauchte ein paar Sekunden, um diese Entdeckung zu verdauen. Gruber musste ihm gefolgt sein. Nur wie? Auf der gesamten Autofahrt von Köln nach St. Gregor hatte er keinen Verfolger gehabt, da war er sich absolut sicher. Außer wenn Gruber Teil eines großen Teams war, das sich in der Verfolgung ständig abwechselte, mit acht oder zehn unterschiedlichen Autos, alles andere hätte er bemerkt. Das allerdings würde bedeuten, dass es sich um absolute Profis handeln musste, Geheimdienst oder – wie hieß das FBI in Deutschland? BKA, Bundeskriminalamt.

War der kleine ehemalige Streifenpolizist womöglich in Wahrheit ein BKA-Mann? Oder ein Geheimagent? Die Empfehlung, Gruber mit der Suche nach Sara zu beauftragen, war von Markus Blumenberg gekommen. War Blumenberg jemand anderer, als er vorgab zu sein?

Newt ließ die Aufzeichnung weiterlaufen. Plötzlich gingen Gruber und die Frau hinter einer Truhe in Deckung, natürlich, 22 Uhr 45, um die Zeit hatte er selbst Sebastian aufgesucht. Er sah sich die Treppe herunterkommen und an Sebastians Tür klopfen. Er sah, wie er unruhig wurde, weil es so lange dauerte. Jetzt verstand Newt, warum der Kerl einen gewaltigen Ständer unter seiner Kutte gehabt hatte, als er die Tür öffnete. Weil er seinen Schwanz zuvor in Sara gesteckt hatte! Und bevor er die Tür geöffnet hatte, musste er das Mädchen schnell irgendwo im Zimmer versteckt haben.

Das alles war Newt scheißegal. Was ihm den kalten Schweiß auf die Haut trieb, war: Sara war in dem Raum gewesen, als er Sebastian die Einzelheiten des Anschlags erklärt hatte, sie hatte alles mitbekommen …

Fast wäre ihm entgangen, wie Carl Gruber und die Frau ihr Versteck hinter der Truhe verließen. Carl hatte jetzt ebenfalls eine Pistole in der Hand. Sie schlichen zur Treppe, die hinunter zu den Gewölben führte, offenbar fühlten sie sich hinter der Truhe nicht sicher genug. Eine halbe Stunde lang passierte nichts. Dann sah er sich erneut selbst, wie er Sebastians Zimmer verließ und die Treppe nach oben in den nächsten Stock nahm. Erleichterung breitete sich in ihm aus. Sellmann hatte Sara nirgends in den Kellergewölben gefunden, das bedeutete also, dass Sara immer noch in Sebastians Zimmer war. Vielleicht hatte Sebastian sogar Sellmann die Arbeit abgenommen und sie getötet.

Aber was war mit Gruber und der Frau? Er ließ die Aufzeichnung weiterlaufen. Kehrten sie wieder von der Kellertreppe zurück? Irritiert sah er auf dem Display, wie Sebastian sein Zimmer verließ und Sara hinter sich herzog, die Treppe hinunter zu den Gewölben, da, wo Gruber und die Frau sich versteckt hatten. Nur fünf Minuten später kam Sebastian alleine wieder zurück und verschwand in seinem Zimmer. Danach passierte nichts mehr, Newt scannte die Aufzeichnung bis zum Ende, weder Sara noch Gruber und die Frau tauchten wieder auf.

Newt hatte das Gefühl, dass seine Körpertemperatur gegen null Grad sank. Es gab nur eine Erklärung: Gruber und die Frau hatten Sara befreit, und alle drei hatten das Kloster durch den Geheimgang verlassen, schließlich kannte Sara den Weg sehr gut. Sara, die über alle wichtigen Einzelheiten des Attentats Bescheid wusste …

Newt sprang auf, plötzlich erschien ihm der Raum zu eng, um zu atmen. Die Operation Bojinka II war gescheitert. Er stürzte hinaus auf den Gang, wollte hinaus an die frische Luft.

Stopp. Es sind die Fakten, die zählen, er war Analyst, warum ließ er sich von seinem Gefühl leiten?

Er zwang sich zur Ruhe, schloss die Augen, konzentrierte sich. Reset. Keine Gefühle, sondern Analyse. Bestandsaufnahme.

Zwei Szenarien.

Das erste: Saras Aussage führte dazu, dass die italienische Polizei Sebastian festnahm, in Besitz einer Drohne mit Sprengsatz. Die deutsche Polizei würde das Kloster auf den Kopf stellen, sie würden eine terroristische Zelle hinter allem vermuten. Sie würden von einem geheimnisvollen Mann namens Jonathan Barker hören, ohne auch nur den Hauch einer Idee zu haben, wer das sein sollte. Im Fokus würden Abt Albertus und Sebastian stehen, ein Mann, dessen Bruder von Islamisten getötet worden war, der vor Rachegelüsten fast verrückt geworden war, der einen Hassprediger und einige Salafisten ermordet, der heftig unter posttraumatischen Störungen gelitten, der Zuflucht in einem Kloster gefunden hatte, ein Verrückter, der aus einer verqueren Logik heraus den Papst töten wollte. Alles in allem bedeutete dieses Szenario nur dann eine Gefahr, wenn Abt Albertus Newts wahre Identität preisgab.

Das zweite: Sebastian gelang der Anschlag, und er entkam. Wer würde die Hintergründe herausbekommen? Wenn das gefälschte Bekenntnis des IS verbreitet worden war und die ganze Welt unter Schock stand? Wenn die Polizei mit Abertausenden von Hinweisen überschüttet wurde? Selbst wenn Sara mit ihrer Aussage irgendwo Gehör fand – bis dahin würden die Geheimdienste längst die Ermittlungen an sich gezogen haben, und die würden, da war sich Newt absolut sicher, niemals öffentlich eine christlich-terroristische Zelle als Urheber benennen, denn das wäre wie ein Eingeständnis der westlichen Welt, moralisch auf einer Stufe mit dem Islamischen Staat zu stehen. Der Anschlag würde also genau den Zweck erfüllen, den er erfüllen sollte.

Es gab also alles in allem keinen Grund, sich Sorgen zu machen. Wenn er noch ein paar Probleme löste.

Er machte sich auf die Suche nach Robert Sellmann und fand ihn im Refektorium, das er gerade nach Sara absuchte. Newt beauftragte ihn, sofort den Drohnenkoffer, den Sebastian in seinem Zimmer aufbewahrte, verschwinden zu lassen und nicht mehr ins Kloster zurückzukehren. Wie verabredet sollte er sowohl Petros als auch Sebastian in Mittenwald am Bahnhof abfangen und beide liquidieren. Sollten sie nicht auftauchen, sollte er wieder nach Köln zurückkehren.

Sellmann reagierte zuerst misstrauisch, er sah sich nicht als einfacher Befehlsempfänger, die Identitäre Aktion hatte ihre eigene Agenda, und dass sie mit Newt und den Caring Christians zusammenarbeitete, geschah nach seinem Verständnis auf Augenhöhe. Zugleich hatte er von Anfang an Newts Bedingung akzeptiert, nicht in alle Einzelheiten der Operation eingeweiht zu werden. Er verabschiedete sich knapp.

Ein guter Mann, dachte Newt, einer, auf dessen Dienste man jederzeit zurückgreifen sollte.

Newt ging auf sein Zimmer. Er würde sich so schnell wie möglich in Sicherheit bringen und in die USA zurückkehren. Dass seine Identität als Jonathan Barker verbrannt war, würde kein Problem darstellen, er hatte vorgesorgt, die Spuren, die er in Deutschland hinterließ, würden die Polizei niemals auf die Spur von Newt Andersen bringen. Bis auf eine.

Aus seinem Koffer holte er eine lederne Aktentasche mit Schultergurt, in die er seine Geldbörse mit dem Jonathan-Barker-Pass und -Führerschein steckte, beides würde er so schnell wie möglich verschwinden lassen, nicht hier im Kloster, sondern irgendwo unterwegs. Dann noch das abhörsichere Handy, ein normales Handy, ein Brillenetui, einen Spachtel, eine kleine Flasche Waschbenzin, Streichhölzer und die halb leere Packung mit Desinfektionstüchern zum routinemäßigen Entfernen seiner Fingerabdrücke. Mit einem Schraubenzieher hebelte er die Hartplastikabdeckung an der Rückseite des Koffers auf. In dem flachen Hohlraum steckten ein gefälschter britischer Pass auf den Namen Colin Dawson, dazu eine Kreditkarte auf denselben Namen, beides schob er in eine verschließbare Tasche seiner Chino. Des Weiteren eine britische SIM-Karte, ein Bündel Britische Pfund, Dollar und Euro und eine kleine

Dose mit mehreren Kapseln, aus der er eine herausnahm und sich in die Brusttasche seines Hemdes steckte. Alles andere packte er ebenfalls in die Aktentasche. Den Koffer legte er aufs Bett. Etwas stimmte noch nicht, etwas fehlte …

Noch einmal öffnete er den Koffer. Der Nassrasierer und die kleine Dose Rasierschaum, unterwegs würde er sich den Kopf kahl rasieren müssen, das Foto im Pass von Colin Dawson zeigte einen Mann mit Brille und Glatze. Er schob die Aktentasche unters Bett und verließ den Raum.

Um diese Zeit am Morgen müsste Abt Albertus in seinem Büro anzutreffen sein. Newt klopfte.

»Herein.«

»Guten Morgen, Abt Albertus.«

»Ah, Herr Andersen!« Albertus sprang auf und kam mit ausgestreckten Händen hinter seinem Schreibtisch hervor. »Ist alles auf den Weg gebracht?«

»Ja, das ist es. Wir werden bald die Früchte unserer Bemühungen ernten.«

»Ein langer, schwieriger Weg. Einer mit vielen Zweifeln. Einer mit der auch bitteren Erkenntnis, dass es keinen anderen gibt, der zum Ziel führt. Keinen anderen und keinen besseren, der rettet, was unterzugehen droht.«

Noch so ein Freund salbungsvoller Sätze, dachte Newt, du hättest gut zu Jack Vanderbilt gepasst. Er nahm beide Hände und drückte sie leicht.

»Gott ist auf unserer Seite.« Der Abt schüttelte Newts Hände und wollte gar nicht mehr damit aufhören. Newt löste seine Linke, riss den Abt zur Seite, drehte ihm den Arm auf den Rücken, stieß ihn zu Boden und presste ihm sein Knie in den Rücken.

»Was … Herr Andersen, was machen Sie da?«

Newt holte die Kapsel aus seiner Brusttasche, packte das Kinn des Abts und riss es mit einem Ruck zur Seite.

»Ich bitte Sie …«

Noch während der Abt sprach, schob Newt ihm die Kapsel in

den Mund. Der Abt wehrte sich, versuchte, den Fremdkörper wieder auszuspucken. Newt presste ihm seine Hand auf den Mund, zog seinen Kopf weit nach hinten und hielt ihn in dieser unangenehmen Position fest. Er wartete. Der Abt wand sich hin und her, entkam aber Newts Griff nicht. Newt spürte, wie er mehrfach schluckte. Die Kapselhülle hatte sich also aufgelöst, das Zyankali darin führte zu einer vermehrten Speichelproduktion.

Er stieß den Abt von sich und erhob sich. Der Abt atmete hechelnd und versuchte, auf die Beine zu kommen. Er spuckte und spuckte, um den ekligen Geschmack loszuwerden. Newt verließ wortlos den Raum. Draußen wischte er seine Hände gründlich an seiner Hose ab, das tödliche Gift konnte auch durch die Haut absorbiert werden. Er zog die Tür zu und hielt die Klinke fest. Der Abt schrie wütend und versuchte die Tür zu öffnen. Newt gab nicht nach, er wusste, dass er nicht lange warten musste. Dinge fielen zu Boden, Glas klirrte, wahrscheinlich die Schreibtischlampe, ein Stuhl stürzte um. Das Wutgebrüll ging in Röcheln und Husten über. Als Newt hörte, wie Albertus auf den Boden aufschlug, wischte er sorgfältig die Türklinke ab und eilte auf sein Zimmer. Dort warf er die Magnetkarte, ohne die niemand Zutritt zum Überwachungsraum und damit Zugriff aufs Internet hatte, aufs Bett, holte seine gepackte Aktentasche hervor und öffnete den Schrank. Unter einer Wolldecke zog er einen Kanister hervor, in dem er Benzin und Dieselöl gemischt hatte, und goss den gesamten Inhalt über das Bett, die Möbel und den Boden. Er verließ den Raum, schloss die Tür, kramte eine Streichholzschachtel aus der Hosentasche, riss ein Streichholz an. Vorsichtig öffnete er die Tür einen Spaltbreit und warf das brennende Streichholz hindurch. Für einen Moment blitzte eine Stichflamme auf, mit dumpfer Wucht schlug die Tür ins Schloss, Glas klirrte, wahrscheinlich die Fenster.

Newt warf sich die Aktentasche über die Schulter und lief die Treppe hinunter. Das Feuer würde zuverlässig alle Spuren und jedes Fitzelchen seiner DNA im Zimmer beseitigen. Und es würde Vinzent, Bertrand und die Mönche eine Weile beschäftigen. Großen

Schaden würde es nicht anrichten, viel gab es nicht in seinem Zimmer, was brennen konnte, außerdem hatten die Räume im zweiten Stock Böden und Decken aus gebrannten Ziegeln.

Im Erdgeschoss lief er den Gang in Richtung Refektorium. Jemand draußen im Klosterhof rief »Feuer! Feuer!«, einer von den alten Mönchen, die zerborstene Scheibe hatte ihn wohl aufmerksam gemacht. Newt passierte das Refektorium, den Eingang zur Bibliothek. Die Tür sprang auf, Vinzent stürzte heraus, Bertrand dicht hinter ihm.

»Es brennt im Wohnhaus, im zweiten Stock, schnell!«, rief Newt. »Ich informiere den Abt.«

Vinzent und Bertrand liefen in die entgegengesetzte Richtung. Newt erreichte die Tür, die zum Büro von Abt Albertus führte. Dort an der Wand hing das einzige Telefon des gesamten Klosters, ein uraltes Modell mit Wählscheibe. Er riss alle Kabel heraus, zusätzlich entfernte er das Mikrofon aus dem Hörer und steckte es ein. Auch dabei achtete er darauf, keine Fingerabdrücke zurückzulassen. Die nächste Tür führte in die ehemaligen Stallungen. In der letzten Box hatte er unter einer Plane eine Yamaha DT 125 untergestellt, ein sehr leichtes, wendiges Enduromotorrad. Newt hatte es nie behagt, dass vom Kloster nur eine einzige Straße wegführte, und es gehörte zu seinen Grundprinzipien, sich immer und in jeder Situation Optionen zu schaffen. Gleich bei seinem ersten Besuch in St. Gregor hatte er die Landschaft rund um das Kloster erkundet und mithilfe von Google Earth einen Wanderweg gefunden, der hundert Meter unterhalb des Klosters von der Straße abzweigte, sich von dort in entgegengesetzter Richtung hinab ins österreichische Adeltal schraubte, dann wieder auf knapp zweitausend Meter kletterte, als Passweg zwischen dem Gamskogel und der Dreikronspitze hindurchführte und letztendlich im Inntal unweit von Innsbruck endete. Kein schwieriger, aber ein langer Weg von insgesamt vierunddreißig Kilometern. Mit der Enduro würde er ihn in geschätzt weniger als drei Stunden schaffen. Von Innsbruck aus hatte er verschiedene Möglichkeiten, zum Flughafen Frankfurt, genauer gesagt zum General Aviation Terminal, zu gelangen, wo er jedes Mal, wenn er im Rahmen der Operation Bojinka II in Deutschland gewesen war, eine Gulfstream V stand-by warten ließ, eine kostspielige Angelegenheit, die einen erheblichen Teil des bislang aufgebrachten Geldes verschlungen hatte. Über das GAT wurden nur Business-, Diplomaten-, Politiker- und VIP-Flüge abgewickelt, die Kontrollen waren diskret und schnell, und es gab keine Gesichtsscanner. Von dort würde er direkt nach New York fliegen, und auf den Weg nach North Carolina würde aus Colin Dawson wieder Newt Andersen werden, der die USA offiziell nie verlassen hatte.

Newt öffnete die Stalltür und schob die Enduro hinaus. Der Anlasser reagierte nicht, die Batterie musste sich entladen haben. Er trat den Kickstarter mehrere Male, ohne dass der Motor ansprang. Der Benzintank war voll, daran konnte es nicht liegen. Der Benzinhahn, natürlich, diese Maschine war ein Fossil, über zwanzig Jahre alt. Er öffnete den Hahn, trat den Starter immer wieder, der Geruch von unverbranntem Benzin-Öl-Gemisch stieg ihm in die Nase, wahrscheinlich waren die Zündkerzen nass geworden. Das Beste würde sein, die Maschine anzulassen, indem er bergab rollte. Er schob die Enduro über die Wiese entlang der Klostermauer bis zur Schotterstraße. Vor dem Klostertor warf er sich auf den Sattel und rollte los. Nach einigen Metern kuppelte er ein. Zögernd und von Fehlzündungen unterbrochen, erwachte der Motor zum Leben. Newt spielte so lange mit dem Gas, bis der Motor rund lief. Er fuhr sehr langsam und vorsichtig, er hatte kaum Übung im Motorradfahren, schon gar nicht mit einer Enduro mit grobstolligen Reifen. Hundert Meter weiter nahm er die Abzweigung auf den Gebirgspfad ins Adeltal.

48.

Carl hatte das Mountainbike an derselben Stelle versteckt wie gestern. Schon von Weitem hatte er eine Rauchfahne gesehen und sich nichts dabei gedacht, jetzt sah er die Flammen aus einer der Mönchskammern herausschlagen. Ursprünglich hatte er vorgehabt, sich durch den Geheimgang ins Kloster zu schleichen, jetzt änderte er seine Meinung. Ein Feuer dürfte die Mönche genügend ablenken, er konnte riskieren, den deutlich einfacheren und schnelleren Weg durch das Klosterportal zu nehmen. Durch den Innenhof lief er hinüber zum Eingang des Hauptgebäudes. Die Tür war verschlossen. Er schob sich an der Wand entlang zum Kirchenportal. Diese Tür war nicht verschlossen. Er drückte sie auf und wollte hineinschlüpfen, als er das blubbernde Gurgeln eines Motorrads hörte, das jemand vergeblich zu starten versuchte. Das Geräusch kam von draußen vor den Klostermauern. Unschlüssig wartete er ab. Durch das Klosterportal sah er, wie jemand eine Enduro auf die Schotterstraße schob und in den Sattel stieg. Trotz des Sturzhelms wusste er sofort, wen er da vor sich hatte: Jonathan Barker.

Barker ließ das Motorrad bergab rollen. Carl sprintete los. Wenn die Kiste nicht ansprang, konnte er Barker erreichen, noch hatte der ihn nicht gesehen. Carl war gerade zum Klosterportal hinaus, als der Motor startete, unregelmäßig und mit einigen Fehlzündungen. Carl zog im Laufen seine Pistole. Barker spielte mit dem Gas, um den Motor zu einem runderen Lauf zu bringen. Noch war Carl schneller. Noch zwanzig Meter. Dann jaulte der Motor hochtourig auf. Barker kuppelte ein und gab Gas. Er fuhr sehr vorsichtig, trotzdem deutlich schneller, als Carl laufen konnte, dessen Lunge schon nach diesem kurzen Sprint brannte. Er blieb stehen, zielte, seine Hände waren alles andere als ruhig, er hielt die Luft an und schoss. Neben der Enduro platzten Splitter aus einem Stein. Barker reagierte in Millisekunden, fuhr Schlangenlinie. Carl schoss ungezielt in seine Richtung. Keine der Kugeln traf.

Plötzlich bog Barker von der Straße ab und fuhr querfeldein. Deshalb die Enduro, Barker hatte gar nicht vor, die Straße nach Klein Aichbach zu nehmen …

Carl rannte weiter. Er sah den schmalen Wanderpfad, der in die entgegengesetzte Richtung führte. Barker verschwand hinter einem Felsen. Im Laufen schob Carl die Glock in seine Hüfttasche. Barker fuhr nicht sehr sicher, der Pfad war sehr schmal und mit aus dem Boden herausragenden Steinen und Wurzeln gespickt. Carl zerrte das Mountainbike hinter dem Gebüsch hervor und sprang auf. Solange der Pfad bergab führte, hatte er eine Chance.

Zu Beginn verlief der Weg mehr oder weniger geradeaus, der Abstand zu Barker vergrößerte sich. Sehr bald jedoch wurde er steiler und schraubte sich in engen Kurven den Berg hinunter. Gleich nach der ersten Kurve erkannte Barker, dass Carl immer noch hinter ihm her war. Er zeigte Nerven, geriet ins Schlingern, musste einige Male die Beine ausstrecken und Bodenkontakt suchen, um nicht zu stürzen.

Carl holte auf. Er stand in den Pedalen, konzentrierte sich auf jeden Stein und jede Wurzel, umfuhr sie mit eng gezirkelten Kurven oder riss das Vorderrad hoch und sprang über sie hinweg. Sein Körper schien sich an frühere Zeiten zu erinnern, an seine Touren durch die Eifel, den Westerwald, die Alpen. Und mit jedem Meter gewann er an Sicherheit.

In seinem Magazin waren noch acht Schuss. Wann war er nah genug, um einen sicheren Schuss abgeben zu können? Viel Zeit hatte er nicht, sobald Barker die Talsohle erreichte, würde er Gas geben und in wenigen Sekunden außer Schussweite sein.

Der Pfad wurde etwas flacher. Barker beschleunigte vehement und vergrößerte die Distanz. Dann wurde es wieder steiler, große Steine ragten aus dem Boden. Barker bremste, unterschätzte aber seine Restgeschwindigkeit. Sein Vorderrad katapultierte in die Höhe, er verriss den Lenker, und als er wieder Bodenkontakt hatte, stürzte er. Die Enduro rutschte ein paar Meter bergab, der Motor verreckte. Carl war mitten in einem schwierigen Bewegungsablauf, rollte weiter, nahm die nächste Kurve, bremste und wühlte nach der Pistole in der Hüfttasche.

Barker werkelte hektisch, um das Motorrad wieder aufzurichten. Als Carl die Glock bereit hatte, war Barker wieder im Sattel, trat den Anlasser, gleich beim ersten Versuch jaulte der Motor auf. Er gab Gas. Zwei Schüsse, beide daneben.

Noch sechs Patronen. Carl steckte die Pistole wieder weg. Die Stelle, an der Barker gestürzt war, war schwierig. Er meisterte sie und erhöhte sein Tempo.

Die Talsohle kam unerbittlich näher, vielleicht noch acht Kurven, mehr nicht. Carl riskierte es. Wenn er ein paar Kurven abkürzte und querfeldein downhill fuhr, würde ihn das schnell deutlich näher an Barker heranbringen – wenn er sich nicht die Knochen brach. Er riss das Vorderrad hoch, schwenkte im rechten Winkel vom Pfad weg, stellte sich in die Pedale und reckte seinen Po, so weit es ging, hinter den Sattel, bloß kein Abgang vorne über den Lenker. Die Vorderradfederung schlug einige Male hart durch, die Lenkergriffe rammten sich schmerzhaft in seine Hände. Das ungefederte Hinterrad sprang und hüpfte hin und her. Irgendwie schaffte er es, die Kontrolle nicht zu verlieren, und schwenkte wieder auf den Pfad ein. Trotzdem reichte es nicht, er war immer noch nicht nah genug an Barker herangekommen. Und der hatte nur noch drei Kurven zu bewältigen, bevor er die Talsohle des Adeltals erreichte.

Carl riskierte es erneut, downhill, querfeldein. Hier ist es noch steiler. Er streckt sich noch weiter nach hinten – zu weit, er schlägt mit dem Hintern auf den Reifen auf, ein Fuß rutscht vom Pedal, der Lenker stellt sich quer, das Bike bleibt wie angewurzelt stehen, er hebt ab, fliegt seitlich über den Lenker und landet mit dem Knöchel zuerst auf dem Boden. Ein Knirschen, ein stechender Schmerz, so heftig, dass er wieder einknickt und zu Boden stürzt, als er versucht, auf die Beine zu kommen.

Barker fährt konzentriert weiter, auf seinem Gesicht ein breites Grinsen. Carl zieht die Glock, drückt ab, fünf Mal. Der letzte Schuss reißt der Enduro ein Stück aus der Hinterradfelge und zerfetzt den Reifen. Barker kann sich halten, versucht weiterzufahren. Die Reifenfetzen geraten in die Antriebskette, der Motor säuft ab, er kippt zur Seite.

Carl kommt auf die Beine, der Fuß schmerzt höllisch, er humpelt mit vorgereckter Waffe auf Barker zu.

»Bleib am Boden, Arschloch! Wenn du aufstehst, bist du ein totes Arschloch.«

Barker hebt die Hände und rührt sich nicht. Carl lehnt sich an einen Felsen und zieht sein Handy hervor. Kein Empfang. Fluchend steckt er es wieder ein. Er braucht irgendetwas, um Barker zu fesseln.

»Die Aktentasche leeren.« Das Gefühl, wieder Polizist zu sein.

Barker nimmt sie von der Schulter und kippt den Inhalt vor sich auf den Boden. Da ist nichts dabei, was als Fessel taugt.

»Fünf Meter zurück. Nicht aufstehen, kriechen.«

Carl humpelt nach vorne.

»Sieht schlecht aus mit Ihrem Fuß, Carl, habe ich recht?« Barker spricht mit sanfter Stimme, doch dahinter vibriert Wut.

Ohne ihn aus den Augen zu lassen, überprüft Carl den Inhalt der Aktentasche. Er blättert durch den Reisepass, der voller Ein- und Ausreisestempel ist. »Jonathan Barker aus den USA?«

»So steht es da.«

Carl sieht das Rasierzeug. »Kein Gepäck, aber Rasierzeug. Kann es sein, dass Sie ein bisschen eitel sind?«

Newt lächelt.

Irgendwie nachsichtig, findet Carl, der wirkt wie jemand, der noch ein Ass im Ärmel hat.

»Ich weiß nicht, wer Sie wirklich sind, Barker. Ihr Plan, einen Anschlag auf den Papst zu verüben, ist jedenfalls gescheitert.«

»Ein Anschlag auf den Papst?« Newt lacht auf. »Klingt ziemlich absurd. Wer macht denn so was?«

»Ein gewisser Sebastian, der sich als Mönch ausgibt. Und der in Ihrem Auftrag handelt.«

»Tolle Geschichte. Vielleicht sollten Sie damit mal in Hollywood anklingeln.«

Carl versucht vorsichtig, seinen Fuß zu belasten. Der Schmerz blitzt das Bein hoch und lässt ihn zusammenzucken.

»Ich kann Ihnen helfen, den Berg wieder hochzukommen. Im Kloster findet sich bestimmt jemand, der Sie verarzten kann.«

»Sammeln Sie Ihren Krempel ein. Sie schieben das Mountainbike. Schön langsam und nicht umdrehen. Los.«

Newt packte seine Sachen zurück in die Aktentasche, ging an Carl vorbei, nahm das Bike auf und begann den Aufstieg. Carl humpelte hinterher, er versuchte, den verletzten Fuß nicht zu belasten, was bei der steilen Steigung praktisch unmöglich war. Ein Stock würde helfen, aber weit und breit war keiner zu sehen.

»Langsamer!«

Newt blieb stehen. »Ich fürchte, Sie schaffen es nicht bis oben.«

Er hatte recht. Jedenfalls solange Carl ihn in Schach halten musste. In der Glock war nur noch ein einziger Schuss. Konnte er es riskieren, das Magazin nachzuladen? Aus irgendeinem Grund war er sich sicher, dass Barker die Geräusche, die dabei entstanden, sehr genau einordnen konnte und angreifen würde.

Was, wenn er ihn nur bewegungsunfähig schoss? Dann konnte er ihn hier zurücklassen und sich ausschließlich auf den Weg konzentrieren.

Nein, es würde viele Stunden dauern, bis Barker geborgen werden könnte, ohne Hubschrauber würde es nicht gehen. Das Risiko, dass er verblutete, war zu groß, er, der Schlüssel, um alle Hintergründe dieser hochkomplexen Geschichte zu rekonstruieren. Auf Barker zu schießen war Carls allerletzte Option.

»Weitergehen.«

Carl biss die Zähne zusammen. Solange Barker vor ihm ging, nah genug, um ihn mit einem Schuss zu treffen, und weit genug entfernt, dass er sich nicht überraschend auf ihn stürzen konnte, war Carl auf der sicheren Seite.

Carls fieberhaftes Nachdenken rächt sich, eine kleine Unaufmerksamkeit, ein Stein unter seinem gesunden Fuß gibt nach, er verliert den Halt. Reflexartig versucht er, sich mit dem verletzten Fuß zu fangen, er schreit auf, knickt ein und stürzt.

Newt ist mit zwei Sprüngen bei ihm. Er tritt ihm in den Bauch, Carl bleibt die Luft weg. Newt fixiert seine Rechte mit einem Fuß am Boden und entwindet ihm die Glock. Er tritt ein paar Schritte zurück, Carl sieht direkt in den Lauf seiner Waffe.

»Das war's für Sie, Carl.«

Carl erwartet den Schuss. Lena. Ihr Bild taucht vor ihm auf. Ihr Lächeln. Warum schießt Barker nicht?

»Sie haben einen verdammt großen Schaden angerichtet. Wissen Sie das?«

Newt kommt näher, er hält die Glock wie jemand, der mit einer Pistole umgehen kann.

»Ich habe ein unschuldiges Mädchen in Sicherheit gebracht, mit dem Sie weiß der Teufel was vorhatten. Und so, wie es aussieht, habe ich sogar dem Papst das Leben gerettet. Klingt für mich wie eine gute Bilanz.«

»Daran ist nichts gut. Sie haben etwas zerstört, wofür Sie selbst kämpfen.«

Nur noch ein Schuss. Wenn er verhindert, dass Newt in Ruhe zielt, hat Carl eine Chance. »Was soll das sein?«

»Sie haben diesen türkischen Jungen erschossen.«

»Nein, das haben andere getan.«

»Ihre damaligen Kollegen haben uns etwas anderes erzählt. Auch Robert Sellmann.«

»Sellmann war kein Kollege von mir.«

»Sellmann war fünf Jahre lang bei der GSG9. Er hat Ihren Fall genau verfolgt.«

»Und jetzt hat er die Seiten gewechselt und arbeitet als Killer?«

»Er hat die Seiten nicht gewechselt, im Gegenteil. Er hatte nur die Nase voll, immer nur den Müll nach islamistischen Anschlägen wegzuräumen, immer nur zuzusehen, wie hochgefährliche salafistische Gefährder von Untersuchungsrichtern wieder auf freien Fuß gesetzt werden. Er hatte die Nase voll von einer fett und faul gewordenen Gesellschaft, die sich nicht wehrt, die sich von armseligen muslimischen Fanatikern an der Nase herumführen lässt. Sellmann hat sich entschieden zu handeln. So wie Sie, als Sie diesen Jungen erschossen haben. Sie müssen sich mir gegenüber nicht verstellen.«

»Dieser Junge hatte einen Namen. Er hieß Ayaz. Erschossen haben ihn zwei Türken im Auftrag von Meti Arslan, einem Hassprediger.«

»Warum sollen die das getan haben?«

»Um der Scharia Geltung zu verschaffen, weil Ayaz Metis Tochter geschwängert hatte. Und weil Meti sich an mir rächen wollte.«

»Rächen? Soll das heißen, die haben Ihnen den Mord in die Schuhe geschoben?«

»Ja, das heißt es.«

Newt fing an zu lachen, so heftig, dass Carl sich sicher war, tatsächlich einen Verrückten vor sich zu haben.

»Was für eine entzückende Ironie.« Newt kam näher, die Pistole auf Carl gerichtet, und ohne dass er sich vorbereiten konnte, stellte Newt sich mit seinem ganzen Gewicht auf den verletzten Fuß. Carl schrie auf.

»Für wen arbeiten Sie? BKA? BND?«

»Für niemanden, Arschloch!« Carl bäumte sich auf und langte nach Newts Bein. Der sprang zurück.

»Sie sind verrückt. Völlig durchgeknallt. Krank.«

Newt sah ihn lange an. »Nein, bin ich nicht. Im Gegenteil.«

»Gibt es einen anderen Grund, den Papst zu töten?«

»Ich fürchte, Ihr Geist ist zu klein, um Dinge wie diese zu verstehen.«

»Erleuchten Sie mich, ich bin durchaus lernfähig.«

Newts Augen verengten sich, er hatte Mühe, sich zu beherrschen. Wut machte unaufmerksam, Carl sammelte seine Kräfte für einen letzten Versuch.

»Zwei muslimische Türken haben diesen Ayaz ermordet, um der Scharia Geltung zu verschaffen, sagen Sie? Ich habe Neuigkeiten für Sie: Es wird nicht mehr lange dauern, dann sind wir alle dran. Die Schergen vom Islamischen Staat machen es tagtäglich vor, wie sie sich die Weltordnung vorstellen. Und wir? Was tun wir dagegen? Schicken ein paar Drohnen oder die Navy Seals los, und das auch nur klammheimlich, man will ja niemanden verärgern. In Wahrheit bescheißen wir uns selbst und tun alles, um den Kampf zu verlieren. Was wir brauchen, ist ein neuer Kreuzzug, bevor es zu spät ist. Genau darum ging es, und Sie Idiot haben sich heldenhaft dazwischengeworfen. Und wem haben Sie damit geholfen? Den verfickten Moslems.«

»Und auf dem Weg dahin sind Kollateralschäden Nebensache.«

»Sie haben es erfasst. Und Sie dürfen sich dazuzählen.«

Carl kennt dieses winzige, verräterische Aufblitzen in den Augen, wenn jemand entschieden hat zuzuschlagen. Er sieht die Pistole hochzucken. Er wirft sich in der Millisekunde zur Seite, als der Schuss losgeht. Das Projektil jault als Querschläger davon. Newt drückt erneut ab, mehr als ein Klicken kommt nicht. Carl greift nach einem faustgroßen Stein, springt auf und balanciert auf dem unverletzten Bein.

»Wenn ich Sie um Ersatzmunition bitte, werden Sie mir die wahrscheinlich nicht geben, habe ich recht?«

»Sie können sie sich bei mir abholen.« Carl packt den Stein fester und wartet ab.

Newt steckt die Glock hinten in seinen Gürtel und geht zu dem Mountainbike. Plötzlich reißt er es hoch, hält es wie einen Schild vor sich und stürmt auf Carl zu. Carls Stein trifft ihn an der Brust. Er taumelt. Carl bückt sich nach einem weiteren Stein, wirft, erwischt ihn am Ohr. Newt zieht sich schnell ein paar Meter zurück, Carl nimmt gleich zwei Steine auf.

»Du blutest, Arschloch.«

Newt tastet nach seinem Ohr und betrachtet seinen blutverschmierten Finger. »Sieht aus, als hätten wir hier eine Pattsituation.«

»Komm her, dann beenden wir die Pattsituation.«

Newt sah den Berg hinauf, den sie heruntergekommen waren. »Ich schätze, bis Sie es da hinaufgeschafft haben, falls Sie es überhaupt schaffen, vergehen viele Stunden.« Er schulterte das Bike und hängte sich seine Aktentasche um. »Machen Sie es gut, Carl. Und nehmen Sie sich vor Robert Sellmann in Acht.«

Carl schleuderte die Steine in seine Richtung, doch der Abstand war zu groß, Newt konnte ihnen leicht ausweichen. Er passierte Carl in gehöriger Entfernung. Weiter unten stieg er auf das Mountainbike und fuhr davon.

Carl humpelte los. Schon nach wenigen Metern war klar, dass er es so nicht schaffen würde. Der Weg war zu steil und schwierig. Er ließ sich auf den Boden herunter und begann zu kriechen.

49.

Kurz nach zwölf Uhr mittags erreichte er die Straße. Unterwegs hatte er einen Knüppel gefunden, auf den gestützt war er schneller vorangekommen. Sein Fuß war mächtig angeschwollen, immerhin konnte er sicher sein, dass nichts gebrochen war, nur eine Verstauchung, vielleicht ein Bänderanriss. Oben im Kloster war der zuvor heftige Rauch zu einem sanften Qualmen geworden, offenbar hatten die Mönche das Feuer löschen können.

Carl nutzte jede sich bietende Deckung, er wusste nicht, was in dem Kloster genau vor sich ging. Robert Sellmann hielt sich dort auf, das genügte, um sich in Acht zu nehmen. Erst nachdem er aus dem Sichtfeld des Klosters verschwunden war, kam er deutlich schneller voran, es ging bergab, die Straße war eben, wenn auch wegen des losen Schotters ein wenig rutschig. Nach zehn Minuten zeigten sich die ersten Balken auf der Netzanzeige seines Handys. Carl wählte Lenas Nummer. Noch während des ersten Klingelns hob sie ab.

»Carl …?«

In ihrer Stimme lag unendlich große Erleichterung.

»Ist die Polizei schon bei euch?«

»Nein, immer noch nicht. Wo bist du? Was ist mit Jonathan Barker?«

»Entkommen. Ich bin verletzt, du musst mich abholen.«

Zehn Minuten später tauchte ihr knallroter Hybrid zwischen den Bäumen auf. Lena sprang heraus und half ihm einzusteigen.

»Die Münchner Bullen wollten kein SEK schicken, sie haben mir nicht geglaubt«, sagte Lena, während sie immer wieder in den Rückspiegel sah. Ihre Pistole lag in der Mittelkonsole bereit. »Die wollten, dass zuerst irgendein Dorfpolizist hierherkommt und meine Aussagen bestätigt. Aber die nächste Polizeiwache hier ist eine Einmannstation, da läuft nur der Anrufbeantworter. Ich habe dann unsere Kollegen in Köln angerufen, die haben bei den Münchnern Druck gemacht. Daraufhin sagten die, es dauert, sie müssen erst noch ein Team zusammentelefonieren. Vor drei Uhr sind die auf keinen Fall hier.«

Unsere Kollegen … Carl musste lächeln. »Was ist mit Interpol?«

Sie schüttelte den Kopf. »Machen die nicht. Erst wenn sie hier waren. Und wer weiß, wie sie das alles bewerten.«

»Verdammt, bis dahin ist Barker längst weg. Das nächste Problem sind dann die Italiener.«

Sie sah ihn fragend an.

»Die sind ganz schnell der Meinung, dass wir Deutsche zur Hysterie neigen«, erwiderte Carl. »Es kann gut sein, dass die nicht reagieren und nichts unternehmen.«

»Kann ich mir nicht vorstellen.«

»Ich schon. Entscheidend ist aber: Wir können nicht sicher sein.«

»Was ist, wenn wir direkt da anrufen? Bei den Carabinieri? Immer wieder, bis sie zumindest eine Streife hinschicken?«

»Kannst du Italienisch?«

»Nein.«

»Ich auch nicht. Und selbst wenn du einen findest, der Englisch spricht: Wir wissen nicht, ob die tatsächlich jemanden schicken. Was ist, wenn nicht?«

Lena schlug wütend aufs Lenkrad. »Scheiße! Was sollen wir machen?«

Carl antwortete nicht. Er nahm sein Smartphone, holte den Stadtplan von Rom aufs Display und lokalisierte den Monte Ciocci.

Lena sah ihn fragend an.

Carl rief den Routenplaner auf und gab ihre aktuelle Position als Startpunkt ein. »Achthundertsechs Kilometer, Fahrzeit acht Stunden sechsundvierzig.«

»Du bist verrückt.«

»Finde ich nicht.«

»Du kannst ja noch nicht mal richtig laufen.«

»Es genügt, wenn ich nah genug herankomme.«

»Die Drohne ist mit einem Sprengsatz bestückt.«

»Wenn ich ihm die Fernbedienung abjage, kann er den nicht zünden.«

Lena fuhr eine Weile schweigend.

»Ich komme mit«, sagte sie.

»Einer muss bei Sara und Dilara bleiben und auf das SEK warten.«

»Dann fahr ich, und du bleibst hier.«

»Nein«, sagte Carl, »nach allem, was passiert ist, kann es gut sein, dass du bei der Polizei rausfliegst. Ich nicht, ich bin schon draußen.«

Dilara saß weit von der Futterstelle entfernt, sie machte einen nervösen und ängstlichen Eindruck. Kemal musste sie mächtig bearbeitet und alle möglichen Drohungen ausgestoßen haben. Sara hockte auf weichem Moos unter einer goldenen Rettungsdecke. Vor ihr lag ihr Rucksack, aus dem sie gerade eine Puppe hervorholte.

Carl humpelte zu Kemal, tastete ihn ab und zog seinen Autoschlüssel aus der Hosentasche.

»Willst du jetzt mein Auto klauen, Arschgesicht?«

Carl ignorierte ihn. Aus Kemals Gesäßtasche fischte er dessen Geldbörse.

»Und mein Geld auch noch?«

Carl entnahm ihr den Kfz-Schein und steckte ihn ein.

»Ich muss los, Lena.«

»Warte.« Lena ging zu ihrem Auto und kam mit einer selbsthaftenden Kompressionsbandage zurück. »Zieh deinen Schuh aus.«

»Die ist pink.«

Sie verdrehte die Augen. »Zieh deinen Schuh aus!«

Sie verpasste ihm einen straffen Stützverband. Er trat ein paarmal vorsichtig auf.

»Besser.« Er konnte allerdings nicht verbergen, dass es immer noch höllisch schmerzte.

»Aber nicht gut.« Lena erhob sich. »Das bringt nichts. Warte.« Sie ging zu Dilara.

Carl brannte es unter den Nägeln, er wollte los. Vielleicht hörte der Dorfpolizist den Anrufbeantworter ab und stand plötzlich hier auf der Matte. Wenn er dann abhaute, war das Widerstand gegen die Staatsgewalt. Ein weiteres Delikt auf seiner ohnehin schon langen Liste. Er humpelte zu Kemals BMW. Sara stieß einen gequälten Schrei aus. Sie starrte auf einen Zettel, den sie offensichtlich in ihrem Rucksack gefunden hatte.

»Was ist los, Sara?«

Carl hockte sich vor sie. Zögernd reichte sie ihm den Zettel, als befürchtete sie, dass er ihn ihr wegnahm.

»Almut und Conny Wegscheiter, Gleimbachhütte, Telefon …«, er hörte auf zu lesen, weil Sara furchtbar zu schluchzen begonnen hatte. Sie sagte etwas, was er nicht verstand. Er las weiter. »Sari, hier Adresse und Telefonnummer von der Alm, wo du arbeiten kannst. Falls irgendwas dazwischenkommt und ich dich nicht selbst hinbringen kann. Ich habe mit Almut und Conny telefoniert, du kannst jederzeit zu ihnen kommen.«

Carl wollte Sara in die Arme nehmen, sie zuckte zurück. »Hör zu, Sara, ich verspreche dir, dass ich dich dorthin bringe, auf die Alm. Wenn du willst. Okay?«

Erst beim dritten Okay reagierte sie und nickte.

»Verlass dich drauf. Hörst du?«

Sie nickte wieder und flüsterte. »Ja, danke schön.«

Er erhob sich, humpelte zu dem BMW, stieg ein und startete den Motor. Die Beifahrertür wurde geöffnet. Lena stieg ein.

»Wir können.«

Carl warf einen Blick hinaus. Sara hatte sich hingelegt und Dilara wirkte immer noch ängstlich, aber entschiedener. »Bist du sicher?«

»Bin ich.«

»Was hast du ihr gesagt?«

»Dass sie die Chance nutzen soll, ein neues Leben anzufangen. Dass Kemal todsicher in den Knast wandert, wenn sie aussagt. Und dass Meti Geschichte ist.«

»Warum hat sie ihre Meinung geändert?«

»Der Mann, in den sie sich verliebt hat, ist ein anständiger Kerl, ein moderater Moslem. Das genaue Gegenteil von Fati. Er hat ihr Mut gemacht.«

»Ist er vertrauenswürdig?«

»Es gibt immer mehr Muslime, die das Mittelalter weit hinter sich gelassen haben, Carl. Für die die Liebe wichtiger ist als die Scharia.«

»Ist es so?«

Lena sah zum Fenster hinaus. »Ich hoffe, dass es so ist«, sagte sie mit leiser Stimme.

50.

Gut eine Stunde später überquerten sie den Brennerpass. Österreichisch-italienische Grenze. Zwei EU-Länder, die nach dem Schengen-Abkommen schon seit Jahrzehnten auf Grenzkontrollen verzichteten. Auf der Gegenseite der Autobahn, in der Richtung Italien–Österreich, staute sich der Verkehr jedoch über mehrere Kilometer. Aus Angst vor den zahlreichen meist illegalen Flüchtlingen, die es auf das italienische Festland geschafft hatten, kontrollierten die Österreicher fast so akribisch wie seinerzeit die DDR-Grenzposten auf den Transitstrecken nach Berlin.

Carl hatte immer größere Mühe, sich wach zu halten. Als er das zweite Mal vom akustischen Signal des Eye-Trackers gewarnt wurde, weil er in einen Sekundenschlaf verfallen war, übernahm Lena das Steuer. Eine Stunde später meldete sich das Assistenzsystem auch bei ihr, und weil Carl in der Zwischenzeit zwar die Lehne in Liegeposition gebracht hatte, trotzdem jedoch keinen Schlaf gefunden hatte, entschieden sie, eine kleine Pause zu machen. An der Autobahnraststätte Stazione di Lavis tankten sie und bestellten einen doppelten Espresso. Es war erst kurz vor 17 Uhr, sie hatten Zeit, wenn alles glattging, würden sie am Abend gegen 23 Uhr in Rom sein, mehr als zwölf Stunden vor dem Angelusgebet, das immer um zwölf Uhr mittags begann und etwa fünfzehn Minuten dauerte.

Carl hatte einen Erinnerungsflash, als wäre er genau hier an dieser Raststätte schon einmal gewesen, damals, vor zwei Jahren, auf dem Weg nach Bardolino am Gardasee. Seine Frau hatte sich geärgert, dass er so kurz vor ihrem Ziel nicht nur unbedingt tanken wollte, sondern auch noch einen Kaffee trinken musste, und er hatte stur darauf bestanden, mit dem Tanken nie so lange zu warten, bis er auf Reserve fuhr, und wenn er schon mal anhielt, konnte er ja wohl auch noch einen Espresso trinken. Ein lächerlicher Streit war entbrannt, einer, der schon gezeigt hatte, dass in ihrer Ehe etwas grundsätzlich nicht stimmte. Sie hatten sich hitzig angebrüllt, bis Anna, ihre Tochter, in Tränen ausgebrochen war.

»Was geht dir durch den Kopf?«, fragte Lena.

Carl machte eine unbestimmte Geste.

»Du hast eine Tochter, stimmt's?«

»Wie kommst du gerade jetzt darauf?«

Diesmal machte sie eine unbestimmte Geste.

»Es gibt ein gerichtliches Kontaktverbot.«

Lena nickte. »Du vermisst sie.«

»Schlimmer ist das Gefühl, dass sie mich vermisst.«

»Wie war euer Verhältnis?«

»Das zu meiner Frau?«

»Nein, zu deiner Tochter.«

»Ehrlich gesagt habe ich mir die Frage erst gestellt, als ich sie nicht mehr sehen durfte.«

»Wieso das?«

»Vorher war alles so selbstverständlich. Wie ein Leben auf Autopilot. Erst dann habe ich kapiert, wie wichtig es ist, jede Minute seines Lebens bewusst zu leben. Von einer Sekunde zur nächsten kann sich alles in Luft auflösen, und es gibt keine Möglichkeit mehr, die verlorene Zeit zurückzuholen.«

Lena schwieg und sah ihn mit sehr ruhigem Blick an.

»Bis jetzt hat mir diese Erkenntnis noch nichts gebracht. Die letzten sechs Monate hatte ich das Gefühl, ständig auf der Flucht zu sein. Und wer will seine Flucht schon jede Sekunde bewusst erleben.« Carl lachte verlegen auf. »Du denkst jetzt wahrscheinlich: typisch deutsch, diese schwermütige Tragik.«

Sie schüttelte langsam den Kopf, ohne den Blickkontakt aufzugeben. »Du liebst deine Tochter, und es tut dir weh, sie nicht mehr in deinem Leben zu haben.«

Er versuchte, seinen Schmerz zu verbergen. »Sie glaubt mir, dass ich kein Mörder bin. Sie weiß es, und das ohne jeden Beweis.«

Lena wandte sich ab. »Kinder sind so.«

Carl sah sie erstaunt an. Wieso war sie schlagartig so kühl?

»Das klingt so, als wäre das was Schlimmes.«

Lena winkte ab. »Wahrscheinlich ist das mein schwermütiger Anteil.« Sie lachte, es klang nicht echt.

»Was ist schlimm daran?«, beharrte Carl.

»Gar nichts«, antwortete sie kurz angebunden.

Carl wartete, aber sie wollte nicht weitersprechen. Als ihr Handy klingelte, schien sie heilfroh darüber zu sein. Sie hob ab, am anderen Ende brüllte eine männliche Stimme los, Carl konnte es hören, obwohl das Handy nicht auf Lautsprecher geschaltet war. Sie ließ den Mann eine Weile brüllen, und wenn sie antwortete, blieb sie sachlich und freundlich, Carl musste grinsen, sie macht es perfekt, ganz nach Lehrbuch, wie man mit durchdrehenden Bürgern umgehen sollte. Der nächste Schritt müsste dann sein, sich sehr bestimmt und geradeaus Gehör zu verschaffen.

»Hören Sie zu, Hauptkommissar Bamberger. Sie haben Ihre Show gehabt, jetzt hören Sie mir zu. Ich habe das Handy auf Lautsprecher gestellt, hier steht ein Zeuge neben mir, der alles mithört. Hören Sie mir genau zu. Wenn Sie jetzt herumzicken, werden Sie das bei einem zukünftigen Disziplinarverfahren bitter bereuen. Hier geht es um eine Angelegenheit von internationaler Relevanz, und es muss schnell gehandelt werden.«

Ohne seine Antwort abzuwarten, beschrieb sie ihm die Situation. Der SEK-Mann hörte ihr tatsächlich zu, ohne sie zu unterbrechen. Erst als sie ihn aufforderte, umgehend Interpol einzuschalten, meldete er sich wieder zu Wort.

»Das können Sie vergessen. Wir gehen zuerst hoch ins Kloster, dann sehen wir weiter. Und noch was, Kollegin Gülec. Überlegen Sie sich schon mal eine gute Begründung, warum Sie nicht hier am Tatort geblieben sind und stattdessen mit einer äußerst zwielichtigen Zivilperson das Weite suchen. Wer sagt denn, dass Sie nicht meine Männer und mich beschäftigen wollen, um für sich und Ihren Komplizen einen zeitlichen Vorsprung auf Ihrer Flucht herauszuschlagen? Und wer weiß, vielleicht sprechen wir uns dann ja bei *Ihrem* Disziplinarverfahren.«

Bamberger beendete das Gespräch grußlos.

»Was für ein bescheuerter Bulle«, fluchte Lena, steckte das Handy ein und marschierte zum Auto, ohne auf Carl zu achten. Carl nahm es nicht krumm, er konnte sich noch gut an all die Animositäten und Kompetenzstreitigkeiten erinnern, wenn bei Einsätzen verschiedene Dienstbereiche aufeinandertrafen. In amerikanischen Filmen war es immer der Konflikt zwischen der örtlichen Polizei und dem FBI, in Deutschland rangelte die normale Schutzpolizei mit dem SEK, dem LKA, dem BKA oder den Polizisten aus den anderen Bundesländern.

Die nächsten zweihundert Kilometer bis Modena fuhren sie schweigend. Die Strecke war extrem nervig, nur zweispurig ausgebaut, voller Campinggespanne, Wohnmobile und Lkw, dazu die notorisch links fahrenden Italiener. In Modena kam der Urlaubsverkehr aus Richtung Mailand hinzu, der sich in Bologna aufteilte in die, die entlang der Adria, und die, die wie Lena und Carl über den Apennin in Richtung Florenz fuhren. Noch vier Stunden bis Rom.

Lenas Handy klingelte. Es war der SEK-Gruppenleiter Bamberger. Das Gespräch war kurz.

»Sie haben den Abt des Klosters gefunden«, sagte Lena, nachdem sie das Gespräch beendet hatte. »Er ist tot. Bamberger will, dass wir auf der Stelle zurückkehren.« Sie sah Carl fragend an.

»Wir fahren weiter.«

»Das sehe ich genauso.«

Sie sah eine Weile schweigend hinaus. Carl spürte, dass ihr etwas auf dem Herzen lag. Er wartete.

»Das, was du über deine Tochter erzählt hast, Carl … Sie glaubt dir und sie braucht dafür keinen Beweis. Kinder wollen vertrauen.«

»Wie kommst du jetzt darauf«, fragte Carl irritiert.

»Weißt du, dass der Islamische Staat verstärkt Kinder als Selbstmordattentäter einsetzt?«

»Ich weiß.«

»Wie bringt man Kinder dazu, sich in die Luft zu sprengen?«

Carl schluckte, darauf war er nicht vorbereitet. Sofort tauchte vor seinem inneren Auge das Bild seiner Tochter auf, wie sie sich morgens singend für die Schule fertig machte, wie er mit ihr durch die Wohnung tobte und wie sie sich wohlig an ihn lehnte, wenn er sie umarmte. Es war so unfassbar barbarisch, dass Menschen eine Kinderseele im Namen einer Religion zerstörten und für ihre Zwecke missbrauchten.

»Dilara hat einen kleineren Bruder, Selim, der ist keine zehn Jahre alt«, fuhr Lena fort. »Sie hat ihn einmal zu einem unserer Treffen mitgebracht, weil sie auf ihn aufpassen musste. Selim hat die ganze Zeit herumschwadroniert: Sobald ich groß bin, will ich in den Dschihad ziehen, gegen die Ungläubigen, einen Kuffar zu töten ist das Größte. Ich habe versucht, mit ihm zu reden. Du bist nur eine Frau, hat er gesagt, mit dir rede ich nicht darüber. Ich war so wütend und hab ihm eine Ohrfeige gegeben. Furchtbar, ich habe mich ganz beschissen gefühlt und geschämt. Dilara war geschockt. Aber nicht weil ich ihn geohrfeigt hatte, sondern dass ich mich das getraut habe.«

»Was ist mit den Eltern von dem Jungen?«

»Es sind Metis Leute, die sich die Kinder schon ganz früh schnappen. Dilaras Eltern sind nicht die Einzigen, die es nicht wagen, sich gegen Meti zu stellen.«

Carl schüttelte fassungslos den Kopf. »Weil sie Angst haben, geben sie ihren Sohn her?«

»Das verstehst du nicht, Carl.«

»Nein, das verstehe ich wirklich nicht.«

»Sie geben ihn nicht her. Sie sehen nur nicht so genau hin. Sie wollen glauben, dass ein Imam wie Meti weiß, was richtig ist.«

Carl schwieg.

»Ich werde Meti zur Strecke bringen«, sagte Lena. »Und wenn es nur für Selim ist.«

51.

Knapp sieben Stunden zuvor hatte Newt sich auf das Mountainbike geschwungen und war losgejagt. Er war ein sportlicher Mensch und für sein Alter fit, auch wenn mountainbiken überhaupt nicht zu seinen bevorzugten Sportarten gehörte. Zu bewältigen war ein vierunddreißig Kilometer langer Bergpfad. Die ersten acht Kilometer stieg er kontinuierlich um etwa tausend Höhenmeter bis zum Pass. Hatte er die geschafft, würden sich mehr oder weniger kurze Steigungen und Gefälle abwechseln und zum Schluss in einen fast sieben Kilometer langen, sanften Downhill übergehen. Der Weg endete im Inntal in dem Örtchen Gnadenwald, von dort war es dann noch eine halbe Stunde bis zum Flughafen Innsbruck. Die Maschine nach Frankfurt ging um 14 Uhr 30. Für ihn, der klare Zahlen liebte, war die Frage, wie lange er mit dem Bike für die Gebirgsstrecke tatsächlich brauchte, die einzige unangenehme Schwachstelle im Zeitplan. Falls er es nicht rechtzeitig zum Flughafen schaffte, gab es noch eine Maschine um 19 Uhr, aber die Vorstellung, viereinhalb Stunden am Innsbrucker Airport auf heißen Kohlen zu sitzen, behagte ihm überhaupt nicht.

Kurz vor zwölf Uhr überquerte er den Pass, durchgeschwitzt und durstig. Dann ging es erst einmal bergab, die inzwischen warme Luft tat gut, nur die sehr starke Gebirgssonne brannte auf seinem verschwitzten Gesicht. Endlich hatte er Handyempfang. Während er talwärts rollte, telefonierte er mit einem Business Travel Service, bei dem er als Colin Dawson registriert war, und ließ sicherheitshalber beide Flüge von Innsbruck nach Frankfurt buchen, Business Class, und auch ein Taxi nach Gnadenwald ordern, das dort auf ihn warten sollte. Danach konzentrierte er sich voll auf den Weg, er hatte alle Weichen gestellt, jetzt ging es nur noch um größtmögliches Tempo. Er fuhr mit gerade noch beherrschbarer Höchstgeschwindigkeit, bis er auf einen Gebirgsbach traf. Endlich trinken! In kleinen Schlucken schlürfte er das eiskalte Wasser. Dann holte er den Rasierer hervor. Er hatte sich eine Kopfrasur leichter vorgestellt, es dauerte unangenehm lange, bis er komplett kahl war. Seitlich des Wegs grub er mit dem Spachtel ein Loch, warf seine Haare, das Rasierzeug, den Jonathan-Barker-Pass, den Führerschein, die Kreditkarte und alles andere hinein, verspritzte das Waschbenzin darüber und entzündete es. Nachdem das Feuer verlöscht war, schüttete er das Loch wieder zu und wälzte einen großen Stein darüber. Bevor er weiterfuhr, trank er noch einmal, so viel er konnte.

Gnadenwald erreichte er um zwanzig vor zwei. Das Taxi stand bereit, Newt versprach dem Fahrer ein Trinkgeld von fünfzig Euro, wenn er die Strecke zum Flughafen in Rekordzeit zurücklegte. Der ließ sich nicht zweimal bitten, legte ein schwindelerregendes Tempo vor und verringerte es nur an den Stellen, an denen Radarfallen lauerten.

Um 14 Uhr 22 ließ Newt sich in seinen Sitz in der Bombardier Dash der Austrian Airlines, Flugnummer 283, sinken. Das Risiko, jetzt noch Schwierigkeiten zu bekommen, sank mit jeder Minute.

Als der Austrian-Airline-Flug pünktlich in Innsbruck abhob, breitete sich eine wohlige Ruhe in Newt aus. Die allerdings nicht lange anhielt. Wie groß war die Chance, dass Sebastian den Anschlag durchführen konnte? Wie groß war die Chance, dass es nicht dazu kam, weil die Polizei schon auf ihn wartete? Das Gefühl, dass möglicherweise alles umsonst gewesen war, der Aufwand, die Planung, das filigrane Organisieren, alle Reisen, alles Geld, ließ sich nicht lange verdrängen. Was für ein genialer Plan, und er drohte nur zu scheitern, weil sich ein einziges Glied in der Kette als instabil erwiesen hatte. Hatte er zu lange gebraucht? Hätte er früher das Go geben sollen? Sebastian war zu lange auf Stand-by gewesen, er hatte zu lange fernab von allem leben müssen, was sein Leben bis dahin ausgemacht hatte. Newt hasste den Gedanken, aber er drängte sich unabschaltbar in seinen Kopf: War das der entscheidende, systemische Unterschied zwischen den islamistischen Glaubenskriegern und dem, was in der westlichen Welt möglich war? Diese fatalistische Fähigkeit zur Geduld, diese Genügsamkeit? Ebenso diese Naivität, zutiefst darauf zu vertrauen, dass Allah ein unendlich verlockendes Paradies für sie bereithielt und nichts auf Erden schöner sein konnte?

Oder hatte er selbst den typischen CIA-Fehler gemacht, Schlachtpläne am Reißbrett zu entwickeln, nur auf die Hard Facts zu starren und die Soft Facts als unbedeutend zu vernachlässigen? Was Vinzent und Bertrand betraf, hatte er nichts falsch gemacht, die waren zutiefst fundamentalistische Christen, für sie war das Leben im Kloster das Schönste, was sie sich vorstellen konnten. Und Petros, der Syrer, dem die Islamisten die gesamte Familie weggeschlachtet hatten, glühte zwar vor Rachegelüsten, hatte aber diesen orientalischen Fatalismus, der ihn geduldig sein ließ. Sebastian jedoch war ein Einzelkämpfer, einer, der, bevor er ins Kloster gekommen war, Wege gefunden hatte, seinen Hass auszuleben. Dass er im Kloster untertauchen musste, um sich vor polizeilichem Zugriff zu schützen, hatte nicht ausgereicht, seine Energien zu kanalisieren, nicht über einen Zeitraum von fast einem Jahr. Warum hatte er das nicht bedacht? Er hätte Sebastian genauso einsetzen können wie Robert Sellmann. Sellmann und die anderen Kämpfer der Identitären Aktion waren ständig in Bewegung, schlugen zu und verschwanden wieder. Sie waren geduldig, weil sie es nie lange sein mussten, bevor es zur nächsten Aktion kam.

Newt war bei der CIA ein herausragend guter Analyst gewesen. Das half ihm jetzt, die beliebig verlängerbare Aneinanderreihung von Selbstvorwürfen zu unterbinden. Rein faktisch betrachtet war die Situation doch die: Wenn der Anschlag gelang – gut. Wenn nicht, würde er sich etwas Neues ausdenken.

Entspann dich, nimm dir ein Beispiel an der Geduld, der Ausdauer und der Entschlossenheit deiner Gegner.

Er lächelte. So gesehen, war alles gut.

52.

Es war fast Mitternacht, als sich Carl und Lena dem Monte Ciocci auf der Viale di Valle Aurelia von Norden her näherten. Carl hatte die Umgebung auf Google Earth genau studiert. Nach dem, was Sara gehört hatte, würde Sebastian sich zuerst mit einer anderen Person am Sonntagmorgen treffen, bevor er mit einem Fahrrad zum Monte Ciocci fuhr. Sie hatten also genug Zeit, sich dort oben ein Versteck zu suchen, von dem aus sie den besten Überblick hatten.

Sie nahmen die Via Anastasio, passierten die Metro-Station. Gleich dahinter parkten sie unter einer aquäduktartigen, sehr schmalen, hohen Brücke, die vom Monte Ciocci über das Valle Aurelia hinweg hinüber zu dem Hügel führte, auf dem der Vatikan thronte. Vor ihnen passierte ein Polizeiwagen von der Polizia Locale und fuhr auf das Gelände der Tankstelle auf der anderen Straßenseite. Lena und Carl sahen sich fragend an: Waren das womöglich Polizisten, die Sebastian stellen sollten?

Der Beifahrer verließ den Streifenwagen, kehrte nach kurzer Zeit mit zwei *caffè* zurück, und die beiden fuhren wieder fort.

»Die waren nur zufällig hier«, sagte Carl.

Lena nickte. »Das waren auch nur normale Verkehrspolizisten.«

»So wie wir«, lachte Carl. »Wir müssen rauf auf den Monte Ciocci. Falls dort tatsächlich ein Einsatzkommando ist, dann werden wir es merken.«

Lena deutete auf das Staufach in der Mittelkonsole, in dem ihre Pistole lag. »Ich hoffe, die italienische Polizei hat ihre Pistolen nicht allzu locker sitzen.« Sie griff nach ihrem Handy und wählte.

»Herr Sandberg? Hier ist Lena Gülec. Es ist spät, ich weiß.« Sie hörte eine Weile zu, was ihr Chef ihr zu sagen hatte. »Sehr witzig, tolle Kollegen.«

»Lass mich raten«, sagte Carl, als sie aufgelegt hatte. »Da will keiner die Verantwortung für einen akuten Terrorhinweis übernehmen.«

»Das SEK München geht bei dem Tod des Abts von Selbstmord durch Zyankali aus. In einer Mönchsklause hat es gebrannt, eindeutig Brandstiftung. Sie sagen, sie haben keinerlei Anzeichen auf einen Anschlag gefunden. Sie haben das BKA eingeschaltet und eine Fahndung nach dir und mir herausgegeben. Auch über Europol.«

»Verdammt! Das heißt, wenn hier Polizei auftaucht, verhaften die uns, nicht aber den Attentäter.«

»Das heißt es. Ich denke, die italienische Polizei wird vor allem nach dem Auto Ausschau halten.«

»Dann nichts wie raus.« Carl wartete, bis Lena ihre Pistole eingesteckt hatte, bevor er die Tür öffnete. Nur von der Tankstelle strahlte Licht herüber, die nächste Straßenlaterne war defekt. Überall verstreut lag Abfall. Hinter einem der Brückenpfeiler und einem Bauzaun aus orangefarbenen Plastikstreifen hatten sich Obdachlose provisorische Zelte aus Plastikplanen gebaut. Auf der anderen Seite des Pfeilers begann ein betonierter Fahrradweg, der sich in mehreren Kurven den Monte Ciocci hinaufschlängelte. Parallel zur Brücke und schnurgerade führte eine sehr lange schmale Treppe hinauf auf den Berg, wobei die Bezeichnung Berg deutlich übertrieben war für diesen Hügel von kaum mehr als siebzig Meter. Carls Fuß ging es etwas besser, trotzdem musste er sich auf Lena stützen.

Bevor die Treppe das Gipfelplateau erreichte – in der schummerigen Dunkelheit waren nur Wiesen und weiter hinten einige Lagerhallen und Gewächshäuser zu erkennen –, bog ein Pfad ab und führte durch Wacholder- und Ginstergebüsch auf eine kahle Fläche. Nach hinten schützten breit gewachsene Zypressen und weiteres Buschwerk gegen Blicke, nach vorne endete die Fläche an einem Geländer, darunter verschwand die zweigleisige Eisenbahntrasse in einem Tunnel, der durch den Monte Ciocci führte. Jetzt konnte man erkennen, dass die schmale Brücke, unter der sie ihr Auto geparkt hatten, früher eine einspurige Bahnlinie getragen hatte und offenbar durch die zweigleisige Trasse zwanzig Meter parallel daneben ersetzt worden war. Von hier hatte man weite, offene Sicht auf den Luftraum bis zum Petersdom.

»Ein idealer Startplatz für die Drohne«, sagte Lena.

»Ich glaube nicht. Ich denke, Sebastian versteckt sich im Gebüsch. Da sieht ihn niemand, und im Schatten ist das Display der Fernbedienung besser zu erkennen. Er steuert die Drohne ja mithilfe der Kamera und nicht auf Sicht.«

Carl zog sein Handy aus der Tasche und holte die Google Earth Satellitenaufnahme aufs Display. Sie zeigte ein kleines Wäldchen von ihnen aus gesehen hinter der Bahnlinie, in dem sich freie Flächen, gedrungene Steineichen, Zypressen und Wacholderbüsche abwechselten. »Da würde ich die Drohne starten.«

Lena deutete auf die Bäume am hinteren Rand des Gipfelplateaus. »Dann verstecken wir uns hier. Von da aus können wir alles überblicken.«

Carl studierte weiter das Satellitenbild. Es gab noch einige andere Stellen, die infrage kamen, aber sie waren nur zu zweit, alle konnten sie nicht abdecken. Noch während er das Bild betrachtete, brach die Verbindung ab. Auf dem Display erschien der Hinweis: Nur noch Notrufe möglich.

»Scheiße, die SIM-Karte wurde gesperrt.«

»Hast du deine Rechnung nicht bezahlt?«

»Ist nicht mein Handy. Ich hab's dem Besitzer der Pension Paradies weggenommen. Meins steckte in Saras Hosentasche.«

»Da hat er ja lange gebraucht, der Mann.«

»Der dürfte andere Sorgen gehabt haben.« Selbst wenn sich das

Feuer in der Pension nicht weiter ausgebreitet hatte, war der Besitzer mit Sicherheit mit einigen unangenehmen Fragen konfrontiert worden.

Sie überquerten das Plateau über knochentrockenes, strohiges Gras und scharfblättrige Pflanzenbüschel. Mit jedem Schritt lösten sie kleine Duftwolken aus. Carl sog die Luft mit tiefen Atemzügen ein. Düfte wie in einem Vollbad mit ätherischen Ölen.

Lena lächelte. »Thymian, Erisimo und wilder Fenchel«, sagte Lena.

»Was ist Erisimo?«

»Auf Deutsch? Keine Ahnung. Ist gut gegen Husten.«

Zwischen den Zypressen war der Boden weich. Carl legte sich auf den Rücken und verschränkte die Arme hinter dem Kopf. Noch dreizehn Stunden … Erst jetzt merkte er, wie unendlich müde er war. Lena ging es bestimmt nicht anders. Alles Adrenalin war verpufft, sein Körper sehnte sich nur noch nach einem Bett und zwölf Stunden Schlaf.

Lena reichte ihm eine Wasserflasche. »Das ist unsere letzte. Und morgen Mittag wird es hier garantiert sehr heiß werden.«

Carl nahm einen Schluck und gab ihr die Flasche zurück.

»Wenn hier doch noch italienische Polizei auftaucht«, sagte Lena, »stecken die uns in den Knast. Das wird nicht lustig.«

In der Tat war es keine verlockende Aussicht, mehrere Wochen in einem übervölkerten römischen Gefängnis unter Terrorverdacht zu verbringen.

Wie absurd, dachte Carl, die Polizei schmeißt mich raus, und ich habe nichts Besseres zu tun, als weiter wie ein Polizist zu handeln.

»Wir müssen ein wenig schlafen, Lena. Am besten, wir wechseln uns ab.«

»Schlaf du zuerst«, sagte Lena. »Ich muss noch nachdenken.«

»Okay.« Carl legte sich auf die Seite. Gab es hier eigentlich Skorpione? »Mir ist aufgefallen, ich habe dich nie beten sehen.«

Sie lachte leise. »Ich bete. Aber mein Leben richtet sich nicht nach den Gebetszeiten.«

»Und was sagen deine Glaubensschwestern und -brüder dazu?«

»Keine Ahnung. Ich frage sie nicht.«

»Soviel ich weiß, sind die Gebetsregeln ziemlich streng.«

»Die Regeln sind tausendvierhundert Jahre alt. Da passt manches einfach nicht mehr.«

»Mit dieser Einstellungen dürftest du mit anderen Muslimen Probleme haben.«

»Ja, vor allem mit Salafisten«, erwiderte Lena. »Die wollen den Islam leben wie die Altvorderen. Merkwürdigerweise reiten die aber nicht auf Eseln zur Arbeit, sondern fahren mit dem Auto oder der S-Bahn. Smartphones haben sie auch, ab und an schieben sie eine tiefgefrorene Halal-Pizza in den Backofen, und der wird auch nicht mit Kameldung befeuert.«

»Für mich alles okay, solange sie ihren Glauben für sich leben und nicht anderen aufdrängen.«

»Religiöse Fundamentalisten wollen, dass das gesamte Leben nach ihrer Religion und ihrer Ideologie ausgerichtet ist. Die Frage ist, wie radikal sie damit umgehen.«

Carl lächelte Lena breit an. »Du klingst wie ich.«

Lena blieb ernst. »Als wir uns vor einem halben Jahr kennenlernten und ich deine Sprüche hörte, habe ich gedacht: Was für ein Idiot! Heute denke ich: Die Art und Weise, wie du es sagst, ist idiotisch, aber im Kern ist was dran.«

Carl reckte sich und schloss die Augen. »Ich weiß.«

»Wie, du weißt? Hör ich da so was wie Selbstkritik heraus?«

»Das wäre jetzt etwas übertrieben.«

»Wie konnte ich das nur annehmen. Selbstkritik ist natürlich nur etwas für andere, nicht für den unfehlbaren Carl Gruber.«

Carl lächelte. »Du kannst einem ganz schön auf die Nerven gehen, Lena.«

»Du auch.«

»Schlaf nicht ein beim Wachehalten.«

»Fick dich.«

»Oje, das klingt jetzt wie Türken-Hip-Hop.«

Lena stöhnte wütend auf. »Du kannst es nicht lassen, stimmt's? Warum drehst du dich nicht einfach um und schläfst?«

»Wie denn, wenn du ständig plapperst.«

Lena boxte ihm ansatzlos in den Bauch. Carl stöhnte übertrieben auf.

»Sorry, tut mir leid«, sagte Lena.

»Wieso glaube ich das nicht?«

»Das war der türkische Teil in mir, der ist mit mir durchgegangen. Der deutsche würde das nie machen, der ist zivilisiert.«

»Das Tolle an türkischen Frauen soll doch sein, dass sie sich widerspruchslos den Männern unterordnen.«

Lena lachte. »Es ist wirklich besser, wenn du jetzt schläfst.«

Carl schwieg lächelnd und machte es sich bequem; zumindest soweit das möglich war.

Während der folgenden Stunden wechselten sie sich ab. Besonders gut schlief keiner von beiden. Die Züge, die gleich unter ihnen in den Tunnel ein und aus fuhren, weckten sie jedes Mal mit ihrem Getöse, nachts nicht so oft, dafür am nächsten Morgen im Minutentakt. Kaum war die Sonne aufgegangen, knallte sie mit einer Hitze auf sie herunter, wie sie Carl schon lange nicht mehr gespürt hatte. Lena schien das deutlich weniger auszumachen, im Gegenteil. Dafür hatte sie in der lauen, für Carl sehr angenehmen Nachttemperatur gezittert, als wäre es Winter.

Die Zeit verstrich zäh. Die Ungewissheit nagte an ihren Nerven. Taten sie das Richtige? Solange sich keine italienische Polizei blicken ließ, ganz sicher. Allein die Vorstellung, dass Sebastian seinen Anschlag erfolgreich zu Ende brachte, reichte, um alle Zweifel auszuräumen.

Carl fragte sich, wie lange das BKA wohl brauchen würde, um Lenas Anruf zu orten. Dafür mussten sie Amtshilfe von der Telecom Italia bekommen, und sehr genau konnte solch eine Ortung ohnehin nicht sein, denn im Nachhinein ließ sich nur die Relaisstation ermitteln, in dessen Umkreis sich das Handy befunden hatte, und das war leicht ein Radius von mehreren Hundert Metern in jede Richtung.

Gegen zehn. Bisher hatten sich einige Fahrradfahrer den Weg heraufgeschraubt. Touristen, die die Zeit nutzten, in der es noch nicht ganz so heiß war. Alle fuhren sie ohne Unterbrechung weiter in Richtung des Parco Lineare ein paar Hundert Meter weiter nördlich. Von dort würde Sebastian mit Sicherheit nicht agieren, zu viele Zeugen, zu unruhig. Zwei Fußgänger spazierten die Treppe herauf, ein Pärchen, das sich angeregt unterhielt. Polizisten? Am Ende der Treppe blieben sie stehen und blickten hinüber zur Kuppel des Petersdoms. Etwas anderes schien sie nicht zu interessieren, und kurze Zeit später gingen sie weiter. Je näher die Mittagshitze rückte, umso seltener tauchte jemand auf. Wahrscheinlich bevorzugten die allermeisten ohnehin den sanfteren Aufstieg auf der Nordseite des Monte Ciocci.

Keine Spur von Sebastian. Hatte Sara doch etwas falsch verstanden von dem, was Jonathan Barker zu Sebastian gesagt hatte?

»Elf Uhr fünfzehn.« Carl verspürte ein nervöses Kribbeln. »Er muss längst hier sein.«

»Vielleicht hat er doch eine ganz andere Stelle ausgewählt.«

»Glaube ich nicht, wenn er auf diesem Berg ist, dann in diesem Bereich. Ansonsten stehen die Häuser ringsherum viel zu dicht. Oder es ist zu belebt.«

»Dann müssen wir ihn suchen.« Lena schob ihre Pistole in den Gürtel und deckte ihre Bluse darüber. »Teilen wir uns auf. Ich geh da lang.« Sie deutete auf den Bereich westlich der Bahnlinie, wo es deutlich mehr Gebüsch und Zypressen gab. »Wir können über die Handys Kontakt halten.«

»Schon vergessen? Meins ist gesperrt. Wir müssen zusammen bleiben.«

Sie stimmte zögernd zu. »Dann los.«

Sie schoben sich zwischen den Zypressen und Steineichen hindurch und scannten mit ihren Blicken die Umgebung. Das Wäldchen endete an einer Abrisskante, an der es steil in die Tiefe ging.

Müll, wohin das Auge sah. Weiter unten eine ebene Fläche, vollgestellt mit Containern, kleinen Lagerhallen, rostigen Autoskeletten. Zwei Arbeiter wühlten müde durch einen großen Berg Verpackungsmaterial. Kein guter Ort für einen unbeobachteten Drohnenstart. Sie drehten um und kletterten ganz hinauf auf die offene Wiese. Oben nahm Carl Lenas Hand. »Wir tun so, als wären wir ein Paar, das zufällig hier entlangschlendert.«

Lena nickte. Ihre Hand war feucht von Schweiß.

»Viertel vor zwölf«, sagte sie.

Weit und breit kein Mensch auf der Wiese. Weiter hinten sahen sie zwei Tennisplätze, auf denen gespielt wurde.

»Dann müssen wir auf die andere Seite der Bahnlinie.«

Sie gingen schnell, kletterten über eine flache Mauer und kamen zu der Treppe, die sie gestern Nacht heraufgekommen waren.

»Verdammt! Wo steckt er?«

»Da unten im Gebüsch?« Lena deutete auf die östliche Seite des Hügels.

»Nein, die Häuser.« Die achtstöckigen Hochhäuser standen zu nah, von da aus wäre er leicht zu beobachten.

Lena drehte sich wütend im Kreis. »Verdammt, wir haben ihn übersehen! Dann ist er doch in dem Wäldchen, in dem wir eben waren.«

Kurz vor zwölf.

»Scheiße!«

Sie rannten zurück, Lena vorneweg, Carl heftig humpelnd hinterher. Dieses Mal schoben sie sich weiter unten am Hang durchs Gebüsch. Etwas tiefer führte ein Fußweg zur Metro-Station. Und darunter gab es noch mehr Gebüsch.

»Lass uns da runter!« Lena wollte loslaufen, Carl hielt sie fest.

»Nein! Wenn er doch irgendwo hier oben ist, sehen wir von da unten nicht, wenn die Drohne aufsteigt!«

Sie würden nur wenige Sekunden haben, die aufsteigende Drohne und damit Sebastians Standort zu lokalisieren. Und war sie erst einmal in der Luft, würde ihnen nicht mehr viel Zeit bleiben, sie hatten erlebt, zu welcher Geschwindigkeit der Quadrocopter fähig war. Die Distanz zum Palazzo Apostolico betrug etwa tausend Meter, selbst wenn sie nur mit einer Geschwindigkeit von fünfzig Stundenkilometern flog, würde sie ihr Ziel nach spätestens eineinhalb Minuten erreichen.

Sie kletterten wieder hinauf. Der von der Sonne verbrannte Rasen war rutschig, fast wie Schnee. Carls Fuß fühlte sich inzwischen wie ein Klumpen an.

Schräg unter ihnen kamen die Bahngleise aus dem Berg hervor, vielleicht zwanzig Meter links davon und fast parallel dazu führte die schmale ehemalige Eisenbahnbrücke über das Tal. Im Licht der höher stehenden Sonne sahen sie jetzt, dass der Zugang auf der gegenüberliegenden Seite mit einer hohen Mauer versperrt war. Und anders als es in der Dunkelheit der Nacht ausgesehen hatte, war der diesseitige Zugang nicht etwa mit quaderförmigen Mülltonnen geschlossen, tatsächlich handelte es sich um selbst gezimmerte Behausungen von Obdachlosen, mit Planen überzogene Gerüste aus Latten und Ästen. Zwei Männer saßen dort herum. Ein dritter kletterte den steilen Weg hinunter zur Via Anastasio, wo sie gestern ihr Auto geparkt hatten.

»Ist er das?«

»Nein, der trägt nur eine kleine Tüte«, erwiderte Carl. Eine Drohne wie die, mit der Sebastian am Kloster geübt hatte, war deutlich größer.

Versteckte sich Sebastian vielleicht zwischen den Obdachlosenbehausungen? Unwahrscheinlich, da konnte er jederzeit überrascht werden. Trotzdem rannte Carl weiter nach links, um eine andere Blickperspektive zu haben. Da hielt sich niemand auf außer den beiden Männern, und die waren dunkelhaarig und deutlich kleiner als der blonde Sebastian.

»Beobachte du den Bereich hinter uns, Lena. Ich vorne.«

Sie stellten sich Rücken an Rücken. Carl spürte Lenas Schweiß, ihr Körper glühte.

Irgendwo begann eine Glocke zu schlagen. Zwölf Uhr. Der Blick von Tausenden Menschen auf dem Petersplatz würde jetzt an dem geöffneten Fenster im dritten Stock des Palazzo Apostolico hängen. Das päpstliche bordeauxrote Banner baumelte sanft unter der Fensterbank im Wind. Die schmale Markise, die den Papst gegen die Sonne schützte, war ausgefahren. Das Mikrofon stand bereit, in wenigen Sekunden würde er aus der Tiefe des Raums nach vorne treten, die Arme heben und alle begrüßen. »*Cari fratelli e sorelle, buongiorno!*«

Carl ließ seine Augen umherwandern. Warum blieb er immer wieder an den Obdachlosenquadern hängen? Da, eine Bewegung, viel weiter vorne auf der Trasse der stillgelegten Eisenbahnbrücke. Kleine Bäume hatten in dem Schotter Wurzeln geschlagen. Etwa in der Mitte der Brücke stand ein größerer Busch, etwa halb so breit wie die Trasse. Etwas Grauschwarzes hob sich über den Boden, stand für einen Moment still. Es sah aus wie ein großes »H«. Carl sah die Propeller an den vier Enden, den länglichen Körper in der Mitte. Perfekte Symmetrie – wäre da nicht ein grob mit Gaffertape verklebtes Paket darunter. Der Sprengsatz.

Carl stieß Lena an. »Da! Auf der Brücke!«

Die Drohne schoss in die Höhe, zehn Meter, etwas höher als die Masten, an denen früher die Stromleitung für die Eisenbahn befestigt gewesen war. Dann neigte sie sich nach vorne und jagte mit atemberaubender Geschwindigkeit längs der Brücke davon, auf die Mauer der vatikanischen Gärten zu.

Hockte Sebastian hinter dem Busch? Da, wo die Drohne aufgestiegen war? Oder hatte er sie in der Nacht dort platziert und war selbst ganz woanders?

Nein, das ergab keinen Sinn. Er würde die mit Sprengstoff beladene Drohne nirgendwo unbeaufsichtigt stehen lassen. Er *musste* da vorne sein.

Carl humpelte los, den Hang hinunter. Jeder Schritt ein Feuerwerk aus Schmerzen. Rutscht über das Gras, stürzt einige Male. Knietiefer Müll in der Rinne, wo früher die Schienen verlegt gewesen waren. Carl pflügt hindurch. Hundefutterdosen, Pizzaschachteln, Knochenreste, Kot, der Gestank war unbeschreiblich. Die Hütten der Obdachlosen lehnen rechts und links an der Brüstung, dazwischen ist nur ein schmaler Durchgang. Dort hocken die beiden Männer.

Carl will über den ersten hinwegsteigen, der zweite packt seinen Fuß. Carl stürzt. Er versteht nicht, was sie sagen. Er will sich losreißen. Jetzt packt auch der andere zu.

Carl schweigt. Er will kein Geschrei. Nicht, dass Sebastian gewarnt wird. Wenn er denn überhaupt da vorne ist!

Er tritt um sich, versucht, den Kopf von dem Kerl zu packen, der ihn von hinten festhält. Ein dritter Mann kriecht aus seiner Behausung hervor und packt ihn ebenfalls. Carl mobilisiert alle Kräfte, windet sich, tritt, schlägt um sich, irgendwo hin, trifft eine Magengrube, einer der dreien lässt röchelnd los. Nur noch zwei. Etwas Kaltes berührt seine Kehle. Ein Messer. Er konzentriert sich. Sein nächster Befreiungsversuch wird der letzte sein, wenn er misslingt. Plötzlich stöhnt der Mann hinter ihm auf. Das Messer wird weggerissen. Es ist scharf, Carl spürt den Schnitt, nicht sehr tief. Ein dumpfer Schlag, ein Körper fällt zu Boden. Carl reißt seinen Fuß aus der Umklammerung und springt auf. Lena hat den Mann mit dem Messer bewusstlos geschlagen. Carl setzt einen kurzen, harten Haken gegen den Solarplexus des dritten, der stolpert japsend zur Seite, er ist nicht kampfunfähig und kommt wieder hoch.

Carl reißt Lena die Pistole aus dem Hosenbund und läuft los. Sie wird mit dem Mann fertig, da ist er sich sicher. Er hinkt, der Schmerz ist kaum noch auszuhalten. Der grobe Schotter, teilweise ist er mit Asphalt überzogen, reflektiert eine unglaubliche Hitze. Fünfzig Meter weiter, hinter dem Busch, hockt eine Gestalt mit dem Rücken gegen die Brüstung gelehnt. Sebastian. In den Händen hält er die Fernbedienung. Er lenkt konzentriert, hat nichts von dem Kampf hinter ihm mitbekommen. Als Carl noch zehn Meter von ihm entfernt ist, bemerkt Sebastian ihn aus dem Augenwinkel. Er springt auf. Im Laufen richtet Carl die Pistole auf ihn.

»Steuern Sie die Drohne senkrecht in die Höhe! Sofort!«

Sebastian grinst, sein Zeigefinger liegt auf einem roten Knopf. »Keinen Schritt näher. Wenn ich hier drücke, sterben ein paar Menschen.«

Carl sieht, wie er mit den Daumen ein paar Steuerbefehle gibt. Er könnte schießen. Kopfschuss? Würde Sebastian den roten Knopf noch drücken können? Was passiert, wenn die Drohne nicht mehr gesteuert wird? Wo befindet sie sich? Über den Häusern auf ihrer Flugbahn zum Petersplatz?

Carl hebt die Pistole und drückt ab.

Die Hand, die auf dem roten Knopf liegt, wird nach hinten gerissen, Blut schießt hervor. Sebastian taumelt. Carl springt vor, packt Sebastians andere Hand, mit der er den roten Knopf erreichen will.

Auf dem Display sieht Carl eine Menschenansammlung. Am Bildrand Arkaden. Die Arkaden, die den Petersplatz umschließen. Die Drohne schwebt über den Menschen, die dem Angelusgebet beiwohnen. Einige sehen nach oben, sie haben die Drohne entdeckt. Sie lachen und winken.

Sebastian ist stärker. Noch scheint der Schmerz seiner durchschossenen Hand nicht in seinem Schmerzzentrum angekommen zu sein. Carl kann nicht richtig kämpfen, er muss sich zu sehr auf den roten Knopf konzentrieren. Sebastian könnte sich mit seinem ganzen Körper auf die Fernbedienung werfen. Oder einer von ihnen beiden drückt im Gerangel unbeabsichtigt den Knopf.

Er rammt Sebastian die Pistole in die Brust, genau über dem Herzen. »Lass die Fernbedienung los!«

»Schieß doch. Dann fliegt das Ding in die Menschenmenge. Es explodiert, das versprech ich dir.«

Verdammte Scheiße …

Aus dem Augenwinkel sieht Carl eine Bewegung. Eine Hand. Lenas Hand. Sie wandert zur Fernbedienung und drückt einen runden Knopf.

»Du kannst ihn erschießen, Carl«, sagt sie mit ruhiger Stimme.

Sebastian bäumt sich noch einmal auf. Lena hat das Messer von dem Obdachlosen in der Hand. Sie schnellt nach vorn. Carl erwartet Sebastians Schrei. Lenas Hand zuckt hoch, sie schneidet den Halteriemen der Fernbedienung durch, den Sebastian sich um den Hals gelegt hat. Sie reißt das Gerät an sich und geht ein paar Schritte auf Distanz. Carl dreht Sebastian den verletzten Arm um, der brüllt vor Wut, und endlich kommt der Schmerz seiner Schusswunde in seinem Hirn an.

»Was hast du gemacht, Lena?« Carl ringt nach Luft. Er sieht auf das Display. Dächer rasen vorbei, Straßen. Die Drohne fliegt unglaublich schnell.

Plötzlich hört er ein Surren in der Luft. Die Drohne schießt heran, schwebt genau über ihnen. Das Sprengstoffpaket.

War's das?, denkt Carl und wirft Lena einen Blick zu. Sie ist entspannt, lächelt sogar.

Die Drohne senkt sich langsam herunter.

»RTH-Funktion.«

»Was?«

»Return to Home. Wenn du hier drückst«, sie zeigt auf einen Knopf, ein geschwungener Pfeil zielt auf den Buchstaben »H«, »kehrt das Ding automatisch zum Ausgangspunkt des Fluges zurück.«

Carl spürt die sanften Turbulenzen in der Luft, die von den Propellern erzeugt werden. Die Drohne ruckt einen Meter zur Seite, sie scheint seinen Körper zu orten, und landet vor seinen Füßen.

»Und woher weiß du das?«

»Als ich Wache gehalten habe, war mir langweilig. Ich habe ein bisschen im Internet recherchiert.«

53.

Morgens, wenn die Sonne aufging, war es an den Pine Knoll Shores immer am schönsten. Die sanften Wellen rollten mit langen Abständen auf den flachen Strand. Ihre weißen Schaumkronen zogen sich wie mit dem Lineal gezogen parallel zum Ufer, und die Sonne, die sie im flachen Winkel genau von der Seite zum Leuchten brachte, hatte noch nicht die Kraft, die einen Sommertag an der Küste North Carolinas zu einer Tortur werden lassen konnte. Ein paradiesisches Fleckchen Erde auf der dreiundvierzig Kilometer langen, oft nur wenige Hundert Meter breiten Insel Emerald Isle. Sein Haus am Forest Dunes Drive war das dem Ufer nächste, unter den Pfeilern, auf denen es ruhte, begann der Strand mit seinem makellosen weißen Sand. Gäbe es hier Palmen, würde man sich in der Karibik wähnen.

Newt hatte sein Notebook auf dem Tisch so platziert, dass er entspannt in seinem Deckchair sitzen konnte, in Reichweite der mundgerecht geschnittenen Sandwichstückchen auf der einen und dem großen Kaffeepott auf der anderen Seite. Er war ausgeruht, trotz der Anstrengungen der Reise, die hinter ihm lag. Auf dem Flug von Frankfurt nach New York City hatte er tief geschlafen. Um kurz nach 22 Uhr Mitteleuropäischer Zeit, Ortszeit New York 16 Uhr, war er auf dem John F. Kennedy Airport gelandet, auch dort am General Aviation Terminal. Die Einreisekontrollen hatte er als der britische

Geschäftsmann Colin Dawson ohne Verzögerung hinter sich gebracht. Um 17 Uhr 13 ging sein Anschlussflug nach Charlotte, wo er kurz nach 19 Uhr landete. Von da an galt es, die Spuren von Colin Dawson zu verwischen und wieder Newt Andersen zu werden. Er nahm verschiedene Taxis, die ihn fast sieben Stunden später nach Jacksonville brachten. Von dort nahm er ein weiteres Taxi, das ihn gegen drei Uhr morgens vor seinem Haus ablieferte. In Rom war es jetzt neun Uhr morgens, noch drei Stunden bis zum Angelusgebet mittags um zwölf Uhr.

Er hatte sich mit Akribie sein Frühstück bereitet und den Tisch auf der Terrasse gedeckt. Während der Kaffee durch die Maschine lief, überflog er seine E-Mails, es waren zu viele, um sich ihnen einzeln zu widmen. Außerdem interessierten sie ihn im Moment nicht, nur nach einem Absender hielt er Ausschau. Er fand ihn und öffnete die Mail: »Peter hat seinen Job gut gemacht. Trotzdem wurde ihm gekündigt.«

Eine gute Nachricht, Petros hat also die Drohne abgeliefert und ist von Sellmann nach seiner Ankunft in Mittenwald liquidiert worden. Wunderbar. Newt nahm einen großen Schluck Kaffee, wie immer mit Milch, ohne Zucker.

Mit etwas Verzögerung verspürte er leichte Skrupel. Petros hatte auf grauenvolle Weise seine gesamte Familie verloren, abgeschlachtet von den Islamisten des IS, und jetzt hatte Newt ihm das bisschen Leben genommen, das ihm noch geblieben war, hatte ihn hinrichten lassen.

Nein, so war es nicht …

»Weil es falsch ist«, sagte er, als wäre da jemand, den er überzeugen musste.

Oh, Gott, fing er jetzt schon, mit zweiundsechzig Jahren, an, mit sich selbst zu reden?

Er war auf Petros' Schicksal durch eine Fernsehreportage aufmerksam geworden. Über seine Kontakte zur Syrisch-Orthodoxen Kirche von Antiochien war es ihm gelungen, ihn ausfindig zu machen. Zuerst hatte Petros nicht reagiert, wollte keine Hilfe annehmen. Weiterzuleben erschien ihm nicht nur sinnlos, sondern absolut unmöglich. Erst als er mit den Zielen und Vorstellungen der Caring Christians vertraut gemacht wurde, fand er wieder ins Leben zurück; und mehr als das: Wie kein anderer, mit dem Newt zu tun hatte, war er entschieden, im Kampf gegen den Islam alles zu geben. Auch sein Leben, wenn es nötig sein sollte.

Eben. Es *war* nötig gewesen! Petros' Tod war nicht das Resultat irrationaler Verblendung von krankhaften Gotteskriegern, denen es Vergnügen bereitete, andere Menschen abzuschlachten. Newt sah sich nicht als Gotteskrieger, als christlichen Fundamentalisten.

Abt Albertus war einer gewesen, der glaubte an seine Mission, einen christlichen Gottesstaat zu schaffen, in dem das Alte Testament das Grundgesetz war.

Und Jack Vanderbilt?

Ja, auch, vor allem jedoch war er Opportunist. Gewesen, musste Newt sich erinnern, die Tatsache, dass der Chef der Caring Christians nicht mehr lebte, hatte sich noch nicht in seinem Kopf eingenistet.

Ronald Delaney?

Ja, aber hinter seinem Fundamentalismus verbarg sich ein höchst ausgeprägtes politisches Machtbewusstsein, er war ein Machiavellist, so wie Newt selbst. Machiavellisten sind alle Mittel unabhängig von Recht, Moral oder gesellschaftlicher Akzeptanz recht. Delaney ging es vor allem um Macht, um Herrschaft. Der Glaube war da nur ein nützliches Vehikel.

Newts Handy, genau genommen Ronald Delaneys abhörsicheres Handy, begann zu vibrieren und spielte eine sanfte, leise Melodie, die an Intensität zunahm. Weckzeit 5 Uhr 45, in North Carolina. 11 Uhr 45 in Rom.

Newt loggte sich bei EWTN ein, dem Eternal Word Television Network des Vatikan, das das Angelusgebet des Papstes traditionell live übertrug. Langsam schwenkte die Kamera über die Menschen auf dem Petersplatz. Anders als anlässlich bedeutender religiöser Feiertage wie Ostern oder Weihnachten war der Platz nur zur Hälfte gefüllt. Nahaufnahmen zeigten unterschiedlichste Gesichter, asiatische, levantinische, skandinavische, südamerikanische. Mehr Frauen als Männer. Dann wieder die Fassade des Apostolischen Palastes mit seiner klassisch-römischen Architektur. Das geöffnete Fenster im dritten Stock, unter dem sich das päpstliche Banner träge aufwölbte, wenn es von einer leichten Windböe erfasst wurde.

Pünktlich um zwölf erschien der Papst am Fenster, eine Hand von der Seite justierte das Mikrofon.

»Cari fratelli e sorelle, buongiorno!«

Beifall brandete auf. Der Papst sprach italienisch, eine Sprache, die Newt nicht sehr vertraut war. Nur das eine oder andere Wort konnte er einordnen, *pace,* Frieden, *tutte le gente nel mondo,* alle Menschen auf Erden, *una communità grande,* eine große Gemeinschaft. Und christliche Nächstenliebe, *carità cristiana.*

Träum weiter, lieber Papst.

Newt rückte näher an das Display, er wollte die Drohne nicht verpassen, sie würde von oben ins Bild gleiten und in der nächsten Sekunde explodieren.

12 Uhr 07. Newt konnte das Angelus genießen. Jedes Wort brachte den Sekundenzeiger näher an den Punkt, an dem die Geschichte eine radikale Wende nehmen würde. Er nahm noch einen großen Schluck Kaffee, stellte den Pott weg und wartete.

»Buona Domenica e buon pranzo!«

Die letzten Worte des Angelusgebets. Der Papst winkte zum Abschied, das Bild wechselte, es zeigte ihn von hinten, aus dem Zimmer heraus gefilmt. Er trat einen Schritt zurück. Ein Diener schloss das Fenster.

Schnitt auf läutende Glocken in einer fensterartigen Öffnung unterhalb der Kuppel des Petersdoms. Die Kamera zoomte zurück. Auf der Fassade darunter die Inschrift: In honorem principis apost Paulus V Burghesius …« Schnitt auf die jubelnden Menschen.

Newts Handy klingelte. Er regte sich nicht und starrte auf das Notebook. Es war früh am Morgen. 6 Uhr 16 las er oben auf dem Bildschirm. 12 Uhr 16 in Rom.

Es hörte nicht auf zu klingeln. Abhörsichere Handys leiten nicht auf eine Mailbox um, natürlich nicht.

Newt nahm den Anruf entgegen.

»Das war eine schöne, friedliche päpstliche Predigt. Wie gut ist Ihr Italienisch, Newt?«

»Nicht besonders, Ron.«

»Es ging viel um Barmherzigkeit und Toleranz«, sagte Ronald Delaney in seinem unverkennbar freundlich-zynischen Tonfall. »Und zum Schluss hat er uns einen schönen Sonntag gewünscht. Ein sympathisches, sehr lebendiges Kerlchen, dieser Papst, finden Sie nicht?«

»Man probiert etwas, und wenn es nicht klappt, probiert man etwas anderes – waren das nicht Ihre Worte, Ron?«

Delaney lachte leise. »Das erinnert mich an die Pancakes, die ich kürzlich meiner Frau gemacht habe. Das Rezept war gut, sehr gut sogar, nahezu opulent. Aber ich hab's vermasselt.«

»War sie enttäuscht, Ihre Frau?«

»Sie nicht. Ich habe mich geärgert.«

»Und? Geben Sie es jetzt auf?«

»Nein.« Delaney dehnte das Wort, dass es sich fast wie gesungen anhörte. »Wie Sie schon sagten: Man probiert etwas, und wenn es nicht klappt, probiert man etwas anderes. Eine Quiche? Oder Geschnetzeltes? Mal sehen. Ich schließe mich dem Papst an und wünsche Ihnen einen gesegneten Sonntag, Newt.«

»Danke, ich Ihnen auch, Ron.«

Newt legte auf. Er verschränkte seine Hände hinter dem Kopf und lehnte sich in den Deckchair zurück. Der Ozean war heute wirklich außergewöhnlich schön. Er schloss die Augen, und es dauerte keine Minute, bis er in einen tiefen, traumlosen Schlaf verfiel.

54.

Der Weg zog sich endlos. Carl hatte sich ein paar solide Bergschuhe gegönnt, nicht nur für diese Wanderung, sondern weil er sich sicher war, in Zukunft öfter in die Berge zu reisen. Nichts war vergleichbar, wenn man schon sehr früh am Morgen aufbrach, wenn der Tau auf den Pflanzen in den ersten Sonnenstrahlen glitzerte, wenn über den Wiesen noch ein leichter Nebel waberte und alle Geräusche eine glasklare Schärfe hatten. Vor allem an einem wolkenlosen Herbsttag wie diesem, an dem die Sonne noch einmal ungewöhnlich heftig zu scheinen versprach.

Lena mit ihren Sneakern hatte schon nach wenigen Schritten durch das feuchte Gras nasse Füße. Sie beklagte sich nicht. Ich mag die Berge nicht, hatte sie gesagt, da werde ich mir doch keine Bergschuhe für teures Geld kaufen. Jetzt, fünf Stunden später, hatte sich ihr Widerstand längst verflüchtigt. Hin und wieder blieb sie stehen, schloss die Augen und nahm einige tiefe Atemzüge.

Geredet hatten sie beide nicht viel, jeder hing seinen Gedanken nach. Zu viel war in den letzten Monaten passiert. Zum Glück war die Untersuchungshaft in dem römischen Gefängnis Regina Coeli nach acht Tagen vorbei gewesen. Das ist Europa, so sieht Zusammenarbeit auf Augenhöhe aus, hatte sie der Maresciallo von den Carabinieri angestrahlt, als er sie persönlich aus dem Gefängnis abholte und zum Aeroporto Fiumicino fuhr. Er war mit der Untersuchung betraut worden, weil er auch Deutsch sprach. Wenn Europa funktioniert, schwärmte er, ist es unschlagbar.

Carl hatte nur gequält gelächelt, Lena gar nicht. Sie stürzte sich sofort in eine flammende Diskussion, die nach einigem Hin und Her immerhin in dem Konsens endete, dass es das unschlagbare Europa nur geben konnte, wenn die Menschen der einzelnen Nationen es wirklich wollten und wenn nationalistische Kräfte endlich aufhörten, es zu boykottieren. Gott sei Dank ist Erdogans Türkei nicht drin, beendete der Maresciallo das Gespräch und studierte sehr genau Lenas Reaktion. Die Hälfte aller Türken hat ihn nicht gewählt, hatte Lena gelassen entgegnet und sich freundlich verabschiedet. Carl wusste, wie schwer ihr das fiel. Sie ärgerte sich immer noch maßlos, dass Erdogan sich seine autokratische Macht ausgerechnet mit den Stimmen der Türken gesichert hatte, die in Deutschland lebten, die dort demokratische Freiheit genossen, die demonstrieren und sagen konnten, was sie wollten, während die Menschen in der Türkei schon bei der kleinsten Kritik an Erdogan ins Gefängnis wanderten.

Hinter einer Biegung tauchte vor ihnen ein kleiner Bergsee auf, eingerahmt von einer satten Wiese, das Wasser tiefblau.

»Lass uns reingehen!« Lena strahlte Carl an.

»Ich schätze mal, es ist kalt.« Carl versenkte seine Hand im Wasser. »Es ist *sehr* kalt.«

Lena warf lachend ihren Rucksack ab und begann, sich auszuziehen. Nach kurzem Zögern tat Carl es ihr nach.

Sie griff seine Hand. »Einfach rein, okay?«

»Okay.«

Sie rannten los, dass das Wasser hochspritzte. Beide stöhnten auf und lachten, so kalt hatten sie es sich dann doch nicht vorgestellt. Sie tauchten unter und schwammen ein paar Züge, bis sie ihre Glieder nicht mehr spürten, wateten wieder hinaus und warfen sich auf die Wiese.

»Wahnsinn«, sagte Lena.

»Berge sind das Tollste überhaupt, ich habe es dir gesagt.«

»Und warum leben wir dann in Köln?«, fragte Lena.

»Keine Ahnung«, entgegnete Carl.

Sein Fall war wieder aufgerollt worden, und es war nur noch eine bürokratische Formalität, bis er wieder in seinen alten Job zurückkehren konnte; eine Formalität, die sich allerdings noch eine ganze Weile hinziehen würde. Sowohl Dilara als auch Ayaz' Mutter hatten ausgesagt, Meti Arslan und Kemal Simcek saßen in Untersuchungshaft. Sie verweigerten jede Aussage, was allerdings angesichts der Indizien und Beweise, die gegen sie sprachen, keine Rolle spielte.

Lena war vom Dienst suspendiert worden und musste abwarten, wie die Interne Ermittlung ihren »Alleingang«, wie sie es nannten, bewertete. Ihr Vorgesetzter, Kriminalhauptkommissar Ralf Sandberg, hatte ihr allerdings schon gesteckt, dass sie sich keine Sorgen machen musste. Die Interne hat wenig zu tun, hatte er gesagt, wenn mal was reinkommt, vor allem was Großes, sind die heilfroh und ziehen es so lang, wie sie nur können.

Carl und Lena zogen ihre Kleidung über ihre noch nassen Körper und wanderten weiter. Die Fahndung nach Jonathan Barker war bisher ergebnislos verlaufen. Was Carl nicht wunderte. Barker hatte etwas ausgestrahlt, was er in seinem Leben bisher noch nicht kennengelernt hatte: eine ungemein starke Aura von Macht, Entschiedenheit, Intelligenz und Weitsicht. Wie einer, der in einer anderen, für Carl vollkommen unzugänglichen Welt zu Hause war. Was ihn umso bedrohlicher machte.

Sebastian, sein Handlanger, saß noch im Regina-Coeli-Gefängnis, und Carl war sicher, dass die italienische Justiz ihn für sehr lange Zeit dort behalten würde. Zumal zu dem Attentatsversuch noch die Vorwürfe des Mordes an Hanna und Esther und die Vergewaltigung von Sara hinzukamen.

Die Mönche Bertrand und Vinzent hatten keine schlechte Chance, einer Verurteilung zu entgehen. Saras Aussage gegen sie reichte wahrscheinlich nicht aus. Ins Kloster zurück konnten sie allerdings nicht, Abt Albertus' Betrug, sie als Mönche aufzuführen, war aufgedeckt, und außerdem hatte die Kurie im Vatikan das Kloster mit sofortiger Wirkung geschlossen.

Robert Sellmann war spurlos verschwunden. Die Identitären, die Carl seinerzeit die ersten lukrativen Aufträge als Privatdetektiv gegeben hatten, gaben vor, ihn nicht zu kennen, und auch der Hinweis, dass er früher bei der GSG9 gewesen sein sollte, führte zu keinem Ergebnis. Neben Jonathan Barker war das Carls größte Sorge. Sellmann war kein verrückter Einzeltäter und die Identitäre Aktion eine beängstigende Bedrohung. Auch für Carl selbst, denn spätestens nachdem der Anschlagskomplott aufgeflogen war, war er für Sellmann ein Gegner. In den letzten beiden Monaten hatte Carl sich oft dabei ertappt, dass er nicht mehr vor die Tür ging, ohne sich sehr aufmerksam und misstrauisch umzusehen. Ein Gedanke hatte ihn vor allem gequält: Warum waren Sellmann und seine Hinterleute so selbstverständlich davon ausgegangen, dass sie und Carl dasselbe Ziel verfolgten? Die Antwort war simpel: Er selbst hatte mit seinen provokanten, polarisierenden Sprüchen dafür gesorgt, er hatte damit ein Image aufgebaut, das Menschen wie Sellmann einfach nur ernst genommen hatten. Im Kern würde Carl das meiste, was er gesagt hatte, nicht zurücknehmen, aber er würde es nicht mehr so sagen. Und so mancher vermeintliche Scherz war eben kein Ausdruck von Humor, sondern von Vorurteilen und Arroganz. Lena hatte recht gehabt, sie Gülla zu nennen war eben nicht witzig gewesen, sondern überheblich und respektlos.

»Was denkst du gerade?«, fragte Lena.

»Ich frage mich gerade, ob ich demnächst nur noch political correct vor mich hin rede.«

Lena lachte herzhaft. »Die Gefahr sehe ich wirklich nicht!«

Carl lächelte in sich hinein, manche Dinge mussten einfach klar und deutlich gesagt werden.

Eine Stunde später hatten sie die Gleimbachhütte fast erreicht, zumindest besagten das die Schilder, auf denen die Entfernung rückwärts heruntergezählt wurde. Hin und wieder schimmerte eine österreichische Fahne zwischen den Bäumen durch, zwei rote, ein weißer Balken. Als sie nah genug waren, erkannten sie das Bundeswappen in der Mitte der Fahne, den Adler, der Hammer und Sichel in seinen Krallen hielt.

»Hammer und Sichel?«, lachte Lena. »Steht das nicht für Kommunismus?«

Auf einem Mast daneben wehte die Südstaatenflagge, ein blaues Kreuz auf rotem Grund und weißen Sternen, auf die jemand mit dicken Buchstaben »ZZ Top« geschrieben hatte.

Die Berghütte wirkte fast unecht und klischeehaft mit ihren Geranien, grünen Fensterläden, von der Sonne schwarz gebrannten Holzwänden, dem Hirschgeweih unter dem Giebel und dem Brunnen davor. Alpen-Idylle. Die Bänke auf der Terrasse waren nur zur Hälfte besetzt, es war mitten in der Woche im Oktober, da kamen nicht so viele Wanderer den beschwerlichen Weg hier herauf.

Carl und Lena setzten sich auf eine Bank, mit den Rücken an die sonnenwarme Hauswand gelehnt. Das Panorama vor ihnen war überwältigend, zumindest für Carl.

»Ich finde es auch gigantisch«, flüsterte Lena, als hätte sie seine Gedanken erraten.

Carl lächelte und nahm ihre Hand.

Lena schloss ihre Augen, als wäre die Schönheit der Alpen zu viel für sie.

»Hallo, Carl. Hallo, Lena.«

Carl wandte seinen Kopf. Saras Gesicht war von der Sonne tief gebräunt, sie hatte Sommersprossen, ihre Augen wirkten riesengroß und spiegelten eine Mischung aus atemloser Freude und Befürchtung.

Carl erhob sich. »Hey, Sara! Wie geht es dir?«

Er umarmte sie, sie reagierte zuerst vorsichtig, dann ließ sie sich in seine Umarmung fallen. Ihr Körper begann heftig zu zucken, und sie bemühte sich vergeblich, ihr Schluchzen zu unterdrücken. Lena streichelte sie, tief berührt von ihrem Schmerz und selbst den Tränen nah. Carl konnte spüren, welche Gedanken und Erinnerungen über Sara hereingebrochen waren: Das, was mit ihr geschehen war, und dann, als es endlich vorbei war, die Verhöre durch die Polizei, der deutschen und der österreichischen, vor allem jedoch die Erinnerung an Julia und ihren grausamen Tod. Die Psychologin, die Sara in den ersten Wochen behandelt hatte, hatte dringend abgeraten, sie ohne professionelle Betreuung in einer entlegenen Berghütte leben zu lassen. Doch Sara hatte sich durchgesetzt, sie war sich absolut sicher, dass das Leben in der Natur für sie heilsamer sein würde als alles andere. Carl hatte sie hierhergebracht, so wie er es ihr versprochen hatte, und die Hüttenwirte Almut und Conny Wegscheiter hatten sie mit unprätentiöser Herzlichkeit aufgenommen.

Sara löste sich aus der Umarmung. Für einen Moment senkte sie ihren Blick, um ihn dann umso entschlossener auf Carl zu richten. »Mir geht es gut, danke.«

Carl und Lena bestellten Weißbier, und als Sara es gebracht hatte, setzte sie sich zu den beiden. Sie erzählte und plapperte in einem fort, über die Gäste, die sie kennengelernt hatte, die Kinder, die nie etwas anderes als Pommes frites mit Ketchup oder Nudeln mit Tomatensoße essen wollten, über die wilden Wetterwechsel hier oben so nah an den Wolken und über die Hündin der Hüttenwirte, der es gelungen war, sich heimlich mit irgendeinem Rüden zu paaren, und die sechs sehr unternehmungslustige Welpen in die Welt gesetzt hatte.

Carl hatte eine Menge Fragen, die er ihr gerne gestellt hätte, über das Schwesternhaus, über die anderen Mädchen, das Kloster St. Gregor. Doch in diesem Moment spürte er, wie unwichtig das war, und er verstand die Befürchtung, die er in ihrem Blick vorhin gesehen hatte: Vor ihm stand eine junge Frau, die eine Zukunft haben wollte und die hoffte, nicht in die Vergangenheit zurückkehren zu müssen. Und nach allem, was er über ihr früheres Leben erfahren hatte, wollte er nicht derjenige sein, der sie daran erinnerte.

Sara hatte einen Welpen auf den Schoß genommen, der alle viere von sich gestreckt hatte und sofort eingeschlafen war.

»Den darf ich mitnehmen. Er heißt Oskar.«

»Für Dilara ist das okay?«, fragte Carl.

»Sie mag Hunde«, erwiderte Sara.

Sie würde die nächste Zeit bei Dilara wohnen, die sich eine Wohnung unweit von Lenas in Köln-Ehrenfeld und sehr weit entfernt vom Zeusstraßenviertel gemietet hatte. Sara und Dilara hatten eine spontane, sehr tiefe Freundschaft geschlossen, zwei Frauen, die sich aus den Fesseln ihres alten Lebens befreien und einen radikalen Neuanfang wollten. In ein paar Tagen, wenn die Gleimbachhütte für den Winter schloss, würde Sara mit Carl und Lena ins Tal absteigen, mit nach Köln kommen und im nächsten Frühling wieder hierher zurückkehren.

Carls Augen wanderten über die Bergkette vor ihnen, deren Gipfel mit frisch gefallenem, makellosem Schnee bedeckt waren.

»Los, Carl, sag's schon.«

Carl sah Lena erstaunt an. »Was denn?«

Lena lachte und imitierte seine Stimme. »Darf man denn als Moslem einen Hund haben?«

Carl schmunzelte. »Gute Frage.«

»Im Koran heißt es, dass Engel keine Häuser betreten, in denen sich Hunde aufhalten.«

Carl streichelte den auf Saras Schoß schlafenden Hund.

»Armer Oskar. Sieht schlecht für dich aus.«

Lena schüttelte lächelnd den Kopf. »Nein, auch Engel lernen dazu.«

»Wo wollt ihr eigentlich schlafen?«, fragte Sara. »Bettenlager oder Doppelzimmer?«

»Doppelzimmer«, erwiderte Lena und nahm Carls Hand. »Und wenn ich wieder in Köln bin, kaufe ich mir Bergschuhe.«

DANK

An meine Frau Nicole für alles und darüber hinaus für den wunderbaren Buchtitel.

An unsere Tochter Helena, die so viel Geduld aufbringen musste, weil ihr Papi viele Tage und Abende an seinem Schreibtisch saß, anstatt mit ihr zu spielen.

An meinen Bruder Klaus Tobinsky, Polizist in Rente.